Annette von Droste-Hülshoff
Werke in einem Band

Annette von Droste-Hülshoff
Werke in einem Band

Herausgegeben von
Clemens Heselhaus

Deutscher Taschenbuch Verlag

Dezember 1995
Deutscher Taschenbuch Verlag GmbH & Co. KG,
München

Umschlaggestaltung: Dieter Brumshagen
Umschlagbild: Image Bank
Gesamtherstellung: C. H. Beck'sche Buchdruckerei,
Nördlingen
Printed in Germany · ISBN 3-423-02380-5

INHALT

LYRISCHE GEDICHTE

JUGENDDICHTUNGEN

1813—1819

Aus dem Dramenfragment „Berta“

(März 1813)

Cordelia: Zu männlich ist dein Geist, strebt viel zu hoch
Hinauf, wo dir kein Weiberauge folgt;
Das ists, was ängstlich dir den Busen engt
Und dir die jugendliche Wange bleicht.
Wenn Weiber über ihre Sphäre steigen,
Entfliehn sie ihrem eignen bessern Selbst;
Sie möchten aufwärts sich zur Sonne schwingen
Und mit dem Aar durch duft'ge Wolken dringen
Und stehn allein im nebelichten Tal.
Wenn Weiber wollen sich mit Männern messen,
So sind sie Zwitter und nicht Weiber mehr.
Zwar bist du, Berta, klüger viel wie ich,
Denkst tiefer viel, bist älter auch an Jahren,
Doch glaube dieses Mal nur meinen Worten,
Das gute Weib ist weiblich allerorten . . .

Cordelia: Gib nicht der heitern Sommerluft die Schuld;
Das Träumen trägt sie, das einsame Wandeln.
Laß deine Hand die feine Nadel führen,
Und unter ihr entblüh ein schönes Bild . . .

Berta: Sind deine seidnen Fäden stark genug,
Um aus dem finstern Bergschacht den Versunknen
Hinauf ans helle Tageslicht zu ziehn?
O Cordchen, was dem einen wohltut, senkt
Den andern tiefer in die Schwermut hin.

Bei deinem farbigen Gewebe kann
Ich keine Ruhe finden; ganz allein
In meinem stillen Träumen liegt mein Glück.
Ich hab auch meine schönen, zarten Bilder,
Doch trag ich in dem vollen Herzen sie
Und nicht auf Schirmen und buntfarb'gen Kleidern.
Bei meiner Harfe leisen, süßen Tönen
Dann ziehen sie in langer Reih vorüber
Und laben mir das Aug des innern Sinns.

(I. Akt, 1. Szene)

Berta: Auch das nicht mehr! Es kann
Mich meiner Teuren Glück nicht mehr erfreun!
Und war doch sonst so weich, dies arme Herz!
Sonst! Ha, mit Schaudern schau die schwarze Kluft
Ich zwischen diesem Sonst und Jetzt! Ja sonst,
Da freut ich mich des Apfels und der Nuß,
Den liebenden Geschwistern dargereicht,
Und jetzt — wie gleitet alles kalt und öde
Vorüber dem erstorbnen Sinn! Getrennt
Von allem, was dies Herz einst warm umfing,
Verlassen! Gott, sie sind so innig ja
Und möchten gern mit heißer Liebesglut
Dies kalte Herz erwärmen! Ha, es brennt
So heiß, dies Herz, allein ihr ahnets nicht;
Denn eine eis'ge Wand hat trennend sich
Durch unsers Lebens fernern Raum gezogen,
Auf ewig scheidend unser Freud und Leid.
Ich fühl ihr Starren, wenn oft liebend ihr
Euch an mein Herz zu drängen müht, es lispeln hell
Und zart der Liebe Töne mir, doch nie
Der ferne Hauch erreicht mein Ohr, und so
Steh einsam ich und doch verlassen, doch
Verlassen! (I. Akt, 5. Szene)

Unruhe

(Februar 1816)

Laß uns hier ein wenig ruhn am Strande,
Phoibos' Strahlen spielen auf dem Meere.
Siehst du dort der Wimpel weiße Heere?
Reis'ge Schiffe ziehn zum fernen Sande.

Ach, wie ists erhebend, sich zu freuen
An des Ozeans Unendlichkeit!
Kein Gedanke mehr an Maß und Räume
Ist, ein Ziel, gesteckt für unsre Träume;
Ihn zu wähnen dürfen wir nicht scheuen
Unermeßlich wie die Ewigkeit.

Wer hat ergründet des Meeres Grenzen,
Wie fern die schäumende Woge es treibt?
Wer seine Tiefe,
Wenn mutlos kehret
Des Senkbleis Schwere,
Im wilden Meere
Des Ankers Rettung vergeblich bleibt?

„Möchtest du nicht mit den wagenden Seglern
Kreisen auf dem unendlichen Plan?“
O, ich möchte wie ein Vogel fliehen,
Mit den hellen Wimpeln möcht ich ziehen,
Weit, o weit, wo noch kein Fußtritt schallte,
Keines Menschen Stimme widerhallte,
Noch kein Schiff durchschnitt die flücht'ge Bahn.

Und noch weiter, endlos, ewig neu
Mich durch fremde Schöpfungen voll Lust
Hinzuschwingen fessellos und frei —
O, das pocht, das glüht in meiner Brust.

Rastlos treibts mich um im engen Leben,
Und zu Boden drücken Raum und Zeit,
Freiheit heißt der Seele banges Streben
Und im Busen tönts Unendlichkeit.

Stille, stille, mein törichtes Herz!
Willst du denn ewig vergebens dich sehnen,
Mit der Unmöglichkeit hadernde Tränen
Ewig vergießen in fruchtlosem Schmerz?

So manche Lust kann ja die Erde geben,
So liebe Freuden jeder Augenblick.
Dort stille, Herz, dein glühend heißes Beben,
Es gibt des Holden ja so viel im Leben,
So süße Lust, und ach! so seltnes Glück.

Denn selten nur genießt der Mensch die Freuden,
Die ihn umblühn, sie schwinden ungefühlt,
Sei ruhig, Herz, und lerne dich bescheiden;
Gibt Phoibos' heller Strahl dir keine Freuden,
Der freundlich schimmernd auf der Welle spielt?

Laß uns heim vom feuchten Strande kehren!
Hier zu weilen, Freund, es tut nicht wohl;
Meine Träume drücken schwer mich nieder;
Aus der Ferne klingts wie Heimatslieder,
Und die alte Unruh kehret wieder —
Laß uns heim vom feuchten Strande kehren,
Wandrer auf den Wogen, fahret wohl!

Fesseln will man uns am eignen Herde,
Unsre Sehnsucht nennt man Wahn und Traum,
Und das Herz, dies kleine Klümpchen Erde,
Hat doch für die ganze Schöpfung Raum!

Widmungsgedicht zum „Walter"

(An die vier Tanten von Haxthausen)

(Februar 1819)

Ich hab ein frommes Ritterkind erzogen
Nach meinem besten Wissen und Bemühn,
Das hat nun auch die falsche Welt betrogen,
Daß es sich sehnt, die Heimat sein zu fliehn.
Ich habe mir die Sache wohl erwogen,
Und scheint mir doch: ich laß es immer ziehn!
Es mag die jungen frischen Glieder rühren
Und seiner Brüder scheuen Reihen führen!

Doch kann ein gutes Wörtchen hier nicht schaden,
Ein freundlich Wort trifft wohl den rechten Mann:
Es hat an Fehlern ziemlich stark geladen,
Die ich wohl sehn, doch nicht verbessern kann,
Und ängstlich hält auf flachgetretnen Pfaden
Ein karger Stoff es in gezwängtem Bann,
Und dennoch kann ich nicht dem Unfug wehren,
Will ich sein bestes Dasein nicht zerstören.

Auch dieses noch sei ihm gesagt zum Frommen:
Bedenkt sein arm und ungepflegt Entstehn,
Es ist aus Rom und London nicht gekommen,
Auch hat es Weimar nimmermehr gesehn,
In schlichter Kammer, klein und scheu entglommen,
Lernt' es von selbst das Sprechen und das Gehn.
O armes Kind, wo willst du Menschen finden,
Die alles dies bedenken und empfinden!

Auch ist es weich und, hart gefaßt vom Leben,
Entflieht es mir, auf immerdar verscheucht,
Ich muß es wohl in zarte Hände geben,

In Hände, die ihm freundlich dargereicht!
Ihr lieben Vier! was soll ich länger beben?
Ich weiß, ihr seid ihm heimlich schon geneigt,
Ihr habt es lieb mit allen seinen Flecken,
Und werdets nicht durch harte Worte schrecken.

Und lacht ihr, daß mit Sorgfalt sondergleichen
Ich also wohl und vierfach es gestützt,
Die „Vier" ist mir ein segenbringend Zeichen,
Das manchem schon in großer Not genützt,
Und wer ein vierfach Kleeblatt mag erreichen,
Der bleibt den Tag vor Zauberei geschützt,
Glückselig Kind, auf deinen ersten Wegen
Kommt dir ein holder Talisman entgegen.

Und wollt ihr meinem Wort nicht Glauben gönnen,
Verachtet ihr der Sage treuen Mund,
Ich will euch einen bessern Zeugen nennen,
Der wohnt in meines Herzens tiefem Grund!
Ich kann ja nichts von Glück und Freude trennen!
Was mir entblüht aus eurem lieben Bund,
O liebes Glücksblatt! vierfach liebe Blume!
Nur euer Herz, was frag ich nach dem Ruhme!

Aus dem romantischen Jugendepos „Walter"

Aus dem Lied der Theatilde

Perlenkleinod, Blütenschnee,
Des Geschmeides bunte Funken.
Alles, alles ist versunken
In mein namenloses Weh;
Aber aus dem tiefen See
Hob sich gleich der Alkyone

Eine lichte Myrtenkrone;
Doch sie schwand in blauer Höh,
Nahm verräterisch zum Lohne
Meiner Jugendfreuden Schnee.

Lebst du, Sohn der Phantasie?
Wohl dein Umriß wallt im Leben;
Einst sah die Gestalt ich schweben,
Herrlich und voll Harmonie,
Deine Züge sah ich nie,
Denn du bist mir ferngeblieben,
Aber sie sind eingeschrieben
Unauslöschlich, voll Magie;
Halb der Wahrheit ist mein Lieben,
Halb gehörts der Phantasie.

Schlußstrophen

Indes der Greis sich emsig teilend müht,
Streift Walter in des Forsts verborgnen Schlüften,
Ob nicht ein heimlich schweigend Plätzlein blüht,
Geschickt, sein einsam Zellchen dort zu stiften;
Ein kleiner Quell führt ihn zum Born zurück,
Und eine Grotte liegt vor seinem Blick,
Vom Hagedorn geschmückt mit Blüt und Düften.

Der nächste Morgen grüßt das frische Land,
Schon klingt der Meißel in den fleiß'gen Händen;
Die Mittagssonne sendet dürren Brand,
Doch kann sie nicht den regen Eifer wenden;
Es formt sich der Altar, der Eingang steigt,
Und als der achte Tag sich heimwärts neigt,
Sieht den geheimnisvollen Bau er enden.

Zum letztenmal im Ritterschmucke steht
Der teure Herr und um ihn her die Seinen;
Der Panzer fällt, und durch die Kirche geht
Ein leises Schluchzen, ein verhaltnes Weinen.
Du willst ihn täuschen, der dein Innres sah?
Wohl ist die Kutte deinem Busen nah,
Doch näher noch das Bild der einzig einen.

Er nimmt den Dämon in die Wüste mit,
Ihm ewig flechtend der Versuchung Schlingen;
Das todesmatte Aug, der schwache Schritt
Bezeugen sein unglaublich hartes Ringen,
Und oft, wenn er die Rüstung angeblickt,
Die zum Gedächtnis seine Zelle schmückt,
So hört er es wie Zauberlieder klingen.

's ist nicht die Welt, die ihn herüberzieht,
Doch sinds auch nicht der Andacht reine Wellen;
Es ist ein furchtbar Etwas, das sich müht,
Sich zwischen ihn und seinen Gott zu stellen;
Vergebens schlingt um ihn ein Jahr den Lauf,
Manch heitrer Tag steigt wie ein Bräut'gam auf,
Doch keiner kann der Seele Dunkel hellen.

*

Gelöst hab ich dir mein gegebnes Wort,
Geendet sind die traurigen Geschichten;
Du selber sahst ihn in des Traumes Hort
Und des Erwachens rügenden Gerichten;
Doch laßt uns wandern! Sieh! der Morgen taut,
Schon schweigt das Käuzlein, und neugierig schaut
Der Dämmrung graues Auge durch die Fichten.

Lied

Als ich ein Knabe sorglos unbewußt
Nur kannte meiner Jugend reine Freuden,
Da legte still in meine zarte Brust
Mein Vater früh die Stütze künft'ger Leiden.
„Mein Kind," sprach er, „was auch dein Leben schlägt,
Gedenke stets in Lust und Schmerzen:
Dein Gott und Herr, der all die Welten trägt,
Er trägt auch dich an seinem Herzen."

Und als die Seuch' in meine Herde kam,
Und mit dem Scheiden meiner kleinen Habe
Auf immer mehr die Hoffnung Abschied nahm
Von meiner Liebe schmerzlich süßer Gabe,
Da sann ich, zweifelnd aufgeregt,
Versenkt in trüber Ahnung Schmerzen:
Mein Gott und Herr, der all die Welten trägt,
Trägt der auch mich in seinem Herzen?

Doch zitternd heb ich dankerfüllt den Blick;
Denn wie die Sonne aus des Nebels Wiegen
Ist meines Lebens allerschönstes Glück
Mir aus der dunkeln Zukunft aufgestiegen;
Und jubelnd sprech ich tiefbewegt,
Nur Wonne kennend, keine Schmerzen:
Mein Gott und Herr, der all die Welten trägt,
Der trägt auch mich an seinem Herzen.

EPPISHAUSEN

1835—1836

Schloß Berg

Meinem väterlichen Freunde, dem Grafen Theodor, und meinen Freundinnen Emilie und Emma von Thurn-Valsassina gewidmet (November 1835)

Ein Nebelsee quillt rauchend aus der Aue,
Und duft'ge Wolken treiben durch den Raum,
Kaum graut ein Punkt im Osten noch, am Taue
Verlosch des Glühwurms kleine Lampe kaum;
Horch, leises, leises Zirpen unterm Dache
Verkündet, daß bereits die Schwalbe wache,
Und um manch Lager schwebt ein später Traum.

Die Stirn gelehnt an meines Fensters Scheiben,
Schau immer ich zur wolk'gen Flut hinein,
Und an die Wölkchen, die dort lichter treiben,
Mein Blick hängt unverwendet an dem Schein.
Ja, dort, dort wird nun bald die Sonne steigen,
Mir ungekannte Herrlichkeit zu zeigen;
Dort ladet mich der Schweizermorgen ein.

So steh' ich wirklich denn auf deinem Grunde,
Besungnes Land, von dem die Fremde schwärmt?
Du meines Lebens allerfrühste Kunde
Aus jener Zeit, die noch das Herz erwärmt,
Da eine, nie vergessen, doch entschwunden,
So manche liebe hingeträumte Stunden
An allzu teuren Bildern sich gehärmt.

Wenn sie gemalt, wie malet das Verlangen
Die Felsenkuppen und den ewgen Schnee,
Wenn um mein Ohr die Alpenglocken klangen,
Vor meinem Auge blitzte auf der See,
Von Schlosses Turm, mit zitterndem Vergnügen
Ich zahllos sah die blanken Dörfer liegen,
Der Königreiche vier von meiner Höh.

Mich dünkt, noch seh ich ihre milden Augen,
Die aufwärts schaun mit heiliger Gewalt,
Noch will mein Ohr die weichen Töne saugen,
Wenn echogleich sie am Klavier verhallt,
Und drunten, wo die lichten Pappeln wehen,
Noch glaub ich ihrer Locken Wald zu sehen
Und ihre zarte, schwankende Gestalt.

Wohl war sie gut, wohl war sie klar und milde,
Wohl war sie allen wert, die sie gekannt!
Kein Schatten haftet an dem reinen Bilde,
Man tritt sich näher, wird sie nur genannt, —
Und über Tal und Ströme schlingt aufs neue,
Um alles, was sie einst umfaßt mit Treue,
Aus ihrem Grabe sich ein festes Band.

Ihr, ruhend noch in dieser frühen Stunde,
Verehrter Freund und meine teuren zween,
Emilie und Emma, unserm Bunde
Wohl mag euch lächelnd sie zur Seite stehn.
Ich weiß es, denkend an geliebte Toten,
Habt ihr der Fremden eure Hand geboten,
Als hättet ihr seit Jahren sie gesehn.

So bin ich unter euer Dach getreten,
Wie eines Bruders Schwelle man berührt,

Eu'r gastlich Dach, wo frommer Treu im steten
Gefolge aller Segen wohl gebührt,
Wo Frieden wohnt — was kann man Lautres sagen!
Mag Mailands Krone denn ein andrer tragen,
Nebst seinem Zepter, das ihr einst geführt.

Schlaft wohl, schlaft sanft! — indem ich steh und lausche
Nach jedem Flöckchen, das dort rötlich weht;
Ists nicht, als ob der Morgenwind schon rausche?
Wie's drüben wogt und rollt und um sich dreht!
Es breitet sich, es sinkt, und überm Schaume,
Was steigt dort auf? — ein Bild aus kühnem Traume!
O Säntis, Säntis, deine Majestät!

Bist du es, dem ringsum die Lüfte zittern?
Du weißes Haupt mit deinem Klippenkranz,
Ich fühle deinen Blick die Brust erschüttern,
Wie überm Duft du riesig stehst im Glanz —
Ja, gleich der Arche über Wogengrimmen,
Seh ich in weiter Wolkenflut dich schwimmen;
Im weiten, weiten Meere — einsam ganz.

Doch nein! — Dort blickt — dort taucht es aus den Wellen!
Cäsapiana hebt die Stirne bleich,
Dort taucht der Glärnisch auf, — dort seh ichs schwellen —
Und Zack an Zack entragt der Flut zugleich!
O Säntis! wohl mit Recht trägst du die Krone,
Da sieben Fürsten stehn an deinem Throne,
Und unermeßlich ist dein luftig Reich.

Und sieh! Tirol auch sendet seine Zeichen,
Es blitzt dir seine kalten Grüße zu,
Welch Hof ist wohl dem deinen zu vergleichen,
Mein grauer stolzer Wolkenkönig du!

Die Sonne steigt, schon Strahl auf Strahl sie sendet,
Wie's droben funkelt! wie's das Auge blendet!
Und drunten alles Dämmrung, alles Ruh.

So sah ich, unter Märchen eingeschlafen,
Im Traume einst des Winterfürsten Haus,
Den Eispalast, wo seinen goldnen Schafen
Er täglich streut das Silberfutter aus.
Ja, in der Tat, sie sind hinabgezogen
Die goldnen Lämmchen, und am Himmelsbogen
Noch sieht man schimmern ihre Wolle kraus.

Doch schau! ist Ebbe in dies Meer getreten?
Es sinkt — es sinkt — und schwärzlich übern Duft
Streckt das Gebirge schon, gleich Riesenbeeten,
Die waldbedeckten Kämme in die Luft;
Ha! Menschenwohnungen an allen Enden!
Fast glaub ich, Gais zu sehn vor Fichtenwänden,
Versteckt nicht Weisbad jene Felsenkluft?

Und immer sinkt es, immer zahllos steigen
Ruinen, Schlösser, Städte an den Strand,
Schon will der Bodensee die Spiegel zeigen
Und wirft gedämpfte Schimmer übers Land,
Und jetzt verrinnt die letzte Nebelwelle, —
Da steht der Äther, perlenrein und helle!
Die Berge möcht man greifen mit der Hand.

Wüßt ich die tausend Punkte nur zu nennen,
Die drüben lauschen aus dem Waldrevier,
Mich dünkt, mit freiem Auge müßt ich kennen
Den Sennen, tretend in die Hüttentür;
Ob meilenweit, nicht seltsam würd ichs finden,
Säh in die Schluchten ich den Jäger schwinden
Und auf der Klippe das verfolgte Tier.

So klar, ein stählern Band, die Thur sich windet,
Ja, wie ich lauschend steh auf meiner Höh,
Ein einzger Blick mir zwölf Kantone bindet;
Wo drüben zitternd ruht der Bodensee,
Wo längs dem Strand die Wimpel lässig gleiten,
Vier Königreiche seh ich dort sich breiten —
Erfüllt ist alles ohne Traum und Fee.

Mein freier stolzer Grund, dich möcht ich nennen
Mein kaiserlich, mein königliches Land!
Das Höchste muß ich deinen Bergen gönnen,
Doch Liebres ich in deinen Tälern fand.
Was klinkt an meine Tür nach Geisterweise?
Horch! „Guten Morgen, Nette," flüsterts leise,
Und meine Emma bietet mir die Hand.

Die rechte Stunde

(17. November 1835)

Im heitern Saal beim Kerzenlicht,
Wenn alle Lippen sprühen Funken; —
Und gar, vom Sonnenscheine trunken,
Wenn jeder Finger Blumen bricht; —
Und vollends an geliebtem Munde,
Wenn die Natur in Flammen schwimmt, —
Das ist sie nicht, die rechte Stunde,
Die dir der Genius bestimmt.

Doch wenn so Tag als Lust versank,
Dann wirst du schon ein Plätzchen wissen,
Vielleicht in deines Sofas Kissen,
Vielleicht auf einer Gartenbank:

Dann klingts wie halb verstandne Weise,
Wie halb verwischter Farben Guß
Verrinnts um dich, und leise, leise
Berührt dich dann dein Genius.

Am Weiher

Ein milder Wintertag

An jenes Waldes Enden,
Wo still der Weiher liegt
Und längs den Fichtenwänden
Sich lind Gemurmel wiegt;

Wo in der Sonnenhelle,
So matt und kalt sie ist,
Doch immerfort die Welle
Das Ufer flimmernd küßt:

Da weiß ich, schön zum Malen,
Noch eine schmale Schlucht,
Wo all die kleinen Strahlen
Sich fangen in der Bucht;

Ein trocken, windstill Eckchen
Und so an Grüne reich,
Daß auf dem ganzen Fleckchen
Mich kränkt kein dürrer Zweig.

Will ich den Mantel dichte
Nun legen übers Moos,
Mich lehnen an die Fichte
Und dann auf meinen Schoß

Gezweig und Kräuter breiten,
So gut ichs finden mag:
Wer will mirs übel deuten,
Spiel ich den Sommertag?

Will nicht die Grille hallen,
So säuselt doch das Ried;
Sind stumm die Nachtigallen,
So sing ich selbst ein Lied.

Und hat Natur zum Feste
Nur wenig dargebracht:
Die Lust ist stets die beste,
Die man sich selber macht.

Ein harter Wintertag

Daß ich dich so verkümmert seh,
Mein lieb lebend'ges Wasserreich,
Daß ganz versteckt in Eis und Schnee
Du siehst der plumpen Erde gleich;

Auch daß voll Reif und Schollen hängt
Dein überglaster Fichtengang:
Das ist es nicht, was mich beengt,
Geh ich an deinem Bord entlang.

Zwar in der immer grünen Zier
Erschienst, o freundlich Element,
Du ähnlich den Oasen mir,
Die des Arabers Sehnsucht kennt;

Wenn neben der verdorrten Flur
Erblühten deine Moose noch,

Wenn durch die schweigende Natur
Erklangen deine Wellen doch.

Allein auch heute wollt ich gern
Mich des kristallnen Flimmers freun,
Belauschen jeden Farbenstern
Und keinen Sommertag bereun:

Wär nicht dem Ufer längs, so breit,
Die glatte Schlittenbahn gefegt,
Worauf sich wohl zur Mittagszeit
Gar manche rüst'ge Ferse regt.

Bedenk ich nun, wie manches Jahr
Ich nimmer eine Eisbahn sah:
Wohl wird mir's trüb und wunderbar,
Und tausend Bilder treten nah.

Was blieb an Wünschen unerfüllt,
Das nähm ich noch gelassen mit:
Doch ach, der Frost so manchen hüllt,
Der einst so fröhlich drüber glitt!

Des alten Pfarrers Woche

Sonntag

Das ist nun so ein schlimmer Tag,
Wie der April ihn bringen mag
Mit Schlacken, Schnee und Regen.
Zum dritten Mal in das Gebraus
Streckt Jungfer Anne vor dem Haus
Ihr kupfern Blendlaternchen aus
Und späht längs allen Wegen.

„Wo nur der Pfarrer bleiben kann?
Ach, sicher ist dem guten Mann
Was übern Weg gefahren!
Ein Pfleger wohl, der Rechnung macht —
Aus war der Gottesdienst um acht:
Soll man so streifen in der Nacht
Bei Gicht und grauen Haaren!"

Sie schließt die Türe, schüttelt baß
Ihr Haupt und wischt am Brillenglas;
So gut dünkt ihr die Stube;
Im Ofen krachts, der Lampenschein
Hellt überm Tisch den Sonntagswein,
Und lockend lädt der Sessel ein
Mit seiner Kissengrube.

Pantoffeln — Schlafrock — alles recht!
Sie horcht aufs neu; doch hört sie schlecht,
Es schwirrt ihr vor den Ohren.
„Wie? hats geklingelt? ei der Daus,
Zum zweiten Male! schnell hinaus!"
Da tritt der Pfarrer schon ins Haus,
Ganz blau und steif gefroren.

Die Jungfrau blickt ein wenig quer,
Begütigend der Pfarrer her,
Wie's recht in diesem Orden.
Dann hustet er: „Nicht Mond noch Stern!
Der lahme Friedrich hört doch gern
Ein christlich Wort am Tag des Herrn,
Es ist mir spät geworden!"

Nun sinkt er in die Kissen fest,
Wirft ab die Kleider ganz durchnäßt

Und schlürft der Traube Segen.
Ach Gott! nur wer jahraus, jahrein
In andrer Dienste lebt allein,
Weiß, was es heißt, beim Sonntagswein
Sich auch ein wenig pflegen.

Montag

„Wenn ich Montags früh erwache,
Wird mirs ganz behaglich gleich;
Montag hat so eigne Sache
In dem kleinen Wochenreich.
Denn die Predigt liegt noch ferne,
Alle Sorgen scheinen leicht;
Keiner kommt am Montag gerne,
Sei's zur Trauung, sei's zur Beicht.

„Und man darf mirs nicht verdenken,
Will ich in des Amtes Frist
Dem ein freies Stündchen schenken,
Was doch auch zu loben ist.
So erwacht denn, ihr Gesellen
Meiner fleiß'gen Jugendzeit!
Wollt in Reih und Glied euch stellen,
Alte Bilder, eingeschneit!

„Ilion will ich bekriegen,
Mit Horaz auf Reisen gehn,
Will mit Alexander siegen
Und an Memnons Säule stehn.
Oder auch vergnügt ergründen,
Was das Vaterland gebracht,
Mich mit Kant und Wolf verbünden,
Ziehn mit Laudon in die Schlacht."

Auf der Bücherleiter traben
Sieh den Pfarrer, lustentbrannt,
Sich verschanzen, sich vergraben
Unter Heft und Foliant.
Blättern sieh ihn — nicken — spüren —
Ganz versunken sitzen dann,
Daß mit einer Linie rühren
Du das Buch magst und den Mann.

Doch was kann ihn so bewegen?
Aufgeregt scheint sein Gehirn!
Und das Käppchen ganz verwegen
Drückt er hastig in die Stirn.
Nun beginnt er gar zu pfeifen,
Horch! das Lied vom Prinz Eugen;
Seinen weißen Busenstreifen
Seh ich auf und niedergehn.

Ha, nun ist der Türk geschlagen!
Und der Pfarrer springt empor,
Höher seine Brauen ragen,
Senkrecht steht sein Pfeifenrohr.
Im Triumph muß er sich denken
Mit dem Kaiser und dem Staat,
Sieht sich selbst den Säbel schwenken,
Fühlt sich selber als Soldat.

Aber draußen klappern Tritte,
Nach dem Pfarrer fragt es hell,
Der, aus des Gefechtes Mitte,
Huscht in seinen Sessel schnell.
„Ei! das wären saubre Kunden!
Beichtkind und Kommunikant!
Hättet ihr den Pfarr gefunden
Mit dem Säbel in der Hand!“

Dienstag

Auf der breiten Tenne drehn
Paar an Paar so nett,
Wo die Musikanten stehn,
Geig und Klarinett —
Auch der Brummbaß rumpelt drein —
Sieht man noch den Bräutgamsschrein
Und das Hochzeitbett.

Etwas eigen, etwas schlau
Und ein wenig bleich,
Sittsam sieht die junge Frau,
Würdevoll zugleich;
Denn sie ist des Hauses Sproß,
Denn sie führt den Ehgenoß
In ihr Erb und Reich.

Sippschaft ist ein weites Band,
Geht gar viel hinein;
Hundert Kappen goldentbrannt,
Kreuze funkeln drein;
Wie das drängt, und wie das schiebt!
Was sich kennt und was sich liebt,
Will beisammen sein.

Nun ein schallend Vivat bricht
In dem Schwarme aus,
Wo sogar die Tiere nicht
Weigern den Applaus.
Ja, wie an der Krippe fein
Brüllen Ochs und Eselein
Übern Trog hinaus.

Ganz verdutzt der junge Mann
Kaum die Flasche hält,
Späße hageln drauf und dran,
Keiner neben fällt;
Doch er lacht und reicht die Hand.
Nun, er ist für seinen Stand
Schon ein Mann von Welt.

Alte Frauen, schweißbedeckt,
Junge Mägd im Lauf
Spenden, was der Korb verdeckt,
Reihen ab und auf.
Sieben Tische kann man sehn,
Sieben Kaffeekessel stehn
Breit und glänzend drauf.

Aber freundlich, wie er kam,
Sucht der Pfarrer gut
Drüben unter tausend Kram
Seinen Stab und Hut;
Dankt noch schön der Frau vom Haus;
In die Dämmerung hinaus
Trabt er wohlgemut;

Wandelt durch die Abendruh,
Sinnend allerlei:
„Ei, dort ging es löblich zu,
Munter, und nicht frei.
Aber — aber — aber doch —“
Und ein langes Aber noch
Fügt er seufzend bei.

„Wie das flimmert! wie das lacht!
Kanten, händebreit!“

Ach, die schnöde Kleiderpracht
Macht ihm tausend Leid.
Und nun gar — er war nicht blind —
Eines armen Mannes Kind;
Nein, das ging zu weit.

Kurz, er nimmt sichs ernstlich vor,
Heut und hier am Steg,
Ja, an der Gemeinde Ohr,
Wächter treu und reg,
Will ers tragen ungescheut;
O, er findet schon die Zeit
Und den rechten Weg.

Mittwoch

Begleitest du sie gern,
Des Pfarrers Lust und Plagen:
Sich gleich an allen Tagen
Triffst du den frommen Herrn.
Der gute Seelenhirt!
Tritt über seine Schwelle;
Da ist er schon zur Stelle
Als des Kollegen Wirt.

In wohlgemeinten Sorgen,
Wie er geschäftig tut!
Doch dämmert kaum der Morgen,
Dies eben dünkt ihm gut.
Am Abend kam der Freund,
Erschöpft nach Art der Gäste;
Nun säubre man aufs beste,
Daß alles nett erscheint.

Schon strahlt die große Kanne,
Die Teller blitzen auf;
Noch scheuert Jungfer Anne
Und horcht mitunter auf.
Ach, sollte sie der Gast
Im alten Jäckchen finden,
Sie müßte ganz verschwinden
Vor dieser Schande Last.

Und was zur Hand tut stehen,
Das reizt den Pfarrer sehr,
Die Jungfer wirds nicht sehen,
Er macht sich drüber her;
Die Schlaguhr greift er an
Mit ungeschickten Händen
Und sucht sie sacht zu wenden:
Der übermüt'ge Mann!

Schleppt Foliantenbürde,
Putzt Fensterglas und Tisch;
Fürwahr, mit vieler Würde
Führt er den Flederwisch.
Am Paradiesesbaum
Die Blätter, zart aus Knochen,
Eins hat er schon zerbrochen,
Jedoch man sieht es kaum.

Und als er just in Schatten
Die alte Klingel stellt —
Es kömmt ihm wohl zustatten —
Da rauscht es draußen, gelt!
Fidel schlägt an in Hast,
Die Jungfer ist geflüchtet,
Und stattlich aufgerichtet
Begrüßt der Pfarr den Gast.

Wie dem so wohl gefallen
Die Aussicht und das Haus,
Wie der entzückt von allen,
Nicht Worte drückens aus!
Ich sag es ungeniert,
Sie kamen aus den Gleisen,
Sich Ehre zu erweisen,
Der Gast und auch der Wirt.

Und bei dem Mittagessen,
Das man vortrefflich fand,
Da ward auch nicht vergessen
Der Lehr- und Ehrenstand.
Ich habe viel gehört,
Doch nichts davongetragen,
Nur dieses mag ich sagen:
Sie sprachen sehr gelehrt.

Und sieh nur! drüben schreitet
Der gute Pfarrer just,
Er hat den Gast geleitet
Und spricht aus voller Brust:
„Es ist doch wahr! mein Haus,
So nett und blank da droben,
Ich muß es selber loben,
Es nimmt sich einzig aus."

Donnerstag

Winde rauschen, Flocken tanzen,
Jede Schwalbe sucht das Haus,
Nur der Pfarrer unerschrocken
Segelt in den Sturm hinaus.

Nicht zum besten sind die Pfade,
Aber leidlich würd es sein,
Trüg er unter seinem Mantel
Nicht die Äpfel und den Wein.

Ach, ihm ist so wohl zu Mute,
Daß dem kranken Zimmermann
Er die längst gegönnte Gabe
Endlich einmal bieten kann.
Immer muß er heimlich lachen,
Wie die Anne Äpfel las,
Und wie er den Wein stibitzte,
Während sie im Keller saß.

Längs des Teiches sieh ihn flattern,
Wie er rudert, wie er streicht,
Kann den Mantel nimmer zwingen
Mit den Fingern starr und feucht.
Öfters aus dem trüben Auge
Eine kalte Zähre bricht,
Wehn ihm seine grauen Haare
Spinnenwebig ums Gesicht.

Doch, Gottlob! da ist die Hütte,
Und nun öffnet sich das Haus,
Und nun keuchend auf der Tenne
Schüttet er die Federn aus.
Ach, wie freut der gute Pfarrer
Sich am blanken Feuerschein!
Wie geschäftig schenkt dem Kranken
Er das erste Gläschen ein.

Setzt sich an des Lagers Ende,
Stärkt ihm bestens die Geduld,

Und von seinen frommen Lippen
Einfach fließt das Wort der Huld.
Wenn die abgezehrten Hände
Er so fest in seine schließt,
Anders fühlt sich dann der Kranke,
Meint, daß gar nichts ihn verdrießt.

Mit der Einfalt, mit der Liebe
Schmeichelt er die Seele wach,
Kann an jedes Herz sich legen,
Sei es kraftvoll oder schwach.
Aber draußen will es dunkeln,
Draußen tröpfelt es vom Dach; —
Lange sehn ihm nach die Kinder,
Und der Kranke seufzt ihm nach.

Freitag

Zu denken in gestandnen Tagen
Der Sorge, die so treulich sann,
Der Liebe, die ihn einst getragen,
Wohl ziemt es jedem Ehrenmann.
Am Lehrer alt, am Schüler mild
Magst du nicht selten es gewahren;
Und sind sie beide grau von Haaren,
Um desto werter ist das Bild.

Zumeist dem Priester wird beschieden
Für frühe Treue dieser Lohn;
Nicht einsam ist des Alters Frieden,
Der Zögling bleibt sein lieber Sohn.

Ja, was erstarrt im Lauf der Zeit
Und wehrt dem Neuen einzudringen,
Des Herzens steife Flechsen schlingen
Sich fester um Vergangenheit.

So läßt ein wenig Putz gefallen
Sich heut der gute Pfarrer gern,
Das span'sche Rohr, die Silberschnallen,
Denn heute gehts zum jungen Herrn.
Der mag in reifen Jahren stehn,
Da ihn erwachsne Kinder ehren,
Allein das kann den Pfarr nicht stören,
Der ihn vorzeiten klein gesehn.

Still wandelnd durch des Parkes Linden,
In deren Schutz das Veilchen blüht,
Der Alte muß es freundlich finden,
Daß man so gern ihn Freitags sieht;
Er weiß, dem Junker sind noch frisch
Die lieben längst entschwundnen Zeiten
Und seines Lehrers schwache Seiten:
Ein Gläschen Wein, ein guter Fisch.

Schon tritt er in des Tores Halle;
Da, wie aus reifem Erbsenbeet
Der Spatzen Schar, so hinterm Walle
Hervor es flattert, lacht und kräht,
Der kleinen Junker wilde Schar,
Die still gelauscht im Mauerbogen
Und nun den Pfarrer so betrogen,
So überrumpelt ganz und gar.

Das stürmt auf ihn von allen Seiten,
Das klammert überall sich an;

Fürwahr, mühselig muß er schreiten,
Der müde und geduld'ge Mann.
Jedoch er hat sie allzugern,
Die ihn so unbarmherzig plagen.
Und fast zu viel läßt er sie wagen,
Die junge Brut des jungen Herrn.

Wie dann des Hauses Wirt sich freute,
Der Mann mit früh ergrautem Haar,
Nicht wich von seines Lehrers Seite
Und rückwärts ging um dreißig Jahr;
Wie er in alter Zeiten Bann
Nur flüsternd sprach, nach Schüler Weise,
Man sieht es an und lächelt leise,
Doch mit Vergnügen sieht mans an.

Und später beim Spazierengehen
Die beiden hemmen oft den Schritt,
Nach jeder Blume muß man sehen,
Und manche Pflanze wandert mit.
Der eine ist des Amtes bar,
Nichts hat der andre zu regieren;
Sie gehn aufs neu botanisieren,
Der Theolog und sein Scholar.

Doch mit dem Abend naht das Scheiden,
Man schiebt es auf, doch kommts heran,
Die Kinder wollens gar nicht leiden.
Am Fenster steht der Edelmann
Und spinnt noch lange, lange aus
Vielfarb'ger Bilder bunt Gezwirne;
Dann fährt er über seine Stirne
Und atmet auf und ist zu Haus.

Samstag

Wie funkeln hell die Sterne,
Wie dunkel scheint der Grund,
Und aus des Teiches Spiegel
Steigt dort der Mond am Hügel
Grad um die elfte Stund.

Da hebt vom Predigthefte
Der müde Pfarrer sich;
Wohl war er unverdrossen,
Und endlich ists geschlossen
Mit langem Federstrich.

Nun öffnet er das Fenster,
Er trinkt den milden Duft,
Und spricht: „Wer sollt es sagen,
Noch Schnee vor wenig Tagen,
Und dies ist Maienluft."

Die strahlende Rotunde
Sein ernster Blick durchspäht,
Schon will der Himmelswagen
Die Deichsel abwärts tragen:
„Ja, ja, es ist schon spät!"

Und als dies Wort gesprochen,
Es fällt dem Pfarrer auf,
Als müss' er eben deuten
Auf sich der ganz zerstreuten,
Arglosen Rede Lauf.

Nie schien er sich so hager,
Nie fühlt' er sich so alt,

Als seit er heut begraben
Den langen Moritz Raben,
Den Förster dort vom Wald.

Am gleichen Tag geboren,
Getauft am gleichen Tag!
Das ist ein seltsam Wesen
Und läßt uns deutlich lesen,
Was wohl die Zeit vermag!

Der Nacht geheimes Funkeln,
Und daß sich eben muß,
Wie Mondesstrahlen steigen,
Der frische Hügel zeigen,
Das Kreuz an seinem Fuß:

Das macht ihn ganz beklommen,
Den sehr betagten Mann,
Er sieht den Flieder schwanken,
Und längs des Hügels wanken
Die Schatten ab und an.

Wie oft sprach nicht der Tote
Nach seiner Weise kühn:
„Herr Pfarr, wir alten Knaben,
Wir müssen sachte traben,
Die Kirchhofsblumen blühn."

„So mögen sie denn blühen!"
Spricht sanft der fromme Mann,
Er hat sich aufgerichtet,
Sein Auge, mild umlichtet,
Schaut fest den Äther an.

„Hast du gesandt ein Zeichen
Durch meinen eignen Mund,
Und willst mich gnädig mahnen
An unser aller Ahnen
Uralten ew'gen Bund;

„Nicht lässig sollst du finden
Den, der dein Siegel trägt,
Doch nach dem letzten Sturme" —
Da eben summts vom Turme,
Und zwölf die Glocke schlägt —

„Ja, wenn ich bin entladen
Der Woche Last und Pein,
Dann führe, Gott der Milde,
Das Werk nach deinem Bilde
In deinen Sonntag ein."

Die Elemente

Luft

Der Morgen, der Jäger

Wo die Felsenlager stehen,
Sich des Schnees Daunen blähen,
Auf des Chimborasso Höhen
Ist der junge Strahl erwacht;
Regt und dehnt die ros'gen Glieder,
Schüttelt dann sein Goldgefieder,
Mit dem Flimmerauge nieder
Blinzt er in des Tales Schacht.

Hörst du, wie es fällt und steigt?
Fühlst du, wie es um dich streicht?
Dringt zu dir im weichen Duft
Nicht der Himmelsodem — Luft?

Ins frische Land der Jäger tritt:
„Gegrüßt du fröhlicher Morgen!
Gegrüßt du Sonn, mit dem leichten Schritt
Wir beiden ziehn ohne Sorgen.
Und dreimal gegrüßt mein Geselle Wind,
Der stets mir wandelt zur Seite,
Im Walde flüstert durch Blätter lind,
Zur Höh gibt springend Geleite.
Und hat die Gems, das listige Tier,
Mich verlockt in ihr zackiges Felsrevier,
Wie sind wir drei dann so ganz allein,
Du, Luft, und ich und der uralte Stein!"

Wasser

Der Mittag, der Fischer

Alles still ringsum —
Die Zweige ruhen, die Vögel sind stumm.
Wie ein Schiff, das im vollen Gewässer brennt,
Und das die Windsbraut jagt,
So durch den Azur die Sonne rennt
Und immer flammender tagt.

Natur schläft — ihr Odem steht,
Ihre grünen Locken hangen schwer,

Nur auf und nieder ihr Pulsschlag geht
Ungehemmt im heiligen Meer.
Jedes Räupchen sucht des Blattes Hülle,
Jeden Käfer nimmt sein Grübchen auf;
Nur das Meer liegt frei in seiner Fülle
Und blickt zum Firmament hinauf.

In der Bucht wiegt ein Kahn,
Ausgestreckt der Fischer drin,
Und die lange Wasserbahn
Schaut er träumend überhin.
Neben ihm die Zweige hängen,
Unter ihm die Wellchen drängen,
Plätschernd in der blauen Flut
Schaukelt seine heiße Hand:

„Wasser," spricht er, „Welle gut,
Hauchst so kühlig an den Strand.
Du, der Erde köstlich Blut,
Meinem Blute nah verwandt,
Sendest deine blanken Wellen,
Die jetzt kosend um mich schwellen,
Durch der Mutter weites Reich,
Börnlein, Strom und glatter Teich,
Und an meiner Hütte gleich
Schlürf ich dein geläutert Gut,
Und du wirst mein eignes Blut,
Liebe Welle! heil'ge Flut!" —
Leiser plätschernd schläft er ein
Und das Meer wirft seinen Schein
Um Gebirg und Feld und Hain;
Und das Meer zieht seine Bahn
Um die Welt und um den Kahn.

Erde

Der Abend, der Gärtner

Rötliche Flöckchen ziehen
Über die Berge fort,
Und wie Purpurgewänder
Und wie farbige Bänder
Flattert es hier und dort
In der steigenden Dämmrung Hort.

Gleich einem Königsgarten,
Den verlassen die Fürstin hoch —
Nur in der Kühle ergehen
Und um die Beete sich drehen
Flüsternd ein paar Hoffräulein noch.

Da des Himmels Vorhang sinkt,
Öffnet sich der Erde Brust;
Leise, leise Kräutlein trinkt
Und entschlummert unbewußt;
Und sein furchtsam Wächterlein,
Würmchen mit dem grünen Schein,
Zündet an dem Glühholz sein
Leuchtchen klein.

Der Gärtner, über die Blumen gebeugt,
Spürt an der Sohle den Tau,
Gleich vom nächsten Halme er streicht
Lächelnd die Tropfen lau;
Geht noch einmal entlang den Wall,
Prüft jede Knospe genau und gut:
„Schlaft denn," spricht er, „ihr Kindlein all,
Schlafet! Ich laß euch der Mutter Hut;

Liebe Erde, mir sind die Wimpern schwer,
Hab die letzte Nacht durchwacht,
Breit' w o h l deinen Taumantel um sie her,
Nimm w o h l mir die Kleinen in acht."

Feuer

Die Nacht, der Hammerschmied

Dunkel! All Dunkel schwer!
Wie Riesen schreiten Wolken her —
Über Gras und Laub
Wirbelts wie schwarzer Staub;
Hier und dort ein grauer Stamm,
Am Horizont des Berges Kamm
Hält die gespenstige Wacht,
Sonst alles Nacht — Nacht — nur Nacht.

Was blitzt dort auf? — ein roter Stern —
Nun scheint es nah, nun wieder fern;
Schau! wie es zuckt und zuckt und schweift,
Wie's ringelnd gleich der Schlange pfeift.
Nun am Gemäuer klimmt es auf,
Unwillig wirfts die Asch hinauf,
Und wirbelnd überm Dach hervor
Die Funkensäule steigt empor.

Und dort der Mann im ruß'gen Kleid,
— Sein Angesicht ist bleich und kalt,
Ein Bild der listigen Gewalt —
Wie er die Flamme dämpft und facht

Und hält den Eisenblock bereit!
Den soll ihm die gefangne Macht,
Die wilde hartbezähmte Glut
Zermalmen gleich in ihrer Wut.

Schau, wie das Feuer sich zersplittert!
Wie's tückisch an der Kohle knittert!
Lang aus die rote Kralle streckt
Und nach dem Kerkermeister reckt!
Wie's vor verhaltnem Grimme zittert:

„O hätt ich dich, o könnte ich
Mit meinen Klauen fassen dich!
Ich lehrte dich den Unterschied
Von dir zu Elementes Zier,
An deinem morschen, staub'gen Glied,
Du ruchlos Menschentier!"

Der Säntis

Frühling

Die Rebe blüht, ihr linder Hauch
Durchzieht das tauige Revier,
Und nah und ferne wiegt die Luft
Vielfarb'ger Blumen bunte Zier.

Wie's um mich gaukelt, wie es summt
Von Vogel, Bien und Schmetterling,
Wie seine seidnen Wimpel regt
Der Zweig, so jüngst voll Reifen hing.

Noch sucht man gern den Sonnenschein
Und nimmt die trocknen Plätzchen ein;

Denn nachts schleicht an die Grenze doch
Der landesflücht'ge Winter noch.

O du mein ernst gewalt'ger Greis,
Mein Säntis mit der Locke weiß!
In Felsenblöcke eingemauert,
Von Schneegestöber überschauert,
In Eisespanzer eingeschnürt:
Hu, wie dich schaudert, wie dich friert!

Sommer

Du gute Linde, schüttle dich!
Ein wenig Luft, ein schwacher West!
Wo nicht, dann schließe dein Gezweig
So recht, daß Blatt an Blatt sich preßt.

Kein Vogel zirpt, es bellt kein Hund;
Allein die bunte Fliegenbrut
Summt auf und nieder übern Rain
Und läßt sich rösten in der Glut.

Sogar der Bäume dunkles Laub
Erscheint verdickt und atmet Staub.
Ich liege hier wie ausgedorrt
Und scheuche kaum die Mücken fort.

O Säntis, Säntis! läg ich doch
Dort — grad an deinem Felsenjoch,
Wo sich die kalten, weißen Decken
So frisch und saftig drüben strecken,
Viel tausend blanker Tropfen Spiel:
Glücksel'ger Säntis, dir ist kühl!

Herbst

Wenn ich an einem schönen Tag
Der Mittagsstunde habe acht
Und lehne unter meinem Baum
So mitten in der Trauben Pracht;

Wenn die Zeitlose übers Tal
Den amethystnen Teppich webt,
Auf dem der letzte Schmetterling
So schillernd wie der frühste bebt:

Dann denk ich wenig drüber nach,
Wie's nun verkümmert Tag für Tag,
Und kann mit halbverschloßnem Blick
Vom Lenze träumen und von Glück.

Du mit dem frischgefallnen Schnee,
Du tust mir in den Augen weh!
Willst uns den Winter schon bereiten?
Von Schlucht zu Schlucht sieht man ihn gleiten,
Und bald, bald wälzt er sich herab
Von dir, o Säntis! ödes Grab!

Winter

Aus Schneegestäub und Nebelqualm
Bricht endlich doch ein klarer Tag;
Da fliegen alle Fenster auf,
Ein jeder späht, was er vermag.

Ob jene Blöcke Häuser sind?
Ein Weiher jener ebne Raum?
Fürwahr, in dieser Uniform
Den Glockenturm erkennt man kaum.

Und alles Leben liegt zerdrückt,
Wie unterm Leichentuch erstickt.
Doch schau! an Horizontes Rand
Begegnet mir lebend'ges Land.

Du starrer Wächter, laß ihn los,
Den Föhn aus deiner Kerker Schoß!
Wo schwärzlich jene Riffe spalten,
Da muß er Quarantäne halten,
Der Fremdling aus der Lombardei:
O Säntis, gib den Tauwind frei!

Abschied von der Schweiz

Am grünen Hang ein Pilger steht,
Sein Blick wie Morgentraum;
Er zieht entlang den breiten Weg,
Er drängt sich in der Schlucht Geheg,
Dann klimmt er auf den Klippensteg
Und winkt am Wolkensaum:

Du edles und begabtes Land,
Mit deinem reichen Tal,
Mit deinen adamantnen Höhn,
Wo linde Düfte drüber wehn,
Mit deinen tiefsmaragdnen Seen,
Wie bist du mir zur Qual!

Du hast mir Leides nie getan,
Auch ist mein Dank nicht klein.
Ja, was du all gespendet hast:
Ich habe wie ein armer Gast
Getragen deiner Gaben Last,
Gelächelt obendrein.

Und was ich auch bezahlen mag,
Das Rad nicht fürder will,
Ich schau zurück und denk zurück,
Ich wende willenlos den Blick:
Seit mir entfloh der Jugend Glück,
Stand auch die Speiche still.

Ach, deine Laute weckten nicht
Ein tief entschlafnes Herz,
Ich legte eine kalte Hand
In mancher treuen Rechte Brand
Und knüpfte nur ein tändelnd Band
Für kurzer Tage Scherz.

Denn durch der Katarakte Fall
Es flüstert für und für:
„Wo bist du, meine Nachtigall?
Mein Pappelgang am grünen Wall?
Wann zeigt sich, leichter Wellen Ball,
Der gelbe Lotus mir?“

So lebe denn auf lange wohl,
Du ungeliebtes Land,
Mit deiner Donner Widerhall,
Mit deinem starren Felsenwall,
Land, wo ich keine Nachtigall
Und keine Liebe fand!

MÜNSTER

1838—1840

Der kranke Aar

Am dürren Baum, im fetten Wiesengras
Ein Stier behaglich wiederkäut' den Fraß;
Auf niederm Ast ein wunder Adler saß,
Ein kranker Aar mit gebrochnen Schwingen.

„Steig auf, mein Vogel, in die blaue Luft,
Ich schau dir nach aus meinem Kräuterduft." —
„Weh, weh, umsonst die Sonne ruft
Den kranken Aar mit gebrochnen Schwingen!"

„O Vogel, warst so stolz und freventlich
Und wolltest keine Fessel ewiglich!" —
„Weh, weh, zu viele über mich,
Und Adler all — brachen mir die Schwingen!"

„So flattre in dein Nest, vom Aste fort,
Dein Ächzen schier die Kräuter mir verdorrt." —
„Weh, weh, kein Nest hab ich hinfort,
Verbannter Aar mit gebrochnen Schwingen!"

„O Vogel, wärst du eine Henne doch,
Dein Nestchen hättest du im Ofenloch." —
„Weh, weh, viel lieber ein Adler noch,
Viel lieber ein Aar mit gebrochnen Schwingen!"

Der Teetisch

Leugnen willst du Zaubertränke,
Lachst mir höhnisch in die Zähne,
Wenn Isoldens ich gedenke,
Wenn Gudrunens ich erwähne?

Und was deine kluge Amme
In der Dämmrung dir vertraute,
Von Schneewittchen und der Flamme,
Die den Hexenschwaden braute;

Alles will dir nicht genügen,
Überweiser Mückensieber?
Nun, so laß die Feder liegen,
Schieb dich in den Zirkel, Lieber,

Wo des zopfigen Chinesen
Trank im Silberkessel zischet,
Sein Aroma auserlesen
Mit des Patschuls Düften mischet;

Wo ein schöner Geist, den Bogen
Feingefältelt in der Tasche,
Lauscht, wie in den Redewogen
Er das Steuer sich erhasche;

Wo in zarten Händen hörbar
Blanke Nadelstäbe knittern,
Und die Herren stramm und ehrbar
Breiten ihrer Weisheit Flittern.

Alles scheint dir noch gewöhnlich,
Von der Sohle bis zum Scheitel,
Und du rufst, dem Weisen ähnlich:
„Alles unterm Mond ist eitel!“

Dir genüber und zur Seite
Hier Christinos, dort Carlisten,
Lauter ordinäre Leute,
Deutsche Michel, gute Christen!

Aber sieh die weißen schmalen
Finger sich zum Griff bereiten
Und die dampfumhüllten Schalen
Zierlich an die Lippen gleiten:

Noch Minuten — und die Stube
Ist zum Kiosk umgestaltet,
Wo der tränenreiche Bube,
Der Chinese, zaubernd waltet;

Von der rosenfarbnen Rolle
Liest er seine Zauberreime,
Verse, zart wie Seidenwolle,
Süß wie Jungfernhonigseime;

„Ting, tang, tong" — das steigt und sinket,
Welch Gesäusel, welches Zischen!
Wie ein irres Hündlein hinket
Noch ein deutsches Wort dazwischen.

Und die süßen Damen lächeln,
Leise schaukelnde Pagoden;
Wie sie nicken, wie sie fächeln,
Wie der Knäuel hüpft am Boden!

Aber weh, nun wirds gefährlich,
„Tschi, tsi, tsung" — die Töne schneiden,
Schnell hinweg die Messer! schwerlich
Übersteht er solche Leiden;

Denn er schaukelt und er dehnet
Ob der Zauberschale Rauche;
Weh, ich fürcht, am Boden stöhnet
Bald er mit geschlitztem Bauche!

Und die eingeschreckten Frauen
Sitzen stumm und abgetakelt,
Nur das schwanke Haupt vor Grauen
Noch im Pendelschwunge wackelt;

Tiefe Stille im Gemache —
Trän im Auge — Kummermiene —
Und wie Glöckchen an dem Dache
Spielt die siedende Maschine;

Alle die gesenkten Köpfe
Blinzelnd nach des Tisches Mitten,
Wo die Brezel stehn, wie Zöpfe,
In Verzweiflung abgeschnitten;

Suche sacht nach deinem Hute,
Freund, entschleiche unserm Lesen,
Sonst, ich schwörs bei meinem Blute,
Zaubern sie dich zum Chinesen;

Löst sich deines Frackes Wedel,
Unwillkürlich mußt du zischen,
Und von deinem weisen Schädel
Fühlst du Haar um Haar entwischen,

Bis dir blieb nur eine Locke
Von des dunklen Wulstes Drängen,
Dich damit, lebend'ge Glocke,
An dem Kiosk aufzuhängen.

Stammbuchblätter

1.

Mit Lauras Bilde
Im Namen eines Freundes

Um einen Myrtenzweig sich zu ersingen,
Schickt seinen Schwan Petrarka Lauren nach,
Mit Lorbeerreisern füllt er das Gemach,
Doch kann er in den Myrtenhain nicht dringen.

Da zieht er durch die Welt mit hellem Klingen,
Schlägt mit den Flügeln an das teure Haus,
Man reicht ihm den Zypressenkranz hinaus,
Allein die Myrte kann er nicht erringen.

Mein Freund, wohl ist der Lorbeer uns versagt,
Doch laß uns um den schnöden Preis nicht klagen,
Von Dornen und Zypressen rings umragt.

Will es in einer Laura Blick mir tagen,
Dann hab ich gern dem schweren Kranz entsagt,
Die kleine Myrte läßt sich leichter tragen.

2.

An Henriette von Hohenhausen
(31. Mai 1839)

Wie lieb, o Nähe; Ferne, ach wie leid;
Wie bald wird Gegenwart Vergangenheit!
Warum hat Trauer denn so matten Schritt,
Da doch so leicht die frohe Stunde glitt?

Ach, wer mir liebe Stunden könnte bannen,
Viel werter sollt er sein, als der vermöchte
Der trüben schlaffe Sehnen anzuspannen,
Denn Leid im Herzen wirbt sich teure Rechte,
Und wer es nimmt, der nimmt ein Kleinod mit.

Reich mir die Hand! du hast mich froh gemacht.
In öder Fremde hab ich dein gedacht,
Werd oft noch sinnen deinem Blicke nach,
So mildes Auge hellt den trübsten Tag.
Laß Ferne denn zur Nähe sich gestalten
Durch Wechselwort und inniges Gedenken.
Reich mir die Hand! — ich will sie treulich halten,
Und drüber her mag immergrün sich senken
Der Tannenzweig, ein schirmend Wetterdach.

Das Eselein

Auf einem Wiesengrund ging einmal
Ein muntres Rößlein weiden,
Ein Schimmelchen wars, doch etwas fahl,
Sein Äußeres nenn ich bescheiden,
Das schlechtste und auch das beste nicht,
Wir wollen nicht drüber zanken,
Doch hatt' es ein klares Augenlicht
Und starke geschmeidige Flanken.

In selbem Grunde schritt oft und viel
Ein edler Jüngling spazieren,
Hinter jedem Ohre ein Federkiel,
Das tät ihn wunderbar zieren!

Am Rücken ein Gänseflügelpaar,
Die täten rauschen und wedeln,
Und wißt, seine göttliche Gabe war,
Die schlechte Natur zu veredeln.

Den Tropfen, der seiner Stirne entrann,
Den soll wie Perle man fassen,
Ach, ohne ihn hätte die Sonne man
So simpelhin scheinen lassen,
Und ohne ihn wäre der Wiesengrund
Ein nüchterner Anger geblieben,
Ein Quellchen blank, ein Hügelchen rund
Und eine Handvoll Maßlieben!

Er aber fing in Spiegel den Strahl
Und ließ ihn zucken wie Flammen,
Die ruppigen Gräser strich er zumal
Und flocht sie sauber zusammen,
An Steinen schleppt' er sich krank und matt,
Für ein Ruinchen am Hügel,
Dem Hasen kämmt' er die Wolle glatt
Und frisiert' den Mücken die Flügel.

So hat er mit saurem Schweiß und Müh
Das ganz Gemeine verbessert,
Und klareres Wasser fand man nie,
Als wo er schaufelt' und wässert',
Und wie's nun aller Edlen Manier,
Sich mild und nobel zu zeigen,
So, sei's Gestein, Mensch oder Tier,
Er gab ihm von seinem Eigen.

Einst saß er mit seinem Werkgerät,
Mit Schere, Pinsel und Flasche,

In der eine schwärzliche Lymphe steht,
Mit Spiegel, Feder und Tasche;
Er saß und lauschte, wie in der Näh
Mein Schimmelchen galoppieret;
Auf dem Finger pfiff er: „Pst, Pferdchen, he!"
Und wacker kam es trottieret.

Dann sprach der Edle: „Du wärst schon gut,
'ne passable Rosinante,
Nähm ich dich ernstlich in meine Hut,
Daß ich den Koller dir bannte;
Ein leiser Traber — ein schmuckes Tier —
Ein unermüdeter Wandrer!
Kurz, wenig wüßt ich zu rügen an dir,
Wärst du nur völlig ein andrer.

„Drum sei verständig, trab heran
Und laß mich ruhig gewähren,
Und sollts dich kneipen, nicht zuck mir dann,
Du weißt, oft zwicken die Scheren."
Mein Schimmelchen stutzt, es setzt seitab,
Ein paarmal rennt es in Kreisen,
Dann sachte trabt es den Anger hinab,
Dann stand es still vor dem Weisen.

Der sprach: „Dein Ohr — ein armer Stumpf!
Armselig bist du geboren!
Kommandowort und der Siegstriumph,
Das geht dir alles verloren."
Drauf rüstig setzt' er die Zangen an
Und zerrt' und dehnte an beiden;
Mein Schimmelchen ächzt' und dachte dann:
„O wehe, Hoffart muß leiden!"

„Auch deine Farbe — erbärmlich schlecht!
Nicht blank und dennoch zu lichte,
Nicht für die romantische Dämmrung recht
Und nicht für die klare Geschichte."
Drauf emsig langt' er den Pinsel her
Und mischte Schwarz zu dem Weißen;
Mein Schimmelchen zuckt', es juckt' ihn sehr,
Doch dacht es: „Wie werd ich gleißen!"

„Und gar dein Schweif — unseliges Vieh!
Der flattert und schlenkert wie Segel,
Ich wette, du meinst dich ein Kraftgenie,
Und scheinst doch andern ein Flegel."
Drauf mit der Schere, Gang an Gang,
Beginnt er hurtig zu zwicken,
Hinauf hinunter, die Wurzel entlang,
Von der Kuppe bis an den Rücken.

Dann spricht er freudig: „Mein schmuckes Tier,
Mein Zelter, edel wie keiner!"
Und eilends langt er den Spiegel herfür:
„Nun sieh und freue dich deiner!
Nun bist ein Paraderößlein, baß
Wie eines von Münster bis Wesel."
Der Schimmel blinzt und schaut ins Glas —
O Himmel, da war er ein Esel!

MEERSBURG

Oktober 1841—April 1842

ZEITBILDER

Die Schulen

Kennst du den Saal! — ich schleiche sacht vorbei:
„Der alte Teufel tot, die Götter neu" —
Und was man Großes sonst darin mag hören.
Wie üppig wogend drängt der Jugend Schwarm!
Wie reich und glänzend! — aber ich bin arm,
Da will ich lieber eure Lust nicht stören.

Dann das Gewölb — mir wird darin nicht wohl,
Wo man der Gruft den modernden Obol
Entschaufelt und sich drüber legt zum Streite;
Ergraute Häupter nicken rings herum,
Wie weis' und gründlich! — aber ich bin dumm,
Da schleich ich lieber ungesehn bei Seite.

Doch die Katheder im Gebirge nah —
Der Meister unsichtbar, doch laut Hurrah
Ihm Wälder, Strom und Sturmesflügel rauschen,
Matrikel ist des Herzens frischer Schlag,
Da will zeitlebens ich, bei Nacht und Tag,
Demüt'ger Schüler, seinen Worten lauschen.

An die Weltverbesserer

Pochest du an — poch nicht zu laut,
Eh du geprüft des Nachhalls Dauer!
Drückst du die Hand — drück nicht zu traut!
Eh du gefragt des Herzens Schauer!
Wirfst du den Stein — bedenke wohl,
Wie weit ihn deine Hand wird treiben!
Oft schreckt ein Echo, dumpf und hohl,
Reicht goldne Hand dir den Obol,
Oft trifft ein Wurf des Nachbars Scheiben.

Höhlen gibt es am Meeresstrand,
Gewalt'ge Stalaktitendome,
Wo bläulich zuckt der Fackeln Brand,
Und Kähne gleiten wie Phantome.
Das Ruder schläft, der Schiffer legt
Die Hand dir angstvoll auf die Lippe,
Ein Räuspern nur — ein Fuß geregt —
Und donnernd überm Haupte schlägt
Zusammen dir die Riesenklippe.

Und Hände gibts im Orient,
Wie Schwäne weiß, mit blauen Malen,
In denen zwiefach Feuer brennt,
Als gelt es Liebesglut zu zahlen;
Ein leichter Tau hat sie genäßt,
Ein leises Zittern sie umflogen,
Sie fassen krampfhaft, drücken fest —
Hinweg, hinweg! du hast die Pest
In deine Poren eingesogen!

Auch hat ein Dämon einst gesandt
Den gift'gen Pfeil zum Himmelsbogen;

Dort rührt' ihn eines Gottes Hand,
Nun starrt er in den Ätherwogen.
Und läßt der Zauber nach, dann wird
Er niederprallen mit Geschmetter,
Daß das Gebirg in Scherben klirrt,
Und durch der Erde Adern irrt
Fortan das Gift der Höllengötter.

Drum poche sacht — du weißt es nicht,
Was dir mag überm Haupte schwanken;
Drum drücke sacht — der Augen Licht
Wohl siehst du, doch nicht der Gedanken.
Wirf nicht den Stein zu jener Höh,
Wo dir gestaltlos Form und Wege,
Und schnelltest du ihn einmal je,
So fall auf deine Knie und fleh,
Daß ihn ein Gott berühren möge.

Die Gaben

Nie fand, so oft auch scherzend ward gefragt,
Ich einen Mann, vom Grafen bis zum Schneider,
Der so bescheiden oder so betagt,
So hülflos — keinen so Gescheiten leider,

Der nicht gemeint, des Herrschertumes Bürde
Sei seinen Schultern grad das rechte Maß.
War einer zweifelnd je an seiner Würde,
So schätzt' er seine Kräfte desto baß:

Der hoffte auf der Rede Zauberbann,
Schlau aus dem Winkel wollte jener zielen;
Kurz, daß er wisse, wie, und auch den Mann,
Ließ jeder deutlich durch die Blume spielen.

Ihr Toren! glaubt ihr denn, daß Gott im Zorne
Die Großen schuf, ungleich der Menschenschar,
Pecus inane, das sein Haupt zum Borne
Hinstreckt wie weiland Nebukadnezar?

Daß, weil zuweilen unter Zotten schlägt
Ein Herz, wo große Elemente schlafen,
Deshalb, wer eine feine Wolle trägt,
Unfehlbar zählt zu den Merinoschafen?

Daß langes Schauen zweifellos erblinde,
Und wer den Fäden rastlos nachgespürt,
Daß dieser, gleich dem überreizten Kinde,
So dümmer wird, je länger er studiert?

Wer zweifelt, daß ein Herz, wie's Throne schmückt,
Gar oft am Acker frönt und Forstgehege,
Daß manche Scheitel sich zur Furche bückt,
Hochwert, daß eine Krone drauf man lege?

Doch ihr, des Lebens abgehetzte Alten,
Ihr innerlichen Greise, seid es nicht;
Bewahr der Himmel uns vor eurem Walten,
Vor dem im Sumpfe angebrannten Licht!

Ihr würdet mahnen an des Fröners Sohn,
Der, woll ihm Gott ein Königreich verschreiben,
Fürs Leben wüßte keinen bessern Lohn,
Als seine Schweine dann zu Roß zu treiben.

Vor vierzig Jahren

Da gab es doch ein Sehnen,
Ein Hoffen und ein Glühn,
Als noch der Mond „durch Tränen
In Fliederlauben" schien,

Als man dem „milden Sterne“
Gesellte, was da lieb,
Und „Lieder in die Ferne“
Auf sieben Meilen schrieb!

Ob dürftig das Erkennen,
Der Dichtung Flamme schwach,
Nur tief und tiefer brennen
Verdeckte Gluten nach.
Da lachte nicht der leere,
Der übersatte Spott,
Man baute die Altäre
Dem unbekannten Gott.

Und drüber man den Brodem
Des liebsten Weihrauchs trug,
Lebend'gen Herzens Odem,
Das frisch und kräftig schlug,
Das schamhaft, wie im Tode,
In Traumes Wundersarg
Noch der Begeistrung Ode,
Der Lieb Ekloge barg.

Wir höhnen oft und lachen
Der kaum vergangnen Zeit,
Und in der Wüste machen
Wie Strauße wir uns breit.
Ist Wissen denn Besitzen?
Ist denn Genießen Glück?
Auch Eises Gletscher blitzen
Und Basiliskenblick.

Ihr Greise, die gesunken
Wie Kinder in die Gruft,

Im letzten Hauche trunken
Von Lieb und Ätherduft,
Ihr habt am Lebensbaume
Die reinste Frucht gepflegt,
In karger Spannen Raume
Ein Eden euch gehegt.

Nun aber sind die Zeiten,
Die überwerten, da,
Wo offen alle Weiten
Und jede Ferne nah.
Wir wühlen in den Schätzen,
Wir schmettern in den Kampf,
Windsbräuten gleich versetzen
Uns Geistesflug und Dampf.

Mit unsres Spottes Gerten
Zerhaun wir, was nicht Stahl,
Und wie Morganas Gärten
Zerrinnt das Ideal;
Was wir daheim gelassen,
Das wird uns arm und klein;
Was Fremdes wir erfassen,
Wird in der Hand zu Stein.

Es wogt von End zu Ende,
Es grüßt im Fluge her,
Wir reichen unsre Hände,
— Sie bleiben kalt und leer. —
Nichts liebend, achtend wen'ge,
Wird Herz und Wange bleich,
Und bettelhafte Kön'ge
Stehn wir im Steppenreich.

Alte und neue Kinderzucht

1.

In seiner Buchenhalle saß ein Greis auf grüner Bank,
Vor ihm, in grünlichem Pokal, der Rebe Feuertrank;
Zur Seite seiner Jugend Sproß, sich lehnend an den Zweigen,
Ein ernster Vierziger, vernahm des Alten Wort in Schweigen.

„Sohn," sprach der Patriarch, es klang die Stimme schier bewegt:
„Das Kissen für mein Sterbebett, du hast es weich gelegt;
Ich weiß es, eine Träne wird das Leichentuch mir netzen,
In meinen Sessel wird dereinst ein Ehrenmann sich setzen.

„Zu Gottes Ehr und deiner Pflicht und nach der Vordern Art
Zog ich in aller Treue dich, als schon dein Kinn behaart.
Nicht will die neue Weise mir zum alten Haupte gehen,
Ein Sohn hat seinen Herrn, solang zwei Augen offen stehen.

„Mein Vater, — tröst ihn Gott, er fiel in einem guten Strauß! —
War Diener seinem Fürsten und ein König seinem Haus,
Sein treues Auge wußte wohl der Kinder Heil zu wahren,
Den letzten Schlag von seiner Hand fühlt ich mit zwanzig Jahren.

„So macht' er mich zum Mann, wie du, mein Sohn, zum frohen Greis,
Zum Mann, der tragen kann und sich im Glück zu fassen weiß.
Wie mag, wer seiner Launen Knecht, ein Herrenamt bezwingen?
Wer seiner Knospe Kraft verpraßt, wie möcht er Früchte bringen?

„Nur von der Pike dient sichs recht zum braven General.
Gesegnet sei die Hand, die mir erspart der Torheit Wahl!

Mit tausend Tränen hab ich sie in unsre Gruft getragen;
Denn eines Vaters heil'ge Hand hat nie zu hart geschlagen.

„Mein Haar ist grau, mein blödes Aug hat deinen Sproß
gesehn;
Bald füllst du meinen Sitz, und er wird horchend vor dir
stehn.
Gedenk der Rechenschaft, mein Sohn, lehr deinen Blick ihn
lesen,
Gehorsam sei er dir, wie du gehorsam mir gewesen!"

So sprach der Patriarch und schritt entlang die Buchenhall',
Ehrfürchtig folgte ihm der Sohn, wie Fürsten der Vasall,
Und seinen Knaben winkt' er sacht herbei vom Blütenhagen,
Ließ küssen ihn des Alten Hand und seinen Stab ihn tragen.

2.

An blühender Akazie lehnt ein blonder, bleicher Mann,
Sehr mangelt ihm der Sitz, allein die Kinder spielen dran;
So schreibt er stehend, immer Ball und Peitschenhieb ge-
wärt'gend,
Schnellfingrig für die Druckerei den Lückenbüßer fert'gend:

„In Osten steigt das junge Licht, es rauscht im Eichenhain,
Schon schlang der alte Erebus die alten Schatten ein,
Des Geistes Siegel sind gelöst, der Äther aufgeschlossen,
Und aus vermorschter Dogmen Staub lebend'ge Zedern
sprossen.

„O Geistesfessel, härter du als jemals ein Tyrann,
Geschlagen um des Sklaven Leib, du tausendjähr'ger Bann!
Geheim doch sicher hat der Rost genagt an deinem Ringe,
Nun wackelt er und fürchtet sich vor jedes Knaben Klinge!

„Hin ist die Zeit, wo ein Gespenst im Büßermantel schlich,
In seinen Bettelsack des Deutschen Gold und Ehre strich,

Wo Greise, Schulmonarchen gleich, die stumpfe Geißel
schwenkten,
Des Sonnenrosses Zaum dem Grab verfallne Hände lenkten.

„Nicht wird im zarten Kinde mehr des Mannes Keim erstickt,
Frei schießt die Eichenlode, unbeengt und ungeknickt;
Was mehr als Wissen, wirkender als Gaben, die zerstückelt —
Des kräft'gen Wollens Einheit wird im jungen Mark ent-
wickelt.

„Wir wuchsen unter Peitschenhieb an der Galeere auf,
Und dennoch riß das Dokument vom schnöden Seelenkauf
Durch deutsche Hand, durch unsre Hand, die, nach Ägyptens
Plagen,
Noch immer stark genug, den Brand ans Bagnotor zu tragen!

„Ihr aber, die den ganzen Saft der Muttererde trinkt,
An deren Zweig das erste Blatt schon wie Smaragde blinkt,
Ihr" — unser Dichter stutzt — er hört an den Holunder-
sträuchen
Sein Erstlingsreis, den Göttinger, wie eine Walze keuchen.

Und auf der Bank — sein Manuskript — o Pest! sein Dichter-
kranz,
Dort fliegt er, droben in der Luft, als langer Drachenschwanz!
Und — was? ein Guß? — bei Gott, da hängt der Bub, die
wilde Katze,
Am Ast und leert den Wasserkrug auf seines Vaters Glatze!

HEIDEBILDER

Der Knabe im Moor

O schaurig ists übers Moor zu gehn,
Wenn es wimmelt vom Heiderauche,
Sich wie Phantome die Dünste drehn
Und die Ranke häkelt am Strauche,
Unter jedem Tritte ein Quellchen springt,
Wenn aus der Spalte es zischt und singt,
O schaurig ists übers Moor zu gehn,
Wenn das Röhricht knistert im Hauche!

Fest hält die Fibel das zitternde Kind
Und rennt, als ob man es jage;
Hohl über die Fläche sauset der Wind —
Was raschelt drüben am Hage?
Das ist der gespenstische Gräberknecht,
Der dem Meister die besten Torfe verzecht;
Hu, hu, es bricht wie ein irres Rind!
Hinducket das Knäblein zage.

Vom Ufer starret Gestumpf hervor,
Unheimlich nicket die Föhre,
Der Knabe rennt, gespannt das Ohr,
Durch Riesenhalme wie Speere;
Und wie es rieselt und knittert darin!
Das ist die unselige Spinnerin,
Das ist die gebannte Spinnlenor',
Die den Haspel dreht im Geröhre!

Voran, voran! nur immer im Lauf,
Voran, als woll es ihn holen!
Vor seinem Fuße brodelt es auf,
Es pfeift ihm unter den Sohlen

Wie eine gespenstige Melodei;
Das ist der Geigemann ungetreu,
Das ist der diebische Fiedler Knauf,
Der den Hochzeitheller gestohlen!

Da birst das Moor, ein Seufzer geht
Hervor aus der klaffenden Höhle;
Weh, weh, da ruft die verdammte Margret:
„Ho, ho, meine arme Seele!"
Der Knabe springt wie ein wundes Reh;
Wär nicht Schutzengel in seiner Näh,
Seine bleichenden Knöchelchen fände spät
Ein Gräber im Moorgeschwele.

Da mählich gründet der Boden sich,
Und drüben, neben der Weide,
Die Lampe flimmert so heimatlich,
Der Knabe steht an der Scheide.
Tief atmet er auf, zum Moor zurück
Noch immer wirft er den scheuen Blick:
Ja, im Geröhre wars fürchterlich,
O schaurig wars in der Heide!

Das Hirtenfeuer

Dunkel, Dunkel im Moor,
Über der Heide Nacht,
Nur das rieselnde Rohr
Neben der Mühle wacht,
Und an des Rades Speichen
Schwellende Tropfen schleichen.

Unke kauert im Sumpf,
Igel im Grase duckt,
In dem modernden Stumpf
Schlafend die Kröte zuckt,

Und am sandigen Hange
Rollt sich fester die Schlange.

Was glimmt dort hinterm Ginster
Und bildet lichte Scheiben?
Nun wirft es Funkenflinster,
Die löschend niederstäuben;
Nun wieder alles dunkel —
Ich hör des Stahles Picken,
Ein Knistern, ein Gefunkel,
Und auf die Flammen zücken.

Und Hirtenbuben hocken
Im Kreis umher, sie strecken
Die Hände, Torfes Brocken
Seh ich die Lohe lecken;
Da bricht ein starker Knabe
Aus des Gestrüppes Windel
Und schleifet nach im Trabe
Ein wüst Wacholderbündel.

Er läßt's am Feuer kippen —
Hei, wie die Buben johlen,
Und mit den Fingern schnippen
Die Funken-Girandolen!
Wie ihre Zipfelmützen
Am Ohre lustig flattern,
Und wie die Nadeln spritzen,
Und wie die Äste knattern!

Die Flamme sinkt, sie hocken
Aufs neu umher im Kreise,
Und wieder fliegen Brocken,
Und wieder schwelt es leise:
Glührote Lichter streichen
An Haarbusch und Gesichte,

Und schier Dämonen gleichen
Die kleinen Heidewichte.

Der da, der Unbeschuhte,
Was streckt er in das Dunkel
Den Arm wie eine Rute?
Im Kreise welch Gemunkel?
Sie spähn wie junge Geier
Von ihrer Ginsterschütte:
Ha, noch ein Hirtenfeuer,
Recht an des Dammes Mitte!

Man sieht es eben steigen
Und seine Schimmer breiten,
Den wirren Funkenreigen
Übern Wacholder gleiten;
Die Buben flüstern leise,
Sie räuspern ihre Kehlen,
Und alte Heideweise
Verzittert durch die Schmelen.

„Helo, heloe!
Heloe, loe!
Komm du auf unsre Heide,
Wo ich meine Schäflein weide,
Komm, o komm in unser Bruch,
Da gibts der Blümelein genug! —
Helo, heloe!"

Die Knaben schweigen, lauschen nach dem Tann,
Und leise durch den Ginster zieht's heran:

Gegenstrophe

„Helo, heloe!
Ich sitze auf dem Walle,

Meine Schäflein schlafen alle,
Komm, o komm in unsern Kamp,
Da wächst das Gras wie Brahm so lang! —
Helo, heloe!
Heloe, loe!“

Der Heidemann

„Geht, Kinder, nicht zu weit ins Bruch,
Die Sonne sinkt, schon surrt den Flug
Die Biene matter, schlafgehemmt,
Am Grunde schwimmt ein blasses Tuch,
Der Heidemann kömmt!“ —

Die Knaben spielen fort am Raine,
Sie rupfen Gräser, schnellen Steine,
Sie plätschern in des Teiches Rinne,
Erhaschen die Phalän' am Ried
Und freun sich, wenn die Wasserspinne
Langbeinig in die Binsen flieht.

„Ihr Kinder, legt euch nicht ins Gras! —
Seht, wo noch grad die Biene saß,
Wie weißer Rauch die Glocken füllt.
Scheu aus dem Busche glotzt der Has,
Der Heidemann schwillt!“ —

Kaum hebt ihr schweres Haupt die Schmele
Noch aus dem Dunst, in seine Höhle
Schiebt sich der Käfer, und am Halme
Die träge Motte höher kreucht,
Sich flüchtend vor dem feuchten Qualme,
Der unter ihre Flügel steigt.

„Ihr Kinder, haltet euch bei Haus!
Lauft ja nicht in das Bruch hinaus;
Seht, wie bereits der Dorn ergraut,
Die Drossel ächzt zum Nest hinaus,
Der Heidemann braut!“ —

Man sieht des Hirten Pfeife glimmen
Und vor ihm her die Herde schwimmen,
Wie Proteus seine Robbenscharen
Heimschwemmt im grauen Ozean.
Am Dach die Schwalben zwitschernd fahren,
Und melancholisch kräht der Hahn.

„Ihr Kinder, bleibt am Hofe dicht!
Seht, wie die feuchte Nebelschicht
Schon an des Pförtchens Klinke reicht;
Am Grunde schwimmt ein falsches Licht,
Der Heidemann steigt!“ —

Nun strecken nur der Föhren Wipfel
Noch aus dem Dunste grüne Gipfel,
Wie übern Schnee Wacholderbüsche;
Ein leises Brodeln quillt im Moor,
Ein schwaches Schrillen, ein Gezische
Dringt aus der Niederung hervor.

„Ihr Kinder kommt, kommt schnell herein!
Das Irrlicht zündet seinen Schein,
Die Kröte schwillt, die Schlang' im Ried;
Jetzt ists unheimlich draußen sein,
Der Heidemann zieht!“ —

Nun sinkt die letzte Nadel, rauchend
Zergeht die Fichte, langsam tauchend
Steigt Nebelschemen aus dem Moore,

Mit Hünenschritten gleitets fort;
Ein irres Leuchten zuckt im Rohre,
Der Krötenchor beginnt am Bord.

Und plötzlich scheint ein schwaches Glühen
Des Hünen Glieder zu durchziehen;
Es siedet auf, es färbt die Wellen,
Der Nord, der Nord entzündet sich —
Glutpfeile, Feuerspeere schnellen,
Der Horizont ein Lavastrich!

„Gott gnad uns! wie es zuckt und dräut,
Wie's schwelet an der Dünenscheid!
Ihr Kinder, faltet eure Händ,
Das bringt uns Pest und teure Zeit —
Der Heidemann brennt!“ —

Der Weiher

Er liegt so still im Morgenlicht,
So friedlich, wie ein fromm Gewissen;
Wenn Weste seinen Spiegel küssen,
Des Ufers Blume fühlt es nicht;
Libellen zittern über ihn,
Blaugoldne Stäbchen und Karmin,
Und auf des Sonnenbildes Glanz
Die Wasserspinne führt den Tanz;
Schwertlilienkranz am Ufer steht
Und horcht des Schilfes Schlummerliede;
Ein lindes Säuseln kommt und geht,
Als flüstre's: Friede! Friede! Friede! —

Das Schilf

„Stille, er schläft! stille, stille!
Libelle, reg die Schwingen sacht,
Daß nicht das Goldgewebe schrille,
Und, Ufergrün, halt gute Wacht,
Kein Kieselchen laß niederfallen.
Er schläft auf seinem Wolkenflaum
Und über ihn läßt säuselnd wallen
Das Laubgewölb der alte Baum;
Hoch oben, wo die Sonne glüht,
Wieget der Vogel seine Flügel,
Und wie ein schlüpfend Fischlein zieht
Sein Schatten durch des Teiches Spiegel.
Stille, stille! er hat sich geregt,
Ein fallend Reis hat ihn bewegt,
Das grad zum Nest der Hänfling trug;
Su, su! breit', Ast, dein grünes Tuch —
Su, su! nun schläft er fest genug."

Die Linde

„Ich breite über ihn mein Blätterdach,
So weit ich es vom Ufer strecken mag.
Schau her, wie langaus meine Arme reichen,
Ihm mit den Fächern das Gewürm zu scheuchen,
Das hundertfarbig zittert in der Luft.
Ich hauch ihm meines Odems besten Duft,
Und auf sein Lager laß ich niederfallen
Die lieblichste von meinen Blüten allen;
Und eine Bank lehnt sich an meinen Stamm,
Da schaut ein Dichter von dem Uferdamm,

Den hör ich flüstern wunderliche Weise
Von mir und dir und der Libell' so leise,
Daß er den frommen Schläfer nicht geweckt;
Sonst wahrlich hätt die Raupe ihn erschreckt,
Die ich geschleudert aus dem Blätterhag.
Wie grell die Sonne blitzt! schwül wird der Tag.
O könnt ich, könnt ich meine Wurzeln strecken
Recht mitten in das tief kristallne Becken,
Den Fäden gleich, die, grünlicher Asbest,
Schaun so behaglich aus dem Wassernest,
Wie mir zum Hohne, der im Sonnenbrande
Hier einsam niederlechzt vom Uferrande."

Die Wasserfäden

„Neid uns! neid uns! laß die Zweige hangen,
Nicht weil flüssigen Kristall wir trinken,
Neben uns des Himmels Sterne blinken,
Sonne sich in unserm Netz gefangen —
Nein, des Teiches Blutsverwandte, fest
Hält er all uns an die Brust gepreßt,
Und wir bohren unsre feinen Ranken
In das Herz ihm, wie ein liebend Weib,
Dringen Adern gleich durch seinen Leib,
Dämmern auf wie seines Traums Gedanken;
Wer uns kennt, der nennt uns lieb und treu,
Und die Schmerle birgt in unsrer Hut
Und die Karpfenmutter ihre Brut;
Welle mag in unserm Schleier kosen;
Uns nur traut die holde Wasserfei,
Sie, die Schöne, lieblicher als Rosen.
Schleuß, Trifolium, die Glocken auf,
Kurz dein Tag, doch königlich sein Lauf!"

Kinder am Ufer

„O sieh doch! siehst du nicht die Blumenwolke
Da drüben in dem tiefsten Weiherkolke?
O, das ist schön! hätt ich nur einen Stecken,
Schmalzweiße Kelch' mit dunkelroten Flecken,
Und jede Glocke ist frisiert so fein,
Wie unser wächsern Engelchen im Schrein.
Was meinst du, schneid ich einen Haselstab
Und wat' ein wenig in die Furt hinab?
Pah! Frösch und Hechte können mich nicht schrecken —
Allein, ob nicht vielleicht der Wassermann
Dort in den langen Kräutern hocken kann?

Ich geh, ich gehe schon — ich gehe nicht —
Mich dünkt, ich sah am Grunde ein Gesicht —
Komm, laß uns lieber heim, die Sonne sticht!"

Die Steppe

Standest du je am Strande,
Wenn Tag und Nacht sich gleichen,
Und sahst aus Lehm und Sande
Die Regenrinnen schleichen —
Zahllose Schmugglerquellen,
Und dann, so weit das Auge
Nur reicht, des Meeres Wellen
Gefärbt mit gelber Lauge? —

Hier ist die Dün und drunten
Das Meer; Kanonen gleichend
Stehn Schäferkarrn, die Lunten
Verlöscht am Boden streichend.
Gilts etwa dem Korsaren
Im flatternden Kaftane,

Den dort ich kann gewahren
Im gelben Ozeane?

Er scheint das Tau zu schlagen,
Sein Schiff verdeckt die Düne,
Doch sieht den Mast man ragen,
Ein dürrer Fichtenhüne;
Von seines Toppes Kunkel
Die Seile stramm wie Äste,
Der Mastkorb, rauh und dunkel,
Gleicht einem Weihenneste!

Die Krähen

Heiß, heiß der Sonnenbrand
Drückt vom Zenit herunter,
Weit, weit der gelbe Sand
Zieht sein Gestäube drunter;
Nur wie ein grüner Strich
Am Horizont die Föhren;
Mich dünkt, man müßt es hören,
Wenn nur ein Kanker schlich.

Der blasse Äther siecht,
Ein Ruhen rings, ein Schweigen,
Dem matt das Ohr erliegt;
Nur an der Düne steigen
Zwei Fichten dürr, ergraut,
Wie Trauernde am Grabe,
Wo einsam sich ein Rabe
Die rupp'gen Federn kraut.

Da ziehts in Westen schwer
Wie eine Wetterwolke,
Kreist um die Föhren her
Und fällt am Heidekolke;

Und wieder steigt es dann,
Es flattert und es ächzet,
Und immer näher krächzet
Das Galgenvolk heran.

Recht, wo der Sand sich dämmt,
Da lagert es am Hügel;
Es badet sich und schwemmt,
Stäubt Asche durch die Flügel,
Bis jede Feder grau;
Dann rasten sie im Bade
Und horchen der Suade
Der alten Krähenfrau,

Die sich im Sande reckt,
Das Bein lang ausgeschossen,
Ihr eines Aug gefleckt,
Das andre ist geschlossen;
Zweihundert Jahr und mehr
Gehetzt mit allen Hunden,
Schnarrt sie nun ihre Kunden
Dem jungen Volke her:

„Ja, ritterlich und kühn all sein Gebar!
Wenn er so herstolzierte vor der Schar
Und ließ sein bäumend Roß so drehn und schwenken
Da mußt ich immer an Sankt Görgen denken,
Den Wettermann, der — als am Schlot ich saß,
Ließ mir die Sonne auf den Rücken brennen —
Vom Wind getrillt mich schlug so hart, daß baß
Ich es dem alten Raben möchte gönnen,
Der dort von seiner Hopfenstange schaut,
Als sei ein Baum er und wir andern Kraut! —

„Kühn war der Halberstadt, das ist gewiß!
Wenn er die Braue zog, die Lippe biß,

Dann standen seine Landsknecht auf den Füßen
Wie Speere, solche Blicke konnt er schießen.
Einst brach sein Schwert: er riß die Kuppel los,
Stieß mit der Scheide einen Mann vom Pferde.
Ich war nur immer froh, daß flügellos,
Ganz sonder Witz der Mensch geboren werde:
Denn nie hab ich gesehn, daß aus der Schlacht
Er eine Leber nur bei Seit gebracht.

„An einem Sommertag — heut sind es grad
Zweihundertfünfzehn Jahr, es lief die Schnat
Am Damme drüben damals bei den Föhren —
Da konnte man ein frisch Drommeten hören,
Ein Schwerterklirren und ein Feldgeschrei,
Radschlagen sah man Reuter von den Rossen,
Und die Kanone fuhr ihr Hirn zu Brei!
Entlang die Gleise ist das Blut geflossen,
Granat und Wachtel liefen kunterbunt
Wie junge Kiebitze am sand'gen Grund.

„Ich saß auf einem Galgen, wo das Bruch
Man überschauen konnte recht mit Fug;
Dort an der Schnat hat Halberstadt gestanden,
Mit seinem Sehrohr streifend durch die Banden,
Hat seinen Stab geschwungen so und so;
Und wie er schwenkte, zogen die Soldaten —
Da plötzlich aus den Mörsern fuhr die Loh,
Es knallte, daß ich bin zu Fall geraten.
Und als kopfüber ich vom Galgen schoß,
Da pfiff der Halberstadt davon zu Roß.

„Mir stieg der Rauch in Ohr und Kehl, ich schwang
Mich auf, und nach der Qualm in Strömen drang;
Entlang die Heide fuhr ich mit Gekrächze.
Am Grunde, welch Geschrei, Geschnaub, Geächze,

Die Rosse wälzten sich und zappelten,
Todwunde zuckten auf, Landsknecht' und Reuter
Knirschten den Sand, da näher trappelten
Schwadronen, manche krochen winselnd weiter,
Und mancher hat noch einen Stich versucht,
Als über ihn der Bayer weggeflucht.

„Noch lange haben sie getobt, geknallt,
Ich hatte mich geflüchtet in den Wald;
Doch als die Sonne färbt' der Föhren Spalten,
Ha, welch ein köstlich Mahl ward da gehalten!
Kein Geier schmaust', kein Weihe je so reich!
In achtzehn Schwärmen fuhren wir herunter,
Das gab ein Hacken, Picken, Leich' auf Leich' —
Allein der Halberstadt war nicht darunter:
Nicht kam er heut, noch sonst mir zu Gesicht,
Wer ihn gefressen hat, ich weiß es nicht."

Sie zuckt die Klaue, kraut den Schopf
Und streckt behaglich sich im Bade;
Da streckt ein grauer Herr den Kopf,
Weit älter als die Scheh'razade.
„Ha," krächzt er, „das war wüste Zeit, —
Da gabs nicht Frauen, wie vor Jahren,
Als Ritter mit dem Kreuz gefahren
Und man die Münster hat geweiht!"
Er hustet, speit ein wenig Sand und Ton,
Dann hebt er an, ein grauer Seladon:

„Und wenn er kühn, so war sie schön,
Die heil'ge Frau im Ordenskleide!
Ihr mocht der Weihel süßer stehn,
Als andern Güldenstück und Seide.

Kaum war sie holder an dem Tag,
Da ihr jungfräulich Haar man fällte,
Als ich ans Kirchenfenster schnellte
Und schier Tobias' Hündlein brach.

„Da stand die alte Gräfin, stand
Der alte Graf, geduldig harrend;
Er aufs Barettlein in der Hand,
Sie fest aufs Paternoster starrend;
Ehrbar, wie bronzen sein Gesicht —
Und aus der Mutter Wimpern glitten
Zwei Tränen auf der Schaube Mitten,
Doch ihre Lippe zuckte nicht.

„Und sie in ihrem Sammetkleid,
Von Perlen und Juwel umfunkelt,
Bleich war sie, aber nicht von Leid,
Ihr Blick, doch nicht von Gram, umdunkelt.
So mild hat sie das Haupt gebeugt,
Als woll auf den Altar sie legen
Des Haares königlichen Segen,
Vom Antlitz ging ein süß Geleucht.

„Doch als nun, wie am Blutgerüst,
Ein Mann die Seidenstränge packte,
Da faßte mich ein wild Gelüst,
Ich schlug die Scheiben, daß es knackte,
Und flattert' fort, als ob der Stahl
Nach meinem Nacken wolle zücken —
Ja wahrlich, über Kopf und Rücken
Fühlt ich den ganzen Tag mich kahl!

„Und später sah ich manche Stund
Sie betend durch den Kreuzgang schreiten,

Ihr süßes Auge übern Grund
Entlang die Totenlager gleiten;
Ins Quadrum flog ich dann herab,
Spazierte auf dem Leichensteine,
Sang, oder suchte auch zum Scheine
Nach einem Regenwurm am Grab.

„Wie sie gestorben, weiß ich nicht;
Die Fenster hatte man verhangen,
Ich sah am Vorhang nur das Licht
Und hörte, wie die Schwestern sangen;
Auch hat man keinen Stein geschafft
Ins Quadrum, doch ich hörte sagen,
Daß manchem Kranken Heil getragen
Der sel'gen Frauen Wunderkraft.

„Ein Loch gibt es am Kirchenend,
Da kann man ins Gewölbe schauen,
Wo matt die ew'ge Lampe brennt,
Steinsärge ragen, fein gehauen;
Da streck ich oft im Dämmergrau
Den Kopf durchs Gitter, klage, klage
Die Schlafende im Sarkophage,
So hold, wie keine Krähenfrau!"

Er schließt die Augen, stößt ein lang „Krahah!"
Gestreckt die Zunge und den Schnabel offen;
Matt, flügelhängend, ein zertrümmert Hoffen,
Ein Bild gebrochnen Herzens sitzt er da. —
Da schnarrt es über ihm: „Ihr Narren all!"
Und nieder von der Fichte plumpt der Rabe:
„Ist einer hier, der hörte von Walhall,
Von Teut und Thor und von dem Hünengrabe?

Saht ihr den Opferstein" — da mit Gekrächz
Hebt sich die Schar und klatscht entlang den Hügel.
Der Rabe blinzt, er stößt ein kurz Geächz,
Die Federn sträubend wie ein zorn'ger Igel;
Dann duckt er nieder, kraut das kahle Ohr,
Noch immer schnarrend fort von Teut und Thor.

Die Schmiede

Wie kann der alte Äpfelbaum
So lockre Früchte tragen,
Wo Mistelbüsch und Mooses Flaum
Aus jeder Ritze ragen?

Halb tot, halb lebend, wie ein Prinz
In einem Ammenmärchen,
Die eine Seite voll Gespinns,
Wurmfraß und Flockenhärchen,

Langt mit der andern, üppig rot,
Er in die Funkenreigen,
Die knatternd aus der Schmiede Schlot
Wie Sternraketen steigen;

Ein zweiter Scävola hält Jahr
Auf Jahr er seine Rechte
Der Glut entgegen, die kein Haar
Zu sengen sich erfrechte.

Und drunten geht es Pink und Pank,
Man hört die Flamme pfeifen,
Es keucht der Balg aus hohler Flank
Und bildet Aschenstreifen;

Die Kohle knallt, und drüber dicht,
Mit Augen wie Pyropen,
Beugt sich das grimmige Gesicht
Des rußigen Zyklopen.

Er hält das Eisen in die Glut
Wie eine arme Seele,
Es knackt und spritzet Funkenblut
Und dunstet blaue Schwele.

Dann auf dem Amboß, Schlag an Schlag,
Läßt es sein Weh erklingen,
Bis nun gekrümmt in Zorn und Schmach
Es kreucht zu Hufes Ringen.

Am Pförtchen scharrt der Rappe, schnaubt
Dem Schlackenstaub entgegen,
Wo hinterm Hagen dichtbelaubt
Sich Liederklänge regen.

„Es kam in diesen Tagen
Einem edlen Jäger in Sinn,
Daß er wollt gehn aus jagen,
Ob er des hätte Gewinn.
Wohl über eine Grünheide,
Der Jäger wohlgemut,
Mit seinem grünen Kleide,
Mit seinem Hunde gut.
Ein Rehlein wollt er jagen,
Ein Rehlein war seine Lust,
Er tät alle Leute fragen,
Doch hats niemand gewußt;
Wohl von dem frühen Morgen
Zog er dem Rehlein nach,

Das hatt sich gar verborgen,
Damit verging der Tag.“

’s ist eine Stimme fest und klar
Wie Morgenfrische heiter,
Nun durch die Spalten fliegen gar
Maßlieben, Dold und Kräuter.

Da wilder scharrt der Rappe, schwallt
Am Dach der Funkenreigen,
Und eine dunkle Nachtgestalt
Scheint aus dem Schlot zu steigen.

Und lockend schwankt der Äpfel Schein
Den Hagen zu berühren:
Will Pluto hier am Blütenrain
Proserpina entführen?

Das Haus in der Heide

Wie lauscht, vom Abendschein umzuckt,
Die strohgedeckte Hütte,
Recht wie im Nest der Vogel duckt,
Aus dunkler Föhren Mitte.

Am Fensterloche streckt das Haupt
Die weißgestirnte Sterke,
Bläst in den Abendduft und schnaubt
Und stößt ans Holzgewerke.

Seitab ein Gärtchen, dornumhegt,
Mit reinlichem Gelände,
Wo matt ihr Haupt die Glocke trägt,
Aufrecht die Sonnenwende.

Und drinnen kniet ein stilles Kind,
Das scheint den Grund zu jäten,
Nun pflückt sie eine Lilie lind
Und wandelt längs den Beeten.

Am Horizonte Hirten, die
Im Heidekraut sich strecken
Und mit des Aves Melodie
Träumende Lüfte wecken.

Und von der Tenne ab und an
Schallt es wie Hammerschläge,
Der Hobel rauscht, es fällt der Span,
Und langsam knarrt die Säge.

Da hebt der Abendstern gemach
Sich aus den Föhrenzweigen,
Und grade ob der Hütte Dach
Scheint er sich mild zu neigen.

Es ist ein Bild, wie still und heiß
Es alte Meister hegten,
Kunstvolle Mönche, und mit Fleiß
Es auf den Goldgrund legten.

Der Zimmermann — die Hirten gleich
Mit ihrem frommen Liede —
Die Jungfrau mit dem Lilienzweig —
Und rings der Gottesfriede. —

Des Sternes wunderlich Geleucht
Aus zarten Wolkenfloren —
Ist etwa hier im Stall vielleicht
Christkindlein heut geboren?

Der Hünenstein

Zur Zeit der Scheide zwischen Nacht und Tag,
Als wie ein siecher Greis die Heide lag
Und ihr Gestöhn des Mooses Teppich regte,
Krankhafte Funken im verwirrten Haar
Elektrisch blitzten und, ein dunkler Mahr,
Sich über sie die Wolkenschichte legte;

Zu dieser Dämmerstunde wars, als ich
Einsam hinaus mit meinen Sorgen schlich
Und wenig dachte, was es draußen treibe.
Nachdenklich schritt ich, und bemerkte nicht
Des Krautes Wallen und des Wurmes Licht;
Ich sah auch nicht, als stieg die Mondesscheibe.

Grad war der Weg, ganz sonder Steg und Bruch;
So träumt ich fort und, wie ein schlechtes Buch,
Ein Pfennigs-Magazin uns auf der Reise
Von Station zu Stationen plagt,
Hab zehnmal Weggeworfnes ich benagt
Und fortgeleiert überdrüßge Weise.

Entwürfe wurden aus Entwürfen reif,
Doch, wie die Schlange packt den eignen Schweif,
Fand ich mich immer auf derselben Stelle;
Da plötzlich fuhr ein plumper Schröter jach
Ans Auge mir, ich schreckte auf und lag
Am Grund, um mich des Heidekrautes Welle.

Seltsames Lager, das ich mir erkor!
Zur Rechten, Linken schwoll Gestein empor,
Gewalt'ge Blöcke, rohe Porphyrbrode;
Mir überm Haupte reckte sich der Bau,

Langhaar'ge Flechten rührten meine Brau,
Und mir zu Füßen schwankt' die Ginsterlode.

Ich wußte gleich, es war ein Hünengrab,
Und fester drückt' ich meine Stirn hinab,
Wollüstig saugend an des Grauens Süße,
Bis es mit eis'gen Krallen mich gepackt,
Bis wie ein Gletscher-Bronn des Blutes Takt
Aufquoll und hämmert' unterm Mantelvließe.

Die Decke über mir, gesunken, schief,
An der so blaß gehärmt das Mondlicht schlief,
Wie eine Witwe an des Gatten Grabe;
Vom Hirtenfeuer Kohlenscheite sahn
So leichenbrandig durch den Thymian,
Daß ich sie abwärts schnellte mit dem Stabe.

Husch fuhr ein Kiebitz schreiend aus dem Moos;
Ich lachte auf; doch trug wie bügellos
Mich Phantasie weit über Spalt und Barren.
Dem Wind hab ich gelauscht so scharf gespannt,
Als bring er Kunde aus dem Geisterland,
Und immer mußt ich an die Decke starren.

Ha! welche Sehnen wälzten diesen Stein?
Wer senkte diese wüsten Blöcke ein,
Als durch das Heid die Totenklage schallte?
Wer war die Drude, die im Abendstrahl
Mit Run und Spruch umwandelte das Tal,
Indes ihr goldnes Haar im Winde wallte?

Dort ist der Osten; dort, drei Schuh im Grund,
Dort steht die Urne, und in ihrem Rund

Ein wildes Herz, zerstäubt zu Aschenflocken,
Hier lagert sich der Traum vom Opferhain,
Und finster schütteln über diesen Stein
Die grimmen Götter ihre Wolkenlocken.

Wie, sprach ich Zauberformel? Dort am Damm —
Es steigt, es breitet sich wie Wellenkamm,
Ein Riesenleib, gewalt'ger, höher immer;
Nun greift es aus mit langgedehntem Schritt —
Schau, wie es durch der Eiche Wipfel glitt,
Durch seine Glieder zittern Mondenschimmer.

Komm her, komm nieder — um ist deine Zeit!
Ich harre dein, im heil'gen Bad geweiht;
Noch ist der Kirchenduft in meinem Kleide! —
Da fährt es auf, da ballt es sich ergrimmt,
Und langsam, eine dunkle Wolke, schwimmt
Es über meinem Haupt entlang die Heide.

Ein Ruf, ein hüpfend Licht — es schwankt herbei —
Und — „Herr, es regnet" — sagte mein Lakai,
Der ruhig übers Haupt den Schirm mir streckte.
Noch einmal sah ich zum Gestein hinab:
Ach Gott, es war doch nur ein rohes Grab,
Das armen, ausgedorrten Staub bedeckte!

Die Jagd

Die Luft hat schlafen sich gelegt,
Behaglich in das Moos gestreckt;
Kein Rispeln, das die Kräuter regt,
Kein Seufzer, der die Halme weckt.

Nur eine Wolke träumt mitunter
Am blassen Horizont hinunter,
Dort, wo das Tannicht überm Wall
Die dunkeln Kandelaber streckt.

Da horch, ein Ruf, ein ferner Schall:
„Hallo! hoho!“ so lang gezogen,
Man meint, die Klänge schlagen Wogen
Im Ginsterfeld, und wieder dort:
„Hallo! hoho!“ — am Dickicht fort
Ein zögernd Echo, — alles still!
Man hört der Fliege Angstgeschrill
Im Mettennetz, den Fall der Beere,
Man hört im Kraut des Käfers Gang,
Und dann wie zieh'nder Kranichheere
Kling klang! von ihrer luft'gen Fähre,
Wie ferner Unkenruf: Kling! klang!
Ein Läuten das Gewäld entlang —
Hui schlüpft der Fuchs den Wall hinab —
Er gleitet durch die Binsenspeere,
Und zuckelt fürder seinen Trab:
Und aus dem Dickicht, weiß wie Flocken,
Nach stäuben die lebend'gen Glocken,
Radschlagend an des Dammes Hang;
Wie Aale schnellen sie vom Grund,
Und weiter, weiter, Fuchs und Hund. —
Der schwankende Wacholder flüstert,
Die Binse rauscht, die Heide knistert,
Und stäubt Phalänen um die Meute.
Sie jappen, klaffen nach der Beute,
Schaumflocken sprühn aus Nas' und Mund.
Noch hat der Fuchs die rechte Weite,

Gelassen trabt er, schleppt den Schweif,
Zieht in dem Taue dunklen Streif
Und zeigt verächtlich seine Socken.
Doch bald hebt er die Lunte frisch,
Und, wie im Weiher schnellt der Fisch,
Fort setzt er über Kraut und Schmelen,
Wirft mit den Läufen Kies und Staub;
Die Meute mit geschwollnen Kehlen
Ihm nach, wie rasselnd Winterlaub.
Man höret ihre Kiefern knacken,
Wenn fletschend in die Luft sie hacken;
In weitem Kreise so zum Tann,
Und wieder aus dem Dickicht dann
Ertönt das Glockenspiel der Bracken.

Was bricht dort im Gestrüppe am Revier?
Im holprichten Galopp stampft es den Grund;
Ha! brüllend Herdenvieh! voran der Stier,
Und ihnen nach klafft ein versprengter Hund.
Schwerfällig poltern sie das Feld entlang,
Das Horn gesenkt, waagrecht des Schweifes Strang,
Und taumeln noch ein paarmal in die Runde,
Eh Posto wird gefaßt im Heidegrunde.
Nun endlich stehn sie, murren noch zurück,
Das Dickicht messend mit verglastem Blick,
Dann sinkt das Haupt, und unter ihrem Zahne
Ein leises Rupfen knirrt im Thymiane;
Unwillig schnauben sie den gelben Rauch,
Das Euter streifend am Wacholderstrauch,
Und peitschen mit dem Schweife in die Wolke
Von summendem Gewürm und Fliegenvolke.
So, langsam schüttelnd den gefüllten Bauch,
Fort grasen sie bis zu dem Heidekolke.

Ein Schuß: „Hallo!“ — ein zweiter Schuß: „Hoho!“
Die Herde stutzt, des Kolkes Spiegel kraust
Ihr Blasen, dann die Hälse streckend, so
Wie in des Dammes Mönch der Strudel saust,
Ziehn sie das Wasser in den Schlund, sie pusten,
Die kranke Sterke schaukelt träg herbei,
Sie schaudert, schüttelt sich in hohlem Husten,
Und dann — ein Schuß, und dann — ein Jubelschrei!

Das grüne Käppchen auf dem Ohr,
Den halben Mond am Lederband,
Trabt aus der Lichtung rasch hervor
Bis mitten in das Heideland
Ein Weidmann ohne Tasch und Büchse;
Er schwenkt das Horn, er ballt die Hand,
Dann setzt er an, und tausend Füchse
Sind nicht so kräftig totgeblasen,
Als heut es schmettert übern Rasen.

„Der Schelm ist tot, der Schelm ist tot!
Laßt uns den Schelm begraben!
Kriegen ihn die Hunde nicht,
Dann fressen ihn die Raben.
Hoho hallo!“

Da stürmt von allen Seiten es heran,
Die Bracken brechen aus Genist und Tann;
Durch das Gelände sieht in wüsten Reifen
Man johlend sie um den Hornisten schweifen.
Sie ziehen ihr Geheul so hohl und lang,
Daß es verdunkelt der Fanfare Klang,
Doch lauter, lauter schallt die Gloria,
Braust durch den Ginster die Viktoria:

„Hängt den Schelm! hängt den Schelm!
Hängt ihn an die Weide,

Mir den Balg und dir den Talg,
Dann lachen wir alle beide;
Hängt ihn! Hängt ihn!
Den Schelm, den Schelm! — —“

Die Mergelgrube

Stoß deinen Scheit drei Spannen in den Sand,
Gesteine siehst du aus dem Schnitte ragen,
Blau, gelb, zinnoberrot, als ob zur Gant
Natur die Trödelbude aufgeschlagen.
Kein Pardelfell war je so bunt gefleckt,
Kein Rebhuhn, keine Wachtel so gescheckt,
Als das Gerölle, gleißend wie vom Schliff,
Sich aus der Scholle bröckelt bei dem Griff
Der Hand, dem Scharren mit des Fußes Spitze.
Wie zürnend sturt dich an der schwarze Gneis,
Spatkugeln kollern nieder, milchig weiß,
Und um den Glimmer fahren Silberblitze;
Gesprenkelte Porphyre, groß und klein,
Die Ockerdruse und der Feuerstein —
Nur wenige hat dieser Grund gezeugt,
Der sah den Strand, und der des Berges Kuppe;
Die zorn’ge Welle hat sie hergescheucht,
Leviathan mit seiner Riesenschuppe,
Als schäumend übern Sinai er fuhr,
Des Himmels Schleusen dreißig Tage offen,
Gebirge schmolzen ein wie Zuckerkand,
Als dann am Ararat die Arche stand,

Und, eine fremde, üppige Natur,
Ein neues Leben quoll aus neuen Stoffen. —
Findlinge nennt man sie, weil von der Brust,
Der mütterlichen, sie gerissen sind,
In fremde Wiege schlummernd unbewußt,
Die fremde Hand sie legt' wie's Findelkind.
O welch ein Waisenhaus ist diese Heide,
Die Mohren, Blaßgesicht und rote Haut
Gleichförmig hüllet mit dem braunen Kleide!
Wie endlos ihre Zellenreihn gebaut!

Tief ins Gebröckel, in die Mergelgrube
War ich gestiegen, denn der Wind zog scharf;
Dort saß ich seitwärts in der Höhlenstube
Und horchte träumend auf der Luft Geharf.
Es waren Klänge, wie wenn Geisterhall
Melodisch schwinde im zerstörten All;
Und dann ein Zischen, wie von Moores Klaffen,
Wenn brodelnd es in sich zusamm'gesunken;
Mir überm Haupt ein Rispeln und ein Schaffen,
Als scharre in der Asche man den Funken.
Findlinge zog ich Stück auf Stück hervor
Und lauschte, lauschte mit berauschtem Ohr.

Vor mir, um mich der graue Mergel nur;
Was drüber, sah ich nicht; doch die Natur
Schien mir verödet, und ein Bild erstand
Von einer Erde, mürbe, ausgebrannt;
Ich selber schien ein Funken mir, der doch
Erzittert in der toten Asche noch,
Ein Findling im zerfallnen Weltenbau.
Die Wolke teilte sich, der Wind ward lau;
Mein Haupt nicht wagt ich aus dem Hohl zu strecken,
Um nicht zu schauen der Verödung Schrecken,

Wie Neues quoll und Altes sich zersetzte —
War ich der erste Mensch oder der letzte?

Ha, auf der Schieferplatte hier Medusen —
Noch schienen ihre Strahlen sie zu zücken,
Als sie geschleudert von des Meeres Busen
Und das Gebirge sank, sie zu zerdrücken.
Es ist gewiß, die alte Welt ist hin,
Ich Petrefakt, ein Mammutsknochen drin!
Und müde, müde sank ich an den Rand
Der staub'gen Gruft; da rieselte der Grand
Auf Haar und Kleider mir, ich ward so grau
Wie eine Leich im Katakomben-Bau,
Und mir zu Füßen hört ich leises Knirren,
Ein Rütteln, ein Gebröckel und ein Schwirren.
Es war der Totenkäfer, der im Sarg
Soeben eine frische Leiche barg;
Ihr Fuß, ihr Flügelchen empor gestellt
Zeigt eine Wespe mir von dieser Welt.
Und anders ward mein Träumen nun gewandet,
Zu einer Mumie ward ich versandet,
Mein Linnen Staub, fahlgrau mein Angesicht,
Und auch der Skarabäus fehlte nicht.

Wie, Leichen über mir? — so eben gar
Rollt mir ein Byssusknäuel in den Schoß;
Nein, das ist Wolle, ehrlich Lämmerhaar —
Und plötzlich ließen mich die Träume los.
Ich gähnte, dehnte mich, fuhr aus dem Hohl,
Am Himmel stand der rote Sonnenball,
Getrübt von Dunst, ein glüher Karneol,
Und Schafe weideten am Heidewall.
Dicht über mir sah ich den Hirten sitzen,
Er schlingt den Faden, und die Nadeln blitzen,

Wie er bedächtig seinen Socken strickt.
Zu mir hinunter hat er nicht geblickt.
„Ave Maria“ hebt er an zu pfeifen,
So sacht und schläfrig, wie die Lüfte streifen.
Er schaut so seelengleich die Herde an,
Daß man nicht weiß, ob Schaf er oder Mann.
Ein Räuspern dann, und langsam aus der Kehle
Schiebt den Gesang er in das Garngesträhle:

„Es stehet ein Fischlein in einem tiefen See,
Danach tu ich wohl schauen, ob es kommt in die Höh;
Wandl' ich über Grunheide bis an den kühlen Rhein,
Alle meine Gedanken bei meinem Feinsliebchen sein.

„Gleich wie der Mond ins Wasser schaut hinein,
Und gleich wie die Sonne im Wald gibt güldenen Schein
Also sich verborgen bei mir die Liebe findt,
Alle meine Gedanken, sie sind bei dir, mein Kind.

„Wer da hat gesagt, ich wollte wandern fort,
Der hat sein Feinsliebchen an einem andern Ort;
Trau nicht den falschen Zungen, was sie dir blasen ein,
Alle meine Gedanken, sie sind bei dir allein.“

Ich war hinaufgeklommen, stand am Bord,
Dicht vor dem Schäfer, reichte ihm den Knäuel;
Er steckt' ihn an den Hut und strickte fort,
Sein weißer Kittel zuckte wie ein Weihel.
Im Moose lag ein Buch; ich hob es auf —
„Bertuchs Naturgeschichte; lest Ihr das?“
Da zog ein Lächeln seine Lippen auf:
„Der lügt mal, Herr! Doch das ist just der Spaß!
Von Schlangen, Bären, die in Stein verwandelt,
Als, wie Genesis sagt, die Schleusen offen;

Wärs nicht zur Kurzweil, wär es schlecht gehandelt:
Man weiß ja doch, daß alles Vieh versoffen."
Ich reichte ihm die Schieferplatte: „Schau,
Das war ein Tier." Da zwinkert' er die Brau
Und hat mir lange pfiffig nachgelacht —
Daß ich verrückt sei, hätt er nicht gedacht! —

Die Vogelhütte

Regen, Regen, immer Regen!
will nicht das Geplätscher enden,
Daß ich aus dem Sarge brechen
kann, aus diesen Bretterwänden?

Sieben Schuhe ins Gevierte,
das ist doch ein ärmlich Räumchen
Für ein Menschenkind, und wär es
schlank auch wie ein Rosenbäumchen!

O was ließ ich mich gelüsten,
in den Vogelherd zu flüchten,
Als nur schwach die Wolke tropfte,
als noch flüsterten die Fichten:

Und muß nun bestehn das Ganze,
wie wenn zögernd man dem Schwätzer
Raum gegeben, dem langweilig
Seile drehnden Phrasensetzer;

Und am Knopfe nun gehalten
oder schlimmer an den Händen,
Zappelnd, wie der Halbgehängte
langet nach des Strickes Enden!

Meine Unglücksstrick' sind dieser
Wasserstriemen Läng und Breite,
Die verkörperten Hyperbeln,
denn Bindfäden regnets heute.

Denk ich an die heitre Stube,
an das weiche Kanapee,
Und wie mein Gedicht, das meine,
dort zerlesen wird beim Tee;

Denk ich an die schwere Zunge,
die statt meiner es zerdrischt,
Bohrend wie ein Schwertfisch möcht ich
schießen in den Wassergischt.

Pah! was kümmern mich die Tropfen,
ob ich naß, ob säuberlich!
Aber besser stramm und trocken,
als durchnäßt und lächerlich.

Da — ein Fleck, ein Loch am Himmel;
bist du endlich doch gebrochen,
Alte Wassertonne, hab ich
endlich dich entzwei gesprochen?

Aber wehe! wie's vom Fasse
brodelt, wenn gesprengt der Zapfen,
Hör ichs auf dem Dache rasseln,
förmlich wie mit Füßen stapfen.

Regen! unbarmherz'ger Regen!
mögst du braten oder sieden!
Wehe, diese alte Kufe
ist das Faß der Danaiden!

*

Ich habe mich gesetzt in Gottes Namen;
Es hilft doch alles nicht, und mein Gedicht
Ist längst gelesen, und im Schloß die Damen,
Sie saßen lange zu Gericht.

Statt einen neuen Lorbeerkranz zu drücken
In meine Phöboslocken, hat man sacht
Den alten losgezupft und hinterm Rücken
Wohl Eselsohren mir gemacht.

Verkannte Seele, fasse dich im Leiden,
Sei stark, sei nobel, denk, der Ruhm ist leer,
Das Leben kurz, es wechseln Schmerz und Freuden,
Und was dergleichen Neugedachtes mehr!

Ich schau mich um in meiner kleinen Zelle:
Für einen Klausner wärs ein hübscher Ort;
Die Bank, der Tisch, das hölzerne Gestelle
Und an der Wand die Tasche dort;

Ein Netz im Winkelchen, ein Rechen, Spaten —
Und Betten? nun, das macht sich einfach hier;
Der Thymian ist heuer gut geraten
Und blüht mir grade vor der Tür.

Die Waldung drüben — und das Quellgewässer —
Hier möcht ich Heidebilder schreiben, zum Exempel:
„Die Vogelhütte", nein — „der Herd", nein besser:
„Der Knieende in Gottes weitem Tempel."

's ist doch romantisch, wenn ein zart Geriesel
Durch Immortellen und Wacholderstrauch
Umzieht und gleitet wie ein schlüpfend Wiesel
Und drüber flirrt der Stöberrauch;

Wenn Schimmer wechseln, weiß und seladonen;
Die weite Ebne schaukelt wie ein Schiff,
Hindurch der Kiebitz schrillt, wie Halkyonen
Wehklagend ziehen um das Riff.

Am Horizont die kolossalen Brücken —
Sinds Wolken, oder ists ein ferner Wald?
Ich will den Schemel an die Luke rücken,
Da liegt mein Hut, mein Hammer, — halt:

Ein Teller am Gestell! — was mag er bieten?
Fundus! bei Gott, ein Fund die Brezel drin!
Für einen armen Hund von Eremiten,
Wie ich es leider heute bin!

Ein seidner Beutel noch — am Bort zerrissen;
Ich greife, greife Rundes mit der Hand;
Weh! in die dürre Erbs' hab ich gebissen —
Ich dacht, es seie Zuckerkand.

Und nun die Tasche! he, wir müssen klopfen —
Vielleicht liegt ein Gefangner hier in Haft;
Da — eine Flasche! schnell herab den Pfropfen —
Ists Wasser? Wasser? — edler Rebensaft!

Und Edlerer, der ihn dem Sack vertraute,
Splendid barmherziger Wildhüter du,
Für einen armen Schelm, der Erbsen kaute,
Den frommen Bruder Tuck im Ivanhoe!

Mit dem Gekörn will ich den Kiebitz letzen,
Es aus der Luke streun, wenn er im Flug
Herschwirrt, mir auf die Schulter sich zu setzen,
Wie man es liest in manchem Buch.

Mir ist ganz wohl in meiner armen Zelle;
Wie mir das Klausnerleben so gefällt!
Ich bleibe hier, ich geh nicht von der Stelle,
Bevor der letzte Tropfen fällt.

*

Es verrieselt, es verraucht,
Mählich aus der Wolke taucht
Neu hervor der Sonnenadel.
In den feinen Dunst die Fichte
Ihre grünen Dornen streckt,
Wie ein schönes Weib die Nadel
In den Spitzenschleier steckt;
Und die Heide steht im Lichte
Zahllos blanker Tropfen, die
Am Wacholder zittern, wie
Glasgehänge an dem Lüster.
Überm Grund geht ein Geflüster,
Jedes Kräutchen reckt sich auf,
Und, in langgestrecktem Lauf
Durch den Sand des Pfades eilend,
Blitzt das goldne Panzerhemd
Des Kuriers; am Halme weilend
Streicht die Grille sich das Naß
Von der Flügel grünem Glas.
Grashalm glänzt wie eine Klinge,
Und die kleinen Schmetterlinge,
Blau, orange, gelb und weiß,
Jagen tummelnd sich im Kreis.
Alles Schimmer, alles Licht;
Bergwald mag und Welle nicht

Solche Farbentöne hegen,
Wie die Heide nach dem Regen.

*

Ein Schall — und wieder — wieder — was ist das? —
Bei Gott, das Schloß! Da schlägt es acht im Turme —
Weh, mein Gedicht! o weh mir armem Wurme,
Nun fällt mir alles ein, was ich vergaß!

Mein Hut, mein Hammer, hurtig fortgetrabt —
Vielleicht, vielleicht ist man diskret gewesen
Und harrte meiner, der sein Federlesen
Indes mit Kraut und Würmern hat gehabt. —

Nun kommt der Steg und nun des Teiches Ried,
Nun steigen der Alleen schlanke Streifen;
Ich weiß es nicht, ich kann es nicht begreifen,
Wie ich so gänzlich mich vom Leben schied —
Doch freilich — damals war ich Eremit!

FELS, WALD UND SEE

Am Bodensee

Über Gelände, matt gedehnt,
Hat Nebelrauch sich wimmelnd gelegt,
Müde, müde die Luft am Strande stöhnt,
Wie ein Roß, das den schlafenden Reiter trägt;
Im Fischerhause kein Lämpchen brennt,
Im öden Turme kein Heimchen schrillt,
Nur langsam rollend der Pulsschlag schwillt
In dem zitternden Element.

Ich hör es wühlen am feuchten Strand,
Mir unterm Fuße es wühlen fort,
Die Kiesel knistern, es rauscht der Sand,
Und Stein an Stein entbröckelt dem Bord.
An meiner Sohle zerfährt der Schaum,
Eine Stimme klaget im hohlen Grund,
Gedämpft, mit halbgeschlossenem Mund,
Wie des grollenden Wetters Traum.

Ich beuge mich lauschend am Turme her,
Sprühregenflitter fährt in die Höh.
Ha, meine Locke ist feucht und schwer!
Was treibst du denn, unruhiger See?
Kann dir der heilige Schlaf nicht nahn?
Doch nein, du schläfst, ich seh es genau,
Dein Auge decket die Wimper grau,
Am Ufer streckt sich der Kahn.

Hast du so vieles, so vieles erlebt,
Daß dir im Traume es kehren muß,
Daß deine gleißende Nerv erbebt,
Naht ihr am Strand eines Menschen Fuß?
Dahin, dahin! die einst so gesund,
So reich und mächtig, so arm und klein,
Und nur ihr flüchtiger Spiegelschein
Liegt zerflossen auf deinem Grund.

Der Ritter, so aus der Burg hervor
Vom Hange trabte in aller Früh;
— Jetzt nickt die Esche vom grauen Tor,
Am Zwinger zeichnet die Mylady —
Das arme Mütterlein, das gebleicht
Sein Leichenhemde den Strand entlang;
Der Kranke, der seinen letzten Gang
An deinem Borde gekeucht;

Das spielende Kind, das neckend hier
Sein Schneckenhäuschen geschleudert hat;
Die glühende Braut, die lächelnd dir
Von der Ringelblume gab Blatt um Blatt;
Der Sänger, der mit trunkenem Aug
Das Metrum geplätschert in deiner Flut;
Der Pilger, so am Gesteine geruht:
Sie alle dahin wie Rauch!

Bist du so fromm, alte Wasserfei,
Hältst nur umschlungen, läßt nimmer los?
Hat sich aus dem Gebirge die Treu
Geflüchtet in deinen heiligen Schoß?
O, schau mich an! ich zergeh wie Schaum,
Wenn aus dem Grabe die Distel quillt,
Dann zuckt mein längst zerfallenes Bild
Wohl einmal durch deinen Traum!

Die Schenke am See

An Levin Schücking

Ists nicht ein heitrer Ort, mein junger Freund,
Das kleine Haus, das schier vom Hange gleitet,
Wo so possierlich uns der Wirt erscheint,
So übermächtig sich die Landschaft breitet;
Wo uns ergötzt im neckischen Kontrast
Das Wurzelmännchen mit verschmitzter Miene,
Das wie ein Aal sich schlingt und kugelt fast,
Im Angesicht der stolzen Alpenbühne?

Sitz nieder! — Trauben! — und behend erscheint
Zopfwedelnd der geschäftige Pygmäe;

Oh sieh, wie die verletzte Beere weint
Blutige Tränen um des Reifes Nähe;
Frisch, greif in die kristallne Schale, frisch!
Die saftigen Rubine glühn und locken;
Schon fühl ich an des Herbstes reichem Tisch
Den kargen Winter nahn auf leisen Socken.

Das sind dir Hieroglyphen, junges Blut,
Und ich, ich will an deiner lieben Seite
Froh schlürfen meiner Neige letztes Gut.
Schau her, schau drüben in die Näh und Weite;
Wie uns zur Seite sich der Felsen bäumt,
Als könnten wir mit Händen ihn ergreifen,
Wie uns zu Füßen das Gewässer schäumt,
Als könnten wir im Schwunge drüber streifen!

Hörst du das Alphorn überm blauen See?
So klar die Luft, mich dünkt, ich seh den Hirten
Heimzügeln von der duftbesäumten Höh —
Wars nicht, als ob die Rinderglocken schwirrten?
Dort, wo die Schlucht in das Gestein sich drängt —
Mich dünkt, ich seh den kecken Jäger schleichen;
Wenn eine Gemse an der Klippe hängt,
Gewiß, mein Auge müßte sie erreichen.

Trink aus! — die Alpen liegen stundenweit,
Nur nah die Burg, uns heimisches Gemäuer,
Wo Träume lagern lang verschollner Zeit,
Seltsame Mär und zorn'ge Abenteuer.
Wohl ziemt es mir, in Räumen schwer und grau,
Zu grübeln über dunkler Taten Reste;
Doch du, Levin, schaust aus dem grimmen Bau
Wie eine Schwalbe aus dem Mauerneste.

Sieh drunten auf dem See im Abendrot
Die Taucherente hin und wieder schlüpfend;
Nun sinkt sie nieder wie des Netzes Lot,
Nun wieder aufwärts mit den Wellen hüpfend;
Seltsames Spiel, recht wie ein Lebenslauf!
Wir beide schaun gespannten Blickes nieder;
Du flüsterst lächelnd: immer kömmt sie auf! —
Und ich, ich denke: immer sinkt sie wieder!

Noch einen Blick dem segensreichen Land,
Den Hügeln, Auen, üpp'gem Wellenrauschen.
Und heimwärts dann, wo von der Zinne Rand
Freundliche Augen unserm Pfade lauschen;
Brich auf! — da haspelt in behendem Lauf
Das Wirtlein Abschied wedelnd uns entgegen:
„— Geruh'ge Nacht — stehn's nit zu zeitig auf! —"
Das ist der lust'gen Schwaben Abendsegen.

Im Moose

Als jüngst die Nacht dem sonnenmüden Land
Der Dämmrung leise Boten hat gesandt,
Da lag ich einsam noch in Waldes Moose.
Die dunklen Zweige nickten so vertraut,
An meiner Wange flüsterte das Kraut,
Unsichtbar duftete die Heiderose.

Und flimmern sah ich durch der Linde Raum
Ein mattes Licht, das im Gezweig der Baum
Gleich einem mächt'gen Glühwurm schien zu tragen,
Es sah so dämmernd wie ein Traumgesicht,
Doch wußte ich, es war der Heimat Licht,
In meiner eignen Kammer angeschlagen.

Ringsum so still, daß ich vernahm im Laub
Der Raupe Nagen, und wie grüner Staub
Mich leise wirbelnd Blätterflöckchen trafen.
Ich lag und dachte, ach, so manchem nach,
Ich hörte meines eignen Herzens Schlag,
Fast war es mir, als sei ich schon entschlafen.

Gedanken tauchten aus Gedanken auf,
Das Kinderspiel, der frischen Jahre Lauf,
Gesichter, die mir lange fremd geworden;
Vergeßne Töne summten um mein Ohr,
Und endlich trat die Gegenwart hervor,
Da stand die Welle, wie an Ufers Borden.

Dann, gleich dem Bronnen, der verrinnt im Schlund
Und drüben wieder sprudelt aus dem Grund,
So stand ich plötzlich in der Zukunft Lande;
Ich sah mich selber, gar gebückt und klein,
Geschwächten Auges, am ererbten Schrein
Sorgfältig ordnen staub'ge Liebespfande.

Die Bilder meiner Lieben sah ich klar,
In einer Tracht, die jetzt veraltet war,
Mich sorgsam lösen aus verblichnen Hüllen,
Löckchen, vermorscht, zu Staub zerfallen schier,
Sah über die gefurchte Wange mir
Langsam herab die karge Träne quillen.

Und wieder an des Friedhofs Monument,
Dran Namen standen, die mein Lieben kennt,
Da lag ich betend, mit gebrochnen Knieen,
Und — horch, die Wachtel schlug! kühl strich der Hauch —
Und noch zuletzt sah ich, gleich einem Rauch,
Mich leise in der Erde Poren ziehen.

Ich fuhr empor und schüttelte mich dann,
Wie einer, der dem Scheintod erst entrann,
Und taumelte entlang die dunklen Hage,
Noch immer zweifelnd, ob der Stern am Rain
Sei wirklich meiner Schlummerlampe Schein
Oder das ew'ge Licht am Sarkophage.

Am Turme

Ich steh auf hohem Balkone am Turm,
Umstrichen vom schreienden Stare,
Und laß gleich einer Mänade den Sturm
Mir wühlen im flatternden Haare;
O wilder Geselle, o toller Fant,
Ich möchte dich kräftig umschlingen,
Und, Sehne an Sehne, zwei Schritte vom Rand
Auf Tod und Leben dann ringen!

Und drunten seh ich am Strand, so frisch
Wie spielende Doggen, die Wellen
Sich tummeln rings mit Geklaff und Gezisch
Und glänzende Flocken schnellen.
O, springen möcht ich hinein alsbald,
Recht in die tobende Meute,
Und jagen durch den korallenen Wald
Das Walroß, die lustige Beute!

Und drüben seh ich ein Wimpel wehn
So keck wie eine Standarte,
Seh auf und nieder den Kiel sich drehn
Von meiner luftigen Warte;

O, sitzen möcht ich im kämpfenden Schiff,
Das Steuerruder ergreifen
Und zischend über das brandende Riff
Wie eine Seemöwe streifen.

Wär ich ein Jäger auf freier Flur,
Ein Stück nur von einem Soldaten,
Wär ich ein Mann doch mindestens nur,
So würde der Himmel mir raten;
Nun muß ich sitzen so fein und klar,
Gleich einem artigen Kinde,
Und darf nur heimlich lösen mein Haar
Und lassen es flattern im Winde!

Das alte Schloß

Auf der Burg haus' ich am Berge,
Unter mir der blaue See,
Höre nächtlich Koboldzwerge,
Täglich Adler aus der Höh,
Und die grauen Ahnenbilder
Sind mir Stubenkameraden,
Wappentruh und Eisenschilder
Sofa mir und Kleiderladen.

Schreit ich über die Terrasse
Wie ein Geist am Runenstein,
Sehe unter mir die blasse
Alte Stadt im Mondenschein,
Und am Walle pfeift es weidlich,
— Sind es Käuze oder Knaben? —
Ist mir selber oft nicht deutlich,
Ob ich lebend, ob begraben!

Mir genüber gähnt die Halle,
Grauen Tores, hohl und lang,
Drin mit wunderlichem Schalle
Langsam dröhnt ein schwerer Gang.
Mir zur Seite Riegelzüge,
Ha, ich öffne, laß die Lampe
Scheinen auf der Wendelstiege
Lose modergrüne Rampe,

Die mich lockt wie ein Verhängnis
Zu dem unbekannten Grund;
Ob ein Brunnen? ob Gefängnis?
Keinem Lebenden ists kund;
Denn zerfallen sind die Stufen,
Und der Steinwurf hat nicht Bahn,
Doch als ich hinab gerufen,
Donnerts fort wie ein Orkan.

Ja, wird mir nicht baldigst fade
Dieses Schlosses Romantik,
In den Trümmern ohne Gnade
Brech ich Glieder und Genick;
Denn, wie trotzig sich die Düne
Mag am flachen Strande heben,
Fühl ich stark mich wie ein Hüne,
Von Zerfallendem umgeben.

GEDICHTE VERMISCHTEN INHALTS

Die junge Mutter

Im grün verhangnen duftigen Gemach
Auf weißen Kissen liegt die junge Mutter;
Wie brennt die Stirn! sie hebt das Auge schwach
Zum Bauer, wo die Nachtigall das Futter
Den nackten Jungen reicht: „Mein armes Tier,"
So flüstert sie, „und bist du auch gefangen
Gleich mir, wenn draußen Lenz und Sonne prangen,
So hast du deine Kleinen doch bei dir."

Den Vorhang hebt die graue Wärterin
Und legt den Finger mahnend auf die Lippen;
Die Kranke dreht das schwere Auge hin,
Gefällig will sie von dem Tranke nippen;
Er mundet schon, und ihre bleiche Hand
Faßt fester den Kristall — o milde Labe! —
„Elisabeth, was macht mein kleiner Knabe?"
„Er schläft," versetzt die Alte abgewandt.

„Wie mag er zierlich liegen! — Kleines Ding!" —
Und selig lächelnd sinkt sie in die Kissen;
Ob man den Schleier um die Wiege hing,
Den Schleier, der am Erntefest zerrissen?
Man sieht es kaum, sie flickte ihn so nett,
Daß alle Frauen höchlich es gepriesen,
Und eine Ranke ließ sie drüber sprießen.
„Was läutet man im Dom, Elisabeth?" —

„Madame, wir haben heut Mariatag."
So hoch im Mond? sie kann sich nicht besinnen. —
Wie war es nur? — doch ihr Gehirn ist schwach,
Und leise suchend zieht sie aus den Linnen

Ein Häubchen, in dem Strahle kümmerlich
Läßt sie den Faden in die Nadel gleiten;
So ganz verborgen will sie es bereiten,
Und leise, leise zieht sie Stich um Stich.

Da öffnet knarrend sich die Kammertür,
Vorsicht'ge Schritte übern Teppich schleichen.
„Ich schlafe nicht, Rainer, komm her, komm hier!
Wann wird man endlich mir den Knaben reichen?"
Der Gatte blickt verstohlen himmelwärts,
Küßt wie ein Hauch die kleinen heißen Hände:
„Geduld, Geduld, mein Liebchen, bis zum Ende!
Du bist noch gar zu leidend, gutes Herz."

„Du duftest Weihrauch, Mann." — „Ich war im Dom;
Schlaf, Kind!" und wieder gleitet er von dannen.
Sie aber näht, und liebliches Phantom
Spielt um ihr Aug von Auen, Blumen, Tannen. —
Ach, wenn du wieder siehst die grüne Au,
Siehst über einem kleinen Hügel schwanken
Den Tannenzweig und Blumen drüber ranken,
Dann tröste Gott dich, arme junge Frau!

Ein Sommertagstraum

Im tiefen West der Schwaden grollte,
Es stand die Luft, ein siedend Meer,
An meines Fensters Vorhang rollte
Die Sonnenkugel, glüh und schwer;
Und wie ein Kranker, lang gestreckt,
Lag ich auf grünen Sofakissen,

Das Haupt von wüstem Schmerz zerrissen,
Die Stirne fieberhaft gefleckt.

Um mich Geschenke, die man heute
Zu meinem Wiegenfest gesandt,
Denare, Schriften, Meeres Beute,
Ich hab mich schnöde abgewandt;
Zum Tode matt und schlafberaubt
Studiert ich der Gardine Bauschen
Und horchte auf des Blutes Rauschen
Und Klingeln im betäubten Haupt.

Zuweilen dehnte sich ein Murren
Den Horizont entlang, es schlich
Am Hag ein Rieseln und ein Surren,
Wie flatternder Libelle Strich;
Betäubend zog Resedaduft
Durch des Balkones offne Türen,
In jeder Nerve war zu spüren
Die schwefelnde Gewitterluft.

Da plötzlich schien sich aufzurichten
Am Fensterrahm ein Schattenwall,
Und mählich schob die dunklen Schichten
Er näher an den glühen Ball.
Durch der Gardine Spalten zog
Ein frischer Hauch, ich schloß die Augen,
Um tiefer, tiefer einzusaugen,
Was leise spielend mich umflog.

Genau vernahm ich noch das Rucken
Des flatternden Papiers, das Licht
Der Stufe sah ich schmerzend zucken;
Ob ich entschlief? mich dünkt es nicht.

Doch schneller schien am Autograph
Das dürre Züngelchen zu wehen,
Ein glitzernd Aug der Stein zu drehen,
Die Muschel dehnte sich im Schlaf.

Und nächt'ger Mücke zu vergleichen
Umsäuselte mich halber Klang,
Am Teppich schien es sacht zu streichen
Und lief des Polsters Saum entlang,
Wie wenn im zitternden Papier
Der Fliege zarte Füßchen irren;
Und heller, feiner aus dem Schwirren
Drang es wie Wortes Hauch zu mir:

Das Autograph

Pst! — st! — ja, ja,
Das mocht eine Pracht noch heißen,
Als ich am Ärmel sah
Die goldenen Tressen gleißen!
Wie waren die Hände weiß und weich,
Wie funkelten die Demanten!
Wie schwammen drüber, so duftig, reich,
Die breiten Brüsseler Kanten!

Das waren Bilder und Lockenpracht,
Wie mähnige Leun in Rahmen!
Das Vasen! wo in der Galatracht
Spazierten schäfernde Damen!
Und, o, das war eine Blumensee,
Ein farbiges Blütengewimmel!

Das eine berauschende Äthernäh
Von heißem südlichem Himmel!

Pst! — st! — ich duckt in meinem Fach,
Pst! — still — wie Vögel im Nest,
Und ward am Gitter die Brise wach,
Dann ruschelt ich mit dem West.
O, o! der war auch ein Vagabund:
Von Bogen flog er zu Bogen,
Hat aus der Siegel Granatenmund
Säuselnde Küsse gesogen.

Pst! — drunten, hart an meiner Klaus'
Ein Tisch auf güldenen Krallen;
Und wispelte ich zu weit hinaus,
Ich wär auf den Amor gefallen;
Der stand, einen Köcher in jeder Hand,
Wie sinnend auf lustige Finte,
Das Haupt gewendet vom stäubenden Sand,
Und spiegelte sich in der Tinte.

Sieh! drüben der Türen Paneele, breit
Geschmückt mit schimmernden Leisten!
Wie hab ich geflattert und mich gefreut,
Wenn leise knarrend sie gleißten!
Dann kam das Ding — ein Mann? — ein Greis? —
Nie konnte ich satt mich schauen,
Daß seine Lockenkaskaden so weiß,
So glänzend schwarz seine Brauen!

Schrieb, schrieb, daß die Feder knirrt' und bog,
Lang lange schlängelnde Kette,
Und sachte über den Marmor zog
Und schleifte sich die Manschette.

Das summt' und säuselte mir wie Traum,
Wie surrender Bienen Lesen,
Als sei ich einst ein seidener Schaum,
Eine Spitzenmanschette gewesen.

Pst! — stille, — sieh, ein andrer! — sieh!
Wie schütteln des Schreibers Locken!
Er beugt und schlenkert sich bis ans Knie,
Schlürft und schleicht wie auf Socken.
Ha! es zupft mich, — ich falle, ich falle! —
Da liege ich hülflos gebreitet,
Und über mich die tintige Galle
Wie Würmer krimmelt und gleitet.

Licht! Leben! durch die Fasern gießt
Gleich Ichor sich der Menschengeist;
Wie's droben tönt, die Spalte fließt,
Gedankenwelle schwillt und kreist.
„Viva!" — ein König wird gegrüßt —
Es fault im Mark, die Rinde gleißt.
Und Schiffe, schwer von Proviant,
Ziehn übers Meer vom Nordenstrand.

Ich zittre, zittre; jenes Fremden Auge,
Lichtblau und klar, ist über mich gebeugt;
Ob es den Geist mir aus den Fasern sauge?
Ich weiß es nicht, sein Blinzen sinkt und steigt,
Ein Auge scharf wie Scheidewassers Lauge! —
Er streicht die Brauen, faßt die Feder leicht —
Nun schlängelt er — nun drunten steht es da:
„Theodor' il primo, re di Corsica."

Pst! still! — der König spricht, Denar, halt Ruh!
Was schaukelst dich, was klimperst du?

Der Denar

O! über deinen König! ganz dir gleich,
Du glattgeschlagner Lumpen, o, sein Reich
Das Inselchen, des kärglichen Tribut
Lukull in eine Silberschüssel lud,
Gebannt in eine Perle, Cäsars Hand
In der Ägypterfürstin Locken wand.
Du, zitternd vor Satrapenblicke, fahl
Wärst du zerstäubt vor seiner Augen Strahl,
Wenn langsam übers Forum im Triumph
Das Viergespann ihn rollte; hörst du dumpf,
Wie halberwachter Donner oder Spülen
Der Brandung, Pöbelwoge ziehn und wühlen,
Um die Quadriga summend, wie im Nahn
Prüft seine Stimme murrend der Orkan?
„Heil, Cäsar, Heil!" um seine kahle Stirn
Ragt Lorbeer, wie die Ficht' um Klippenfirn;
Er lächelt, und aus seinem Lächeln fließet
Ein leise schläfernd Gift, o Roma, dir,
Sein halbgeschloßnes Auge Fäden schießet,
Ein unzerreißbar Netz. — Gebückt und stier,
Zerzausten Haares, vor den Rossen klirrt
Endloser Gallierzug, die Fesseln schleifen,
Und aus der Pöbelwelle gellt und schwirrt
Gezisch, Gejubel, Zimbelklang und Pfeifen.
Denare fliegen aus des Siegers Hand,
Ha, wie es krabbelt im Arenasand! —
Der Imperator nickt und klingelt fort.
Noch lieg ich unberührt im Byssusbeutel, —
Was steigt so schwarz am Kapitole dort?
Es dunkelt, dunkelt; — über Cäsars Scheitel
Ein Riesenaar mit Flügelrauschen steigt,
Die Sonne schwindet — doch ein Leuchten streicht

Um der Liktoren Beile — wieder itzt —
Sie zucken, schwenken sich — es blitzt! — es blitzt!

Die Erzstufe

Ja Blitze, Blitze! der Schwaden drängt
Giftiges Gas am Risse hinaus,
Auf einem Blitze bin ich gesprengt
Aus meinem funkelnden Kellerhaus.
O, wie war ich zerbrochen und krank,
Wie rieselts mir über die blanke Haut,
Wenn langsam schwellend der Tropfen sank,
Des Zuges Schneide mich angegraut!

Kennst du den Bergmönch, den braunen Schelm,
Dem auf der Schulter das Antlitz kreist?
Schwarz und rauh wie ein rostiger Helm,
Wie die Grubenlampe sein Auge gleißt.
O, er ist böse, tückisch und schlimm!
Mit dem Gezähe hackt er am Spalt,
Bis das schwefelnde Wetter im Grimm
Gegen die weichende Rinde schwallt.

Steiger, bete! du armer Knapp,
Dem in der Hütte das Kindlein zart,
Betet! betet! eh ihr hinab,
Eh zum letzten Male vor Ort ihr fahrt.
Sieben Nächte hab ich gesehn
Wie eine Walze rollen den Nacken
Und die Augen funkeln und drehn
Und das Gezähe schürfen und hacken.

Dort, dort hinter dem reichen Gang
Lauert der giftige Brodem; da,
Wo der Kobold den Hammer schwang,
Wo ich am Bruche ihn schnuppern sah.
Gleich dem Molche von Dunste trunken
Schwoll und wackelt' der Gnom am Grund,
Und des Gases knisternde Funken
Zogen in seinen saugenden Schlund.

Bete, Steiger, den Morgenpsalm
Einmal noch und dein „Walt's Gott",
Deinen Segen gen Wetters Qualm,
Gäh Verscheiden und Teufelsrott.
Schau noch einmal ins Angesicht
Deinem Töchterchen, deinem Weib,
Und dann zünde das Grubenlicht.
„Gott die Seele, dem Schacht der Leib!"

Sie sind vor Ort, die Lämpchen rund
Wie Irrwischflämmchen aufgestellt.
Die Winde keucht, es rollt der Hund,
Der Hammer pickt, die Stufe fällt,
An Bleigewürfel, Glimmerspat
Zerrinnend, malt der kleine Strahl
In seiner Glorie schwimmend Rad
Sich Regenbogen und Opal.

Die Winde keucht, es rollt der Hund. —
Hörst du des Schwadens Sausen nicht?
Wie Hagel bröckelt es zum Grund —
Der Hammer pickt, die Stufe bricht; —
Weh, weh! es zündet, flammt hinein!
Hinweg! es schmettert aus der Höh!

Felsblöcke, zuckendes Gebein!
Wo bin ich? — bin ich? — auf der See?
Und welch Geriesel — immer immerzu,
Wie Regentropfen, — regnets?

Die Muschel

Su, susu,
O, schlaf im schimmernden Bade,
Hörst du sie plätschern und rauschen,
Meine hüpfende blanke Najade?
Ihres Haares seidenen Tang
Über der Schultern Perlenschaum;
Horch! sie singt den Wellengesang,
Süß wie Vögelein, zart wie Traum:

„Webe, woge, Welle, wie
Westes Säuselmelodie,
Wie die Schwalbe übers Meer
Zwitschernd streicht von Süden her,
Wie des Himmels Wolken tauen
Segen auf des Eilands Auen,
Wie die Muschel knirrt am Strand,
Von der Düne rieselt Sand.

„Woge, Welle, sachte, sacht,
Daß der Triton nicht erwacht.
In der Hand das plumpe Horn,
Schlummert er am Strudelborn.
In der Muschelhalle liegt er,
Seine grünen Zöpfe wiegt er;

Riesle, Woge, Sand und Kies,
In des Bartes zottig Vlies.

„Leise, leise, Wellenkreis,
Wie des Liebsten Ruder leis
Streift dein leuchtend Glas entlang
Zu dem nächtlich süßen Gang;
Wenn das Boot, im Strauch geborgen,
Tändelt, schaukelt bis zum Morgen.
In der Kammer flimmert Licht;
Ruhig, Kiesel, knistert nicht!"

Das Lied verhaucht, wie Echo am Gestade,
Und leiser, leiser wiegt sich die Najade,
Beginnt ihr strömend Flockenhaar zu breiten,
Läßt vom Korallenkamm die Tropfen gleiten,
Und sachte strählend schwimmt sie, wie ein Hauch,
Im Strahl, der dämmert durch den Nebelrauch;
Wie glänzt ihr Regenbogenschleier! — o,
Die Sonne steigt, das Meer beginnt zu zittern —
Ein Silbernetz von Myriaden Flittern!
Mein Auge zündet sich — wo bin ich? — wo?

Tief atmend saß ich auf, aus Westen
Bohrte der schräge Sonnenstrahl;
Es tropft' und rieselt' von den Ästen,
Die Lerche stieg im Äthersaal;
Vom blanken Erzgewürfel traf
Mein Aug ein Leuchten, schmerzlich flirrend,
Und in des Zuges Hauche schwirrend
Am Boden lag das Autograph.

So hab ich Donner, Blitz und Regenschauer
Verträumt, in einer Sommerstunde Dauer.

Locke und Lied

An Amalie Hassenpflug

Meine Lieder sandte ich dir,
Meines Herzens strömende Quellen,
Deine Locke sandtest du mir,
Deines Hauptes ringelnde Wellen;
Hauptes Welle und Herzens Flut,
Sie zogen einander vorüber;
Haben sie nicht im Kusse geruht?
Schoß nicht ein Leuchten darüber?

Und du klagest: verblichen sei
Die Farbe der wandernden Zeichen;
Scheiden tut weh, mein Liebchen, ei,
Die Scheidenden dürfen erbleichen;
Warst du blaß nicht, zitternd und kalt,
Als ich von dir mich gerissen?
Blicke sie an, du Milde, und bald,
Bald werden den Herrn sie nicht missen.

Auch deine Locke hat sich gestreckt,
Verdrossen, gleich schlafendem Kinde,
Doch ich hab sie mit Küssen geweckt,
Hab sie gestreichelt so linde,
Ihr geflüstert von unserer Treu,
Sie geschlungen um deine Kränze,
Und nun ringelt sie sich aufs neu
Wie eine Rebe im Lenze.

Wenig Wochen, dann grünet der Stamm,
Hat Sonnenschein sich ergossen,

Und wir sitzen am rieselnden Damm,
Die Händ ineinander geschlossen,
Schaun in die Welle und schaun in das Aug
Uns wieder und wieder und lachen,
Und Bekanntschaft mögen dann auch
Die Lock' und der Liederstrom machen.

Gruß an Wilhelm Junkmann

Mein Lämpchen zuckt, sein Docht verglimmt,
Die Funken knistern im Kamine,
Wie eine Nebeldecke schwimmt
Es an des Saales hoher Bühne;
Im Schneegestöber schläft die Luft,
Am Scheite ist das Harz entglommen,
Mich dünkt, als spür ich einen Duft
Wie Weihrauch an der Gruft des Frommen.

Dies ist die Stunde, das Gemach,
Wo sich Gedanken mögen wiegen,
Verklungne Laute hallen nach,
Es dämmert in verloschnen Zügen;
Im Hirne summt es wie ein Lied,
Das mit den Flocken möchte steigen
Und, flüsternd wie der Hauch im Ried,
An eines Freundes Locke neigen.

Schon seh ich ihn, im gelben Licht,
Das seines Ofens Flamme spielet,
Er selbst ein wunderlich Gedicht,
Begriffen schwer, doch leicht gefühlet.

Ich seh ihn, wie, die Stirn gestützt,
Er leise lächelt in Gedanken;
Wo weilen sie? — wo blühen itzt
Und treiben diese zarten Ranken?

Baun sie im schlichten Heidekraut
Ihr Nestchen sich aus Immortellen?
Sind mit der Flocke sie getaut
Als Träne, wo die Gräber schwellen?
Vielleicht in fernes, fernes Land
Wie Nachtigallen fortgezogen?
Oder am heil'gen Meeresstrand,
Gleich der Morgana auf den Wogen?

Ihm hat Begeistrung, ein Orkan,
Des Lebens Zedern nicht gebeuget,
Nicht sah er sie als Flamme nahn,
Die lodernd durch den Urwald steiget;
Nein, als entschlief der Morgenwind,
Am Strauche summten fromme Bienen,
Da ist der Herr im Säuseln lind
Gleich dem Elias ihm erschienen.

Und wie er sitzt, so vorgebeugt,
Die hohe Stirn vom Schein umflossen,
Das Ohr wie fremden Tönen neigt
Und lächelt geistigen Genossen,
Ein lichter Blitz in seinem Aug,
Wie ein verirrter Strahl aus Eden, —
Da möcht ich leise, leise auch
Als Äolsharfe zu ihm reden.

Junge Liebe

Über dem Brünnlein nicket der Zweig,
Waldvögel zwitschern und flöten,
Wild Anemon und Schlehdorn bleich
Im Abendstrahle sich röten,
Und ein Mädchen mit blondem Haar
Beugt über der glitzernden Welle,
Schlankes Mädchen, kaum fünfzehn Jahr,
Mit dem Auge der scheuen Gazelle.

Ringelblumen blättert sie ab:
„Liebt er? — liebt er mich nimmer?"
Und wenn „liebt" das Orakel gab,
Um ihr Antlitz gleitet ein Schimmer:
„Liebt er nicht" — o Grimm und Graus!
Daß der Himmel den Blüten gnade!
Gras und Blumen, den ganzen Strauß,
Wirft sie zürnend in die Kaskade.

Gleitet dann in die Kräuter lind,
Ihr Auge wird ernst und sinnend;
Frommer Eltern heftiges Kind,
Nur Minne nehmend und minnend,
Kannte sie nie ein anderes Band
Als des Blutes, die schüchterne Hinde;
Und nun einer, der nicht verwandt —
Ist das nicht eine schwere Sünde?

Mutlos seufzet sie niederwärts,
In argem Schämen und Grämen,
Will zuletzt ihr verstocktes Herz
Recht ernstlich in Frage nehmen.

Abenteuer sinnet sie aus:
Wenn das Haus nun stände in Flammen,
Und um Hilfe riefen heraus
Der Karl und die Mutter zusammen?

Plötzlich ein Perlenregen dicht
Stürzt ihr glänzend aus beiden Augen,
In die Kräuter gedrückt ihr Gesicht,
Wie das Blut der Erde zu saugen,
Ruft sie schluchzend: „Ja, ja, ja!“
Ihre kleinen Hände sich ringen,
„Retten, retten würd ich Mama,
Und zum Karl in die Flamme springen!“

Instinkt

Bin ich allein, verhallt des Tages Rauschen,
Im frischen Wald, im braunen Heideland,
Um mein Gesicht die Gräser nickend bauschen,
Ein Vogel flattert an des Nestes Rand,
Und mir zu Füßen liegt mein treuer Hund,
Gleich Feuerwürmern seine Augen glimmen,
Dann kommen mir Gedanken, ob gesund,
Ob krank, das mag ich selber nicht bestimmen.

Ergründen möcht ich, ob das Blut, das grüne,
Kein Lebenspuls durch jene Kräuter trägt,
Ob Dionaea um die kühne Biene
Bewußtlos ihre rauhen Netze schlägt,
Was in dem weißen Sterne zuckt und greift,
Wenn er, die Fäden streckend, leise schauert,
Und ob, vom Duft der Menschenhand gestreift,
Gefühllos ganz die Sensitive trauert?

Und wieder muß ich auf den Vogel sehen,
Der dort so zürnend seine Federn sträubt,
Mit kriegerischem Schrei mich aus den Nähen
Der nackten Brut nach allen Kräften treibt.
Was ist Instinkt? — tiefsten Gefühles Herd;
Instinkt trieb auch die Mutter zu dem Kinde,
Als jene Fürstin, von der Glut verzehrt,
Als Heil'ge ward posaunt in alle Winde.

Und du, mein zott'ger Tremm, der schlafestrunken
Noch ob der Herrin wacht und durch das Grün
Läßt blinzelnd streifen seiner Blicke Funken,
Sag an, was deine klugen Augen glühn?
Ich bin es nicht, die deine Schale füllt,
Nicht gab der Nahrung Trieb dich mir zu eigen,
Und mit der Sklavenpeitsche kann mein Bild
Noch minder dir im dumpfen Hirne steigen.

Wer kann mir sagen, ob des Hundes Seele
Hinaufwärts oder ob nach unten steigt?
Und müde, müde drück ich in die Schmele
Mein Haupt, wo siedend der Gedanke steigt.
Was ist es, das ein hungermattes Tier,
Mit dem gestohlnen Brote für das bleiche
Blutrünst'ge Antlitz, in das Waldrevier
Läßt flüchten und verschmachten bei der Leiche?

Das sind Gedanken, die uns könnten töten,
Den Geist betäuben, rauben jedes Glück,
Mit tausendfachem Mord die Hände röten,
Und leise schaudernd wend ich meinen Blick.
O schlimme Zeit, die solche Gäste rief
In meines Sinnens harmlos lichte Bläue!
O schlechte Welt, die mich so lang und tief
Ließ grübeln über eines Pudels Treue!

Der Brief aus der Heimat

Sie saß am Fensterrand im Morgenlicht
Und starrte in das aufgeschlagne Buch,
Die Zeilen zählte sie und wußt es nicht,
Ach weithin, weithin der Gedanken Flug!
Was sind so ängstlich ihre nächt'gen Träume?
Was scheint die Sonne durch so öde Räume?
— Auch heute kam kein Brief, auch heute nicht.

Seit Wochen weckte sie der Lampe Schein,
Hat bebend an der Stiege sie gelauscht;
Wenn plötzlich am Gemäuer knackt der Schrein,
Ein Fensterladen auf im Winde rauscht, —
Es kömmt, es naht, die Sorgen sind geendet!
Sie hat gefragt, sie hat sich abgewendet
Und schloß sich dann in ihre Kammer ein.

Kein Lebenszeichen von der liebsten Hand,
Von jener, die sie sorglich hat gelenkt,
Als sie zum erstenmal zu festem Stand
Die zarten Kinderfüßchen hat gesenkt;
Versprengter Tropfen von der Quelle Rande,
Harrt sie vergebens in dem fremden Lande;
Die Tage schleichen hin, die Woche schwand.

Was ihre rege Phantasie geweckt?
Ach, eine Leiche sah die Heimat schon,
Seit sie den unbedachten Fuß gestreckt
Auf fremden Grund und hörte fremden Ton;
Sie küßte scheidend jung und frische Wangen,
Die jetzt von tiefer Grabesnacht umfangen;
Ists Wunder, daß sie tödlich aufgeschreckt?

In Träumen steigt das Krankenbett empor,
Und Züge dämmern, wie in halber Nacht;
Wer ists? — sie weiß es nicht und spannt das Ohr,
Sie horcht mit ihrer ganzen Seele Macht;
Dann fährt sie plötzlich auf beim Windesrauschen
Und glaubt dem matten Stöhnen noch zu lauschen
Und kann erst spät begreifen, daß sie wacht.

Doch sieh, dort fliegt sie übern glatten Flur,
Ihr aufgelöstes Haar umfließt sie rund,
Und zitternd ruft sie, mit des Weinens Spur:
„Ein Brief, ein Brief, die Mutter ist gesund!"
Und ihre Tränen stürzen wie zwei Quellen,
Die übervoll aus ihren Ufern schwellen;
Ach, eine Mutter hat man einmal nur!

Das vierzehnjährige Herz

Er ist so schön! — sein lichtes Haar
Das möcht ich mit keinem vertauschen,
Wie seidene Fäden so weich und klar,
Wenn zarte Löckchen sich bauschen;
Oft streichl' ich es, dann lacht er traun,
Nennt mich seine alberne Barbe;
Es ist nicht schwarz, nicht blond, nicht braun,
Nun ratet, wie nennt sich die Farbe?

Und seine Gebärde ist königlich,
Geht majestätisch zu Herzen,
Zuckt er die Braue, dann fürcht ich mich
Und möchte auch weinen vor Schmerzen;

Und wieder, seh ich sein Lächeln blühn,
So klar wie das reine Gewissen,
Da möchte ich gleich auf den Schemel knien
Und die guten Hände ihm küssen.

Heut bin ich in aller Frühe erwacht,
Beim ersten Glitzern der Sonnen,
Und habe mich gleich auf die Sohlen gemacht
Zum Hügel drüben am Bronnen;
Erdbeeren fand ich, glüh wie Rubin,
Schau, wie im Korbe sie lachen!
Die stell ich ihm nun an das Lager hin,
Da sieht er sie gleich beim Erwachen.

Ich weiß, er denkt mit dem ersten Blick:
„Das tat meine alberne Barbe!"
Und freundlich streicht er das Haar zurück
Von seiner rühmlichen Narbe,
Ruft mich bei Namen und zieht mich nah,
Daß Tränen die Augen mir trüben;
Ach, er ist mein herrlicher Vater ja,
Soll ich ihn denn nicht lieben, nicht lieben!

Das Liebhabertheater

Meinst du, wir hätten jetzt Dezemberschnee?
Noch eben stand ich vor dem schönsten Hain,
So grün und kräftig sah ich keinen je.
Die Windsbraut fuhr, der Donner knallte drein,
Und seine Zweige trotzten wie gegossen,
Gleich an des Parkes Tor ein Häuschen stand,
Mit Kränzen war geschmückt die schlichte Wand,
Die haben nicht gezittert vor den Schloßen,
Das nenn ich Kränze doch und einen Hain!

Und denkst du wohl, wir hätten finstre Nacht?
Des Morgens Gluten wallten eben noch,
Rotglühend, wie des Lavastromes Macht
Hernieder knistert von Vesuves Joch;
Nie sah so prächtig man Auroren ziehen!
An unsre Augen schlugen wir die Hand
Und dachten schier, der Felsen steh in Brand,
Die Hirten sahn wir wie Dämone glühen;
Das nenn ich einen Sonnenaufgang doch!

Und sprichst du unsres Landes Nymphen Hohn?
Noch eben schlüpfte durch des Forstes Hau
Ein Mädchen, voll und sinnig wie der Mohn,
Gewiß, sie war die allerschönste Frau!
Ihr weißes Händchen hielt den blanken Spaten,
Der kleine Fuß, in Zwickelstrumpf und Schuh,
Hob sich so schwebend, trat so zierlich zu,
Und hör, ich will es dir nur gleich verraten,
Der schönen Clara glich sie ganz genau.

Und sagst du, diese habe mein gelacht?
O, hättest du sie heute nur gesehn,
Wie schlau sie meine Blicke hat bewacht,
Wie zärtlich konnte ihre Augen drehn,
Und welche süße Worte ihr entquollen!
Recht wo ich stand, dorthin hat sie geweint:
„Mein teures Herz, mein Leben, einz'ger Freund!"
Das schien ihr von den Lippen nur zu rollen.
War das nicht richtig angebracht und schön?

Doch eins nur, eines noch verhehlt ich dir,
Und fürchte sehr, es trage wenig ein:
Der Wald war brettern und der Kranz Papier,
Das Morgenrot Bengalens Feuerschein,

Und als sie ließ so süße Worte wandern,
Ach, ob sie gleich dabei mich angeblickt,
Der dicht an das Orchester war gerückt,
Doch fürcht ich fast, sie galten einem andern!
Was meinst du, sollte das wohl möglich sein?

Meine Sträuße

So oft mir ward eine liebe Stund
Unterm blauen Himmel im Freien,
Da habe ich, zu des Gedenkens Bund,
Mir Zeichen geflochten mit Treuen:
Einen schlichten Kranz, einen wilden Strauß,
Ließ drüber die Seele wallen;
Nun stehe ich einsam im stillen Haus
Und sehe die Blätter zerfallen.

Vergißmeinnicht mit dem Rosaband —
Das waren dämmrige Tage,
Als euch entwandte der Freundin Hand
Dem Weiher drüben am Hage;
Wir schwärmten in wirrer Gefühle Flut,
In sechzehnjährigen Schmerzen;
Nun schläft sie lange. — Sie war doch gut,
Ich liebte sie recht von Herzen!

Gar weite Wege hast du gemacht,
Kamelia, staubige Schöne,
In deinem Kelche die Flöte wacht,
Trompeten und Zimbelgetöne;
Wie zitterten durch das grüne Revier
Buntfarbige Lampen und Schleier!
Da brach der zierliche Gärtner mir
Den Strauß beim bengalischen Feuer.

Dies Alpenröschen nährte mit Schnee
Ein eisgrau starrender Riese;
Und diese Tange entfischt ich der See
Aus Muschelgescherbe und Kiese;
Es war ein volles, gesegnetes Jahr,
Die Trauben hingen gleich Pfunden,
Als aus der Rebe flatterndem Haar
Ich diesen Kranz mir gewunden.

Und ihr, meine Sträuße von wildem Heid,
Mit lockerm Halme geschlungen,
O süße Sonne, o Einsamkeit,
Die uns redet mit heimischen Zungen!
Ich hab sie gepflückt an Tagen so lind,
Wenn die goldenen Käferchen spielen,
Dann fühlte ich mich meines Landes Kind,
Und die fremden Schlacken zerfielen.

Und wenn ich grüble an meinem Teich,
Im duftigen Moose gestrecket,
Wenn aus dem Spiegel mein Antlitz bleich
Mit rieselndem Schauer mich necket,
Dann lang ich sachte, sachte hinab
Und fische die träufelnden Schmelen;
Dort hängen sie, drüben am Fensterstab,
Wie arme vertrocknete Seelen.

So mochte ich still und heimlich mir
Eine Zauberhalle bereiten,
Wenn es dämmert, dort, und drüben, und hier,
Von den Wänden seh ich es gleiten;
Eine Fei entschleicht der Kamelia sich,
Liebesseufzer stöhnet die Rose,
Und wie Blutes Adern umschlingen mich
Meine Wasserfäden und Moose.

Der Traum

An Amalie Hassenpflug

Jüngst hab ich dich gesehn im Traum,
So lieblich saßest du behütet
In einer Laube grünem Raum,
Von duftendem Jasmin umblütet,
Durch Zweige fiel das goldne Licht,
Aus Vogelkehlen ward gesungen,
Du saßest da, wie ein Gedicht,
Von einem Blumenkranz umschlungen.

Und deine liebe Rechte trug
Das Antlitz mit so edlen Sitten,
Im Sand das aufgeschlagne Buch
Schien von dem Schoße dir geglitten;
Dich lehnend an den frischen Hag
Hauchtest du flüsternd leise Küsse,
Im Auge eine Träne lag,
Wie Tau im Kelche der Narzisse.

Dich anzuschaun war meine Lust,
Zu lauschen deiner Züge Regen,
Und dennoch hätt ich gern gewußt,
Was dich so innig mocht bewegen?
Da bogst du sacht hinab den Zweig,
Strichst lächelnd an der Spitzenhaube,
An deine Schulter huscht' ich gleich,
Sah einen Baum in schlichtem Laube:

Und auf dem Baume saß ein Fink,
Der schleppte dürres Moos und Reisig,

„Schau her, schau wieder!“ zirpt’ er flink
Und förderte am Nestchen fleißig;
Er sah so keck und fröhlich aus,
Als trüg er des Flamingo Kleider,
So sorglich hüpft’ er um sein Haus,
Als fürcht’ er bösen Blick und Neider.

Und wenn ein Reischen er gelegt,
Dann rief er alle Welt zu Zeugen,
Als müsse, was der Garten hegt,
Blum und Gesträuch sich vor ihm neigen;
Um deine Lippe flog ein Zug,
Wie ich ihn oft an ihr gesehen,
Und meinen Namen ließ im Flug
Sie über ihre Spalte gehen.

Schon hob ich meine Hand hinauf,
Mit leisem Schlage dich zu strafen,
Allein da wacht ich plötzlich auf
Und bin nicht wieder eingeschlafen;
Nur deiner hab ich fortgedacht,
Säh dich so gern am grünen Hage,
Mich dünkt, so lieb wie in der Nacht
Sah ich dich noch an keinem Tage.

Im Eise schlummern Blum und Zweig,
Dezemberwinde schneidend wehen,
Der Garten steht im Wolkenreich,
Wo tausend schönre Gärten stehen;
So golden ist kein Sonnenschein,
Daß er wie der erträumte blinke;
Doch du, bist du nicht wirklich mein?
Und bin ich nicht dein dummer Finke?

Poesie

Frägst du mich im Rätselspiele,
Wer die zarte lichte Fei,
Die sich drei Kleinoden gleiche
Und ein Strahl doch selber sei?
Ob ichs rate? ob ich fehle?
Liebchen, pfiffig war ich nie,
Doch in meiner tiefsten Seele
Hallt es: das ist Poesie!

Jener Strahl, der, Licht und Flamme,
Keiner Farbe zugetan,
Und doch, über alles gleitend,
Tausend Farben zündet an,
Jedes Recht und keines Eigen. —
Die Kleinode nenn ich dir:
Den Türkis, den Amethysten
Und der Perle edle Zier.

Poesie gleicht dem Türkise,
Dessen frommes Auge bricht,
Wenn verborgner Säure Brodem
Nahte seinem reinen Licht;
Dessen Ursprung keiner kündet,
Der wie Himmelsgabe kam
Und des Himmels milde Bläue
Sich zum milden Zeichen nahm.

Und sie gleicht dem Amethysten,
Der sein veilchenblau Gewand
Läßt zu schnödem Grau erblassen
An des Ungetreuen Hand;

Der, gemeinen Götzen frönend,
Sinkt zu niedren Steines Art,
Und nur Einer Flamme dienend
Seinen edlen Glanz bewahrt;

Gleicht der Perle auch, der zarten,
Am Gesunden tauig klar,
Aber saugend, was da Krankes
In geheimsten Adern war;
Sahst du niemals ihre Schimmer
Grünlich wie ein modernd Tuch?
Eine Perle bleibt es immer,
Aber die ein Siecher trug.

Und du lächelst meiner Lösung,
Flüsterst wie ein Widerhall:
Poesie gleicht dem Pokale
Aus venedischem Kristall!
Gift hinein — und schwirrend singt er
Schwanenliedes Melodie,
Dann in tausend Trümmer klirrend,
Und hin ist die Poesie!

Neujahrsnacht

Im grauen Schneegestöber blassen
Die Formen, es zerfließt der Raum,
Laternen schwimmen durch die Gassen,
Und leise knistert es im Flaum;
Schon naht des Jahres letzte Stunde,
Und drüben, wo der matte Schein
Haucht aus den Fenstern der Rotunde,
Dort ziehn die frommen Beter ein.

Wie zu dem Richter der Bedrängte,
Ob dessen Haupt die Waage neigt,
Noch einmal schleicht, eh der verhängte,
Der schwere Tag im Osten steigt,
Noch einmal faltet seine Hände
Um milden Spruch, so knien sie dort,
Still gläubig, daß ihr Flehen wende
Des Jahres ernstes Losungswort.

Ich sehe unter meinem Fenster
Sie gleiten durch den Nebelrauch,
Verhüllt und lautlos wie Gespenster,
Vor ihrer Lippe flirrt der Hauch;
Ein blasser Kreis zu ihren Füßen
Zieht über den verschneiten Grund,
Lichtfunken blitzen auf und schießen
Um der Laterne dunstig Rund.

Was mögen sie im Herzen tragen,
Wie manche Hoffnung, still bewacht!
Wie mag es unterm Vließe schlagen
So heiß in dieser kalten Nacht!
Fort keuchen sie, als möge fallen
Der Hammer, eh sie sich gebeugt,
Bevor sie an des Thrones Hallen
Die letzte Bittschrift eingereicht.

Dort hör ich eine Angel rauschen,
Vernehmlich wird des Kindes Schrein,
Und die Gestalt — sie scheint zu lauschen,
Dann fürder schwimmt der Lampe Schein;
Noch einmal steigt sie, läßt die Schimmer
Verzittern an des Fensters Rand,
Gewiß, sie trägt ein Frauenzimmer
Und einer Mutter fromme Hand!

Nun stampft es rüstig durch die Gasse,
Die Decke kracht vom schweren Tritt,
Der Krämer schleppt die Sündenmasse
Der bösen Zahler keuchend mit;
Und hinter ihm wie eine Docke
Ein armes Kind im Flitterstaat,
Mit seidnem Fähnchen, seidner Locke,
Huscht frierend durch den engen Pfad.

Ha, Schellenklingeln längs der Stiege!
Glutaugen richtend in die Höh,
'ne kolossale Feuerfliege,
Rauscht die Karosse durch den Schnee;
Und Dämpfe qualmen auf und schlagen
Zurück vom Wirbel des Gespanns;
Ja, schwere Bürde trägt der Wagen,
Die Wünsche eines reichen Manns!

Und hinter ihm ein Licht so schwankend,
Der Träger tritt so sachte auf,
Nun lehnt er an der Mauer, wankend,
Sein hohler Husten schallt hinauf;
Er öffnet der Laterne Reifen,
Es zupfen Finger lang und fahl
Am Dochte, Odemzüge pfeifen, —
Du, Armer, kniest zum letztenmal.

Dann Licht an Lichtern längs der Mauer,
Wie Meteore irr geschart,
Ein krankes Weib in tiefer Trauer,
Husaren mit bereiftem Bart,
In Filz und Kittel stämm'ge Bauern,
Den Rosenkranz in starrer Faust,
Und Mädchen, die wie Falken lauern,
Von Mantels Fittichen umsaust.

Wie oft hab ich als Kind im Spiele
Gelauscht den Funken im Papier,
Der Sternchen zitterndem Gewühle,
Und: „Kirchengänger!" sagten wir;
So seh ichs wimmeln um die Wette
Und löschen, wo der Pfad sich eint,
Nachzügler noch, dann grau die Stätte,
Nur einsam die Rotunde scheint.

Und mählich schwellen Orgelklänge
Wie Heroldsrufe an mein Ohr:
Knie nieder, Lässiger, und dränge
Auch deines Herzens Wunsch hervor!
„Du, dem Jahrtausende verrollen
Sekundengleich, erhalte mir
Ein mutig Herz, ein redlich Wollen
Und Fassung an des Grabes Tür."

Da, horch! — es summt durch Wind und Schloßen,
Gott gnade uns, hin ist das Jahr!
Im Schneegestäub wie Schnee zerflossen,
Zukünftiges wird offenbar;
Von allen Türmen um die Wette
Der Hämmer Schläge, daß es schallt,
Und mit dem letzten ist die Stätte
Gelichtet für den neuen Wald.

Abschied von der Jugend

Wie der zitternde Verbannte
Steht an seiner Heimat Grenzen,

Rückwärts er das Antlitz wendet,
Rückwärts seine Augen glänzen,
Winde, die hinüber streichen,
Vögel in der Luft beneidet,
Schaudernd vor der kleinen Scholle,
Die das Land vom Lande scheidet;

Wie die Gräber seiner Toten,
Seine Lebenden, die süßen,
Alle stehn am Horizonte,
Und er muß sie weinend grüßen;
Alle kleinen Liebesschätze,
Unerkannt und unempfunden,
Alle ihn wie Sünden brennen
Und wie ewig offne Wunden:

So an seiner Jugend Scheide
Steht ein Herz voll stolzer Träume,
Blickt in ihre Paradiese
Und der Zukunft öde Räume,
Seine Neigungen, verkümmert,
Seine Hoffnungen, begraben,
Alle stehn am Horizonte,
Wollen ihre Träne haben.

Und die Jahre, die sich langsam,
Tückisch reihten aus Minuten,
Alle brechen auf im Herzen,
Alle nun wie Wunden bluten;
Mit der armen kargen Habe,
Aus dem reichen Schacht erbeutet,
Mutlos, ein gebrochner Wandrer,
In das fremde Land er schreitet.

Und doch ist des Sommers Garbe
Nicht geringer als die Blüten,
Und nur in der feuchten Scholle
Kann der frische Keim sich hüten:
Über Fels und öde Flächen
Muß der Strom, daß er sich breite,
Und es segnet Gottes Rechte
Übermorgen so wie heute.

An Levin Schücking

O frage nicht, was mich so tief bewegt,
Seh ich dein junges Blut so freudig wallen,
Warum, an deine klare Stirn gelegt,
Mir schwere Tropfen aus den Wimpern fallen.

Mich träumte einst, ich sei ein albern Kind,
Sich emsig mühend an des Tisches Borden;
Wie übermächtig die Vokabeln sind,
Die wieder Hieroglyphen mir geworden!

Und als ich dann erwacht, da weint ich heiß,
Daß mir so klar und nüchtern jetzt zu Mute,
Daß ich so schrankenlos und überweis',
So ohne Furcht vor Schelten und vor Rute.

So, wenn ich schaue in dein Antlitz mild,
Wo tausend frische Lebenskeime walten,
Da ist es mir, als ob Natur mein Bild
Mir aus dem Zauberspiegel vorgehalten;

Und all mein Hoffen, meiner Seele Brand
Und meiner Liebessonne dämmernd Scheinen,

Was noch entschwinden wird und was entschwand,
Das muß ich alles dann in dir beweinen.

An Levin Schücking

Kein Wort, und wär es scharf wie Stahles Klinge,
Soll trennen, was in tausend Fäden eins,
So mächtig kein Gedanke, daß er dringe
Vergällend in den Becher reinen Weins;
Das Leben ist so kurz, das Glück so selten,
So großes Kleinod, einmal sein statt gelten!

Hat das Geschick uns, wie in frevlem Witze,
Auf feindlich starre Pole gleich erhöht,
So wisse, dort, dort auf der Scheidung Spitze
Herrscht, König über alle, der Magnet,
Nicht fragt er, ob ihn Fels und Strom gefährde,
Ein Strahl fährt mitten er durchs Herz der Erde.

Blick in mein Auge — ist es nicht das deine,
Ist nicht mein Zürnen selber deinem gleich?
Du lächelst — und dein Lächeln ist das meine,
An gleicher Lust und gleichem Sinnen reich;
Worüber alle Lippen freundlich scherzen,
Wir fühlen heil'ger es im eignen Herzen.

Pollux und Kastor — wechselnd Glühn und Bleichen,
Des einen Licht geraubt dem andern nur,
Und doch der allerfrömmsten Treue Zeichen. —
So reiche mir die Hand, mein Dioskur!
Und mag erneuern sich die holde Mythe,
Wo überm Helm die Zwillingsflamme glühte.

Die Taxuswand

Ich stehe gern vor dir,
Du Fläche schwarz und rauh,
Du schartiges Visier
Vor meines Liebsten Brau,
Gern mag ich vor dir stehen,
Wie vor grundiertem Tuch,
Und drüber gleiten sehen
Den bleichen Krönungszug;

Als mein die Krone hier,
Von Händen, die nun kalt;
Als man gesungen mir
In Weisen, die nun alt;
Vorhang am Heiligtume,
Mein Paradiesestor,
Dahinter alles Blume,
Und alles Dorn davor.

Denn jenseits weiß ich sie,
Die grüne Gartenbank,
Wo ich das Leben früh
Mit glühen Lippen trank,
Als mich mein Haar umwallte
Noch golden wie ein Strahl,
Als noch mein Ruf erschallte,
Ein Hornstoß, durch das Tal.

Das zarte Efeureis,
So Liebe pflegte dort,
Sechs Schritte — und ich weiß,
Ich weiß dann, daß es fort.

So will ich immer schleichen
Nur an dein dunkles Tuch
Und achtzehn Jahre streichen
Aus meinem Lebensbuch.

Du starrtest damals schon
So düster treu wie heut,
Du, unsrer Liebe Thron
Und Wächter manche Zeit;
Man sagt, daß Schlaf, ein schlimmer,
Dir aus den Nadeln raucht —
Ach, wacher war ich nimmer,
Als rings von dir umhaucht!

Nun aber bin ich matt
Und möcht an deinem Saum
Vergleiten wie ein Blatt,
Geweht vom nächsten Baum;
Du lockst mich wie ein Hafen,
Wo alle Stürme stumm:
O, schlafen möcht ich, schlafen,
Bis meine Zeit herum!

Guten Willens Ungeschick

Du scheuchst den frommen Freund von mir,
Weil krank ich sei und sehr bewegt,
Mein hell und blühend Lustrevier
Hast du mit Dornen mir umhegt;
Wohl weiß ich, daß der Wille rein,
Daß eure Sorge immer wach,
Doch, was ihn labt, was hindert, ach,
Ein jeder weiß es nur allein.

Ich denke, wie ich einstens saß
An eines Hügels schroffem Rain,
Und sah ein schönes Kind, das las
Sich Schneckenhäuschen im Gestein;
Dann glitt es aus, ich sprang hinzu,
Es hatte sich am Strauch gedrückt;
Ich griff es an gar ungeschickt,
Und abwärts rollte es im Nu;

Auf hob ich es, das weinend lag
Und grimmig weinend um sich fuhr,
Und freilich, was es stieß vom Hag,
Mein schlimmes Helfen war es nur. —
Und an der Klippe stand ich auch,
Bei Vogelbrut und Flaumenhaar,
Und drüber pfiff wie ein Korsar
Ein Weihe hoch im Nebelrauch.

Nun blitzte wie ein Strahl heran
Und immer näher schoß der Weih,
Ich schwang das Tuch, den Mantel dann,
Die jungen Vögel duckten scheu;
Und aufwärts funkelnd, angstgepreßt,
Wie Marder pfiffen sie so klar;
Da ward mir endlich offenbar,
Dies sei des Weihen eignes Nest.

So hab ich hundertmal gefühlt,
Und tausendmal hab ich gesehn,
Daß nichts so hart am Herzen wühlt,
Wo seine tiefsten Adern gehn,
Als — zürne nicht, die Lippen drück
Ich sühnend auf der Lippen Rand —
Als eine liebe rasche Hand
In guten Willens Ungeschick.

Was bleibt

Seh ich ein Kind zur Weihnachtsfrist,
Ein rosig Kind mit Taubenaugen
Die Kunde von dem kleinen Christ
Begierig aus den Lippen saugen,
Aufhorchen, wenn es rauscht im Tann,
Ob draußen schon sein Pferdchen schnaube:
„O Unschuld, Unschuld," denk ich dann,
„Du zarte, scheue, flücht'ge Taube!"

Und als die Wolke kaum verzog,
Studenten klirrten durch die Straßen,
Und: „Vivat Bonna!" donnerts hoch,
So keck und fröhlich sonder Maßen;
Sie scharten sich wie eine Macht,
Die gegen den Koloß sich bäume:
„O Hoffnung," hab ich da gedacht,
„Wie bald zerrinnen Träum und Schäume!"

Und ihnen nach ein Reiter stampft,
Geschmückt mit Kreuz und Epaulette,
Den Tschako lüftet er, es dampft
Wie Öfen seines Scheitels Glätte;
Kühn war der Blick, der Arm noch stramm,
Doch droben schwebt' der Zeitenrabe:
Da schien mir Kraft ein Meeresdamm,
Den jeder Pulsschlag untergrabe.

Und wieder durch die Gasse zog
Studentenhauf, und vor dem Hause
Des Rektors dreimal „Hurra hoch!"
Und wieder „Hoch!" — aus seiner Klause,
In Zipfelmütze und Flanell,
Ein Schemen nickt am Fensterbogen.

„Ha," dacht ich, „Ruhm, du Mordgesell,
Kömmst nur als Leichenhuhn geflogen!"

An meine Wange haucht' es dicht,
Und wie das Haupt ich seitwärts regte,
Da sah ich in das Angesicht
Der Frau, die meine Kindheit pflegte,
Dies Antlitz, wo Erinnerung
Und werte Gegenwart sich paaren:
„O Liebe," dacht ich, „ewig jung
Und ewig frisch bei grauen Haaren!"

Das Spiegelbild

Schaust du mich an aus dem Kristall
Mit deiner Augen Nebelball,
Kometen gleich, die im Verbleichen;
Mit Zügen, worin wunderlich
Zwei Seelen wie Spione sich
Umschleichen, ja, dann flüstre ich:
Phantom, du bist nicht meinesgleichen!

Bist nur entschlüpft der Träume Hut,
Zu eisen mir das warme Blut,
Die dunkle Locke mir zu blassen;
Und dennoch, dämmerndes Gesicht,
Drin seltsam spielt ein Doppellicht,
Trätest du vor, ich weiß es nicht,
Würd ich dich lieben oder hassen?

Zu deiner Stirne Herrscherthron,
Wo die Gedanken leisten Fron
Wie Knechte, würd ich schüchtern blicken;
Doch von des Auges kaltem Glast,

Voll toten Lichts, gebrochen fast,
Gespenstig, würd, ein scheuer Gast,
Weit, weit ich meinen Schemel rücken.

Und was den Mund umspielt so lind,
So weich und hülflos wie ein Kind,
Das möcht in treue Hut ich bergen;
Und wieder, wenn er höhnend spielt,
Wie von gespanntem Bogen zielt,
Wenn leis es durch die Züge wühlt,
Dann möcht ich fliehen wie vor Schergen.

Es ist gewiß, du bist nicht Ich,
Ein fremdes Dasein, dem ich mich
Wie Moses nahe, unbeschuhet,
Voll Kräfte, die mir nicht bewußt,
Voll fremden Leides, fremder Lust;
Gnade mir Gott, wenn in der Brust
Mir schlummernd deine Seele ruhet!

Und dennoch fühl ich, wie verwandt,
Zu deinen Schauern mich gebannt,
Und Liebe muß der Furcht sich einen.
Ja, trätest aus Kristalles Rund,
Phantom, du lebend auf den Grund,
Nur leise zittern würd ich, und
Mich dünkt — ich würde um dich weinen!

Vanitas Vanitatum!
R. i. p.

Ihr saht ihn nicht im Glücke,
Als Scharen ihm gefolgt,
Mit einem seiner Blicke
Er jeden Haß erdolcht,

Das Blut an seinen Händen
Wie Königspurpur fast,
Und flammenden Geländen
Entstieg des Nimbus Glast;

Saht nicht, wie stolz getragen
Schulfreund und Kamerad
Die Stirn, mit welchem Zagen
Der Fremdling ihm genaht,
Wenn mit Kolosses Schreiten
Das Klippentor er stieß,
Die kleinen Segel gleiten
An seiner Sohle ließ.

Ihr habt ihn nicht gesehen,
Ihr Augen jugendklar,
Du Haupt, wo Ringel wehen
Von süßem Lockenhaar;
Jünglinge, blühnde Frauen,
Ihr saht ihn nicht im Glanz,
Ihn, seines Landes Grauen
Und allergrünsten Kranz.

Vielleicht doch saht ihr streifen
Den alten kranken Leun,
Saht seine Mähne schleifen
Und zittern sein Gebein,
Saht, wie die breiten Pranken
Er matt und stöhnend hob,
Wie taumelnd seine Flanken
Er längs der Mauer schob.

Und Scheitel saht ihr, weiße,
Am Fensterglase spähn,

Die dann mit scheuem Fleiße
Sich hintern Vorhang drehn;
Vernahmt der Knaben Lachen,
Der Greise schmerzlich Ach,
Wenn er im freien flachen
Geländ' zusammenbrach.

Allein ihr horcht, als rede
Ich von dem Tartar-Khan,
Mit Augen weit und öde
Starrt ihr mich lange an,
Und einer ruft: „O schauet
Wie man ein Ehrenmal
Obskurem Burschen bauet!
Wer war der General?"

Der Todesengel

's gibt eine Sage, daß wenn plötzlich matt
Unheimlich Schaudern einen übergleite,
Daß dann ob seiner künft'gen Grabesstatt
Der Todesengel schreite.

Ich hörte sie und malte mir ein Bild
Mit Trauerlocken, mondbeglänzter Stirne,
So schaurig schön, wie's wohl zuweilen quillt
Im schwimmenden Gehirne.

In seiner Hand sah ich den Ebenstab
Mit leisem Strich des Bettes Lage messen,

— So weit das Haupt — so weit der Fuß — hinab!
Verschüttet und vergessen!

Mich graute, doch ich sprach dem Grauen Hohn,
Ich hielt das Bild in Reimes Netz gefangen,
Und frevelnd wagt ich aus der Totenkron
Ein Lorbeerblatt zu langen.

O, manche Stunde denk ich jetzt daran,
Fühl ich mein Blut so matt und stockend schleichen,
Schaut aus dem Spiegel mich ein Antlitz an —
Ich mag es nicht vergleichen; —

Als ich zuerst dich auf dem Friedhof fand,
Tiefsinnig um die Monumente streifend,
Den schwarzen Ebenstab in deiner Hand
Entlang die Hügel schleifend;

Als du das Auge hobst, so scharf und nah,
Ein leises Schaudern plötzlich mich befangen,
O wohl, wohl ist der Todesengel da
Über mein Grab gegangen!

Die Unbesungenen

's gibt Gräber, wo die Klage schweigt
Und nur das Herz von innen blutet,
Kein Tropfen in die Wimper steigt
Und doch die Lava drinnen flutet;
's gibt Gräber, die wie Wetternacht
An unserm Horizonte stehn

Und alles Leben niederhalten,
Und doch, wenn Abendrot erwacht,
Mit ihren goldnen Flügeln wehn
Wie milde Seraphimgestalten.

Zu heilig sind sie für das Lied,
Und mächt'ge Redner doch vor allen,
Sie nennen dir, was nimmer schied,
Was nie und nimmer kann zerfallen;
O, wenn dich Zweifel drückt herab,
Und möchtest atmen Ätherluft,
Und möchtest schauen Seraphsflügel,
Dann tritt an deines Vaters Grab!
Dann tritt an deines Bruders Gruft!
Dann tritt an deines Kindes Hügel!

Meine Toten

Wer eine ernste Fahrt beginnt,
Der Segen not und frischer Wind,
Er schaut verlangend in die Weite
Nach eines treuen Auges Brand,
Nach einem warmen Druck der Hand,
Nach einem Wort, das ihn geleite.

Ein ernstes Wagen heb ich an,
So tret ich denn zu euch hinan,
Ihr meine stillen strengen Toten;
Ich bin erwacht an eurer Gruft,

Aus Wasser, Feuer, Erde, Luft
Hat eure Stimme mir geboten.

Wenn die Natur in Hader lag
Und durch die Wolkenwirbel brach
Ein Funke jener tausend Sonnen, —
Spracht aus der Elemente Streit
Ihr nicht von einer Ewigkeit
Und unerschöpften Lichtes Bronnen?

Am Hange schlich ich, krank und matt,
Da habt ihr mir das welke Blatt
Mit Warnungsflüstern zugetragen,
Gelächelt aus der Welle Kreis,
Habt aus des Angers starrem Eis
Die Blumenaugen aufgeschlagen.

Was meine Adern muß durchziehn,
Sah ichs nicht flammen und verglühn,
An eurem Schreine nicht erkalten?
Vom Auge hauchtet ihr den Schein,
Ihr meine Richter, die allein
In treuer Hand die Waage halten.

Kalt ist der Druck von eurer Hand,
Erloschen eures Blickes Brand,
Und euer Laut der Öde Odem,
Doch keine andre Rechte drückt
So traut, so hat kein Aug geblickt,
So spricht kein Wort, wie Grabesbrodem!

Ich fasse eures Kreuzes Stab
Und beuge meine Stirn hinab
Zu eurem Gräberhauch, dem stillen;

Zumeist geliebt, zuerst gegrüßt,
Laßt, lauter wie der Äther fließt,
Mir Wahrheit in die Seele quillen.

Clemens von Droste

An seinem Denkmal saß ich, das Getreibe
Des Lebens schwoll und wogt' in den Alleen,
Ich aber mochte nur zum Himmel sehn,
Von dem ihr Silber goß die Mondenscheibe.
Und alle Schmerzenskeime fühlt ich sprießen,
Im Herzen sich entfalten, Blatt um Blatt,
Und allen Segen fühlt ich niederfließen
Um eines Christen heil'ge Schlummerstatt.

Da nahte durch die Gräser sich ein Rauschen,
Geflüster hallte an der Marmorwand,
Der mir so teure Name ward genannt,
Und leise Wechselrede hört ich tauschen.
Es waren tiefe achtungsvolle Worte,
Und dennoch war es mir, als dürfe hier
Kein anderer an dem geweihten Orte,
Kein Wesen ihn betrauern neben mir.

Wer könnte unter diesen Gräbern wandeln,
Der ihn gekannt wie ich, so manches Jahr,
Der seine Kindheit sah, so frisch und klar,
Des Jünglings Glut, des Mannes kräftig Handeln?
Welch fremdes Aug hat in den ernsten Lettern,
Dem strengen Wort des Herzens Schlag erkannt?
Die Blitze saht ihr, aber aus den Wettern
Saht ihr auch segnen eines Engels Hand?

Sie standen da wie vor Pantheons Hallen,
Wie unter Bannern, unter Lorbeerlaub;
Ich saß an einem Hügel, wo zu Staub
Der Menschenherzen freundlichstes zerfallen.
Sie redeten von den zersprengten Kreisen,
Die all er wie ein mächt'ger Reif geeint;
Ich dachte an die Witwen und die Waisen,
Die seinem dunklen Sarge nachgeweint.

Sie redeten von seines Geistes Walten,
Von seinem starken ungebeugten Sinn,
Und wie er nun der Wissenschaft dahin,
Der Mann, an dem sich mancher Arm gehalten;
Ich hörte ihres Lobes Wogen schießen,
Es waren Worte wohlgemeint und wahr,
Doch meine Tränen fühlt ich heißer fließen,
Als ob man ihn verkenne ganz und gar.

Und endlich hört ich ihre Stimmen schwinden,
Ihr letztes Wort war eine Klage noch:
Daß nicht so leicht ein gleiches Wissen doch,
Daß selten nur ein gleicher Geist zu finden.
Ich aber, beugend in des Denkmals Schatten,
Hab seines Grabes feuchten Halm geküßt:
„Wo gibt es einen Vater, einen Gatten
Und einen Freund, wie du gewesen bist!"

Mein Beruf

„Was meinem Kreise mich enttrieb,
Der Kammer friedlichem Gelasse?"
Das fragt ihr mich, als sei, ein Dieb,
Ich eingebrochen am Parnasse.

So hört denn, hört, weil ihr gefragt:
Bei der Geburt bin ich geladen,
Mein Recht, so weit der Himmel tagt,
Und meine Macht von Gottes Gnaden.

Jetzt, wo hervor der tote Schein
Sich drängt am modervollen Stumpfe,
Wo sich der schönste Blumenrain
Wiegt über dem erstorbnen Sumpfe,
Der Geist, ein blutlos Meteor,
Entflammt und lischt im Moorgeschwele,
Jetzt ruft die Stunde: „Tritt hervor,
Mann oder Weib, lebend'ge Seele!

„Tritt zu dem Träumer, den am Rand
Entschläfert der Datura Odem,
Der, langsam gleitend von der Wand,
Noch zucket gen den Zauberbrodem.
Und wo ein Mund zu lächeln weiß
Im Traum, ein Auge noch zu weinen,
Da schmettre laut, da flüstre leis,
Trompetenstoß und West in Hainen!

„Tritt näher, wo die Sinnenlust
Als Liebe gibt ihr wüstes Ringen
Und durch der eignen Mutter Brust
Den Pfeil zum Ziele möchte bringen,
Wo selbst die Schande flattert auf,
Ein lustiges Panier zum Siege,
Da rüttle hart: ‚Wach auf, wach auf,
Unsel'ger, denk an deine Wiege!

„‚Denk an das Aug, das überwacht
Noch eine Freude dir bereitet,
Denk an die Hand, die manche Nacht
Dein Schmerzenslager dir gebreitet,

Des Herzens denk, das einzig wund
Und einzig selig deinetwegen,
Und dann knie nieder auf den Grund
Und fleh um deiner Mutter Segen!'

„Und wo sich träumen wie in Haft
Zwei einst so glüh ersehnte Wesen,
Als hab ein Priesterwort die Kraft,
Der Banne seligsten zu lösen,
Da flüstre leise: ‚Wacht, o wacht!
Schaut in das Auge euch, das trübe,
Wo dämmernd sich Erinnrung facht,
Und dann: wach auf, o heil'ge Liebe!'

„Und wo im Schlafe zitternd noch
Vom Opiat die Pulse klopfen,
Das Auge dürr, und gäbe doch
Sein Sonnenlicht um einen Tropfen —
O rüttle sanft: ‚Verarmter, senk
Die Blicke in des Äthers Schöne,
Kos' einem blonden Kind und denk
An der Begeistrung erste Träne!'"

So rief die Zeit, so ward mein Amt
Von Gottes Gnaden mir gegeben,
So mein Beruf mir angestammt,
Im frischen Mut, im warmen Leben;
Ich frage nicht, ob ihr mich nennt,
Nicht frönen mag ich kurzem Ruhme,
Doch wißt: wo die Sahara brennt,
Im Wüstensand, steht eine Blume,

Farblos und Duftes bar, nichts weiß
Sie, als den frommen Tau zu hüten
Und dem Verschmachtenden ihn leis
In ihrem Kelche anzubieten.

Vorüber schlüpft die Schlange scheu,
Und Pfeile ihre Blicke regnen,
Vorüber rauscht der stolze Leu,
Allein der Pilger wird sie segnen.

Brennende Liebe

Und willst du wissen, warum
So sinnend ich manche Zeit,
Mitunter so töricht und dumm,
So unverzeihlich zerstreut,
Willst wissen auch ohne Gnade,
Was denn so Liebes enthält
Die heimlich verschlossene Lade,
An die ich mich öfters gestellt?

Zwei Augen hab ich gesehn,
Wie der Strahl im Gewässer sich bricht,
Und wo zwei Augen nur stehn,
Da denke ich an ihr Licht.
Ja, als du neulich entwandtest
Die Blume vom blühenden Rain
Und „Oculus Christi" sie nanntest,
Da fielen die Augen mir ein.

Auch gibts einer Stimme Ton,
Tief, zitternd, wie Hornes Hall,
Die tuts mir völlig zum Hohn,
Sie folget mir überall.
Als jüngst im flimmernden Saale
Mich quälte der Geigen Gegell,
Da hört ich mit einem Male
Die Stimme im Violoncell.

Auch weiß ich eine Gestalt,
So leicht und kräftig zugleich,
Die schreitet vor mir im Wald
Und gleitet über den Teich;
Ja, als ich eben in Sinnen
Sah über des Mondes Aug
Einen Wolkenstreifen zerrinnen,
Das war ihre Form, wie ein Rauch.

Und höre, höre zuletzt,
Dort liegt, da drinnen im Schrein,
Ein Tuch mit Blute genetzt,
Das legte ich heimlich hinein.
Er ritzte sich nur an der Schneide,
Als Beeren vom Strauch er mir hieb,
Nun hab ich sie alle beide,
Sein Blut und meine brennende Lieb.

MEERSBURG

April—Juli 1842

Ungastlich oder nicht?

(In Westfalen)

Ungastlich hat man dich genannt,
Will deinen grünsten Kranz dir rauben,
Volk mit der immer offnen Hand,
Mit deinem argwohnlosen Glauben;
O rege dich, daß nicht die Schmach
Auf deinem frommen Haupte laste,
Und redlich, wie das Herz es sprach,
So sprich es nach zu deinem Gaste:

„Fremdling an meiner Marken Stein,
Mann mit der Stirne trüben Falten,
O greif in deines Busens Schrein
Und laß die eigne Stimme walten.
Nicht soll bestochner Zeugen Schar
Uns am bestochnen Worte rächen,
Nein, Zeug' und Richter sollst du klar
Dir selbst das freie Urteil sprechen.

„Fühlst du das Herz in dir nicht heiß,
Doch ehrlich uns entgegen schlagen,
Dein Wort kein falsch und trügend Gleis,
Befleckend was die Lippen tragen;
Fühlst du ein Gast dich, wie er lieb
Dir an dem eignen Hausaltare,
Dann frisch heran — nicht wie ein Dieb,
Nein, frisch, mit fröhlicher Fanfare!

„Wer unsres Landes Sitte ehrt,
Und auch dem seinen hält die Treue —
Hier ist der Sitz an unserm Herd!
Hier unsres Bruderkusses Weihe!
Wer fremden Volkes Herzen stellt
Gleich seinem in gerechter Waage —
Hier unsre Hand, daß er das Zelt
Sich auf bei unsern Zelten schlage!

„Doch sagt ein glüh Erröten dir,
Du gönntest lieber einer andern
Als deiner Schwelle gleiche Zier —
Brich auf, und mögest eilends wandern!
Wir sind ein friedlich still Geschlecht
Mit lichtem Blick und blonden Haaren,
Doch unsres Herdes heilig Recht,
Das wissen kräftig wir zu wahren.

„Die Luft, die unsern Odem regt,
Der Grund, wo unsre Gräber blühen,
Die Scholle, die uns Nahrung trägt,
Der Tempel, wo wir gläubig knieen,
Die soll kein frevler Spott entweihn!
Dem Feigen Schmach und Schamerröten,
Der an des Heiligtumes Schrein
Läßt eine falsche Sohle treten!

„Doch einem Gruß aus treuem Mut,
Dem nicken ehrlich wir entgegen.
Hat jeder doch sein eignes Blut
Und seiner eignen Heimat Segen.
Wenn deine Ader kälter rinnt,
So müssen billig wir ermessen:
Wer könnte wohl das fremde Kind
Gleich eignem an den Busen pressen?

„Drum, jede Treue sei geehrt,
Der Eichenkranz von jedem Stamme;
Heilig die Glut auf jedem Herd,
Ob hier sie oder drüben flamme;
Dreimal gesegnet jedes Band,
Von der Natur zum Lehn getragen,
Und einzig nur verflucht die Hand,
Die nach der Mutter Haupt geschlagen!"

Der zu früh geborene Dichter

Acht Tage zählt' er schon, eh ihn
Die Amme konnte stillen,
Ein Würmchen, saugend kümmerlich
An Zucker und Kamillen,
Statt Nägel nur ein Häutchen lind,
Däumlein wie Vogelsporen,
Und jeder sagte: „Armes Kind!
Es ist zu früh geboren!"

Doch wuchs er auf, und mit der Zeit
Hat Leben sich entwickelt,
Mehr als der Doktor prophezeit,
Und hätt er ihn zerstückelt;
Im zähen Körper zeigte sich
Zäh wilder Seele Streben:
Einmal erfaßt — dann sicherlich
Hielt er, auf Tod und Leben.

In Büchern hat er sich studiert
Hohläugig und zuschanden
Und durch sein glühes Hirn geführt
Zahllose Liederbanden.

Ein steter Drang — hinauf! hinauf!
Und ringsum keine Palme;
So klomm er an der Weide auf
Und jauchzte in die Alme.

Zwar dünkt' ihn oft, bei trübem Mut,
Sein Baldachin von Laube
So köstlich wie ein alter Hut,
Wie 'ne zerrißne Haube;
Allein dies schalt man „eitlen Drang,
Mit Würde abzutrumpfen!"
Und alles, was er sah, das sang
Herab vom Weidenstumpfen.

So ward denn eine werte Zeit
Vertrödelt und verstammelt,
Lichtblonde Liederlein juchheit
Und Weidenduft gesammelt;
Wohl fielen Tränen in den Flaum
Und schimmerten am Raine,
Erfaßte ihn der glühe Traum
Von einem Palmenhaine.

Und als das Leben ausgebrannt
Und fühlte sich vergehen,
Da sollt wie Moses er das Land
Der Gottverheißung sehen:
Er sah, er sah sie Schaft an Schaft
Die heil'gen Kronen tragen,
Und drunter all die frische Kraft
Der edlen Sprossen ragen.

Und Lieder hört' er, Melodien,
Wie ihm im Traum geklungen,

Wenn ein Kristall der Gletscher schien
Und Adler sich geschwungen;
Durch das smaragdne Riesenlaub
Sah er die Lyra blinken
Und über sie gleich goldnem Staub
Levantes Äther sinken.

O, wie zusammen da im Fall
Die alten Töne schwirrten,
Im Busen die Gefangnen all
Mit ihren Ketten klirrten!
„Ha, Leben, Jahre! und mein Sitz
Ist in den Säulenwänden,
Auch meine Lyra soll den Blitz
Durch die Smaragden senden!"

Ach, arme Frist, an solchem Schaft
Mit mattem Fuß zu klimmen;
Die Sehne seiner Jugendkraft,
Vermag er sie zu stimmen?
Und bald erseufzt er: „Hin ist hin!
Vertrödelt ist verloren!
Die Scholle winkt, weh mir, ich bin
Zu früh, zu früh geboren!"

Die Lerche

Hörst du der Nacht gespornten Wächter nicht?
Sein Schrei verzittert mit dem Dämmerlicht,
Und schlummertrunken hebt aus Purpurdecken
Ihr Haupt die Sonne; in das Ätherbecken
Taucht sie die Stirn; man sieht es nicht genau,
Ob Licht sie zünde oder trink im Blau.

Glührote Pfeile zucken auf und nieder
Und wecken Taues Blitze, wenn im Flug
Sie streifen durch der Heide braunen Zug.
Da schüttelt auch die Lerche ihr Gefieder,
Des Tages Herold seine Liverei;
Ihr Köpfchen streckt sie aus dem Ginster scheu,
Blinzt nun mit diesem, nun mit jenem Aug;
Dann leise schwankt, es spaltet sich der Strauch,
Und wirbelnd des Mandates erste Note
Schießt in das feuchte Blau des Tages Bote:

„Auf! auf! die junge Fürstin ist erwacht!
Schlaftrunkne Kämmrer, habt des Amtes acht;
Du mit dem Saphirbecken Genziane,
Zwergweide du mit deiner Seidenfahne,
Das Amt, das Amt, ihr Blumen allzumal,
Die Fürstin wacht, bald tritt sie in den Saal!"

Da regen tausend Wimpern sich zugleich,
Maßliebchen hält das klare Auge offen,
Die Wasserlilie sieht ein wenig bleich,
Erschrocken, daß im Bade sie betroffen;
Wie steht der Zitterhalm verschämt und zage!
Die kleine Weide pudert sich geschwind
Und reicht dem West ihr Seidentüchlein lind,
Daß zu der Hoheit Händen er es trage.
Ehrfürchtig beut den tauigen Pokal
Das Genzian, und nieder langt der Strahl;
Prinz von Geblüte, hat die erste Stätte
Er, immer dienend an der Fürstin Bette.

Der Purpur lischt gemach im Rosenlicht,
Am Horizont ein zuckend Leuchten bricht
Des Vorhangs Falten, und aufs neue singt
Die Lerche, daß es durch den Äther klingt:

„Die Fürstin kömmt, die Fürstin steht am Tor!
Frischauf, ihr Musikanten in den Hallen,
Laßt euer zartes Saitenspiel erschallen,
Und, florbeflügelt Volk, heb an den Chor.
Die Fürstin kommt, die Fürstin steht am Tor!"

Da krimmelt, wimmelt es im Heidgezweige,
Die Grille dreht geschwind das Beinchen um,
Streicht an des Taues Kolophonium
Und spielt so schäferlich die Liebesgeige.
Ein tüchtiger Hornist der Käfer schnurrt,
Die Mücke schleift behend die Silberschwingen,
Daß heller der Triangel möge klingen;
Diskant und auch Tenor die Fliege surrt;
Und, immer mehrend ihren werten Gurt,
Die reiche Katze um des Leibes Mitten,
Ist als Bassist die Biene eingeschritten;
Schwerfällig hockend in der Blüte rummeln
Das Kontraviolon die trägen Hummeln. —
So tausendarmig ward noch nie gebaut
Des Münsters Halle, wie im Heidekraut
Gewölbe an Gewölben sich erschließen,
Gleich Labyrinthen ineinander schießen;
So tausendstimmig stieg noch nie ein Chor,
Wie's musiziert aus grünem Heid hervor.

Jetzt sitzt die Königin auf ihrem Throne,
Die Silberwolke Teppich ihrem Fuß,
Am Haupte flammt und quillt die Strahlenkrone,
Und lauter, lauter schallt des Herolds Gruß:

„Bergleute auf! Heraus aus eurem Schacht
Bringt eure Schätze, und du Fabrikant,
Breit vor der Fürstin des Gewandes Pracht,
Kaufherrn, enthüllt den Saphir, den Demant!"

Schau, wie es wimmelt aus der Erde Schoß,
Wie sich die schwarzen Knappen drängen, streifen,
Und mühsam stemmend aus den Stollen schleifen
Gewalt'ge Stufen, wie der Träger groß;
Ameisenvolk, du machst es dir zu schwer!
Dein roh Gestein lockt keiner Fürstin Gnaden.
Doch sieh die Spinne, rutschend hin und her,
Schon zieht sie des Gewebes letzten Faden,
Wie Perlen klar, ein duftig Elfenkleid;
Viel edle Funken sind darin entglommen;
Da kommt der Wind und häkelt es vom Heid,
Es steigt, es flattert, und es ist verschwommen. —

Die Wolke dehnte sich, scharf strich der Hauch,
Die Lerche schwieg und sank zum Ginsterstrauch.

RÜSCHHAUS

1842—1843

Die Bank

Im Parke weiß ich eine Bank,
Die schattenreichste nicht von allen,
Nur Erlen lassen, dünn und schlank,
Darüber karge Streifen wallen;
Da sitz ich manchen Sommertag
Und laß mich rösten von der Sonnen,
Rings keiner Quelle Plätschern wach,
Doch mir im Herzen springt der Bronnen.

Dies ist der Fleck, wo man den Weg
Nach allen Seiten kann bestreichen,
Das staub'ge Gleis, den grünen Steg
Und dort die Lichtung in den Eichen:
Ach manche, manche liebe Spur
Ist unterm Rade aufgeflogen!
Was mich erfreut, bekümmert, nur
Von drüben kam es hergezogen.

Du frommer Greis im schlichten Kleid,
Getreuer Freund seit zwanzig Jahren,
Dem keine Wege schlimm und weit,
Galt es den heil'gen Dienst zu wahren;
Wie oft sah ich den schweren Schlag
Dich drehn mit ungeschickten Händen,

Und langsam steigend nach und nach
Dein Käppchen an des Dammes Wänden.

Und du in meines Herzens Grund,
Mein lieber schlanker blonder Junge,
Mit deiner Büchs und braunem Hund,
Du klares Aug und muntre Zunge,
Wie oft hört ich dein Pfeifen nah,
Wenn zu der Dogge du gesprochen;
Mein lieber Bruder warst du ja,
Wie sollte mir das Herz nicht pochen?

Und manches, was die Zeit verweht,
Und manches, was sie ließ erkalten,
Wie Bankos Königsreihe geht
Und trabt es aus des Waldes Spalten.
Auch was mir noch geblieben und
Was neu erblüht im Lebensgarten,
Der werten Freunde heitren Bund,
Von drüben muß ich ihn erwarten.

So sitz ich Stunden wie gebannt,
Im Gestern halb und halb im Heute,
Mein gutes Fernrohr in der Hand,
Und laß es streifen durch die Weite.
Am Damme steht ein wilder Strauch,
O, schmählich hat mich der betrogen!
Rührt ihn der Wind, so mein ich auch,
Was Liebes komme hergezogen!

Mit jedem Schritt weiß er zu gehn,
Sich anzuformen alle Züge;
So mag er denn am Hange stehn,
Ein wert Phantom, geliebte Lüge;

Ich aber hoffe für und für,
Sofern ich mich des Lebens freue,
Zu rösten an der Sonne hier,
Geduld'ger Märtyrer der Treue.

Sit illi terra levis!

So sonder Arg hast du in diesem Leben
Mich deinen allerbesten Freund genannt,
Hast mir so oft gereicht die hagre Hand, —
Hab ich gelächelt, mag mir Gott vergeben.
Die Schlange wacht in jedes Menschen Brust,
Was ich dir bot, es war doch treue Gabe,
Und hier bekenn ich es, an deinem Grabe,
Du warst mir lieber, als ich es gewußt.

Ob ich auch nie zu jenen mich gesellte,
Die lachend deine Einfalt angeschaut;
Des Hauptes, das in Ehren war ergraut,
Verhöhnung immer mir die Adern schwellte;
Doch erst, wo aller Menschen Witz versiegt,
Ein armer Tropfen in Ägyptens Sande,
Hier erst erkenn ich, an der Seelen Brande,
Wie schwer des Auges warme Träne wiegt.

Sah ich sie nicht an deine Wimper steigen,
Wenn du dem fremden Leide dich geeint?
Hast du nicht meinen Toten nachgeweint
So heiß, wie deines eignen Blutes Zweigen?
O! wenn ich in der Freude des vergaß,
Mit bitterm Herzen muß ich es beklagen;
Denn, von des Schicksals harter Hand geschlagen,
Wie gern ich dann in deinem Auge las!

Noch seh ich dich im Hauch des Winterbrodems
Herstapfen, wie den irren Heidegeist,
Wenn Tropf an Tropfen deiner Stirn entfleußt,
Hör noch das Keuchen deines armen Odems.
Es waren schlimme Wege, rauh und weit,
Die du gewandelt manche Winterwende,
Um des Altares heil'ge Gnadenspende
Zu tragen mir in meine Einsamkeit.

O, manchem Spötter gabst du ernst Gedenken,
Wenn höhnend deine kleine Hab er pries,
Für schlechtes Ding dir Tausende verhieß,
Und du nur glücklich warst, ihn zu beschenken!
So wert war dir kein Gut, so ehrenreich,
Daß du es nicht mit Freuden hingegeben!
Dann sah man deine Lippen freundlich beben
Und zucken wie das Dämmerlicht im Teich.

An deinem Kleide, schwarz und fadenscheinend,
War jeder Fleck ein heimlich Ehrenmal,
Du frommer Dieb am Eignen! ohne Wahl
Das Schlechteste dir noch genugsam meinend.
Mann ohne Falsch und mit der offnen Hand,
Drin wie Demant der Witwe Heller blinken,
Sanft soll der Tau auf deinen Hügel sinken,
Und leicht, leicht sei dir das geweihte Land!

Schlaf sanft, schlaf still in deinem grünen Bette,
Dir überm Haupt des Glaubens fromm Symbol,
Die Welt vergißt, der Himmel kennt dich wohl,
Ein Engel wacht an dieser schlichten Stätte.
Auch eine Träne wird dir nachgeweint,
Und wahrlich keine falsche: „Ach sie haben,

Sie haben einen guten Mann begraben,
Und mir, mir war er mehr" — mein wärmster Freund!

Katharine Schücking

Du hast es nie geahndet, nie gewußt,
Wie groß mein Lieben ist zu dir gewesen,
Nie hat dein klares Aug in meiner Brust
Die scheu verhüllte Runenschrift gelesen,
Wenn du mir freundlich reichtest deine Hand,
Und wir zusammen durch die Grüne wallten,
Nicht wußtest du, daß wie ein Götterpfand
Ich, wie ein köstlich Kleinod sie gehalten.

Du sahst mich nicht, als ich, ein heftig Kind,
Vom ersten Kuß der jungen Muse trunken
Im Garten kniete, wo die Quelle rinnt,
Und weinend in die Gräser bin gesunken;
Als zitternd ich gedreht der Türe Schloß,
Da ich zum ersten Mal dich sollte schauen,
Westfalens Dichterin, und wie da floß
Durch mein bewegtes Herz ein selig Grauen.

Sehr jung war ich und sehr an Liebe reich,
Begeisterung der Hauch, von dem ich lebte;
Ach! manches ist zerstäubt, der Asche gleich,
Was einst als Flamme durch die Adern bebte!
Mein Blick ward klar und mein Erkennen stark,
Von seinem Throne mußte manches steigen,
Und was ich einst genannt des Lebens Mark,
Das fühlt ich jetzt mit frischem Stolz mein eigen.

So scheut ich es, als fromme Schülerin,
Dir wieder in das dunkle Aug zu sehen,
Ich wollte nicht vor meiner Meisterin
Hochmütig mit bedecktem Haupte stehen.
Auch war ich krank, mein Sinnen sehr verwirrt,
Und keinen Namen mocht ich sehnend nennen;
Doch hat dies deine Liebe nicht geirrt,
Du drangst zu mir nach langer Jahre Trennen.

Und als du vor mich tratest, fest und klar,
Und blicktest tief mir in der Seele Gründe,
Da ward ich meiner Schwäche wohl gewahr,
Was ich gedacht, das schien mir schwere Sünde.
Dein Bild, du Starke in der Läutrung Brand,
Stieg wie ein Phönix aus der Asche wieder,
Und tief im Herzen hab ich es erkannt,
Wie zehnfach größer du als deine Lieder.

Du sahst, Bescheidne, nicht, daß damals hier
Aus deinem Blick Genesung ich getrunken,
Daß deines Mundes Laute damals mir
Wie Naphtha in die Seele sind gesunken.
Ein jedes Wort, durchsichtig wie Kristall
Und kräftig gleich dem edelsten der Weine,
Schien mir zu rufen: „Auf! der Launen Ball,
Steh auf! erhebe dich, du Schwach' und Kleine!"

Nun bist du hin! von Gottes reinstem Bild
Ist nur ein grüner Hügel uns geblieben,
Den heut umziehn die Winterstürme wild
Und die Gedanken derer, die dich lieben.
Auch hör ich, daß man einen Kranz gelegt
Von Lorbeer in des Grabes dunkle Moose,
Doch ich, Kathinka, widme dir bewegt
Den Efeu und die dornenvollste Rose.

An die Schriftstellerinnen in Deutschland und Frankreich

Ihr steht so nüchtern da gleich Kräuterbeeten,
Und ihr gleich Fichten, die zerspellt von Wettern, —
Haucht wie des Hauches Hauch in Syrinxflöten,
Laßt wie Dragoner die Trompeten schmettern;
Der kann ein Schattenbild die Wange röten —
Die wirft den Handschuh Zeus und allen Göttern;
Ward denn der Führer euch nicht angeboren
In eigner Brust, daß ihr den Pfad verloren?

Schaut auf! zur Rechten nicht — durch Tränengründe,
Mondscheinalleen und blasse Nebeldecken,
Wo einsam die veraltete Selinde
Zur Luna mag die Lilienarme strecken;
Glaubt, zur Genüge hauchten Seufzerwinde,
Längst überfloß der Sehnsucht Tränenbecken;
An eurem Hügel mag die Hirtin klagen
Und seufzend drauf ein Gänseblümchen tragen.

Doch auch zur Linken nicht — durch Winkelgassen,
Wo tückisch nur die Diebslaternen blinken,
Mit wildem Druck euch rohe Hände fassen
Und Smollis Wüstling euch und Schwelger trinken —
Der Sinne Bacchanale, wo die blassen
Betäubten Opfer in die Rosen sinken,
Und endlich, eures Sarges letzte Ehre,
Man drüber legt die Kränze der Hetäre.

O dunkles Los! o Preis mit Schmach gewonnen,
Wenn Ruhmes Staffel wird der Ehre Bahre!
Grad, grade geht der Pfad, wie Strahl der Sonnen,
Grad, wie die Flamme lodert vom Altare,

Grad, wie Natur das Berberroß zum Bronnen
Treibt mitten durch die Wirbel der Sahare!
Ihr könnt nicht fehlen: er, so mild umlichtet,
Der Führer ward in euch nicht hingerichtet.

Treu schützte ihn der Länder fromme Sitte,
Die euch umgeben wie mit Heil'genscheine,
Sie hielt euch fern die freche Liebesbitte
Und legte Anathem auf das Gemeine.
Euch nahte die Natur mit reinem Schritte,
Kein trunkner Schwelger über Stock und Steine;
Ihr mögt ihr willig jedes Opfer spenden,
Denn alles nimmt sie, doch aus reinen Händen.

Die Zeit hat jede Schranke aufgeschlossen,
An allen Wegen hauchen Naphthablüten,
Ein reizend scharfer Duft hat sich ergossen,
Und jeder mag die eignen Sinne hüten.
Das Leben stürmt auf abgehetzten Rossen,
Die noch zusammenbrechend haun und wüten.
Ich will den Griffel eurer Hand nicht rauben:
Singt, aber zitternd wie vom Weih die Tauben.

Ja, treibt der Geist euch, laßt Standarten ragen!
Ihr wart die Zeugen wild bewegter Zeiten,
Was ihr erlebt, das läßt sich nicht erschlagen,
Feldbind und Helmzier mag ein Weib bereiten;
Doch seht euch vor, wie hoch die Schwingen tragen,
Stellt nicht das Ziel in ungemeßne Weiten,
Der kecke Falk ist überall zu finden,
Doch einsam steigt der Aar aus Alpengründen.

Vor allem aber pflegt das anvertraute,
Das heil'ge Gut, gelegt in eure Hände,

Weckt der Natur geheimnisreichste Laute,
Kniet vor des Blutes gnadenvoller Spende;
Des Tempels pflegt, den Menschenhand nicht baute,
Und schmückt mit Sprüchen die entweihten Wände,
Daß dort, aus dieser Wirren Staub und Mühen,
Die Gattin mag, das Kind, die Mutter knieen.

Ihr hörtet sie, die unterdrückten Klagen
Der heiligen Natur, geprägt zur Dirne.
Wer hat sie nicht gehört in diesen Tagen,
Wo nur ein Gott, der Gott im eignen Hirne?
Frischauf! — und will den Lorbeer man versagen,
O Glückliche mit unbekränzter Stirne!
O arm Gefühl, das sich nicht selbst kann lohnen!
Mehr ist ein Segen als zehntausend Kronen!

Die Stadt und der Dom

Eine Karikatur des Heiligsten

Unsrer sind vier
Ich, Feder, Dinte und Papier
Wir werden uns nicht verraten
Um lumpichte hundert Dukaten.

„Der Dom! der Dom! der deutsche Dom!
Wer hilft den Kölner Dom uns baun?"
So fern und nah der Zeitenstrom
Erdonnert durch die deutschen Gaun.
Es ist ein Zug, es ist ein Schall,
Ein ungemeßner Wogenschwall.
Wer zählt der Hände Legion,
In denen Opferheller glänzt?

Die Liederklänge wer, die schon
Das Echo dieses Rufs ergänzt?

Und wieder schallts vom Elbestrand:
„Die Stadt! die Stadt! der deutsche Port!"
Und wieder zieht von Land zu Land
Ein gabespendend Klingeln fort:
Die Schiffe ragen Mast an Mast,
Goldregen schüttet der Palast;
Wem nie ein eignes Dach beschert,
Der wölbt es über fremde Not;
Wem nie geraucht der eigne Herd,
Der teilt sein schweißbenetztes Brot.

Wenn eines ganzen Volkes Kraft
Für seines Gottes Heiligtum
Die Lanze hebt so Schaft an Schaft,
Wer glühte nicht dem schönsten Ruhm?
Und wem, wem rollte nicht wie Brand
Das Blut an seiner Adern Wand,
Wenn eines ganzen Volkes Schweiß
Gleich edlem Regen niederträuft,
Bis in der Aschensteppe heiß
Viel Tausenden die Garbe reift?

Man meint, ein Volk von Heil'gen sei
Herabgestiegen über Nacht,
In ihrem Eichensarg aufs neu
Die alte deutsche Treu erwacht.
O werte Einheit, bist du eins —
Wer stände dann des Heil'genscheins,
Des Kranzes würdiger als du,
Gesegnete, auf deutschem Grund!
Du trügst den goldnen Schlüssel zu
Des Himmels Hort in deinem Bund.

Wohlan ihr Kämpen denn, wohlan,
Du werte Kreuzesmassonei,
So gebt mir eure Zeichen dann
Und euer edles Feldgeschrei!
Da, horch! da stieß vom nächsten Schiff
Die Bootmannspfeife grellen Pfiff,
Da stiegen Flaggen ungezählt,
Kantate summte und Gedicht,
Der Demut Braun nur hat gefehlt,
Jehovas Namen hört ich nicht.

Wo deine Legion, o Herr,
Die knieend am Altare baut?
Wo, wo dein Samariter, der
In Wunden seine Träne taut?
Ach, was ich fragte und gelauscht,
Der deutsche Strom hat mir gerauscht,
Die deutsche Stadt, der deutsche Dom,
Ein Monument, ein Handelsstift,
Und drüber sah wie ein Phantom
Verlöschen ich Jehovas Schrift.

Und wer den Himmel angebellt,
Vor keiner Hölle je gebebt,
Der hat sich an den Kran gestellt,
Der seines Babels Zinne hebt.
Wer nie ein menschlich Band geehrt,
Mit keinem Leid sich je beschwert,
Der flutet aus des Busens Schrein
Unsäglicher Gefühle Strom;
Am Elbestrand, am grünen Rhein,
Da holt sein Herz sich das Diplom.

Weh euch, die ihr den zorn'gen Gott
Gehöhnt an seiner Schwelle Rand,

Meineid'gen gleich in frevlem Spott
Hobt am Altare eure Hand!
Er ist der Herr, und was er will,
Das schaffen Leu und Krokodil! —
So baut denn, baut den Tempel fort,
Mit ird'schem Sinn den heil'gen Hag,
Daß euer beßrer Enkel dort
Für eure Seele beten mag!

Kennt ihr den Dom, der unsichtbar
Mit tausend Säulen aufwärts strebt?
Er steigt, wo eine gläub'ge Schar
In Demut ihre Arme hebt.
Kennt ihr die unsichtbare Stadt,
Die tausend offne Häfen hat,
Wo euer wertes Silber klingt?
Es ist der Samariter Bund,
Wenn Rechte sich in Rechte schlingt
Und nichts davon der Linken kund.

O, er, der alles weiß, er kennt
Auch eurer Seele ödes Haus;
Baut Magazin und Monument,
Doch seinen Namen laßt daraus!
Er ist kein Sand, der glitzernd stäubt,
Kein Dampfrad, das die Schiffe treibt,
Ist keine falsche Flagge, die
Sich stahl der See verlorner Sohn,
Parol nicht, die zur Felonie
Ins Lager schmuggelt den Spion!

Baut, baut! — um euer Denkmal ziehn
Doch Seufzer, fromm und ungeschmückt;
Baut! — neben eurem Magazin
Wird doch der Darbende erquickt.

Ob eures Babels Zinnenhag
Zum Weltenvolk euch stempeln mag?
Schaut auf Palmyrens Steppenbrand,
Wo scheu die Antilope schwebt,
Die Stadt schaut an, wo, ein Gigant,
Das Kollosseum sich erhebt.

Den Wurm, der im geheimen schafft,
Den kalten, nackten Grabeswurm,
Ihn tötet nicht des Armes Kraft
Noch euer toller Liedersturm.
Ein frommes, keusches Volk ist stark,
Doch Sünde zehrt des Landes Mark;
Sie hat in deiner Glorie Bahn,
O Roma, langsam dich entleibt;
Noch steht die Säule des Trajan,
Und seine Kronen sind zerstäubt!

Der Prediger

Langsam und schwer vom Turme stieg die Klage,
Ein dumpf Gewimmer zwischen jedem Schlage,
Wie Memnons Säule weint im Morgenflor.
Am Glockenstuhle zitterte der Balke,
Die Dohlen flatterten vom Nest, ein Falke
Stieg pfeifend an der Fahne Schaft empor.

Wem dröhnt die Glocke? — Einem, der entkettet,
Des müden Leib ein Fackelzug gebettet
In letzter Nacht bei seinem einz'gen Kind.
Wer war der Mann? — Ein Christ im echten Gleise,
Kein Wucherer, kein Ehrendieb, und weise,
Wie reiche Leute selten weise sind.

Darum so mancher Greis mit Stock und Brille,
So manches Regentuch und Handpostille,
Sich mühsam schiebend durch der Menge Drang.
Er war ein heitrer Wirt in seinem Schlosse, —
Darum am Tor so manche Staatskarosse,
So mancher Flor das Kirchenschiff entlang.

Die Glocken schwiegen, alle Kniee sanken;
Posaunenstoß! Die Wölbung schien zu wanken.
O „Dies irae, dies illa!" — Glut
Auf Sünderschwielen, Tau in Büßermalen!
Mir war, als säh ich des Gerichtes Schalen,
Als hört ich tröpfeln meines Heilands Blut.

Das Amen war verhallt. Ein zitternd Schweigen
Lag auf der Menge, nur des Odems Steigen
Durchsäuselte den weiten Hallenbau.
Nur an der Tumba schwarzer Flämmchen Knistern
Schien leise mit dem Grabe noch zu flüstern,
Der Weihrauchwirbel streute Aschengrau.

„Geliebte!" scholl es von der Wölbung nieder,
Die Wolke sank, und mählich stiegen Glieder,
Am Kanzelbord ein junger Priester stand.
Kein Schattenbild, dem alle Lust verronnen,
Ein frischer saft'ger Stamm am Lebensbronnen,
Ein Adler ruhend auf Jehovas Hand!

„Geliebte," sprach er, „selig sind die Toten,
So in dem Herrn entschliefen, treue Boten,
Von ihrer Sendung rastend." Dann entstieg
Das Wort, gewaltig wie des Jordans Wallen,
Mild wie die Luft in Horebs Zederhallen,
Als er bezeugte des Gerechten Sieg.

Die Stimme sank, des Stromes Wellen schwollen,
Mir war, als hört ich ferne Donner rollen:
„Weh über euch, die weder warm noch kalt!
O wäret kalt ihr oder warm! die Werke
Von eurer Hand sind tot, und eure Stärke
Ist gleich dem Hornstoß, der am Fels verhallt.“

Und tiefer griff er in der Zeiten Wunde,
Die Heller ließ er klingen, und vom Grunde
Hob er den seidnen Mottenfraß ans Licht.
Erröten ließ er die bescheidne Schande
In ihrem ehrbar schonenden Gewande,
Und zog der Lust den Schleier vom Gesicht.

Enthüllt hat er der Rechnung Moderschimmel,
Mit der wir abgeschlossen für den Himmel,
Die feige Güte, halbe Rechtlichkeit.
Es waren Worte wie der Lava Gluten,
Man hörte seines Herzens Adern bluten,
Wie ein Prophet stand er der alten Zeit.

Die Kerzen sind gelöscht, die Pforte dröhnte.
Ich hörte schluchzen — am Gemäuer lehnte
Ein Weib im abgetragnen Regentuch,
Ich hörte säuseln — neben mir, im Chore,
Ein Fräulein gähnte leise hinterm Flore,
Ein Fahnenjunker blätterte im Buch.

Und alle die bescheidnen Menschenkinder,
Wie sichs geziemt für wohlerzogne Sünder,
Sie nahmen ruhig, was der Text beschert.
Und abends im Theater sprach der Knabe,
Der achtzehnjähr'ge Fähndrich: „Heute habe
Ich einen guten Redner doch gehört!“

Die Verbannten

Ich lag an Bergeshang,
Der Tag war schon gesunken,
In meine Wimper drang
Des Westen letzter Funken.
Ich schlief und träumte auch vielleicht,
Doch hört ich noch der Amsel Pfeifen,
Wie Echos letzte Hauche, feucht
Und halb verlöscht, am Schilfe streifen.

Mein äußres Auge sank,
Mein innres ward erschlossen:
Wie wild die Klippenbank!
Wie grau die Moose sprossen!
Der Öde Odem zog so schwer,
Als ob er siecher Brust entgleite;
Wohin ich blickte, Rohres Speer,
Und Dorngestrüpp und Waldesweite.

Im Grase knistert' es,
Als ob die Grille hüpfte,
Im Strauche flüstert' es,
Als ob das Mäuslein schlüpfte;
Ein morscher, halbverdorrter Stamm
Senkte die bräunliche Gardine,
Zu Füßen mir der feuchte Schwamm
Und überm Haupt die wilde Biene.

Da raschelt' es im Laub,
Und rieselte vom Hange,
Zertretnen Pilzes Staub
Flog über meine Wange.

Und neben mir ein Knabe stand,
Ein blondes Kind mit Taubenblicken,
Das eines blinden Greises Hand
Schien brünstig an den Mund zu drücken.

Von linder Tränen Lauf
Sein Auge glänzte trübe,
„Steh auf," sprach es, „steh auf!
Ich bin die Kindesliebe,
Verbannt, zum wüsten Wald verbannt,
Ins öde Dickicht ausgesetzet,
Wo an des sumpf'gen Weihers Rand
Der Storch die kranken Eltern ätzet!"

Dann faltete es hoch
Die hagern Händchen beide,
Und sachte abwärts bog
Es des Geröhres Schneide.
Ich sah, wie blut'ge Striemen leis
An seinen Ärmchen niederflossen,
Wie tappend ihm gefolgt der Greis,
Bis sich des Rohres Wand geschlossen.

Ich ballte meine Hand,
Versuchte mich zu schwingen,
Doch fester, fester wand
Der Taumel seine Schlingen.
Und wieder hörte ich den Schlag
Der Amsel und der Grille Hüpfen,
Und wieder durch den wilden Hag
Der Biene sterbend Sumsen schlüpfen.

Da schleift' es, schwer wie Blei,
Da flüstert' es aufs neue:

„O wache! steh mir bei!
Ich bin die Gattentreue."
Das Auge hob ich, und ein Weib
Sah ich wie halbgebrochen bücken,
Das eines Mannes wunden Leib
Mühselig trug auf seinem Rücken.

Ein feuchter Schleier, hing
Ihr Haar am Antlitz nieder,
Des Schweißes Perle fing
Sich in der Wimper wieder.
„Verbannt! verbannt zum wilden Wald,
Wo Nacht und Öde mich umschauern!
Verbannt, wo in der Felsen Spalt
Die Tauben um den Tauber trauern!"

Sie sah mich lange an,
Im Auge Sterbeklagen,
Und langsam hat sie dann
Den Wunden fortgetragen.
Sie klomm den Klippensteig entlang,
Ihr Ächzen scholl vom Steine nieder,
Wo grade unterm Schieferhang
Sich regte bläuliches Gefieder.

Ich dehnte mich mit Macht
Und langte nach dem Wunden,
Doch als ich halb erwacht,
Da war auch er verschwunden,
Zerronnen wie ein Wellenschaum; —
Ich hörte nur der Wipfel Stöhnen
Und unter mir, an Weihers Saum,
Der Unken zart Geläute tönen.

Die Glöckchen schliefen ein,
Es schwoll der Kronen Rauschen,
Ein Licht wie Mondenschein
Begann am Ast zu lauschen,
Und lauter raschelte der Wald,
Die Zweige schienen sich zu breiten,
Und eine dämmernde Gestalt
Sah ich durch seine Hallen gleiten.

Das Kreuz in ihrer Hand,
Um ihre Stirn die Binde,
Ihr langer Schleier wand
Und rollte sich im Winde.
Sie trat so sacht behutsam vor,
Als ob sie jedes Kräutlein schone;
O Gott, da sah ich unterm Flor —
Sah eine blut'ge Dornenkrone!

Die Fraue weinte nicht
Und hat auch nicht gesprochen,
Allein ihr Angesicht
Hat mir das Herz gebrochen;
Es war wie einer Königin
Pilgernd für ihres Volkes Sünden;
Wo find ich Worte, wo den Sinn,
Um diesen Dulderblick zu künden!

Als sie vorüber schwand
Mit ihren blut'gen Haaren,
Da riß des Schlummers Band,
Ich bin emporgefahren.
Der Amsel Stimme war verstummt,
Die Mondenscheibe stand am Hügel,

Und über mir im Aste summt'
Und raschelte des Windes Flügel.

Ob es ein Traumgesicht,
Das meinen Geist umflossen?
Vielleicht ein Seherlicht,
Das ihm geheim erschlossen?
O wer, dem eine Trän im Aug,
Den fromme Liebe je getragen,
Wer wird nicht, mit dem letzten Hauch,
Die heiligen Verbannten klagen!

Dichters Naturgefühl

Es war an einem jener Tage,
Wo Lenz und Winter sind im Streit,
Wo naß das Veilchen klebt am Hage,
Kurz, um die erste Maienzeit;
Ich suchte keuchend mir den Weg
Durch sumpf'ge Wiesen, dürre Raine,
Wo matt die Kröte hockt' am Steine,
Die Eidechs schlüpfte übern Steg.

Durch hundert kleine Wassertruhen,
Die wie verkühlter Spülicht stehn,
Zu stelzen mit den Gummischuhen,
Bei Gott, heißt das Spazierengehn?
Natur, wer auf dem Haberrohr
In Jamben, Stanzen, süßen Phrasen
So manches Loblied dir geblasen,
Dem stell dich auch manierlich vor!

Da ließ zurück den Schleier wehen
Die eitle vielbesungne Frau,
Als fürchte sie des Dichters Schmähen;
Im Sonnenlichte stand die Au,
Und bei dem ersten linden Strahl
Stieg eine Lerche aus den Schollen
Und ließ ihr Tirilirum rollen
Recht wacker durch den Äthersaal.

Die Quellen, glitzernd wie kristallen, —
Die Zweige, glänzend emalliert —
Das kann dem Kenner schon gefallen,
Ich nickte lächelnd: „Es passiert!"
Und stapfte fort in eine Schluft,
Es war ein still und sonnig Fleckchen,
Wo tausend Anemonenglöckchen
Umgaukelten des Veilchens Duft.

Das üpp'ge Moos — der Lerchen Lieder —
Der Blumen Flor — des Krautes Keim —
Auf meinen Mantel saß ich nieder
Und sann auf einen Frühlingsreim.
Da — alle Musen, welch ein Ton! —
Da kam den Rain entlang gesungen
So eine Art von dummem Jungen,
Der Friedrich, meines Schreibers Sohn.

Den Efeukranz im flächsnen Haare,
In seiner Hand den Veilchenstrauß,
So trug er seine achtzehn Jahre
Romantisch in den Lenz hinaus.
Nun schlüpft' er durch des Hagens Loch,
Nun hing er an den Dornenzwecken
Wie Abrams Widder in den Hecken,
Und in den Dornen pfiff er noch.

Bald hatt' er beugend, gleitend, springend
Den Blumenanger abgegrast
Und rief nun, seine Mähnen schwingend:
„Viktoria, Trompeten, blast!"
Dann flüstert' er mit süßem Hall:
„O, wären es die schwed'schen Hörner!"
Und dann begann ein Lied von Körner;
Fürwahr, du bist 'ne Nachtigall!

Ich sah ihn, wie er an dem Walle
Im feuchten Moose niedersaß
Und nun die Veilchen, Glöckchen alle
Mit sel'gem Blick zu Sträußen las,
Auf seiner Stirn den Sonnenstrahl;
Mich faßt' ein heimlich Unbehagen,
Warum? ich weiß es nicht zu sagen,
Der fade Bursch war mir fatal.

Noch war ich von dem blinden Hessen
Auf meinem Mantel nicht gesehn,
Und so begann ich zu ermessen,
Wie übel ihm von Gott geschehn;
O Himmel, welch ein traurig Los,
Das Schicksal eines dummen Jungen,
Der zum Kopisten sich geschwungen
Und auf den Schreiber steuert los!

Der in den kargen Feierstunden
Romane von der Zofe borgt,
Beklagt des Löwenritters Wunden
Und seufzend um den Posa sorgt,
Der seine Zelle, kalt und klein.
Schmückt mit Aladdins Zaubergabe

Und an dem Quell, wie Schillers Knabe,
Violen schlingt in Kränzelein!

In dessen wirbelndem Gehirne
Das Leben spukt gleich einer Fei,
Der — hastig fuhr ich an die Stirne:
„Wie, eine Mücke schon im Mai?"
Und trabte zu der Schlucht hinaus,
Hohl hustend, mit beklemmter Lunge,
Und drinnen blieb der dumme Junge
Und pfiff zu seinem Veilchenstrauß!

Nach fünfzehn Jahren

Wie hab ich doch so manche Sommernacht,
Du düstrer Saal, in deinem Raum verwacht!
Und du Balkon, auf dich bin ich getreten,
Um leise für ein teures Haupt zu beten,
Wenn hinter mir aus des Gemaches Tiefen
Wie Hilfewimmern bange Seufzer riefen,
Die Odemzüge aus geliebtem Mund;
Ja, bitter weint ich — o Erinnerung! —
Doch trug ich mutig es, denn ich war jung,
War jung noch und gesund.

Du Bett mit seidnem Franzenhang geziert,
Wie oft hab deine Falten ich berührt,
Mit leiser, leiser Hand gehemmt ihr Rauschen,
Wenn ich mich beugte, durch den Spalt zu lauschen,
Mein Haupt so müde, daß es schwamm wie trunken,
So matt mein Knie, daß es zum Grund gesunken!

Mechanisch löste ich der Zöpfe Bund
Und sucht im frischen Trunk Erleichterung;
Ach, alles trägt man leicht, ist man nur jung,
Nur jung noch und gesund!

Und als die Rose, die am Stock erblich,
Sich wieder auf die kranke Wange schlich,
Wie hab ich an dem Pfeilertische drüben
Dem Töchterchen geringelt seine lieben
Goldbraunen Löckchen! wie ich mich beflissen,
Eh ich es führte an der Mutter Kissen!
Und gute Sitte flüstert ich ihm ein,
Gelobte ihm die Fabel von dem Schaf
Und sieben Zicklein, wenn es wolle brav,
Recht brav und sittig sein.

Und dort die Hütte in der Tannenschlucht,
Da naschten sie und ich der Rebe Frucht,
Da fühlten wir das Blut so keimend treiben,
Als müss' es immer frisch und schäumend bleiben;
Des Überstandnen lachten wir im Hafen:
Wie ich geschwankt, wie stehend ich geschlafen;
Und wandelten am Rasenstreifen fort,
Und musterten der Stämmchen schlanke Reihn,
Und schwärmten, wie es müsse reizend sein
Nach fünfzehn Jahren dort!

O fünfzehn Jahre, lange öde Zeit!
Wie sind die Bäume jetzt so starr und breit!
Der Hütte Tür vermocht ich kaum zu regen,
Da schoß mir Staub und wüst Gerüll entgegen,
Und an dem blanken Gartensaale drüben,
Da steht 'ne schlanke Maid mit ihrem Lieben,

Die schaun sich lächelnd in der Seele Grund,
In ihren braunen Locken rollt der Wind;
Gott segne dich, du bist geliebt, mein Kind,
Bist fröhlich und gesund!

Sie aber, die vor Lustern dich gebar,
Wie du so schön, so frisch und jugendklar,
Sie steht mit einer an des Parkes Ende
Und drückt zum Scheiden ihr die bleichen Hände,
Mit einer, wo du nimmer möchtest denken,
So könne deiner Jugend Flut sich senken;
Sie schaun sich an, du nennst vielleicht es kalt,
Zwei starre Stämme, aber sonder Wank
Und sonder Tränenquell, denn sie sind krank,
Ach, beide krank und alt!

Nachruf an Henriette von Hohenhausen

(Gestorben am 20. April 1843)

An deinem Sarge standen wir,
Du fromme milde Leidenspalme,
Wir legten in die Hände dir
Des Lenzes linde Blütenhalme;
An deiner Brust, wie eingenickt,
Die blauen Seidenschleifen lagen;
So, mit der Treue Bild geschmückt,
Hat man dich in die Gruft getragen.

Die Sonne sticht, der Regen rauscht —
Wir sitzen schweigend und beklommen;
Es knirrt im Flur, und jeder lauscht,
Als dächten wir, du könntest kommen;
In jedem Winkel suchen wir
Nach deinem Lächeln, deinem Blicke:
Wer lehnte je am Busen dir
Und fühlt im Herzen keine Lücke?

Daß dein Erkennen stark und klar,
Auch andre mögens mit dir teilen;
Doch daß du so gerecht und wahr,
Daß Segen jede deiner Zeilen,
Der Odem, den dein Leben sog,
Der letzte noch, ein Liebeszeichen, —
Das, Henriette, stellt dich hoch
Ob andre, die an Geist dir gleichen!

Du warst die Seltne, die gehorcht
Des Ruhmes lockender Sirene
Und keine Tünche je geborgt
Und keine süßen Taumeltöne;
Die jede Perl aus ihrem Hort
Vor Gottes Auge erst getragen,
Um ernstes wie um heitres Wort,
Um keines durft im Tode zagen.

Am Sarge fällt die Blüte ab,
Zerrinnt der Glorie Zauberschemen,
Dein Lorbeerreis, es bleibt am Grab,
Du kannst es nicht hinüber nehmen;
Doch vor dem Richter kannst du knien,
Die reinen Hände hoch gefaltet:
„Sieh, Herr, die Pfunde, mir verliehn,
Ich habe redlich sie verwaltet."

Nicht möcht ich einen kalten Stein
Ob deinem warmen Herzen sehen,
Auch keiner glühen Rosen Schein,
Die üppig unter Dornen wehen;
Des Sinnlaubs immergrünen Stern
Möcht ich um deinen Hügel ranken,
Und überm Grüne säh ich gern
Die segensreiche Ähre schwanken.

MEERSBURG
1843—1844

An Elise Rüdiger

(Am 19. November 1843)

Du weißt es lange wohl, wie wert du mir,
Was sollt ich es nicht froh und offen tragen,
Ein Lieben, das so frischer Ranken Zier
Um meinen kranken Lebensbaum geschlagen?
Und manchen Abend hab ich nachgedacht,
In leiser Stunde träumerischem Sinnen,
Wie deinen Morgen, meine nah'nde Nacht
Das Schicksal ließ aus einer Urne rinnen.

Zu alt zur Zwillingsschwester, möchte ich
Mein Töchterchen dich nennen, meinen Sprossen,
Mir ist, als ob mein fliehend Leben sich,
Mein rinnend Blut in deine Brust ergossen.
Wo flammt im Herzen mir ein Opferherd,
Daß nicht der deine loderte daneben,
Von gleichen Landes lieber Luft genährt,
Von gleicher Freunde frommem Kreis umgeben?

Und heut, am Sankt Elisabethentag,
Vereinend uns mit gleichen Namens Banden,
Schlug ich bedächtig im Kalender nach,
Welch Heilige am Taufborn uns gestanden;
Da fand ich eine königliche Frau,
Die ihre milde Segenshand gebreitet,
Und eine Patriarchin, ernst und grau,
Nur wert um den, des Weges sie bereitet.

Fast war es mir, als ob dies Doppelbild
Mit strengem Mahnen strebe uns zu trennen,

Als woll es dir die Fürstin zart und mild,
Mir nur die ernste Hüterin vergönnen;
Doch — lächle nicht — ich hab mich abgekehrt,
Bin fast verschämt zur Seite dir getreten;
Nun wähle, Lieb, und die du dir beschert,
Zu der will ich als meiner Heil'gen beten.

Das öde Haus

Tiefab im Tobel liegt ein Haus,
Zerfallen nach des Försters Tode,
Dort ruh ich manche Stunde aus,
Vergraben unter Rank und Lode;
's ist eine Wildnis, wo der Tag
Nur halb die schweren Wimpern lichtet;
Der Felsen tiefe Kluft verdichtet
Ergrauter Äste Schattenhag.

Ich horche träumend, wie im Spalt
Die schwarzen Fliegen taumelnd summen,
Wie Seufzer streifen durch den Wald,
Am Strauche irre Käfer brummen;
Wenn sich die Abendröte drängt
An sickernden Geschiefers Lauge,
Dann ists, als ob ein trübes Auge,
Ein rotgeweintes, drüber hängt.

Das Dach, von Moose überschwellt,
Läßt wirre Schober niederragen,
Und eine Spinne hat ihr Zelt
Im Fensterloche aufgeschlagen;
Da hängt, ein Blatt von zartem Flor,
Der schillernden Libelle Flügel,
Und ihres Panzers goldner Spiegel
Ragt kopflos am Gesims hervor.

Wo an zerrißner Laube Joch
Die langen magern Schossen streichen,
An wildverwachsner Hecke noch
Im Moose Nelkensprossen schleichen,
Dort hat vom tröpfelnden Gestein
Das dunkle Naß sich durchgesogen,
Kreucht um den Buchs in trägen Bogen
Und sinkt am Fenchelstrauche ein.

Zuweilen hat ein Schmetterling
Sich gaukelnd in der Schlucht gefangen
Und bleibt sekundenlang am Ring
Der kränkelnden Narzisse hangen;
Streicht eine Taube durch den Hain,
So schweigt am Tobelrand ihr Girren,
Man höret nur die Flügel schwirren
Und sieht den Schatten am Gestein.

Und auf dem Herde, wo der Schnee
Seit Jahren durch den Schlot geflogen,
Liegt Aschenmoder feucht und zäh,
Von Pilzes Glocken überzogen;
Noch hängt am Mauerpflock ein Rest
Verwirrten Wergs, das Seil zu spinnen,
Wie halbvermorschtes Haar, und drinnen
Der Schwalbe überjährig Nest.

Und von des Balkens Haken nickt
Ein Schellenband an Schnall und Riemen,
Mit grober Wolle ist gestickt
„Diana“ auf dem Lederstriemen;
Ein Pfeifchen auch vergaß man hier,
Als man den Tannensarg geschlossen;
Den Mann begrub man, tot geschossen
Hat man das alte treue Tier.

Sitz ich so einsam am Gesträuch
Und hör die Maus im Laube schrillen,
Das Eichhorn blafft von Zweig zu Zweig,
Am Sumpfe läuten Unk und Grillen, —
Wie Schauer überläufts mich dann,
Als hör ich klingeln noch die Schellen,
Im Walde die Diana bellen
Und pfeifen noch den toten Mann.

Ein braver Mann

Noch lag, ein Wetterbrodem, schwer
Die Tyrannei auf Deutschlands Gauen,
Die Wachen schlichen scheu umher,
Die Menge schlief in dumpfem Grauen;
Ein Seufzer schien der Morgenwind
Aus angstgepreßter Brust zu brechen,
Nur die Kanone durfte sprechen,
Und lächeln durfte nur das Kind.

Da lebt' im Frankenland ein Mann,
Der bittre Stunden schon getragen,
In drängenden Geschickes Bann
Gar manche Täuschung sonder Klagen;
Ihm war von seiner Ahnen Flur
Der edle Name nur geblieben,
Von allen, allen Jugendtrieben
Des Herzens warm Gedenken nur.

Durch frühes Siechtum schwer gebeugt
Und jeglichem Beruf verdorben,
Hätt oft er gern das Haupt geneigt
Und wär in Frieden nur gestorben;

An seinen Schläfen lagen schon
Mit vierzig Jahren weiße Garben,
Und seiner Züge tiefe Narben
Verrieten steter Sorge Fron.

Doch freundlich trug er jeden Dorn,
Der auf dem Pfade ihm begegnet,
Geschlagen von des Schicksals Zorn,
Doch von der Götter Hand gesegnet.
Und eine Kunst war ihm beschert,
So mild wie seiner Seele Hauchen,
Sein Pinsel ließ die Wiesen rauchen
Und flammen des Vulkanes Herd.

Es waren Bilder, die mit Lust
Ein unverdorbnes Herz erfüllen,
Wie sie entsteigen warmer Brust
Und reiner Phantasie entquillen;
Doch Mäklern schienen sie zu zart,
Den Stempel hoher Kunst zu tragen;
So hat er schwer sich durchgeschlagen
Und täglich am Bedarf gespart.

Da ward in Winterabends Lauf
Ein Brief ihm von der Post gesendet;
Er riß bestürzt das Siegel auf:
O Gott, die Sorgen sind beendet!
Des fernen Vetters Totenschein
Hat als Agnaten ihn berufen:
Er darf nur treten an die Stufen,
Die reichen Lehne harren sein.

Wer denkt es nicht, daß ihm gepreßt
Aus heißer Wimper Tränen flossen!

Dann plötzlich steht sein Auge fest,
Der Zähren Quelle ist geschlossen.
Er liest, er tunkt die Feder ein,
Hat nur Sekunden sich beraten,
Und an den nächsten Lehnsagnaten
Schreibt mutig er beim Lampenschein:

„Wohl sagt man, daß Tyrannenmacht
Nicht Eides Band vermag zu schlingen,
Doch wo in uns ein Zweifel wacht,
Da müssen wir zum Besten ringen.
Nimm hin der Väter liebes Schloß,
— O würd ich einstens dort begraben! —
Ich bin gewöhnt, nicht viel zu haben,
Und mein Bedürfnis ist nicht groß."

Wer unter euch von Opfern spricht,
Von edleren, und Märtrerzeichen,
Der sah gewiß noch Jahre nicht,
Nicht vierzig Jahr in Sorg entschleichen!
Ihr, die mit Stärke prunkt, sogleich
Euch drängt zu stolzer Taten Weihe:
— Er war ein Mann wie Wachs so weich,
Nur stark in Gott und seiner Treue.

Und wie es ferner ihm erging?
Er hat gemalt, bis er gestorben,
Zuletzt, in langer Jahre Ring,
Ein schmal Vermögen sich erworben;
Nie hat auf der Begeistrung Höh
Sein schamhaft Schweigen er gebrochen,
Und keine Seele hat gesprochen
Von seinem schweren Opfer je.

Zweimal im Leben gab das Glück
Vor seinem Antlitz mir zu stehen,
In seinem mild bescheidnen Blick
Des Geistes reinen Blitz zu sehen.
Und im Dezember hat man dann
Des Sarges Deckel zugeschlagen
Und still ihn in die Gruft getragen.
— Das ist das Lied vom braven Mann.

Gemüt

Grün ist die Flur, der Himmel blau,
Doch tausend Farben spielt der Tau;
Es hofft die Erde bis zum Grabe,
Gewährung fiel dem Himmel zu;
Und sprich, was ist denn deine Gabe,
Gemüt, der Seele Iris du?

Du Tropfen Wolkentau, der sich
In unsrer Scholle Poren schlich,
Daß er dem Himmel sie gewöhne
An seinem lieblichsten Gedicht,
Du, irdisch heilig wie die Träne,
Und himmlisch heilig wie das Licht!

Ein Tropfen nur, ein Widerschein,
Doch alle Wunder saugend ein,
Ob, Perle, dich am Blatte wiegend
Und spielend um der Biene Fuß,
Ob, süßer Traum, im Grase liegend
Und lächelnd bei des Halmes Gruß.

O, Erd und Himmel lächeln auch,
Wenn du, geweckt vom Morgenhauch,
Gleich einem Kinde hebst den weichen
Verschämten Mondesblick zum Tag,
Erharrend, was die Hand des Reichen
Von Glanz und Duft dir geben mag.

Lächle nur, lächle für und für,
Des Kindes Reichtum wird auch dir;
Dir wird des Zweiges Blatt zur Halle,
Zum Sammet dir des Mooses Vlies,
Opale, funkelnde Metalle
Wäscht Muschelscherbe dir und Kies.

Des kranken Blattes rötlich Grün
Drückt auf die Stirn dir den Rubin,
Mit Chrysolithes goldnen Flittern
Schmückt deinen Spiegel Kraut und Gras,
Und selbst des dürren Laubes Zittern
Schenkt dir den bräunlichen Topas.

Und gar, wenn losch das Sonnenlicht
Und nun dein eigenstes Gedicht,
Morgana deines Seees, gaukelt,
Ein Traum von Licht um deinen Ball
Und zarte Schattenbilder schaukelt,
Gefangne Geister im Kristall:

Dann schläfst du, schläfst in eigner Haft,
Läßt walten die verborgne Kraft,
Was nicht dem Himmel, nicht der Erden,
Was deiner Schöpfung nur bewußt,
Was nie gewesen, nie wird werden,
Die Embryone deiner Brust.

O lächle, träume immer zu,
Iris der Seele, Tropfen du!
Den Wald laß rauschen, im Gewimmel
Entfunkeln laß der Sterne Reihn;
Du hast die Erde, hast den Himmel,
Und deine Geister obendrein.

Silvesterabend

Am letzten Tage des Jahres
Da dacht ich, wie mancher tot,
Den ich bei seinem Beginne
Noch lustig gesehn und rot;
Wie mancher am Sargesbaume
Gelacht unterm laubigen Zelt,
Und wie vielleicht auch der meine
Zur Stunde schon sei gefällt.

Wer wird dann meiner gedenken,
Wenn ich nun gestorben bin?
Wohl wird man Tränen mir weihen,
Doch diese sind bald dahin;
Wohl wird man Lieder mir singen,
Doch diese verweht die Zeit;
Vielleicht einen Stein mir setzen,
Den bald der Winter verschneit.

Und wenn die Flocke zerronnen
Und kehrt der Nachtigall Schlag,
Dann blieb nur die heilige Messe
An meinem Gedächtnistag;

Nur auf zerrissenem Blatte
Ein Lied von flüchtigem Stift,
Und mir zu Häupten die Decke
Mit mooszerfressener Schrift.

Wohl hab ich viele Bekannte,
Die gern mir öffnen ihr Haus;
Doch wenn die Türe geschlossen,
Dann schaut man nimmer hinaus;
Dann haben sie einen andern
An meiner Stelle erwählt,
Der ihnen singt meine Lieder
Und meine Geschichten erzählt.

Wohl hab ich ehrliche Freunde,
Die ging es härter schon an;
Doch wenn die Kette zerrissen,
Man flickt sie, so gut man kann;
Zwei Tage blieben sie düster
— Sie meinten es ernst und treu, —
Und gingen dann in die Oper
Am dritten Tage aufs neu.

Ich habe liebe Verwandte,
Die trugen im Herzen das Leid;
Allein wie dürfte verkümmern
Ein Leben, so vielen geweiht?
Sie haben sich eben bezwungen,
Für andere Pflichten geschont;
Doch schweben meine Züge
Zuweilen noch über den Mond.

Ich habe Brüder und Schwestern,
Da ging ins Leben der Stich,

Da sind viel Tränen geflossen
Und viele Seufzer um mich.
O, hätten sie einsam gestanden,
Ich lebte in ewigem Licht;
Nun haben sie meines vergessen
Um ihres Kindes Gesicht.

Ich hab, ich hab eine Mutter,
Der kehr ich im Traum bei Nacht,
Die kann das Auge nicht schließen,
Bis mein sie betend gedacht;
Die sieht mich in jedem Grabe,
Die hört mich im Rauschen des Hains, —
O, vergessen kann eine Mutter
Von zwanzig Kindern nicht eins!

Meine Steckenpferde

O, die Bevölkerung überall!
O, unsre gesegneten Zeiten!
In Roßpalästen und Menschenstall
Wie Flocken sieht man es gleiten;
Von Bettlern wimmelt das ganze Land,
Von Künstlergesindel die Erde,
Doch keine Rasse nahm überhand
Wie jene der Steckenpferde.

Der eine reitet den Tschernebock,
Der andre, Himmel! den Goethe,
Und jener holpert durch Stein und Stock
Auf einer alten Muskete.

Ein Tonnenbacher rutscht dieser mit
Auf hochgetriebnem Pokale,
Und der macht gar den bedenklichen Ritt
Auf einem elektrischen Aale.

Das war vorzeiten ein anderes Ding:
Kam mal 'ne Möve geflogen,
Fing einer im Netze den Schmetterling,
Schier hätt man die Glocken gezogen;
Und wer vom Pegasus nur geträumt,
Des staunten Freund und Verwandte;
Jetzt steht im Narrenstalle gezäumt
Für jeden die Rosinante.

Meine Steckenpferdchen sind glatt und rund,
Sind blank gefütterte Schimmel,
Ihr Trab wie Flüstern von Frauenmund,
Ihr Wiehern ein zartes Gebimmel.
Dort sprengen sie an der Longe hinaus,
Meine Silbergrauen und Fahlen,
Sechs Kreuzer dem, der sie lobt zu Haus,
Und zwölf, der sie lobt in Journalen!

Einer wie viele und viele wie einer

(Stille Größe)

Ich klage nicht den Mann, der fällt
Ein Markstein dem erkämpften Land,
Der seines Schicksals Becher hält,
Ihn mischend mit entschloßner Hand,

Nicht, der entgegentritt dem Sturm
Und weiß, daß er die Eiche bricht;
Wer war so reich wie Götz im Turm,
Wie Morus vor dem Blutgericht?

Ich klage nicht den Mann, der stirbt,
Von Welt und eigner Glut verzehrt,
Ihn, dem des Halmes Frucht verdirbt
Und den des Himmels Manna nährt;
Corregio nicht, der siech und falb
Die Kupferheller heimgebracht,
Cervantes, der verhungert halb
Ob seines Pansa noch gelacht.

Sie sind des Unglücks Fürsten, sind
Die Mächtigen im weiten Blau,
Sie fühlen, daß ihr Odem rinnt
Entzündend um der Erde Bau;
Daß aus der Grabesscholle gern
Die Ernte freudig schießt und voll,
Und daß zerfallen muß der Kern,
Wenn sich die Zeder strecken soll.

Ihn klag ich, dessen Liebe groß
Und dessen Gabe arm und klein,
Den, wie die Glut das dürre Moos,
Zehrt jener Strahlen Widerschein;
Ihn, der des Funkens Irren fühlt
Verheerend in der Adern Bau
Und den die Welle dann verspült,
Ein Aschenhäuflein, dünn und grau.

O, eure Zahl ist Legion!
Ihr Halbgesegneten, wo scheu

Ins Herz der Genius geflohn,
Und öde ließ die Phantasei;
Ihr, die ihr möchtet flügellos
Euch schwingen mit des Sehnens Hauch,
Und wieder an der Erde Schoß
Sinkt wie ein kranker Nebelrauch.

Nicht klag ich euch, weil ihr gering,
Nicht weil ihr ärmlich und versiecht;
Ich weiß es, daß der Zauberring
Euch unbewußt am Finger liegt;
O, reich seid ihr und wißt es nicht,
Denn reich ist nur der Träume Land;
O, stark seid ihr und wißt es nicht,
Denn stark ist nur der Liebe Hand.

Wenn ihr an eurem Pulte neigt,
An eurer öden Staffelei,
Um euch des Himmels Odem steigt
Und in euch der Beklemmung Schrei;
Wenn zitternd nach dem Ideal
Ihr eure heißen Arme streckt
Und kaum für euer täglich Mahl
Den Halm der nächsten Furche weckt:

Dann seid als der Poet ihr mehr,
Der seines Herzens Blut verkauft,
Mehr als der stolze Künstler, der
Zur Heiligen die Hetäre tauft;
Was ihr verschweigt, ist lieblicher,
Als je des Dichters Glut genährt,
Was ihr begrabt, ist heiliger,
Als Farb und Pinsel je verklärt.

Mir gab Natur ein kühnes Herz,
Ich senke nicht so leicht den Blick;
Mich drückt nicht Größe niederwärts,
Drängt keine fremde Hand zurück;
Nie hat des Ruhmes Strahlenkranz
An fremder Stirne mich gegrämt;
Doch vor so stiller Augen Glanz
Hab ich mich hundertmal geschämt.

Weinende Quellen, wo sich rollt
Das Sonnenbild im Wellenbann,
Glühende Stufen, wo das Gold
Nicht aus der Schlacke scheiden kann,
Ich klag um euch, weil ihr betrübt,
Weil euch das Herz von Tränen schwillt,
Unwissend Sel'ge, weil ihr liebt
Und zweifelt an der Gottheit Bild.

Wacht, wacht ob eurem stillen Schatz,
Laßt uns das sonnenöde Land,
Laßt uns den freien Bühnenplatz
Und sterbt im Winkel unbekannt;
Einst wißt ihr, was in euch gelebt,
Und was in dem, der euch gehöhnt;
Einst, wenn der Strahlengott sich hebt
Und nur die Memnonssäule tönt.

Der Nachtwandler

Siehst du das Ziegeldach am Hage dort?
Die Dämmerung sinkt, laß uns vorüber eilen,
Bald steigt der Vollmond an des Moores Bord,
Dann ists nicht gut in dieser Nähe weilen;

Hier schwebt kein Spuk den Fichtengang hinauf,
Kein Räuber paßt in jenem Schuppen auf,
Ein Bürgerhaus, ein bürgerlich Beginnen,
Es wohnt ein Greis, es wohnen Diener drinnen.

Alt ist der Herr; wie alt, man weiß es kaum,
Er liebt es nicht, im Kirchenbuch zu deuten;
Ihm starb ein Weib vor langer Jahre Raum,
Und auch ein Kind, — das sind verschollne Zeiten;
Es heißt, er habe ihr den Arzt versagt,
Mit schlechter Kost sein krankes Kind geplagt;
Was sagt man nicht, um Leute zu verdammen,
Wo sich das Gold in Haufen drängt zusammen!

Einst war er arm, hat kümmerlich gezehrt,
Wohl kümmerlicher noch als andre eben;
Da, heißt es, hab um eines Talers Wert
Er einen Leib dem Galgen übergeben.
Jung sei der Dieb gewesen, hungerbleich,
Und seine Mutter krank; wer glaubt es gleich?
Neid folgt dem Reichen, — sieh die Hütten drüben!
Dort wohnt die Not, sein ist ihr Gut geblieben.

Man kann ihn fleißig in der Kirche sehn,
Und seine Sitten durfte keiner rügen;
Doch seit des Körpers Kräfte ihm vergehn,
Muß übelem Gebrest der Greis erliegen;
So oft die Mondesscheibe füllt den Schein,
Hüllt er sich schlafend in das Leilach ein
Und klimmt vom Bett, das Kerzenstümpflein fachend,
Ein Diener folgt ihm, seinen Schritt bewachend.

Aus jener Hütte sieht der Fröner ihn
Dann stundenlang am Fensterglase zählen,

Das Gold befeilen, Federstriche ziehn
Und plötzlich greifen, wie nach Diebeskehlen;
Dann ist auch wohl ein Schrei hinaus geschallt,
Als tue seiner Seele man Gewalt,
Bis ihm die Arme sinken wie verwittert
Und weiter er mit seinem Lämpchen zittert.

Sein nächster Gang ist jene Kammer, wo
Bei einem größern Lager steht ein kleines;
Dort wiegt er sich am Bettchen, so und so,
Als schüttl' er eine Flasche edlen Weines,
Und gießt und gießt, als würd sie nimmer leer,
Und stopft und stopft wie Bissen mehr und mehr,
Und tastend scheint er einen Puls zu greifen,
Gebückt, als lausch er schwachen Odems Pfeifen.

Und an dem andern Lager steht er dann,
Scheint tröpfelnd über Arzenein zu bücken;
Er breitet schwingend eine Decke an,
Und einen Schirm scheint er hinan zu rücken.
Im Hui hat er dann das Glas erreicht,
Das Fenster, wo sich fern der Galgen zeigt —
Der Diener springt, man hört ein dumpf Gewimmer —
Das Fenster klirrt — und dunkel ist das Zimmer.

Schreit' schneller, schneller! an der Scheibe dort,
Sieh, wie es leise glimmt und Funken zittert;
Nun zuckt ein blaues Flämmchen; fort, nur fort!
Mir ist, wie wenn die ganze Luft gewittert.
Schau nicht zurück! Verwegner, fluch ihm nicht!
Laß ihn allein mit Gott und dem Gericht!
Meinst du, ein Fluch vergrößre seine Leiden?
O laß den Dieb am Galgen ihn beneiden!

Der sterbende General

Er lag im dicht verhängten Saal,
Wo grau der Sonnenstrahl sich brach,
Auf seinem Schmerzensbette lag
Der alte kranke General.
Genüber ihm am Spiegel hing
Echarpe, Orden, Feldherrnstab.
Still war die Luft, am Fenster ging
Langsam die Schildwach auf und ab.

Wie der verwitterte Soldat
So stumm die letzte Fehde kämpft!
Zwölf Stunden, seit zuletzt gedämpft
Um „Wasser" er, um „Wasser" bat.
An seinem Kissen beugten zwei,
Des einen Auge rotgeweint,
Des andern düster, fest und treu,
Ein Diener und ein alter Freund.

„Tritt seitwärts," sprach der eine, „laß
Ihn seines Standes Ehren sehn! —
Den Vorhang weg, daß flatternd wehn
Die Bänder an dem Spiegelglas!"
Der Kranke schlug die Augen auf,
Man sah wohl, daß er ihn verstand;
Ein Blick, ein leuchtender, und drauf
Hat er sich düster abgewandt.

„Denkst du, mein alter Kamerad,
Der jubelnden Viktoria?
Wie flogen unsre Banner da
Durch der gemähten Feinde Saat!

Denkst du an unsres Prinzen Wort:
‚Man sieht es gleich, hier stand der Wart!'
Schnell, Konrad, nehmt die Decke fort,
Sein Odem wird so kurz und hart!"

Der Obrist lauscht, er murmelt sacht:
„Verkümmert wie ein welkes Blatt!
Das Dutzend Friedensjahre hat
Zum Kapuziner ihn gemacht. —
Wart! Wart! du hast so frisch und licht
So oft dem Tode dich gestellt,
Die Furcht, ich weiß es, kennst du nicht,
So stirb auch freudig wie ein Held!

„Stirb, wie ein Leue, adelig,
In seiner Brust das Bleigeschoß,
O stirb nicht wie ein zahnlos Roß,
Das zappelt vor des Henkers Stich! —
— Ha, seinem Auge kehrt der Strahl! —
Stirb, alter Freund, stirb wie ein Mann!"
Der Kranke zuckt, zuckt noch einmal,
Und „Wasser, Wasser" stöhnt er dann.

Leer ist die Flasche. — „Wache dort,
He, Wache, du bist abgelöst!
Schau, wo ans Haus das Gitter stößt,
Lauf, Wache, lauf zum Borne fort! —"
's ist auch ein grauer Knasterbart
Und strauchelt wie ein Dromedar —
„Nur schnell, die Sohlen nicht gespart!
Was, alter Bursche, Tränen gar?"

„Mein Kommandant," spricht der Ulan
Grimmig verschämt, „ich dachte nach,

Wie ich blessiert am Strauche lag,
Der General mir nebenan,
Und wie er mir die Flasche bot,
Selbst dürstend in dem Sonnenbrand,
Und sprach: ‚Du hast die schlimmste Not'.
Dran dacht ich nur, mein Kommandant!"

Der Kranke horcht, durch sein Gesicht
Zieht ein verwittert Lächeln, dann
Schaut fest den Veteran er an. —
Die Seele, der Viktorie nicht,
Nicht Fürstenwort gelöst den Flug,
Auf einem Tropfen Menschlichkeit
Schwimmt mit dem letzten Atemzug
Sie lächelnd in die Ewigkeit.

Mondesaufgang

An des Balkones Gitter lehnte ich
Und wartete, du mildes Licht, auf dich.
Hoch über mir, gleich trübem Eiskristalle,
Zerschmolzen schwamm des Firmamentes Halle;
Der See verschimmerte mit leisem Dehnen,
Zerfloßne Perlen oder Wolkentränen?
Es rieselte, es dämmerte um mich,
Ich wartete, du mildes Licht, auf dich.

Hoch stand ich, neben mir der Linden Kamm,
Tief unter mir Gezweige, Ast und Stamm;
Im Laube summte der Phalänen Reigen,
Die Feuerfliege sah ich glimmend steigen,
Und Blüten taumelten wie halb entschlafen;
Mir war, als treibe hier ein Herz zum Hafen,

Ein Herz, das übervoll von Glück und Leid
Und Bildern seliger Vergangenheit.

Das Dunkel stieg, die Schatten drangen ein —
Wo weilst du, weilst du denn, mein milder Schein? —
Sie drangen ein wie sündige Gedanken,
Des Firmamentes Woge schien zu schwanken,
Verzittert war der Feuerfliege Funken,
Längst die Phaläne an den Grund gesunken,
Nur Bergeshäupter standen hart und nah,
Ein düstrer Richterkreis, im Düster da.

Und Zweige zischelten an meinem Fuß
Wie Warnungsflüstern oder Todesgruß;
Ein Summen stieg im weiten Wassertale
Wie Volksgemurmel vor dem Tribunale;
Mir war, als müsse etwas Rechnung geben,
Als stehe zagend ein verlornes Leben,
Als stehe ein verkümmert Herz allein,
Einsam mit seiner Schuld und seiner Pein.

Da auf die Wellen sank ein Silberflor,
Und langsam stiegst du, frommes Licht, empor;
Der Alpen finstre Stirnen strichst du leise,
Und aus den Richtern wurden sanfte Greise;
Der Wellen Zucken ward ein lächelnd Winken,
An jedem Zweige sah ich Tropfen blinken,
Und jeder Tropfen schien ein Kämmerlein,
Drin flimmerte der Heimatlampe Schein.

O Mond, du bist mir wie ein später Freund,
Der seine Jugend dem Verarmten eint,
Um seine sterbenden Erinnerungen
Des Lebens zarten Widerschein geschlungen,

Bist keine Sonne, die entzückt und blendet,
In Feuerströmen lebt, im Blute endet —
Bist, was dem kranken Sänger sein Gedicht,
Ein fremdes, aber o! ein mildes Licht.

Halt fest!

Halt fest den Freund, den einmal du erworben,
Er läßt dir keine Gaben für das Neue;
Läßt, wie das Haus, in dem ein Leib gestorben,
Unrein das Herz, wo modert eine Treue;
Meinst du, dein sei der Hände Druck, der Strahl
Des eignen Auges arglos und voll Liebe?
Drückst du zum zweiten, blickst zum zweiten Mal,
Die Frucht ist fleckig und der Spiegel trübe.

Halt fest dein Wort, o fest wie deine Seele;
So stolz und freudig mag kein Lorbeer ranken,
Daß er das Mal auf einer Stirne hehle,
Die unterm Druck des Wortes konnte wanken;
Der ärmste Bettler, dem ein ehrlich Herz,
Darf wie ein König dir genüber treten,
Und du? du zupfst den Lorbeer niederwärts
Und heimlich mußt du dein peccavi beten.

Halt fest den Glauben, laß ihn dir genügen!
Wer möchte Blut um fremden Ichor tauschen!
Verstößest du den Cherub deiner Wiegen,
Aus jedem Blatt wird dir sein Flügel rauschen!
Und ist dein Geist zu stark, vielleicht zu blind,
In seiner Hand das Flammenschwert zu sehen,
So zweifle nicht, er wird, ein weinend Kind,
An deinem öden letzten Lager stehen.

Und dann die Gabe, gnädig dir verliehen,
Den köstlichen Moment, den gottgesandten,
O feßle, feßle seinen Quell im Fliehen,
Halt jeden Tropfen höher als Demanten!
Noch schläft die Zukunft, doch sie wacht dareinst,
Wo deinem Willen sich die Kraft entwunden,
Wo du verlorne schwere Tränen weinst
In die Charybdis deiner toten Stunden!

Vor allem aber halt das Kind der Schmerzen,
Dein angefochtnes Selbst, von Gott gegeben!
O sauge nicht das Blut aus deinem Herzen,
Um einen Seelenbastard zu beleben,
Daß, wenn dir einstens vor dem Golem graut,
Es zu dir trete nicht mit leisem Klagen:
„So war ich, und so ward ich dir vertraut,
Unsel'ger, warum hast du mich erschlagen?"

Drum fest, nur fest, nur keinen Schritt zur Seite!
Der Himmel hat die Pfade wohl bezeichnet;
Ein reines Aug erkennt sie aus der Weite,
Und nur der Wille hat den Pfad verleugnet;
Uns allen ward ein Kompaß eingedrückt,
Noch keiner hat ihn aus der Brust gerissen:
Die Ehre nennt ihn, wer zur Erde blickt,
Und wer zum Himmel, nennt ihn das Gewissen.

An Philippa

(Wartensee, Mai 1844)

Im Osten quillt das junge Licht,
Sein goldner Duft spielt auf den Wellen,
Und wie ein zartes Traumgesicht
Seh ich ein fernes Segel schwellen;

O, könnte ich der Möwe gleich
Umkreisen es in lust'gen Ringen,
O, wäre mein der Lüfte Reich,
Mein junge, lebensfrische Schwingen!

Um dich, Philippa, spielt das Licht,
Dich hat der Morgenhauch umgeben,
Du bist ein liebes Traumgesicht
Am Horizont von meinem Leben;
Seh deine Flagge ich so fern
Und träumerisch von Duft umflossen,
Vergessen möcht ich dann so gern,
Daß sich mein Horizont geschlossen;

Vergessen, daß mein Abend kam,
Mein Licht verzittert Funk an Funken,
Daß Zeit mir längst die Flagge nahm
Und meine Segel längst gesunken;
Doch können sie nicht jugendlich
Und frisch sich neben deinen breiten,
Philippa, lieben kann ich dich
Und segnend deine Fahrt geleiten.

Die tote Lerche

Ich stand an deines Landes Grenzen,
An deinem grünen Saatenwald,
Und auf des ersten Strahles Glänzen
Ist dein Gesang herabgewallt.
Der Sonne schwirrtest du entgegen,
Wie eine Mücke nach dem Licht;
Dein Lied war wie ein Blütenregen,
Dein Flügelschlag wie ein Gedicht.

Da war es mir, als müsse ringen
Ich selber nach dem jungen Tag,
Als horch ich meinem eignen Singen
Und meinem eignen Flügelschlag;
Die Sonne sprühte glühe Funken,
In Flammen brannte mein Gesicht;
Ich selber taumelte wie trunken,
Wie eine Mücke nach dem Licht.

Da plötzlich sank und sank es nieder,
Gleich toter Kohle in die Saat,
Noch zucken sah ich kleine Glieder
Und bin erschrocken dann genaht;
Dein letztes Lied, es war verklungen;
Du lagst, ein armer kalter Rest,
Am Strahl verflattert und versungen
Bei deinem halbgebauten Nest.

Ich möchte Tränen um dich weinen,
Wie sie das Weh vom Herzen drängt,
Denn auch mein Leben wird verscheinen,
Ich fühls, versungen und versengt;
Dann du, mein Leib, ihr armen Reste,
Dann nur ein Grab auf grüner Flur
Und nah nur, nah bei meinem Neste,
In meiner stillen Heimat nur!

Doppeltgänger

Kennst du die Stunden, wo man selig ist
In Schlaf und Wachens wunderlichem Segen?
's war eine Nacht, vom Taue wachgeküßt,
Das Dunkel fühlt ich kühl wie zarten Regen

An meine Wange gleiten, das Gerüst
Des Vorhangs schien sich schaukelnd zu bewegen —
Rings tiefe Stille, der das Ohr erlag,
Doch mir im Haupt war leises Summen wach.

Mir war so wohl und federleicht zu Mut,
So schwimmend, und die Wimper halb geschlossen;
Verlorne Funken zuckten durch mein Blut,
Von leisen Lauten wähnt ich mich umflossen;
's war eine Stunde, wo der Zeiger ruht,
Die Geisterstund verschollner Traumgenossen.
's war eine Nacht, wo man am Morgen fragt:
Hat damals oder hat es jetzt getagt?

Und immer heller ward der süße Klang,
Das liebe Lachen; es begann zu schwimmen
Wie Bilder von Daguerre die Deck entlang,
Es wisperte wie jugendliche Stimmen,
Wie halbvergeßner, ungewisser Sang;
Gleich Feuerwürmern sah ich Augen glimmen,
Dann wurden feucht sie, wurden blau und lind,
Und mir zu Füßen saß ein schönes Kind.

Das sah zu mir empor, so ernst gespannt,
Als quelle ihm die Seele aus den Blicken,
Bald schloß es, schmerzlich zuckend, seine Hand,
Bald schüttelt' es sie, funkelnd vor Entzücken,
Und horchend, horchend klomm es sacht heran
Zu meiner Schulter — und wo blieb es dann? —

O, wärens Geisterstimmen aus der Luft,
Die sich wie Vogelzwitschern um mich reihten!
Wär Grabesbrodem nur der leise Duft,
Der mich umseufzte aus verschollnen Zeiten!

Doch nur mein Herz ist ihre stille Gruft,
Und meine Heil'gen, meine einst Geweihten
Sie leben alle, wandeln allzumal —
Vielleicht zum Segen sich, doch mir zur Qual.

An Levin Schücking

Zum zweiten Male will ein Wort
Sich zwischen unsre Herzen drängen,
Den felsbewachten Erzeshort
Will eines Knaben Mine sprengen.
Sieh mir ins Auge, hefte nicht
Das deine an des Fensters Borden,
Ist denn so fremd dir mein Gesicht,
Denn meine Sprache dir geworden?

Sieh freundlich mir ins Auge, schuf
Natur es gleich im Eigensinne
Nach harter Form, muß ihrem Ruf
Antworten ich mit scharfer Stimme;
Der Vogel singt, wie sie gebeut,
Libelle zieht die farb'gen Ringe,
Und keine Seele hat bis heut
Sie noch gezürnt zum Schmetterlinge.

Still ließ an meiner Jahre Rand
Die Parze ihre Spindel schlüpfen,
Zu strecken meint ich nur die Hand,
Um alte Fäden anzuknüpfen,
Allein den deinen fand ich reich,
Ich fand ihn vielbewegt verschlungen,
Darf es dich wundern, wenn nicht gleich
So Ungewohntes mir gelungen?

Daß manches schroff in mir und steil,
Wer könnte, ach, wie ich es wissen!
Es ward, zu meiner Seele Heil,
Mein zweites zarteres Gewissen,
Es hat den Übermut gedämpft,
Der mich Giganten gleich bezwungen,
Hat glühend, wie die Reue kämpft,
Mit dem Dämone oft gerungen.

Doch du, das tief versenkte Blut
In meinem Herzen, durftest denken,
So wolle ich mein eignes Gut,
So meine eigne Krone kränken?
O, sorglos floß mein Wort und bunt,
Im Glauben, daß es dich ergötze,
Daß nicht geschaffen dieser Mund
Zu einem Hauch, der dich verletze.

Du zweifelst an der Sympathie
Zu einem Wesen dir zu eigen?
So sag ich nur, du konntest nie
Zum Gletscher ernster Treue steigen,
Sonst wüßtest du, daß auf den Höhn
Das schnöde Unkraut schrumpft zusammen,
Und daß wir dort den Phönix sehn,
Wo unsre liebsten Zedern flammen.

Sieh her, nicht eine Hand dir nur,
Ich reiche beide dir entgegen,
Zum Leiten auf verlorne Spur,
Zum Liebespenden und zum Segen,
Nur ehre ihn, der angefacht
Das Lebenslicht an meiner Wiege,
Nimm mich, wie Gott mich hat gemacht,
Und leih mir keine fremden Züge!

Der Dichter — Dichters Glück

1.

Die ihr beim frohen Mahle lacht,
Euch eure Blumen zieht in Scherben
Und, was an Gold euch zugedacht,
Euch wohlbehaglich laßt vererben,
Ihr starrt dem Dichter ins Gesicht,
Verwundert, daß er Rosen bricht
Von Disteln, aus dem Quell der Augen
Korall und Perle weiß zu saugen;

Daß er den Blitz herniederlangt,
Um seine Fackel zu entzünden,
Im Wettertoben, wenn euch bangt,
Den rechten Odem weiß zu finden:
Ihr starrt ihn an mit halbem Neid,
Den Geisteskrösus seiner Zeit,
Und wißt es nicht, mit welchen Qualen
Er seine Schätze muß bezahlen.

Wißt nicht, daß ihn, Verdammten gleich,
Nur rinnend Feuer kann ernähren,
Nur der durchstürmten Wolke Reich
Den Lebensodem kann gewähren;
Daß, wo das Haupt ihr sinnend hängt,
Sich blutig ihm die Träne drängt,
Nur in des schärfsten Dornes Spalten
Sich seine Blume kann entfalten.

Meint ihr, das Wetter zünde nicht?
Meint ihr, der Sturm erschüttre nicht?
Meint ihr, die Träne brenne nicht?
Meint ihr, die Dornen stechen nicht?

Ja, eine Lamp hat er entfacht,
Die nur das Mark ihm sieden macht;
Ja, Perlen fischt er und Juwele,
Die kosten nichts — als seine Seele.

2.

Locke nicht, du Strahl aus der Höh;
Noch lebt des Prometheus Geier.
Stille, still du leuchtender See;
Noch wachen die Ungeheuer
Über deines Hortes kristallnem Schrein.
Senk die Hand, mein fürstlicher Zecher!
Dort drunten bleicht das morsche Gebein
Des, der getaucht nach dem Becher.

Und du flatternder Fadenstrauß,
Du der Distel mystische Rose,
Strecke nicht deine Fäden aus
Mich umschlingend so lind und lose!
Flüstern oft hör ich dein Würmlein klein,
Das dir heilend im Schoß mag weilen.
Ach, muß ich denn die Rose sein,
Die zernagte, um andre zu heilen?

Das Ich der Mittelpunkt der Welt

Jüngst hast die Phrase scherzend du gestellt:
„Wer Reichtum, Liebe will und Glück erlangen,
Der mache sich zum Mittelpunkt der Welt,
Zum Kreise, drin sich alle Strahlen fangen."

Dein Wort, mein Freund, war wie des Tempels Tür:
Die Inschrift draußen und das Volksgedränge,
Doch durch die Spalten blinkt der Lampen Zier,
Ziehn Opferduft und heilige Gesänge.

Wie könnte jemals wohl des Glückes Born
Aus anderm als dem eignen Herzen fließen?
Aus welcher Schale wohl des Himmels Zorn
Als aus der selbstgebotnen sich ergießen?
O glücklich sein, geliebt und glücklich sein —
Möge ein Engel mir die Pfade deuten!
Da schwillt des Tempels Vorhang, zart und rein
Hör ichs wie Echo durch die Falten gleiten:

„Standest an einem Krankenbett du je,
Nach wochenlangen selbstvergeßnen Sorgen,
Hobst deine schweren Wimpern in die Höh,
Zu heißem Dankgebete an dem Morgen,
Und sahst um des Genesenden Gesicht
Ein neuerwachtes Seelenschimmern schweben
Und einen Liebesblick auf dich, wie nicht
Ihn Freund und nicht Geliebte können geben?

„Hieltest du je den Griffel in der Hand
Und rechnetest mit frohem Geiz zusammen
Die Groschen, die du selber dir entwandt;
Schien jeder Heller dir wie Gold zu flammen
Des Schatzes für den fremden Sorgenpfühl,
Um den du deine Freuden schlau betrogen,
Und hast in deines Reichtums Vollgefühl
Tief, tief den Odem in die Brust gezogen?

„Und der Moment, wo eine Rechte schwimmt
Ob teurem Haupte mit bewegtem Segen,

Wo sie das Herz vom eignen Herzen nimmt,
Um freudig an das fremde es zu legen,
Hast du ihn je erlebt und standest dann,
Die Arme still und freundlich eingeschlagen,
Selig berechnend, welche Früchte kann,
Wie liebliche, das neue Bündnis tragen?

„Dann bist du glücklich, bist geliebt und reich,
Ein Fels, an dem sich alle Blitze spalten;
Dann mag dein Kranz verwelken, mögen bleich
Krankheit und Alter dir die Stirne falten:
Dann bist der Mittelpunkt du deiner Welt,
Der Kreis, aus dem die Freudenstrahlen quillen,
Und was so frisch der Bäche Ufer schwellt,
Wie sollte seinen Born es nicht erfüllen!"

Spätes Erwachen

Wie war mein Dasein abgeschlossen,
Als ich im grün umhegten Haus
Durch Lerchenschlag und Fichtensprossen
Noch träumt in den Azur hinaus.

Als keinen Blick ich noch erkannte,
Als den des Strahles durchs Gezweig,
Die Felsen meine Brüder nannte,
Schwester mein Spiegelbild im Teich.

Nicht rede ich von jenen Jahren,
Die dämmernd uns die Kindheit beut;
Nein, so verdämmert und zerfahren
War meine ganze Jugendzeit.

Wohl sah ich freundliche Gestalten
Am Horizont vorüberfliehn;
Ich konnte heiße Hände halten
Und heiße Lippen an mich ziehn;

Ich hörte ihres Grußes Pochen,
Ihr leises Wispern um mein Haus
Und sandte schwimmend, halbgebrochen,
Nur einen Seufzer halb hinaus.

Ich fühlte ihres Hauches Fächeln,
Und war doch keine Blume süß;
Ich sah der Liebe Engel lächeln,
Und hatte doch kein Paradies.

Mir war, als habe in den Noten
Sich jeder Ton an mich verwirrt,
Sich jede Hand, die mir geboten,
Im Dunkel wunderlich verirrt.

Verschlossen blieb ich, eingeschlossen
In meiner Träume Zauberturm,
Die Blitze waren mir Genossen
Und Liebesstimme mir der Sturm.

Dem Wald ließ ich ein Lied erschallen,
Wie nie vor einem Menschenohr,
Und meine Träne ließ ich fallen,
Die heiße, in den Blumenflor.

Und alle Pfade mußt ich fragen:
Kennt Vögel ihr und Strahlen auch?
Doch keinen: wohin magst du tragen?
Von welchem Odem schwillt dein Hauch?

Wie ist das anders nun geworden,
Seit ich ins Auge dir geblickt!

Wie ist nun jeder Welle Borden
Ein Menschenbildnis eingedrückt!

Wie fühl ich allen warmen Händen
Nun ihre leisen Pulse nach,
Und jedem Blick sein scheues Wenden,
Und jeder schweren Brust ihr Ach!

Und alle Pfade möcht ich fragen:
Wo zieht ihr hin? wo ist das Haus,
In dem lebend'ge Herzen schlagen,
Lebend'ger Odem schwillt hinaus?

Entzünden möcht ich alle Kerzen
Und rufen jedem müden Sein:
Auf ist mein Paradies im Herzen,
Zieht alle, alle nun hinein!

Lebt wohl

(Zum 30. Mai 1844)

Lebt wohl, es kann nicht anders sein!
Spannt flatternd eure Segel aus,
Laßt mich in meinem Schloß allein,
Im öden geisterhaften Haus.

Lebt wohl und nehmt mein Herz mit euch
Und meinen letzten Sonnenstrahl;
Er scheide, scheide nur sogleich,
Denn scheiden muß er doch einmal.

Laßt mich an meines Seees Bord,
Mich schaukelnd mit der Wellen Strich,
Allein mit meinem Zauberwort,
Dem Alpengeist und meinem Ich.

Verlassen, aber einsam nicht,
Erschüttert, aber nicht zerdrückt,
Solange noch das heil'ge Licht
Auf mich mit Liebesaugen blickt.

Solange mir der frische Wald
Aus jedem Blatt Gesänge rauscht,
Aus jeder Klippe, jedem Spalt
Befreundet mir der Elfe lauscht.

Solange noch der Arm sich frei
Und waltend mir zum Äther streckt,
Und jedes wilden Geiers Schrei
In mir die wilde Muse weckt.

Die Golems

Hätt ich dich nicht als süßes Kind gekannt,
Mit deinem Seraph in den klaren Blicken,
Dich leitend in der Märchen Zauberland,
Gefühlt der kleinen Hände zitternd Drücken:
Ich möchte wohl dich mit Behagen sehen,
Du wärst mir eine brave, hübsche Frau,
Doch ach, jetzt muß ich unter deiner Brau,
Muß stets nach dem entflohnen Engel spähen.

Und du, mit deinem Wort, bedacht und breit,
Dem klugen Lächeln und der Stirne Falten,
Spricht dir kein armer Traum von jener Zeit,
Wo deine Glut die Felsen wollte spalten?
Ein braver Bürger bist du, hoch zu ehren,
Ein wahrer Heros auf der Mittelbahn;

Allein mein Flammenwirbel, mein Vulkan —
Ach, daß die Berge Mäuse nur gebären!

Weh ihm, der lebt in des Vergangnen Schau,
Um bleiche Bilder wirbt, verschwommne Töne!
Nicht was gebrochen, macht das Haar ihm grau,
Was Tod geknickt in seiner süßen Schöne,
Doch sie, die Monumente ohne Toten,
Die wandernden Gebilde ohne Blut,
Die leeren Tempel ohne Opferglut,
Die gelben Haine ohne Frühlingsboten!

’s gibt eine Sage aus dem Orient
Von Weisen, toter Scholle Formen gebend,
Geliebte Formen, die die Sehnsucht kennt,
Und mit dem Zauberworte sie belebend;
Der Golem wandelt mit bekanntem Schritte,
Er spricht, er lächelt mit bekanntem Hauch,
Allein es ist kein Strahl in seinem Aug,
Es schlägt kein Herz in seines Busens Mitte.

Und wie sich alte Treu ihm unterjocht,
Er haucht sie an mit der Verwesung Schrecken,
Wie angstvoll die Erinnrung ruft und pocht,
Es ist in ihm kein Träumender zu wecken —;
Und tief gebrochen sieht die Treue schwinden,
Was sie so lang und heilig hat bewahrt,
Was jetzt nicht Lebens, nicht des Todes Art,
Nicht hier und nicht im Himmel ist zu finden.

O kniee still an deiner Toten Gruft,
Dort magst du milde, fromme Tränen weinen,
Mit ihrem Odem säuselt dir die Luft,
Mit ihrem Antlitz wird der Mond dir scheinen.

Dein sind sie, dein, wie mit gebrochnen Augen,
Wie dein sie waren mit dem letzten Blick;
Doch fliehe, von den Golems flieh zurück,
Die deine Tränen nur wie Gletscher saugen.

Das Bild

1.

Sie stehn vor deinem Bild und schauen
In dein verschleiert Augenlicht,
Sie prüfen Lippe, Kinn und Brauen
Und sagen dann: Du seist es nicht;
Zu klar die Stirn, zu voll die Wange,
Zu üppig in der Locken Hange,
Ein lieblich fremdes Angesicht.

O wüßten sie es, wie ein treues
Gemüt die kleinsten Züge hegt,
Ein Zucken nur, ein flüchtig scheues,
Als Kleinod in die Seele legt;
Wie nur ein Wort, mit gleichem Klange
Gehaucht, dem Feinde selbst das bange,
Bewegte Herz entgegen trägt —

Sie würden besser mich begreifen,
Sehn deiner Locken dunkeln Hag
Sie mich mit leisem Finger streifen,
Als lüft ich sie dem jungen Tag;
Den Flor mich breiten dicht und dichter,
Daß deiner Augen zarte Lichter
Kein Sonnenstaub verletzen mag.

Was fremd, dahin will ich nicht schauen,
Ich will nicht wissen, wo sie brennt,
Ob an der Lipp', ob an den Brauen,
Die Flamme, die dein Herz nicht kennt;
Ich will nur sehn in deine Augen,
Den einen reinen Blick nur saugen,
Der leise meinen Namen nennt.

Ihn, der wie Äther mich umflossen,
Als in der ernsten Abendzeit
Wir saßen Hand in Hand geschlossen
Und dachten Tod und Ewigkeit;
Ihn, der sich von der Sonne Schwinden
Heilig gewendet, mich zu finden,
Und lächelnd sprach: ich bin bereit.

2.

Und wär es wahr auch, daß der Jahre Pflug
Dir Furchen in die klare Stirn getrieben,
Nicht so elastisch deiner Lippen Zug
Bezeichne mehr dein Zürnen und dein Lieben,
Wenn dichter auch die Hülle dich umschlingt,
Durch die der Strahl, der gottbeseelte, dringt:
Mir bist die immer Gleiche du geblieben.

Wenn minder stolz und edel die Gestalt,
Ich weiß in ihr die ungebeugte Seele;
Wenn es wie Nebel deinen Blick umwallt,
Ich weiß es, daß die Wolke Gluten hehle;
Und deiner weichen Stimme tiefrer Klang,
Verhallend, geisterhaft wie Wellensang,
Ich fühl es, daß kein Liebeswort ihm fehle.

O Fluch des Alters, wenn das beßre Teil
Mit ihm dem Gottesbilde müßte weichen!
Wenn minder liebewarm ein Lächeln, weil
Der Kummer ihm gelassen seine Zeichen,
Ein Auge gütig nur, solange leicht
Und anmutsvoll die Träne ihm entschleicht,
Und ros'ge Wangen zücht'ger als die bleichen.

Und dennoch hält sie alle uns betört,
Die Form, die staubgeborne, wandelbare,
Scheint willig uns ein Ohr, das leise hört,
Kühn einer frischen Stimme Siegsfanfare;
Wir alle sehen nur des Pharus Licht,
Die Glut im Erdenschoße sehn wir nicht,
Und keiner denkt der Lampe am Altare.

3.

Ich weiß ein beßres Bild zu finden
Als jenes, das dir ferner weicht,
Wie tiefer deine Wurzeln gründen
Und reifer sich die Ähre neigt;
Ein beßres, als zu dessen Rahmen,
Wenn Jahre schwanden, Jahre kamen,
Man wie sein eigner Schatten schleicht.

Lausch ich am Strande ob der lauen
Entschlafnen Flut mit scheuer Lust,
Wird unterm Flore dann, dem blauen,
Lebendig mir die ernste Rust,
Ich seh am Grunde die Korallen,
Ich seh der Fischlein goldig Wallen —
Und schaue tief in deine Brust.

Und wieder an der Grüfte Bogen
Seh ich der Mauerflechte Stab
Mit tausend Ranken eingesogen
In des Gesteines Herz hinab,
Von Taue schwer die grünen Locken,
Leuchtwürmer in der Wimper Flocken —
Das ist dein Lieben übers Grab.

Und wenn an der Genesung Bronnen
— Im Saale tafeln Stern und Band —
Sich mittags kranke Bettler sonnen,
Begierig schlürfen überm Rand
Und emsig ihre Schalen schwenken —
Dann muß ich an dein Geben denken,
An deine warme, offne Hand.

O, jener Quell, der glüh und leise,
Ein Sprudel, deiner Brust entquillt,
Der nichts von Flocken weiß und Eise,
Mit Segen seine Steppe füllt,
Ihm kann nur gleichen, wessen Walten
Nie siechen kann und nie veralten,
Und die Natur nur ist dein Bild.

Abschiedsgruß

(An Philippa Pearsall)

(25. August 1844)

So muß ich in die Ferne rufen
Mein Lebewohl an diesem Tag?
Was uns die Stunden gütig schufen,
Zerrinnt es wie der Wellenschlag?

Bleibt mir, für wenig kurze Stunden,
Nur noch der Trost, vom Felsgestein
Zu spähn, ob ich dein Dach gefunden,
Am grauen Turm dein Fensterlein?

Ich kann und mag es nimmer denken,
Dies sei vielleicht zum letzten Mal.
Bleibst du, wenn meine Schritte lenken
Sich nieder in mein heimisch Tal?
Doch, mögen Berg und fremde Fluren
Uns trennen, nord- und südenwärts,
Glaub mir: ich folge deinen Spuren
Und bringe dir ein treues Herz.

An Frau Guido Görres

(Frau Professor Arndts)

Auf hohem Felsen lieg ich hier,
Der Krankheit Nebel über mir,
Und unter mir der tiefe See
Mit seiner mächt'gen Klage Weh,
Mit seinem Jubel, seiner Lust,
Wenn buntgeschmückte Wimpel fliegen,
Mit seinem Dräun aus hohler Brust,
Wenn Sturm und Welle sich bekriegen.

Mir ist er gar ein trauter Freund,
Der mit mir lächelt, mit mir weint,
Ist, wenn er grünlich golden ruht,
Mir eine sanfte Zauberflut,
Aus deren tiefem, klarem Grund
Gestalten meines Lebens steigen,

Geliebte Augen, süßer Mund
Sich lächelnd, tröstend zu mir neigen.

Wie hab ich schon so manche Nacht
Des Mondes Widerschein bewacht!
Die klare Bahn auf dunklem Grün,
Wo meiner Toten Schatten ziehn;
Wie manchen Tag den lichten Hang,
Bewegt von hüpfend leichten Schritten,
Auf dem mit leisem Geistergang
Meiner Lebend'gen Bilder glitten.

Und als dein Bild vorüberschwand,
Da streckte ich nach dir die Hand,
Und meiner Seele ward es weh,
Daß dir verborgen ihre Näh;
So nimm denn meine Lieder nun
Als liebesrote Flammenzungen,
Laß sie in deinem Busen ruhn
Und denk, ich hab sie dir gesungen.

An meinen verehrten Freund, den Freiherrn v. Madroux, bei Übersendung der „Gedichte"

Als diese Lieder ich vereint
Zum Kranz in ferner Heimat paarte,
Da kannt ich freilich nicht den Freund,
Den mir die Zukunft aufbewahrte;
Ich wußt es nicht, daß manches Wort,
Das ich aus tiefer Brust gesungen,
Fand in der seinen den Akkord,
Der es harmonisch nachgeklungen.

Doch nun in ernster Gegenwart,
In freundlicher, doch fremder Zone
Mir seines Beifalls Freude ward
Und seiner Freundschaft Ehrenkrone.
Nun reich ich gern die Lieder dar,
Was Flücht'ges drin, das sei vernichtet,
Was ritterlich, was gut und wahr,
Das sei, als hab ichs dir gedichtet.

Grüße

Steigt mir in diesem fremden Lande
Die allbekannte Nacht empor,
Klatscht es wie Hufesschlag vom Strande,
Rollt sich die Dämmerung hervor,
Gleich Staubeswolken mir entgegen
Von meinem lieben starken Nord,
Und fühl ich meine Locken regen
Der Luft geheimnisvolles Wort —

Dann ist es mir, als hör ich reiten
Und klirren und entgegenziehn
Mein Vaterland von allen Seiten,
Und seine Küsse fühl ich glühn;
Dann wird des Windes leises Munkeln
Mir zu verworrnen Stimmen bald,
Und jede schwache Form im Dunkeln
Zur tiefvertrautesten Gestalt.

Und meine Arme muß ich strecken,
Muß Küsse, Küsse hauchen aus,

Wie sie die Leiber könnten wecken,
Die modernden, im grünen Haus;
Muß jeden Waldeswipfel grüßen,
Und jede Heid und jeden Bach,
Und alle Tropfen, die da fließen,
Und jedes Hälmchen, das noch wach.

Du Vaterhaus, mit deinen Türmen,
Vom stillen Weiher eingewiegt,
Wo ich in meines Lebens Stürmen
So oft erlegen und gesiegt; —
Ihr breiten, laubgewölbten Hallen,
Die jung und fröhlich mich gesehn,
Wo ewig meine Seufzer wallen
Und meines Fußes Spuren stehn.

Du feuchter Wind von meinen Heiden,
Der wie verschämte Klage weint,
Du Sonnenstrahl, der so bescheiden
Auf ihre Kräuter niederscheint; —
Ihr Gleise, die mich fortgetragen,
Ihr Augen, die mir nachgeblinkt,
Ihr Herzen, die mir nachgeschlagen,
Ihr Hände, die mir nachgewinkt.

Und Grüße, Grüße, Dach, wo nimmer
Die treuste Seele mein vergißt
Und jetzt bei ihres Lämpchens Schimmer
Für mich den Abendsegen liest,
Wo bei des Hahnes erstem Krähen
Sie matt die graue Wimper streicht
Und einmal noch vor Schlafengehen
An mein verlaßnes Lager schleicht.

Ich möcht euch alle an mich schließen,
Ich fühl euch alle um mich her,
Ich möchte mich in euch ergießen,
Gleich siechem Bache in das Meer.
O, wüßtet ihr, wie krank gerötet,
Wie fieberhaft ein Äther brennt,
Wo keine Seele für uns betet
Und keiner unsre Toten kennt!

RÜSCHHAUS 1844—1845

Im Grase

Süße Ruh, süßer Taumel im Gras,
Von des Krautes Arome umhaucht,
Tiefe Flut, tief tief trunkne Flut,
Wenn die Wolk am Azure verraucht,
Wenn aufs müde, schwimmende Haupt
Süßes Lachen gaukelt herab,
Liebe Stimme säuselt und träuft
Wie die Lindenblüt auf ein Grab.

Wenn im Busen die Toten dann,
Jede Leiche sich streckt und regt,
Leise, leise den Odem zieht,
Die geschloßne Wimper bewegt,
Tote Lieb, tote Lust, tote Zeit,
All die Schätze, im Schutt verwühlt,
Sich berühren mit schüchternem Klang
Gleich den Glöckchen, vom Winde umspielt.

Stunden, flüchtger ihr als der Kuß
Eines Strahls auf den trauernden See,
Als des ziehenden Vogels Lied,
Das mir nieder perlt aus der Höh,
Als des schillernden Käfers Blitz,
Wenn den Sonnenpfad er durcheilt,
Als der heiße Druck einer Hand,
Die zum letzten Male verweilt.

Dennoch, Himmel, immer mir nur
Dieses eine mir: für das Lied
Jedes freien Vogels im Blau
Eine Seele, die mit ihm zieht,
Nur für jeden kärglichen Strahl
Meinen farbig schillernden Saum,
Jeder warmen Hand meinen Druck,
Und für jedes Glück meinen Traum.

Durchwachte Nacht

Wie sank die Sonne glüh und schwer,
Und aus versengter Welle dann
Wie wirbelte der Nebel Heer
Die sternenlose Nacht heran! —
Ich höre ferne Schritte gehn —
Die Uhr schlägt Zehn.

Noch ist nicht alles Leben eingenickt,
Der Schlafgemächer letzte Türen knarren;
Vorsichtig in der Rinne Bauch gedrückt,
Schlüpft noch der Iltis an des Giebels Sparren,
Die schlummertrunkne Färse murrend nickt,
Und fern im Stalle dröhnt des Rosses Scharren,
Sein müdes Schnauben, bis, vom Mohn getränkt,
Sich schlaff die regungslose Flanke senkt.

Betäubend gleitet Fliederhauch
Durch meines Fensters offnen Spalt,
Und an der Scheibe grauem Rauch
Der Zweige wimmelnd Neigen wallt.
Matt bin ich, matt wie die Natur! —
Elf schlägt die Uhr.

O wunderliches Schlummerwachen, bist
Der zartren Nerve Fluch du oder Segen? —
's ist eine Nacht, vom Taue wach geküßt,
Das Dunkel fühl ich kühl wie feinen Regen
An meine Wangen gleiten, das Gerüst
Des Vorhangs scheint sich schaukelnd zu bewegen,
Und dort das Wappen an der Decke Gips
Schwimmt sachte mit dem Schlängeln des Polyps.

Wie mir das Blut im Hirne zuckt!
Am Söller geht Geknister um,
Im Pulte raschelt es und ruckt,
Als drehe sich der Schlüssel um.
Und — horch! der Seiger hat gewacht!
's ist Mitternacht.

War das ein Geisterlaut? So schwach und leicht
Wie kaum berührten Glases schwirrend Klingen,
Und wieder wie verhaltnes Weinen steigt
Ein langer Klageton aus den Syringen,
Gedämpfter, süßer nun, wie tränenfeucht
Und selig kämpft verschämter Liebe Ringen; —
O Nachtigall, das ist kein wacher Sang,
Ist nur im Traum gelöster Seele Drang.

Da kollerts nieder vom Gestein!
Des Turmes morsche Trümmer fällt,
Das Käuzlein knackt und hustet drein;
Ein jäher Windesodem schwellt
Gezweig und Kronenschmuck des Hains; —
Die Uhr schlägt Eins.

Und drunten das Gewölke rollt und klimmt;
Gleich einer Lampe aus dem Hünenmale

Hervor des Mondes Silbergondel schwimmt,
Verzitternd auf der Gasse blauem Stahle;
An jedem Fliederblatt ein Fünkchen glimmt,
Und hell gezeichnet von dem blassen Strahle
Legt auf mein Lager sich des Fensters Bild,
Vom schwanken Laubgewimmel überhüllt.

Jetzt möcht ich schlafen, schlafen gleich,
Entschlafen unterm Mondeshauch,
Umspielt vom flüsternden Gezweig,
Im Blute Funken, Funk im Strauch
Und mir im Ohre Melodei; —
Die Uhr schlägt Zwei.

Und immer heller wird der süße Klang,
Das liebe Lachen; es beginnt zu ziehen
Gleich Bildern von Daguerre die Deck entlang,
Die aufwärts steigen mit des Pfeiles Fliehen;
Mir ist, als seh ich lichter Locken Hang,
Gleich Feuerwürmern seh ich Augen glühen,
Dann werden feucht sie, werden blau und lind,
Und mir zu Füßen sitzt ein schönes Kind.

Es sieht empor, so fromm gespannt,
Die Seele strömend aus dem Blick;
Nun hebt es gaukelnd seine Hand,
Nun zieht es lachend sie zurück;
Und — horch! des Hahnes erster Schrei! —
Die Uhr schlägt Drei.

Wie bin ich aufgeschreckt, — o süßes Bild,
Du bist dahin, zerflossen mit dem Dunkel!
Die unerfreulich graue Dämmrung quillt,
Verloschen ist des Flieders Taugefunkel,

Verrostet steht des Mondes Silberschild,
Im Walde gleitet ängstliches Gemunkel,
Und meine Schwalbe an des Frieses Saum
Zirpt leise, leise auf im schweren Traum.

Der Tauben Schwärme kreisen scheu,
Wie trunken in des Hofes Rund,
Und wieder gellt des Hahnes Schrei,
Auf seiner Streue rückt der Hund,
Und langsam knarrt des Stalles Tür —
Die Uhr schlägt Vier.

Da flammts im Osten auf, — o Morgenglut!
Sie steigt, sie steigt, und mit dem ersten Strahle
Strömt Wald und Heide vor Gesangesflut,
Das Leben quillt aus schäumendem Pokale,
Es klirrt die Sense, flattert Falkenbrut,
Im nahen Forste schmettern Jagdsignale,
Und wie ein Gletscher sinkt der Träume Land
Zerrinnend in des Horizontes Brand.

Das erste Gedicht

(März 1845)

Auf meiner Heimat Grunde,
Da steht ein Zinnenbau,
Schaut finster in die Runde
Aus Wimpern schwer und grau;
An seiner Fenster Gittern
Wimmert des Kauzes Schrei,
Und drüber siehst du wittern
Den sonnentrunknen Weih.

Ein Wächter fest wie Klippen,
Von keinem Sturm bewegt,
Der in den harten Rippen
Gar manche Kugel trägt;
Ein Mahner auch, ein strenger,
Des Giebel grün und feucht
Mit spitzem Hut und Fänger
Des Hauses Geist besteigt.

Und sieht ihn das Gesinde
Am Fahnenschafte stehn,
Sich, wirbelnd vor dem Winde,
Mit leisem Schreie drehn,
Dann pocht im Schloßgemäuer
Gewiß die Totenuhr,
Oder ein tückisch Feuer
Frißt glimmend unterm Flur.

Wie hab ich ihn umstrichen
Als Kind oft stundenlang,
Bin heimlich dann geschlichen
Den schwer verpönten Gang
Hinauf die Wendelstiege,
Die unterm Tritte bog,
Bis zu des Sturmes Wiege,
Zum Hahnenbalken hoch.

Und saß ich auf dem Balken
Im Dämmerstrahle falb,
Mich fühlend halb als Falken,
Als Mauereule halb,
Dann hab ich aus dem Brodem
Den Geist zitiert mit Mut,
Ich, Hauch von seinem Odem
Und Blut von seinem Blut.

Doch als nun immer tiefer
Die Schlangenstiege sank,
Als schiefer stets und schiefer
Dräute die Stufenbank,
Da klomm ich sonder Harren
Hinan den Zinnenring,
Und in des Daches Sparren
Barg ich ein heimlich Ding.

Das sollten Enkel finden,
Wenn einst der Turm zerbrach:
Es sollte etwas künden,
Das mir am Herzen lag.
Nun sinn ich oft vergebens,
Was mich so tief bewegt,
Was mit Gefahr des Lebens
Ich in den Spalt gelegt?

Mir sagt ein Ahnden leise,
Es sei, gepflegt und glatt,
Von meinem Lorbeerreise
Das arme erste Blatt.
Auch daß es just gewittert,
Mir wie im Traume scheint,
Und daß ich sehr gezittert
Und bitterlich geweint.

Zerfallen am Gewände
Ist längst der Stiege Rund,
Kaum liegt noch vom Gelände
Ein morsches Brett am Grund;
Und wenn die Balken knarren,
Im Sturm die Fahne kreist,
Dann gleitet an den Sparren
Nicht mehr des Ahnen Geist.

Er mag nicht ferner hausen,
Wo aller Glaube schwand;
Ich aber stehe draußen
Und schau hinauf die Wand,
Späh durch der Sonne Lodern,
In welcher Ritze wohl
Es einsam mag vermodern,
Mein schüchtern arm Idol.

Nie sorgt' ein Falke schlechter
Für seine erste Brut!
Doch du, mein grauer Wächter,
Nimm es in deine Hut;
Und ist des Daches Schiene
Hinfürder nicht zu traun,
So laß die fromme Biene
Dran ihre Zelle baun!

An Elise Rüdiger

(Zum Geburtstage am 7. März 1845)

Das war gewiß ein andrer März,
Ein Mond, den Blütenkränz' umhegten,
Als Engel dich, geliebtes Herz,
In deine erste Wiege legten;
Das war gewiß ein Tag so frei,
So frisch vom Sonnenstrahl umglommen!
Doch auch im Wintermantel sei
Er, wie der schönste, mir willkommen.

Mir ward ein schlimmrer Mond zuteil,
Um den kein Vogel je gesungen,

Nur Eiseszapfen blank und steil
Das kalte Diadem geschlungen;
Ach, anders wirken Schnee und Eis,
Und anders wohl der Sonnen Güte!
Ich steh, ein düstres Tannenreis,
Du, eine zarte Veilchenblüte.

Doch fest zusammen, fest im Raum,
Gehalten in des Winters Stürmen,
Du schmücke mich zum Weihnachtsbaum,
Und ich will deine Blüte schirmen;
Dann muß uns, willig oder nicht,
Das Leben reiche Gaben zählen,
Und niemals wird das Himmelslicht,
Der Poesie Beleuchtung, fehlen.

Volksglauben in den Pyrenäen

1.

Silvesterfei

Der morsche Tag ist eingesunken;
Sein Auge, gläsern, kalt und leer,
Barg keines Taues linden Funken
Für den gebräunten Eppich mehr.
Wie's draußen schauert! — längs der Wand
Ruschelt das Mäuslein unterm Halme,
Und langsam sprießt des Eises Palme
Am Scheibenrand.

In tiefer Nacht wem soll noch frommen
Am Simse dort der Lampe Strahl?
Da schon des Herdes Scheit verglommen,
Welch späten Gastes harrt das Mahl?
Längst hat im Turme zu Escout
Die Glocke zwölfmal angeschlagen,
Und glitzernd sinkt der Himmelswagen
Dem Pole zu.

Durch jener Kammer dünne Barren
Ziehn Odemzüge, traumbeschwert,
Ein Ruck mitunter auch, ein Knarren,
Wenn sich im Bett der Schläfer kehrt;
Und nur ein leiser Husten wacht,
Kein Traum die Mutter hält befangen,
Sie kann nicht schlafen in der bangen
Silvesternacht.

Jetzt ist die Zeit, wo los und schleichend
Die Fei sich durch die Ritze schlingt,
Mit langer Schlepp' den Estrich streichend,
Das Schicksal in die Häuser bringt,
An ihrer Hand das Glück, Gewind
Und Ros im Lockenhaar, ein schlankes, —
Das Mißgeschick ein fieberkrankes,
Ein weinend Kind.

Und trifft sie alles recht zu Danke
Geordnet von der Frauen Hand,
Dann nippt vom Mahle wohl das schlanke
Und läßt auch wohl ein heimlich Pfand;
Doch sollt ein Frevler lauschen, risch,
Im Hui, zerstoben ist die Szene,
Und scheidend fällt des Unglücks Träne
Auf Herd und Tisch.

O keine Bearnerin wirds wagen
Zu stehn am Astloch; lieber wird
Ein Tuch sie um die Augen schlagen,
Wenn durch den Spalt die Lampe flirrt.
Manon auch drückt die Wimper zu
Und zupft an der Gardine Linnen;
Doch immer, immer läßt das Sinnen
Ihr keine Ruh.

Ward glatt das Leilach auch gebreitet?
Hat hell der Becher auch geblinkt?
Ob jetzt das Glück zum Tische gleitet,
Ein Bröcklein nascht, ein Tröpflein trinkt?
Oft glaubt sie zarter Stimmen Hauch,
Verschämtes Trippeln oft zu hören,
Und dann am Brote leises Stören
Und Knuspern auch.

Sie horcht und horcht — das war ein Schlüpfen!
Doch nein — der Wind die Föhren schwellt,
Und das — am Flur ein schwaches Hüpfen,
Wie wenn zum Grund die Krume fällt!
„Eugène, was wirfst du dich umher,
Was soll denn das Gedehn und Ziehen?
Mein Gott, wie ihm die Händchen glühen!
Er träumt so schwer.“

Sie rückt das Kind an ihrer Seiten,
Den Knaben, dicht zu sich heran,
Läßt durch sein Haar die Finger gleiten,
Es hangen Schweißes Tropfen dran;
Erschrocken öffnet sie das Aug,
Will nach dem Fensterglase schauen,
Da eben steigt das Morgengrauen,
Ein trüber Rauch.

Vom Lager fährt die Mutter, bebend
Hat sie der Lampe Docht gehellt,
Als sachte überm Leilach schwebend
Ein Efeublatt zu Boden fällt.
Das Glück! das ist des Glückes Spur!
Doch nein! — sie pflückt' es ja dem Kinde,
Und dort — nascht an der Semmelrinde
Die Ratte nur.

Und wieder aus der Kammer stehlen
Sich Seufzer, halbbewußt Gestöhn;
„O Christ, was mag dem Knaben fehlen,
Eugène, wach auf, wach auf, Eugène!
Du lieber Gott, ist so geschwind,
Eh noch der Morgenstrahl entglommen,
Das Unglück mir ins Haus gekommen
Als krankes Kind!"

2.

Münzkraut

Der Frühling naht, es streicht der Star
Am Söller um sein altes Nest;
Schon sind die Täler sonnenklar,
Doch noch die Scholle hart und fest;
Nur wo der Strahl vom Felsen prallt,
Will mählich sich der Grund erweichen,
Und schüchtern aus den Windeln schleichen
Der Gräser lichter dichter Wald.

Schau dort am Riff — man sieht es kaum —
So recht vom Sonnenbrand gekocht

Das kleine Beet, vier Schritte Raum,
Vom Schieferhange überjocht,
Nach Ost und Westen eingehegt,
Mit starken Planken abgeschlagen,
Als sollt es Wunderblumen tragen,
Und sind nur Kräuter, was es trägt.

Und dort die Frau an Riffes Mitten,
Ach Gott, sie hat wohl viel gelitten!
Sie klimmt so schwer den Steig hinan,
Nun steht sie keuchend, löst das Mieder,
Nun sinkt sie an dem Beete nieder
Und faltet ihre Hände dann:

„Liebe Münze, du werter Stab,
Drauf meines Heilands Sohle stand,
Als ihm drüben im Morgenland
Sankt Battista die Taufe gab;
Heiliges Kraut, das aus seinem Leibe
Ward gesegnet mit Wunderkraft,
Hilf einer Witw', einem armen Weibe,
Das so sorglich um dich geschafft!

„Hier ist Brot, und hier ist Salz und Wein,
Sieh, ich legs in deine Blätter mitten;
Woll nicht zürnen, daß das Stück so klein,
Habs von meinem Teile abgeschnitten;
Etwas wahrt ich, Münze gnadenreich,
Schaffens halber nur, sonst gäb ichs gleich.

„Mein Knab ist krank, du weißt es wohl,
Ich kam ja schon zu sieben Malen,
Und gestern mußt ich in Bregnoles
Den Trank für ihn so teuer zahlen.

Vier hab ich, vier, daß Gott erbarm!
Mit diesen Händen zu ernähren,
Und, sieh, so kanns nicht länger währen,
Denn täglich schwächer wird mein Arm.

„O Madonna, Madonna, meine gnädige Frau!
Ich hab gefrevelt, nimms nicht genau,
Ich hab gesündigt wider Willen!
Nimm, o nimm mir nur kein Kind,
Will ihnen gern den Hunger stillen,
Wärs mit Bettelbrot; nicht eins
Kann ich missen, von allen keins!

„Zweimal muß ich noch den Steig hinan,
Siebenmal bin ich nun hier gewesen.
Heil'ge Fraue von Embrun, wär dann
Welk die Münze und mein Knab genesen,
Gerne will ich dann an deinem Schrein
Meinen Treuring opfern, er ist klein,
Nur von Silber, aber fleckenrein;
Denn ich hab mit Ehren ihn getragen,
Darf vor Gott und Menschen mich nicht schämen;
Milde Fraue, laß mich nicht verzagen,
Liebe Dame, woll ihn gütig nehmen,
Denk, er sei von Golde und Rubin,
Süße, heil'ge, werte Himmelskönigin!"

3.

Der Loup Garou

Brüderchen schläft, ihr Kinder, still!
Setzt euch ordentlich her zum Feuer!
Hört ihr der Eule wüst Geschrill?
Hu! im Walde ists nicht geheuer;

Frommen Kindern geschieht kein Leid,
Drückt nur immer die Lippen zu!
Denn das böse, das lacht und schreit,
Holt die Eul und der Loup Garou.

Wißt ihr, dort, wo das Naß vom Schiefer träuft
Und übern Weg 'ne andre Straße läuft,
Das nennt man Kreuzweg, und da geht er um,
Bald so, bald so, doch immer falsch und stumm
Und immer schielend; vor dem Auge steht
Das Weiße ihm, so hat er es verdreht.
Dran ist er kenntlich und am Kettenschleifen,
So trabt er, trabt, darf keinem Frommen nahn,
Die schlimmen Leute nur, die darf er greifen
Mit seinem langen, langen, langen Zahn.

Schiebt das Reisig der Flamme ein,
Puh, wie die Funken knistern und stäuben!
Pierrot, was soll das Wackeln sein?
Mußt ein Weilchen du ruhig bleiben,
Gleich wird die Zeit dir jahrelang.
Laß doch den armen Hund in Ruh!
Immer sind deine Händ im Gang,
Denkst du denn nicht an den Loup Garou?

Vom reichen Kaufmann hab ich euch erzählt,
Der seine dürft'gen Schuldner so gequält,
Und kam mit sieben Säcken von Bagnères,
Vier von Juwelen, drei von Golde schwer;
Wie er aus Geiz den schlimmen Führer nahm
Und ihm das Untier auf den Nacken kam.
Am Halse sah man noch der Krallen Spuren,
Die sieben Säcke hat es weggezuckt,
Und seine Börse auch, und seine Uhren,
Die hat es all zerbissen und verschluckt.

Schließt die Tür, es brummt im Wald!
Als die Sonne sich heut verkrochen,
Lag das Wetter am Riff geballt,
Und nun hört mans sieden und kochen.
Ruhig, ruhig, du kleines Ding!
Hörst du? drunten im Stalle — hu!
Hörst du? hörst du's? kling, klang, kling,
Schüttelt die Kette der Loup Garou.

Doch von dem Trunkenbolde wißt ihr nicht,
Dem in der kalten Weihnacht am Gesicht
Das Tier gefressen, daß am heil'gen Tag
Er wund und scheußlich überm Schneee lag.
Zog von der Schenke aus, in jeder Hand
'ne Flasche, die man auch noch beide fand.
Doch wo die Wangen sonst, da waren Knochen,
Und wo die Augen, blut'ge Höhlen nur;
Und wo der Schädel hier und da zerbrochen,
Da sah man deutlich auch der Zähne Spur.

Wie am Giebel es knarrt und kracht!
Caton, schau auf die Bühne droben —
Aber nimm mir die Lamp in acht! —
Ob vor die Luke der Riegel geschoben.
Pierrot, Schlingel, das rutscht herab
Von der Bank, ohne Strümpf und Schuh!
Willst du bleiben! tapp, tipp, tapp,
Geht auf dem Söller der Loup Garou.

Und meine Mutter hat mir oft gesagt
Von einem tauben Manne, hochbetagt,
Fast hundertjährig, dem es noch geschehn
Als Kind, daß er das Scheuel hat gesehn,
Recht wie 'nen Hund, nur weiß wie Schnee und ganz
Verkehrt die Augen, eingeklemmt den Schwanz,

Und spannenlang die Zunge aus dem Schlunde;
So mit der Kette weg an Waldes Bord,
Dann wieder sah er ihn im Tobelgrunde,
Und wieder sah er hin — da war es fort.

Hab ich es nicht gedacht? Es schneit!
Ho, wie fliegen die Flocken am Fenster!
Heilige Frau von Embrun! wer heut
Draußen wandelt, braucht keine Gespenster;
Irrlicht ist ihm die Nebelsäul,
Führt ihn schwankend dem Abgrund zu,
Sturmes Flügel die Toteneul,
Und der Tobel sein Loup Garou.

4.

Maisegen

Der Mai ist eingezogen,
Schon pflanzt er sein Panier
Am dunklen Himmelsbogen
Mit blanker Sterne Zier.
Die wilden Wasser brausen
Und rütteln aus den Klausen
Rellmaus und Murmeltier.

„Ob wohl das Gletschereis den Strom gedämmt?
Von mancher Hütte gehts auf schlimmen Wegen,
Der Sturm hat alle Firnen kahl gekämmt,
Und gestern wie aus Röhren schoß der Regen.
Adieu, Jeannette, nicht länger mich gehemmt!
Adieu, ich muß, es gilt den Maiensegen;
Wenn vier es schlägt im Turme zu Escout,
Muß jeder Senne stehn am Pointe de Droux.“

Wie trunken schaun die Klippen,
Wie taumelnd in die Schlucht!
Als nickten sie, zu nippen
Vom Sturzbach auf der Flucht.
Da ist ein rasselnd Klingen,
Man hört die Schollen springen
Und brechen an der Bucht.

Auf allen Wegen ziehn Laternen um,
Und jedes Passes Echo wecken Schritte.
Habt acht, habt acht, die Nacht ist blind und stumm,
Die Schneeflut fraß an manches Blockes Kitte;
Habt acht, hört ihr des Bären tief Gebrumm?
Dort ist sein Lager an des Riffes Mitte;
Und dort die schiefe Klippenbank, fürwahr!
Sie hing schon los am ersten Februar.

Nun sprießen blasse Rosen
Am Gletscherbord hervor,
Und mit der Dämmrung kosen
Will schon das Klippentor;
Schon schwimmen lichte Streifen,
Es lockt der Gemse Pfeifen
Den Blick zum Grat empor.

Verlöscht sind die Laternen, und im Kreis
Steht eine Hirtenschar auf breiter Platte,
Voran der Patriarch, wie Silber weiß
Hängt um sein tiefgebräunt Gesicht das glatte,
Gestrählte Haar, und alle beten leis,
Nach Osten schauend, wo das farbensatte
Rubingewölk mit glitzerndem Geroll
Die stolze Sonnenkugel bringen soll.

Da kommt sie aufgefahren,
In strenger Majestät,
Und von den Firnaltaren
Die Opferflamme weht:
Da sinken in der Runde
So Knie an Knie, dem Munde
Entströmt das Maigebet:

„Herr Gott, der an des Maien erstem Tag
Den Strahl begabt mit sonderlichem Segen,
Den sich der sünd'ge Mensch gewinnen mag
In der geweihten Stunde, allerwegen,
Segne die Alm, segne das Vieh im Hag
Mit Luft und Wasser, Sonnenschein und Regen,
Durch Sankt Anton den Siedel, Sankt Renee,
Martin von Tours und unsre Frau vom Schnee.

„Segne das Haus, das Mahl auf unserm Tisch,
Am Berg den Weinstock und die Frucht im Tale,
Segne die Jagd am Gletscher und den Fisch
Im See und das Getiere allzumale,
So uns zur Nahrung dient, und das Gebüsch,
So uns erwärmt, mit Tau und Sonnenstrahle,
Durch Sankt Anton den Siedel, Sankt Remy,
Sankt Paul und unsre Fraue von Clery.

„Wir schwören" — alle Hände stehn zugleich
Empor — „wir schwören, keinen Gast zu lassen
Von unserm Herd, eh sicher Weg und Steig,
Das Vieh zu schonen, keinen Feind zu hassen,
Den Quell zu ehren, Recht an arm und reich
Zu tun und mit der Treue nicht zu spaßen.
Das schwören wir beim Kreuze zu Autun
Und unsrer mächt'gen Fraue von Embrun."

Da überm Kreise schweben,
Als wollten sie den Schwur
Zum Himmelstore heben,
Zwei Adler; auf die Flur
Senkt sich der Strahl vom Hange,
Und eine Demantschlange
Blitzt drunten der Adour.

Die Weiden sind verteilt, und wieder schallt
In jedem Passe schwerer Tritte Stampfen.
Voran, voran! die Firnenluft ist kalt
Und scheint die Lunge eisig zu umkrampfen.
Nur frisch voran — schon sehn sie überm Wald
Den Vogel ziehn, die Nebelsäule dampfen,
Und wo das Riff durchbricht ein Klippengang,
Summt etwas auf, wie ferner Glockenklang.

Da liegt das schleierlose
Gewäld in Sonnenruh,
Und wie mit Sturmgetose
Dem Äthermeere zu,
Erfüllt des Tales Breite
Das Angelusgeläute
Vom Turme zu Escout.

5.

Höhlenfei

Siehst du drüben, am hohlen Baum,
Ins Geklüfte die Schatten steigen,
Überm Bord, ein blanker Saum,
Leises Quellengeriesel neigen?

Das ist die Eiche von Bagnères,
Das ist die Höhle Trou de fer,
Wo sie tags in der Spalten Raum,
Nächtlich wohnt in den surrenden Zweigen.

O, sie ist überalt, die Fei!
Laut Annalen, vor grauen Jahren,
Zwei Jahrhunderten oder drei,
Mußte sie seltsam sich gebaren:
Bald als Eule mit Uhuhu,
Bald als Katze und schwarze Kuh;
Auch als Wiesel, mit feinem Schrei,
Ist sie über die Kluft gefahren.

Aber wenn jetzt im Mondenschein
Zarte Lichter den Grund betüpfen,
Sieht mitunter man am Gestein
Sie im schillernden Mantel hüpfen,
Hört ihr Stimmchen, Gesäusel gleich;
Aber nahst du, dann nickt der Zweig,
Und das Wasser wispert darein,
Und du siehst nur die Quelle schlüpfen.

Reich an Gold ist der Höhle Grund,
O wie Guinea und wie Bengalen!
Und man spricht vom bewachenden Hund,
Doch des melden nichts die Annalen;
Aber mancher, der wundersam,
Unbegreiflich zu Gelde kam,
Ließ, so kündet der Sage Mund,
Es am Baum von Bagnères sich zahlen,

Barg einen Beutel im Hohle breit,
Drin den neuen Liard, bedächtig,

Recht in der sengenden Mittagszeit,
Die den Geistern wie mitternächtig,
Fand ihn abends mit Gold geschwellt —
O, kein Christ komme so zu Geld!
Falsch war Feiengold jederzeit,
Kurz das Leben, und Gott ist mächtig.

Einmal nur, daß mich des gedenkt,
Ist ein Mann an den Baum gegangen,
Hat seinen Sack hinein gesenkt,
Groß, eines Königes Schatz zu fangen;
's war ein Wucherer, war ein Filz,
Ein von Tränen geschwellter Pilz,
Nun, er hat sich zuletzt gehenkt —
Besser hätt er schon da gehangen!

Hielt die Lippen so fest geklemmt,
— Denn Geflüster nur, mußt du wissen,
Das ist eben, was alles hemmt,
Lieber hätt er die Zunge zerbissen; —
Barfuß kam er, auf schlechten Rat,
Und als da in die Scherb er trat,
Hat er sich nur an den Baum gestemmt
Und den Schart aus der Wunde gerissen.

Doch als aus dem Gemoder scheu
Schlüpft 'ne Schlange ihm längs den Haaren,
Da ist endlich ein kleiner Schrei,
Nur ein winziger, ihm entfahren;
Und am Abend? — verschwunden war
Großer Sack und neuer Liard.
O, verräterisch ist die Fei!
Und es wachen der Hölle Scharen.

6.

Johannistau

Es ist die Zeit nun, wo den blauen Tag
Schon leiser weckt der Nachtigallen Schlag,
Wo schon die Taube in der Mittagsglut
Sich trunkner, müder breitet ob der Brut,
Wo abends, wenn das Sonnengold zergangen,
Verlorner Funke irrt, des Wurmes Schein,
An allen Ranken Blütenbüschel hangen,
Und Düfte ziehn in alle Kammern ein.

„Weck mich zur rechten Zeit, mein Kamerad,
Versäumen möcht ich Sankt Johannis Bad
Um alles nicht; ich hab das ganze Jahr
Darauf gehofft, wenn mir so elend war.
Jérôme, du mochtest immer gut es meinen,
Bist auch, wie ich, nur armer Leute Kind,
Doch hast du klare Augen und die Deinen,
Und ich bin eine Waise und halb blind!

„Hat schon der Hahn gekräht? ich habs verfehlt;
Oft schlaf ich fest, wenn mich der Schmerz gequält.
Ob schon die Dämmrung steigt? ich seh es nicht,
Mir fährts wie Spinneweben am Gesicht;
Doch dünkt mich, hör im Stalle ich Gebimmel
Und Peitschenknall; was das für Fäden sind,
Die mir am Auge schwimmen? lieber Himmel,
Ich bin nicht halb, ich bin beinah schon blind!

„Hier ist der Steg am Anger, weiter will
Ich mich nicht wagen, hier ist alles still,

Und Tau genug für Kranke allzumal
Des ganzen Weilers, eh der Sonnenstrahl
Mit seinem scharfen Finger ihn gestrichen
Und aufgesogen ihn der Morgenwind;
Doch ist kein zweiter wohl hieher geschlichen;
Denn, Gott sei Dank, nur wenige sind blind.

„Das ist ein Büschel — nein — doch das ist Gras,
Ich fühle meine Finger kalt und naß;
Johannes, heiliger Prophet, ich kam
In deinem werten Namen her und nahm
Von jenem Taue, den im Wüstenbrande
Die Wolke dir geträufelt, lau und lind,
Daß nicht dein Auge in dem heißen Sande,
Nicht dein gesegnet Auge werde blind.

„Gepredigt hast du in der Steppenglut —
So weißt du auch, wie harte Arbeit tut;
Doch arm und nicht der Arbeit fähig sein,
Das ist gewiß die allergrößte Pein.
Du hast ja kaum geruht in Mutterarmen,
Warst früh ein elternlos, verwaistes Kind,
Woll eines armen Knaben dich erbarmen,
Der eine Waise ist, wie du, und blind!"

Das Wort

(9. Mai 1845)

Das Wort gleicht dem beschwingten Pfeil,
Und ist es einmal deinem Bogen
In Tändeln oder Ernst entflogen,
Erschrecken muß dich seine Eil.

Dem Körnlein gleicht es, deiner Hand
Entschlüpft; wer mag es wiederfinden?
Und dennoch wucherts in den Gründen
Und treibt die Wurzeln durch das Land.

Gleicht dem verlornen Funken, der
Vielleicht verlischt am feuchten Tage,
Vielleicht am milden glimmt im Hage,
Am dürren schwillt zum Flammenmeer.

Und Worte sind es doch, die einst
So schwer in deine Schale fallen:
Ist keins ein nichtiges von allen,
Um jedes hoffst du oder weinst.

O, einen Strahl der Himmelsau,
Mein Gott, dem Zagenden und Blinden!
Wie soll er Ziel und Acker finden?
Wie Lüfte messen und den Tau?

Allmächt'ger, der das Wort geschenkt,
Doch seine Zukunft uns verhalten,
Woll selber deiner Gabe walten,
Durch deinen Hauch sei sie gelenkt!

Richte den Pfeil dem Ziele zu,
Nähre das Körnlein schlummertrunken!
Erstick ihn oder fach den Funken!
Denn, was da frommt, das weißt nur du.

ABBENBURG SOMMER 1845

Carpe diem!

Pflücke die Stunde, wär sie noch so blaß,
Ein falbes Moos, vom Dunst des Moores naß,
Ein farblos Blümchen, flatternd auf der Heide;
Ach, einst von allem träumt die Seele süß,
Von allem, was, ihr eigen, sie verließ,
Und mancher Seufzer gilt entflohnem Leide.

In alles senkt sie Blutes Tropfen ein,
Legt Perlen aus dem heilig tiefsten Schrein
Bewußtlos, selbst in grauverhängte Stunden;
Steigt oft ein unklar Sehnen dir empor,
Du schaust vielleicht, wie durch Gewölkes Flor,
Nach Tagen, längst vergessen, doch empfunden.

Wer, der an seine Kinderzeit gedenkt,
Als die Vokabeln ihn in Not versenkt,
Wer möchte nicht ein Kind sein und sich grauen?
Ja, der Gefangne, der die Wand beschrieb,
Fühlt er nach Jahren Glückes nicht den Trieb,
Die alten Sprüche einmal noch zu schauen?

Wohl gibt es Stunden, die so ganz verhaßt,
Daß, dem Gedächtnis eine Zentnerlast,
Wir ihren Schatten abzuwälzen sorgen;
Dann selten schickt sie uns des Himmels Zorn,
Und meistens ist darin ein gift'ger Dorn,
Der Moderwurm geheimer Schuld verborgen.

Drum, wer noch eines Blicks nach oben wert,
Der nehme, was an Liebem ihm beschert,

Die stolze wie die Stund im schlichten Kleide;
Der schlürfe jeden stillen Tropfen Tau,
Und spiegelt drin sich nicht des Äthers Blau,
So lispelt drüber wohl die fromme Weide.

Freu dich an deines Säuglings Lächeln, freu
Dich an des Jauchzens ungewissem Schrei,
Mit dem er streckt die lustbewegten Glieder.
Wär zehnmal stolzer auch, was dich durchweht,
Wenn er vor dir dareinst, ein Jüngling, steht,
Dein lächelnd Kindlein gibt er dir nicht wieder.

Freu dich des Freundes, eh zum Greis er reift,
Erfahrung ihm die kühne Stirn gestreift,
Von seiner Scheitel Grabesblumen wehen;
Freu dich des Greises, schau ihm lange nach,
In kurzem gäbst vielleicht du manchen Tag,
Um einmal noch das graue Haupt zu sehen.

O, wer nur ernst und fest die Stunde greift,
Den Kranz ihr auch von bleicher Locke streift,
Dem spendet willig sie die reichste Beute.
Doch wir, wir Toren, drängen sie zurück,
Vor uns die Hoffnung, hinter uns das Glück,
Und unsre Morgen morden unsre Heute.

Unter der Linde

Es war an einem Morgen,
Die Vöglein sangen süß,
Und überm Rasen wallte
Der schönste Blumenvließ.

Das Börnlein mir zur Seite
Sprang leise, leise fort,
Mit halbgeschloßnem Auge
Saß ich und lauschte dort.

Ich sah die Schmetterlinge
Sich jagen durch das Licht,
Und der Libelle Flügel
Mir zittern am Gesicht;
Still saß ich, wie gestorben,
Und ließ mirs wohlig sein,
Und mich mit Blütenflocken
Vom Lindenzweig bestreun.

Mein Sitz war dicht am Wege,
Ich konnte ruhig spähn;
Doch mich, verhüllt vom Strauche,
Mich hat man nicht gesehn;
Wenn knarrend Wagen rollten,
Dann drang zu mir der Staub,
Und wenn die Vöglein hüpften,
Dann zitterte das Laub.

Und nahe mir am Hange
'ne alte Buche stand,
Um die der ernste Eppich
Sich hoch und höher wand.
Sein düstres Grün umrankte
Noch manchen kranken Zweig;
Doch die gesunden spielten
Wie doppelt grün und reich.

Es war im Maienmonde,
Die Blätter atlaszart;

Wie hast du, alter Knabe,
So frisches Herz bewahrt?
Auf einer Seite trauernd
Und auf der andern licht,
Zeigst du auf grauer Säule
Ein Janusangesicht.

Und eines Freundes dacht ich,
Des Locken grau und lind,
Ein armes Wrack sein Körper
Und ach, sein Herz ein Kind;
Mich dünkt', ich sah ihn starren
Mit Tränen in ein Grab,
Und seitwärts Blumen streuen
In eine Wieg hinab.

Da weckten Rinderglocken
Mich aus den Phantasein;
Ein wüster Staubeswirbel
Drang durchs Gebüsch hinein,
Und mit Geschrei und Schelten
Riß Ast und Efeustab
Der Treiberknecht vom Baume
Und trieb sein Vieh bergab.

Ich hörte lang sein Toben
Und seinen wüsten Schrei;
Doch horch, was trabt so neckend,
So drall und knapp herbei?
Das Ränzel auf dem Rücken,
Barett im blonden Haar,
Kam ein Student gepfiffen,
Ein lustiger Scholar.

„O pescator dell' onde!"
Es gellt mir dicht am Ohr;
Nun stand er an der Buche,
Er hob den Arm empor,
Verbrämt sein schlichtes Käpplein
Mit linden Zweiges Zier,
Und pfeifend trug er weiter
Sein flatterndes Zimier.

Glück auf, mein frischer Junge,
Gott gönn dir Luft und Raum!
Wie gern die schmucke Flagge
Dir gönnt der heitre Baum;
Er ist kein schlimmer Alter,
Dem in verdorrter Brust
Das Herz vor Ärger zittert
Bei blanker Jugend Lust.

Doch still, was naht sich wieder?
Ein Husten, kurz und hohl,
Es schlurft den Anger nieder, —
Die Schritte kenn ich wohl!
Es ist der Buche Zwilling,
Mein greiser, siecher Freund,
Auf dessen Haupt so flammend
Die Maiensonne scheint.

Nun stand er an dem Baume,
Lugt' unterm Zelt hinaus,
Wie roch er so behaglich
An seinem Veilchenstrauß.
Nun sucht' er an der Rinde,
Er spähte um und um
Und lachte ganz verstohlen
Und sah verschüchtert um.

Dort fand ich tiefe Risse
Und dachte Frostes Spalt;
Doch wärens Namenszüge,
Vermorscht und adamsalt?
Nun schlägt er einen Nagel,
Er hängt sein Kränzchen auf,
Mich dünkt, ich sah erröten
Ihn an die Stirn hinauf.

O, konntest du mich ahnen,
Mein grauer Lysias,
In deinem ganzen Leben
Warst du nicht wieder blaß.
Doch wer dein spotten könnte,
Du Herz voll Kindessinn,
Das wär gewiß kein Mädchen
Und keine Dichterin.

Gastrecht

Ich war in einem schönen Haus
Und schien darin ein werter Gast;
Die Damen sahn wie Musen fast,
Sogar die Hunde geistreich aus.
Die Luft, von Ambraduft bewegt,
Schwamm wie zerfloßne Phantasie,
Und wenn ein Vorhang sich geregt,
Dann war sein Säuseln Poesie.

Wohl trat mir oft ein Schwindel nah,
Ich bin an Naphtha nicht gewöhnt,
Doch hat der Zauber mich versöhnt,
Und reiche Stunden lebt ich da.

All, was man sagte, war so fein,
So aus der Menschenbrust seziert,
Der Schnitt so scharf und spiegelrein
Und so vortrefflich durchgeführt.

Da kam ein Tag, an dem man oft
Und leis von einem Gaste sprach,
Der, längst geladen, hintennach
Kam wie die Reue unverhofft.
Da ward am Fenster ausgeschaut,
Ein seltsam Lächeln im Gesicht:
Ich hätte Häuser drauf gebaut,
Der Fremde sei ein Musenlicht.

Und als er endlich angelangt,
Als alles ihm entgegenflog,
In den Salon ihn jubelnd zog,
Da hat mir ordentlich gebangt.
Doch schien ein schlichter Bursche nur
Mein Bruder in hospitio;
Vom Idealen keine Spur,
Nur frank, gesund und lebensfroh.

Drei Tage lebten wir nun flott,
Ganz wie im weiland Paradies,
Wo man die Engel sorgen ließ
Und geistreich sein den lieben Gott.
Des Gastes Auge hat geglüht,
Hat freundlich wie ein Stern geblinkt,
Und als er endlich trauernd schied,
Da ward ihm lange nachgewinkt.

O, unsre Wirte waren fein,
Gar feine Leute allzumal;

Schon sank die Dämmerung ins Tal,
Eh ihre Schonung nickte ein,
Und hier und dort ein Nadelstich,
Und schärfer dann ein Messerschnitt,
Und dann die Sonde säuberlich
In des Geschiednen Schwächen glitt.

O sichre Hand! O fester Arm!
O Sonde, leuchtend wie der Blitz!
Ich lehnte an des Gastes Sitz
Und fühlte sacht, ob er noch warm.
Und an das Fenster trat ich dann,
Nahm mir ein allbekanntes Buch
Und las, die Blicke ab und an
Versenkend in der Wolken Zug:

Einst vor dem Thron Mütassims, des Kalifen,
Beschwert mit Fesseln ein Verbrecher stand,
Dem, als vom Trunk betäubt die Wächter schliefen,
Des Herrschers eigne Hand den Dolch entwand.
Nur dunkel ward die Tat dem Volk bekannt;
Man flüsterte von nahen Blutes Sünden,
Von Freveln, die der Fürst nicht mög ergründen.
Schwer traf die läss'gen Söldner das Gericht,
Wie es sie traf, die Sage kündets nicht;
Nur dieses sagt sie: daß an jenem Tag
Ein schaudernd Schweigen über Bagdad lag,
Und daß, als man zum Spruch den Sünder führte,
Im weiten Saal sich keine Wimper rührte,
Und daß Mütassims Blick, zum Grund gewandt,
Die Blumen aus dem Teppich schier gebrannt.

Am Throne stand ein Becher mit Scherbet;
Den Gaum des Fürsten dörrten düstre Gluten,

Er fühlte seine Menschlichkeit verbluten
Am Stahle der bedräuten Majestät.
Wer gibt ihm seiner Nächte Schlaf zurück?
Wer seinen Mut zum Schaffen und zum Lieben?
Wer das Vertrauen auf sein altes Glück?
Dies alles stand in seinem Blick geschrieben.
Weh, weh, wenn er die Wimper heben wird!
Der Frevler zittert, daß die Fessel klirrt.
Als noch der Lohn ihm wässerte den Mund,
Ein kecker Fuchs, — und jetzt, ein feiger Hund,
Würd er sich doppelten Verrats nicht schämen;
Doch sieht er deutlich, keiner will ihn nehmen,
Schaut zähneknirschend nur zum Fürsten auf.
Die Wimper zuckt! — da drängt ein Schrei sich auf,
Und wie im Strauch die kranke Schlange pfeift,
An innerm Krampfe will der Sklav ersticken.
O Allah, wird er sich dem Pfahl entrücken?

Und stürmisch der Kalif zum Becher greift,
Hält mit den eignen Händen den Scherbet
Ihm an die Lippen, bis der Krampf vergeht.
Die Farbe kehrt, der Sklave atmet tief;
Sein Auge, irr zuerst, dann fest und kühn,
Läßt lang er auf des Thrones Stufen glühn;
Dann spricht er ernst: „Lang lebe der Kalif!
Auf ihn hat sich Suleimans Geist gesenkt;
Ob er auch in gerechten Zornes Flamme
Zum Marterpfahle einen Gast verdamme,
Den aus dem eignen Becher er getränkt."

Da ward Mütassim bleich vor innrer Qual,
Zittern sieht ihn sein Hof zum erstenmal;
Dann plötzlich ward sein Antlitz sonnenhell,
Und hochgetragnen Hauptes rief er: „Schnell

Die Fesseln ihm gelöst, ihr Sklaven! Frei
Entwandl' er, nur von seiner Schuld gedrückt!"
Doch zu dem Thron tritt der Wesir gebückt,
Spricht: „Fürst der Gläubigen, was soll geschehn,
Wenn er zum zweitenmal den Dolch gezückt?" —
„Allah kerim! Das, was geschrieben ist
Im Buch des Lebens, drin nur Allah liest;
Allein auf keinem Blatte kann es stehn,
Daß der Verbrecher keine Gnade fand,
Den der Kalif getränkt mit eigner Hand."

Ich schloß das Buch und dachte nach,
An Türken — Christen — mancherlei;
Mir war ein wenig schwül und scheu,
Und sacht entschlüpft ich dem Gemach.
Wie schien der Blumen wilde Zier,
Wie labend mir die schlichte Welt!
Und auf dem Rückweg hab ich mir
Die Pferde an der Post bestellt.

Auch ein Beruf

Die Abendröte war zerflossen,
Wir standen an des Weihers Rand,
Und ich hielt meine Hand geschlossen
Um ihre kleine kalte Hand.
„So müssen wir denn wirklich scheiden?
Das Schicksal würfelt mit uns beiden,
Wir sind wie herrenloses Land.

„Von keines Herdes Pflicht gebunden,
Meint jeder nur, wir seien grad

Für sein Bedürfnis nur erfunden,
Das hilfbereite fünfte Rad.
Was hilft es uns, daß frei wir stehen,
Auf keines Menschen Hände sehen?
Man zeichnet dennoch uns den Pfad.

„Wo dicht die Bäume sich verzweigen
Und um den schlanken Stamm hinab
Sich tausend Nachbaräste neigen,
Da schreitet schnell der Wanderstab.
Doch drüben sieh die einzle Linde,
Ein jeder schreibt in ihre Rinde,
Und jeder bricht ein Zweiglein ab.

„O hätten wir nur Mut, zu walten
Der Gaben, die das Glück beschert!
Wer dürft uns hindern? wer uns halten?
Wer kümmern uns den eignen Herd?
Wir leiden nach dem alten Rechte,
Daß, wer sich selber macht zum Knechte,
Nicht ist der goldnen Freiheit wert.

„Zieh hin, wie du berufen worden,
In der Campagna Glut und Schweiß,
Und ich will ziehn in meinen Norden,
Zu siechen unter Schnee und Eis.
Nicht würdig sind wir beßrer Tage,
Denn wer nicht kämpfen mag, der trage,
Dulde, wer nicht zu handeln weiß."

So ward an Weihers Rand gesprochen,
In Zorne halb und halb in Pein;
Wir hätten gern den Stab gebrochen
Ob all den kleinen Tyrannein.

Und als die Regenwolken stiegen,
Da bahnten wir erst mit Vergnügen
Uns in den Ärger recht hinein.

Solang die Tropfen einzeln fielen,
Wars Naphthaöl in unsern Trutz;
Auch eins von des Geschickes Spielen,
Zum Schaden uns und keinem nutz!
Doch als der Himmel Schloßen streute,
Da machten wirs wie andre Leute
Und suchten auch der Linde Schutz.

Dort hockt' ein Häuflein dicht beisammen,
Sich schauernd unterm Blätterdach;
Die Wolke zuckte Schwefelflammen
Und jagte Regenstriemen nach.
Wir hörtens auf den Blättern springen,
Jedoch kein Tropfen konnte dringen
In unser laubiges Gemach.

Fürwahr, ein armes Häuflein war es,
Was hier dem Wettersturm entrann:
Ein hagrer Jud gebleichten Haares,
Mit seinem Hund ein blinder Mann,
Ein Schuladjunkt im magern Fracke
Und dann mit seinem Bettelsacke
Der kleine hinkende Johann.

Und alle sahn bei jedem Stoße
Behaglich an den Stamm hinauf,
Rückten die Bündelchen im Schoße
Und drängten lächelnd sich zuhauf;
Denn wie so hohler schlug der Regen,
So breiter warf dem Sturm entgegen
Der Baum die grünen Schirme auf.

Wie kämpfte er mit allen Gliedern,
Zu schützen, was sich ihm vertraut!
Wie freudig rauscht' er, zu erwidern
Den Glauben, der auf ihn gebaut!
Ich fühlte seltsam mich befangen;
Beschämt, mit hocherglühten Wangen,
Hab in die Krone ich geschaut

Des Baums, der, keines Menschen Eigen,
Verloren in der Heide stand,
Nicht Früchte trug in seinen Zweigen,
Nicht Nahrung für des Herdes Brand;
Der nur auf Gottes Wink entsprossen
Dem fremden Haupte zum Genossen,
Dem Wandrer in der Steppe Sand.

Zur Freundin sah ich, sie herüber,
Wir dachten Gleiches wohl vielleicht,
Denn ihre Mienen waren trüber
Und ihre lieben Augen feucht.
Doch haben wir kein Wort gesprochen,
Vom Baum ein Zweiglein nur gebrochen
Und still die Hände uns gereicht.

Letzte Worte

Geliebte, wenn mein Geist geschieden,
So weint mir keine Träne nach;
Denn, wo ich weile, dort ist Frieden,
Dort leuchtet mir ein ew'ger Tag!

Wo aller Erdengram verschwunden,
Soll euer Bild mir nicht vergehn,
Und Linderung für eure Wunden,
Für euern Schmerz will ich erflehn.

Weht nächtlich seine Seraphsflügel
Der Friede übers Weltenreich,
So denkt nicht mehr an meinen Hügel,
Denn von den Sternen grüß ich euch!

BALLADEN

RÜSCHHAUSER BALLADEN

1840—1841

Der Geierpfiff

„Nun still — Du an den Dohnenschlag!
Du links an den gespaltnen Baum!
Und hier der faule Fetzer mag
Sich lagern an der Klippe Saum:
Da seht fein offen übers Land
Die Kutsche ihr heranspazieren;
Und Rieder dort, der Höllenbrand,
Mag in den Steinbruch sich postieren!

„Dann aufgepaßt mit Aug und Ohr,
Und bei dem ersten Räderhall
Den Eulenschrei! und tritt hervor
Die Fracht, dann wiederholt den Schall:
Doch naht Gefahr — Patrouillen gehn, —
Seht ihr die Landdragoner streifen,
Dann dreimal, wie von Riffeshöhn,
Laßt ihr den Lämmergeier pfeifen.

„Nun, Rieder, noch ein Wort zu dir:
Mit Recht heißt du der Höllenbrand;
Kein Stückchen — ich verbitt es mir —
Wie neulich mit der kalten Hand!"
Der Hauptmann spricht es; durch den Kreis
Ein Rauschen geht und feines Schwirren,
Als sie die Büchsen schultern leis
Und in den Gurt die Messer klirren.

Seltsamer Troß! hier Riesenbau
Und hiebgespaltnes Angesicht,
Und dort ein Bübchen wie 'ne Frau,
Ein zierliches Spelunkenlicht;
Der drüben an dem Scheitelhaar
So sachte streift den blanken Fänger,
Schaut aus den blauen Augen gar
Wie ein verarmter Minnesänger.

's ist lichter Tag! die Bande scheut
Vor keiner Stunde — alles gleich;
Es ist die rote Bande, weit
Verschrien, gefürchtet in dem Reich;
Das Knäbchen kauert unterm Stier
Und betet, raschelt es im Walde,
Und manches Weib verschließt die Tür,
Schreit nur ein Kuckuck an der Halde.

Die Posten haben sich zerstreut,
Und in die Hütte schlüpft der Troß —
Wildhüters Obdach zu der Zeit,
Als jene Trümmer war ein Schloß:
Wie Ritter vor der Ahnengruft,
Fühlt sich der Räuber stolz gehoben
Am Schutte, dran ein gleicher Schuft
Vor Jahren einst den Brand geschoben.

Und als der letzte Schritt verhallt,
Der letzte Zweig zurück gerauscht,
Da wird es einsam in dem Wald,
Wo überm Ast die Sonne lauscht;
Und als es drinnen noch geklirrt
Und noch ein Weilchen sich geschoben,
Da still es in der Hütte wird,
Vom wilden Weingerank umwoben.

Der scheue Vogel setzt sich kühn
Aufs Dach und wiegt sein glänzend Haupt,
Und summend durch der Reben Grün
Die wilde Biene Honig raubt;
Nur leise wie der Hauch im Tann,
Wie Weste durch die Halme streifen,
Hört drinnen leise, leise man
Vorsichtig an den Messern schleifen. —

*

Ja, lieblich ist des Berges Maid
In ihrer festen Glieder Pracht,
In ihrer blanken Fröhlichkeit
Und ihrer Zöpfe Rabennacht;
Siehst du sie brechen durchs Genist
Der Brombeerranken, frisch, gedrungen,
Du denkst, die Centifolie ist
Vor Übermut vom Stiel gesprungen.

Nun steht sie still und schaut sich um —
Allüberall nur Baum an Baum;
Ja, irre zieht im Walde um
Des Berges Maid und glaubt es kaum;
Noch zwei Minuten, wo sie sann,
Pulsieren ließ die heißen Glieder —
Behende wie ein Marder dann
Schlüpft keck sie in den Steinbruch nieder.

Am Eingang steht ein Felsenblock,
Wo das Geschiebe überhängt;
Der Efeu schüttelt sein Gelock,
Zur grünen Laube vorgedrängt,
Da unterm Dache lagert sie,
Behaglich lehnend an dem Steine,

Und denkt: ich sitze wahrlich wie
Ein Heil'genbildchen in dem Schreine!

Ihr ist so warm, der Zöpfe Paar
Sie löset mit der runden Hand,
Und nieder rauscht ihr schwarzes Haar
Wie Rabenfittiches Gewand.
Ei! denkt sie, bin ich doch allein!
Auf springt das Spangenpaar am Mieder;
Doch unbeweglich gleich dem Stein
Steht hinterm Block der wilde Rieder:

Er sieht sie nicht, nur ihren Fuß,
Der tändelnd schaukelt wie ein Schiff,
Zuweilen treibt des Windes Gruß
Auch eine Locke um das Riff,
Doch ihres heißen Odems Zug,
Samumes Hauch, glaubt er zu fühlen;
Verlorne Laute, wie im Flug
Lockvögel, um das Ohr ihm spielen.

So weich die Luft und badewarm.
Berauschend Thymianes Duft,
Sie lehnt sich, dehnt sich, ihren Arm,
Den vollen, streckt sie aus der Kluft,
Schließt dann ihr glänzend Augenpaar —
Nicht schlafen, ruhn nur eine Stunde —
So dämmert sie, und die Gefahr
Wächst von Sekunde zu Sekunde.

Nun alles still — sie h a t gewacht —
Doch hinterm Steine wirds belebt,
Und seine Büchse sachte, sacht
Der Rieder von der Schulter hebt,

Lehnt an die Klippe ihren Lauf,
Dann lockert er der Messer Klingen,
Hebt nun den Fuß — was hält ihn auf?
Ein Schrei scheint aus der Luft zu dringen!

Ha, das Signal! — er ballt die Faust —
Und wiederum des Geiers Pfiff
Ihm schrillend in die Ohren saust —
Noch zögert knirschend er am Riff —
Zum drittenmal — und sein Gewehr
Hat er gefaßt — hinan die Klippe!
Daß bröckelnd Kies und Sand umher
Nachkollern von dem Steingerippe.

Und auch das Mädchen fährt empor:
„Ei, ist so locker das Gestein?"
Und langsam, gähnend tritt hervor
Sie aus dem falschen Heil'genschrein,
Hebt ihrer Augen feuchtes Glühn,
Will nach dem Sonnenstande schauen,
Da sieht sie einen Geier ziehn
Mit einem Lamm in seinen Klauen.

Und schnell gefaßt, der Wildnis Kind,
Tritt sie entgegen seinem Flug:
Der kam daher, wo Menschen sind,
Das ist der Bergesmaid genug.
Doch still! war das nicht Stimmenton
Und Räderknarren? still! sie lauscht —
Und wirklich, durch die Nadeln schon
Die schwere Kutsche ächzt und rauscht.

„He, Mädchen!" ruft es aus dem Schlag,
Mit feinem Knicks tritt sie heran,

„Zeig uns zum Dorf die Wege nach,
Wir fuhren irre in dem Tann!“
„Herr“, spricht sie lachend, „nehmt mich auf,
Auch ich bin irr und führ Euch doch.“ —
„Nun wohl, du schmuckes Kind, steig auf,
Nur frisch hinauf, du zögerst noch?“

„Herr, was ich weiß, ist nur gering,
Doch führt es Euch zu Menschen hin,
Und das ist schon ein köstlich Ding
Im Wald, mit Räuberhorden drin:
Seht, einen Weih am Bergeskamm
Sah steigen ich aus jenen Gründen,
Der in den Fängen trug ein Lamm;
Dort muß sich eine Herde finden.“ —

Am Abend steht des Forstes Held
Und flucht die Steine warm und kalt;
Der Wechsler freut sich, daß sein Geld
Er klug gesteuert durch den Wald:
Und nur die gute, franke Maid
Nicht ahnet in der Träume Walten,
Daß über sie so gnädig heut
Der Himmel seinen Schild gehalten.

Das Fräulein von Rodenschild

Sind denn so schwül die Nächt im April?
Oder ist so siedend jungfräulich Blut?
Sie schließt die Wimper, sie liegt so still
Und horcht des Herzens pochender Flut.
„O, will es denn nimmer und nimmer tagen?
O, will denn nicht endlich die Stunde schlagen?
Ich wache, und selbst der Seiger ruht!

„Doch horch! es summt, eins, zwei und drei —
Noch immer fort? — sechs, sieben und acht,
Elf, zwölf — o Himmel, war das ein Schrei?
Doch nein, Gesang steigt über der Wacht,
Nun wird mirs klar, mit frommem Munde
Begrüßt das Hausgesinde die Stunde,
Anbrach die hochheilige Osternacht."

Seitab das Fräulein die Kissen stößt
Und wie eine Hinde vom Lager setzt,
Sie hat des Mieders Schleifen gelöst,
Ins Häubchen drängt sie die Locken jetzt,
Dann leise das Fenster öffnend, leise,
Horcht sie der mählich schwellenden Weise,
Vom wimmernden Schrei der Eule durchsetzt.

O dunkel die Nacht! und schaurig der Wind!
Die Fahnen wirbeln am knarrenden Tor —
Da tritt aus der Halle das Hausgesind
Mit Blendlaternen und einzeln vor.
Der Pförtner dehnet sich, halb schon träumend,
Am Dochte zupfet der Jäger säumend,
Und wie ein Oger gähnet der Mohr.

Was ist? — wie das auseinander schnellt!
In Reihen ordnen die Männer sich,
Und eine Wacht vor die Dirnen stellt
Die graue Zofe sich ehrbarlich.
„Ward ich gesehn an des Vorhangs Lücke?
Doch nein, zum Balkone starren die Blicke,
Nun langsam wenden die Häupter sich.

„O weh meine Augen! bin ich verrückt?
Was gleitet entlang das Treppengeländ?

Hab ich nicht so aus dem Spiegel geblickt?
Das sind meine Glieder — welch ein Geblend!
Nun hebt es die Hände, wie Zwirnes Flocken,
Das ist mein Strich über Stirn und Locken!
Weh, bin ich toll, oder nahet mein End?"

Das Fräulein erbleicht und wieder erglüht,
Das Fräulein wendet die Blicke nicht,
Und leise rührend die Stufen zieht
Am Steingelände das Nebelgesicht,
In seiner Rechten trägt es die Lampe,
Ihr Flämmchen zittert über der Rampe,
Verdämmernd, blau, wie ein Elfenlicht.

Nun schwebt es unter dem Sternendom,
Nachtwandlern gleich in Traumes Geleit,
Nun durch die Reihen zieht das Phantom,
Und jeder tritt einen Schritt zur Seit. —
Nun lautlos gleitets über die Schwelle —
Nun wieder drinnen erscheint die Helle,
Hinauf sich windend die Stiegen breit.

Das Fräulein hört das Gemurmel nicht,
Sieht nicht die Blicke, stier und verscheucht,
Fest folgt ihr Auge dem bläulichen Licht,
Wie dunstig über die Scheiben es streicht.
— Nun ists im Saale — nun im Archive —
Nun steht es still an der Nische Tiefe —
Nun matter, matter — ha! es erbleicht!

„Du sollst mir stehen! ich will dich fahn!"
Und wie ein Aal die beherzte Maid
Durch Nacht und Krümmen schlüpft ihre Bahn,
Hier droht ein Stoß, dort häkelt das Kleid,

Leis tritt sie, leise, o Geistersinne
Sind scharf! daß nicht das Gesicht entrinne!
Ja, mutig ist sie, bei meinem Eid!

Ein dunkler Rahmen, Archives Tor,
— Ha, Schloß und Riegel! — sie steht gebannt,
Sacht, sacht das Auge und dann das Ohr
Drückt zögernd sie an der Spalte Rand,
Tiefdunkel drinnen — doch einem Rauschen
Der Pergamente glaubt sie zu lauschen
Und einem Streichen entlang der Wand.

So niederkämpfend des Herzens Schlag,
Hält sie den Odem, sie lauscht, sie neigt —
Was dämmert ihr zur Seite gemach?
Ein Glühwurmleuchten — es schwillt, es steigt,
Und Arm an Arme, auf Schrittes Weite,
Lehnt das Gespenst an der Pforte Breite,
Gleich ihr zur Nachbarspalte gebeugt.

Sie fährt zurück — das Gebilde auch —
Dann tritt sie näher — so die Gestalt —
Nun stehen die beiden, Auge in Aug,
Und bohren sich an mit Vampires Gewalt.
Das gleiche Häubchen decket die Locken,
Das gleiche Linnen, wie Schnees Flocken,
Gleich ordnungslos um die Glieder wallt.

Langsam das Fräulein die Rechte streckt,
Und langsam, wie aus der Spiegelwand,
Sich Linie um Linie entgegen reckt
Mit gleichem Rubine die gleiche Hand;
Nun rührt sichs — die Lebendige spüret,
Als ob ein Luftzug schneidend sie rühret,
Der Schemen dämmert — zerrinnt — entschwand. –

Und wo im Saale der Reihen fliegt,
Da siehst ein Mädchen du, schön und wild,
— Vor Jahren hats eine Weile gesiecht —
Das stets in den Handschuh die Rechte hüllt.
Man sagt, kalt sei sie wie Eises Flimmer,
Doch lustig die Maid, sie hieß ja immer:
„Das tolle Fräulein von Rodenschild."

Der Mutter Wiederkehr

Du frägst mich immer von neuem, Marie,
Warum ich mein Heimatland,
Die alten lieben Gebilde flieh,
Dem Herzen doch eingebrannt?
Nichts soll das Weib dem Manne verhehlen,
Und nichts dem treuen Weibe der Mann,
Drum setz dich her, ich will erzählen,
Doch abwärts sitze, schau mich nicht an.

Bei meinen Eltern ich war — ein Kind,
Ein Kind und dessen nicht froh,
Im Hause wehte ein drückender Wind,
Der ehliche Friede floh,
Nicht Zank noch Scheltwort durfte ich hören,
Doch wie ein Fels auf allen es lag;
Sahn wir von Reisen den Vater kehren,
Das war uns Kindern ein trauriger Tag.

Ein Kaufmann, ernst, sein strenges Gemüt
Verbittert durch manchen Verlust,
Und meine Mutter, die war so müd,
So keuchend ging ihre Brust!

Noch seh ich, wie sie, die Augen gerötet,
Ein Bild der still verhärmten Geduld,
An unserm Bettchen gekniet und gebetet.
Gewiß, meine Mutter war frei von Schuld!

Doch trieb der Vater sich um — vielleicht
In London oder in Wien —
Dann lebten wir auf und atmeten leicht
Und schossen wie Kressen so grün.
Durch lustige Schwänke machte uns lachen
Der gute Mesner, dürr und ergraut,
Der dann uns alle sollte bewachen,
Denn meiner Mutter ward nichts vertraut.

Da schickte der Himmel ein schweres Leid,
Sie schlich so lange umher,
Und härmte sich sachte ins Sterbekleid,
W i r machten das Scheiden ihr schwer!
Wir waren wie irre Vögel im Haine,
Zu früh entflattert dem treuen Nest,
Bald tobten wir toll über Blöcke und Steine
Und duckten bald, in den Winkel gepreßt.

Dem alten Manne ward kalt und heiß,
Dem würdigen Sakristan,
Sah er besudelt mit Staub und Schweiß
Und glühend wie Öfen uns nahn;
Doch traten wir in die verödete Kammer
Und sahn das Schemelchen am Klavier,
Dann strömte der unbändige Jammer,
Und nach der Mutter wimmerten wir.

Am sechsten Abend nachdem sie fort
— Wir kauerten am Kamin,

Der Alte lehnte am Simse dort
Und sah die Kohlen verglühn,
Wir sprachen nicht, uns war beklommen —
Da leis im Vorsaal dröhnte die Tür,
Und schlurfende Schritte hörten wir kommen.
Mein Brüderchen rief: „Die Mutter ist hier!"

Still, stille nur! — wir horchten all,
Zusammengedrängt und bang,
Wir hörten deutlich der Tritte Hall
Die knarrende Diel entlang,
Genau wir hörten rücken die Stühle,
Am Schranke klirren den Schlüsselbund
Und dann das schwere Krachen der Diele,
Als es vom Stuhle trat an den Grund.

Mein junges Blut in den Adern stand,
Ich sah den Alten wie Stein
Sich klammern an des Gesimses Rand,
Da langsam trat es herein.
O Gott, ich sah meine Mutter, Marie!
Marie, ich sah meine Mutter gehn,
Im schlichten Kleide, wie morgens frühe
Sie kam, nach ihren zwei Knaben zu sehn!

Fest war ihr Blick zum Grunde gewandt,
So schwankte sie durch den Saal,
Den Schlüsselbund in der bleichen Hand,
Die Augen trüb wie Opal;
Sie hob den Arm, wir hörtens pfeifen,
Ganz wie ein Schlüssel im Schlosse sich dreht,
Und ins Klosett dann sahn wir sie streifen,
Drin unser Geld und Silbergerät.

Du denkst wohl, daß keines Odems Hauch
Die schaurige Öde brach,
Und still wars im Klosette auch,
Noch lange lauschten wir nach.
Da sah ich zusammen den Alten fallen,
Und seine Schläfe schlug an den Stein,
Da ließen wir unser Geschrei erschallen,
Da stürzten unsere Diener herein.

*

Du sagst mir nichts, doch zweifl' ich nicht,
Du schüttelst dein Haupt, Marie,
Ein Greis — zwei Kinder — im Dämmerlicht —
Da waltet die Phantasie!
Was wollte ich um dein Lächeln geben,
Um deine Zweifel, du gute Frau,
Doch wieder sag ichs: bei meinem Leben!
Marie, wir sahen und hörten genau!

Am Morgen kehrte der Vater heim,
Verstimmt und müde gehetzt,
Und war er nimmer ein Honigseim,
So war er ein Wermut jetzt.
Auch waren es wohl bedenkliche Worte,
Die er gesprochen zum alten Mann;
Denn laut sie haderten an der Pforte
Und schieden in tiefer Empörung dann.

Nun ward durchstöbert das ganze Haus,
Ein jeder gefragt, gequält,
Die Beutel gewogen, geschüttet aus,
Die Silberbestecke gezählt,

Ob alles richtig, versperrt die Zimmer,
Nichts konnte dem Manne genügen doch:
Bis abends zählte und wog er immer
Und meinte, der Schade finde sich noch.

Als nun die Dämmerung brach herein,
Ohne Mutter und Sakristan,
Wir kauerten auf dem staubigen Stein
Und gähnten die Flamme an.
Verstimmt der Vater, am langen Tische,
Wühlt' in Papieren, schob und rückt',
Wir duckten an unserm Kamin, wie Fische,
Wenn drauf das Auge des Reihers drückt.

Da, horch! — die Türe dröhnte am Gang,
Ein schlurfender Schritt darauf
Sich schleppte die knarrende Diel entlang.
Der Vater horchte — stand auf —
Und wieder hörten wir rücken die Stühle,
Am Schranke klirren den Schlüsselbund,
Und wieder das schwere Krachen der Diele,
Als es vom Stuhle trat an den Grund.

Er stand, den Leib vornüber gebeugt,
Wie Jäger auf Wildes Spur,
Nicht Furcht noch Rührung sein Auge zeigt',
Man sah, er lauerte nur.
Und wieder sah ich, die mich geboren,
Verbannt, verstoßen vom heiligen Grund,
O, nimmer hab ich das Bild verloren,
Es folgt mir noch in der Todesstund!

Und e r ? — hat keine Wimper geregt
Und keine Muskel gezuckt,

Der Stuhl, auf den seine Hand gelegt,
Nur einmal leise geruckt.
Ihr folgend mit den stechenden Blicken
Wandt er sich langsam, wie sie schritt,
Doch als er sie ans Klosett sah drücken,
Da zuckte er auf, als wolle er mit.

Und „Arnold!" riefs aus dem Geldverließ,
— Er beugte vornüber, weit —
Und wieder „Arnold!" so klagend süß,
— Er legte die Feder beiseit —
Zum dritten Mal, wie die blutige Trauer,
„Arnold!" — den Meerschaumkopf im Nu
Erfaßt' er, schleudert' ihn gegen die Mauer,
Schritt ins Klosett und riegelte zu.

Wir aber stürzten in wilder Hast
Hinaus an das Abendrot,
Wir hatten uns bei den Händen gefaßt
Und weinten uns schier zu Tod.
Die ganze Nacht hat die Lampe geglommen,
Geknattert im Saal des Kamines Rost,
Und als der dritte Abend gekommen,
Da setzte der Vater sich auf die Post.

Ich habe ihm nicht Lebewohl gesagt
Und nicht seine Hand geküßt,
Doch heißt es, daß er in dieser Nacht
Am Bettchen gestanden ist.
Und bei des nächsten Morgens Erglühen
Das erste, was meine Augen sahn,
Das war an unserem Lager knieen
Den tief erschütterten Sakristan.

Dem ward in der Früh ein Brief gebracht,
Und dann ein Schlüsselchen noch:
„Ich will nicht lesen“, hat er gedacht
Und zögerte, las dann doch
Den Brief, in letzter Stunde geschrieben
Von meines unglücklichen Vaters Hand,
Der fest im Herzen mir ist geblieben,
Obwohl mein Bruder ihn einst verbrannt.

„Was mich betroffen, das sag ich nicht,
Eh dorre die Zunge aus!
Doch ist es ein bitter, ein schwer Gericht
Und treibt mich von Hof und Haus.
In dem Klosette, da sind gelegen
Papiere, Wechsel, Briefe dabei.
Dir will ich auf deine Seele legen
Meine zwei Buben; denn du bist treu.

„Sorg nicht um mich; was ich bedarf,
Des hab ich genügend noch,
Und forsch auch nimmer — ich warne scharf —
Nach mir, es tröge dich doch.
Sei ruhig, Mann, ich will nicht töten
Den Leib, der vieles noch muß bestehn,
Doch laß meine armen Kinderchen beten;
Denn sehr bedarf ich der Unschuld Flehn.“

Und im Klosette gefunden ward
Ein richtiges Testament,
Und alle Papiere nach Kaufmannsart
Geordnet und wohl benennt.
Und wir? — in der Fremde ließ man uns pflegen,
Da waren wir eben, wie Buben sind,
Doch mit den Jahren, da muß sichs regen,
Bin ich doch jetzt sein einziges Kind!

Du weißt es, wie ich auch noch so früh,
So hart den Bruder verlor,
Und hätte ich dich nicht, meine Marie,
Dann wär ich ein armer Tor! —
Ach Gott, was hab ich nicht all geschrieben,
Aufrufe, Briefe, in meiner Not!
Umsonst doch alles, umsonst geblieben.
Ob er mag leben? — vermutlich tot!

*

Nie brachte wieder auf sein Geschick
Die gute Marie den Mann,
Der seines Lebens einziges Glück
In ihrer Liebe gewann.
So mild und schonend bot sie die Hände,
Bracht ihm so manches blühende Kind,
Daß von der ehrlichen Stirn am Ende
Die düstern Falten gewichen sind.

Wohl führt' nach Jahren einmal sein Weg
Ihn dicht zur Heimat hinan,
Da ließ er halten am Mühlensteg
Und schaute die Türme sich an.
Die Händ gefaltet, schien er zu beten,
Ein Wink — die Kutsche rasselte fort;
Doch nimmer hat er den Ort betreten,
Und keinen Trunk Wasser nahm er dort.

Der Graue

Im Walde steht die kleine Burg,
Aus rohem Quaderstein gefugt,
Mit Schart und Fensterlein, wodurch
Der Doppelhaken einst gelugt;

Am Teiche rauscht des Rohres Speer,
Die Brücke wiegt und knarrt im Sturm,
Und in des Hofes Mitte, schwer,
Plump wie ein Mörser, steht der Turm.

Da siehst du jetzt umher gestellt
Manch feuerrotes Ziegeldach,
Und wie der Stempel steigt und fällt,
So pfeift die Dampfmaschine nach;
Es knackt die Form, der Bogen schrillt,
Es dunstet Scheidewassers Näh,
Und überm grauen Wappenschild
Liest man: Moulin à papier.

Doch wie der Kessel quillt und schäumt,
Den Brüssler Kaufherrn freut es kaum,
Der hatte einmal sich geträumt
Von Land und Luft den feinsten Traum;
Das war so recht ein Fleckchen, sich
Zu retten aus der Zahlen Haft!
Nicht groß, und doch ganz adelig
Und brauchte wenig Dienerschaft.

Doch eine Nacht nur macht' er sich
Bequem es — oder unbequem —
In seinem Schlößchen, und er strich
Nur wie ein Vogel dran seitdem.
Sah dann er zu dem Fenster auf,
Verschlossen wie die Sakristein,
So zog er wohl die Schultern auf
Mit einem Seufzer oder zwein.

*

Es war um die Septemberzeit,
Als, schürend des Kamines Brand,

Gebückt, in regenfeuchtem Kleid,
Der Hausherr in der Halle stand,
Er und die Gäste, all im Rauch;
Van Neelen, Redel, Verney, Dahm,
Und dann der blonde Waller auch,
Der eben erst aus Smyrna kam.

Im Schlote schnob der Wind, es goß
Der Regen sprudelnd sich vom Dach,
Und wenn am Brand ein Flämmchen schoß,
Schien doppelt öde das Gemach.
Die Gäste waren all zur Hand,
Erleichternd ihres Wirtes Müh;
Van Neelen nur am Fenster stand
Und schimpfte auf die Landpartie.

Doch nach und nach mags besser gehn,
Schon hat der Wind die Glut gefacht,
Den Regen läßt man draußen stehn,
Champagnerflaschen sind gebracht.
Die Leuchter hatten wenig Wert,
Es ging wie beim Studentenfest:
Sobald die Flasche ist geleert,
Wird eine Kerze drauf gepreßt.

Je mehr es fehlt, so mehr man lacht,
Der Wein ist heiß, die Kost gewählt,
Manch derbes Späßchen wird gemacht,
Und mancher feine Streich erzählt.
Zuletzt von Wein und Reden glüh,
Rückt seinen Stuhl der Herr vom Haus:
„Ich lud euch zu 'ner Landpartie,
Es ward 'ne Wasserfahrt daraus.

„Doch da die allerschönste Fracht
Am Ende nach dem Hafen schifft,
So, meine Herren, gute Nacht!
Und nehmt vorlieb, wie es sich trifft."
Da lachend nach den Flaschen greift
Ein jeder. — Türen auf und zu. —
Und Waller, noch im Gehen, streift
Aus seinem Frack den Ivanhoe.

*

Es war tief in die Nacht hinein,
Und draußen heulte noch der Sturm,
Schnob zischend an dem Fensterstein
Und drillt' den Glockenstrang am Turm.
In seinem Bette Waller lag
Und las so scharf im Ivanhoe,
Daß man gedacht, bevor es Tag,
Sei Englands Königreich in Ruh.

Er sah nicht, daß die Kerze tief
Sich brannte in der Flasche Rand,
Der Talg in schweren Tropfen lief
Und drunten eine Lache stand.
Wie träumend hört' er das Geknarr
Der Fenster, vom Rouleau gedämpft,
Und wie die Türe mit Geschnarr
In ihren Angeln zuckt und kämpft.

Sehr freut er sich am Bruder Tuck,
— Die Sehne schwirrt, es rauscht der Hain —
Da plötzlich ein gewalt'ger Ruck,
Und, hui! die Scheibe klirrt hinein.

Er fuhr empor, — weg war der Traum —
Und deckte mit der Hand das Licht,
Ha! wie so wüst des Zimmers Raum!
Selbst ein romantisches Gedicht!

Der Sessel feudalistisch Gold —
Am Marmortisch die Greifenklau —
Und überm Spiegel flatternd rollt,
Ein Banner, der Tapete Blau,
Im Zug, der durch die Lücke schnaubt;
Die Ahnenbilder leben fast
Und schütteln ihr behelmtes Haupt
Ergrimmt ob dem plebejen Gast.

Der blonde Waller machte gern
Sich selber einen kleinen Graus,
So nickt' er spöttisch gen die Herrn,
Als fordert' er sie keck heraus.
Die Glocke summt — schon eins fürwahr!
Wie eine Boa dehnt' er sich
Und sah nach dem Pistolenpaar,
Dann rüstet' er zum Schlafe sich.

Die Flasche hob er einmal noch
Und leuchtete die Wände an:
Ganz wie 'ne alte Halle doch
Aus einem Scottischen Roman!
Und — ist das Nebel oder Rauch,
Was durch der Türe Spalten quillt
Und, wirbelnd in des Zuges Hauch,
Die dunstigen Paneele füllt?

Ein Ding — ein Ding — wie Grau in Grau,
Die Formen schwanken — sonderbar! —

Doch, ob der Blick sich schärft? den Bau
Von Gliedern nimmt er mählich wahr, —
Wie überm Eisenhammer schwer
Und schwarz des Rauches Säule wallt;
Ein Zucken flattert drüber her,
Doch hat es menschliche Gestalt!

Er war ein hitziger Kumpan,
Wenn Wein die Lava hat geweckt.
„Qui vive?“ — und leise knackt der Hahn,
Der Waller hat den Arm gestreckt:
„Qui vive?“ — ’ne Pause, — „ou je tire!“
Und aus dem Lauf die Kugel knallt;
Er hört sie schlagen an die Tür
Und abwärts prallen mit Gewalt.

Der Schuß dröhnt am Gewölbe nach,
Und, eine schwere Nebelschicht,
Füllt Pulverbrodem das Gemach;
Er teilt sich, schwindet, das Gesicht
Steht in des Zimmers Mitte jetzt,
Ganz wie ein graues Bild von Stein,
Die Formen scharf und unverletzt,
Die Züge edel, streng und rein.

Auf grauer Locke grau Barett,
Mit grauer Hahnenfeder drauf.
Der Waller hat so sacht und nett
Sich hergelangt den zweiten Lauf.
Noch zögert er — ist es ein Bild,
Wärs zu zerschießen lächerlich;
Und wärs ein Mensch — das Blut ihm quillt —
Ein Geck, der unterfinge sich —?!

Ein neuer Ruck, und wieder Knall
Und Pulverrauch — war das Gestöhn?
Er hörte keiner Kugel Prall —
Es ist vorüber! ist geschehn!
Der Waller zuckt: „Verdammtes Hirn!"
Mit einmal ist er kalt wie Eis,
Der Angstschweiß tritt ihm auf die Stirn,
Er starret in den Nebelkreis.

Ein Ächzen! oder Windeshauch! —
Doch nein, der Scheibensplitter schwirrt.
O Gott, es zappelt! nein — der Rauch
Gedrängt vom Zuge schwankt und irrt;
Es wirbelt aufwärts, woget, wallt,
Und, wie ein graues Bild von Stein,
Steht nun am Bette die Gestalt,
Da, wo der Vorhang sinkt hinein.

Und drüber knisterts, wie von Sand,
Wie Funke, der elektrisch lebt;
Nun zuckt ein Finger — nun die Hand —
Allmählich nun ein Fuß sich hebt, —
Hoch — immer höher — Waller winkt;
Dann macht er schnell gehörig Raum,
Und langsam in die Kissen sinkt
Es schwer, wie ein gefällter Baum.

„Ah, je te tiens!" er hats gepackt
Und schlingt die Arme wie 'nen Strick, —
Ein Leichnam! todessteif und nackt!
Mit einem Ruck fährt er zurück;
Da wälzt es langsam, schwer wie Blei,
Sich gleich dem Mühlstein über ihn;
Da tat der Waller einen Schrei,
Und seine Sinne waren hin.

Am nächsten Morgen fand man kalt
Ihn im Gemache ausgestreckt;
's war eine Ohnmacht nur, und bald
Ward zum Bewußtsein er geweckt.
Nicht irre war er, nur gepreßt,
Und fragt': ob keiner ward gestört? —
Doch alle schliefen überfest,
Nicht einer hat den Schuß gehört.

So ward es denn für Traum sogleich
Und alles für den Alp erkannt;
Doch zog man sich aus dem Bereich
Und trollte hurtig über Land.
Sie waren alle viel zu klug
Und vollends zu belesen gar;
Allein der blonde Waller trug
Seit dieser Nacht eisgraues Haar.

Der Schloßelf

In monderhellten Weihers Glanz
Liegt brütend wie ein Wasserdrach
Das Schloß mit seinem Zackenkranz,
Mit Zinnenmoos und Schuppendach.
Die alten Eichen stehn von fern,
Respektvoll flüsternd mit den Wellen,
Wie eine graue Garde gern
Sich mag um graue Herrscher stellen.

Am Tore schwenkt, ein Steinkoloß,
Der Bannerherr die Kreuzesfahn,
Und kurbettierend schnaubt sein Roß
Jahrhunderte schon himmelan;

Und neben ihm, ein Tantalus,
Lechzt seit Jahrhunderten sein Dogge
Gesenkten Halses nach dem Fluß,
Im dürren Schlunde Mooses Flocke.

Ob längst die Mitternacht verklang,
Im Schlosse bleibt es immer wach;
Streiflichter gleiten rasch entlang
Den Korridor und das Gemach.
Zuweilen durch des Hofes Raum
Ein hüpfendes Laternchen ziehet;
Dann horcht der Wandrer, der am Saum
Des Weihers in den Binsen knieet.

„Ave Maria! stärke sie!
Und hilf ihr über diese Nacht!"
Ein frommer Bauer ists, der früh
Sich auf die Wallfahrt hat gemacht.
Wohl weiß er, was der Lichterglanz
Mag seiner gnäd'gen Frau bedeuten;
Und eifrig läßt den Rosenkranz
Er durch die schwiel'gen Finger gleiten.

Doch durch sein christliches Gebet
Manch Heidennebel schwankt und raucht;
Ob wirklich, wie die Sage geht,
Der Elf sich in den Weiher taucht,
So oft dem gräflichen Geschlecht
Der erste Sprosse wird geboren?
Der Bauer glaubt es nimmer recht,
Noch minder hätt er es verschworen.

Scheu blickt er auf — die Nacht ist klar
Und gänzlich nicht gespensterhaft,

Gleich drüben an dem Pappelpaar
Zählt man die Zweige längs dem Schaft;
Doch stille! In dem Eichenrund —
Sind das nicht Tritte? — Kindestritte?
Er hört, wie an dem harten Grund
Sich wiegen, kurz und stramm, die Schritte.

Still! still! es raschelt übern Rain
Wie eine Hinde, die im Tau,
Beherzt gemacht vom Mondenschein,
Vorsichtig äset längs der Au.
Der Bauer stutzt — die Nacht ist licht,
Die Blätter glänzen an dem Hagen,
Und dennoch — dennoch sieht er nicht,
Wen auf ihn zu die Schritte tragen.

Da, langsam knarrend, tut sich auf
Das schwere Heck zur rechten Hand,
Und, wieder langsam knarrend, drauf
Versinkt es in die grüne Wand.
Der Bauer ist ein frommer Christ;
Er schlägt behend des Kreuzes Zeichen:
„Und wenn du auch der Teufel bist,
Du mußt mir auf der Wallfahrt weichen!"

Da, hui! streifts ihn, federweich,
Da, hui! raschelts in dem Grün,
Da, hui! zischt es in den Teich,
Daß bläulich Schilf und Binsen glühn;
Und wie ein knisterndes Geschoß
Fährt an den Grund ein bläulich Feuer
Im Augenblicke, wo vom Schloß
Ein Schrei verzittert überm Weiher.

Der Alte hat sich vorgebeugt,
Ihm ist, als schimmre, wie durch Glas,
Ein Kindesleib, phosphorisch, feucht
Und dämmernd, wie verlöschend Gas;
Ein Arm zerrinnt, ein Aug verglimmt —
Lag denn ein Glühwurm in den Binsen?
Ein langes Fadenhaar verschwimmt,
Am Ende scheinens Wasserlinsen!

Der Bauer starrt, hinab, hinauf,
Bald in den Teich, bald in die Nacht;
Da klirrt ein Fenster drüben auf,
Und eine Stimme ruft mit Macht:
„Nur schnell gesattelt! schnell zur Stadt!
Gebt dem Polacken Gert und Sporen!
Viktoria! soeben hat
Die Gräfin einen Sohn geboren!"

Vorgeschichte (Second sight)

Kennst du die Blassen im Heideland,
Mit blonden flächsenen Haaren?
Mit Augen so klar, wie an Weihers Rand
Die Blitze der Welle fahren?
O, sprich ein Gebet, inbrünstig, echt,
Für die Seher der Nacht, das gequälte Geschlecht.

So klar die Lüfte, am Äther rein
Träumt nicht die zarteste Flocke,
Der Vollmond lagert den blauen Schein
Auf des schlafenden Freiherrn Locke,
Hernieder bohrend in kalter Kraft
Die Vampirzunge, des Strahles Schaft.

Der Schläfer stöhnt, ein Traum voll Not
Scheint seine Sinne zu quälen,
Es zuckt die Wimper, ein leises Rot
Will über die Wange sich stehlen;
Schau, wie er woget und rudert und fährt,
Wie einer, so gegen den Strom sich wehrt.

Nun zuckt er auf — ob ihm geträumt,
Nicht kann er sich dessen entsinnen —
Ihn fröstelt, fröstelt, obs drinnen schäumt,
Wie Fluten zum Strudel rinnen;
Was ihn geängstet, er weiß es auch:
Es war des Mondes giftiger Hauch.

O Fluch der Heide, gleich Ahasver
Unterm Nachtgestirne zu kreisen!
Wenn seiner Strahlen züngelndes Meer
Aufbohret der Seele Schleusen,
Und der Prophet, ein verzweifelnd Wild,
Kämpft gegen das mählich steigende Bild.

Im Mantel schaudernd mißt das Parkett
Der Freiherr die Läng und Breite,
Und wo am Boden ein Schimmer steht,
Weitaus er beuget zur Seite,
Er hat einen Willen und hat eine Kraft,
Die sollen nicht liegen in Blutes Haft.

Es will ihn krallen, es saugt ihn an,
Wo Glanz die Scheiben umgleitet,
Doch langsam weichend, Spann um Spann,
Wie ein wunder Edelhirsch schreitet,
In immer engerem Kreis gehetzt,
Des Lagers Pfosten ergreift er zuletzt.

Da steht er keuchend, sinnt und sinnt,
Die müde Seele zu laben,
Denkt an sein liebes, einziges Kind,
Seinen zarten, schwächlichen Knaben,
Ob dessen Leben des Vaters Gebet
Wie eine zitternde Flamme steht.

Hat er des Kleinen Stammbaum doch
Gestellt an des Lagers Ende,
Nach dem Abendkusse und Segen noch
Drüber brünstig zu falten die Hände;
Im Monde flimmernd das Pergament
Zeigt Schild an Schilder, schier ohne End.

Rechtsab des eigenen Blutes Gezweig,
Die alten freiherrlichen Wappen,
Drei Rosen im Silberfelde bleich,
Zwei Wölfe schildhaltende Knappen,
Wo Ros an Rose sich breitet und blüht,
Wie überm Fürsten der Baldachin glüht.

Und links der milden Mutter Geschlecht,
Der Frommen in Grabeszellen,
Wo Pfeil an Pfeile, wie im Gefecht,
Durch blaue Lüfte sich schnellen.
Der Freiherr seufzt, die Stirn gesenkt,
Und — steht am Fenster, bevor ers denkt.

Gefangen! gefangen im kalten Strahl!
In dem Nebelnetze gefangen!
Und fest gedrückt an der Scheib Oval,
Wie Tropfen am Glase hangen,
Verfallen sein klares Nixenaug
Der Heidequal in des Mondes Hauch.

Welch ein Gewimmel! — er muß es sehn,
Ein Gemurmel! — er muß es hören,
Wie eine Säule, so muß er stehn,
Kann sich nicht regen noch kehren.
Es summt im Hofe ein dunkler Hauf,
Und einzelne Laute dringen hinauf.

Hei! eine Fackel! sie tanzt umher,
Sich neigend, steigend in Bogen,
Und nickend, zündend, ein Flammenheer
Hat den weiten Estrich umzogen.
All schwarze Gestalten im Trauerflor,
Die Fackeln schwingen und halten empor.

Und alle gereihet am Mauerrand,
Der Freiherr kennet sie alle;
Der hat ihm so oft die Büchse gespannt,
Der pflegte die Ross' im Stalle,
Und der so lustig die Flasche leert,
Den hat er siebenzehn Jahre genährt.

Nun auch der würdige Kastellan,
Die breite Pleureuse am Hute,
Den sieht er langsam, schlurfend nahn,
Wie eine gebrochene Rute;
Noch deckt das Pflaster die dürre Hand,
Versengt erst gestern an Herdes Brand.

Ha, nun das Roß! aus des Stalles Tür,
In schwarzem Behang und Flore;
O, ists Achill, das getreue Tier?
Oder ists seines Knaben Medore?
Er starret, starrt und sieht nun auch,
Wie es hinkt, vernagelt nach altem Brauch.

Entlang der Mauer das Musikchor,
In Krepp gehüllt die Posaunen,
Haucht prüfend leise Kadenzen hervor,
Wie träumende Winde raunen;
Dann alles still. O Angst! o Qual!
Es tritt der Sarg aus des Schlosses Portal.

Wie prahlen die Wappen, farbig grell
Am schwarzen Sammet der Decke.
Ha! Ros an Rose, der Todesquell
Hat gespritzet blutige Flecke!
Der Freiherr klammert das Gitter an:
„Die andre Seite!“ stöhnet er dann.

Da langsam wenden die Träger, blank
Mit dem Monde die Schilder kosen.
„O“, — seufzt der Freiherr — „Gott sei Dank!
Kein Pfeil, kein Pfeil, nur Rosen!“
Dann hat er die Lampe still entfacht
Und schreibt sein Testament in der Nacht.

Kurt von Spiegel

O frommer Prälat, was ließest so hoch
Des Marschalks frevlen Mut du steigen!
Wars seine Gestalt, deren Adel dich trog,
Sein flatternder Witz unter Bechern und Reigen?
O frommer Bischof, wie war dir zu Mut,
Als rauchend am Anger unschuldiges Blut
Verklagte, verklagte dein zögerndes Schweigen!

Am Wewelsberge schallt Wald-Hurra,
Des Rosses Flanke schäumt über den Bügel,

Es keucht der Hirsch, und dem Edelwild nah,
Ein flüchtiger Dogge, keucht Kurt von Spiegel;
Von Turmes Fahne begierig horcht
Der arme Tüncher, und unbesorgt
Hält in der Hand er den bröckelnden Ziegel.

Da horch! Halali! das Treiben ist aus,
Des Hirsches einzige Träne vergossen,
Ein Hörnerstoß durch das waldige Haus
Vereint zum Geweide die zott'gen Genossen,
Und bald aus der nickenden Zweige Geleit
Die Treiber so stumm, die Ritter so breit
Ziehn langsam daher mit den stöhnenden Rossen.

Der Spiegel spornt sein rauchendes Tier,
„Verfluchte Canaille, du hast mich bestohlen!"
Da sieht er, hoch an des Turmes Zimier,
Den armen Tüncher auf schwankenden Bohlen.
„Ha", murrt er, „heute nicht Beute noch Schuß,
Nie kam ich noch wieder mit solchem Verdruß,
Ich möchte mir drüben den Spatzen wohl holen!"

Der Tüncher sieht, wie er blinzelt empor,
Und will nach dem ärmlichen Hütlein greifen,
Da sieht er drunten visieren das Rohr,
Da hört er den Knall, und die Kugel noch pfeifen;
Getroffen, getroffen! — er schaukelt, er dreht,
Mit Ziegel und Bohle und Handwerksgerät
Kollert er nieder zum rasigen Streifen.

Als träf ihn selber das Todesgeschoß,
So zuckt der Prälat, seine Augen blitzen,
„Marschalk!" stöhnt er, die Stirne wird naß,
Am schwellenden Halse zittern die Spitzen,

Dann fährt auf die Wange ein glühendes Rot,
Und „Marschalk!" ruft er, „das bringt dir den Tod!
Greift ihn, greift ihn, meine Treiber und Schützen!"

Doch lächelnd der Spiegel vom Hengste schaut,
Er lächelt umher auf die bleichen Vasallen:
„Mein gnädigster Herr, nicht zu laut, nicht zu laut,
Eu'r Dräuen möchte im Winde verhallen!"
Dann wendet er rasch, im sausenden Lauf
Durchs Tor und die donnernde Brücke hinauf.
Zu spät, zu spät sind die Gitter gefallen! —

*

Im Dome zu Paderborn ist verhallt
Das Sterbegeläute des alten Prälaten,
Und wieder im Dom hat Kapitels Gewalt
Den neuen Beherrscher gewählt und beraten.
Stumm fährt das Gebirg und die Felder hinein
Der neue Bischof zur Wewelsburg ein,
Geleitet von summenden Volkskomitaten.

Und als nun über die Brücke er rollt
Und sieht die massigen Türme sich strecken,
Wie ihm im Busen es zittert und grollt!
An seiner Inful — o brandiger Flecken!
Des Spiegels Blut in dem Ahnenbaum hell!
Leis seufzet er auf, dann murmelt er schnell:
„Herr Truchseß, laß unsere Tafel nun decken."

Es kreisen die Becher beim Böllergeknall,
Die stattlichen Ritter, die artigen Damen,
Sich schleudernd des Witzes anmutigen Ball,
Fast von der Stirne die Falten ihm nahmen;

Da, horch! im Flure ein Schreiten in Eil;
Es knarren die Türen, es steht eine Säul,
Der Spiegel, der blutige Marschalk, im Rahmen!

Der Bischof schaut wie ein Laken so bleich —
Im weiten Saal keines Odems Verhallen —
Ans Auge schlägt er die Rechte sogleich,
Und langsam läßt er zur Seite sie fallen.
Dann seufzt er hohl und düster und schwer:
„Kurt! — Kurt von Spiegel, wie kömmst du daher! —
Greift ihn, ergreift ihn, ihr meine Vasallen!"

Kein Sünderglöckchen geläutet ward,
Kein Schandgerüst sah man zimmern und tragen,
Doch sieben Schüsse, die knatterten hart,
Und eine Messe hörte man sagen.
Der Bischof schaut' auf den blutigen Stein,
Dann murmelt' er sacht ins Breve hinein:
„Es ist doch schwer, eine Inful zu tragen!"

Die Stiftung Cappenbergs

Der Mond mit seinem blassen Finger
Langt leise durch den Mauerspalt
Und koset, streifend längs dem Zwinger,
Norbertus' Stirne feucht und kalt.
Der lehnt an bröckelndem Gestein,
Salpeterflocken seine Daunen,
An seinem Ohre Heimchen raunen,
Und wimmelnd rennt das Tausendbein.

Und überm Haupte fühlt ers beben,
Da geht es hoch, da zecht es frisch,

In Pulsen schäumend pocht das Leben,
Die Humpen tanzen auf dem Tisch.
Der Graf von Arnsberg gibt ein Fest,
Dem Schwiegersohn der graue Schwäher;
So mehr er trinkt, so wird er zäher,
So wirrer steht sein Lockennest.

Gern hat sein Kind er dem Dynasten,
Dem reichen Cappenberg, vertraut,
Nun trägt sein Anker Doppellasten,
Und seinen Feinden hats gegraut.
Da kömmt auf seinem Eselein
Norbert und macht den Sohn zum Pfaffen;
Allein er wußte Rat zu schaffen,
Er pferchte den Apostel ein.

Wie, keine Enkel soll er wiegen?
Soll in des Eidams Hora gehn
Und sehn sein Kind am Boden liegen
Und Paternosterkugeln drehn?
Nein, heute ist der Tag, wo muß,
Wo wird die Sache sich erled'gen,
Und sollt er mit dem Schwerte pred'gen,
Ein umgekehrter Carolus.

Und „Gottfried", spricht er, „Junge, Ritter,
So sieh doch einmal in die Höh!
Du schaust ja in den Wein so bitter
Wie Requiem und Kyrie.
Was spinnst du an dem alten Werg?
Laß die Kapuze grauen Sündern,
Und deine Burg, die laß den Kindern,
Dein schönes, festes Cappenberg!"

Und drunten in dem feuchten Turme
Der Heil'ge flüstert: „Großer Gott,
Allgegenwärt'ger du im Wurme
Als in der Krone blankem Spott;
Wie größer deine Allmacht zeigt
Sein Füßchen, das lebendig zittert,
Als eine Mauer, die verwittert,
Und ob ein Babel drüber steigt!"

„Ja", spricht der Graf, den Humpen schwenkend:
„Wär Norbert hier, dein Eselmann,
Ich ließ ihm füllen, dein gedenkend,
Und trinken möcht er, was er kann;
Doch da ihm Pech und Schwefel glüht,
Was andern Schächern mild und süße,
So bleibt er besser im Verließe,
Ein wohlkasteiter Eremit."

Und drunten sprichts mit mildem Tone:
„Du, der, des Himmels höchste Zier,
Gezogen bist zur Dornenkrone
Auf einem still demüt'gen Tier,
Du, der des Mondes Lieblichkeit
In meinen Kerker ließest rinnen,
Gezähmt mir die vertrauten Spinnen,
Du, Milder, seist gebenedeit!"

Und Gottfried, kämpfend mit den Tränen,
Ergreift den Humpen, noch gefüllt,
Vor seinem Ohr ein leises Stöhnen,
Vor seinem Aug ein bleiches Bild.
O, dringen möcht er durch den Stein,
Wo seine sünd'gen Füße stehen,
O, einmal, einmal möcht er sehen
Durch Lichterglanz den Heil'genschein!

„Ha!“ zürnt der Graf, „was ließ ich schenken
Dir meinen allerbesten Wein!
Eh möcht ich einen Schädel tränken,
Ja, oder einen Leichenstein.
Gottfried, Gottfried, ich schwör es dir,
So wahr ich Friedrich“ — seht ihn stocken,
Vor seinem Auge schwimmen Flocken,
Er hebt sich auf, er schwankt zur Tür.

Und plötzlich auf den Estrich nieder
Taumelt er wie ein wundes Roß,
Es zucken, strecken sich die Glieder.
Welch ein Getümmel in dem Schloß!
„Krank“ dieser, „tot“ spricht jener Mund,
Ja wahrlich, das ist Todes Miene,
Und eine mächtige Ruine
Liegt Friedrich auf dem eignen Grund.

Die Humpen sind in Hast zertrümmert,
Burgunderblut fließt übern Stein,
Die Lampen mählich sind verkümmert,
Wie Erdenlust sie qualmten ein.
Doch drüben, in des Klosters Hut,
Entflammte man die ew'ge Leuchte,
Und knieend alles Volk sich beugte
Dem reinen Wein, der Christi Blut.

Das Fegefeuer des westfälischen Adels

Wo der selige Himmel, das wissen wir nicht,
Und nicht, wo der greuliche Höllenschlund,
Ob auch die Wolke zittert im Licht,
Ob siedet und qualmet Vulkanes Mund;

Doch wo die westfälischen Edeln müssen
Sich sauber brennen ihr rostig Gewissen,
Das wissen wir alle, das ward uns kund.

Grau war die Nacht, nicht öde und schwer,
Ein Aschenschleier hing in der Luft;
Der Wanderbursche schritt flink einher,
Mit Wollust saugend den Heimatduft;
O bald, bald wird er schauen sein Eigen,
Schon sieht am Lutterberge er steigen,
Sich leise schattend, die schwarze Kluft.

Er richtet sich, wie Trompetenstoß
Ein Holla ho! seiner Brust entsteigt —
Was ihm im Nacken? ein schnaubend Roß,
An seiner Schulter es rasselt, keucht,
Ein Rappe — grünliche Funken irren
Über die Flanken, die knistern und knirren,
Wie wenn man den murrenden Kater streicht.

„Jesus Maria!" — er setzt seitab,
Da langt vom Sattel es überzwerch —
Ein eherner Griff, und in wüstem Trab
Wie Wind und Wirbel zum Lutterberg!
An seinem Ohre hört er es raunen
Dumpf und hohl, wie gedämpfte Posaunen,
So an ihm raunt der gespenstige Scherg:

„Johannes Deweth! ich kenne dich!
Johann! du bist uns verfallen heut!
Bei deinem Heile, nicht lach noch sprich,
Und rühre nicht an, was man dir beut;
Vom Brote nur magst du brechen in Frieden,
Ewiges Heil ward dem Brote beschieden,
Als Christus in froner Nacht es geweiht!" —

Ob mehr gesprochen, man weiß es nicht,
Da seine Sinne der Bursche verlor,
Und spät erst hebt er sein bleiches Gesicht
Vom Estrich einer Halle empor;
Um ihn Gesumme, Geschwirr, Gemunkel,
Von tausend Flämmchen ein mattes Gefunkel
Und drüber schwimmend ein Nebelflor.

Er reibt die Augen, er schwankt voran;
An hundert Tischen, die Halle entlang,
All edle Geschlechter, so Mann an Mann;
Es rühren die Gläser sich sonder Klang,
Es regen die Messer sich sonder Klirren,
Wechselnde Reden summen und schwirren
Wie Glockengeläut, ein wirrer Gesang.

Ob jedem Haupte des Wappens Glast,
Das langsam schwellende Tropfen speit,
Und wenn sie fallen, dann zuckt der Gast
Und drängt sich einen Moment zur Seit;
Und lauter, lauter dann wird das Rauschen,
Wie Stürme die zornigen Seufzer tauschen,
Und wirrer summet das Glockengeläut.

Strack steht Johann wie ein Lanzenknecht,
Nicht möchte der gleißenden Wand er traun,
Noch wäre der glimmernde Sitz ihm recht,
Wo rutschen die Knappen mit zuckenden Braun.
Da muß, o Himmel, wer sollt es denken!
Den frommen Herrn, den Friedrich von Brenken,
Den alten stattlichen Ritter, er schaun.

„Mein Heiland, mach ihn der Sünden bar!"
Der Jüngling seufzet in schwerem Leid;

Er hat ihm gedienet ein ganzes Jahr;
Doch ungern kredenzt er den Becher ihm heut!
Bei jedem Schlucke sieht er ihn schüttern,
Ein blaues Wölkchen dem Schlund entzittern,
Wie wenn auf Kohlen man Weihrauch streut.

O manche Gestalt noch dämmert ihm auf,
Dort sitzt sein Pate, der Metternich,
Und eben durch den wimmelnden Hauf
Johann von Spiegel, der Schenke, strich;
Prälaten auch, je viere und viere,
Sie blättern und rispeln im grauen Breviere
Und zuckend krümmen die Finger sich.

Und unten im Saale, da knöcheln frisch
Schaumburger Grafen um Leut und Land,
Graf Simon schüttelt den Becher risch
Und reibt mitunter die knisternde Hand;
Ein Knappe nahet, er surret leise —
Ha, welches Gesumse im weiten Kreise,
Wie hundert Schwärme an Klippenrand!

„Geschwind den Sessel, den Humpen wert,
Den schleichenden Wolf geschwinde herbei!“
Horch wie es draußen rasselt und fährt!
Barhaupt stehet die Massonei,
Hundert Lanzen drängen nach binnen,
Hundert Lanzen, und mitten darinnen
Der Asseburger, der blutige Weih!

Und als ihm alles entgegen zieht,
Da spricht Johannes ein Stoßgebet:
Dann risch hinein! sein Ärmel sprüht,
Ein Funken über die Finger ihm geht.

Voran — da „sieben“ schwirren die Lüfte,
„Sieben, sieben, sieben“, die Klüfte,
„In sieben Wochen, Johann Deweth!“

Der sinkt auf schwellenden Rasen hin
Und schüttelt gegen den Mond die Hand,
Drei Finger, die bröckeln und stäuben hin,
Zu Asch und Knöchelchen abgebrannt.
Er rafft sich auf, er rennt, er schießet,
Und, ach, die Vaterklause begrüßet
Ein grauer Mann, von keinem gekannt,

Der nimmer lächelt, nur des Gebets
Mag pflegen drüben im Klosterchor,
Denn „sieben, sieben“, flüstert es stets
Und „sieben Wochen“ ihm in das Ohr.
Und als die siebente Woche verronnen,
Da ist er versiegt wie ein dürrer Bronnen —
Gott hebe die arme Seele empor!

Der Tod des Erzbischofs Engelbert von Köln

1.

Der Anger dampft, es kocht die Ruhr,
Im scharfen Ost die Halme pfeifen,
Da trabt es sachte durch die Flur,
Da taucht es auf wie Nebelstreifen,
Da nieder rauscht es in den Fluß,
Und stemmend gen der Wellen Guß
Es fliegt der Bug, die Hufe greifen.

Ein Schnauben noch, ein Satz, und frei
Das Roß schwingt seine nassen Flanken,
Und wieder eins, und wieder zwei,
Bis fünfundzwanzig stehn wie Schranken:
Voran, voran durch Heid und Wald,
Und wo sich wüst das Dickicht ballt,
Da brechen knisternd sie die Ranken.

Am Eichenstamm, im Überwind,
Um einen Ast den Arm geschlungen,
Der Isenburger steht und sinnt
Und naget an Erinnerungen.
Ob er vernimmt, was durchs Gezweig
Ihm Rinkerad, der Ritter bleich,
Raunt leise wie mit Vögelzungen?

„Graf", flüstert es, „Graf, haltet dicht,
Mich dünkt, als woll es Euch betören;
Bei Christi Blute, laßt uns nicht
Heim wie gepeitschte Hunde kehren!
Wer hat gefesselt Eure Hand,
Den freien Stegreif Euch verrannt?" —
Der Isenburg scheint nicht zu hören.

„Graf", flüstert es, „wer war der Mann,
Dem zu dem Kreuz die Rose paßte?
Wer machte Euren Schwäher dann
In seinem eignen Land zum Gaste?
Und, Graf, wer höhnte Euer Recht,
Wer stempelt' Euch zum Pfaffenknecht?" —
Der Isenburg biegt an dem Aste.

„Und wer, wer hat Euch zuerkannt,
Im härnen Sünderhemd zu stehen,

Die Schandekerz in Eurer Hand,
Und alte Vetteln anzuflehen
Um Kyrie und Litanei!?" —
Da krachend bricht der Ast entzwei
Und wirbelt in des Sturmes Wehen.

Spricht Isenburg: „Mein guter Fant,
Und meinst du denn, ich sei begraben?
O laß mich nur in meiner Hand —
Doch ruhig, still, ich höre traben!"
Sie stehen lauschend, vorgebeugt:
Durch das Gezweig der Helmbusch steigt
Und flattert drüber gleich dem Raben.

2.

Wie dämmerschaurig ist der Wald
An neblichten Novembertagen,
Wie wunderlich die Wildnis hallt
Von Astgestöhn und Windesklagen!
„Horch, Knabe, war das Waffenklang?" —
„Nein, gnäd'ger Herr! ein Vogelsang,
Von Sturmesflügeln hergetragen." —

Fort trabt der mächtige Prälat,
Der kühne Erzbischof von Köllen,
Er, den der Kaiser sich zum Rat
Und Reichsverweser mochte stellen,
Die ehrne Hand der Klerisei —
Zwei Edelknaben, Reis'ger zwei
Und noch drei Äbte als Gesellen.

Gelassen trabt er fort, im Traum
Von eines Wunderdomes Schöne,

Auf seines Rosses Hals den Zaum,
Er streicht ihm sanft die dichte Mähne,
Die Windesodem senkt und schwellt;
Es schaudert, wenn ein Tropfen fällt
Von Ast und Laub, des Nebels Träne.

Schon schwindelnd steigt das Kirchenschiff,
Schon bilden sich die krausen Zacken —
Da, horch, ein Pfiff und hui, ein Griff,
Ein Helmbusch hier, ein Arm im Nacken!
Wie Schwarzwildrudel brichts heran,
Die Äbte fliehn wie Spreu, und dann
Mit Reisigen sich Reis'ge packen.

Ha, schnöder Strauß! zwei gegen zehn!
Doch hat der Fürst sich losgerungen,
Er peitscht sein Tier, und mit Gestöhn
Hats übern Hohlweg sich geschwungen;
Die Gerte pfeift — „Weh, Rinkerad!" —
Vom Rosse gleitet der Prälat
Und ist ins Dickicht dann gedrungen.

„Hussa, hussa, erschlagt den Hund,
Den stolzen Hund!" und eine Meute
Fährts in den Wald, es schließt ein Rund,
Dann vor- und rückwärts und zur Seite;
Die Zweige krachen — ha, es naht —
Am Buchenstamm steht der Prälat
Wie ein gestellter Eber heute.

Er blickt verzweifelnd auf sein Schwert,
Er löst die kurze breite Klinge,
Dann prüfend untern Mantel fährt
Die Linke nach dem Panzerringe;

Und nun wohlan, er ist bereit,
Ja, männlich focht der Priester heut,
Sein Streich war eine Flammenschwinge.

Das schwirrt und klingelt durch den Wald,
Die Blätter stäuben von den Eichen,
Und über Arm und Schädel bald
Blutrote Rinnen tröpfeln, schleichen;
Entwaffnet der Prälat noch ringt,
Der starke Mann, da zischend dringt
Ein falscher Dolch ihm in die Weichen.

Ruft Isenburg: „Es ist genug,
Es ist zuviel!“ und greift die Zügel;
Noch sah er, wie ein Knecht ihn schlug,
Und riß den Wicht am Haar vom Bügel.
„Es ist zuviel, hinweg, geschwind!“
Fort sind sie, und ein Wirbelwind
Fegt ihnen nach wie Eulenflügel. — —

Des Sturmes Odem ist verrauscht,
Die Tropfen glänzen an dem Laube,
Und über Blutes Lachen lauscht
Aus hohem Loch des Spechtes Haube;
Was knistert nieder von der Höh
Und schleppt sich wie ein krankes Reh?
Ach, armer Knabe, wunde Taube!

„Mein gnädiger, mein lieber Herr,
So mußten dich die Mörder packen?
Mein frommer, o mein Heiliger!“
Das Tüchlein zerrt er sich vom Nacken,
Er drückt es auf die Wunde dort
Und hier und drüben, immerfort,
Ach, Wund an Wund und blut’ge Zacken!

„Ho, holla ho!" Dann beugt er sich
Und späht, ob noch der Odem rege;
Wars nicht, als wenn ein Seufzer schlich,
Als wenn ein Finger sich bewege? —
„Ho, holla ho!" — „Hallo, hoho!"
Schallts wiederum, des war er froh:
„Sind unsre Reuter allewege!"

3.

Zu Köln am Rheine kniet ein Weib
Am Rabensteine unterm Rade,
Und überm Rade liegt ein Leib,
An dem sich weiden Kräh und Made;
Zerbrochen ist sein Wappenschild,
Mit Trümmern seine Burg gefüllt,
Die Seele steht bei Gottes Gnade.

Den Leib des Fürsten hüllt der Rauch
Von Ampeln und von Weihrauchschwelen —
Um seinen qualmt der Moderhauch,
Und Hagel peitscht der Rippen Höhlen;
Im Dome steigt ein Trauerchor,
Und ein Tedeum stieg empor
Bei seiner Qual aus tausend Kehlen.

Und wenn das Rad der Bürger sieht,
Dann läßt er rasch sein Rößlein traben,
Doch eine bleiche Frau, die kniet
Und scheucht mit ihrem Tuch die Raben:
Um sie mied er die Schlinge nicht,
Er war ihr Held, er war ihr Licht —
Und, ach! der Vater ihrer Knaben!

Meister Gerhard von Köln

Ein Notturno

(August 1841)

Wenn in den linden Vollmondnächten
Die Nebel lagern überm Rhein,
Und graue Silberfäden flechten
Ein Florgewand dem Heil'genschrein:
Es träumt die Waldung, duftumsäumt,
Es träumt die dunkle Flutenschlange,
Wie eine Robbe liegt am Hange
Der Schürg und träumt.

Tief zieht die Nacht den feuchten Odem,
Des Walles Gräser zucken matt,
Und ein verhauchter Grabesbrodem
Liegt über der entschlafnen Stadt:
Sie hört das Schlummerlied der Welln,
Das leise murmelnde Geschäume,
Und tiefer, tiefer sinkt in Träume
Das alte Köln.

Dort, wo die graue Kathedrale,
Ein riesenhafter Zeitentraum,
Entsteigt dem düstern Trümmermale
Der Macht, die auch zerrann wie Schaum —
Dort, in der Scheibe Purpurrund
Hat taumelnd sich der Strahl gegossen
Und sinkt, und sinkt, in Traum zerflossen,
Bis auf den Grund.

Wie ist es schauerlich im weiten,
Versteinten öden Palmenwald,

Wo die Gedanken niedergleiten
Wie Anakonden schwer und kalt;
Und blutig sich der Schatten hebt
Am blut'gen Märtyrer der Scheibe,
Wie neben dem gebannten Leibe
Die Seele schwebt.

Der Ampel Schein verlosch, im Schiffe
Schläft halbgeschlossen Blum und Kraut;
Wie nackt gespülte Uferriffe
Die Streben lehnen, tief ergraut;
Anschwellend zum Altare dort,
Dann aufwärts dehnend, lang gezogen,
Schlingen die Häupter sie zu Bogen
Und schlummern fort.

Und immer schwerer will es rinnen
Von Quader, Säulenknauf und Schaft,
Und in dem Strahle wills gewinnen
Ein dunstig Leben, geisterhaft:
Da horch! es dröhnt im Turme — ha!
Die Glocke summt — da leise säuselt
Der Dunst, er zucket, wimmelt, kräuselt —
Nun steht es da! —

Ein Nebelmäntlein umgeschlagen,
Ein graues Käppchen, grau Gewand,
Am grauen Halse grauer Kragen,
Das Richtmaß in der Aschenhand.
Durch seine Glieder zitternd geht
Der Strahl wie in verhaltner Trauer,
Doch an dem Estrich, an der Mauer
Kein Schatten steht.

Es wiegt das Haupt nach allen Seiten,
Unhörbar schwebt es durch den Raum,
Nun sieh es um die Säulen gleiten,
Nun fährt es an der Orgel Saum;
Und allerorten legt es an
Sein Richtmaß, webert auf und nieder,
Und leise zuckt das Spiel der Glieder,
Wie Rauch im Tann.

War das der Nacht gewalt'ger Odem? —
Ein weit zerfloßner Seufzerhall,
Ein Zitterlaut, ein Grabesbrodem
Durchquillt die öden Räume all:
Und an der Pforte, himmelan
Das Männlein ringt die Hand,die fahle,
Dann gleitets aufwärts am Portale —
Es steht am Kran.

Und über die entschlafnen Wellen
Die Hand es mit dem Richtmaß streckt;
Ihr Schlangenleib beginnt zu schwellen,
Sie brodeln auf, wie halb geweckt;
Als drüber nun die Stimme dröhnt,
Ein dumpf, verhallend, fern Getose,
Wie träumend sich im Wolkenschoße
Der Donner dehnt.

„Ich habe diesen Bau gestellt,
Ich bin der Geist vergangner Jahre!
Weh! dieses dumpfe Schlummerfeld
Ist schlimmer viel als Totenbahre!
O wann, wann steigt die Stunde auf,
Wo ich soll lang Begrabnes schauen?
Mein starker Strom, ihr meine Gauen,
Wann wacht ihr auf? —

„Ich bin der Wächter an dem Turm,
Mein Ruf sind Felsenhieroglyphen,
Mein Hornesstoß der Zeitensturm,
Allein sie schliefen, schliefen, schliefen!
Und schlafen fort, ich höre nicht
Den Meißel klingen am Gesteine,
Wo tausend Hände sind wie eine,
Ich hör es nicht! —

„Und kann nicht ruhn, ich sehe dann
Zuvor den alten Kran sich regen,
Daß ich mein treues Richtmaß kann
In eine treue Rechte legen!
Wenn durch das Land ein Handschlag schallt,
Wie einer alle Pulse klopfen,
Ein Strom die Millionen Tropfen —"
Da silbern wallt

Im Osten auf des Morgens Fahne,
Und, ein zerfloßner Nebelstreif,
Der Meister fährt empor am Krane. —
Mit Räderknarren und Gepfeif,
Ein rauchend Ungeheuer, schäumt
Das Dampfboot durch den Rhein, den blauen —
O deutsche Männer! deutsche Frauen!
Hab ich geträumt? —

MEERSBURGER BALLADEN

1841—1842

Die Vergeltung

1.

Der Kapitän steht an der Spiere,
Das Fernrohr in gebräunter Hand,
Dem schwarzgelockten Passagiere
Hat er den Rücken zugewandt.
Nach einem Wolkenstreif in Sinnen
Die beiden wie zwei Pfeiler sehn,
Der Fremde spricht: „Was braut da drinnen?“ —
„Der Teufel“, brummt der Kapitän.

Da hebt von morschen Balkens Trümmer
Ein Kranker seine feuchte Stirn,
Des Äthers Blau, der See Geflimmer,
Ach, alles quält sein fiebernd Hirn!
Er läßt die Blicke, schwer und düster,
Entlängs dem harten Pfühle gehn,
Die eingegrabnen Worte liest er:
„B a t a v i a. F ü n f h u n d e r t z e h n.“

Die Wolke steigt, zur Mittagsstunde
Das Schiff ächzt auf der Wellen Höhn.
Gezisch, Geheul aus wüstem Grunde,
Die Bohlen weichen mit Gestöhn.
„Jesus, Marie! wir sind verloren!“
Vom Mast geschleudert der Matros',
Ein dumpfer Krach in aller Ohren,
Und langsam löst der Bau sich los.

Noch liegt der Kranke am Verdecke,
Um seinen Balken fest geklemmt,
Da kommt die Flut, und eine Strecke
Wird er ins wüste Meer geschwemmt.
Was nicht geläng der Kräfte Sporne,
Das leistet ihm der starre Krampf,
Und wie ein Narwal mit dem Horne
Schießt fort er durch der Wellen Dampf.

Wie lange so? — er weiß es nimmer,
Dann trifft ein Strahl des Auges Ball,
Und langsam schwimmt er mit der Trümmer
Auf ödem glitzerndem Kristall.
Das Schiff! — die Mannschaft! — sie versanken.
Doch nein, dort auf der Wasserbahn,
Dort sieht den Passagier er schwanken
In einer Kiste morschem Kahn.

Armsel'ge Lade! sie wird sinken,
Er strengt die heisre Stimme an:
„Nur grade! Freund, du drückst zur Linken!"
Und immer näher schwankts heran,
Und immer näher treibt die Trümmer,
Wie ein verwehtes Möwennest;
„Courage!" ruft der kranke Schwimmer,
„Mich dünkt, ich sehe Land im West!"

Nun rühren sich der Fähren Ende,
Er sieht des fremden Auges Blitz,
Da plötzlich fühlt er starke Hände,
Fühlt wütend sich gezerrt vom Sitz.
„Barmherzigkeit! ich kann nicht kämpfen."
Er klammert dort, er klemmt sich hier;
Ein heisrer Schrei, den Wellen dämpfen,
Am Balken schwimmt der Passagier.

Dann hat er kräftig sich geschwungen
Und schaukelt durch das öde Blau,
Er sieht das Land wie Dämmerungen
Enttauchen und zergehn in Grau.
Noch lange ist er so geschwommen,
Umflattert von der Möwe Schrei,
Dann hat ein Schiff ihn aufgenommen,
Viktoria! nun ist er frei!

2.

Drei kurze Monde sind verronnen,
Und die Fregatte liegt am Strand,
Wo mittags sich die Robben sonnen,
Und Bursche klettern übern Rand,
Den Mädchen ists ein Abenteuer,
Es zu erschaun vom fernen Riff,
Denn noch zerstört ist nicht geheuer
Das greuliche Korsarenschiff.

Und vor der Stadt, da ist ein Waten,
Ein Wühlen durch das Kiesgeschrill,
Da die verrufenen Piraten
Ein jeder sterben sehen will.
Aus Strandgebälken, morsch, zertrümmert,
Hat man den Galgen, dicht am Meer,
In wüster Eile aufgezimmert.
Dort dräut er von der Düne her!

Welch ein Getümmel an den Schranken! —
„Da kommt der Frei — der Hessel jetzt —
Da bringen sie den schwarzen Franken,
Der hat geleugnet bis zuletzt.“ —
„Schiffbrüchig sei er hergeschwommen,“
Höhnt eine Alte, „ei, wie kühn!

Doch keiner sprach zu seinem Frommen,
Die ganze Bande gegen ihn."

Der Passagier, am Galgen stehend,
Hohläugig, mit zerbrochnem Mut,
Zu jedem Räuber flüstert flehend:
„Was tat dir mein unschuldig Blut?
Barmherzigkeit! — so muß ich sterben
Durch des Gesindels Lügenwort,
O, mög die Seele euch verderben!"
Da zieht ihn schon der Scherge fort.

Er sieht die Menge wogend spalten —
Er hört das Summen im Gewühl —
Nun weiß er, daß des Himmels Walten
Nur seiner Pfaffen Gaukelspiel!
Und als er in des Hohnes Stolze
Will starren nach den Ätherhöhn,
Da liest er an des Galgens Holze:
„B a t a v i a. F ü n f h u n d e r t z e h n."

Die Vendetta

1.

Ja, einen Feind hat der Kors', den Hund,
Luigi, den hagern Podesta,
Der den Ohm, so stark und gesund,
Ließ henken, den kühnen di Vesta.
Er und der rote Franzose Jocliffe,
Die beiden machten ihn hangen,
Aber der ging zu dem Schmugglerschiff
Und liegt seit Monden gefangen.

Steht im Walde Geronimo,
Und klirrend zieht aus der Scheide
Er das Messer, so und so
An der Sohle wetzt er die Schneide;
Gleitet dann in die Dämmerung,
Dem Feinde auf Tod und Leben
Mit des Tieres Verstümmelung
Ein korsisch Kartell zu geben.

Schau! wie Zweig an Zweige er streicht,
— Kaum flüsternd die Blätter schwanken, —
Gleich der gleißenden Boa leicht
Hinquillt durch Gelaub und Ranken;
Drüber träufelt das Mondenlicht,
Wie heimlicher Träne Klage
Durch eine dunkele Wimper bricht.
Nun kniet der Korse am Hage.

Dort der Anger, — und dort am Hang
Die einsam weidende Stute,
Langsam schnaubt sie den Rain entlang;
Aus andalusischem Blute,
Hoch, schneeschimmernd, zum Grund gebeugt
Den mähnumfluteten Nacken,
Nah sie, näher dem Hagen steigt —
Nun wird der Korse sie packen!

Schon erfaßt er der Schneide Griff,
Er reckt sich über dem Kraute,
Da — ein Geknister und — still! ein Pfiff,
Und wieder — summende Laute!
Und es schreitet dem Hage zu,
Grad wo Geronimo knieet,
Nieder gleitet der Kors' im Nu,
Ha, wie er keuchet und glühet!

Dicht an ihm — der Mantel streift,
Die Ferse könnt er ihm fassen —
Steht der hagre Podest' und pfeift;
„Sorella!“ ruft er gelassen,
Und „Sorella, mein kluges Tier!“
Der Lauscher höret es stampfen,
Über ihm, mit hellem Gewieh'r,
Zwei schnaubende Nüstern dampfen.

Freundlich klatscht Luigi den Bug,
Liebkosend streicht er die Mähnen,
Hat nicht zärtlicher Worte genug,
Er spricht wie zu seiner Schönen.
Einen Blitz aus glühendem Aug,
Und rückwärts taumelt die Stute.
„Ei, Sorella, was fehlt dir auch?
Mein Töchterchen, meine Gute.“

Kandiszucker langt er hervor;
Ha, wie ihre Nüstern blasen!
Wie sie naschet, gespitzt das Ohr,
Und immer glotzet zum Rasen!
Einen Blick der Podesta scheu
Schießt über die glitzernde Aue,
Rückt am Dolche, und dann aufs neu:
„Mein Schimmelchen, meine Graue!“

Wie er über den Hag sich biegt,
Am Nacken des Tieres gleitet,
Auf Geronimos Auge liegt
Des Feindes Mantel gebreitet;
O, nie hat so heiß und schwer
Geronimo, nie gelegen,
Jede Muskel im Arm fühlt er
Wie eine Viper sich regen.

Doch er ist ein gläubiger Christ,
Geht jede Woche zur Beichte,
Hat voll Andacht noch heut geküßt
Christoforos heilige Leuchte.
Sünde wärs, das Messer im Schlund
Des Ungewarnten zu bergen,
Sonst — alleine, allein der Hund!
Bewaffnet und ohne Schergen!

Eine Minute, die schnell vergeht,
Der Korse gen Himmel schaute,
Zum Patrone ein Stoßgebet,
Dann fährt er empor vom Kraute;
Blank die Waffe, den Bug geschlitzt,
Dann wie ein Vogel zum Walde —
Schreiend vom Hange die Stute blitzt,
Der Richter starrt an der Halde.

2.

Mittagsstunde — der Sonnenpfeil
Prallt an des Weihen Gefieder,
Der vom Gesteine grau und steil
Blinzt in die Pinien nieder.
Schwarz der Wald, eine Wetternacht,
Die aus dem Äther gesunken,
Drüber der Strahl in Siegespracht
Tanzt auf dem Feinde wie trunken.

Plötzlich zuckt, es flattert der Weih
Und klatscht in taumelnden Ringen,
Überm Riffe sein wilder Schrei,
Dann steigt er, wiegend die Schwingen;

Und am Grunde es stampft und surrt,
Hart unter dem Felsenmale,
Netz im Haare, Pistol im Gurt,
Zwölf Schergen reiten zu Tale.

Wo den Schatten verkürzt das Riff
Wirft über die zitternde Aue,
Starrt gefesselt der rote Jocliffe
Hinauf zum Vogel ins Blaue.
Dürr seine Zunge — kein Tropfen labt —
Er lacht in grimmigem Hohne,
Neben ihm der Podesta trabt
Und pfeift sich eine Kanzone.

Rüstig stampfen die Rosse fort,
Dann „Halt!“ Es lagert die Bande;
Hier ein Scherge, ein anderer dort,
Gestreckt im knisternden Sande.
Die Zigarre läßt an den Grund
Ihr bläuliches Wölkchen schwelen,
Und der Schlauch, von Mund zu Mund,
Strömt in die durstigen Kehlen.

Wie so lockend die Taube lacht
Aus grünem, duftigem Haine!
Von den zwölfen heben sich acht,
Sie schlendern entlang das Gesteine,
Lässig, spielend, so sorgenbar
Wie junge Geier im Neste,
Dieser zupfet des Nachbars Haar,
Der schnitzelt am Zwiebelreste.

Einer so nach dem andern schwankt
Ins Grün aus der sengenden Hitze,

Halt! wie elektrisch Feuer rankt
Von Aug zu Aug ein Geblitze.
Horch, sie flüstern! Zwei und zwei,
Die Pinien streifen sie leise,
Wie die Hinde witternd und scheu
Schlüpft über befahrene Gleise.

Zwei am Hange und zwei hinab
Und vier zur Rechten und Linken,
Sachte beugen den Ast sie ab,
Ihre Augen wie Vipern blinken,
Da — im Moose ein dürrer Baum
Mit wunderlich brauner Schale —
Hui! ein Pfiff auf gekrümmtem Daum —
Und dort — und drunten im Tale.

Fährt vom Moose Geronimo,
Und eh ihn die Schergen umschlingen,
Wie im Haid die knisternde Loh,
Ha! sieh ihn flattern und springen!
Knall auf Knall, eine Kugel pfeift
Ihm durch der Retilla Knoten,
Blutend er an dem Gesteine läuft
Bis zum Jocliffe, dem roten.

Hoch die Rechte — will er schnell
Sich rächen zu dieser Stunde?
Nein, am Rosse schreibt das Kartell
Er rasch mit klaffender Wunde.
Hoch die Linke — es knallt, es blitzt,
Und taumelnd sinkt der Podesta;
Ruft der Korse: „So hab es itzt,
Du Hund, für den kühnen di Vesta!“

O Geronimo! hätten dich fort,
Fort, fort deine Sprünge getragen,
Als die einen am Riffe dort,
Die andern klommen am Hagen!
Schwerlich heute, so mein ich klar,
Sie würden die Stadt erschrecken
Mit der Leiche auf grüner Bahr
Und mit dir, gebunden am Schecken!

Der Fundator

Im Westen schwimmt ein falber Strich,
Der Abendstern entzündet sich
Grad überm Sankt Georg am Tore;
Schwer haucht der Dunst vom nahen Moore.
Schlaftrunkne Schwäne kreisen sacht
Ums Eiland, wo die graue Wacht
Sich hebt aus Wasserbins' und Rohre.

Auf ihrem Dach die Fledermaus,
Sie schaukelt sich, sie breitet aus
Den Rippenschirm des Schwingenflosses
Und, mit dem Schwirren des Geschosses,
Entlang den Teich, hinauf, hinab,
Dann klammert sie am Fensterstab
Und blinzt in das Gemach des Schlosses.

Ein weit Gelaß, im Sammetstaat,
Wo einst der mächtige Prälat
Des Hauses Chronik hat geschrieben.
Frisch ist der Baldachin geblieben,
Der güldne Tisch, an dem er saß,
Und seine Seelenmesse las
Man heut in der Kapelle drüben.

Heut sind es grade hundert Jahr,
Seit er gelegen auf der Bahr
Mit seinem Kreuz und Silberstabe.
Die ew'ge Lamp an seinem Grabe
Hat heute hundert Jahr gebrannt.
In seinem Sessel an der Wand
Sitzt heut ein schlichter alter Knabe.

Des Hauses Diener, Sigismund,
Harrt hier der Herrschaft, Stund auf Stund;
Schon kam die Nacht mit ihren Flören,
Oft glaubt die Kutsche er zu hören,
Ihr Quitschern in des Weges Kies,
Er richtet sich — doch nein — es blies
Der Abendwind nur durch die Föhren.

's ist eine Dämmernacht, genau
Gemacht für Alp und weiße Frau.
Dem Junkerlein ward es zu lange,
Dort schläft es hinterm Damasthange.
Die Chronik hält der Alte noch
Und blättert fort im Finstern, doch
Im Ohre summt es gleich Gesange:

„So hab ich dieses Schloß erbaut,
Ihm mein Erworbnes anvertraut
Zu des Geschlechtes Nutz und Walten;
Ein neuer Stamm sprießt aus dem alten,
Gott segne ihn! Gott mach ihn groß! —"
Der Alte horcht, das Buch vom Schoß
Schiebt sacht er in der Lade Spalten.

Nein — durch das Fenster ein und aus
Zog schrillend nur die Fledermaus;

Nun schießt sie fort. — Der Alte lehnet
Am Simse. Wie der Teich sich dehnet
Ums Eiland, wo der Warte Rund
Sich tief schattiert im matten Grund.
Das Röhricht knirrt, die Unke stöhnet.

Dort, denkt der Greis, dort hat gewacht
Der alte Kirchenfürst, wenn Nacht
Sich auf den Weiher hat ergossen.
Dort hat den Reiher er geschossen
Und zugeschaut des Schlosses Bau,
Sein weiß Habit, sein Auge grau
Lugt' drüben an den Fenstersprossen.

Wie scheint der Mond so kümmerlich!
— Er birgt wohl hinterm Tanne sich —
Schaut nicht der Turm wie 'ne Laterne,
Verhauchend, dunstig, aus der Ferne!
Wie steigt der blaue Duft im Rohr
Und rollt sich am Gesims empor!
Wie seltsam blinken heut die Sterne!

Doch ha! — er blinzt, er spannt das Aug,
Denn dicht und dichter schwillt der Rauch,
Als ob ein Docht sich langsam fache,
Entzündet sich im Turmgemache
Wie Mondenschein ein graues Licht,
Und dennoch — dennoch — las er nicht,
Nicht Neumond heut im Almanache?

Was ist das? — deutlich, nur getrübt
Vom Dunst, der hin und wieder schiebt,
Ein Tisch, ein Licht in Turmes Mitten,
Und nun — nun kömmt es hergeschritten,

Ganz wie ein Schatten an der Wand,
Es hebt den Arm, es regt die Hand, —
Nun ist es an den Tisch geglitten.

Und nieder sitzt es, langsam, steif —
Was in der Hand? — ein weißer Streif! —
Nun zieht es etwas aus der Scheiden
Und fingert mit den Händen beiden,
Ein Ding, — ein Stäbchen ungefähr, —
Dran fährt es langsam hin und her,
Es scheint die Feder anzuschneiden.

Der Diener blinzt und blinzt hinaus:
Der Schemen schwankt und bleichet aus,
Noch sieht er es die Feder tunken,
Da drüber gleitet es wie Funken,
Und in demselbigen Moment
Ist alles in das Element
Der spurlos finstern Nacht versunken.

Noch immer steht der Sigismund,
Noch starrt er nach der Warte Rund,
Ihn dünkt, des Weihers Flächen rauschen,
Weit beugt er übern Sims, zu lauschen;
Ein Ruder! — nein, die Schwäne ziehn!
Grad hört er längs dem Ufergrün
Sie sacht ihr tiefes Schnarchen tauschen.

Er schließt das Fenster. — „Licht, o Licht!"
Doch mag das Junkerlein er nicht
So plötzlich aus dem Schlafe fassen,
Noch minder es im Saale lassen.
Sacht schiebt er sich dem Sessel ein,
Zieht sein korallnes Nösterlein,
— Was klingelt drüben an den Tassen? —

Nein — eine Fliege schnurrt im Glas!
Dem Alten wird die Stirne naß;
Die Möbeln stehn wie Totenmale,
Es regt und rüttelt sich im Saale,
Allmählich weicht die Tür zurück,
Und in demselben Augenblick
Schlägt an die Dogge im Portale.

Der Alte drückt sich dicht zuhauf,
Er lauscht mit Doppelsinnen auf,
— Ja! am Parkett ein leises Streichen,
Wie Wiesel nach der Stiege schleichen —
Und immer härter, Tapp an Tapp,
Wie mit Sandalen, auf und ab,
Es kömmt — es naht — er hört es keuchen —

Sein Sessel knackt! — ihm schwimmt das Hirn —
Ein Odem, dicht an seiner Stirn!
Da fährt er auf und wild zurücke,
Errafft das Kind mit blindem Glücke
Und stürzt den Korridor entlang.
O, Gott sei Dank! ein Licht im Gang,
Die Kutsche rasselt auf die Brücke!

Die Schwestern

1.

Sacht pochet der Käfer im morschen Schrein,
Der Mond steht über den Fichten.
„Jesus Maria, wo mag sie sein!
Hin will meine Angst mich richten.
Helene, Helene, was ließ ich dich gehn

Allein zur Stadt mit den Hunden,
Du armes Kind, das sterbend mir
Auf die Seele die Mutter gebunden!“

Und wieder rennt Gertrude den Weg
Hinauf bis über die Steige.
Hier ist ein Tobel — sie lauscht am Steg,
Ein Strauch — sie rüttelt am Zweige.
Da drunten summet es elf im Turm,
Gertrude kniet an der Halde:
„Du armes Blut, du verlassener Wurm!
Wo magst du irren im Walde!“

Und zitternd löst sie den Rosenkranz
Von ihres Gürtels Gehänge,
Ihr Auge starret in trübem Glanz,
Ob es die Dämmerung sprenge.
„Ave Maria — ein Licht, ein Licht!
Sie kommt, ’s ist ihre Laterne!
— Ach Gott, es ist nur ein Hirtenfeu’r,
Jetzt wirft es flatternde Sterne.

„Vater unser, der du im Himmel bist,
Geheiliget werde dein Name“ —
Es rauscht am Hange, „Heiliger Christ!“
Es bricht und knistert im Brahme,
Und drüber streckt sich ein schlanker Hals,
Zwei glänzende Augen starren.
„Ach Gott, es ist eine Hinde nur,
Jetzt setzt sie über die Farren.“

Gertrude klimmt die Halde hinauf,
Sie steht an des Raines Mitte.
Da — täuscht ihr Ohr? — ein flüchtiger Lauf,
Behend galoppierende Tritte —

Und um sie springt es in wüstem Kreis
Und funkelt mit freud'gem Gestöhne.
„Fidel, Fidel!“ so flüstert sie leis,
Dann ruft sie schluchzend: „Helene!“

„Helene!“ schallt es am Felsenhang,
„Helen'!“ von des Waldes Kante,
Es war ein einsamer, trauriger Klang,
Den heimwärts die Echo sandte.
Wo drunten im Tobel das Mühlrad wacht,
Die staubigen Knecht' an der Wanne,
Die haben gehorcht die ganze Nacht
Auf das irre Gespenst im Tanne.

Sie hörten sein Rufen von Stund zu Stund,
Sahn seiner Laterne Geflimmer
Und schlugen ein Kreuz auf Brust und Mund,
Zog über den Tobel der Schimmer.
Und als die Müllerin Reisig las
Frühmorgens an Waldes Saume,
Da fand sie die arme Gertrud im Gras,
Die ängstlich zuckte im Traume.

2.

Wie rollt in den Gassen das Marktgebraus!
Welch ein Getümmel, Geblitze!
Hanswurst schaut über die Bude hinaus
Und winkt mit der klingelnden Mütze;
Karossen rasseln, der Trinker jucht,
Und Mädchen schrein im Gedränge,
Drehorgeln pfeifen, der Kärrner flucht,
O Babels würdige Klänge!

Da tritt ein Weib aus der Ladentür,
Eine schlichte Frau von den Flühen,
Die stieß an den klingenden Harlekin schier
Und hat nicht gelacht noch geschrieen.
Ihr mattes Auge sucht auf dem Grund,
Als habe sie etwas verloren,
Und hinter ihr trabt ein zottiger Hund,
Verdutzt, mit hängenden Ohren.

„Zurück, Verwegne! siehst du denn nicht
Den Wagen, die schnaubenden Braunen?"
Schon dampfen die Nüstern ihr am Gesicht,
Da fährt sie zurück mit Staunen
Und ist noch über die Rinne grad
Mit raschem Sprunge gewichen,
Als an die Schürze das klirrende Rad
In wirbelndem Schwunge gestrichen.

Noch ein Moment — sie taumelt, erbleicht,
Und dann ein plötzlich Erglühen, —
O schau, wie durch das Gewühl sie keucht
Mit Armen und Händen und Knieen!
Sie rudert, sie windet sich — Stoß auf Stoß,
Scheltworte und Flüche wie Schloßen —
Das Fürtuch reißt, dann flattert es los
Und ist in die Rinne geflossen.

Nun steht sie vor einem stattlichen Haus,
Ohne Schuh, besudelt mit Kote;
Dort hält die Karosse, dort schnauben aus
Die Braunen und rauchen wie Schlote.
Der Schlag ist offen, und eben sieht
Sie im Portale verschwinden
Eines Kleides Falte, die purpurn glüht,
Und den Schleier, segelnd in Winden.

„Ach!“ flüstert Gertrude, „was hab ich gemacht?
Ich bin wohl verrückt geworden!
Kein Trost bei Tag, keine Ruh bei Nacht,
Das kann die Sinne schon morden.“
Da poltert es schreiend die Stiegen hinab,
Ein Fußtritt aus dem Portale,
Und wimmernd rollt von der Rampe herab
Ihr Hund, der zottige, fahle.

„Ja,“ seufzt Gertrude, „nun ist es klar,
Ich bin eine Irre leider!“
Erglühend streicht sie zurück ihr Haar
Und ordnet die staubigen Kleider.
„Wie sah ich so deutlich ihr liebes Gesicht,
So deutlich am Schlage doch ragen!
Allein in Ewigkeit hätte s i e nicht
Den armen Fidel geschlagen.“

3.

Zehn Jahre! — und mancher, der keck umher
Die funkelnden Blicke geschossen,
Der schlägt sie heute zu Boden schwer,
Und mancher hat sie geschlossen.
Am Hafendamme geht eine Frau,
— Mich dünkt, wir müssen sie kennen, —
Ihr Haar einst schwarz, nun schillerndes Grau,
Und hohl die Wangen ihr brennen.

Im Topfe trägt sie den Honigwab,
Zergehend in Julius-Hitze;
Die Trägerin trocknet den Schweiß sich ab
Und ruft dem hinkenden Spitze.

Der sie bestellte, den Schiffspatron
Sieht über die Planke sie kommen;
Wird er ihr kümmern den kargen Lohn?
Gertrude denkt es beklommen.

Doch nein — wo sich die Matrosen geschart,
Zum Strande sieht sie ihn schreiten,
Er schüttelt das Haupt, er streicht den Bart
Und scheint auf die Welle zu deuten.
Und schau den Spitz! er schnuppert am Grund —
„Was suchst du denn in den Gleisen?
Fidel, Fidel!" fort strauchelt der Hund
Und heulet wie Wölfe im Eisen.

Barmherziger Himmel! ihr wird so bang,
Sie watet im brennenden Sande,
Und wieder erhebt sich so hohl und lang
Des Hundes Geheul vom Strande.
O Gott, eine triefende Leich im Kies,
Eine Leich mit dem Auge des Stieres!
Und drüber kreucht das zottige Vlies
Des lahmen, wimmernden Tieres!

Gertrude steht, sie starret herab,
Mit Blicken irrer und irrer,
Dann beugt sie über die Leiche hinab,
Mit Lächeln wirrer und wirrer,
Sie wiegt das Haupt bald so, bald so,
Sie flüstert mit zuckendem Munde,
Und eh die zweite Minute entfloh,
Da liegt sie knieend am Grunde.

Sie faßt der Toten geschwollene Hand,
Ihr Haar voll Muscheln und Tange,
Sie faßt ihr triefend zerlumptes Gewand

Und säubert von Kiese die Wange;
Dann sachte schiebt sie das Tuch zurück,
Recht wo die Schultern sich runden,
So stier und bohrend verweilt ihr Blick,
Als habe sie etwas gefunden.

Nun zuckt sie auf, erhebt sich jach
Und stößt ein wimmernd Gestöhne,
Grad eben, als der Matrose sprach:
„Das ist die blonde Helene!
Noch jüngst juchheite sie dort vorbei
Mit trunknen Soldaten am Strande."
Da tat Gertrud einen hohlen Schrei
Und sank zusammen im Sande.

4.

Jüngst stand ich unter den Föhren am See,
Meinen Büchsenspanner zur Seite.
Vom Hange schmälte das brünstige Reh
Und strich durch des Aufschlags Breite;
Ich hörte es knistern so nah und klar,
Grad wo die Lichtung verdämmert,
Daß mich gestöret der Holzwurm gar,
Der unterm Fuße mir hämmert.

Dann sprang es ab, es mochte die Luft
Ihm unsere Witterung tragen;
„Herr," sprach der Bursche, „links über die Kluft!
Wir müssen zur Linken uns schlagen!
Hier naht kein Wild, wo sie eingescharrt
Die tolle Gertrud vom Gestade,
Ich höre genau, wie der Holzwurm pocht
In ihrer zerfallenden Lade."

Zur Seite sprang ich, eisig durchgraut,
Mir war, als hab ich gesündigt,
Indes der Bursch mit flüsterndem Laut
Die schaurige Märe verkündigt:
Wie jene gesucht bei Tag und Nacht
Nach dem fremden, ertrunkenen Weibe,
Das ihr der tückische See gebracht,
Verloren an Seele und Leibe.

Ob ihres Blutes? — man wußte es nicht!
Kein Fragen löste das Schweigen.
Doch schlief die Welle, dann sah ihr Gesicht
Man über den Spiegel sich beugen,
Und zeigte er ihr das eigne Bild,
Dann flüsterte sie beklommen:
„Wie alt sie sieht, wie irre und wild,
Und wie entsetzlich verkommen!"

Doch wenn der Sturm die Woge gerührt,
Dann war sie vom Bösen geschlagen,
Was sie für bedenkliche Reden geführt,
Das möge er lieber nicht sagen.
So war sie gerannt vor Jahresfrist,
— Man sah's vom lavierenden Schiffe —
Zur Brandung, wo sie am hohlsten ist,
Und kopfüber gefahren vom Riffe.

Drum scharrte man sie ins Dickicht dort,
Wie eine verlorene Seele.
Ich schwieg und sandte den Burschen fort,
Brach mir vom Grab eine Schmele:
„Du armes, gehetztes Wild der Pein,
Wie mögen die Menschen dich richten!"
— Sacht pochte der Käfer im morschen Schrein,
Der Mond stand über den Fichten.

DER SPIRITUS FAMILIARIS DES ROSSTÄUSCHERS

Rüschhaus 1842

Deutsche Sagen; herausgegeben von den Gebrüdern Grimm. Berlin 1816, Nr. 84.

Spiritus familiaris

Er wird gemeiniglich in einem wohlverschlossenen Gläslein aufbewahrt, sieht aus nicht recht wie eine Spinne, nicht recht wie ein Skorpion, bewegt sich aber ohne Unterlaß. Wer diesen kauft, bei dem bleibt er, er mag das Fläschlein hinlegen, wohin er will, immer kehrt er von selbst zu ihm zurück. Er bringt großes Glück, läßt verborgene Schätze sehn, macht bei Freunden beliebt, bei Feinden gefürchtet, im Kriege fest wie Stahl und Eisen, also daß sein Besitzer immer den Sieg hat, auch behütet er vor Haft und Gefängnis. Man braucht ihn nicht zu pflegen, zu baden und kleiden, wie ein Galgenmännlein. Wer ihn aber behält, bis er stirbt, der muß mit ihm in die Hölle, darum sucht ihn der Besitzer wieder los zu werden. —

Ein Soldat, der ihn für eine Krone gekauft und den gefährlichen Geist kennen lernte, warf ihn seinem vorigen Besitzer vor die Füße und eilte fort; als er zu Hause ankam, fand er ihn wieder in seiner Tasche. Nicht besser ging es ihm, als er ihn in die Donau warf.

Ein Augsburgischer Roßtäuscher und Fuhrmann zog in eine berühmte deutsche Stadt ein. Der Weg hatte seine Tiere sehr mitgenommen, im Tore fiel ihm ein Pferd, im Gasthaus das zweite und binnen wenigen Tagen die übrigen sechs. Er wußte sich nicht zu helfen, ging in der Stadt umher und klagte den Leuten mit Tränen seine Not. Nun begab sichs, daß ein anderer Fuhrmann ihm begegnete, dem er sein Unglück erzählte. Dieser sprach: „Seid ohne Sorgen, ich will Euch ein

Mittel vorschlagen, dessen Ihr mir danken sollt." Der Roßtäuscher meinte, dies wären leere Worte. „Nein, nein, Gesell, Euch soll geholfen werden. Geht in jenes Haus und fragt nach der ‚Gesellschaft', der erzählt Euren Unfall und bittet um Hilfe." Der Roßtäuscher folgte dem Rate, ging in das Haus und fragte einen Knaben, der da war, nach der ‚Gesellschaft'. Er mußte auf Antwort warten, endlich kam der Knabe wieder und öffnete ihm ein Zimmer, in welchem etliche alte Männer an einer runden Tafel saßen. Sie redeten ihn mit Namen an und sagten: „Dir sind acht Pferde gefallen, darüber bist du niedergeschlagen, und nun kommst du auf Anraten eines deiner Gesellen zu uns, um Hilfe zu suchen; du sollst erlangen, was du begehrst." Er mußte sich an einen Nebentisch setzen, und nach wenigen Minuten überreichten sie ihm ein Schächtelein mit den Worten: „Dies trage bei dir, und du wirst von Stund an reich werden, aber hüte dich, daß du die Schachtel, wo du nicht wieder arm werden willst, niemals öffnest." Der Roßtäuscher fragte, was er für dieses Schächtelein zu zahlen habe, aber die Männer wollten nichts dafür; nur mußte er seinen Namen in ein großes Buch schreiben, wobei ihm die Hand geführt ward. Der Roßtäuscher ging heim, kaum aber war er aus dem Haus getreten, so fand er einen ledernen Beutel mit dreihundert Dukaten, womit er sich neue Pferde kaufte. Ehe er die Stadt verließ, fand er in dem Stalle, wo die neuen Pferde standen, noch einen großen Topf mit alten Talern. Kam er sonst wohin und setzte das Schächtelein auf die Erde, so zeigte sich da, wo Geld verloren oder vorzeiten vergraben war, ein hervordringendes Licht, also daß er es leicht heben konnte. Auf diese Weise erhielt er ohne Diebstahl und Mord große Schätze zusammen. Als die Frau des Roßtäuschers von ihm vernahm, wie es zuging, erschrak sie und sprach: „Du hast etwas Böses empfangen, Gott will nicht, daß der Mensch durch solche verbotene Dinge reich werde, sondern hat gesagt, im Schweiße deines Angesichts sollst du dein Brot essen. Ich bitte dich um deiner Seligkeit willen, daß du wieder nach der Stadt zurückreisest und der ‚Gesellschaft' deine Schachtel zustellst." Der Mann, von diesen Worten bewogen, entschloß sich und schickte einen Knecht mit dem Schächtelein hin, um es zurückzuliefern, aber der Knecht brachte es wieder mit der Nachricht zurück, daß die ‚Gesellschaft' nicht mehr zu finden sei und niemand wisse, wo sie sich aufhalte. Hierauf gab die Frau genau acht, wo ihr Mann das Schächtelein hinsetzte, und bemerkte, daß er es in einem besonders von ihm gemachten Täschchen in dem Bund seiner Beinkleider verwahre. In der Nacht stand sie auf, zog es hervor und öffnete es: da flog eine schwarze sumsende Fliege heraus und nahm ihren Weg durch das Fenster hin. Sie machte den Deckel wieder darauf und legte es an seinen Ort, unbesorgt wie es ablaufen würde. Allein von Stund an verwandelte sich all das vorige Glück in das empfindlichste Unglück. Die Pferde fielen oder wurden gestohlen. Das Korn verdarb auf dem Boden, das Haus brannte zu dreien Malen ab, und der gesammelte Reichtum verschwand zusehends. Der Mann geriet in Schulden und ward ganz arm, so daß er in Verzweiflung erst seine Frau mit einem Messer tötete, dann sich selbst eine Kugel durch den Kopf schoß.

Trutz Simplex, Leben der Landstörzerin Courage. Kap. 18 und 23. — Simplicissimi, Galgenmännlein. Kap. 4 und 6. — Der Leipziger Avanturier. Frankfurt und Leipzig. 1756. T. 2, S. 38—42.

Den hier angegebenen Kennzeichen des Spiritus familiaris fügt der Volksglaube an manchen Orten noch andere hinzu. Seine ununterbrochenen Bewegungen sollen von einem feinen knisternden Geräusch begleitet sein, was den Träger andern unheimlich und den Wissenden kenntlich mache. Über Tag sei er schwarz, gebe aber im Dunkeln ein starkes phosphorisches Licht von sich, und so oft der Besitzer eine Kirche betrete, bete oder sich nur einem frommen Gedanken überlasse, bekomme einer seiner feinen zahllosen Füße oder Fühlhörner die Macht, das Glas zu durchdringen und demselben einen Stich zu geben, der jedesmal die Lebenskraft bedeutend schwäche. Auch sollen seine Gaben dies mit andern höllischen gemein haben, daß sie zwar nicht wie diese zu Kohlen, aber schon in der zweiten Hand verderblich werden, das Vieh falle, das Getreide verderbe oder, bis zur Aussaat gebracht, nicht keime, so daß dem Käufer von dem scheinbar vorteilhaftesten Handel nur der schlimmste Schaden bleibe. — Als Orte, wo die Fläschlein zu erhalten sind, wird bald ein Kreuzweg, bald der Rabenstein, bald ein leerstehendes, durch darin begangene Verbrechen dem Bösen anheim gefallenes Haus bezeichnet.

I

So hat er sich umsonst gequält,
umsonst verkauft die werte Stätte,
Wo seiner Kindheit Linde steht
und seiner Eltern Sterbebette,
Umsonst hat er so manchen Tag
den frostbeklemmten Hauch gesogen,
In seiner starren Hand den Zaum,
umknistert von des Schneees Wogen,
Beim Morgenrot, beim Abendrot,
Nur um ein Stückchen ehrlich Brot!

Der Täuscher kniet am Pflastergrund,
er streicht des Rosses heiße Flanken,
Von des Gebälkes Sparren läßt
die Leuchte irre Schatten wanken;
Bei Gott, es lebt! — im Aug ein Blitz! —
es schaudert, zittert, hüben, drüben,

Dann streckt es sich, die Nüstern stehn,
vom wilden Schreie aufgetrieben,
Und aus den Gliedern wirbelt Dampf,
Der Lebenswärme letzter Kampf.

Der Täuscher kniet und streichelt fort,
nicht trauen will er seinem Auge,
Und schwellend in die Wimper steigt
der Mannesträne bittre Lauge,
Sacht langt die Decke er herbei
und schlägt sie um des Tieres Weichen,
Dann läßt er der Laterne Schein
ob den gespannten Sehnen streichen;
Es ist vorbei, kein Odemhauch,
Und schon verschwimmt der Flanken Rauch.

Vom Boden hebt er sich, er steht,
der schwergebeugte Mann der Sorgen,
Und langsam hat er seine Stirn,
hat sie in hohler Hand geborgen,
Was heute war? was morgen wird?
wie könnt er dessen sich entsinnen!
Und der Verzweiflung Schlange fühlt
er kalt zum Herzen niederrinnen;
Was war? was ist? — er fährt empor,
Ein Klirren dicht an seinem Ohr!

Und an dem nächsten Ständer lehnt,
des toten Rappen Zaum und Zügel
Gelassen wägend in der Hand,
ein Mann mit Hafermaß und Striegel,
So stämmig, wie durch Frost und Staub
der Kärrner treibt die derben Glieder,

In seinen breiten Nacken hängt
    der breite Schlapphut tröpfelnd nieder,
Und ruhig auf den Täuscher itzt
Sein graubewimpert Auge blitzt.

„Herr!“ hebt er an, „Ihr dauert mich,
    ein feines Tier ist Euch gefallen,
Doch weiß ich eins, ihm gleich wie sich
    am Paternoster zwei Korallen;
Ich nenne Euch den Ort, das Haus,
    Ihr habt es um zweihundert Gulden,
Dann wüßt ich einen Herrn, der drum
    sein halbes Erbe würde schulden.“
Der Täuscher horcht und stammelt dann:
„Ich bin ein ganz verarmter Mann!“

„Wie, Eure prächt'ge Kuppel hin?
    wie, die ich in den Ostertagen
So frisch das Pflaster stampfen sah?
    fürwahr, da seid Ihr zu beklagen!
O, Euer Brauner mit dem Stern,
    der zierlich vor den Damen kniete!
O, Euer Weißgeborner, dem's
    wie Funken aus den Nüstern sprühte!“
Der Täuscher hat sich abgewandt,
Er zupft am Zaume, ballt die Hand.

Und sinnend steht der Schlapphut, mißt
    mit steifem Blick der Kiste Bohlen,
„Herr!“ flüstert er, „schließt Eure Faust
    um blankgerändete Pistolen!
Die Stunde zehrt, es schwillt der Mond,
    bald ist des Jahres Schluß gekommen,

Habt Ihr auf Euren Zügen denn
von der G e s e l l s c h a f t nichts vernommen?"
Der Täuscher blickt verwirrt umher
Und: „Die Gesellschaft?" murmelt er.

„Wie, die so manchen braven Mann
aus seinen Nöten hat gezogen
Und keinen Heller Zinsen nimmt,
zwei Worte nur auf weißem Bogen,
Die Euch, und lebt Ihr hundert Jahr,
mit keiner Mahnung wird beschämen,
Die kennt Ihr nicht? die kennt Ihr nicht?
fürwahr, das muß mich Wunder nehmen!"
Der Täuscher horcht, er spricht kein Wort,
Und flüsternd fährt der andre fort:

„Hört an, wenn in Silvesternacht
das Mondlicht steigt in volle Bahnen,
Kein Dach, kein Baum es schatten mag,
wenn silbern stehn der Türme Fahnen,
Zum Schleusentor geht dann hinaus,
den Strom zur Rechten, links die Föhren,
Wer Euch begegnet — achtets nicht;
wer Euch begrüßt — laßt Euch nicht stören,
Und hinterm Friedhof liegt ein Haus,
Ein wenig öde sieht es aus.

„Verstorbnen Wuchrers Erb, um das
sich sieben Lumpe hitzig streiten,
Und drinnen flimmt ein schwaches Licht,
Ihr seht es freilich nicht von weiten,
Alljährlich nur in dieser Nacht,
sonst stehen Tür und Tor verrammelt,

In einem Hinterbaue brennts,
    wo die Gesellschaft sich versammelt;
Ihr trefft sie, bis der Hahn gekräht —"
Der Täuscher wendet sich und geht.

Wie trunken schwankt er durch den Hof,
    schwankt in die buntgefüllte Halle;
Der Kannen Klappern, das Geschrei —
    ihm ist, als ob die Decke falle;
Und seufzend löst vom Gürtel er
    die Lederkatze, und beklommen
Läßt er den ärmlichen Gehalt
    so Stück vor Stück zu Tage kommen;
Dann springt er auf, sein Sporenklang
Klirrt trotzig das Gehöft entlang.

Doch was er rufen, pfeifen mag,
    leer ist der Stall, nur aus den Raufen
Hängt wirres Heu wie sträubend Haar,
    und drunten dampfen Strohes Haufen,
Nur der Laterne feuchter Docht
    wirft Flämmchen auf mit leichtem Knallen
Und läßt ein seltsam zuckend Licht
    um den gestreckten Rappen fallen,
Und in der Fensterscheibe steht
Des Mondes bleiche Majestät.

II

Das nenn ich eine Winternacht!
    Das eine Jahresleiche! Gnade
Der Himmel jedem, den die Not
    treibt über diese blanken Pfade!

Sie glitzern auf, der Schlange gleich
im weißen Pyramidensande,
Und drüber hängt, ein Totenlicht,
der Mond an unsichtbarem Bande,
Mit Fünkchen ist die Luft gefüllt,
Die Sterbeseufzer zieht und quillt.

Nie hat, seit Menschendenken, sich
Silvesternacht so scharf ergossen,
Der Tag hat Flocken ausgestreut,
der Abend sie mit Glas umschlossen;
In den Gehöften Taub und Huhn
auf ihrer Stange ächzend ducken,
Der Hund in seinem Schober heult
und fühlt den Wurm im Hirne zucken;
Zwei Spannen hat in dieser Nacht
Das Eis dem Strome zugebracht.

Am Tor die Schildwach' steht verklommt
und haucht in die erstarrten Hände,
„Wer da?" — „Ein Freund!" und hastig stampft
es längs der Brücke Steingelände;
Betroffen sieht ihn der Rekrut
wie einen Mast am Strome schwanken:
„Der ist betrunken oder irr!"
er steht ein Weilchen in Gedanken,
Bekreuzt sich, zieht die Uhr heraus
Und lehnt sich an sein Schilderhaus.

Ins offne Land der Täuscher tritt,
er atmet auf und schaut nach oben;
Kein Wölkchen hängt am Riesenbau
der dunklen Saphirkuppel droben,

Er wendet sich und sieht die Stadt
wie eine Nebelmasse liegen
Und drüber, auf Sankt Thomas' Turm,
das Wetterkreuz sich schimmernd wiegen,
Den Mantel zieht er ans Gesicht
Und schreitet fort im Mondenlicht.

Was liegt dort überm Weg? — ein Mensch,
ein Mann in dünnem Zwillichrocke —
Der Täuscher zuckt, doch zaudert nicht;
wohl sieht des Greisen dünne Locke,
Die Glatze leuchtend aus dem Schnee,
er sieht sie im Vorüberschreiten,
Und wie mit tausend Stricken zieht
es nieder, nieder ihn, zur Seiten;
Ans Herz hat er die Faust geballt,
Und weiter, weiter sonder Halt!

Die Scholle unterm Fuße kracht
und scheint ihn wimmernd anzuklagen,
Die Luft mit ihrem heisern Hauch
ihm Sterberöcheln zuzutragen,
In dem verglasten Föhrenwald
ein irres Leben surrt und klingelt,
Und seiner eignen Kehle Hauch
mit Funkenstaube ihn umzingelt;
Voran, voran, der Würfel liegt,
Verloren oder keck gesiegt!

Da wie ein Glöckchen tönts von fern,
und dann ein Lichtchen kömmt geschwommen
Den blanken Schlangenpfad entlang,
ist an des Hügels Bug geklommen,

Das Glöckchen schwirrt, das Flämmchen schwankt,
Gestalten dunkel sich bewegen,
Ein Priester mit dem Sakrament
zieht dem verstörten Mann entgegen,
Und wie's an ihm vorüber schwebt,
Der Mönch die Hostie segnend hebt.

Der Täuscher schaudert, und ihn reißts
wie Bleigewichte an den Knieen,
Doch weiter, weiter! — und vorbei
läßt er den Gnadenengel ziehen;
Noch einmal schaudert er — ein Knall —
des Stromes Flächen spaltend zittern,
Ein Windstoß durch der Föhren Haar,
und die kristallnen Stäbchen klittern, —
Da tritt zum Friedhof er hinaus,
Und vor ihm liegt das öde Haus.

Er starrt es an — ein düstrer Bau!
mit Zackengiebel, Eisenstangen,
Vom offnen Tore Nägelreihn
wie rostige Gebisse hangen;
Der Täuscher zaudert, dann umschleicht
behutsam wie ein Fuchs im Winde
Die Mauern er; — ists nicht, als ob
ein Licht im Innern sich entzünde?
Er schüttelt sich, er tritt hinein
Und steht im finstern Gang allein;

Tappt am Gemäuer, wendet sich;
dort flimmt es durch der Türe Spalten,
Sacht beugt er zu der Ritze, lauscht,
den schweren Odem angehalten;

Kein Ton, kein Räuspern, nur ein Laut
 wie scharfgeführter Feder Schrillen
Und ein Geriesel, wie wenn Sand
 auf Estrich stäubt durch schmale Rillen;
Sacht greift er an die Klinke, sacht
Hat er gepocht und aufgemacht.

III

Wie friedlich in der Erde Schoß
 die still geringen Leutchen schlafen!
Endlich ein Pfühl nach hartem Stroh,
 nach saurer Fahrt endlich ein Hafen!
Dem Flockenwulste, sichtbar kaum,
 entheben sich die niedern Hügel,
Doch Gottes Engel kennt sie wohl,
 und schirmend breitet er die Flügel
Den Kreuzlein zu, die Pflock an Pflock
Sich reihen um den Marmorblock.

Am Sockel kreucht der Drachenwurm
 und scheint zum Grund hinabzukrallen,
Zum toten Wuchrer unterm Stein,
 von eigner Frevelhand gefallen,
Wohl hat ihm Gold ein ehrlich Grab
 geworben an der Friedhofsmauer,
Doch drüber zuckt sein Flammenschwert
 Sankt Michael in Zorn und Trauer;
So silbergrau, ein Nachtgesicht,
Steht das versteinerte Gericht.

Vom öden Hause, seinem einst,
 wo blut'ge Tränen sind geflossen,
Hat sich ein seltsam dämmernd Licht
 bis an den Marmelstein ergossen,

Es ist, als ob das Monument
bei der Berührung zitternd schwanke,
Im Schneee wühlend eine Hand
dem Schuldner sich entgegenranke;
Er kommt, er naht, die Pforte dröhnt,
Er hat sich an den Stein gelehnt.

Bleich wie der Marmor über ihm
und finster wie das Kreuz zur Seiten,
Von Stirn und Wimper, Zähren gleich,
geschmolznen Reifes Tropfen gleiten;
Was er in dieser schweren Nacht
gelitten oder auch gesündet,
Er hat es keinem je geklagt
und keinem reuig es verkündet;
Ins Dunkel starrt er, wie man wohl
So starrt gedankenlos und hohl.

Ihm ist, als fühl er noch die Hand,
die seinen Federzug geleitet,
Als fühle er den Nadelstich,
der seines Blutes Quell bereitet,
Und leise zitternd tastet er
zum Gurte — hörst du nicht ein Knirren,
Viel schrillender als Uhrgetick,
viel zarter als der Spange Klirren? —
O, seine Heimat still umlaubt!
O, seines Vaters graues Haupt!

Bewußtlos an des Engels Knie
drückt er die Stirn, klemmt er die Hände,
Der toten Gäule Klingeln hört
er schleichen durch die Fichtenwände;
Genüber ihm am Horizonte
schleifen schwarze Wolkenspalten,

Wie lässig eine träge Hand
        zum Sarge schleift des Bahrtuchs Falten;
Er streicht das Auge, reckt sich auf
Und schaut zum Ätherdom hinauf.

Noch hängt die Mondesampel klar
        am goldgestickten Kuppelringe,
Noch leuchtet von Sankt Thomas' Turm
        das Kreuz wie eine Doppelklinge,
Noch ist die Stunde nicht, wo sich
        der Hahn auf seiner Stange schüttelt,
O eilig, eilig, eh die Uhr
        das letzte Sandkorn hat gerüttelt!
Er wendet sich, da — horch, ein Klang,
Und wieder einer, schwer und bang!

Und mit dem zwölften Schlage hat
        der Wolkenmantel sich gebreitet,
Der immer höher, riesig hoch,
        sich um die Himmelskuppel weitet,
Und, horch! — ein langgedehnter Schrei,
        des Hahnes mitternächt'ge Klage;
Im selbigen Moment erbebt
        und lischt der Schein am Sarkophage,
Und Engel, Drache, Flammenschwert
Sind in die wüste Nacht gekehrt.

IV

Ho, Gläserklang und Jubelsang
        und „Hurra hoch!" fährts durch die Scheiben,
Getroffen schwankt der goldne Leu,
        die Buben auseinanderstäuben

Und drängen sich und balgen sich,
das fliegende Konfekt zu fangen;
Ein Glas, 'ne Frucht, 'ne Börse gar,
die blieb am Speer des Schildes hangen,
Und schreiend nach der Stange sticht
Das kleine gierige Gezücht.

Da klirrt aus des Balkones Tür
ein Mann mit Gert und Eisensporen,
Ihm nach ein andrer, Flasch im Arm,
in Rausches Seligkeit verloren,
„Gesindel!" — ruft der eine — „halt!
ich will euch lehren Börsenstechen!" —
„Frisch, Jungens, frisch!" der andre drauf,
„die Birn ist mein, wer kann sie brechen?
Ihn schlag ich heut, ich, Hans von Spaa,
Zum Ritter von Lumpatia."

„Besinnt Euch!" spricht der erste; — „Was,
besinnen? hab ich mich besonnen,
Als Euer Falber wie 'n gestochner Stier
zusammenbrach am Bronnen?
Besann ich mich zu zahlen, Herr?
O Euer Vieh! dreihundert Kronen!"
Die Stimme bricht in trunknem Weh,
er schluchzt: „Mag Euch der Teufel lohnen!"
Und schraubt den Pfropfenzieher ein;
Der Täuscher murmelt finster drein

Und wendet sich. „He, holla, halt!"
schreits hinter ihm, „nicht von der Stelle!
Hoch Euer Galgenmännlein, hoch
der kleine rauchige Geselle!

Und wieder hoch! und dreimal hoch! —
    Alräunchen, Hütchen meinetwegen,
Mags ferner goldne Eier Euch
    und andern tote Bälge legen!"
Der Täuscher lächelt, aschenfahl,
Und schlendert pfeifend in den Saal.

Noch zwei Minuten, und du siehst
    den Gassenpöbel mürrisch weichen,
Ihn scheu wie ein umstelltes Wild
    entlang die Häuserreihen streichen:
So schleicht kein Trinker schweren Hirns
    und freudesatt sich vom Gelage,
So grüßt kein freies Herz, nicht steht
    auf offner Stirn so trübe Frage;
Man meint, das Tor gewinne jetzt
Ein Schelm, von Gläubigern gehetzt.

Erst als die Fichte ihn umstarrt,
    an seiner Sohle Nadeln rauschen,
Hat er den Schritt gehemmt und steht,
    in sich gebeugt, zu lauschen — lauschen —
So lauscht kein Liebender dem Klang
    der Glocke, die zur Minne ladet,
Kein Kranker so des Priesters Schritt,
    der mit dem Heiltum ihn begnadet:
Ein Delinquent so lauschen mag
Der letzten Stunde Pendelschlag.

Am Sonnenbrande schlummernd liegt
    der Wald in des Aroma Wellen,
Und Harz entquillt den Nadeln, wie
    aus Schläfers Wimpern Tränen quellen,

Die sonnentrunkne Klippe nickt,
die Vögel träumen von Gesange,
In sich gerollt das Eichhorn liegt,
umflattert von dem Franzenhange,
An jeder Nadel weißer Rauch
Verdunstet Terpentines Hauch.

Durch das Gezweig ein Sonnenstrahl
bohrt in des Horchers Scheitellocke,
Die aus dem dunklen Wulste glimmt
wie Seegewürmes Feuerflocke;
Er steht und lauscht, er lauscht und steht,
vernimmst du nicht ein feines Schrillen,
Ein Rieseln, wie wenn Sandgekörn
auf Estrich stäubt durch schmale Rillen?
So scharf es geht, so bohrend ein,
Wie Sensenwetzen am Gestein.

Der Täuscher richtet sich, er seufzt,
dann drängend nach des Forstes Mitte,
An eklem Pilze klirrt der Sporn,
und Blasen schwellen unterm Tritte,
Hier wuchern Kress' und Binsenwust,
Gewürme klebt an jedem Halme,
Insektenwirbel wimmelt auf
und nieder in des Mooses Qualme,
Und zischend, mit geschwelltem Kamm,
Die Eidechs sucht den hohlen Stamm.

Der Wandrer bricht die Rank, er reißt
und wütet in den Brombeerhecken,
Da seitwärts durch Geröhres Speer
erglänzt des Kolkes Tintenbecken,

Ein wüster Kübel, wie getränkt
 mit schweflichen Asphaltes Jauche,
Langbeinig füßelnd Larvenvolk
 regt sich in Fadenschlamm und Lauche,
Und faule Spiegel, blau und grün,
Wie Regenbogen drüber ziehn.

Inmitten starrt ein dunkler Fleck,
 vom Riesenauge die Pupille,
Dort steigt die Wasserlillg' empor,
 dem Fußtritt lauschend durch die Stille;
Wen sie verlockt mit ihrem Schein,
 der hat sein letztes Lied gesungen,
Drei Tage suchte man das Kind
 umsonst in Kraut und Wasserbungen,
Wo Egel sich und Kanker jetzt
An seinen bleichen Gliedchen letzt.

Der Täuscher steht, den Arm verschränkt,
 und sturt verdüstert in die Lache,
Sein Haar voll Laub und Kletten bauscht
 sich finster an der Krempe Dache,
Gleich einem Senkblei scheint der Blick
 des Kolkes tiefsten Grund zu messen,
Zur Seite schaut er, rückwärts dann,
 kein Strauch, kein Hälmchen wird vergessen,
Greift dann behend zum Gürtelband
Und hält ein Fläschlein in der Hand.

Kaum hat das Ohr sich überzeugt,
 im Glase klingle das Gerispel,
Ein Wimmeln kaum das Aug erhascht,
 wie spinnefüßelndes Gewispel,

Da, hui! pfeifts im Schwung und hui!
    fährts an der Lilie Krone nieder,
Das Wasser zischt, es brodelt auf,
    es reckt die modergrünen Glieder,
Und rückwärts, rückwärts sonder Halt
Raschelt der Täuscher durch den Wald.

Erst im Verhaue, wo die Luft
    spielt mit der Beere Würzarome
Und auf den goldnen Schwingen trägt
    das Festgeläut vom nahen Dome,
Dort sinkt er schluchzend auf die Knie,
    so fest, so fest die Händ gefaltet,
O selten hat ein Seufzer so
    des Herzens tiefsten Grund gespaltet!
Was dieser Seufzer trägt, es muß
Sich nahen wie ein glüher Kuß.

Und Zähren Perl an Perle sich
    entlang die braunen Wangen schmiegen,
So mochte der verlorne Sohn
    zu seines Vaters Füßen liegen;
Da plötzlich zuckt der Beter — greift
    zum Gurte — tastet dann aufs neue —
Mit dumpfem Laute, klirrend fährt
    vom Grund er wie ein wunder Leue,
Und in den Fingern angstgekrampft
Die triefende Phiole dampft!!

V

Tief tiefe Nacht, am Schreine nur
    der Maus geheimes Nagen rüttelt,
Der Horizont ein rinnend Sieb,
    aus dem sich Kohlenstaub entschüttelt;

Die Träume ziehen, schwer wie Blei
und leicht wie Dunst, um Flaum und Streue,
In Gold der hagere Poet,
der dürre Klepper wühlt im Heue,
Vom Kranze träumt die Braut, vom Helm
Der Krieger und vom Strick der Schelm.

In jener Kammer, wo sich matt
der Fenster tiefes Grau schattieret,
Hörst du ein Rieseln, wie die Luft
der Steppe zarten Staub entführet?
Und ein Gesäusel, wie im Glas
gefangner Bremse Flügel wispelt?
Vielleicht 'ne Sanduhr, die verrinnt?
ein Mäuschen, das im Kalke rispelt?
So scharf es geht, so bohrend ein,
Wie Sensenwetzen am Gestein.

Und dort am Hange — Phosphorlicht,
wie's kranken Gliedern sich entwickelt:
Ein grünlich Leuchten, das wie Flaum
mit hundert Fäden wirrt und prickelt,
Gestaltlos, nur ein glüher Punkt
inmitten, wo die Fasern quellen,
Mit klingelndem Gesäusel sich
an der Phiole Wände schnellen,
Und drüber, wo der Schein zerfleußt,
Ein dunkler Augenspiegel gleißt.

Und immer krimmelts, wimmelts fort,
die grüne Wand des Glases streifend,
Ein glüher gieriger Polyp,
vergebens nach der Beute greifend:

Und immer starrt das Auge her,
als ob kein Augenlid es schatte,
Ein dunkles Haar, ein Nacken hebt
sich langsam an des Tisches Platte,
Dann plötzlich schließt sich eine Hand,
Und im Moment der Schein verschwand.

Es tappt die Diel entlang, es stampft
wie Männertritt auf weichen Sohlen,
Behutsam tastend an der Wand
will jemand Rates sich erholen,
Dann leise klinkt der Türe Schloß,
die losgezognen Riegel pfeifen,
Durch das Gemach, verzitternd, scheu,
gießt sich ein matter Dämmerstreifen,
Und in dem Rahmen, duftumweht,
Im Nachtgewand der Täuscher steht.

Wie ist die stämmige Gestalt
zum sehnenharten Knorren worden!
Wie manches, manches graue Haar
schattiert sich an der Schläfe Borden!
O, diese Falten um den Mund,
wo leise Kummerzüge lauern —
So mocht an Babels Strömen einst
der grollende Prophete trauern,
So der Verfemte sonder Rast,
Wie ihn Salvator aufgefaßt.

Genüber, feingeschnitzelt, lehnt
die Gnadenmutter mit dem Kinde,
Das sein vergoldet Händchen streckt
wie segnend aus der Mauerspinde,

Und drunter, in Kristall gehegt,
  von funkelndem Gestein umbunden,
Ein überköstlich Heiligtum,
  ein Nagel aus des Heilands Wunden;
Zu seiner Ehre Nacht für Nacht
Das Lämpchen am Gestelle wacht.

Nie hat in aller Schuld und Not
  der Täuscher einen Tag beschlossen,
Daß nicht an dieser Schwelle ihm
  ein glüher Seufzer wär entflossen,
Selbst auf der Fahrt, auf nächt'gem Ritt,
  dämmert sein Auge in die Weite,
Von des Polacken Rücken hat
  er mühsam sich gebeugt zur Seite
Und sein beladnes Haupt geneigt,
Woher das Kind die Händlein reicht.

Ein scheuer Bettler, Tag für Tag,
  so steht er an des Himmels Pforte,
Er schlägt kein Kreuz, er beugt kein Knie,
  nicht kennt sein Odem Gnadenworte,
Schlaftrunknes Murmeln nur — und glüh
  fühlt ers durch die Phiole ranken,
Die seinem Leibe angetraut
  wie nagend Krebsgeschwür dem Kranken;
Und von dem kargen Lebensherd
Ein Jahresscheit ist weggezehrt.

Auch jetzt, in dieser Stunde, steht
  er lautlos, mit gestreckten Knieen,
Nur leises Ächzen, und voran! —
  schau, schau, wie seine Muskeln ziehen!

Voran! — das Heiltum — der Kristall —
er lehnt sich an die Wand, er schwindelt,
Ein angstvoll Zupfen — ein Gestöhn —
er hat den Nagel losgewindelt
Und stößt ihn dicht am Heil'genschrein
In der Phiole Siegel ein.

Hui! knallt der Pfropfen, hui, fährt
das Glas in Millionen Splitter!
Gewinsel hier, Gewinsel dort
und spinnefüßelndes Geflitter;
Es hackt und prickelt nach dem Mann,
der unterm Gnadenbilde wimmert,
Bis Faser sich an Faser lischt,
des Zentrums letzter Hauch verschimmert,
Und an der Gotteslampe steigt
Das Haupt des Täuschers, schneegebleicht.

VI

Weh, Glockensturm! Trompetenstoß!
und Spritzen rasseln durch die Gassen,
Der aufgeschreckte Pöbel drängt
und kräuselt sich in wüsten Massen,
Hoch schlägt die Brunst am Giebel auf,
Gewieher kreischt aus Stall und Scheunen,
Der Eimer fliegt hinab, hinauf,
umhergestoßne Kinder weinen,
Und zögernd steigt das Morgenrot,
Dem dopple Glut entgegenloht.

Es war beim ersten Hahnenschrei,
als alle Bürger aufgeschüttert,

Mit Schloßenpfeifen Knall auf Knall;
so greulich hat es nie gewittert!
Grad ob des reichen Böhmen Dach,
des Täuschers, ballte sich das Wetter,
Wo Blitz an Blitze niederzackt,
mit ohrbetäubendem Geschmetter,
Nun überall an Scheun und Haus
Prasselt der Flammenhag hinaus.

Im Hof die Knechte hin und her
mit Axt und Beilen fluchend rennen,
Wer schob die innern Riegel vor?
Die Türen weichen nicht und brennen.
„Der Herr! der Herr!" rufts hier und dort:
„Wo ist der Herr?" Daß Gott ihm gnade,
An seinem Kammerfenster leckt
die Loh aus der geschloßnen Lade!
Und eben krachte ins Portal
Die Stiege zu dem obern Saal!

Entsetzt Gemurmel läuft umher
und schwillt in des Gedränges Wogen,
Dann alles totenstill, sie stehn,
die Brauen finster eingezogen;
So um den Scheiterhaufen einst
gruppierten sich des Südens Söhne:
„Da brennt der Schächer, dessen Vieh
das Land verlockt mit fremder Schöne
Und, kaum verkauft, am dritten Tag,
Ein totes Aas, im Stalle lag!

„Der Gaukler brennt, aus dessen Gurt
ein wunderlich Geklingel surrte,
Daß man in rabenschwarzer Nacht
ihn kennen mocht an seinem Gurte,

Der keine Kirche je betrat,
vor keinem Gnadenbild sich neigte;
Wenn ihm begegnet Christi Leib,
von Schwindel stammelt' und erbleichte,
Im gottgesandten Element
Der Täuscher mit der Kuppel brennt!"

VII

Am Wiesenhang 'ne Linde steht,
so lieblich winkend mit den Zweigen,
Auf jedem Ast ein Vogelnest,
um jede Blüt ein Bienenreigen,
Sie scheint den düstern Föhrenwald
aus ihren Kelchen anzulächeln,
Des nahen Städtleins Angelus
ein säuselnd Ave zuzufächeln,
Und für den nahen Friedhof auch
Hat sie versüßt des Westes Hauch.

Und Blatt an Blatt vom Blütenzweig
verstreut sie auf des Greises Stirne,
Der in dem Wurzelmoose lehnt
sein Haupt mit siedendem Gehirne;
Zur Seite liegt der Stab, gefüllt
mit Bettelbrote liegt der Ranzen,
Und Schemen hier und Schemen dort
mit Elfenschritten drüber tanzen,
Wie sie der Brust geheimster Hut
Entschlüpfen in des Fiebers Glut.

Den Anger seiner Kindheit sieht
er in den Lindenzweigen spielen,

Die süße Heimat, und das Haupt
der Eltern auf den Sterbepfühlen;
Was er verloren und erstrebt,
was er gesündet und getragen,
Wie eine Nacht sein Haar gebleicht,
die eignen Knechte ihn geschlagen.
O Nacht, die Ehre, Kräfte, Hab
Zerbrach und ihm die Seele gab!

Er sieht sein faltiges Gesicht
im Wasserspiegel widerscheinen,
Wie er sich selber nicht erkannt
und kindisch dann begann zu weinen;
Ach, all die Tränen, so nachher
aus tiefrer Quelle sind geflossen,
Ob sie ihn Christi Blut vereint?
des Himmels Pforten aufgeschlossen?
Wohl Schweres trug er mit Geduld,
Doch willenlos, durch eigne Schuld!

Mit vierzig Jahren siecher Greis,
ist er von Land zu Land geschlichen,
Hat seines Namens Fluch gehört
und ist zur Seite scheu gewichen,
Aus mancher Hand, die ihm gedient,
hat er das Bettelbrot gebrochen
Und ist, ein todeskranker Mann,
an dieses Hügels Bug gekrochen,
An diesen Hügel — ew'ge Macht!
Er schaudert auf — Silvesternacht!

Der Föhrenwald — das öde Haus —
dort stand der Priester, dort am Hagen —
O, in der Sterbestunde hat
sein irrer Fuß ihn hergetragen,

Das ist kein Schemen, dieses nicht;
dort streckt Sankt Michael die Flügel,
Dort kreucht am Fußgestell der Drach
und schlägt die Kralle in den Hügel;
Des Greises Auge dunkelt, wild
Die Agonie zum Haupte quillt.

Das Buch — das Buch — er sieht das Buch —
o Gottesmutter, Gnade! Gnade!
Er liebte dich, er liebte dich
in Sünd und Schmach — gleich einem Rade
Die Zeichen kreisen — Gott, o Gott,
er sieht ein Händchen niederreichen,
Mit leisem goldnem Fingerzug
die blutgetränkten Lettern streichen!
Und auf des Täuschers bleichen Mund
Ein Lächeln steigt in dieser Stund.

Um Mittag hat der Mähder ihn
am Lindenstamme aufgehoben
Und in des Karrens Futtergrün
dem Leichenhause zugeschoben,
Auf der Gemeinde Kosten ist
ein grobes Sterbehemd bereitet,
Ein kurzer träger Glockenschlag
hat zu der Grube ihn geleitet,
Wo sich der Engelsflügel neigt
Und nicht des Drachen Kralle reicht.

GEISTLICHE GEDICHTE

GEISTLICHES JAHR IN LIEDERN AUF ALLE SONN- UND FESTTAGE

An meine liebe Mutter!

Du weißt, liebste Mutter, wie lange die Idee dieses Buchs in meinem Kopfe gelebt hat, bevor ich sie außer mir darzustellen vermochte. Der betrübte Grund liegt sehr nahe, in dem Unsinne, dem ich mich recht wissentlich hingab, da ich es unternahm, eine der reinsten Seelen, die noch unter uns sind, zu allen Stunden, in Freud und Leid vor Gott zu führen, da ich doch deutlich fühlte, wie ich nur von sehr wenigen Augenblicken ihres f r o m m e n Lebens eine Ahnung haben könne, und wohl eben nur von jenen, wo Sie selbst nachher nicht recht weiß, ob sie zu den guten oder bösen zu zählen. Es würde somit fast freventlich gewesen sein, bei so heiligen Dingen mich in vergeblichen Versuchen, ich möchte sagen, herumzutummeln, wenn nicht der Gedanke, daß die liebe Großmutter ja grade in jenen Augenblicken nur allein eines äußeren Hilfsmittels etwa bedürfe, indes in ihren reineren Stunden alles hinzu Getane gewiß überflüssig oder störend, und wo Sie sich dessen etwa aus Demut bedient, auch das gelungenste Lied von mir Ihr nicht jene alten rührenden Verse ersetzen könne, an denen das Andenken ihrer frommen verstorbenen Eltern und liebsten Verwandten hängt, wenn nicht, sage ich, dieser Gedanke mich zu den mehrmaligen Versuchen verleitet hätte, die so mißlungen sind, als sie gar nicht anders werden konnten.

— Kein Schwachkopf, der plötzlich zum König wird, kann bedrängter sein, als ich im Gefühl der Ohnmacht, wenn ich Heiligtümer offenbaren sollte, die ich nur dem Namen nach kannte, und deren Kunde mir Gott dereinst geben wolle.

— So habe ich geschrieben, immer im Gefühl der äußersten Schwäche und oft wie des Unrechts, und erst seitdem ich mich von dem Gedanken, für die Großmutter zu schreiben, völlig frei gemacht, habe ich rasch und mit mannigfachen, aber immer erleichternden Gefühlen gearbeitet und, so Gott will, zum Segen. — Die wenigen zu jener mißlungenen Absicht verfertigten Lieder habe ich ganz verändert, oder wo dieses noch zu wenig war, vernichtet, und mein Werk ist jetzt ein betrübendes aber vollständiges Ganze, nur schwankend in sich selbst, wie mein Gemüt in seinen wechselnden Stimmungen. — So ist dies Buch in Deiner Hand! — Für die Großmutter ist und bleibt es völlig unbrauchbar, so wie für alle sehr fromme Menschen, denn ich habe ihm die Spuren eines vielfach gepreßten und geteilten Gemütes mitgeben müssen, und ein kindlich in Einfalt frommes würde es nicht einmal verstehn. Auch möchte ich es auf keine Weise vor solche reine Augen bringen, denn es gibt viele Flecken, die eigentlich zerrissene Stellen sind, wo eben die mildesten Hände am härtesten hingreifen, und viele Herzen, die keinen Richter haben als Gott, der sie gemacht hat. —

— Daß mein Buch nicht für ganz schlechte, im Laster verhärtete Menschen paßt, brauchte ich eigentlich nicht zu sagen; wenn ich auch eins für dergleichen schreiben könnte, so würde ich es doch unterlassen.

— Es ist für die geheime, aber gewiß sehr verbreitete Sekte jener, bei denen die Liebe größer wie der Glaube, für jene unglücklichen aber törichten Menschen, die in einer Stunde mehr fragen, als sieben Weise in sieben Jahren beantworten können. — — — Ach! es ist so leicht, eine Torheit zu rügen! aber Besserung ist überall so schwer, und hier kann es mir oft scheinen, als ob ein immer erneuertes Siegen in immer wieder auflebenden Kämpfen das einzig zu Erringende, und ein starres Hinblicken auf Gott, in Hoffnung der Zeit aller Aufschlüsse, das einzig übrige Ratsame sei, d. h. ohne eine besondere wunderbare Gnade Gottes, die auch das heißeste Gebet nicht immer herabruft. — Ich darf hoffen, daß meine Lieder vielleicht manche verborgne kranke Ader treffen werden, denn ich habe keinen Gedanken geschont, auch den geheimsten nicht. — Ob sie Dir gefallen, muß ich dahingestellt sein lassen; ich habe für k e i n e n Einzelnen geschrieben. Ich denke es indes und wünsche es sehnlichst, da sie als das Werk Deines Kindes Dein natürliches Eigentum sind. Sollte ich jedoch hierin meinen Zweck verfehlen, so muß mich das alte Sprichwort rechtfertigen: „Ein Schelm, der mehr gibt, als er hat".

Hülshoff den 9ten Oktober 1820.

Am Neujahrstage

Das Auge sinkt, die Sinne wollen scheiden:
„Fahr wohl, du altes Jahr mit Freud und Leiden!
Der Himmel schenkt ein neues, wenn er will."
So neigt der Mensch sein Haupt an Gottes Güte,
Die alte fällt, es keimt die neue Blüte
Aus Eis und Schnee, die Pflanze Gottes, still.

Die Nacht entflieht, der Schlaf den Augenlidern:
„Willkommen, junger Tag, mit deinen Brüdern!
Wo bist du denn, du liebes neues Jahr?"
Da steht es in des Morgenlichtes Prangen,
Es hat die ganze Erde rings umfangen
Und schaut ihm in die Augen ernst und klar.

„Gegrüßt du Menschenherz mit deinen Schwächen,
Du Herz voll Kraft und Reue und Gebrechen,
Ich bringe neue Prüfungszeit vom Herrn!“ —
‚Gegrüßt du neues Jahr mit deinen Freuden,
Das Leben ist so süß, und wärens Leiden,
Ach, alles nimmt man mit dem Leben gern.‘

„O Menschenherz, wie ist dein Haus zerfallen!
Wie magst du doch, du Erbe jener Hallen,
Wie magst du wohnen in so wüstem Graus?“
‚O neues Jahr, ich bin ja nie daheime,
Ein Wandersmann durchzieh ich ferne Räume,
Es heißt wohl so, es ist doch nicht mein Haus.‘

„O Menschenherz, was hast du denn zu treiben,
Daß du nicht kannst in deiner Heimat bleiben
Und halten sie bereit für deinen Herrn?“
‚O neues Jahr, du mußt noch viel erfahren;
Kennst du nicht Krieg und Seuchen und Gefahren?
Und meine liebsten Sorgen wohnen fern.‘

„O Menschenherz, kannst du denn alles zwingen?
Muß dir der Himmel Tau und Regen bringen?
Und öffnet sich die Erde deinem Wort?“ —
‚Ach nein, ich kann nur sehn und mich betrüben,
Es ist noch leider nach wie vor geblieben
Und geht die angewies'nen Wege fort.‘

„O tückisch Herz, du willst es nur nicht sagen,
Die Welt hat ihre Zelte aufgeschlagen,
Drin labt sie dich mit ihrem Taumelwein.“
‚D e r bittre Becher mag mich nicht erfreuen,
Sein Schaum heißt Sünde und sein Trank Gereuen,
Zudem läßt mich die Sorge nie allein.‘

„Hör an, o Herz, ich will es dir verkünden,
Willst du den Pfeil in seinem Fluge binden?
Du siehst sein Ziel nicht, hat er darum keins?“ —
‚Ich weiß es wohl, uns ist ein Tag bereitet,
Da wird es klar, wie alles wohl geleitet,
Und all die tausend Ziele dennoch eins.‘

„O Herz, du bist von Torheit ganz befangen!
Dies alles weißt du, und dir kann noch bangen?
O böser Diener, treulos aller Pflicht!
Ein jeglich Ding füllt seinen Platz mit Ehren,
Geht seinen Weg und läßt sich nimmer stören,
Dein Gleichnis gibt es auf der Erde nicht.

„Du hast den Frieden freventlich vertrieben!
Doch Gottes Gnad ist grundlos wie sein Lieben:
O kehre heim in dein verödet Haus!
Kehr heim in deine dunkle wüste Zelle,
Und wasche sie mit deinen Tränen helle
Und lüfte sie mit deinen Seufzern aus!

„Und willst du treu die Blicke aufwärts wenden,
So wird der Herr sein heilig Bild dir senden,
Daß du es hegst in Glauben und Vertraun.
Dann darf ich einst an deinem Kranze winden,
Und sollte dich das neue Jahr noch finden,
So mög es in ein Gotteshäuslein schaun!“

Am Feste der hl. drei Könige

Durch die Nacht drei Wandrer ziehn,
Um die Stirnen Purpurbinden,
Tiefgebräunt von heißen Winden
Und der langen Reise Mühn.

Durch der Palmen säuselnd Grün
Folgt der Diener Schar von weiten;
Von der Dromedare Seiten
Goldene Kleinode glühn,
Wie sie klirrend vorwärts schreiten,
Süße Wohlgerüche fliehn.

Finsternis hüllt schwarz und dicht,
Was die Gegend mag enthalten;
Riesig drohen die Gestalten:
Wandrer, fürchtet ihr euch nicht?
Doch ob tausend Schleier flicht
Los' und leicht die Wolkenaue:
Siegreich durch das zarte Graue
Sich ein funkelnd Sternlein bricht.
Langsam wallt es durch das Blaue,
Und der Zug folgt seinem Licht.

Horch, die Diener flüstern leis:
„Will noch nicht die Stadt erscheinen
Mit den Tempeln und den Hainen,
Sie, der schweren Mühe Preis?
Ob die Wüste brannte heiß,
Ob die Nattern uns umschlangen,
Uns die Tiger nachgegangen,
Ob der Glutwind dörrt' den Schweiß:
Augen an den Gaben hangen
Für den König stark und weis."

Sonder Sorge, sonder Acht,
Wie drei stille Monde ziehen
Um des Sonnensternes Glühen,
Ziehn die dreie durch die Nacht.

Wenn die Staublawine kracht,
Wenn mit grausig schönen Flecken
Sich der Wüste Blumen strecken,
Schaun sie still auf jene Macht,
Die sie sicher wird bedecken,
Die den Stern hat angefacht.

O ihr hohen heil'gen Drei!
In der Finsternis geboren,
Hat euch kaum ein Strahl erkoren,
Und ihr folgt so fromm und treu!
Und du meine Seele, frei
Schwelgend in der Gnade Wogen,
Mit Gewalt ans Licht gezogen,
Suchst die Finsternis aufs neu!
O wie hast du dich betrogen;
Tränen blieben dir und Reu!

Dennoch, Seele, fasse Mut!
Magst du nimmer gleich ergründen,
Wie du kannst Vergebung finden:
Gott ist über alles gut!
Hast du in der Reue Flut
Dich gerettet aus der Menge,
Ob sie dir das Mark versenge,
Siedend in geheimer Glut,
Läßt dich nimmer dem Gedränge,
Der dich warb mit seinem Blut.

Einen Strahl bin ich nicht wert,
Nicht den kleinsten Schein von oben.
Herr, ich will dich freudig loben,
Was dein Wille mir beschert!

Sei es Gram, der mich verzehrt,
Soll mein Liebstes ich verlieren,
Soll ich keine Tröstung spüren,
Sei mir kein Gebet erhört:
Kann es nur zu dir mich führen,
Dann willkommen Flamm und Schwert!

Am ersten Sonntag nach hl. drei Könige

Ev.: Jesus lehrt im Tempel. Luk. 2, 42—52

Und sieh, ich habe dich gesucht mit Schmerzen,
Mein Herr und Gott, wo werde ich dich finden?
Ach, nicht im eignen ausgestorbnen Herzen,
Wo längst dein Ebenbild erlosch in Sünden:
Da tönt aus allen Winkeln, ruf ich dich,
Mein eignes Echo wie ein Spott um mich.

Wer einmal hat dein göttlich Bild verloren,
Was ihm doch eigen war wie seine Seele,
Mit dem hat sich die ganze Welt verschworen,
Daß sie dein heilig Antlitz ihm verhehle;
Und wo der Fromme dich auf Tabor schaut,
Da hat er sich im Tal sein Haus gebaut.

So muß ich denn zu meinem Graun erfahren
Das Rätsel, das ich nimmer konnte lösen,
Als mir in meinen hellen Unschuldsjahren
Ganz unbegreiflich schien, was da vom Bösen:
Daß eine Seele, wo dein Bild geglüht,
Dich gar nicht mehr erkennt, wenn sie dich sieht.

Rings um mich tönt der klare Vogelreigen:
„Horch auf, die Vöglein singen seinem Ruhme!"
Und will ich mich zu einer Blume neigen:
„Sein mildes Auge schaut aus jeder Blume."
Ich habe dich in der Natur gesucht,
Und weltlich Wissen war die eitle Frucht.

Und muß ich schauen in des Schicksals Gange,
Wie oft ein gutes Herz in diesem Leben
Vergebens zu dir schreit aus seinem Drange,
Bis es verzweifelnd sich der Sünd ergeben:
Dann scheint mir alle Liebe wie ein Spott,
Und keine Gnade fühl ich, keinen Gott.

Und schlingen sich so wunderbar die Knoten,
Daß du im Licht erscheinst dem treuen Blicke,
Da hat der Böse seine Hand geboten
Und baut dem Zweifel eine Nebelbrücke,
Und mein Verstand, der nur sich selber traut,
Der meint gewiß, sie sei von Gold gebaut.

Ich weiß es, daß du bist, ich muß es fühlen,
Wie eine schwere kalte Hand mich drücken,
Daß einst ein dunkles Ende diesen Spielen,
Daß jede Tat sich ihre Frucht muß pflücken;
Ich fühle der Vergeltung mich geweiht,
Ich fühle dich, doch nicht mit Freudigkeit.

Wo find ich dich in Hoffnung und in Lieben?
Denn jene ernste Macht, die ich erkoren,
Das ist der Schatten nur, der mir geblieben
Von deinem Bilde, da ich es verloren.
O Gott, du bist so mild und bist so licht!
Ich suche dich in Schmerzen, birg dich nicht!

Am Feste vom süßen Namen Jesus

Was ist süß wie Honigseim,
Wenn er sich der Wab entgießt?
Süßer ist des Lebens Keim,
Der durch unsre Adern fließt.
Doch dein Name, lieber Jesu mein,
Der ist über alles mild und süß!
Daß der Tod vergißt die herbe Pein,
Wo ein frommer Mund ihn tönen ließ.

Was ist gleich des Löwen Kraft,
Wenn er durch die Wälder kreist?
Stärker ist die Leidenschaft,
Ist der widerspenst'ge Geist.
Doch dein Name, lieber Jesu mein,
Der ist über alles voll der Macht!
Daß er zwängt zu milden Lichtes Schein,
Was die Welt bedräut in Flammenpracht.

Was ist reich wie Meeresfahrt,
Gleich des Schachtes goldner Hut?
Reicher ist, wer sich bewahrt
Seiner Ehre köstlich Gut.
Doch dein Name, lieber Jesu mein,
Der ist mehr und reicher als das all!
Ach, um ihn erträgt man ganz allein
Schmach, Verkennung, aller Ehre Fall.

Was ist schön wie Morgenlicht,
Gleich dem Sternendom der Nacht?
Ach, ein lieblich Angesicht
Und im Aug des Geistes Pracht!
Doch dein Name, lieber Jesu mein,
Der ist über alles mild und schön!

Wer ihn trägt im stillen Antlitz sein,
Der ist hold, was auch Natur versehn.

Was ist freudig, wie zu ziehn
In die reiche Welt hinaus?
Ach, viel freud'ger, was wir fliehn,
Das verkannte Elternhaus!
Doch dein Name, lieber Jesu mein,
Der ist über alles voll der Lust!
O, wer gäb nicht um die Freuden sein
Heimat, Freiheit, was ihm nur bewußt!

Ja, dein Name, Jesus Christ,
Der ist stark und reich und mild!
Wer den Namen nie vergißt,
Der kennt aller Leiden Schild.
Und ich soll, o liebster Jesu mein,
Die Gesunkne, treulos aller Pflicht,
Dennoch deines Namens Erbin sein:
Gott, du willst den Tod des Sünders nicht!

Am dritten Sonntag nach hl. drei Könige

Ev.: Vom Aussätzigen und Hauptmann. Matth. 8, 1—13

Geh hin, und dir gescheh, wie du geglaubt!
Ja, wer da glaubt, dem wird sein Heil geschehen;
Was aber ihm, dem in verborgnen Wehen
Das Leben hat sein Heiliges geraubt?

Herr, sprich ein Wort, so wird dein Knecht gesund!
Herr, sprich das Wort, ich kann ja nichts als wollen;
Die Liebe kann das Herz dir freudig zollen,
Der Glaube wird ja nur als Gnade kund!

Wie kömmt es, da ich dich am Abend rief,
Da ich am Morgen ausging, dich zu finden,
Daß du in Lauheit und des Zweifels Sünden
Mich sinken ließest, tiefer stets und tief?

Ist nicht mein Ruf in meiner höchsten Not
Zu dir empor geschollen aus der Tiefe?
Und war es nicht, als ob ich Felsen riefe,
Indes mein Auge stets von Tränen rot?

Verzeih, o Herr, was die Bedrängnis spricht!
Ich habe dich doch oft und süß empfunden,
Ich war ja e i n s mit dir zu ganzen Stunden,
Und in der Not gedacht ich dessen nicht!

Und ist mir nun, als sei ich ganz allein
Von deinem weiten Gnadenmahl verloren,
Der ausgesperrte Bettler vor den Toren:
O Gott, die Schuld ist doch gewißlich mein!

Fühlt ich in Demut, wie ich nimmer wert,
Daß ich dein Wort in meinem Geist empfangen,
Daß meine Seufzer an dein Ohr gelangen,
Daß meine Seele dich erkennt und ehrt?

Mein Herr, gedenke meiner Sünden nicht!
Wie oft hab ich auf selbstgewähltem Pfade
Geschrien im Dunkel, Gott, um deine Gnade
Wie um ein Recht und wie um eine Pflicht!

O, hätt ich ihre Gaben nicht versäumt,
Hätt ich sie nicht zertreten und verachtet,
Ich stände nicht so grauenvoll umnachtet,
Daß das entflohne Licht mir wie geträumt!

Wie oft ist nicht, noch eh die Tat geschah,
Die als Gedanke lüstern mich umflogen,
In milder Warnung still vorbeigezogen
Dein Name mir, dein Bild auf Golgatha!

Und wenn ich nun mich frevelnd abgewandt,
Die Sünde, die ich klar erkannt, begangen,
Wie hast du dann in reuigem Verlangen
Nicht oft in meiner Seele nachgebrannt!

Ach, viel und schwere Sünden übt ich schon,
Noch mehr der Fehle, klein in ihren Namen,
Doch groß in der Verderbnis tiefstem Samen,
Taub für des jammernden Gewissens Ton!

Nun ist mir endlich alles Licht dahin
Und öfters deine Stimme ganz verschollen;
Doch wirf mich, o du siehst, ich kann noch wollen,
Nicht zu den Toten, weil ich lebend bin!

Mein Jesu, sieh, ich bin zu Tode wund
Und kann in der Zerrüttung nicht gesunden!
Mein Jesu, denk an deine bittern Wunden
Und sprich ein Wort, so wird dein Knecht gesund!

Am vierten Sonntag nach hl. drei Könige

Ev.: Von den Arbeitern im Weinberge. Matth. 20, 1—16

Ich kann nicht sagen:
„Keiner hat mich gedingt."
Wem soll ich klagen,
Wenn es mich niederzwingt
In meine schmählich selbstgeflochtnen Bande?
Vor Millionen hast du mich erwählt,

Mir unermeßnes Handgeld zugezählt
In deiner Taufe heil'gem Unterpfande.

Ich kann nicht sagen:
„Siehe, des Tages Last
Hab ich getragen!"
Wenn nun, zu Duft erblaßt,
Mich meine matte Sonne will verlassen,
Mein Garten liegt ein übergrüntes Moor,
Und blendend steigt das Irrlicht draus empor,
Den Wandrer leitend in den Tod, den nassen.

Ich kann nicht sagen:
„Siehe, wer stand mir bei?
Ich mußte zagen,
Um mich die Wüstenei
Und das Getier, so nimmer dich erkennet."
O Gott, du hast, zur Arbeit mir gesellt,
Viel liebe Seelen rings um mich gestellt,
Worin dein Name unauslöschlich brennet.

Ich kann nicht sagen:
„Sieh, deine Stimme sprach,
Ich mußte wagen,
Und meine Kraft zerbrach;
Was hast du meine Nahrung mir entzogen?"
Mein Gott, und liegt wohl tief es in der Brust,
Doch bin ich großer Kräfte mir bewußt,
Und in der Angst hab ich mir selbst gelogen!

Ich muß verschwinden
Bis in die tiefste Kluft,
Zergehn in Winden
Wie einer Wolke Duft,

Wenn dein Gericht vor meinem Geist wird stehen;
Du hast mich über vieles eingesetzt,
Und ganz verarmt erschein ich und zerfetzt,
Die Güter dein ließ ich zu Kot vergehen.

Nichts kann ich sagen,
Denn meine Hand ist leer.
Soll ich es wagen,
Gegen die Waagschal schwer
Zu legen meiner Reue späte Triebe?
Und ist es nur wie des Ersatzes Spott,
Nichts hab ich sonst; doch du, o milder Gott,
Du hast ein großes, großes Wort der Liebe!

Am Feste Mariä Lichtmeß

Durch die Gassen geht Maria,
In dem Arm den Sohn, den lieben,
Hält ihn fest und hält ihn linde,
Und ihr Auge schaut auf ihn.
Wie die Englein ihn gesungen,
Ihn die Hirten angebetet,
Huldigten die grauen Weisen,
Läßt sie still vorüberziehn.

Aber Joseph ihr zur Seiten
Ist in Sorgfalt ganz befangen,
Prüfend frägt er alle Steine,
Ob ihr Fuß zu kühn sich wagt;
Weiß nicht, was er wird erleben,
Aber wunderbare Dinge
Haben aus des Kindleins Augen
Sich ihm heimlich angesagt.

O Maria, Mutter Christi!
Nicht zu dir will ich mich wagen,
Denn du bist mir viel zu helle,
Meine Seel ergraut vor dir;
Bist mir fast wie zum Entsetzen
In der fleckenlosen Reine,
Die du siegreich hast bewahret,
Da du wandeltest gleich mir.

Will viel lieber vor dein Kindlein
Treten, weinend und zerschlagen,
Ist er wohl mein Herr und Richter,
Und du stehst mir minder weit;
Einer Torheit muß ich zollen,
Soll ich nicht in Furcht zerstäuben,
Hat er doch nicht überwunden,
Ist der Held von Ewigkeit!

Liebster Herr! Du hast geschaffen
Meine arme kranke Seele,
Wie den Reiz, den vielgestalten,
Der auf breite Straßen führt;
Und du weißt, daß, wie vor andern
Frischer Hauch in meiner Seele,
So mich auch vor andern glühend
Jede Erdenlust berührt.

Hast du mir zu reichen Kräften
Auch ein reiches Amt verliehen,
Reiche Güter zu verwalten
Und ein hohes, reiches Schloß;
Und nun liegt es in Zerstörung,
Graunvoll in der öden Größe,
Wie ein knöchern Ungeheuer,
Wie ein toter Meerkoloß.

Und da ich nach vielen Tagen,
Sonder Glauben, voll der Liebe,
Angstvoll prüfte seine Mauern,
Siehe da! sie standen fest.
O mein Herr, willst du mich hören,
Auftun deine Gnadenschätze:
Sieh, ich will getreulich bauen
Meines Lebens trüben Rest.

Muß mein Haus gleich stehen eine
Öde warnende Ruine,
Ach, nur dort mag sich gestalten,
Was so rettungslos zerstört.
Kann ich nur ein Stübchen bauen,
Ausgeschmückt mit stillen Werken,
Wo ich, Herr, dich kann bewirten,
Wenn du bei mir eingekehrt.

Aus den Hallen tritt Maria,
In dem Arm den Sohn, den lieben,
Hält ihn fest und hält ihn linde,
Und auf ihm ihr Auge ruht.
O, sie hat das Glück getragen
Durch neun wonnevolle Monde!
Was verkündet jene Frommen,
Trug sie längst im glühnden Mut.

Aber Joseph stillen Schrittes
Tritt nicht mehr an ihre Seite,
Da das liebe, liebe Kindlein
Nun der Herr der ganzen Welt.
Doch wie höher steigt die Sonne,
Schleicht er leis an ihre Schulter,
Und er zupft an ihrem Mantel,
Daß der Schleier niederfällt.

Am fünften Sonntag nach hl. drei Könige

Ev.: Vom Samen, so unter die Dornen fiel. Luk. 8, 4—15

In die Dornen ist dein Wort gefallen,
In die Dornen, die mein Herz zerrissen;
Du, mein Gott, nur du allein kannst wissen,
Wie sie schmerzlich sind vor andern allen;
In die Dornen meiner bittern Reue,
Die noch keine Tröstung will empfangen,
So verbarg ich es in finstrer Scheue,
Und so ist es trübe aufgegangen.

Und so wächst es auf in bittrer Wonne,
Und die Dornen lassen es gedeihen;
Ach, mein Boden ist zu hart, im Freien
Leckt den Tau vom Felsen ihm die Sonne.
Kann es gleich nur langsam sich entfalten,
Schirmen sie es treulich doch vor Stürmen
Und dem Hauch der Lust, dem todeskalten,
Und wenn sich des Zweifels Wolken türmen.

In die Dornen ist dein Wort gefallen,
Und sie werden blut'ge Rosen tragen;
Soll ich einst dir zu vertrauen wagen,
Darf ich nur in ihrem Kranze wallen.
Wenn er recht erstrahlt im Feuerglanze
Und das Haupt mir sengt mit tiefen Wunden,
Dann gedeiht die zarte Gottespflanze,
Muß an seinem Schmerzenstrahl gesunden.

In Entsagung schwinden muß mein Leben,
In Betrachtung meine Zeit ersterben,
So nur kann ich um das Höchste werben;
Meine Augen darf ich nicht erheben.

Ach, ich habe sie mißbraucht zu Sünden
Und verscherzt des Aufblicks reine Freude:
Dann nur kann ich noch den Himmel finden,
So ich ihn in Scham zu schauen meide.

Wenn ich blicke in die milden Mienen,
O, wie schmerzlich muß es mich betrüben!
Denen noch das teure Recht geblieben,
Ihrem Gott in Freudigkeit zu dienen!
Muß auch hier die trüben Augen lenken,
Muß erglühend sie zur Erde schlagen;
In ein reines Auge sie zu senken,
Kann ich nimmer sonder Frevel wagen.

Und wie tief neig ich die Stirn, die trübe,
Wenn die Sünde rauscht an mir vorüber,
Meinen manche, daß mich Abscheu triebe,
Und gewinnen lieber mich und lieber,
Ist es oft nur mein vergangnes Leben,
Grauenhaft zum zweitenmal geboren;
Ach, und oft empfind ich gar mit Beben,
Wie der Finstre noch kein Spiel verloren!

Aber, was er auch für Tücke hege,
Kämpfen will ich um des Himmels Grenzen,
Meine Augen sollen freudig glänzen,
Wenn ich mich in meine Dornen lege,
Daß die Welt nicht meinen Kampf darf rügen
Oder gar mit eitelm Lob geleiten:
Wohl, ich kann durch Gottes Wunder siegen,
Aber nimmer mit zwei Feinden streiten.

Ob ein Tag mir steigen wird auf Erden,
Wo ich frei mich zu den Deinen zähle?

Wo kein Schwert mehr fährt durch meine Seele,
Wenn mir deine Hände sichtbar werden?
Herr, und soll der Tag mir nimmer scheinen,
Dürft ich ihn in Ewigkeit nicht hoffen,
Dennoch muß ich meine Schulden weinen,
O, der Sünder hat sich selbst getroffen!

Fastnacht

Ev.: Vom Blinden am Wege. Luk. 18, 31—43

Herr, gib mir, daß ich sehe!
Ich weiß es, daß der Tag ist aufgegangen,
Im klaren Osten stehn fünf blut'ge Sonnen,
Und daß das Morgenrot mit stillem Prangen
Sich spiegelt in der Herzen hellen Bronnen.
Ich sehe nicht, ich fühle seine Nähe:
Herr, gib mir, daß ich sehe!

Und wie ich einsam stehe,
Sich um mich regt ein mannigfaches Klingen,
Ein jeder will ein lichtes Plätzchen finden,
Und alle von der Lust der Sonnen singen;
Ich nimmer kann die Herrlichkeit ergründen,
Und wird mir nur ein unergründlich Wehe:
Herr, gib mir, daß ich sehe!

Wie ich die Augen drehe,
Verlangend durch der Lüfte weite Reiche,
Und meine doch, ein Schimmer müsse fallen
In ihrer armen Kreise öde Bleiche,
Weil deine Strahlen mächtig doch vor allen;
Doch fester schließt die Rinde sich, die zähe:
Herr, gib mir, daß ich sehe!

Gleich dem getroffnen Rehe
Möcht ich um Hilfe rennen durch die Erde,
Doch kann ich nimmer deine Wege finden.
Ich weiß, daß ich im Moor versinken werde,
Wenn nicht der Wolf zuvor verschlang den Blinden;
Auch droht des Stolzes Klippe mir, die jähe:
Herr, gib mir, daß ich sehe!

So bleib ich auf der Höhe,
Wo du zum Schutz gezogen um die Deinen
Des frommen Glaubens zarte Ätherhalle,
Worin so klar die roten Sonnen scheinen,
Und harre, daß dein Tau vom Himmel falle,
Worin ich meine kranken Augen bähe:
Herr, gib mir, daß ich sehe!

Wie sich die Nacht auch blähe,
Als sei ich ihrer schwarzen Macht verbündet,
Weil mir verschlossen deine Strahlenfluten:
Hat sich doch ihre Nähe mir verkündet,
Empfind ich doch, wie lieblich ihre Gluten!
So weiß ich, daß ich nicht vergeblich flehe:
Herr, gib mir, daß ich sehe!

Und wie mich mancher schmähe,
Als soll ich nie zu deinem Strahl gelangen,
Dieweil ich meine Blindheit selbst verschuldet,
Da ich in meiner Kräfte üpp'gem Prangen
Ein furchtbar blendend Feuerlicht geduldet,
Mir sei schon recht, und wer gesät, der mähe:
Herr, gib mir, daß ich sehe!

Herr, wie du willst, geschehe!
Doch nicht von deinem Antlitz will ich gehen;
In diesen Tagen, wo die Nacht regieret,
Will ich allein in deinem Tempel stehen,

Von ihrem kalten Zepter unberühret,
Ob ich den Funken deiner Huld erspähe:
Herr, gib mir, daß ich sehe!

Daß mich dein Glanz umwehe,
Das fühl ich wohl durch alle meine Glieder,
Die sich in schauderndem Verlangen regen.
O, milder Herr, sieh mit Erbarmen nieder!
Kann ein unendlich Flehn dich nicht bewegen?
Ob auch der Hahn zum dritten Male krähe:
Herr, gib mir, daß ich sehe!

Am Aschermittwochen

Auf meiner Stirn dies Kreuz
Von Asche grau!
O schnöder Lebensreiz,
Wie bist du schlau
Uns zu betrügen!
Mit Farben hell und bunt,
Mit weiß und rot
Deckst du des Moders Grund;
Dann kömmt der Tod
Und straft dich Lügen.

Und wer es nicht bedacht
Und wohl gewußt,
Sein Leben hingelacht
In eitler Lust,
Der muß dann weinen;
Er achtet nicht, was lieb,
Und was ihm wert,
Das flieht ihn wie ein Dieb,
Fällt ab zu Erd
Und zu Gebeinen.

Was schmückt sich denn so hold
In bunter Seid'?
Was tritt einher in Gold
Und Perlgeschmeid?
O Herr, ich hasche
Nach allem, was nicht gut,
Nach Wahn und Traum,
Und hänge Erd und Blut
Und Meeresschaum
Um bunte Asche.

Was wird so heiß geliebt?
Was legt in Band,
Obs gleich nur Schmerzen gibt,
Sinn und Verstand?
O Herr, verzeihe!
Die Seele minnt man nicht,
Die edle Braut,
Und wagt um ein Gesicht,
Aus Staub gebaut,
Die ew'ge Reue!

Stellt ein Geripp sich dar
Vor meinem Blick,
So sträubt sich mir das Haar,
Ich fahr zurück
Vor dem, was ich einst bleibe,
Und werd es selber noch,
Und weiß es schon,
Und trag es selber doch
Zu bitterm Hohn
Im eignen Leibe!

Fühl ich des Pulses Schlag
In meiner Hand,

Worüber sinn ich nach?
O leerer Tand:
Ob ich gesunde!
Und denke nicht betört,
Daß für und für
Ein jeder Pulsschlag zehrt
Am Leben mir,
Schlägt Todeswunde!

Du schnöder Körper, der
Mich oft verführt,
Mit Welt und Sünde schwer
Mein Herz gerührt,
Noch hast du Leben!
Bald liegst du starr wie Eis,
Der Würmer Spott,
Den Elementen preis!
O möge Gott
Die Seele heben!

Am ersten Sonntag in der Fasten

Ev.: Von der Versuchung Christi. Matth. 4, 1—11

„Sprich, daß diese Steine Brote werden!
Laß dich deine Engel niedertragen!
Sieh die Reiche dieser ganzen Erden!
Willst du deinem Schöpfer nicht entsagen?"
Dunkler Geist, und warst du gleich befangen,
Da du deinen Gott und Herrn versucht:
Ach, in deinen Netzen zahllos hangen
Sie, verloren an die tück'sche Frucht.

Ehrgeiz, Hoffart, dieser Erde Freuden,
Götzen, denen teure Seelen sterben —
O mein Gott, laß mich nicht ewig scheiden,
Laß mich selber nicht den Tod erwerben!
Ganz verwirrt weiß ich mich nicht zu fassen,
Drohend schwankt um mich der falsche Grund;
Ach, der eignen schwachen Kraft gelassen,
Tret ich sinnlos in den losen Schlund.

Jesu mein, zu dir steigt auf mein Flehen,
Auf der Kreuzesleiter meine Stimme!
Du berührst die Meere, sie vergehen,
Und die Berge rauchen deinem Grimme;
Doch mit tausend Himmelszweigen blühet
Dein unendlich Gnadenwort empor:
„Du verlöschest nicht den Docht, der glühet,
Und zerbrichst nicht das geknickte Rohr."

Herr, ich bin ein arm und kaum noch glühend
Döchtlein am Altare deiner Gnade;
Sieh, mich löscht ein mattes Lüftchen fliehend,
Mich ein Tropfen von der Welt Gestade!
Ach, wenn nicht in meinem Herzen bliebe
Nur ein einzig leuchtend Pünktlein noch,
Jener heiße Funken deiner Liebe,
Wie so ganz erstorben wär ich doch!

Herr, du hast vielleicht noch viel beschlossen
Für dies kurze ruhelose Leben,
Ob ich soll in Qualen hingegossen,
Ob ich soll in allen Freuden weben:
Darf ich wählen, und will Lust mich trennen,
Brenne mich in Leidensflammen rein!
O, die Not lehrt deinen Namen nennen,
Doch die Ehre steht so gern allein!

Lauscht vielleicht verborgen eine Spitze
In dem Lob, das mir die Menschen bringen,
Daß ich noch die letzte Kraft besitze,
Dich zu rühmen, deinen Preis zu singen?
Sind auch hier die Netze aufgeschlagen,
Wo der Mund zu deiner Ehre schafft,
Und ich wär zu schwach, das Lob zu tragen,
Und es bräche meine letzte Kraft?

Herr, du weißt, wie trüb in meiner Seele,
Wie verloren die Gebete stehen,
Daß ich möchte wie um große Fehle
Büßen, daß ich es gewagt zu flehen.
Mein Gebet ist wie von einem Toten,
Ist ein kalter Dunst vor deinem Thron;
Herr, du hast es selber mir geboten,
Und du hörtest den verlornen Sohn!

Laß mich, Herr, es immerdar empfinden,
Wie ich tief gesunken unter allen,
Laß mich nicht zu allen meinen Sünden
Noch in frevelhafte Torheit fallen!
Meine Pflichten stehen über vielen,
Unter allen meiner Tugend Kraft:
Ach, ich mußte wohl die Kraft verspielen
In dem Spiel mit Sünd und Leidenschaft!

Willst du mehr der Erdengüter schenken,
Soll ich die besessenen verlieren,
Laß in Lust und Jammer mich bedenken,
Was der fremden Armut mag gebühren!
Trag ich alles Erdenglück zu Grabe,
Es ersteht vielleicht unsterblich mir,
Wenn ich treulich meine arme Habe
In Entbehrung teile für und für.

Selber kann ich diesen Kampf nicht wagen,
Deine Gnaden hab ich all verloren;
Wenn du mich verläßt, ich darf nicht klagen,
Hab ich doch die Finsternis erkoren,
Hoffart, Ehrgeiz, dieser Erde Freuden.
O mein Jesu, ziehe mich zurück!
Ach, was hab ich denn, um sie zu meiden,
Als zu dir den angsterfüllten Blick?

Am zweiten Sonntag in der Fasten

Ev.: Vom kananäischen Weibe. Matth. 15, 21—28

Liebster Jesu, nur Geduld!
Wie ein Hündlein will ich spüren
Nach den Brocken deiner Huld,
Will mich lagern an die Türen,
Ob von deinen Kindern keines
Mir ein Krüstlein reichen will,
Hungerglühend, doch in meines
Tiefen Jammers Kunde still.

Um Geduld fleh ich zu dir,
Denn ich muß in großen Peinen
Einsam liegen vor der Tür,
Wenn von deinen klaren Weinen,
Deinen lebensfrischen Gaben
Mir der Duft hinüberzieht:
Ach, ein Tropfen kann mich laben,
Meine Zunge ist verglüht!

Weil ich fast in meiner Pein
Schaue wie aus Kindesaugen,
Meinen oft die Diener dein,
Daß ich mag zum Gaste taugen;
In Erbarmen ganz vermessen
Reichen sie die Schüsseln hin,
Doch ich will es nicht vergessen,
Daß ich wie ein Hündlein bin.

O, zum allergrößten Heil
Muß es mir bei dir gereichen,
Daß dir, o mein einzig Teil,
Nichts an Langmut zu vergleichen!
Denn es will mir öfters fahren
Durch die Glieder wie ein Blitz,
Deinen Kindern mich zu paaren,
Rasch erringend einen Sitz.

Kann ich dir, du Rächer groß,
Doch in Ewigkeit nicht lügen!
Und mir würd ein schmählich Los,
So die Diener dein zu trügen:
Weil mir weich die Augen brennen
In der ungestillten Lust,
Ich mich will ein Kindlein nennen,
Mit der schuldgebrochnen Brust.

Wie ein Hündlein bin ich nur,
Und so will ich nimmer weichen,
Fest auf deiner Kinder Spur,
Ob sie mir den Bissen reichen;
Wenn die Sonne aufgegangen,
Wenn sie blutet in den Tod,
Will an ihrem Munde hangen,
So du reichst das Abendbrot.

Ist es deinen Kindern recht,
Nur ein Krüstlein mir zu spenden:
Wohl! es ist mir nichts zu schlecht,
Kömmt von übermilden Händen,
Birgt sich reiche Nahrung drinnen,
Nur in ernster Glut erstarrt.
Ach, und meinen stumpfen Sinnen
Wär ein Kiesel nicht zu hart!

O, es ist ein bittres Los,
Wer ein lieber Gast gewesen,
Um die eignen Sünden groß
Nun die Brocken aufzulesen!
Nicht um des Gerichtes Strenge,
Das mir noch dereinstens dräut,
Nein, im eigenen Gedränge
Inniger Versunkenheit.

Daß um meiner Sehnsucht Brand
Neu die Sinne mir gegeben,
Aber nicht, solang ein Band
Leib und Seele hält umgeben,
Darauf ruht mein einzig Hoffen.
Und so leb ich langsam hin:
Meine Sinne stehen offen,
Aber ihnen fehlt der Sinn.

Muß in Qual das Morgenrot,
Muß das Abendlicht mich sehen,
O, wie lieblich ist der Tod!
Und um seinen Trost zu flehen
Darf mich dennoch nicht erkühnen,
Wie er winkt, so lockend mild,
Denn ich muß unendlich sühnen,
Und das Leben ist mein Schild.

Am dritten Sonntag in der Fasten

Ev.: Jesus treibt den Teufel aus. Mark. 5, 1—10

„Mein Nam ist Legion, denn unserer sind viele!"
So spricht der finstre Geist.
Sein Nam ist Legion, weh mir, daß ich es fühle!
Daß es mich zittern heißt!

Wo kindlich dem Gemüt in Einfalt und Vertrauen
Nichts als sein Jesu kund,
Da kann der Finstre nicht die wirren Höhlen bauen
Im einfach lichten Grund;

Doch du, mein schuldvoll Herz, in deinem eitlen Wissen,
In deinem irren Tun:
Wie sind dir tausend brand'ge Stellen aufgerissen,
Worin die Nacht kann ruhn!

Und raff ich mich empor, und will ich mich erkühnen
Zu heil'gen Namens Schall,
O, könnte nicht vielleicht mein guter Wille dienen
Zu neuem schwerem Fall?

Denn daß die Welt mich nicht, die Menschen mich nicht kennen,
Die gleißend wie das Meer,
Daß sie mich oft sogar noch hell und freudig nennen,
Das senkt unendlich schwer!

Mich kennen muß die Welt, ich muß Verachtung tragen,
Wie ich sie stets verdient,
Ich Wurm, der den, den Engel kaum zu nennen wagen,
Zu preisen mich erkühnt!

Laß in Zerknirschung mich, laß mich in Furcht dich singen,
Mein Heiland und mein Gott!
Daß nicht mein Lied entrauscht, ein kunstvoll sündlich Klingen,
Ein Frevel und ein Spott.

Ach, wer so leer wie ich in Worten und in Werken,
An Sinnen so verwirrt,
Des Lied kann nur des Herrn barmherzig Wunder stärken,
Daß es zum Segen wird.

Ist nicht mein ganzer Tag nur eine Reihe Sünden?
Muß oft in Traumeswahn,
Oft wachend die Begier nicht zahllos Wege finden,
Nur nie die Himmelsbahn?

Tönt nicht der Kampfgesang der Lust von allen Seiten?
Und bringt er nicht den Sieg?
Ist nicht mein Leben nur ein flüchtig kraftlos Streiten,
Ein schmachbedeckter Krieg?

Und mein ich eine Zeit, daß ich den Sieg errungen,
Weil die Begierde schwand:
Da bin ich ausgeschlürft wie von Empusenzungen,
Wie eine tote Hand!

Und ist mirs eine Zeit, als will das Leben ziehen
Ins Herze gar erstarrt:
Da muß mit ihm zugleich der Übermut entglühen,
Der eines Hauchs geharrt.

Und wird mirs endlich klar, umsprüht von Leidensfunken,
Wie klein, wie nichts ich bin:
Da bin ich ausgebrannt, zu Asche eingesunken,
Verglüht an Geist und Sinn.

Das hast du selber dir, du schuldvoll Herz, zu danken;
Mein Jesu lieb und traut,
Wärst du nur irgend treu, er würde nimmer wanken
Von der geliebten Braut.

Doch daß du schlummernd läßt durch alle Tore ziehen
Den grausen Höllenbund,
Daß überall für ihn die Siegeskränze blühen
Aus deinem eignen Grund;

Daß du dich töricht wähnst in vollem, hellem Laube,
Du armer, dürrer Zweig!
Daß du, indes der Feind frohlockt in deinem Raube,
Dich herrlich wähnst und reich:

Das ist, warum du stirbst, daß du in Wahnes Gluten
Nicht kennst den eignen Schmerz;
O, fühltest du dich selbst aus allen Adern bluten,
Du töricht, frevelnd Herz!

So schaue deine Not! Noch fielen nicht die Schranken
Der dunklen Ewigkeit.
„Sein Nam ist Legion", o fasse den Gedanken,
Es ist die letzte Zeit!

Am vierten Sonntag in der Fasten

(Josephsfest)

Gegrüßt in deinem Scheine,
Du Abendsonne reine,
Du alter Lilienzweig,
Der du noch hast getragen
In deinen grauen Tagen
So mildes Blütenreich!

Je mehr es sich entfaltet,
Zum Ehrenkranz gestaltet,
Der deine Stirn umlaubt:
Je mehr hast du geneiget,
In Ehrfurcht ganz gebeuget
Dein gnadenschweres Haupt.

Wie ist zu meinem Frommen
Dein freundlich Fest gekommen
In diese ernste Zeit!
Ich war fast wie begraben;
Da kömmst du, mich zu laben
Mit seltner Freudigkeit.

Zu dir will ich mich flüchten,
Mein scheues Leben richten,
O Joseph, milder Hauch!
Du hast gekannt die Fehle
In deiner starken Seele
Und die Vergebung auch!

Was hast du nicht geduldet,
Da in geheim verschuldet
Maria dir erschien?
Und konntest ihr nicht trauen,
Worauf die Himmel bauen,
Und hast ihr doch verziehn!

Und da du mußtest scheiden
Mit deinen lieben Beiden,
Wie groß war deine Not!
Die Wüste schien dir lange,
Doch war vom Untergange
Dein liebes Kind bedroht.

Und da er glanzumkrönet,
Wie bist du nicht gehöhnet
Um seine Gotteskraft!
Wie mag, den Groll zu laben,
Dich nicht gelästert haben
Die arge Priesterschaft!

Und gar, wenn gottdurchdrungen
Dich grüßten fromme Zungen
Und priesen laut und weit:
Wie hast du nicht in Zagen
An deine Brust geschlagen
In deiner Sündlichkeit!

So hast du viel getragen,
Unendlich viele Plagen,
Mit freundlicher Geduld,
Und ist in all den Jahren
Manch Seufzer dir entfahren
Und manche kleine Schuld.

Du frommer Held im Glauben,
Den schrecklich dir zu rauben
Sich alle Welt verband,
Hast können nicht erhalten
Ein unbefleckte Walten
An deines Jesu Hand.

Was soll ich denn nicht hoffen,
Da noch der Himmel offen,
Und meine Seele still?
Will sich die Gnade nahen,
Ich kann sie wohl empfahen,
So Gott mir helfen will.

Zerrissen in den Gründen
Bin ich um meine Sünden,
Und meine Reu ist groß!
O hätt ich nur Vertrauen,
Die Hütte mein zu bauen
In meines Jesu Schoß!

Am fünften Sonntag in der Fasten

Ev.: Die Juden wollen Jesum steinigen. Joh. 8, 46—59

Die Propheten sind begraben,
Abraham ist tot;
Millionen, Greis und Knaben,
Und der Mägdlein rot,
Viele, die mir Liebe gaben,
Denen ich sie bot:
Alle, alle sind begraben,
Alle sind sie tot!

Herr, du hast es mir verkündet,
Und dein Wort steht fest,
Daß nur der das Leben findet,
Der das Leben läßt.
Ach, in meiner Seele windet
Es sich dumpf gepreßt;
Doch du hast es mir verkündet,
Und dein Wort steht fest.

Aber, von mir selbst bereitet,
Leb ich oft der Pein;
Alles scheint mir wohl geleitet
Und der Mensch allein,

Der dein Ebenbild bedeutet,
Jammervoll zu sein:
Sieh, so hab ich mir bereitet
Namenlose Pein.

Hab ich grausend es empfunden,
Wie in der Natur
An ein Fäserchen gebunden,
Eine Nerve nur,
Oft dein Ebenbild verschwunden
Auf die letzte Spur:
Hab ich keinen Geist gefunden,
Einen Körper nur!

Seh ich dann zu Staub zerfallen,
Was so warm gelebt,
Ohne daß die Muskeln wallen,
Eine Nerve bebt,
Da die Seele doch an allen
Innig fest geklebt:
Möcht ich selbst zu Staub zerfallen,
Daß ich nie gelebt!

Schrecklich über alles Denken
Ist die dumpfe Nacht,
Drin sich kann ein Geist versenken,
Der allein gedacht,
Der sich nicht von dir ließ lenken,
Helle Glaubensmacht!
Ach, was mag der Finstre denken
Als die finstre Nacht?

Meine Lieder werden leben,
Wenn ich längst entschwand:

Mancher wird vor ihnen beben,
Der gleich mir empfand.
Ob ein andrer sie gegeben
Oder meine Hand:
Sieh, die Lieder durften leben,
Aber ich entschwand!

Bruder mein, so laß uns sehen
Fest auf Gottes Wort!
Die Verwirrung wird vergehen,
Dies lebt ewig fort.
Weißt du, wie sie mag entstehen
Im Gehirne dort?
Ob wir einst nicht lächelnd sehen
Der Verstörung Wort,

Wie es hing an einem Faden,
Der, zu hart gespannt,
Mit entflammtem Blut beladen,
Sich der Stirn entwand?
Flehen wir zu Gottes Gnaden,
Flehn zu seiner Hand,
Die die Fädchen und die Faden
Liebreich ausgespannt!

Am Feste Mariä Verkündigung

Ja, seine Macht hat keine Grenzen,
Bei Gott unmöglich ist kein Ding!
Das soll mir wie mein Nordlicht glänzen,
Da meine Sonne unterging.

Und wie auf blauen Eiseskùsten
Steh ich zu starrer Winterzeit:
Wie soll ich noch das Leben fristen?
Ach, keine Flamme weit und breit!
Und sieh, wer winkt dem milden Lenzen,
Daß er die tote Erd umfing?
Ja, seine Macht ist ohne Grenzen,
Bei Gott unmöglich ist kein Ding!

O sehet, wie von warmen Zähren
Der Erde hartes Herz zerquillt,
Wie sie, die Blumen sein zu nähren,
Mit Tau die grauen Wimpern füllt!
Auch in die längsterstorbnen Äste
Gießt sich ein Leben wunderbar,
Und alle harren seiner Gäste,
Der Blätter lebensfroher Schar.
Was soll ich denn der Hoffnung wehren,
Daß meiner Zähren Flehn gestillt,
Da ja sogar von warmen Zähren
Der Erde hartes Herz zerquillt?

Kannst du die Millionen Blätter
Aus diesen toten Ästen ziehn
Und aus dem ausgebrannten Wetter
Der Lavafelsen frisches Grün:
Was soll mein Herz zu hart dir scheinen,
Wo doch der gute Wille brennt,
Das sich dir glühend möchte einen,
Wenn es sich starrend von dir trennt?
Und soll nicht, mein allmächt'ger Retter,
Auch mir ein farblos Kraut entblühn,
Da du die Millionen Blätter
Kannst aus den toten Ästen ziehn?

O, möchte nur die Demut keimen!
Vertrocknet ist die Herrlichkeit.
Wohl durft ich sonst mir andres träumen,
Doch wie ein Blitz ist jene Zeit.
Zwar kann ich mich in Reue sehnen,
Ich kann verwerfen meine Tat,
Doch nicht erfrischen meine Tränen,
Sie fallen sengend auf die Saat;
Und Frost und Hitze muß sich reimen,
Daß keine Blume mir gedeiht:
O, möchte nur die Demut keimen!
Vertrocknet ist die Herrlichkeit!

So ist doch von den Blumen allen
Marienblümlein milder Art;
Die Blätter erst, die Flocken fallen,
Doch freudig blüht es fort und zart.
Wenn sich des Winters Stürme brechen,
Gleich blickt es freundlich durch den Schnee,
Und naht der Lenz in Regenbächen,
Da steht es in dem kalten See.
O, könnt ich gläubig niederfallen,
Bis mir das Blümlein offenbart!
Es ist ja von den Blumen allen
Marienblümlein milder Art.

Doch wie das Volk einst vor den Schranken
Um Horebs gottgeweihte Höhn,
So fliehen bebend die Gedanken,
Da sie dies reine Bild erspähn.
Was seh ich nur die Feuersäule
Und nicht die Gnade Gottes drin,
Daß unermeßlich scheint die Steile
Und wie ein Abgrund, wo ich bin?

O Jesus, laß aus diesem Schwanken
Nur nicht das goldne Kalb entstehn,
Wie jenem Volke vor den Schranken
Um Horebs gottgeweihte Höhn!

Und kann ich denn kein Leben bluten,
So blut ich Funken wie ein Stein!
Ich weiß es, wo sie stille ruhten,
Ich scheuchte sie in Schlummer ein,
Da ich gesucht, was Leben kündet.
Doch hast du, Herr, mich ausersehn,
Daß ich soll starr, doch festgegründet
Wie deine Felsenmauern stehn:
So brenne mich in Tatengluten
Wie den Asbest des Felsen rein!
Und kann ich dann kein Leben bluten,
So blut ich Funken wie ein Stein!

Am Palmsonntage

Der Morgentau will steigen!
Sind denn die Palmen grün?
Auf, laßt mit hellen Zweigen
Uns ihm entgegenziehn!
Er will in unser Haus,
In unsre Kammern kommen;
Schon ziehen rings die Frommen
Mit Lobgesang heraus.

Ich kann nicht mit euch gehen,
Mir ist der Odem schwer;
Die Kreuzesfahnen wehen,
Ich folge nimmermehr.

Wie wird so klar die Luft!
O Jesu, süße Helle,
Du kömmst in meine Zelle,
In meine Modergruft!

Was soll ich dir bereiten,
Du wunderlieber Gast?
Ich möchte dich verleiten
Zu langer Liebesrast.
Wohlan, ich schmücke dich,
Will dich mit Blumen binden;
Du sollst dich nicht entwinden,
Das weiß ich sicherlich.

Aus deiner Mutter Rechten
Will ich um deinen Fuß
Die reine Lilie flechten
Mit demutsvollem Gruß.
Daß ich dich feßle ganz
Mit Liebesblumenringen,
Will um dein Haupt ich schlingen
Den heil'gen Rosenkranz.

Den Boden will ich streuen
Mit Palmen ganz und gar,
Mein Leiden dir zu weihen:
Was ich in diesem Jahr
Oft still, oft schwerer trug,
Es liegt zu deinen Füßen,
Es soll mich nicht verdrießen,
Dein Will ist mir genug!

Wie soll ich mich doch finden
In deine Liebesmacht,
Daß du an meine Sünden
So gar nicht hast gedacht!

Ich lasse nicht von dir,
Mußt du gleich wieder scheiden:
Ich fühl es wohl in Freuden,
Du kömmst noch oft zu mir.

Am Montag in der Karwoche

Ev.: Vom verdorrten Feigenbaume. Matth. 21, 18—20

„Wie stehst du doch so dürr und kahl,
Die trocknen Adern leer,
O Feigenbaum!
Ein Totenkranz von Blättern fahl
Hängt rasselnd um dich her
Wie Wellenschaum."
‚O Mensch, ich muß hier stehn, ich muß
Dich grüßen mit dem Todesgruß,
Daß du das Leben fassest,
Es nicht entlassest!'

„Wie halt ich denn das Leben fest,
Daß es mir nicht entrinnt,
O Feigenbaum?"
‚O Mensch, der Wille ist das Best,
Die wahre Treu gewinnt!
Hältst du im Zaum
Die Hoffart und die Zweifelsucht,
Die Lauheit auch in guter Zucht,
Muß dir in diesem Treiben
Das Leben bleiben.'

„Wie bist du denn so völlig tot,
So ganz und gar dahin,
O Feigenbaum?"
‚O Mensch, wie üpp'ges Morgenrot
Ließ ich mein Leben ziehn
Am Erdensaum.
Und weh, und dachte nicht der Frucht!
Da hat mich Gott der Herr verflucht,
Daß ich muß allem Leben
Ein Zeugnis geben.'

„Wer hat dir solches zubereit'
Durch heimlichen Verrat,
O Feigenbaum?"
‚O Mensch, des Herren Aug sieht weit:
Es sieht des Würmleins Pfad
In Blattes Flaum!
Ihm kannst du nichts entdecken noch
Entziehn, er sieht und weiß es doch;
Es lag schon auf der Waage
Am ersten Tage.'

„Du starbest wohl vor langer Zeit,
Weil du so dürr und leer,
O Feigenbaum?"
‚O Mensch, des Herren Hand reicht weit,
Und ist so schnell und schwer,
Du siehst es kaum!
Er nimmt dir seines Lebens Hauch,
Du mußt vergehn wie Dunst und Rauch,
Er braucht nicht Wort noch Stunden,
Du bist verschwunden.'

„Wo bleibt denn seine große Huld,
Was fruchtet denn die Reu,
O Feigenbaum?"
‚O Mensch, gedenk an deine Schuld,
Gedenk an seine Treu!
Schau, in den Raum
Hat er mich gnadenvoll gestellt,
Daß ich durch seine weite Welt
Aus meines Elends Tiefe
Dir warnend riefe.'

„Steht denn kein Hoffen mehr bei dir,
Kein Hoffen in der Not,
O Feigenbaum?"
‚O Mensch, kein Hoffen steht bei mir,
Denn ich bin tot, bin tot!
O Lebenstraum,
Hätt ich dein schweres Sein gefühlt,
Hätt ich nicht frech mit dir gespielt,
Ich stände nicht gerichtet,
Weh mir, vernichtet!'

Am Dienstag in der Karwoche

Ev.: Von der Nächstenliebe. Matth. 22, 34—40

„Gleich deiner eignen Seelen
Sollst du den Nächsten lieben!"
O Herr, was wird noch fehlen,
Bevor dein Wort erfüllt?
So muß denn all mein Denken
Mich rettungslos betrüben;
Wie sich die Augen lenken,
Steht nur der Torheit Bild.

Mein Herr, ich muß bekennen,
Daß, wenn in tiefsten Gründen
Oft meine Sünden brennen,
Mich diese nie gequält!
So ist denn all den Flecken,
Die meine Brust entzünden,
Des Übermutes Schrecken
Noch tötend beigezählt!

Und hast du mich verlassen,
Mein rügendes Gewissen,
Weil ich dich wie zu hassen
In meinen Ängsten schien?
O schärfe deine Qualen,
Und laß mich ganz zerrissen,
Bedeckt mit blut'gen Malen,
Vor Gottes Augen glühn!

Sprich, wolltest du mich trügen?
Und kann der Heller Klingen
Dein feiles Wort besiegen,
Die ich der Armut bot?
O Gold, o schnöde Gabe,
Die alles soll erringen,
So trägst du mir zu Grabe
Mein Letztes in der Not!

Wie oft drang die Versteckte,
Die Sinnlichkeit, zu spenden,
Wenn mich ein Antlitz schreckte,
Vom Elend ganz verzerrt;
Und mußt es bald entrinnen
Den arbeitslosen Händen,
Den ratlos irren Sinnen,
Im Jammer ausgedörrt.

O Gold, o schnöde Gabe,
Wie wenig magst du frommen!
Magst läuten nur zu Grabe
Das letzte Gnadenwehn.
So hast du sondergleichen
Die Liebe mir genommen,
Daß ich kann lächelnd reichen,
Wo Gottes Kinder sehn.

Ihr Sinne, sprecht, ihr scheuen,
Was habt ihr euch entzogen?
Muß euch nicht alles freuen,
Was euch nur freuen mag?
In flatterndem Verlangen
Habt ihr die Lust gesogen,
Indes die Not vergangen
An eurem Jubeltag!

So hab ich deine Pfunde
In Frevelmut vergeudet,
Und für der Armut Wunde
War mir ein Heller gut!
Das wird an mir noch zehren,
Wenn Leib und Seele scheidet,
Wird kämpfen, mir zu wehren
Den letzten Todesmut.

Ich müßte wohl verzagen,
Ich habe viel verbrochen,
Doch da du mich getragen,
Mein Gott, bis diesen Tag,
Wo meiner Seele Grauen
In fremder Kraft gebrochen:
Wie soll sie dem nicht trauen,
Der ihre Bande brach!

Am Mittwochen in der Karwoche

Ev.: Von der Auferstehung der Toten. Matth. 22, 23—33

Wohl, so will ich vorwärts gehen
Mit der schwergepreßten Brust;
Wird doch alles mir bewußt,
Wenn die Toten auferstehen.
Und so lange muß ich tragen,
Dies ist meine größte Not,
All die übermütgen Fragen,
Die mich drücken in den Tod:

Wie ein Leib, der längst entfaltet
Durch der Pflanze milden Saft,
In erneuter Lebenskraft
In den zweiten Leib gestaltet,
Wie er wieder mag erscheinen,
Von dem andern unverwehrt,
Der ihn trug in den Gebeinen,
Und vom dritten längst verzehrt;

Was vom Guten, was vom Bösen
In der Seele mannigfalt;
Wie die heiligste Gewalt
Sich in Erdenlust will lösen;
Daß in jenen zarten Stunden,
Wo wir wie mit Gott vereint,
Uns am schwächsten oft gefunden
Jener ewig rege Feind;

Und noch viele andre Dinge,
Die mir nicht zu wissen not
Und mich drücken in den Tod,
Ach, dem Frommen gar geringe!

Doch in meinem leeren Herzen,
Sonder Wahrheit, sonder Rast,
Lagern sie zu dumpfen Schmerzen,
Eine spitze Felsenlast.

Herr, ich kann sie nicht verbannen,
Nur verschließen fest und treu,
Und das Leben rauscht vorbei,
Und dein Tag treibt sie von dannen!
Sieh, so kann ich gläubig sagen,
Aber meine Seele steht,
Wenn der Tag von allen Tagen
Furchtbar mir vorüber geht.

Wie wenn in beklemmter Schwüle
Eine schwarze Wolkenmacht
Schwärzer dunkelt durch die Nacht,
Daß wir um des Wetters Kühle
Flehn mit allen seinen Schrecken:
Liegt in deiner Ewigkeit,
Wie ein heißer dunkler Flecken,
Jene namenlose Zeit.

Aber wie mit Eisenketten
Schließ ich meine Augen fest,
An die Felsenwand gepreßt,
Vor dem Schwindel mich zu retten.
Und so will ich vorwärts gehen
Mit der schwerbeladnen Brust:
Wenn die Toten auferstehen,
Wird doch alles mir bewußt.

Am Grünendonnerstage

Ev.: Von der Fußwaschung. Joh. 13, 1—15

O Wundernacht, ich grüße!
Herr Jesus wäscht die Füße,
Die Luft ganz stille stand;
Man hört den Atem hallen
Und wie die Tropfen fallen
Von seiner heil'gen Hand.

Da Jesus sich tut beugen,
Ins tiefe Meer sich neigen
Wohl Inseln diesem Gruß.
Ist er so tief gestiegen,
So muß ich ewig liegen
Vor meines Nächsten Fuß.

Herr, ob sich gleich betöret
Die Seele mein empöret
Vor aller Niedrigkeit,
Daß ich vielmehr mein Leben
In Qualen aufzugeben
Für deinen Ruhm bereit:

So gib, daß ich nicht klage,
Wenn du in meine Tage
Hast alle Schmach gebannt;
Laß brennen meine Wunden,
So du mich stark befunden
Zu solchem harten Stand!

O Gott, ich kann nicht bergen,
Wie angst mir vor den Schergen,

Die du vielleicht gesandt,
In Krankheit oder Grämen
Die Sinne mir zu nehmen,
Zu töten den Verstand!

Es ist mir oft zu Sinnen,
Als wolle schon beginnen
Dein schweres Strafgericht;
Als dämmre eine Wolke,
Doch unbewußt dem Volke,
Um meines Geistes Licht.

Doch wie die Schmerzen schwinden,
Die mein Gehirn entzünden,
So flieht der Nebelduft,
Und mit geheimem Glühen
Fühl ich mich neu umziehen
Die frische starke Luft.

Mein Jesu, darf ich wählen,
Ich will mich lieber quälen
In aller Schmach und Leid,
Als daß mir so benommen,
Ob auch zu meinem Frommen,
Die Menschenherrlichkeit.

Doch ist er so vergiftet,
Daß es Vernichtung stiftet,
Wenn er mein Herz umfleußt,
So laß mich ihn verlieren,
Die Seele heimzuführen,
Den reichbegabten Geist.

Hast du es denn beschlossen,
Daß ich soll ausgegossen

Ein tot Gewässer stehn
Für dieses ganze Leben,
So will ich denn mit Beben
An deine Prüfung gehn.

Am Karfreitage

Weinet, weinet, meine Augen,
Rinnt nur lieber gar zu Tränen!
Ach, der Tag will euch nicht taugen,
Und die Sonne will euch höhnen!
Seine Augen sind geschlossen,
Seiner Augen süßes Scheinen;
Weinet, weinet, unverdrossen,
Könnt doch nie genugsam weinen!

Als die Sonne das vernommen,
Hat sie eine Trauerhülle
Um ihr klares Aug genommen,
Ihre Tränen fallen stille.
Und ich will noch Freude saugen
Aus der Welt, der hellen, schönen?
Weinet, weinet, meine Augen,
Rinnt nur lieber gar zu Tränen!

Still, Gesang und alle Klänge,
Die das Herze fröhlich machen!
„Kreuz'ge, kreuz'ge", brüllt die Menge,
Und die Pharisäer lachen.
Jesu mein, in deinen Schmerzen
Kränkt dich ihre Schuld vor allen;
Ach, wie ging es dir zu Herzen,
Daß so viele mußten fallen!

Und die Vöglein arm, die kleinen,
Sind so ganz und gar erschrocken,
Daß sie lieber möchten weinen,
Wären nicht die Äuglein trocken,
Sitzen traurig in den Zweigen,
Und kein Laut will rings erklingen.
Herz, die armen Vöglein schweigen,
Und du mußt den Schmerz erzwingen!

Weg mit goldenen Pokalen,
Süßem Wein vom edlen Stamme!
Ach, ihn sengt in seinen Qualen
Noch des Durstes heiße Flamme,
Daß er laut vor Schmerz muß klagen,
Erd und Himmel muß erbleichen,
Da die Henkersknecht' es wagen
Gall' und Essig ihm zu reichen.

Weiche Polster, seidne Kissen,
Kann mir noch nach euch verlangen,
Da mein Herr so gar zerrissen
Muß am harten Kreuze hangen?
O wie habt ihr ihn getroffen,
Dorn und Nagel, Rut und Spieße!
Doch das Schuldbuch liegt ja offen,
Daß sein heilig Blut es schließe.

In der Erde alle Toten
Fahren auf wie mit Entsetzen,
Da sie mit dem heil'gen roten
Blute sich beginnt zu netzen;
Können nicht mehr ruhn, die Toten,
Wo sein köstlich Blut geflossen;
Viel zu heilig ist der Boden,
Der so teuren Trank genossen.

Er, der Herr in allen Dingen,
Muß die eigne Macht besiegen,
Daß er mit dem Tod kann ringen
Und dem Tode unterliegen.
Gänzlich muß den Kelch er trinken;
Menschenkind, kannst du's ertragen?
Seine süßen Augen sinken,
Und sein Herz hört auf zu schlagen.

Als nun Jesu Herz tut brechen,
Bricht die Erd in ihren Gründen,
Bricht das Meer in seinen Flächen,
Bricht die Höll in ihren Schlünden;
Und der Felsen harte Herzen
Brechen all mit lautem Knalle:
Ob in Wonne, ob in Schmerzen?
Brichts der Rettung, brichts dem Falle?

Und für wen ist denn gerungen
In den qualenvollen Stunden
Und der heil'ge Leib durchdrungen
Mit den gnadenvollen Wunden?
Herz, mein Herz, kannst du nicht springen
Mit den Felsen und der Erde,
Nur, daß ich mit blut'gen Ringen
Neu an ihn gefesselt werde?

Hast du denn so viel gegeben,
Herr, für meine arme Seele,
Ist ihr ewig, ewig Leben
Dir so wert trotz Schuld und Fehle:
Ach, so laß sie nicht gefunden
Sein, um tiefer zu vergehen!
Laß sie deine heil'gen Wunden
Nicht dereinst mit Schrecken sehen!

Am Karsamstage

Tiefes, ödes Schweigen,
Die ganze Erd wie tot!
Lerchen ohne Lieder steigen,
Die Sonne ohne Morgenrot.
Auf die Welt sich legt
Der Himmel matt und schwer,
Starr und unbewegt
Wie ein gefrornes Meer.
O Herr, erhalt uns!

Meereswogen brechen,
Sie toben sonder Schall;
Nur die Menschenkinder sprechen,
Doch schaurig schweigt der Widerhall.
Wie versteinet steht
Der Äther um uns her,
Dringt wohl kein Gebet
Durch ihn zum Himmel mehr.
O Herr, erhalt uns!

Sünden sind geschehen,
Für jedes Wort zu groß,
Daß die Erde müßt vergehen,
Trüg sie nicht Jesu Leib im Schoß.
Noch im Tod voll Huld
Erhält sein Leib die Welt,
Daß in ihrer Schuld
Sie nicht zu Staub zerfällt.
O Herr, verschon uns!

Jesus liegt im Grabe,
Im Grabe liegt mein Gott!
Was ich von Gedanken habe,
Ist doch dagegen nur ein Spott.

Kennt in Ewigkeit
Kein Jesus mehr die Welt?
Keiner, der verzeiht,
Und keiner, der erhält?
O Herr, errett uns!

Ach, auf jene Frommen,
Die seines Heils geharrt,
Ist die Glorie gekommen
Mit seiner süßen Gegenwart.
Harrten seiner Huld,
Vergangenheit die Zeit,
Gegenwart Geduld,
Zukunft die Ewigkeit.
O Herr, erlös uns!

Lange, lange Zeiten
In Glauben und Vertraun
Durch die unbekannten Weiten
Nach unbekanntem Heil sie schaun;
Dachten sich so viel,
Viel Seligkeit und Pracht;
Ach, es war wie Spiel,
Von Kindern ausgedacht!
O Herr, befrei uns!

Herr, ich kann nicht sprechen
Vor deinem Angesicht,
Laß die ganze Schöpfung brechen,
Diesen Tag erträgt sie nicht!
Ach, was naht so schwer?
Ist es die ew'ge Nacht?
Ists ein Sonnenmeer
In tausend Strahlen Pracht?
O Herr, erhalt uns!

Am Ostersonntage

O jauchze, Welt, du hast ihn wieder,
Sein Himmel hielt ihn nicht zurück!
O jauchzet, jauchzet, singet Lieder!
Was dunkelst du, mein sel'ger Blick?

Es ist zu viel, man kann nur weinen,
Die Freude steht wie Kummer da;
Wer kann so großer Lust sich einen,
Der all so große Trauer sah?

Unendlich Heil hab ich erfahren
Durch ein Geheimnis voller Schmerz,
Wie es kein Menschensinn bewahren,
Empfinden kann kein Menschenherz.

Vom Grabe ist mein Herr erstanden
Und grüßet alle, die da sein;
Und wir sind frei von Tod und Banden
Und von der Sünde Moder rein.

Den eignen Leib hat er zerrissen,
Zu waschen uns mit seinem Blut;
Wer kann um dies Geheimnis wissen
Und schmelzen nicht in Liebesglut?

Ich soll mich freun an diesem Tage
Mit deiner ganzen Christenheit,
Und ist mir doch, als ob ich wage,
Da Unnennbares mich erfreut.

Mit Todesqualen hat gerungen
Die Seligkeit von Ewigkeit;
Gleich Sündern hat das Graun bezwungen
Die ewige Vollkommenheit.

Mein Gott, was konnte dich bewegen
Zu dieser grenzenlosen Huld?
Ich darf nicht die Gedanken regen
Auf unsre unermeßne Schuld.

Ach, sind denn aller Menschen Seelen,
Wohl sonst ein überköstlich Gut,
Sind sie es wert, daß Gott sich quälen,
Ersterben muß in Angst und Glut?

Und sind nicht aller Menschen Seelen
Vor ihm nur eines Mundes Hauch
Und ganz befleckt von Schmach und Fehlen,
Wie ein getrübter, dunkler Rauch?

Mein Geist, o wolle nicht ergründen,
Was einmal unergründlich ist:
Der Stein des Falles harrt des Blinden,
Wenn er die Wege Gottes mißt.

Mein Jesus hat sie wert befunden
In Liebe und Gerechtigkeit;
Was will ich ferner noch erkunden?
Sein Wille bleibt in Ewigkeit!

So darf ich glauben und vertrauen
Auf meiner Seele Herrlichkeit,
So darf ich auf zum Himmel schauen
In meines Gottes Ähnlichkeit!

Ich soll mich freun an diesem Tage:
Ich freue mich, mein Jesu Christ!
Und wenn im Aug ich Tränen trage,
Du weißt doch, daß es Freude ist.

Am Ostermontage

Ev.: Von den Jüngern, die nach Emmaus gingen. Luk. 24, 13—35

Herr, eröffne mir die Schrift,
Deiner Worte Liebesmorgen,
Daß er leis im Herzen trifft,
Was gewißlich drin verborgen.
Weiß es selber nicht zu finden,
Bin doch aller Hoffnung voll:
O, die Wolken werden schwinden,
Wenn die Sonne scheinen soll!

Soll der Glaube ferne sein,
Da die Liebe nicht verloren,
Da in Nächten stiller Pein
Mir die Hoffnung neu geboren?
Du mein Gott der Huld und Treue,
Den des Würmleins Krümmen rührt,
Hättest du umsonst die Reue
In dies starre Herz geführt?

Nein, mein Herr, das hast du nicht,
Deine Seelen sind dir teuer;
Wo nur noch ein Fünklein spricht,
Nahst du gern mit deinem Feuer.
O, ich fühl es wohl, wie leise
Sich das neue Leben regt,
An der Gnade zarte Speise
Seine schwachen Lippen legt.

Manches ist mir wunderbar,
Manches muß mir dunkel scheinen,
Doch in deiner Liebe klar
Wird sich alles freudig einen.

War der Nebel nur des Bösen,
Was als Nacht mich zagen ließ:
Wie sich meine Sünden lösen,
Tret ich aus der Finsternis.

Herr, mit Tränen dank ich dir
Für dein übergnädig Walten,
Daß du deinen Glauben mir
In der Sünde vorenthalten:
Ach, ich hätte wie im Grimme
Neue Frevel nur erspäht,
Bis mir des Gewissens Stimme
Von dem Sturme überweht.

Deine Gnad ist weich und warm,
Mag der Sorgfalt nicht entbehren,
Und mein Herz war kalt und arm,
Solchen zarten Gast zu nähren;
Aber wie die Quellen springen,
Losgerissen von dem Weh,
Taucht sie sich mit milden Schwingen
In den heißen roten See.

Herr, ich habe viel geweint,
Daß ich oft wie zu zergehen
In der Seelennot gemeint,
Und wie ist mir heut geschehen,
Daß ich gar so voll der Freuden
Und mich keine Angst bezwingt,
Ob mir gleich das alte Leiden
Riesig an die Seele dringt!

Und bei deinem heil'gen Buch,
Was mir heute fast wie offen,
Denk ich keinen einz'gen Fluch,
Kann nur lieben, kann nur hoffen,

Seh dich nur als Kindlein neigen,
Alles lieblich, alles lind,
Deine harten Worte schweigen,
Und ich weiß nicht, wo sie sind.

Das ist nur für diesen Tag!
O, viel anders wird es kommen,
Denn zu groß ist meine Schmach,
Solche Lust kann ihr nicht frommen;
Hast nur deinen Blitz gesendet,
Daß nicht irr in meiner Pein
Ich mich wieder zugewendet
Dem verlaßnen Götzenhain.

Du unendlich süßes Glück,
Muß ich wieder dich verlieren,
Laß mir nur dein Bild zurück,
In dem Grolle mich zu rühren!
Oder, Herr, soll dieser Stunde
Überschwenglich Heil erstehn,
O, so laß des Grolles Wunde
Mir als Trauer offen gehn!

Am ersten Sonntag nach Ostern

Ev.: Jesus geht durch verschlossene Türen und spricht: „Der Friede sei mit euch!“ Joh. 20, 19—31

Und hast du deinen Frieden denn gegeben
An alle, die sich sehnen um dein Heil,
So will ich meine Stimme auch erheben:
Hier bin ich, Vater, gib auch mir mein Teil!
Warum sollt ich, ein ausgeschloßnes Kind,
Allein verschmachtend um mein Erbe weinen?
Warum nicht sollte deine Sonne scheinen,
Wo doch im Boden gute Keime sind?

Oft mein ich zwar, zum Beten sei genommen
Mir alles Recht, da es so trüb und lau,
Mir könne nur geduldig Harren frommen
Und starrer Aufblick zu des Himmels Blau:
Doch Herr, der du dem Zöllner dich gesellt,
O laß nicht zu, daß ich in Nacht verschwimme;
Dem irren Lamme ruft ja deine Stimme,
Und um den Sünder kamst du in die Welt.

Wohl weiß ich, wie es steht in meiner Seelen,
Wie glaubensarm, wie trotzig und verwirrt;
Ach, daß sich, daß sich manches mochte hehlen —
Ich fühle, wie es durch die Nerven schwirrt,
Und kraftlos folg ich seiner trüben Spur.
Mein Helfer, was ich nimmer mag ergründen,
Du kennst es wohl, du weißt es wohl zu finden,
Du bist der Arzt, ich bin der Kranke nur.

Und hast du tief geschaut in meine Sünden,
Wie nicht ein Menschenauge schauen kann;
Hast du gesehn, wie in den tiefsten Gründen
Noch schlummert mancher wüste, dunkle Wahn:

Doch weiß ich auch, daß keine Trän entschleicht,
Die deine treue Hand nicht hat gewogen,
Und daß kein Seufzer dieser Brust entflogen,
Der dein barmherzig Ohr nicht hat erreicht.

Du, der verschloßne Türen kann durchdringen,
Sieh, meine Brust ist ein verschloßnes Tor.
Zu matt bin ich, die Riegel zu bezwingen,
Doch siehst du, wie ich angstvoll steh davor:
Brich ein! Brich ein! O komm mit deiner Macht!
Laß brausen deines Sturmes Gnadenwogen!
O laß mich schauen deinen Friedensbogen,
Laß fallen deinen Strahl in meine Nacht!

Nicht weich ich, eh ich einen Schein gesehen,
Und wär er schwach wie Wurmes Flimmer auch;
Und nicht von dieser Schwelle will ich gehen,
Bis ich vernommen deiner Stimme Hauch.
So sprich, mein Vater, sprich denn auch zu mir
Mit jener Stimme, die Maria nannte,
Als sie verkennend, weinend ab sich wandte,
O sprich: „Mein Kind, der Friede sei mit dir!"

Am zweiten Sonntag nach Ostern

Ev.: Vom guten Hirten. Joh. 10, 11—16

Ein guter Hirt läßt seine Schafe nimmer!
O wehe, Hirt! den ein verkümmert Lamm
Einst klagend nennen wird mit Angstgewimmer,
Ein blutend wundes, eins voll Wust und Schlamm.
Was willst du sagen? Schweig!
Dein Wort ist tot, der Stirne Zeichen Kains gleich.

Weh Fürsten euch, die ihr des Volkes Seelen
Gen Vorteil wägt und irdisches Gedeihn!
Weh Eltern, denen Kindes glänzend Fehlen
Weit lieber ist als Einfalt sonder Schein!
Ihr warbt euch das Gericht,
Sprecht nicht von Ehre! Eure kennt man drüben nicht.

Hausväter, wehe! die ein dienend Wesen
Nur an sich nahmen wie gedingten Leib;
Unwürdig seid zu Hirten ihr erlesen
Freundlosem Manne, unberatnem Weib:
Habt ihr gewußt und schwiegt,
Seht, jeder Flecken brandig an der Hand euch liegt!

Und wehe, wehe allen, deren Händen
Ward anvertraut ein überschwenglich Gut!
Weh, Lehrer euch! die Herzen, leicht zu wenden,
Vergiftet habt mit Hohn und Übermut.
Die Pfund', euch vorgestreckt,
Nicht wohl vergrubt ihr sie, habt sie mit Rost befleckt.

Doch bist du frei? Darfst du so kühn denn sprechen
Das Bannwort über tausend Menschen aus?
Wem Kron und Macht, wem Haus und Hof gebrechen,
Schließt ihn die Pflicht von ihren Schranken aus?
Denk nach! Schwer ist die Frag!
Um dein und fremde Seele gilts: Denk nach!

Wenn Kinderohr an deinen Lippen hänget,
Wenn Kinderblick in deinen Augen liest,
Wenn jedes kecke Wort, das vor sich dränget,
Wie glühend Blei in zarte Ohren fließt:
Bist du dann nicht der Hirt?
Ist dein die Schuld nicht, wenn das arme Lamm verirrt?

Und wenn ein schwach Gemüt, ein stumpfes Sinnen
Neugierig horcht auf jedes Wort von dir,
Um alles möchte Gleichheit sich gewinnen,
Aufzeichnet jede Miene mit Begier:
O, spricht nicht dies Gesicht:
Ich acht auf dich, bei Gott! verdirb mich nicht?

Hast du mir, Herr, an diesem Tag erschlossen,
Wenn nie so ernst zuvor ich nachgedacht,
So knie ich denn, in Flehen hingegossen:
Hier ist der Wille, gib mir nun die Macht!
Der Sinn, so rasch und leicht,
Leg deine schwere Hand auf ihn, bis er entweicht!

Gewitter kannst mit deinem Hauch du hemmen,
Aus dürrem Sande Palmeninseln ziehn:
O hilf auch mir, den wilden Strom zu dämmen,
Laß nicht an meiner Stirn das Kainszeichen glühn!
Und steht vielleicht es dort,
Nimm meine Tränen, Herr, und lösch es fort!

Am dritten Sonntag nach Ostern

Ev.: „Über ein kleines werdet ihr mich sehen." Joh. 16, 16—22

Ich seh dich nicht!
Wo bist du denn, o Hort, o Lebenshauch?
Kannst du nicht wehen, daß mein Ohr es hört?
Was nebelst, was verflatterst du wie Rauch,
Wenn sich das Aug nach deinen Zeichen kehrt?
Mein Wüstenlicht,
Mein Aaronsstab, der lieblich könnte grünen,
Du tust es nicht;
So muß ich eigne Schuld und Torheit sühnen!

Heiß ist der Tag,
Die Sonne prallt von meiner Zelle Wand;
Ein traulich Vöglein flattert ein und aus,
Sein glänzend Auge fragt mich unverwandt:
Schaut nicht der Herr zu diesen Fenstern aus?
Was fragst du nach?
Die Stirne muß ich senken und erröten.
O bittre Schmach:
Mein Wissen mußte meinen Glauben töten!

Die Wolke steigt,
Und langsam über den azurnen Bau
Hat eine Schwefelhülle sich gelegt;
Die Lüfte wehn so seufzervoll und lau,
Und Angstgestöhn sich in den Zweigen regt;
Die Herde keucht.
Was fühlt das stumpfe Tier? Ists deine Schwüle?
Ich steh gebeugt:
Mein Herr, berühre mich, daß ich dich fühle!

Ein Donnerschlag!
Entsetzen hat den kranken Wald gepackt.
Ich sehe, wie im Nest mein Vogel duckt,
Wie Ast an Ast sich ächzend reibt und knackt,
Wie Blitz an Blitz durch Schwefelgassen zuckt.
Ich schau ihm nach:
Ists deine Leuchte nicht, gewaltig Wesen?
Warum denn, ach,
Warum nur fällt mir ein, was ich gelesen?

Das Dunkel weicht,
Und wie ein leises Weinen fällt herab
Der Wolkentau; Geflüster fern und nah.
Die Sonne senkt den goldnen Gnadenstab,
Und plötzlich steht der Friedensbogen da.

Wie? Wird denn feucht
Mein Auge? Ist nicht Dunstgebild der Regen?
Mir wird so leicht!
Wie? Kann denn Halmes Reibung mich bewegen?

Auf Bergeshöhn
Stand ein Prophet und suchte dich wie ich:
Da brach ein Sturm der Riesenfichte Ast,
Da fraß ein Feuer durch die Wipfel sich;
Doch unerschüttert stand der wüste Gast.
Da kam ein Wehn
Wie Gnadenhauch, und zitternd überwunden
Sank der Prophet
Und weinte laut und hatte dich gefunden.

Hat denn dein Hauch
Verkündet mir, was sich im Sturme barg,
Was nicht im Blitze sich enträtselt hat,
So will ich harren auch, schon wächst mein Sarg,
Der Regen fällt auf meine Schlummerstatt!
Dann wird wie Rauch
Entschwinden eitler Weisheit Nebelschemen,
Dann schau ich auch,
Und meine Freude wird mir niemand nehmen.

Am vierten Sonntag nach Ostern

Ev.: „Ich gehe zu dem, der mich gesandt hat." Joh. 16, 5—14

Nicht eine Gnadenflamme hehr
Vor deinem Volke soll ich gehn,
Nein, ein versteinert Leben schwer
Wie Sodoms Säule muß ich stehn
Und um mich her
Die Irren träumend schwanken sehn.

Und ob auch Öde mich umgibt,
Ob mich erstickt der Nebel fast,
Mir Wirbelsand die Augen trübt,
Doch weiß ich, daß mein Sein dich faßt,
Daß es dich liebt,
Und daß du mich gesendet hast.

Den Lebenshauch halt ich von dir,
Unsterblich hast du mich gemacht;
Nicht Glut, nicht Dürre schadet mir,
Ich weiß, ich bin in deiner Wacht,
Und muß ich hier
Auch stehn wie ein Prophet der Nacht.

Ich hebe meine Stimme laut,
Ein Wüstenherold für die Not:
Wacht auf, ihr Träumer, aufgeschaut!
Am Himmel brennt das Morgenrot.
Nur aufgeschaut!
Nur nicht zurück, dort steht der Tod!

Nur aufgeschaut, nur nicht zurück!
Laßt Menschenweisheit hinter euch!
Sie ist der Tod; ihr schnödes Glück
Ist übertünchtem Grabe gleich.
O hebt den Blick!
Der Himmel ist so mild und reich.

Könnt ich mein Auge heben nur,
Mein steinern Auge zu dem Blau:
Wie sög ich aus der Himmelsflur
So liebekrank den milden Tau!
Doch hat Natur
Und Schuld verschlossen mir die Brau.

Ob nimmer sich die Rinde hebt?
Ach einmal, einmal muß es sein!
Wenn Sodoms Säule sich belebt,
Dann bricht auch meine Stunde ein,
Wenn es durchbebt
Den armen blutberaubten Stein.

Dann soll ich wissen, was ich bin,
Warum so todesstarr und matt;
Dann weiß ich, was den klaren Sinn
Getrieben zu der öden Statt;
Dann knie ich hin
Vor dem, der mich gesendet hat.

Am fünften Sonntag nach Ostern

Ev.: „Bittet, so werdet ihr empfangen. — Nun wissen wir, daß du alles weißt." Joh. 16, 23—30

In seinem Namen darf ich beten,
Er hat es selber mir gesagt;
Mit seinem Gnadenstempel treten
Vor ihren Schöpfer darf die Magd.
O süßes Anrecht mir gegeben!
O Zuversicht, die ihm entsprießt!
Wie weiß ich heut von keinem Beben,
Wo mich sein Sonnenschein umfließt!

So tret ich denn in Jesu Namen,
Mein Schöpfer, vor dein Angesicht:
Wo stehn die Blinden und die Lahmen,
Dort ist mein Platz und mein Gericht.

Und bin ich der Geringsten eine,
Die knieen unter seinem Schild:
Für alle, alle ist ja deine
So überreiche Hand gefüllt.

Vertrauend will ich zu dir nahen,
Und spräch auch Törichtes mein Mund,
Nur Gnädiges werd ich empfahen,
Du wirst mir geben, was gesund.
Ob schwach und irrend die Gedanken,
Vertrauend bring ich sie dir dar,
Und ziehen wirst du selbst die Schranken
Und treu mein Bestes nehmen wahr.

Ich bitte nicht um Glück der Erden,
Nur um ein Leuchten nun und dann,
Daß sichtbar deine Hände werden,
Ich deine Liebe ahnden kann,
Nur in des Lebens Kümmernissen
Um der Ergebung Gnadengruß:
Dann wirst du schon am besten wissen,
Wieviel ich tragen kann und muß.

Auch nicht um Ruhm will ich dich bitten,
Dem meine Schultern viel zu schwach;
Nur in der Menschenstimmen Mitten
Mir bleibe das Bewußtsein wach,
Daß, wie die Meinung kreist und rennet,
Doch einer ist, der nimmer irrt,
Und jedes Wort, das ihn nicht kennet,
Mich tausendfach gereuen wird.

Gesundheit, teures Erdenlehen,
Ach, schmerzlich hab ich dich entbehrt!
Doch nur um dieses mag ich flehen:
Die Seele bleibe ungestört,

Daß nicht die wirbelnden Gedanken
Der kranke Dunst bezwingen mag,
Daß durch der bängsten Nebel Schranken
Ich immer ahnde deinen Tag.

Viel warme Liebe hält umfangen
Dies öde Ich zu süßem Schmerz
Und läßt die Sühne nicht gelangen
An mein nach Strenge dürstend Herz.
O schütze mich vor jener Milde,
Die meinen Mängeln viel zu still;
Halt du den Spiegel mir zum Bilde,
Wenn Freundes Rechte zögern will!

Ich möchte noch um vieles bitten,
Doch besser schweigend knie ich hier;
Er, der für mich am Kreuz gelitten,
Mein milder Anwalt steht bei mir.
Ich wandle stets in Finsternissen,
Er war es stets, der Strahlen warf:
Der alles weiß, sollt er nicht wissen,
Was seine arme Magd bedarf?

An Christi Himmelfahrtstage

Er war ihr eigen dreiunddreißig Jahr.
Die Zeit ist hin, ist hin!
Wie ist sie doch nun alles Glanzes bar,
Die öde Erd, auf der ich atm' und bin!
Warum durft ich nicht leben, als sein Hauch
Die Luft versüßte, als sein reines Aug
Gesegnet jedes Kraut und jeden Stein?
Warum nicht mich? Warum nicht mich allein?
O Herr, du hättest mich gesegnet auch!

Dir nachgeschlichen wär ich überall
Und hätte ganz von fern,
Verborgen von Gebüsches grünem Wall,
Geheim betrachtet meinen liebsten Herrn.
Zu Martha hätt ich bittend mich gewandt
Um einen kleinen Dienst für meine Hand:
Vielleicht den Herd zu schüren dir zum Mahl,
Zum Quell zu gehn, zu lüften dir den Saal.
Du hättest meine Liebe wohl erkannt.

Und draußen in des Volkes dichtem Schwarm
Hätt ich versteckt gelauscht
Und deine Worte, lebensreich und warm,
So gern um jede andre Lust getauscht;
Mit Magdalena hätt ich wollen knien,
Auch meine Träne hätte sollen glühn
Auf deinem Fuß; vielleicht dann, ach, vielleicht
Wohl hätte mich dein selig Wort erreicht:
„Geh hin, auch deine Sünden sind verziehn!"

Umsonst! Und zwei Jahrtausende nun fast
Sind ihrem Schlusse nah,
Seitdem die Erde ihren süßen Gast
Zuletzt getragen in Bethania.
Schon längst sind deine Martyrer erhöht,
Und lange Unkraut hat der Feind gesät;
Gespalten längst ist deiner Kirche Reich,
Und trauernd hängt der mühbeladne Zweig
An deinem Baume; doch die Wurzel steht.

Geboren bin ich in bedrängter Zeit;
Nach langer Glaubensrast
Hat nun verschollner Frevel sich erneut;
Wir tragen eine fast vergeßne Last,
Und wieder deine Opfer stehn geweiht.
Ach, ist nicht Lieben seliger im Leid?

Bist du nicht näher, wenn die Trauer weint,
Wo drei in deinem Namen sind vereint,
Als Tausenden im Schmuck und Feierkleid?

's ist sichtbar, wie die Glaubensflamme reich
Empor im Sturme schlägt,
Wie mancher, der zuvor Nachtwandlern gleich,
Jetzt frisch und kräftig seine Glieder regt.
Gesundet sind die Kranken; wer da lag
Und träumte, ward vom Stundenschlage wach;
Was sonst zerstreut, verflattert in der Welt,
Das hat um deine Fahne sich gestellt,
Und jeder alte, zähe Firnis brach.

Was will ich mehr? Ist es vergönnt dem Knecht,
Die Gabe seines Herrn
Zu meistern? Was du tust, das sei ihm recht!
Und ist dein Lieben auch ein Flammenstern,
Willst läutern du durch Glut, wie den Asbest,
Dein Eigentum von fauler Flecken Pest:
Wir sehen deine Hand und sind getrost,
Ob über uns die Wetterwolke tost,
Wir sehen deine Hand, wir stehen fest.

Am Sonntag vor Pfingsten

Ev.: „Aber solches habe ich zu euch geredet, damit, wenn die Stunde kömmt, ihr daran gedenket, daß ich es euch gesagt habe."
Joh. 15, 26—16, 4

Erwacht! Der Zeitenseiger hat
Auf die Minute sich gestellt!
Dem rostigen Getriebe matt
Ein neues Rad ist zugesellt:
Die Glocke bebt, der Hammer fällt.

Wie den Soldaten auf der Wacht
Die Ronde schreckt aus dumpfer Ruh,
So durch gewitterschwüle Nacht
Ruft uns die Zeitenstimme zu:
Wie nennst du dich? Wer bist denn du?

Und mancher, der im langen Traum
Den eignen Namen fast verschlief,
Stieß nun von sich den schnöden Flaum
Und hastig die Parole rief,
So ernst die Glocke sprach und tief.

Wer möchte sich in solcher Zeit
Von deinem Heere schließen aus?
Was Lenz und Sonne hat zerstreut,
Das sucht im Sturme wohl sein Haus,
Nur Vagabunden bleiben draus.

Dem Kleinsten ward sein wichtig Teil,
Umsonst hat keiner seinen Stand.
Mag, was da hoch, zu Kraft und Heil
Uns leuchten von der Zinne Rand,
Doch nur die Masse schützt das Land.

Ist es ein schwacher Posten auch,
Auf den mich deine Hand gestellt:
So ward mir doch des Wortes Hauch,
Das furchtlos wandelt durch die Welt,
Gleich, ob es dunkelt oder hellt.

Tu nur ein jeder, was er kann,
Daß hülfreich stehe Schaft an Schaft;
Der Niedre schließe treulich an,
Der Hohe zeige seine Kraft:
Dann weiß ich wohl, wer Rettung schafft!

Am Pfingstsonntage

Still war der Tag, die Sonne stand
So klar an unbefleckten Domeshallen;
Die Luft, in Orientes Brand
Wie ausgedörrt, ließ matt die Flügel fallen.
Ein Häuflein sieh, so Mann als Greis,
Auch Frauen, knieend; keine Worte hallen,
Sie beten leis!

Wo bleibt der Tröster, treuer Hort,
Den scheidend doch verheißen du den Deinen?
Nicht zagen sie, fest steht dein Wort,
Doch bang und trübe muß die Zeit wohl scheinen.
Die Stunde schleicht; schon vierzig Tag'
Und Nächte harrten sie mit stillem Weinen
Und sahn dir nach.

Wo bleibt er? Wo nur? Stund an Stund,
Minute will sich reihen an Minuten.
Wo bleibt er denn? Und schweigt der Mund,
Die Seele spricht es unter leisem Bluten.
Der Wirbel stäubt, der Tiger ächzt
Und wälzt sich keuchend durch die sand'gen Fluten,
Die Schlange lechzt.

Da, horch, ein Säuseln hebt sich leicht!
Es schwillt und schwillt und steigt zu Sturmes Rauschen.
Die Gräser stehen ungebeugt;
Die Palme, starr und staunend, scheint zu lauschen.
Was zittert durch die fromme Schar,
Was läßt sie bang und glühe Blicke tauschen?
Schaut auf! Nehmt wahr!

Er ists, er ists! Die Flamme zuckt
Ob jedem Haupt; welch wunderbares Kreisen,
Was durch die Adern quillt und ruckt!
Die Zukunft bricht; es öffnen sich die Schleusen,
Und unaufhaltsam strömt das Wort,
Bald Heroldsruf und bald im flehend leisen
Geflüster fort.

O Licht, o Tröster, bist du, ach!
Nur jener Zeit, nur jener Schar verkündet?
Nicht uns, nicht überall, wo wach
Und Trostes bar sich eine Seele findet?
Ich schmachte in der schwülen Nacht;
O leuchte, eh das Auge ganz erblindet!
Es weint und wacht.

Am Pfingstmontage

Ev.: „. . . Wer aber nicht glaubt, der ist schon gerichtet."
Joh. 3, 16—21

Ist es der Glaube nur, dem du verheißen,
Dann bin ich tot.
O, Glaube wie lebend'gen Blutes Kreisen,
Er tut mir not!
Ich hab ihn nicht.
Ach, nimmst du statt des Glaubens nicht die Liebe
Und des Verlangens tränenschweren Zoll,
So weiß ich nicht, wie mir noch Hoffnung bliebe:
Gebrochen ist der Stab, das Maß ist voll
Mir zum Gericht.

Mein Heiland, der du liebst, wie niemand liebet,
Fühlst du denn kein
Erbarmen, wenn so krank und tiefbetrübet
Auf kaltem Stein

Dein Ebenbild
In seiner Angst vergehend kniet und flehet?
Ist denn der Glaube nur dein Gotteshauch?
Hast du nicht tief in unsre Brust gesäet
Mit deinem eignen Blut die Liebe auch?
O sei doch mild!

Ein hartes, schweres Wort hast du gesprochen:
Daß, wer nicht glaubt,
Gerichtet ist. So bin ich ganz gebrochen;
Doch so beraubt
Läßt er mich nicht,
Der hingab seinen Sohn, den eingebornen,
Für Sünder wie für Fromme allzugleich.
Zu ihm ich schau, die Ärmste der Verlornen,
Nur um ein Hoffnungswort; er ist so reich,
Mein Gnadenlicht.

Du Milder, der die Taufe der Begierde
So gnädiglich
Besiegelt selbst mit Sakramentes Würde:
Nicht zweifle ich,
Du hast gewiß
Den Glauben des Verlangens, Sehnens Weihe
Gesegnet auch; sonst wärst du nimmermehr
So groß an Milde und so stark an Treue,
Schlügst du den Kranken, der sich leidensschwer
Auf dich verließ.

Was durch Verstandes Irren ich verbrochen,
Ich hab es ja
Gebüßt so manchen Tag und manche Wochen;
So sei mir nah!

Nach meiner Kraft,
Die freilich ich geknickt durch eigne Schulden,
Doch einmal aufzurichten nicht vermag,
Will hoffen ich, will sehnen ich, will dulden:
Dann gibst du Treuer wohl den Glauben nach,
Der Hülfe schafft.

Am ersten Sonntag nach Pfingsten (Dreifaltigkeit)

Ev.: „Darum gehet hin und lehret alle Völker und taufet sie ..."
Matth. 28, 18—20

Bin ich getauft in deinem Zeichen,
Du heilige Dreifaltigkeit,
Nun bleibt es mir und kann nicht weichen,
In dieser nicht und jener Zeit.
Ich fühle durch Verstandes Frost,
Durch Menschenwortes Nebelrennen
Es wie ein klares Funkeln brennen
Und zehren an dem alten Rost.

In deinem Tempel will sichs regen,
Wo ich als deine Magd erschien,
Und unter deines Priesters Segen
Fühl ich es leise Nahrung ziehn.
Wenn eine teure Mutterhand
Das Kreuz mir zeichnet auf die Stirne,
Dann zuckts lebendig im Gehirne
Und meine Sinne stehn in Brand.

Ja selbst zur Nacht, wenn alle schlafen
Und über mich die Angst sich legt,
In der Gedanken öden Hafen
Der Zweifel seine Flagge trägt:

Wie eine Phosphorpflanze noch
Fühl ich es warm und leuchtend schwellen.
Und über die verstörten Wellen
Legt sich ein leiser Schimmer doch.

Und muß mir zum Gericht gereichen
Die Lebenspflanze mir gesellt,
Die ich versäumte sondergleichen
Und dürrem Holze gleichgestellt:
So ist sie in der Sünden Bann,
Des Geistes schwindelnden Getrieben
Mein heimlich Kleinod doch geblieben,
Und angstvoll hängt mein Herz daran.

Ob ich vor deiner Geißel zage,
Nichts kömmt doch dem Bewußtsein gleich,
Daß dennoch ich dein Zeichen trage
Und blute unter deinem Streich.
Fluch allem, was von dir mich stößt!
Dein will ich sein, von dir nur stammen!
Viel lieber sollst du mich verdammen,
Als daß ein andrer mich erlöst.

Am Fronleichnamstage

Ev.: „. . .Wie mich der lebendige Vater gesendet hat, und ich um des Vaters willen lebe, so wird der, welcher mich isset, um meinetwillen leben.“ Joh. 6, 56—59

O fasse Mut, er ist dir nah!
Du hast sein Fleisch, sein heilig Blut
Genossen ja.
O meine arme Seele, fasse Mut,
Er ist ja dein, er ward dein Fleisch und Blut.

Nicht wie du solltest, reich und warm
Kamst freilich du zu seinem Mahl:
Du warst ein arm
Zerlumpter Gast; doch zitterte die Qual
In dir des Sehnens; Tränen sonder Zahl

Hast du vergossen in der Angst,
Die dennoch Freudeschauer war:
Sprich, warum bangst
Du vor der Arzenei, so süß und klar,
Die Leben dir und Frieden bietet dar?

Wohl ist es furchtbar, seinen Gott
Zu einen mit dem sünd'gen Leib;
Es klingt wie Spott.
O Herr, ich bin ein schwach und wirres Weib;
Und stärker als die Seele ist der Leib!

So hab ich schuldbeladen dir
In meinen Sünden mich vereint;
Doch riefst du mir
So laut wie einem, der um Leben weint:
So ist es Gnade, was von oben scheint.

Und hast du des Verstandes Flug
Zu meiner Prüfung mir gestellt:
Er ist ein Trug.
Doch hast du selber ja, du Herr der Welt,
Hast selber den Verführer mir gesellt.

Drum trau ich, daß du dessen nicht
Vergessen wirst an jenem Tag,
Daß dein Gericht
Mir sprechen wird: Den Irren seh ich nach;
Das Herz war willig, nur dein Kopf war schwach.

Am zweiten Sonntag nach Pfingsten

Ev.: „Der eine sprach: Ich habe ein Landhaus gekauft, der andre sprach: Ich habe ein Weib genommen, deshalb kann ich nicht kommen ...“ Luk. 14, 16—24

Ein Haus hab ich gekauft, ein Weib hab ich genommen,
Drum, Herr, kann ich nicht kommen.
Das Haus mein Erdenleib,
Des ich in Ruh muß pflegen;
Die Poesie das Weib,
Dem ich zu Füßen legen
Will meiner Muße Frommen
Zu süßem Zeitvertreib.

Gebrechlich ist mein Haus, bedarf gar sehr der Stützen,
Soll es mir ferner nützen.
So lieblich ist die Frau,
Sie zieht mich ohne Maßen
Zu ihrer Schönheit Schau.
Ach, ihr mag ich wohl lassen
Der lichten Stunden Blitzen,
Der Träume Dämmertau.

Was fühl ich denn so heiß in meinem Busen quellen,
Als wollt es ihn zerschellen?
Was flüstert an mein Ohr?
Mich dünkt es, eine Stimme
Dring aus dem Bau hervor
Wie in verhaltnem Grimme,
Wie zorn'gen Meeres Wellen,
Und spricht: O Tor, du Tor!

Kein Haus hast du gekauft, es ward dir nur verpfändet,
Bis jener Faden endet,
Des Dauer keiner kennt
Und keiner mag verlängen:

Die Spindel rollt und rennt.
Ach, jener Stunde Drängen
Hat keiner noch gewendet,
So tief die Angst ihn brennt!

Nicht lieblich ist die Frau, 's ist eine strenge Norne:
Erzittre ihrem Zorne,
Sie schlürft dein Leben auf!
Und muß es dann entrinnen,
So tu den besten Kauf:
Wohl magst du dir gewinnen,
Was aller Freuden Borne
Wiegt überselig auf.

Drum sorge ferner nicht um deines Hauses Wände:
Des Eigentümers Hände
Sind schützend drauf gelegt;
Und wie ein Wuchrer handle,
Um was dein Herz bewegt;
Mit jener Frau verwandle
In Himmelshauch die Spende,
Der übern Abgrund trägt!

Am dritten Sonntag nach Pfingsten

Ev.: Vom reichen Manne. Luk. 16, 19—31

Doch zu dem Reichen
Sprach Abraham: Und hörten nie
Sie Moses noch Prophetenschar,
Dann wahrlich nimmer glauben sie,
Stellt sich ein Toter ihnen dar.
So ward die Scheidewand gelegt,
Und auf den Grabstein hat geprägt
Die Ewigkeit ihr stummes Zeichen.

Wie brünstig flehend
Hab ich so oft in mancher Nacht
An meine Toten mich gewandt,
Wie manchen Stundenschlag bewacht,
Wenn grau und wirbelnd lag das Land!
Und nicht ein Zeichen ward mir je,
Kein Knistern in des Lagers Näh,
Kein Schimmer längs den Wänden gehend.

Hab ichs gefunden
Doch hart und lieblos manches Mal,
Daß das, dem ich so heiß geneigt,
Nicht einen Laut für meine Qual,
Kein Zeichen hatte noch so leicht.
An ihrer Statt, so dünkte mich,
Würd alles, alles wagen ich,
Zu lindern des Geliebten Wunden.

Ihr konntets nimmer!
Ausfechten sollen wir den Kampf
Und bleiben dem Geschick die Macht.
Ich fühl es wohl, der Seele Krampf
Zerrinnen müßte mit der Nacht;
Ja, mit dem letzten Nebeltraum
Zerfließen muß des Bösen Schaum;
Drum bleibt die Wahrheit nur ein Schimmer.

O mög uns bleiben
In diesem grau und trüben Stand,
Wo Schatten lagern überm Licht,
Nur reiner Liebesfackel Brand;
Dann sind wir auch verlassen nicht!
Und wie das Schiff in wüster See,
Vertrauend auf des Pharus Näh,
Mag unser Kahn zum Hafen treiben.

Dem reichen Manne
Sprach nicht ein Wort von Zweifels Not
Die schreckliche Verdammnis aus,
Nein, nur das ungebrochne Brot,
Als ächzend lag vor seinem Haus
Der Arm' und Sieche. Dies allein
Hat lastend wie ein Mühlenstein
Ihn fortgewälzt zu Pein und Banne.

Hier steht die Stelle:
„Und als er in die Qualen kam,
Da hob die Augen er empor,
Sah in der Ferne Abraham,
Umgeben von der Heil'gen Chor,
Und Lazarum in seinem Schoß,
Der Schwären frei, der Plagen los;
Er aber — er war in der Hölle!"

Am vierten Sonntag nach Pfingsten

Ev.: Vom verlornen Schafe. Luk. 15, 1—7

So ist aus deines heil'gen Buches Schein
Gefallen denn ein Strahl in meine Nacht,
In meines Herzens modergrauen Schacht.
Du gabst ihn, Herr, du hast mir selbst gebracht,
Was ewig meiner Hoffnung Edelstein.

Es ist zu viel, zu viel, ich faß es kaum:
Um meine ganz versunkne Seele, weh,
So öd und aschig wie Gomorrhas See,
Um sie soll Freude sein in deiner Höh!
Es ist zu viel, weh mir, es ist ein Traum.

Kann wachsen denn wie des Polypen Arm
Aus Tränen die verlorne Eigenschaft?
Zieht mir die Reue wieder ein die Kraft?
Ist es genug, wenn tot die Leidenschaft
Zerfressen liegt wie ein Insektenschwarm?

Ist es genug vor deiner Gnad und Lieb,
Wenn über das Gebäude ausgebrannt
Sich sehnsuchtsvoll und betend streckt die Hand,
Die Hand, so alle Übel ausgesandt,
Die Hand, der, ach, das brand'ge Zeichen blieb?

Und doch hast du ein heilig Wort gesandt,
Uns bindend mit gewalt'ger Gnadenpflicht,
Zu glauben gegen eigenes Gericht,
Was stöhnend aus des Herzens Kammern bricht
Und selber die Verwerfung sich erkannt.

Zu glauben, ach, wie süß, und ach, wie schwer!
Weh, nicht auf meine Sünden darf ich schaun,
Soll nicht in ihrem Schlamme das Vertraun
Ersticken wie ein Wild in Sumpfesgraun,
Wie ein Gevögel ob dem Toten Meer.

Was du gesprochen, Herr, wer meisterts kühn?
Bist gnäd'ger du, als Menschensinn ermißt,
So bist du, Herr, der Heiland und der Christ,
Und ich, die nur ein düstrer Schatten ist,
Was darf ich anders tun als glaubend knien?

Am fünften Sonntag nach Pfingsten

Ev.: Vom Splitter und Balken. Luk. 6, 36—42

Ein Abgrund hat sich aufgetan
Dem Auge meiner Seele;
Verdorrt steht meines Lebens Bahn,
Wie ich es mir verhehle;
Die Wahrheit alle Schleier bricht:
Weh mir, die Liebe hab ich nicht!

Hat sich mein Herz so manches Mal
Verzweifelnd dran gehangen,
Wenn meine Sünden ohne Zahl
Gespenstig auf mich drangen:
Es ist doch wahr und ist kein Traum,
Mein Lieben war nur Dunst und Schaum.

Ja, soll noch Rettung dir geschehn,
Du mein unsterblich Wesen,
Mußt fest du in den Spiegel sehn,
Mußt ohne Zucken lesen
In deiner Brust die dunkle Schrift;
Viel besser Dolch als schleichend Gift!

Kalt wie der Tod kannst, wehe dir,
Die Hülfe du versagen,
Wo nur ein üppig Zweiglein dir
Scheint freudig aufzuragen:
Du, den des Nächsten Splitter sticht,
Und siehst den eignen Balken nicht!

Wem bist du reich? Ist es nicht nur
Der Arme, so sich beuget?
Hast jemals freudiger Natur
Du milde dich geneiget:

Demütig nur und kummervoll
Erpreßt man dir den schnöden Zoll.

Freiwillig kam es dir nicht ein,
Daß, ob die Lippe schweiget,
Ob unter zarter Demut Schein
Sich mild die Rechte zeiget:
Es gibt kein süßer Hochmutspiel
Als eigner Güte Selbstgefühl!

Freiwillig hast du nicht gefühlt,
Wie dich die Nerven zwangen,
Wenn, wie elektrisch Feuer spielt,
Die fremden Schauer drangen
In deines Körpers schwachen Bau
Zu schnöder ird'scher Tränen Tau.

Greif an, es ist die höchste Zeit,
Greif an mit mut'gen Händen;
Des Richters Waage liegt bereit,
Dein Lauf wird schleunig enden!
Zeigt jeder Atemzug nicht an,
Wie kurz gemessen deine Bahn?

Wie elend ich nur bin und schwach!
Nie hab ich es empfunden,
Als da die letzte Stütze brach
In diesen schweren Stunden.
Doch Einen gibt es, Einen doch,
Der Eine kann mich retten noch.

So laß, du aller Sünden Damm,
Du treuster Freund von allen,
Mich nicht als modermorschen Stamm
So unversehens fallen!

O flöße einen Tropfen Saft
In meine Adern, höchste Kraft,

Daß nur zu den Lebend'gen ich
Darf ganz zuletzt mich stellen,
Nur eben zu den Toten mich
Verzweifelnd nicht gesellen:
Ein Tropfen für die Adern leer,
Du bist ja aller Gnaden Meer!

Am sechsten Sonntag nach Pfingsten

Ev.: Vom Fischfang Petri. Luk. 5, 1—11

Die ganze Nacht hab ich gefischt
Nach einer Perl in meines Herzens Grund
Und nichts gefangen.
Wer hat mein Wesen so gemischt,
Daß Will gen Wille steht zu aller Stund
In meiner Brust wie Tauben gegen Schlangen?

Daß ich dir folgen möchte, ach,
Es ist doch wahr, ich darf es sonder Trug
Mir selber sagen!
Was schleicht mir denn gespenstig nach
Und hält wie an den Fittichen den Flug,
Der, ach, zu dir, zu dir mich sollte tragen?

Herr, geh von mir, ich bin ein arm
Und gar zu sündig Wesen; laß mich los,
Ach, laß mich liegen!
Weiß ich, wovon mein Busen warm?
Ob Sehnens Glut, ob nicht die Drangsal bloß
So heiß und zitternd läßt die Pulse fliegen?

Wenn sich die Sünde selber schlägt,
Wenn aus der Not nach Rettung Sehnen keimt,
Ist das die Reue?
Hast du den Richter doch gelegt
In unser Blut, das gen die Sünde schäumt,
Daß es vom wüsten Schlamme sich befreie.

Dies Winden, jedem zuerkannt,
Wo irgend noch ein Lebensodem steigt,
Wird es mir frommen?
Ja, als verlöscht der Sonne Brand,
Da hat Ägypten sich vor dir gebeugt,
Und seine Sünde ward ihm nicht genommen.

Und hast Gewissens Stachel du
Mir auch vielleicht geschärft als andern mehr:
Ich werd es büßen,
Dringt nicht der rechte Stich hinzu,
Der Freiheit gibt dem warmen, reinen Meer,
Daraus die echten Reuetränen fließen.

O eine echte Perle nur
Aus meiner Augen übersteintem Quell,
Sie wär ein Segen!
Du Meister jeglicher Natur,
Brich ein, du Retter, lös die Ströme hell!
Ich kann ja ohne dich mich nimmer regen.

Du, der gesprochen: Fürcht dich nicht!
So laß mich denn vertraun auf deine Hand
Und nicht ermüden.
Ja, auf dein Wort, mein Hoffnungslicht,
Will werfen ich das Netz. — Ach, steigt ans Land
Die Perle endlich dann und bringt mir Frieden?

Am siebenten Sonntag nach Pfingsten

Ev.: Von der Gerechtigkeit der Pharisäer. Matth. 5, 20—24

Wo bist du, der noch unversöhnt mit mir?
Gern will ich freudig meine Hand dir reichen.
Nicht weiß ich es, was ich verbrach an dir;
Verschwunden alte Zeiten, alte Zeichen.
Zerronnen sind mir Jahre wie ein Traum,
Und rückwärts wend ich die Gedanken kaum
Zu Bildern, die wie Wolkenschatten bleichen.

Aus harter Not und manchem bittern Kampf
Ist mir ein neues Leben aufgegangen,
Kein freudiges: den heißen innern Krampf
Fühl ich, von außen minder nun befangen;
Der Blick, nach innen bohrend mit Gewalt,
Kann tiefer, tiefer in den dunkeln Spalt
Der lang verharschten Wunden nun gelangen.

Was mich bewegt, es ist dahin, verweht,
Geschieden längst, die einst zusammen trafen,
Und wie ein Schiff, das überm Meere steht,
Vergessend ganz den einst verlaßnen Hafen,
Laß ich das Senkblei zitternd auf den Grund,
Zu forschen, wo die Seele krank und wund,
Wo, wehe, die verborgnen Klippen schlafen.

Ach, kann ich denn vollbrachte Dinge so
Wie den verbrauchten Mantel von mir streifen?
Wird einer selbst nur seiner Trauer froh,
Wo tausend kleine Fasern nach ihm greifen
Der Wucherpflanzen, so er ausgesät,
Wenn überall des Fluches Ernte steht,
Allüberall die irren Seufzer schweifen?

O rüttle dich, schließ deine Augen auf!
Noch einmal mußt du sie nach außen wenden,
Mußt sehn den Quell als wilden Stromes Lauf,
Den aufgegraben du mit deinen Händen.
Und wo er ward gedämmt durch Gottes Huld,
Da schlag an deine Brust in deiner Schuld
Und wähne nicht, du könntest was vollenden.

Ja, wend ich meine Blicke nur zurück,
Dann weiß ich, wo ich muß um Gnade flehen,
Wo schuldig ich, das eigne Lebensglück
Zu tauschen gegen fremder Seele Wehen;
Dann weiß ich wohl, wer mir noch unversöhnt
Vielleicht die dargebotne Rechte höhnt,
Mich nach Verdienst läßt ungetröstet gehen.

Wo ich getäuscht in Leichtsinn, Übermut,
Dort mag man mir vielleicht zuerst vergeben,
Doch wo vergiftet ward ein reines Blut,
Ein fremdem Beispiel hingegebnes Leben:
Da liegt der Stein, den meine sünd'ge Hand
In Schwung zu setzen, ach, nur zu gewandt,
Doch viel zu schwach vom Grunde jetzt zu heben.

Barmherziger, o laß der Sünde Lauf
Nicht so gewaltig mehr zum Strudel treiben!
Sieh, meine Hände heb ich angstvoll auf:
Nicht ein so schrecklich Denkmal laß mir bleiben!
Nicht später Reue schäm ich mich fürwahr;
So send auch diesen deine Leuchte klar,
Daß schaudernd gen den Abgrund sie sich sträuben!

Mein Gott, nicht um Verzeihung fleh ich ja,
Daß unverdiente Liebe ich mir stehle:
Zu ihnen tritt, nur ihnen, Herr, sei nah!

Welch andre Pein auch hier und dort mich quäle,
Du Gnädiger, nur dieses eine nicht,
Daß ich vor deinem ewigen Gericht
Durch mich verloren sehn muß eine Seele!

Am achten Sonntag nach Pfingsten

Ev.: Jesus speist viertausend Menschen. Mark. 8, 1—9

Wohl sehr erschöpft die Menge war,
Und wohl der Hunger nagte sehr,
Da nahmst du treulich ihrer wahr.
Ach, für die Seele, matt und leer,
Nach jahrelanger Dürr' und Schwüle,

Hast du nicht einen Bissen auch,
Nicht einen Labetrunk für sie,
Nicht einen frischen Gnadenhauch,
Der in der Wüste Brand und Müh
Das siedende Gehirne kühle?

Denn sieh, von ferne kam ich ja;
Und ob ich selber mich verbannt,
Du stehst mir drum nicht minder nah.
Wer einmal sich zu dir gewandt
Mit neu erwachendem Gefühle,

Wer einmal aus des Treibers Joch
Sich flüchtete zu deinem Ohr,
Und sei er so verkümmert noch,
Du bist so mild, hältst ihm nicht vor
Der Sklavenpeitsche harte Schwiele.

O rette mich, daß nicht der Trug
Des Hungers mich bezwingen kann,
Daß ich nicht unter Wahnsinns Fluch
Die Hände strecke, greife an
Die gift'ge Frucht am welken Stiele,

So aus dem Paradiese trieb
Und die Erkenntnis wird genannt!
Stiehlt sie das Leben wie ein Dieb,
So lockt sie doch des Gaumens Brand
Mit scheinbar frischen Saftes Spiele.

Ach, nicht die Wüste neben mir,
Die Wüste mir im Busen liegt!
Wo find ich denn, wo find ich hier,
Was meinen Hunger nicht betrügt,
Was meine dürre Kehle spüle?

So sprachen deine Jünger auch;
Du Gnäd'ger fandest doch ein Brot,
Wo sengenden Samumes Hauch
Dir keine fromme Ähre bot,
Nur Sand und stäubendes Gewühle.

„Da aßen sie und wurden satt
Und sammelten, was übrig blieb";
War keiner krank mehr, keiner matt,
Und der Genesne ward dir lieb,
So lieb als der Gesunden viele.

Am neunten Sonntag nach Pfingsten

Ev.: Vom falschen Propheten. Matth. 7, 15—21

O hütet, hütet euch!
Die Luft hat sich umzogen,
Und in den Wolken grell und reich
Hebt sich ein falscher Friedensbogen,
Von dem ein Dämon niederstieg,
Der mit dem Ölzweig bringt den Krieg.

Und allerorten stehn
Posaunende Propheten,
So aus dem Staube Stricke drehn,
So flach die Berge wollen treten:
O hüte dich, ehrwürd'ger Art
Ist ihr Gesicht und grau ihr Bart!

Der eine zeigt den Riß,
Wo soll auf nackten Höhen
Die göttliche Akropolis
Der christlichen Minerva stehen:
Folgst du ihm nach, du bleibst gebannt,
Wo noch kein Hälmchen Nahrung fand.

Da magst vor ödem Stein
Du betend niedersinken,
Und lange noch wird dein Gebein
Ein warnend Beispiel niederblinken,
Als eines, der zu eigner Not
Verwandelte in Stein das Brot.

Der andre deutet tief
Nach einer Höhle Gründen

Und horcht in seinem Wahn, als rief
Ihn eine Stimme aus den Schlünden:
Hieher! Was klar, das ist ein Schein,
Im Schachte wohnt der Edelstein!

O diesem folge nicht,
Der Gottes Haus zum Schreine,
Und wehe, jenem folge nicht,
Der Gottes Nahrung macht zum Steine!
Doch besser dumpf im Schachte stehn,
Als droben frech gen Himmel sehn!

Und auf dem grünen Plan,
Wo frisch die Kräuter schwellen,
Da liegt so hellbetaut die Bahn,
Da sprudeln die lebend'gen Quellen,
Und aus der Demut grauem Stein
Hebt sich ein Tempel schlicht und klein.

Dort findest du ein Mahl
So ganz für dein Bedürfen,
Dort darfst du aus dem heil'gen Gral
Des Glaubens milde Labung schlürfen,
So wie sie einem Wesen recht,
Das noch des ird'schen Leibes Knecht.

O hemme nur dein Ohr,
Vom fremden Klang umzogen!
O blicke lüstern nicht empor
Zum bunten falschen Friedensbogen!
An deinem Tempel sollst du knien,
Das Wetter wird vorüberziehn.

Am zehnten Sonntag nach Pfingsten

Ev.: Vom ungerechten Haushalter. Luk. 16, 1—9

Warum den eitlen Mammon mir
Hast du gesellt nach deinem Willen?
Nicht daß er, eine blanke Zier,
Soll eingefreßne Schäden hüllen,
Auch nicht die flücht'gen Stunden hier
Mit frischem Erdenreiz zu füllen:
Nein, anders wohl;
O was du gibst, ist nicht so leer und hohl!

Ich soll mit seinem bunten Strahl
In deinem Segen Wucher treiben,
Für meinen Hunger soll ein Mahl
Ich in die ew'ge Rechnung schreiben,
Und meiner Blöße, matt und fahl,
Soll er ein warmer Mantel bleiben,
Wenn bricht herein
Die Zeit, wo stäubt und rostet, was nicht mein.

Dann bin ich krank und ganz verarmt,
Dann wird der bittre Mangel kommen,
Wo starrt, woran mein Herz erwarmt,
Zerstäubt, woher ich Lust genommen,
Wenn dann mein Gott sich nicht erbarmt
Und zeichnet noch zu meinem Frommen
In Mildigkeit
Den Heller, heimgelegt für jene Zeit.

Laß, Herr, in jener Stunde Macht
Mich nicht so hülfeweinend fallen,
Die vor mir steht wie Chaosnacht,
Wie Dunkel über Dunkel wallen.

Weh mir, ich hab es nicht bedacht!
So laß es mir fortan vor allen
Gewärtig sein;
O rege mich durch Milde oder Pein!

Laß mich hinfort der Worte Gold
Ausgeben mit des Wuchrers Sorgen,
Daß, wenn das Heute nun entrollt,
Mir nicht verloren ist das Morgen;
Laß mich bedenken, daß der Sold,
Den eitlem Ruhm ich mußte borgen,
Genommen ward
Dem goldnen Schatz für einst und Gegenwart!

Und eine Feder laß mich nur
Betrachten mit geheimem Beben,
Bedenkend, daß der schwarzen Spur
Folgt leise schleichend Tod und Leben.
Den Pfunden, so mir gab Natur,
O Herr, laß Zinsen mich entheben;
Ich bin so arm,
So nur in dem geborgten Pelze warm!

Ach Gott, wie wird mein Herz so schwer,
Gepreßt vom dämmernden Verstande!
Ob es gelingt, die Gaben hehr
Zu legen mir auf edle Pfande?
O nur aus deiner Weisheit Meer
Ein einzig Tröpflein mir vom Rande,
Durch des Genuß
Die Galle selbst zu Honig werden muß!

Am elften Sonntag nach Pfingsten

Ev.: Jesus weint über Jerusalem. Luk. 19, 41—47

Mein Jesus hat geweint um seine Stadt,
Ach, auch gewiß um mich hat er geweinet;
Wußt er nicht damals schon, wie trüb und matt,
Wie hülflos meine Seele heut erscheinet?
Von allem, was die heil'ge Bibel trägt,
Hat nichts so tief, so rührend mich bewegt.

O könnt ich seine teuren Tränen nur
In einem Kelche, einem Tuche fassen,
Wie er Veronika die heil'ge Spur
Von seinem blut'gen Antlitz wollte lassen.
Sie war die Hochbegnadete vom Herrn,
Doch auch der ärmste Bettler träumt ja gern.

Zu solchem Kelche gäb ich freudig her,
Was ich an kleinen Schätzen mag besitzen;
Von meinem Golde würd er reich und schwer,
Und meine Edelsteine sollten blitzen.
O zürne, Herr, nicht meiner Albernheit,
Zum Kinde macht mich deine Güte heut!

„Weh, wüßtest du, was dir zur Rettung ist!"
Ja, wüßt ich es, wohl wär es mir zum Frommen.
Doch du, du weißt es ja, mein Jesus Christ,
Und nur von dir kann mir die Kunde kommen.
So rede denn, du meines Herzens Hort,
Ich stehe hier und horche auf dein Wort!

Fürwahr, ich muß in deinem heil'gen Buch
Viel mehr nach deiner Liebe Zeichen suchen,
Als wo dein Eifer spricht und, weh, dein Fluch.
Ich knicke wie ein Halm, hör ich dich fluchen;

Nicht heilsam aufgerüttelt, todesmatt
Lieg ich am Grunde wie ein dürres Blatt.

Ein saftlos Erdreich bin ich, dem nicht mag
Des Kalkes Brand, der Asche Beize taugen;
Ein dürrer Sand, treib ich dem Winde nach:
So will ich deine Himmelstropfen saugen,
Und in dem Tranke gibst du mir vielleicht,
Was meinem irrenden Bewußtsein reicht;

Gibst mir ins Herz, was ich beginnen soll,
Ob trauernd stehn, ob hoffend fürder schreiten:
Die Gnade ist ja nicht der Stärke Zoll,
Auch zu dem Siechen mag sie niedergleiten.
Du, der des Allerschwächsten Schöpfer bist,
Hast auch für ihn ein Heil, mein Jesu Christ!

Drum, wenn die Wolke wieder mich umgibt
Und fast verzweifelnd meine Arm' ermatten,
Dann will ich denken, daß er hat geliebt,
Und meine Wimpern heben durch die Schatten.
O meine Seele, sei nicht so versteint,
Du weißt es ja: er hat um dich geweint!

Am zwölften Sonntag nach Pfingsten

Ev.: Vom Pharisäer und Zöllner. Luk. 18, 9—14

Ja, wenn ich schaue deine Opferflamme
In eines frommen Auges reiner Glut,
Dann schimmert es, als ob sie mich verdamme;
Der scharfe Strahl fährt in mein schuldig Blut.
Wie blendet mich das Licht!
Die Augen darf ich nicht erheben,
Ich darf es nicht,
Und meine Wimpern beben.

Und unter den geschloßnen Lidern fahren
Die Schatten alter Sünden hin und her.
Was dann sich muß dem Hirne offenbaren,
O meinem Feinde werd es nicht so schwer!
Aus Grund und Wänden auch
Sie dampfen, schweben durch die Zimmer,
Gebild aus Rauch;
So war und bleibt es immer.

Wenn eine milde Tat ich seh vollbringen,
So recht aus übervollen Herzens Grund,
So klar die heißen Liebesquellen springen,
Nur achtend, was dem Bruder sei gesund,
Wenn, ganz ein Gotteskind,
Sich unbewußt, am Gnadenkleide scheinet
Die Träne lind,
Nicht fragt, warum sie weinet:

Dann wühlt in meinem Busen das Gewissen,
Schutt und Geröll stellt sich mein Wirken dar,
Das Geben und das Streben mir zerrissen
Von Grübelns Dornen, wie der Einfalt bar.
Ja, überall mein Fuß
An Gitter stößt, an Kerkerschragen,
Und zitternd muß
An meine Brust ich schlagen.

Vor allem, ach, wenn eine fromme Stimme
Mir flüstert zu ein einfach heilig Wort,
So sicher, daß mein Herz in Glauben schwimme,
So unbesorgt um meines Lebens Port,
Mir deiner Gnade Laut
Unschuldig beut als Losungszeichen
Und ganz vertraut
An meine Brust will schleichen:

Dann müssen alle Worte sich empören,
Die frevelnd ich gesprochen einst und je,
Und alles, was noch jetzt mich kann verstören,
Das steigt und wirbelt um mich wie ein See;
Dann fühl ich in dem Schaum
Noch heut mich keiner Bande ledig,
Dann stöhn ich kaum:
Gott, sei mir Sünder gnädig!

Am dreizehnten Sonntag nach Pfingsten

Ev.: Vom Tauben und Stummen. Mark. 7, 31—37

Rühr meine Zunge an,
Du kannst sie lösen;
Brich meines Ohres Bann,
Ich mag genesen!
Nein, nicht verloren bin ich, milder Gott.
Ob eingezwängt, ob meines Feindes Spott;
Dich ruf ich: Herr, bekämpfe du den Bösen!

Gebrochen hat er mir
Der Nerven Fäden;
Nur durch der Augen Tür
Gehn ein die Reden,
Wenn, fassend frommer Mienen Gotteslust,
Das Herz sich wenden möchte in der Brust,
Ausbluten möchten die verborgnen Schäden.

So bin ich gänzlich doch
Nicht aufgegeben,
Solang mir irgend noch
Sich regt das Leben,

Und wär es nur, wie in des Irren Stirn
Zuckt leise auf das schlummernde Gehirn:
Es lebt, es atmet, möchte sich erheben.

Nur Worte, Worte sind
Mir nicht Verwandte:
Wie abwärts prallt der Wind
Von Berges Kante,
So prallt, was andre rührt und andre schreckt,
Von jener Rinde, die mein Hirn bedeckt,
Und die ich einstens Wacht und Mauer nannte.

Nicht immer ist es gleich;
Zuweilen schleichen
Sich aus der Töne Reich
Gewalt'ge Zeichen,
Wie eine Träne sich zum Herzen drängt,
Wie Bergeskluft den fernen Donner fängt:
O dann vor Freude fühl ich mich erbleichen!

Nein, meine Lippe kann
Es aus nicht sprechen,
Wie aus der Tiefe dann
Die Tränen brechen.
Nein, was so fremd sich in die Seele flößt,
Das hat noch nicht der Zunge Band gelöst,
Rinnt unverstanden nur in warmen Bächen.

O lege, starker Hort,
Die gnäd'gen Hände
An meines Ohres Port!
O aufwärts wende
Um mich auch deiner Blicke friedreich Flehn,
Und sprich „Ephephata",dann ists geschehn,
Ich bin erlöst, der Fluch, er hat ein Ende.

Am vierzehnten Sonntag nach Pfingsten

Ev.: Vom Samaritaner. Luk. 10, 23—37

Wer ist es, der mir nahe steht?
Wen muß ich meinen Bruder nennen?
Wem meine liebste Gabe gönnen
Und reichen, eh er noch gefleht?
O laß auf meine Stirne träufen,
Du Starker, deiner Weisheit Tau!
Laß mich den rechten Stein ergreifen
Zu deines Tempels ew'gem Bau!

Er, den getragen gleicher Schoß
Und der an gleicher Brust gesogen,
Ihm bin ich willenlos gewogen:
Nichts reißt des Blutes Fäden los;
Auch wer den gleichen Odem zieht,
An gleichen Bodens Quell getrunken:
Für ihn schon hat Natur den Funken
In jedem Busen angeglüht.

So der in selben Glaubens Band
Am selbigen Altare knieet,
Und wo mich gleiche Richtung ziehet,
Sei's an Gemüt, sei's an Verstand:
Sie alle sind mir wie gegeben
In meines eignen Herdes Hut,
Sind Fasern all von meinem Leben,
Sind Tropfen all von meinem Blut.

Doch wenn in heimatferner Luft
Sucht ängstlich ein bekümmert Wesen

Der fremden Züge Schrift zu lesen,
Wo niemand seinen Namen ruft:
Dann nahe dich und woll es nennen
Mit jedem Liebesworte nur,
Dann magst die Fackel du entbrennen,
Die nicht entzündete Natur.

Und wenn an deines Tempels Tor
Steht einer einsam, ausgeschlossen,
Des Tränen doch vor Gott geflossen,
Des Seufzer doch erreicht sein Ohr:
Dem magst du deine Rechte reichen
Und deuten aufwärts nach dem Blau,
Wo allen glühn der Sterne Zeichen,
Für alle sinkt der milde Tau.

Und dann, wenn sich gen einen regt
Dir ein gewaltsam Widerstreben,
Weil andre Weise ihm gegeben,
Als dir der Himmel zugelegt;
Wenn Fehl mit Albernheit im Bunde
Zertreten will der Liebe Saat:
Reich ihm die Hand, dies ist die Stunde,
Wo das Gebot sich prüfend naht!

Ja selbst an des Verruchten Blick,
Der Erd und Himmel möchte höhnen,
Mußt du in Milde dich gewöhnen,
Darfst schaudern, aber nicht zurück.
O kannst du ihn in Jesu Christ
Umschleichen, spähend seine Wunden,
Dann erst hast du den Stein gefunden,
Dann weißt du, wer dein Nächster ist.

Am fünfzehnten Sonntag nach Pfingsten

Ev.: Von den zehn Aussätzigen. Luk. 17, 11—19

Da sprach er: „Gehet hin, den Priestern zeiget euch!"
Und als sie gingen, siehe da, sie wurden rein.
Du meine stolze Seele, nur an Elend reich,
An Fehlen groß, so könnte dir geholfen sein,
Dir, die noch stets verschmähte Menschenhand,
Und wär sie gottgeweiht und wär sie gottgesandt?

Wohl sprichst du öfters zu dir selbst in argem Trug:
Er ist der Starke, so allein mich retten kann;
Hilft er mir nicht, dann ist auch Menschenrat ein Lug,
Unmittelbar zu ihm mein Flehen steigt hinan!
Und fühlst es nicht, daß warm und reich gehegt
Der Hochmut Aussatz an dein töricht Herz gelegt.

Ist denn so fest dein Mut, so reich und glaubensstark,
Daß eines Freundes Hand er sich entschlagen darf?
So klar dein Hirn, so saftig und gesund dein Mark,
Daß die Erkenntnis dir vor andern Wesen scharf?
O sei demütig, sprich es offen aus:
Du lebst ein Bettler und in eines Bettlers Haus!

Wie arm und schwach du, Seele mein, das meinst du wohl
Zu fühlen, wenn die Lippe matt und klagend spricht,
Und doch nur Klang und doch nur Rauschen leer und hohl,
Wie umgestaltet aus dem Sprachrohr Flüstern bricht,
Ein Aufschrei nur, der willenlos entfährt,
Indes dein düstrer Blick sich stolz nach innen kehrt.

Was ist da drinnen denn so Herrliches zu schaun?
Ein krankes Blut, was, ach, in eignem Druck erliegt,

Was jedes Reizes Sklav und jeder Stimmung, traun!
Bald steht wie ein Morast, bald wie ein Strudel fliegt;
Ein Hirn, von dem dir selber unbekannt,
Ob es dem Wahnsinn oder Frevel mehr verwandt.

Dies sind die Schätze, die dich stolz und stark gemacht,
Daß du entschlagen dich hast des Geschaffnen Rat;
Dies sind die Leuchten, die in dumpfen Zweifelns Nacht
Glorreich bestrahlen sollen den verborgnen Pfad;
Darum, darum baust du auf Gott allein,
Daß Menschentadels Dorn dir mög erlassen sein.

Hast anders jemals du des Priesters wohl gedacht,
Der lossprach deine Schuld im heil'gen Sakrament,
Als wie des Blattes, drauf der Schuldner Rechnung macht,
Doch einzig Gläub'gers Schrift als Lösung anerkennt?
Ward sichtbar jemals dir in seiner Hand
Die ernste Waage, drauf dein Tod und Leben stand?

Knie hin, knie hin; doch nicht an jener Gnadenstatt,
Nein, vor dem Hirten nur in seiner Würde Kraft,
Und deine Seele sei vor ihm ein offnes Blatt
In aller Eitelkeit und niedern Leidenschaft;
Und wenn du dich vor Menschenhand gebeugt,
Dann schau, ob sich am Aussatz nicht ein heilend Fleckchen zeigt.

Am sechzehnten Sonntag nach Pfingsten

Ev.: Niemand kann zwei Herren dienen. Matth. 6, 24—33

Wer nur vertraut auf Gottes Macht
In allen seinen Nöten,
Den hat kein Feind zum Fall gebracht,
Den kann kein Übel töten;

Und wo die Angst ihn überfällt,
Da wird der allerstärkste Held,
Der Retter zu ihm treten.

Der wird mit seinem scharfen Speer
Die Gegner ihm zerstäuben,
Und von dem allergrößten Heer
Kein Huf wird übrig bleiben;
Sei's äußrer oder innrer Feind,
Wenn nur der rechte Held erscheint,
Der kann ihm Grenzen schreiben.

Er ist der allerbeste Herr,
Den einer mag erlangen;
Glückselig lebt der Fröner, der
In seinem Dienst gefangen.
So süß ist seine Sklaverei,
Daß jeder, sei er noch so frei,
Mag tragen drum Verlangen.

Des Hungers Qual, der Blöße Schmach,
Die weiß er zu vergelten;
Es durft ihn noch bis diesen Tag
Nicht einer treulos schelten.
Er zahlt mit wucherndem Gewinst
An alle, die in seinen Dienst
Ihr Gut und Leben stellten.

Und aller Stärke Talisman,
Den hält er in der Rechten;
Selbst aus den schärfsten Dornen kann
Er Rosenkränze flechten.
Er zeigt im wilden Kampfrevier
Die echte Aaronsschlange dir,
Mußt du mit Vipern fechten.

Und rüttelt sich der grimmste Feind,
Da lehrt er dich ein Zeichen,
Vor dem, so schlimm er es auch meint,
Muß schnell der Drache weichen;
Nur sei es von bereiter Hand
Mit rechtem Glauben angewandt,
Sonst mag es nimmer reichen.

Wem schwach der Glaube und Vertraun,
Ob ihn die Sehnsucht treibe,
Der darf doch noch von ferne schaun,
Daß er im Nachtrab bleibe,
Auf dem erquickend in der Glut
Des Helden milder Schatten ruht
Wie mächt'gen Schildes Scheibe.

Doch wem der Glaube echt und klar,
Den kann kein Leid bezwingen,
Der mag wohl, aller Güter bar,
Noch wie ein Vogel singen:
„Schaut doch die Lilien in dem Feld,
Wie sind sie frisch und wohlbestellt,
Wie grün und guter Dingen!

„Sie haben nicht des Webens acht
Und sind so reich gezieret,
Daß Salomo in seiner Pracht
Viel minder Lob gebühret.
Schaut doch die jungen Raben an,
Wie sind sie satt und wohlgetan,
Wie blank und glatt geschnüret!

„Er, der die jungen Raben nährt,
Er wird auch meiner walten,
Und müßt er aus der Schlack am Herd
Die Brote mir gestalten.

Heil mir, daß ich den Herrn erwarb,
Bei dem kein Diener noch verdarb!
An ihn will ich mich halten."

Am siebenzehnten Sonntag nach Pfingsten

Ev.: Von der Witwe Sohn zu Naim. Luk. 7, 11—16

Wenn deine Hand den Sarg berührt,
Dann muß der Tote sich beleben,
Dein Hauch die Wetterwolke führt,
Dann muß sie milden Manna geben.
Du, der aus Felsen Nahrung zieht,
Dem Aarons dürrer Stab geblüht,
Des Niles Fluten sich erheben,

Der Mächtige bist du, um auch
Der Seele dumpfen Schlaf zu enden;
Zu dir darf seinen Sterbehauch
Der todeswunde Schächer senden;
Du nimmst den letzten Atemzug,
Ein Reuelaut ist dir genug,
Den Blitz in seinem Flug zu wenden.

Du hast dich an das Tor gestellt,
Den Sohn der Witwe zu erwarten,
Und hast, ein Herr der ganzen Welt,
Beachtet ihren kleinen Garten.
Du bist gekommen ganz allein,
Zu waschen unsre Flecken rein,
Um auszugleichen unsre Scharten.

Berühre mich; denn ich bin tot,
Und meine Werke sind nur Leichen!
Hauch über mich; denn blutig rot
Die Sünde ließ mir ihre Zeichen!
O wende du den Donnerschlag,
Der über meinem Haupte brach,
Und laß die dumpfen Nebel weichen!

Dann will ich dir aus freier Brust
Ein überselig Loblied singen,
Und wieder soll in Gotteslust
Wie früher meine Stimme klingen.
Ist sie gebrochen jetzt und matt,
Du bist es, der die Mittel hat,
So in die kränksten Adern dringen.

Fühl ich doch heut in mir erweckt
Ein lang entschwundenes Vertrauen,
Daß mich nicht Tod noch Sünde schreckt:
Wie sollt ich denn auf dich nicht bauen!
Ja, wenn du willst, so kann ich doch
Mit diesen meinen Augen noch
In diesem meinem Leib dich schauen.

Ich weiß es, daß von mir nicht stammt,
Was mich so freudig muß durchzittern;
Ein Strahl ist es, den du entflammt,
Ein Traum, den Starren zu erschüttern.
O fahre fort, o rühr mich an,
O brich den Todesschlaf, und dann,
Dann werd ich Morgenlüfte wittern!

Hast du gesprochen: „Weine nicht",
Du weißt, daß nicht die Toten weinen,
Ob schier im Traum das Herze bricht
Und wohl Gebet dir Seufzer scheinen,

So hauchen möchten schwach und lind:
„Du hast geweckt der Witwe Kind,
Ich liege noch in Totenleinen!"

Am achtzehnten Sonntag nach Pfingsten

Ev.: Vom Wassersüchtigen. Luk. 14, 1—11

Sechs Tage sollst du tun
Dein Werk mit aller Treue
Und sollst am siebten ruhn,
Er trägt des Herren Weihe.
So ward es uns gesetzet
Und also folgen wir,
Recht wie den Schnabel wetzet
Das lüstern stumpfe Tier.

Der feiert bei dem Spiel
Und jener bei der Flasche,
Sinnt jeder lang und viel,
Wie er sich Lust erhasche.
Was nicht den Herrn mag loben,
Und was den Sinn betört,
Wem wird es aufgehoben?
Dem heil'gen Sonntag wert.

Ja, wenn man häufen mag
Der ganzen Woche Sünden
Gen was an diesem Tag
Muß seine Ernte finden,
So wird, o Schmach! es zollen
Wie gen gehäuftes Maß,
Von dem die Körner rollen,
Zwei Ähren, so man las.

Stehn denn die Kirchen leer?
Flieht seinen Herrn der Sünder?
O wenn dem also wär,
Der Frevel drückte minder!
Doch aus dem Weihrauchwallen,
Das unsern Gott umfließt,
Zu des Verderbens Hallen
Man wie ein Geier schießt.

In alten Bundes Pflicht,
Als keimend noch die Gnade
Und dämmernd nur das Licht
Fiel auf der Menschen Pfade,
Da trug der Sünde Flecken
Noch nicht der Sabbat, doch
Mußt er den Gläub'gen schrecken
Ach, wie ein eisern Joch.

Wohl mag es töricht sein,
Dem höchsten Gott zu Ehren
Zu liegen wie ein Stein
Und jeder Regung wehren;
Doch eitlen Lüsten fügen
Der Sünde kirren Bund —
O besser zehnfach liegen
Wie eine Scholl' am Grund.

So hat der Heiland nicht
Den alten Bund gehoben:
Durch Taten wie das Licht
Sollst du den Höchsten loben!
Sei mit der milden Spende
Der Arme dir gegrüßt:
Nicht unrein sind die Hände,
Aus denen Segen fließt.

Und wer gering und klein
Im Schmerzenslager rücket,
Wo schlimmer als die Pein
Verlassenheit ihn drücket,
Verbinde dessen Wunden
Und lächle ihm dazu:
Dann hast du sie gefunden,
Die echte Sabbatsruh.

Am neunzehnten Sonntag nach Pfingsten

Ev.: Vom vornehmsten Gebote. Matth. 22, 35—46

Ob ich dich liebe, Gott, es ist
Mir unbewußt.
Oft mein ich, daß nur du es bist,
Was diese Brust
In aller andrer Liebe Schein
Und dämmerndem Verlangen
Wie eine Sühnungsfackel rein
Hält gnadenvoll umfangen.

Wenn zu dem Edelsten der Geist
Sich frei erhebt,
Was als Gedanke ihn umkreist
Und dennoch lebt,
Unsichtbar, wesenlos doch nicht,
Fern, aber allerwegen,
Wes Spur aus Menschenauge spricht
Und aus der Träne Segen:

Dann bin ich wohlgetröstet, und
Gebet entsteigt
So zuversichtlich meinem Mund,
Als sei gereicht
In fremder oder deiner Lieb
— Wer hat es je ergründet? —
All was des Sehnens würdig blieb
Und deinen Odem kündet.

Doch fühl ich dann zu andrer Zeit,
Wie Haar dem Haupt
Der finstren Erde mich geweiht,
So machtberaubt,
Wenn in dem Freunde mich entzückt
Selbst wie ein Reiz das Fehlen,
Die Schwächen, an mein Herz gedrückt,
Mir keiner dürfte stehlen:

Da wär es Gottes Zeichen nur,
Was ich erkannt?
Und nicht die sündige Natur
Böt ihre Hand,
Wenn der Geliebten Tugend ich
In Ehrfurcht mag ertragen,
Doch fleckenloser sicherlich
Mein Herz würd kälter schlagen?

Weh! eine kalte Wolke fährt
Es über mich,
Wie dem Damokles unterm Schwert
Die Wange blich,
Wie einem, der an Ufers Rand
Sich spiegelt, lächelt, trinket,
Wenn sacht entschlüpft der falsche Sand
Und seine Stätte sinket.

O Retter, Retter, der auch für
Die Toren litt,
Erscheine, eh die Welle mir
Zum Haupte glitt!
Greif aus mit deiner starken Hand,
Noch kämpf ich gen die Wogen;
So manchen hast du ja ans Land
Aus tiefem Schlamm gezogen!

Hab ich dem Schlamme mich entwirrt
So ganz und recht,
Dann erst zu deinem Bildnis wird
Die Sehnsucht echt;
Dann darf ich lieben stark, gesund,
Ohn alle Schmach und Hehle,
Aus meines ganzen Herzens Grund
Und meiner ganzen Seele.

Am zwanzigsten Sonntag nach Pfingsten

Ev.: Vom Gichtbrüchigen. Matth. 9, 1—8

Wenn Tau auf reifen Ähren glänzt,
Die satten Körner schwellen nicht,
Und wenn den Toten man bekränzt,
Die starren Pulse zucken nicht;
Wenn über Trümmer geht das Licht,
Nicht eine Säule wird ergänzt:
Und dennoch, schau!
Dünkt reiche Gabe Licht und Kranz und Tau.

So nimmer Reue mag erbaun,
Was einmal Schuld gebrochen hat,
Und dennoch Gottes Engel schaun
Mitleidig auf die wüste Statt:
So ragt auch wohl ein grünes Blatt
Durch eines Kerkergitters Graun
Zu dem Gefangnen, und
Er lächelt, seine Seele wird gesund.

O könnte alle Sünde nur
Wie überm Ast der Mistel stehn,
Der wurzellos durch die Natur
Sich selber blühn darf und vergehn!
Doch wie am dürren Baume sehn
Man wird des Schlinggewächses Spur,
So, ein Vampir,
Dorrt sie die Seele und den Körper dir.

Wer frischt dir deinen Glauben auf,
Versengt an ihrem Odem heiß?
Wer bringt dir der Gedanken Lauf
Zurück ins fromm beschränkte Gleis?
Und deiner Menschenkenntnis Eis,
Den starren Strom, wer löst ihn auf,
Den wahren Fluß,
Der Himmel stets und Hölle scheiden muß?

Und was dein Körper büßte ein
In nagender Gefühle Joch,
Das bleibt nun für dies Leben dein,
Und nach dem Drüben greift es noch;
Und wie an einem Haare doch
Wirst immer du gehalten sein,
Wenn frischer Geist
In frischem Körper wie ein Adler kreist.

Sprach doch der allertreuste Mund:
Vergeben leicht und Heilen schwer!
Das ist der Sünde alter Bund,
Die zehrend wie Gomorrhas Meer
Ertötet alle Frucht umher;
Und dennoch kann das Mark gesund
Und himmelwärts
Kann treiben seinen Zweig des Baumes Herz.

O nur Ergebung, nur Geduld,
Trag willig deiner Narben Schmach,
Und was gebrochen deine Schuld,
Dem trauer still und reuig nach!
Auch über dir steht ja das Dach
Des Himmels und der Sonne Huld,
Und ach, der Tau,
Er fällt ja auch auf deine heiße Brau!

Nicht wirst du, Herr, mich wandeln gehn,
Nicht heißen heben mich die Hand;
Doch eine Säule darf ich stehn,
Ein Zeichen an dem öden Strand,
Und hoffen, daß, wenn Sonnenbrand
Die morschen Trümmer ließ vergehn,
An jenem Tag
Dein Strahl die Stäubchen aufwärts ziehen mag.

Am einundzwanzigsten Sonntag nach Pfingsten

Ev.: Vom hochzeitlichen Kleide. Matth. 22, 1—14

An manchem Tag mein Haupt wie wüst und öde,
Wie eingesargt mein Herz zu manchen Zeiten!
Vor übergroßer Schwäche schein ich blöde,
Bewußtlos starrt mein Auge durch die Weiten.

O welch ein Bild verschuldeten Verfalles!
O welch ein kläglich Bild der Niedrigkeit!
Wie fühl ich es! Doch nicht zu jener Zeit,
Wo neblig mir und unverständlich alles.

Soll ich es Leichtsinn nennen? O, mitnichten!
Wie Zentner fühl ich es am Herzen liegen.
Soll ich verstecktem Trotze gleich es richten?
Dann wahrlich müßt ich mich zum Meister lügen.
Des Trotzes Kraft, des Leichtsinns heiter Prangen,
Die sind gebrochen mit dem gleichen Streich;
Nein, einem morschen Stamme bin ich gleich,
An dem die Blätter halbverhungert hangen.

Wenn Nervenspiel mir einmal möchte hellen
Der dumpfen Stirne fieberisch Umgeben,
Aufsprudeln möchten alter Wunden Quellen
Und stoßen vor der Worte sengend Leben:
Wie zittert meine Hand, wie bricht zusammen
Die Körperkraft in solchem Augenblick!
Und eine harte Faust stößt mich zurück,
Ein nutzlos Opfer, in die eignen Flammen.

Weh mir, ist dies ein hochzeitliches Kleid,
Worin ich deinen Gästen mich gesellen
Und meine arme Lampe lehrbereit,
O Herr, an deinen heil'gen Schrein darf stellen?
Ein Halbertrunkner deut ich nach der Küste,
Und aufwärts deut ich schwindelnd, wie verwirrt;
So Israel durch vierzig Jahre irrt'
Und sucht' und sucht' und fand ein Grab der Wüste.

Doch weißt du auch, mein milder Herr und Richter,
Es war nicht Eitelkeit, was mich geleitet;
Die zündet nicht dem eignen Moder Lichter;
Wer noch um ird'scher Ehre Kränze streitet,

Der läßt des Sarges Deckel gern geschlossen!
Doch eben jetzt, all deiner Pfunde bar,
Jetzt brächt ich gerne noch ein Scherflein dar
Für alle meines eignen Leids Genossen.

Groß ist die Zahl, das hab ich erst erfahren,
Seit mich die Wellen unter Menschen trieben.
In meiner Heimat, ach, der frommen, klaren,
Da mußte Einsamkeit mich sehr betrüben;
Doch als ich in die Fremde nun getreten,
Wie schauderte mir vor Genossenschaft!
Wie Pilze hingen sie am dürren Schaft,
Wie Nesseln schossen sie aus allen Beeten.

Da sah ich auch, wohin es konnte führen,
Mutlos zu stehn auf unterhöhltem Grunde;
Noch durfte meine Hand das Kreuz berühren,
Doch andre hört ich jubeln tief im Schlunde.
Da sah ich, wem sich meine Augen wandten,
Da hörte ich, was ich vergessen will;
Noch sprach in mir ein Laut: O steh nicht still!
Schau jene an, sie sind nur still gestanden!

Seitdem auch weiß ich, wem ich bin gesendet:
Dem, der da steht, wo ich nicht durfte weilen.
Kein Licht hab ich, was leuchtet oder blendet,
Nur eine Stimme, die da treibt zu eilen.
O eile, eile, nur die Schritte wende!
Und ob kein Schimmer durch die Wolke bricht,
So denk: Er herrscht im Dunkel wie im Licht,
Und falte nur im Finstern deine Hände!

Am zweiundzwanzigsten Sonntag nach Pfingsten

Ev.: Vom kranken Sohne des Königleins. Joh. 4, 46--53

Der Sonnenstrahl, ein goldner Spieß,
Prallt von des Sees kristallnen Flächen
Und fahrend gen den Marmorflies
Palastes Mauern will durchstechen.
Auf seidnen Decken windet sich,
Die magern Ärmchen ringt das Kind,
Und eine Träne bitterlich
Noch möchte aus dem Auge lind,
Dem halberstarrten, brechen.

Schon hat der Tod die Hand gelegt
Auf seine Beute ohn Erbarmen;
Doch ob er Eis zum Herzen trägt,
Noch schmilzt im Blutstrom es, dem warmen.
O Jugend, Jugend, wie so fest
Hast du verstrickt das Leben dir!
Wie sich das Schlinggewächse preßt
Mit Wurzeln dort und Fasern hier
Als vielen tausend Armen!

O Anblick, stärker als ein Weib,
Das Wachen, Angst und Kummer nagen!
Betäubt und schwer, gleich totem Leib,
Hat man die Fürstin fortgetragen.
Noch weilt der Vater; wenn ein Sklav
Des Bornes frische Labung reicht,
Mit zitternd kalter Hand den Schlaf
Des Kindes netzt er sacht und feucht
Und flüstert leise Fragen.

Wer regt sich an des Fürsten Ohr?
Menipp, der Jüngling aus Euböa.
„Herr," keucht er, „hebt den Blick empor!
Herr, der Prophete aus Judäa,
Von dem das ganze Land erfüllt,
Er kömmt, er naht Kapharnaum,
Und wie aus hundert Adern quillt
Entgegen ihm und nach und um,
Ein Glutstrom, Galiläa."

„Sind denn die alten Götter tot,
So müssen wir die neuen wahren.
Es sei, es sei, und meine Not
Mag sich dem Volke offenbaren!"
Die Rosse stampfen; einmal schaut
Der Vater auf sein sterbend Kind.
„Und nun voran! — Was rauscht so laut?
Was streicht am Berge wie ein Wind?"
„Herr, des Propheten Scharen!"

O wie die Angst den Stolz zerbricht!
Demütig, zitternd, als zur Frone,
Er weiß es nicht, zu wem er spricht,
Doch wie der Sklave vor dem Throne,
Gebrochen steht der reiche Mann;
Die bleiche Lippe zuckt vor Schmerz,
Und heißer, als das Wort es kann,
Viel heißer fleht das bange Herz:
„Hilf, Meister, meinem Sohne!"

Ein Murmeln durch die Masse geht,
Erwartend sich die Wangen färben.
„Wenn ihr nicht Wunderzeichen seht,
Dann muß der Zweifel euch verderben!"

So spricht der Heiland abgewandt.
Unwillig rauscht es in dem Kreis;
Doch angstvoll hebt sich eine Hand,
Und wie ein Seufzer quillt es leis:
„Rabbi, mein Sohn will sterben!"

Du hast geglaubt, und wärst du arm
Wie Irus, ach, was dich nur quäle,
Du wahrhaft Reicher, liebewarm
Hast einen Schatz, den keiner zähle! —
O der in dir, als alles brach,
Es machen konnte froh und still,
Hat er gehört mich, als ich sprach:
Herr, meine Seele sterben will?
O Herr, hilf meiner Seele!

Am dreiundzwanzigsten Sonntag nach Pfingsten

Ev.: Vom Könige, der rechnen wollte. Matth. 18, 23—35

Wenn oft in kranken Stunden
Sich auf mein Schuldbuch schlägt,
Der Skorpion die Wunden
Hat nagend aufgeregt,
Weiß ich dann noch:
Was zu beginnen?
Der Leib ein modernd Joch
Und ein Gespenst, was drinnen!

Hab ich so viel begangen
Denn in so kurzer Zeit,
Was wohl zur Schmach gelangen
Möcht eine Ewigkeit?

Ich bin zerstört,
Ich bin vernichtet,
Und langsam abgekehrt,
Ins Nichts mein Blick sich richtet.

In solchen Augenblicken
Steht meine Seele still,
Darf nicht Gedanke rücken,
Gefesselt liegt der Will,
Und Schlafes Macht
Muß ich beschwören,
Die angsterfüllte Nacht
In Träume zu verkehren.

Doch jetzt, wo klar die Sinnen,
Wo mein Gedanke frei,
Jetzt darf mein Flehn beginnen:
Allgnäd'ger, steh mir bei!
Zu solcher Zeit
Ohn Trost und Beten,
O dann an meine Seit
Laß deinen Engel treten,

Daß ich im Kampf bestehen
Die dunkle Stunde kann
Und nicht verloren gehen
In meiner Ängsten Bann.
Herr, nicht wirst du
Umsonst mich quälen,
Hast wohl ein Ziel der Ruh
Für mattgehetzte Seelen.

Wüßt ich aus mir zu tragen
Den Balsam in den Gift!

Wer hat mich so geschlagen
Wie deine heil'ge Schrift?
„Dem, der vergibt,
Wird Heil und Leben!"
Wie mich es, Herr, betrübt,
Daß nichts ich zu vergeben!

Vielleicht ein Mißbehagen,
Ein armes Fünkchen Neid —
Es tat ja meinen Tagen
Noch keiner rechtes Leid,
Und unverdient
War nur das Lieben!
So ist denn, was dich sühnt,
Kein Opfer mir geblieben.

Doch weil du es geboten,
Spricht aus des Herzens Grund
So Lebenden als Toten
Vergebung aus mein Mund.
Und was auch mag
Mir sein beschieden
An Kränkung oder Schmach,
Was noch vielleicht hienieden

In meiner Zukunft Buch
Hast gnädig angeschrieben,
Ich kann es nicht genug
Ersehnen, schätzen, lieben,
Den Hoffnungsstern
In meinen Qualen.
Herr, hab Geduld, denn gern
Will alles ich bezahlen!

Am Allerheiligentage

Ev.: „Selig sind die Armen im Geiste, denn ihnen ist das Himmelreich ...“ Matth. 5, 1—12

Selig sind im Geist die Armen,
Die zu ihres Nächsten Füßen
Gern an seinem Licht erwarmen
Und mit Dienerwort ihn grüßen,
Fremden Fehles sich erbarmen,
Fremden Glückes überfließen:
Ja, zu ihres Nächsten Füßen
Selig, selig sind die Armen.

Selig sind der Sanftmut Kinder,
Denen Zürnen wird zum Lächeln
Und der Milde Saat nicht minder
Sprießt aus Dorn und scharfen Hecheln,
Deren letztes Wort ein linder
Liebeshauch in Todesröcheln,
Wenn das Zucken wird zum Lächeln:
Selig sind der Sanftmut Kinder.

Selig sind, die Trauer tragen
Und ihr Brot mit Tränen tränken,
Nur die eigne Sünde klagen
Und der fremden nicht gedenken,
An den eignen Busen schlagen,
Fremder Schuld die Blicke senken:
Die ihr Brot mit Tränen tränken,
Selig sind, die Trauer tragen.

Selig, wen der Durst ergriffen
Nach dem Rechten, nach dem Guten,
Mutig, ob auf morschen Schiffen,
Mutig steuernd nach den Fluten,

Sollte unter Strand und Riffen
Auch das Leben sich verbluten:
Nach dem Rechten, nach dem Guten,
Selig, wen der Durst ergriffen.

Die Barmherzigen sind selig,
So nur nach der Wunde sehen,
Nicht erpressend kalt und wählig,
Wie der Schaden mocht entstehen,
Leise, schonend und allmählich
Lassen drin den Balsam gehen:
So nur nach der Wunde sehen,
Die Barmherzigen sind selig.

Überselig reine Herzen,
Unbefleckter Jungfraun Sinnen,
Denen Kindeslust das Scherzen,
Denen Himmelshauch das Minnen,
Die wie an Altares Kerzen
Zündeten ihr klar Beginnen:
Unbefleckter Jungfraun Sinnen,
Überselig reine Herzen.

Und des Friedens fromme Wächter
Selig, an den Schranken waltend,
Und, der Einigkeit Verfechter,
Hoch die weiße Fahne haltend,
Mild und fest gen den Verächter,
Wie der Daun die Klinge spaltend:
Selig, an den Schranken waltend,
Selig sind des Friedens Wächter.

Die um dich Verfolgung leiden,
Höchster Feldherr, deine Scharen

Selig, wenn sie alles meiden,
Um dein Banner sich zu wahren!
Mag es nie von ihnen scheiden,
Nicht in Lust noch in Gefahren!
Selig, selig deine Scharen,
Selig, die Verfolgung leiden!

Und so muß ich selig nennen
Alle, denen fremd mein Treiben,
Muß, indes die Wunden brennen,
Fremden Glückes Herold bleiben.
Wird denn nichts von dir mich trennen,
Wildes, saftlos morsches Treiben?
Muß ich selber mich zerreiben?
Wird mich keiner selig nennen?

Am Allerseelentage

Ev.: „Es kömmt die Stunde, in welcher Alle, die in den Gräbern sind, die Stimme des Sohnes Gottes hören werden, und es werden hervorgehen, die Gutes getan haben, zur Auferstehung des Lebens, die aber Böses getan haben, zur Auferstehung des Gerichtes."
Joh. 5, 25—29

Die Stunde kömmt, wo Tote gehn,
Wo längst vermorschte Augen sehn.
O Stunde, Stunde, größte aller Stunden,
Du bist bei mir und läßt mich nicht,
Ich bin bei dir in strenger Pflicht,
Dir atm' ich auf, dir bluten meine Wunden!

Entsetzlich bist du und doch wert;
Ja meine ganze Seele kehrt

Zu dir sich in des Lebens Angst und Irren,
Mein fest Asyl, mein Burggebiet,
Zu dem die zähe Hoffnung flieht,
Wenn Angst und Grübeln wie Gespenster irren.

Wüßt ich es nicht, daß du gewiß
In jener Räume Finsternis
Liegst schlummernd wie ein Embryo verborgen,
Dann möcht ich schaudernd mein Gesicht
Verbergen vor der Sonne Licht,
Vergehn wie Regenlache vor dem Morgen.

Verkennung nicht treibt mich zu dir;
Mild ist die strengste Stimme mir,
Nimmt meine Heller und gibt Millionen;
Nein, wo mir Unrecht je geschehn,
Da ward mir wohl, da fühlt ich wehn
Dein leises Atmen durch der Zeit Äonen.

Doch Liebe, Ehre treibt mich fort
Zu dir als meinem letzten Port,
Wo klar mein Grabesinnre wird erscheinen.
Dann auf der rechten Waage mag
Sich türmen meine Schuld und Schmach
Und zitternd nahn mein Kämpfen und mein Weinen.

Vor dir ich sollte Trostes bar
Zergehen wie ein Schatten gar,
Doch anders ist es, ohne mein Verschulden:
Zu dir als zu dem höchsten Glück
Wie unbeweglich starrt der Blick,
Und kaum, kaum mag die Zögerung ich dulden.

Doch da sich einmal Hoffnung regt,
So wird die Hand, die sie gelegt
In dieses Busens fabelgleichen Boden,
Sie wird den Keim, der willenlos
Und keinem Übermut entsproß,
Nicht wie ein Unkraut aus dem Grunde roden.

Wenn kömmt die Zeit, wenn niederfällt
Der Flitter, den gelegt die Welt,
Talent und Glück, ums hagere Gerippe:
Da steht der Bettler, schaut ihn an!
Dann ist die Zeit, um Gnade dann
Darf zitternd flehen des Verarmten Lippe.

Dann macht nicht schamrot mich ein Tand,
Dann hat gestellt die rechte Hand
Mich tief und ärmlich, wie ich es verdienet;
Dann trifft mich wie ein Dolchstoß nicht
Hinfort ein Aug voll Liebeslicht:
Ich bin erniedriget und bin gesühnet.

Am vierundzwanzigsten Sonntag nach Pfingsten

Ev.: Vom Zinsgroschen. Matth. 22, 15—21

Gebt Gott sein Recht und gebts dem Kaiser auch!
Sein Odem ists, der um den Obern schwebet;
Aus Hochmut nicht, in Eigenwillen hebet
Nicht eure Rechte gen geweihten Brauch.
Doch Gott und Welt in Streit: da, Brüder, gebet
Nicht mehr auf Kaiserwort als Dunst und Rauch.
Er ist der Oberste, dem alle Macht
Zusammenbricht, wie dürres Reisig kracht.

Den Eltern gib und gib auch Gott sein Recht!
O weh des Tiefgesunknen, dem verloren
Der frömmste Trieb, jedwedem angeboren,
Den Freisten stempelnd zum beglückten Knecht.
Doch stell den Wächter an der Ehrfurcht Toren
Und halte das Gewissen rein und echt;
Er ist der Vater, dem du Seel und Leib
Verschuldest, mehr als irgend Mann und Weib.

Den Gatten lieb und denk an Gott dabei!
Er gab den Segen dir, als am Altare
Den Eid du sprachst, gewaltig bis zur Bahre,
In Fesseln legend deine Lieb und Treu.
Doch wird die Liebe Torheit, o dann wahre,
O halte deine tiefsten Gluten frei!
Er ist es, dem du einer Flamme Zoll
Mußt zahlen, die kein Mensch empfangen soll.

An deine Kinder hänge nur dein Herz,
In deren Adern rollt dein eignes Leben;
Das Gottesbild, in deine Hand gegeben,
Es nicht zu lieben, wäre herber Schmerz.
Doch siehst du zwischen Glück und Schuld es schweben,
Wend deine Augen, stoß es niederwärts;
Er, über tausend Kinder lieb und hehr,
Er sieht dir nach, ist deine Seele schwer.

Und auch dem Freunde halte Treue fest,
Mit der die Ehre innig sich verbunden,
Ein irdisch Gut, was Gnade doch gefunden,
Solang es nicht die Hand der Tugend läßt.
Doch nahen glänzender Versuchung Stunden,
Dann aller Erdenrücksicht gib den Rest
Und klammre an den Einen dich, der dann
Dir mehr als Freund und Ehre geben kann.

So biete jedem, was sein Recht begehrt,
Und nimm von jedem, was du darfst empfangen;
Dein Herz, es mag an zarten Banden hangen,
Die Gottes Huld so gnadenvoll gewährt;
Doch drüber wie ein Glutstern das Verlangen
Nach Einem leuchte, irdisch unversehrt,
Nach Einem, ohne den dein Herz, so warm,
Ewig verlassen bliebe doch und arm.

Am fünfundzwanzigsten Sonntag nach Pfingsten

Ev.: Von des Obristen Töchterlein. Matth. 9, 18—26

Weck auf, was schläft; streck aus die Hand,
Du Retter Gott! Betäubung liegt
Auf meinem Geist, ein bleiern Band.
Es ist nicht tot, nur schlafbesiegt,
Nur taumelnd trunken, ein Helot,
Der knirschend schlürft' in Sklavennot
Den Wein, so der Tyrann ihm bot,
So niederliegt in mir, was da vom Rechten.

Ja, in den schwersten Stunden doch
Blieb ein Bewußtsein mir, daß tief
Wie in des Herzens Keller noch
Verborgen mir ein Erbteil schlief,
Gleich warmer Quelle, die hinab
Versickert in der Höhle Grab
Und droben läßt den Herrscherstab:
Frost, Sturm und Schnee um ihr Besitztum fechten.

Und der Tyrann, so niederhält
Mein bestes und mein einz'ges Gut,
Nicht Trägheit ists noch Lust der Welt,
Es ist der kalt gebrochne Mut,
O, wie ich tausendmal gesagt,
Verstandes Fluch, der trotzig ragt
Und scharf an meinem Glauben nagt:
Weh, leer Geschenk, verfallen bösen Mächten!

Zu einer Zeit, schwarz wie die Nacht,
Zu einer Zeit, die ich erlebt,
Da war ich um mein Heil gebracht;
Wie dürres Blatt am Zweige bebt,
Trostlos und ohne Hoffnung war
Unglaube wie die Sonne klar,
Mein Leben hing an einem Haar:
O solche Stunden gönn ich nicht den Schlechten!

Soll ich es sagen, daß die Not
Gesteigert ward durch Menschenmüh?
Nicht weiß ich, was dem Staub gebot;
Doch unglückselig sah ich sie,
Auflachend nur in Krampfes Spott,
Frech, doch vernichtet, ohne Gott,
Unsel'ge, aber arme Rott,
Um das verzweifelnd, was sie möchten ächten.

Schwach hieß, wer ohne Zucken nicht
Ins Auge der Vernichtung sah;
Doch in dem Blicke lag Gericht,
Dem Lächeln Todesschauer nah.
Warum man nicht in Ruh mich ließ,
Im Freundschaftsmantel überdies,
Als ob der Arzt das Messer stieß?
Ich weiß es nicht, doch will ich drum nicht rechten.

So höret denn, was mich geschützt
Vor gänzlichem Verlorengehn:
Daß ich Unglauben nicht benützt,
Des Frevels Banner zu erhöhn,
Und der Entschluß gewann den Raum,
Ob mir gefällt des Lebens Baum,
Zu lieben meines Gottes Traum
Und auch dem Toten Kränze noch zu flechten.

Unglaub ist Sünde; aber mehr:
Sünd ist Unglaube; sie allein
Mag aller Zweifel frost'gem Heer
Der stärkste Bundsgenosse sein.
O wär ich tugendhaft, dann ließ
Nicht einsam mich die Finsternis;
Fällt doch ein Strahl in mein Verließ,
Weil ich nicht gänzlich zugesellt den Schlechten!

Ein Kleinod hab ich mir gehegt,
Da mein Bewußtsein, ob befleckt,
Doch nicht in Schnee und Eis gelegt
Und nicht in Lava sich gestreckt.
Ach, Odem noch die Liebe hat,
Die Hoffnung treibt ein grünes Blatt,
Und auch der Glaube, todesmatt,
Faltet die Hände, ob sie Segen brächten.

O reiche, Gnäd'ger, deine Hand,
Wie du dem Mägdlein sie gereicht!
Zerreiß der dumpfen Träume Band,
So mächtig mir und dir so leicht!
Ja, wenn dein Odem drüber weht,
Ein Strahl aus deinem Auge geht,
Dann ist wohl da, was aufersteht,
Und was fortan in deiner Schar mag fechten.

Am sechsundzwanzigsten Sonntag nach Pfingsten

Ev.: Vom Greuel der Verwüstung. Matth. 24, 15—35

Steht nicht der Greuel der Verwüstung da
An heil'ger Stätte?
Was träumen wir von Dingen, die uns nah,
Als schliefen sie wie Feuerstoff im Bette
Des Kohlenschachts? Blickt auf und schaut umher!
O die Verödung, wie sie dumpf und schwer
Traf Herz an Herz wie mit galvan'scher Kette!

Gibts eine Stätte denn, die heiliger
Als Menschenherzen?
Gibt es Verwüstung, die entsetzlicher,
Als wenn das Höchste stirbt an matten Scherzen?
O Glaube, Glaube, wem du kalt und schwach,
Der schleppt den Grabstein an der Ferse nach,
Und dennoch Heil ihm, schleppt er ihn mit Schmerzen!

Doch wer sein Kleinod als ein Spielgerät
Sieht lächelnd brechen
Und wie aus Gnad und milder Majestät
Ein Mitleidswort will ob dem Toren sprechen,
Dem Toren, der beweint sein Steckenpferd:
Ja, dem erlosch die Flamm am heil'gen Herd,
Und seine Nahrung steht in Sumpf und Bächen.

Kannst du ertragen, daß die Augen schaun,
Wem sie sich kehren,
Dorthin dann wende deinen Blick mit Graun,
Wo wie im Moderschlamm die Massen gären!
Verlaß den kleinen grünen Fleck, der nur
Durch Gottes Huld ward zu des Lebens Flur,
Und sieh, wie sie von deinem Busen zehren!

O hätt ich nimmer meinen Fuß gewandt
Von deiner Erde!
Wie segn' ich dich, mein reiches kleines Land,
Du frische Weide einer treuen Herde!
In dir sah ich die Schande nicht vergnügt,
Nicht hohen Geist an alle Schmach geschmiegt,
Noch tiefsten Wahnsinns üppige Gebärde.

Ich bin enttäuscht, und manche Narbe trug
Ich aus dem Streite;
An meine Brust auch die Verwüstung schlug
Und forderte die halbverfallne Beute.
Ward ich entrissen ihr durch Gottes Huld:
Sein ist die Gnade, mein allein die Schuld;
Und dennoch — eine Trümmer steh ich heute!

Bin ich nicht ganz der öden Stätte gleich,
Verfluchtem Grunde,
Wo Salz gestreut auf Stein und Schädel bleich,
Gibt hier und dort noch eine Säule Kunde
Vergangner Herrlichkeit: Dank dir, mein Land!
Du hast zu früh gelegt ein frommes Band
Um meine Seele in der Kindheit Stunde.

So will ich harren denn, und tiefbedrängt
Will ich es tragen,
Daß immer wie zum Sturz die Mauer hängt;
Noch mögen einst erneut die Zinnen ragen.
Es gibt ja eine stark und milde Hand,
So aus dem Nichts entflammt den Sonnenbrand,
Sie hat auch diesen morschen Bau getragen

Bis heute, wo aus meiner kranken Brust
Die Seufzer drangen.

O du, dem Wurmes Zucken selbst bewußt,
Hilf mir und jenen auch, die todumfangen!
Sei gnädig, leg an ihr verknorpelt Herz
Des Leidens Moxa, daß es lebt in Schmerz;
Ach, Herr, sie wußten nicht, was sie begangen!

Am siebenundzwanzigsten Sonntag nach Pfingsten

Ev.: Vom Senfkörnlein und Sauerteig. Matth. 13, 31—35

Tief, tief ein Körnlein schläft in mancher Brust;
Doch, Herr, du siehst es und du magst es segnen.
O schau auf jene, die, sich unbewußt,
Nicht fühlen deiner Gnadenwolke Regnen,
Die um sich steigen lassen deinen Tau,
Nachtwandler, dumpf gebannt in Traumes Leben,
Umwandeln Turmes Zinne sonder Beben,
Nicht zuckend nur mit der geschloßnen Brau.

Ich bin erwacht, ob auch zu tiefer Schmach;
So will ich heut nicht an mein Elend denken,
Will, ach, das einzige, was ich vermag,
Ein zitterndes Gebet den Armen schenken;
Ob nur ein kraftlos halbgebrochner Hauch,
Der dennoch mag die rechten Wege finden,
Und muß er sich zu deinem Throne winden,
Wie sich zum Äther wälzet Nebelrauch.

Du Milder weißt aus allem Erdendunst
Den warmen Lebensodem wohl zu scheiden,
Gerechter du und doch die höchste Gunst,
Des Sonne raget über Moor und Heiden,

O kräft'ge deinen Strahl, daß er entglüht
Die langverjährte Rinde mag durchdringen;
Mach des erstarrten Blutes Quellen springen,
Auftauen das erfrorne Augenlid.

Wie oft sah ich in schier vereistem Grund
Sich leise noch das Samenkörnlein dehnen!
Wie öfters brach aus längst entweihtem Mund
Ein Schmerzenslaut, der alles kann versöhnen!
O nur wer stand in glüher Wüstenei,
Der weiß des grünen Blattes Wert zu schätzen,
Und wessen Ohr kein Luftzug durfte letzen,
Nur der vernimmt den halberstickten Schrei.

Mit meinem Schaden hab ich es gelernt,
Daß nur der Himmel darf die Sünde wägen;
O Menschenhand, sie halte sich entfernt,
Das Leben zählend nur nach Pulses Schlägen.
Lebt doch das Samenkorn und atmet nicht,
Und kann es dennoch einen Stamm enthalten,
Der herrlich einst die Zweige mag entfalten,
Wo das Gevögel jubelt unterm Licht.

Sei Menschenurteil in Unwissenheit
Hart wie ein Stein, du, Herr, erkennst das Winden
Der Seele, und wie unter Mördern schreit
Zu dir ein Seufzer, der sich selbst nicht finden
Und nennen kann. Kein Feuer brennt so heiß,
Als was sich wühlen muß durch Grund und Steine;
Von allen Quellen reißender rinnt keine,
Als die sich hülflos windet unterm Eis.

Im Fluch, dem alle schaudern, hörst du noch
Den Klageruf, an Kraft und Mut gebrochen;
In des Verbrechers Wahnsinn trägt sich doch
Entgegen dir zerfleischten Herzens Pochen.

Das ist das Samenkorn, was wie im Traum
Bohrt ängstlich mit den Würzelchen zum Grunde,
Und immer trägt es noch den Keim im Munde,
Und immer schlummert noch in ihm der Baum.

Brich ein, o Herr! Du weißt den rechten Stoß
Und weißt, wo schwach vernarbt der Sünde Wunden;
Noch liegt in deiner Hand ihr ewig Los,
Noch lauert stumm die schrecklichste der Stunden,
Wo ihnen deine Hand die Waage reicht
Und die Verdammung steht im eignen Herzen.
O Jesu Christ, gedenk an deine Schmerzen!
O rette, die aus deinem Blut gezeugt!

Am ersten Sonntag im Advent

Ev.: Einritt Jesu in Jerusalem. Matth. 21, 1—9

Du bist so mild,
So reich an Duldung, liebster Hort,
Und mußt so wilde Streiter haben!
Dein heilig Bild
Ragt überm stolzen Banner fort,
Und deine Zeichen will man graben
In Speer und funkensprüh'nden Schild.

Mit Stolz und Hohn
Gewaffnet hat Parteienwut,
Was deinen sanften Namen träget,
Und klirrend schon
Hat in des frömmsten Lammes Blut
Den Fehdehandschuh man geleget,
Den Zepter auf die Dornenkron.

So bleibt es wahr,
Was wandelt durch des Volkes Mund:
Daß, wo man deinen Tempel schauet
So mild und klar,
Dicht neben den geweihten Grund
Der Teufel seine Zelle bauet,
Sich wärmt die Schlange am Altar.

Wenn Stirn an Stirn
Sich drängen mit verwirrtem Schrei
Die Kämpfer um geweihte Sache,
Wenn in dem Hirn
Mehr schwindelt von der Welt Gebäu,
Von Siegesjubel, Ehr und Rache
Mehr zähe Spinngewebe schwirr'n,

Als stark und rein
Der Treue Nothemd weben sich
Sollt, von des Herzens Schlag gerötet:
Wer denkt der Pein,
Durchzuckend wie mit Messern dich,
Als für die Kreuz'ger du gebetet!
O Herr, sind dies die Diener dein?

Wie liegt der Fluch
Doch über allen, deren Hand
Noch rührt die Sündenmutter Erde!
Ists nicht genug,
Daß sich der Flüchtling wärmt am Brand
Der Hütte? Muß auf deinem Herde
Die Flamme schür'n unsel'ger Trug?

Wer um Gut
Der Welt die Sehnsucht sich verdarb,
Den muß der finstre Geist umfahren;
Doch was dein Blut,

Dein heilig Dulden uns erwarb,
Das sollten knieend wir bewahren
Mit starkem, aber reinem Mut.

Allmächt'ger du,
In dieser Zeit, wo dringend not,
Daß rein dein Heiligtum sich zeige,
O laß nicht zu,
Daß Lästerung, die lauernd droht,
Verschütten darf des Hefens Neige
Und, ach, den klaren Trank dazu!

Laß alle Treu
Und allen standhaft echten Mut
Aufflammen immer licht und lichter!
Kein Opfer sei
Zu groß für ein unschätzbar Gut,
Und deine Scharen mögen dichter
Und dichter treten Reih an Reih.

Doch ihr Gewand
Sei weiß, und auf der Stirne wert
Soll keine Falte düster ragen;
In ihrer Hand,
Und faßt die Linke auch das Schwert,
Die Rechte soll den Ölzweig tragen,
Und aufwärts sei der Blick gewandt.

So wirst du früh
Und spät, so wirst du einst und heut
Als deine Streiter sie erkennen:
Voll Schweiß und Müh,
Demütig, standhaft, friedbereit,
So wirst du deine Scharen nennen
Und Segen strömen über sie.

Am zweiten Sonntag im Advent

Ev.: Von Zeichen an der Sonne. Luk. 21, 25—33

Wo bleibst du, Wolke, die den Menschensohn
Soll tragen?
Seh ich das Morgenrot im Osten schon
Nicht leise ragen?
Die Dunkel steigen, die Zeit rollt matt und gleich;
Ich seh es flimmern, aber bleich, ach bleich!

Mein eignes Sinnen ist es, was da quillt,
Entzündet,
Wie aus dem Teiche, grün und schlammerfüllt,
Sich wohl entbindet
Ein Flämmchen und, von Schilfgestöhn umwankt,
Unsicher in dem grauen Dunste schwankt.

So muß die allerkühnste Phantasie
Ermatten;
So in der Mondesscheibe sah ich nie
Des Berges Schatten,
Gewiß, ob ein Koloß die Formen zog,
Ob eine Träne mich im Auge trog.

So ragt und wälzt sich in der Zukunft Reich
Ein Schemen.
Mein Sinnen sonder Kraft, Gedanke bleich:
Wer will mir nehmen
Das Hoffen, was ich in des Herzens Schrein
Gehegt als meiner Armut Edelstein?

Gib dich gefangen, törichter Verstand!
Steig nieder

Und zünde an des Glaubens reinem Brand
Dein Döchtlein wieder,
Die arme Lampe, deren matter Hauch
Verdumpft, erstickt in eignem Dunst und Rauch.

Du seltsam rätselhaft Geschöpf aus Ton,
Mit Kräften,
Die leben, wühlen, zischen wie zum Hohn
In allen Säften,
O bade deinen wüsten Fiebertraum
Im einz'gen Quell, der ohne Schlamm und Schaum,

Wehr ab, stoß fort, was gleich dem frechen Feind
Dir sendet
Die Macht, so wetterleuchtet und verneint,
Und starr gewendet
Wie zum Polarstern halt das Eine fest,
Sein Wort, sein heilig Wort, und — Schach dem Rest!

Dann wirst du auf der Wolke deinen Herrn
Erkennen;
Dann sind Jahrtausende nicht kalt und fern,
Und zitternd nennen
Darfst du der Worte Wort, des Lebens Mark,
Wenn dem Geheimnis deine Seele stark.

Und heute schon, es steht in Gottes Hand,
Erschauen
Magst du den Heiland in der Seele Brand,
Glühndem Vertrauen:
Zerfallen mögen Erd und Himmelshöhn,
Doch seine Worte werden nicht vergehn.

Am dritten Sonntag im Advent

Ev.: Johannes sendet zu Christo. Matth. 11, 2—10

Auf keinen andern wart ich mehr:
Wer soll noch Liebres kommen mir?
Wer würde mild und doch so hehr
Mir treten an des Herzens Tür?
Wer durch des Fiebers Qual und Brennen
So liebreich meinen Namen nennen,
Ein Balsamträufeln für und für?

Du wußtest es von Ewigkeit,
Daß der Gedanke, lastengroß,
Dem Sinn entzogne Herrlichkeit
Zersprengen müßt den Mutterschoß;
So bist du niedrig denn gekommen,
Wie sich der Armut nahn die Frommen,
Zu schonen, die gering und bloß.

Wenn fast zum Wahnsinn mich gebracht
Der wirbelnden Betrachtung Kreis,
Dann trittst du aus der Dünste Nacht,
Und deine Stimme flüstert leis:
Hier bin ich, bin ich, woll mich fassen,
Dann magst du alles andre lassen:
Auf meinem Kreuze liegt der Preis.

O Stimme, immer mir bekannt,
O Wort, das stets verständlich mir,
Du legst mir auf der Liebe Band,
Und meine Schritte folgen dir:
In Liebe glaub ich, liebewund

Schieb ich des Herzens Tür auf, und
Geschlossen ist des Grübelns Tür,

Gehemmt die Jagd, durch scharfen Stein
Und Dornen hetzend meinen Fuß;
Ich ruh in deinem kühlen Hain
Und lausche deinem sanften Gruß;
Die Blinden sehn, die Kalten glühen,
Und aus des Irren Haupte ziehen
Der dumpfen Schatten Menge muß.

Ich folge dir zu Berges Höhn,
Wo Leben von den Lippen fließt,
Und deine Tränen darf ich sehn,
O tausendmal mit Heil gegrüßt,
Muß in Gethsemane erzittern,
Daß Schrecken Gottes Leib erschüttern,
Blutschweiße Gottes Stirn vergießt.

Er hat gehorsam bis zum Tod,
Ja zu des Todes eitlem Graus,
Gekostet jede Menschennot
Und trank den vollen Becher aus:
So richte dich aus Dorn und Höhle,
Du meine angstgeknickte Seele;
Auch du nur trägst ein irdisch Haus.

Laß wanken denn den Kerkerbau
Und mische deine Tränen nur
Mit deines Heilands blut'gem Tau,
Gequälter Sklave der Natur.
O, dessen Schweiß den Grund gerötet,
Er weiß es, wie ein Seufzer betet,
Mein Jesus, meine Hoffnungsau!

Am vierten Sonntag im Advent

Ev.: Vom Zeugnisse Johannis. Joh. 1, 19—28

Fragst du mich, wer ich bin? Ich berg es nicht:
Ein Wesen bin ich, sonder Farb und Licht.
Schau mich nicht an, dann wendet sich dein Sinn;
Doch höre! höre! höre! denn ich bin
Des Rufers in der Wüste Stimme.

In Nächten voller Pein kam mir das Wort
Von ihm, der Balsam sät an Sumpfes Bord,
Im Skorpion der Heilung Öl gelegt,
Dem auch der wilde Dorn die Rose trägt,
Das faule Holz entzündet sein Geglimme.

So senke deine Augen und vernimm
Von seinem Herold deines Herren Grimm,
Und seine Gnade sei dir auch bekannt,
Der Wunde Heil, so wie der schwarze Brand,
Wenn seiner Adern Bluten hemmt der Schlimme.

Merk auf! Ich weiß es, daß in härtster Brust
Doch schlummert das Gewissen unbewußt;
Merk auf, wenn es erwacht, und seinen Schrei
Ersticke nicht, wie Mütter sonder Treu
Des Bastards Wimmern und sein matt Gekrümme!

Ich weiß es auch, daß in der ganzen Welt
Dem Teufel die Altäre sind gestellt,
Daß mancher kniet demütig nicht gebeugt,
Und überm Sumpfe engelgleich und leicht
Der weiße Lotos wie ein Kindlein schwimme.

Es tobt des tollen Strudels Ungestüm,
Und zitternd fliehen wir das Ungetüm;
Still liegt der Sumpf und lauert wie ein Dieb:
Wir pflücken Blumen, und es ist uns lieb,
Zu schaun des Irrlichts tanzendes Geflimme.

Drum nicht vor dem Verruchten sei gewarnt;
Doch wenn dich süßer Unschuld Schein umgarnt,
Dann lächelt der Vampir, dann fahr zurück
Und senke tief, o tief in dich den Blick,
Ob leise quellend die Verwesung klimme!

Ja, wo dein Aug sich schaudernd wenden mag,
Da bist du sicher mindstens diesen Tag;
Doch gift'ger öfters ist ein Druck der Hand,
Die weiche Träne und der stille Brand,
Den Lorbeer treibend aus Vulkanes Grimme.

Ich bin ein Hauch nur; achtet nicht wie Tand
Mein schwaches Wehn, um des, der mich gesandt:
Erwacht! Erwacht! Ihr steht in seinem Reich;
Denn sehet, er ist mitten unter euch,
Den ihr verkennt, und ich bin seine Stimme!

Am Weihnachtstage

Durch alle Straßen wälzt sich das Getümmel,
Maultier, Kamele, Treiber — welch Gebimmel! —
Als wolle wieder in die Steppe ziehn
Der Same Jakobs, und Judäas Himmel,
Ein Saphirscheinen über dem Gewimmel,
Läßt blendend seine Funkenströme sprühn.

Verschleiert Frauen durch die Gassen schreiten,
Schweißtriefend vom beladnen Tiere gleiten
Bejahrte Mütterchen; allüberall
Geschrei und Treiben wie vor Jehus Wagen:
Läßt wieder Jezabel ihr Antlitz ragen
Aus jener Säulen luftigem Portal?

's ist Rom, die üpp'ge Priesterin der Götzen,
Die glänzendste und grausamste der Metzen,
Die ihre Sklaven zählt zu dieser Zeit.
Mit einem Griffel, noch vom Blute träufend,
Gräbt sie in Tafeln, Zahl auf Zahlen häufend,
Der Buhlen Namen, so ihr Schwert gefreit.

O Israel, wo ist dein Stolz geblieben?
Hast du die Hände blutig nicht gerieben,
Und deine Träne, war sie siedend Blut?
Nein, als zum Marktplatz deine Scharen wallen,
Verkaufend, feilschend unter Tempels Hallen:
Mit ihrem Gott zerronnen ist ihr Mut!

Zum trüben Irrwisch ward die Feuersäule,
Der grüne Aaronsstab zum Henkerbeile,
Und grausig übersteint das tote Wort
Liegt — eine Mumie im heil'gen Buche —,
Drin sucht der Pharisäer nach dem Fluche,
Ihn donnernd über Freund und Fremdling fort.

So, Israel, bist du gereift zum Schnitte,
Wie reift die Distel in der Saaten Mitte;
Und wie du stehst in deinem grimmen Haß
Genüber der geschminkt und hohlen Buhle,
Seid gleich ihr vor gerechtem Richterstuhle,
Von Blute sie und du von Geifer naß.

O tauet Himmel, tauet den Gerechten!
Ihr Wolken, regnet ihn, den wahr und echten
Messias, den Judäa nicht erharrt!
Den Heiligen und Milden und Gerechten,
Den Friedenskönig unter Hassesknechten,
Gekommen zu erweichen, was erstarrt!

Still ist die Nacht; in seinem Zelt geborgen,
Der Schriftgelehrte späht mit finstren Sorgen,
Wann Judas mächtiger Tyrann erscheint.
Dann lüftet er den Vorhang, starrend lange
Dem Sterne nach, der streicht des Äthers Wange
Wie Freudenzähre, die der Himmel weint.

Und fern vom Zelte über einem Stalle,
Da ists, als ob aufs niedre Dach er falle;
In tausend Radien sein Licht er gießt:
Ein Meteor! So dachte der Gelehrte,
Als langsam er zu seinen Büchern kehrte.
O weißt du, wen das niedre Dach umschließt?

In einer Krippe ruht ein neugeboren
Und schlummernd Kindlein; wie im Traum verloren
Die Mutter knieet, Weib und Jungfrau doch.
Ein ernster schlichter Mann rückt tief erschüttert
Das Lager ihnen; seine Rechte zittert
Dem Schleier nahe um den Mantel noch.

Und an der Türe stehn geringe Leute,
Mühsel'ge Hirten, doch die Ersten heute,
Und in den Lüften klingt es süß und lind,
Verlorne Töne von der Engel Liede:
Dem Höchsten Ehr und allen Menschen Friede,
Die eines guten Willens sind!

Am zweiten Weihnachtstage (Stephanus)

Ev.: „Jerusalem, Jerusalem, die du tötest die Propheten ..."
Matth. 23, 34—39
Ep.: „Und die Zeugen legten ihre Kleider ab zu den Füßen eines Jünglings, der Saulus hieß." Apostelgesch. 6, 8—10 und 7, 54—59

Jerusalem, Jerusalem!
Wie oft erschollen ist sein Ruf;
Du spieltest sorglos unter dem
Verderben, unter Rosses Huf
Und Rades Wucht. Schau, darum ist
Verödet deine Stätte worden,
Und du ein irres Küchlein bist,
Sich duckend unter Geierhorden.

Vorüber ist die heil'ge Zeit,
Wo deinen Wegen er bekannt;
Und seiner Wunder Herrlichkeit
Zieht nur als Sage durch das Land.
Der Weise wiegt sein schweres Haupt,
Der Tor will dessen sich entschlagen,
Und nur die fromme Einfalt glaubt
Und mag die Opfergabe tragen.

O, bringt sie nur ein willig Tun,
Ein treues Kämpfen zum Altar,
Dann wird auf ihr die Gnade ruhn,
Ein innres Wunder, ewig klar.
Doch ist es so: der Gegenwart
Gebrochen sind gewalt'ge Stützen,
Seit unsren Sinnen, trüb und hart,
Verhüllt ward seiner Zeichen Blitzen.

War einst erhellt der schwanke Steg,
Und klaffte klar der Abgrund auf,
Wir müssen suchen unsren Weg
Im Heiderauch, ein armer Hauf.
Des Glaubens köstlich teurer Preis
Ward wie gestellt auf Gletschers Höhen:
Wir müssen klimmen über Eis
Und schwindelnd uns am Schlunde drehen.

Was, Herr, du ließest fort und fort,
Hat uns die Seele wohl gebrannt;
Doch bleibt es ein geschriebnes Wort,
Unsichtbar die lebend'ge Hand.
Ach nur wo Grübeln nicht und Stolz
Am Stamme nagt seit Tag und Jahren,
Blieb frisch genug das mark'ge Holz,
Frei durch Jahrtausende zu fahren.

So ist es, wehe, schrecklich wahr,
Daß mancher, wie zum starken Mast
Geschaffen in der Zeit Gefahr,
Die Glaubenssegel hat gebraßt,
Nun dürre Säule nackt und schwer,
Verkündend wie durch Sturmes Wehen,
Hier sei in Zweifels schwarzem Meer
Ein wuchtig Schiff am Untergehen.

O sende, Retter, deinen Blitz,
Der ihm den frommen Hafen hellt,
Wo einst der starke Mast als Sitz
Der Pharuslampe sei gestellt.
Es trägt Gebirge ja dein Land,
Wo Zedern sich zu Zedern einen;
Laß nicht ein Sturmlicht den Verstand
Und einen Fluch die Kraft erscheinen!

Als Stephanus mit seinem Blut
Besiegelte den Christussinn,
Da legten Mörder, heiß vor Wut,
Zu eines Jünglings Füßen hin,
Der stumm und finster sich gesellt,
Die Kleider staubig, schweißbefeuchtet:
Und der ward Paulus, Christi Held,
Des Strahl die ganze Welt durchleuchtet.

Am Sonntag nach Weihnachten

Ev.: Seine Eltern wunderten sich. Luk. 2, 33—40

An Jahren reif und an Geschicke
Blieb ich ein Kind vor Gottes Augen,
Ein schlimmes Kind voll schwacher Tücke,
Die selber mir zu schaden taugen.
Nicht hat Erfahrung mich bereichert;
Wüst ist mein Kopf, der Busen leer;
Ach, keine Frucht hab ich gespeichert
Und schau auch keine Saaten mehr!

Ging so die teure Zeit verloren,
Die über Hoffen zugegeben
Dem Wesen, was, noch kaum geboren,
Schon schmerzlich kämpfte um sein Leben:
Ich, die den Tod seit Jahren fühle
Sich langsam nagend bis ans Herz,
Weh mir, ich treibe Kinderspiele,
Als sei der Sarg ein Mummenscherz!

In siechen Kindes Haupte dämmert
Das unverstandne Mißbehagen;
So, wenn der Grabwurm lauter hämmert,
Fühl bänger ich die Pulse schlagen.

Dann bricht hervor das matte Stöhnen,
Der kranke, schmerzgedämpfte Schrei;
Ich lange mit des Wurmes Dehnen
Sehnsüchtig nach der Arzenei.

Doch wenn ein frischer Hauch die welke,
Todsieche Nessel hat berühret,
Dann hält sie sich wie Ros und Nelke
Und meint sich königlich gezieret.
O Leichtsinn, Leichtsinn sondergleichen,
Als ob kein Seufzer ihn gestört!
Und doch muß ich vor Gram erbleichen,
Durch meine Seele ging ein Schwert.

Wer mußt so vieles Leid erfahren
An Körpernot und Seelenleiden
Und dennoch in so langen Jahren
Sich von der Welt nicht mochte scheiden:
Ob er als Frevler sich dem Rade,
Als Tor geselle sich dem Spott,
O sei barmherzig, ew'ge Gnade,
Richt ihn als Toren, milder Gott!

Du hast sein siedend Hirn gebildet,
Der Nerven rastlos flatternd Spielen
Nicht von gesundem Blut geschildet,
Weißt seine dumpfe Angst zu fühlen,
Wenn er sich windet unter Schlingen,
Zu mächtig ihm und doch verhaßt,
Er gern ein Opfer möchte bringen,
Wenn es nur seine Hand erfaßt.

Was Sünde war, du wirst es richten,
Und meine Strafe muß ich tragen;
Und was Verwirrung, wirst du schlichten,
Weit gnäd'ger, als ich dürfte sagen.

Wenn klar das Haupt, die Fäden löser,
Was dann mein Teil, ich weiß es nicht;
Jetzt kann ich stammeln nur: Erlöser,
Ich gebe mich in dein Gericht!

Am letzten Tage des Jahres (Silvester)

Das Jahr geht um,
Der Faden rollt sich sausend ab.
Ein Stündchen noch, das letzte heut,
Und stäubend rieselt in sein Grab,
Was einstens war lebend'ge Zeit.
Ich harre stumm.

's ist tiefe Nacht!
Ob wohl ein Auge offen noch?
In diesen Mauern rüttelt dein
Verrinnen, Zeit! Mir schaudert, doch
Es will die letzte Stunde sein
Einsam durchwacht,

Gesehen all,
Was ich begangen und gedacht.
Was mir aus Haupt und Herzen stieg,
Das steht nun eine ernste Wacht
Am Himmelstor. O halber Sieg!
O schwerer Fall!

Wie reißt der Wind
Am Fensterkreuze! Ja, es will
Auf Sturmesfittichen das Jahr
Zerstäuben, nicht ein Schatten still
Verhauchen unterm Sternenklar.
Du Sündenkind,

War nicht ein hohl
Und heimlich Sausen jeder Tag
In deiner wüsten Brust Verließ,
Wo langsam Stein an Stein zerbrach,
Wenn es den kalten Odem stieß
Vom starren Pol?

Mein Lämpchen will
Verlöschen, und begierig saugt
Der Docht den letzten Tropfen Öl.
Ist so mein Leben auch verraucht?
Eröffnet sich des Grabes Höhl
Mir schwarz und still?

Wohl in dem Kreis,
Den dieses Jahres Lauf umzieht,
Mein Leben bricht. Ich wußt es lang!
Und dennoch hat dies Herz geglüht
In eitler Leidenschaften Drang!
Mir brüht der Schweiß

Der tiefsten Angst
Auf Stirn und Hand. — Wie? dämmert feucht
Ein Stern dort durch die Wolken nicht?
Wär es der Liebe Stern vielleicht,
Dir zürnend mit dem trüben Licht,
Daß du so bangst?

Horch, welch Gesumm?
Und wieder? Sterbemelodie!
Die Glocke regt den ehrnen Mund.
O Herr, ich falle auf das Knie:
Sei gnädig meiner letzten Stund!
Das Jahr ist um!

SPÄTE GEISTLICHE GEDICHTE

1845—1846

ZWEI LEGENDEN

Gethsemane

Als Christus lag im Hain Gethsemane
Auf seinem Antlitz mit geschloßnen Augen, —
Die Lüfte schienen Seufzer nur zu saugen,
Und eine Quelle murmelte ihr Weh,
Des Mondes blasse Scheibe widerscheinend, —
Da war die Stunde, wo ein Engel weinend
Von Gottes Throne ward herabgesandt,
Den bittern Leidenskelch in seiner Hand.

Und vor dem Heiland stieg das Kreuz empor;
Daran sah seinen eignen Leib er hangen,
Zerrissen, ausgespannt; wie Stricke drangen
Die Sehnen an den Gliedern ihm hervor.
Die Nägel sah er ragen und die Krone
Auf seinem Haupte, wo an jedem Dorn
Ein Blutestropfen hing, und wie im Zorn
Murrte der Donner mit verhaltnem Tone.
Ein Tröpfeln hört' er, und am Stamme leis
Herniederglitt ein Wimmern qualverloren.
Da seufzte Christus, und aus allen Poren
Drang ihm der Schweiß.

Und dunkel ward die Luft, im grauen Meer
Schwamm eine tote Sonne; kaum zu schauen
War noch des dorngekrönten Hauptes Grauen,
Im Todeskampfe schwankend hin und her.

Am Kreuzesfuße lagen drei Gestalten;
Er sah sie grau wie Nebelwolken liegen,
Er hörte ihres schweren Odems Fliegen,
Von Zittern rauschen ihrer Kleider Falten.
O welch ein Lieben war wie seines heiß?
Er kannte sie, er hat sie wohl erkannt,
Das Menschenherz in seiner Brust gebrannt,
Und stärker quoll der Schweiß.

Die Sonnenleiche schwand — nur schwarzer Rauch,
Und drin versunken Kreuz und Seufzerhauch;
Ein Schweigen, grausiger als Sturmes Toben,
Schwamm durch des Raumes sternenleere Gassen;
Kein Lebenshauch auf weiter Erde mehr,
Ringsum ein Krater, ausgebrannt und leer;
Und eine hohle Stimme rief von oben:
„Mein Gott, mein Gott, wie hast du mich verlassen!"
Da faßten den Erlöser Todeswehn,
Da weinte Christus mit gebrochnem Mut,
Da ward sein Schweiß zu Blut,
Und zitternd quoll es aus des Dulders Munde:
„Herr, ist es möglich, so laß diese Stunde
An mir vorübergehn!"

Ein Blitz durchfuhr die Nacht; in Lichte schwamm
Das Kreuz, erstrahlend mit den Marterzeichen,
Und Millionen Hände sah er reichen,
Sich angstvoll klammernd an des Kreuzes Stamm,
O Händ und Händchen aus den fernsten Zonen!
Und um die Krone schwebten Millionen
Noch ungeborner Seelen, Funken gleichend;
Ein leiser Nebelrauch, dem Grund entschleichend,

Drang aus den Gräbern der Verstorbnen Flehn.
Da hob sich Christus in der Liebe Fülle,
Und: „Vater, Vater!“ rief er, „nicht mein Wille,
Der deine mag geschehn!“

Still schwamm der Mond im Blau; ein Lilienstengel
Stand vor dem Heiland im betauten Grün;
Und aus dem Lilienkelche trat der Engel
Und stärkte ihn.

Das verlorene Paradies

Als noch das Paradies erschlossen war
Dem ersten sündelosen Menschenpaar,
Kein Gift die Viper kannte, keinen Dorn
Der Strauch, der Leu und Tiger keinen Zorn,
Noch fröhlich scholl der Nachtigallen Flöte;
Da schlief an jedem Abend Eva ein
An einem Rosenstrauche, und der Schein
Von ihrer unschuldsvollen Wangenröte
Spielt' lieblich um der Blume lichten Ball;
Denn damals waren weiß die Rosen all
Und dornenlos. — Umnickt vom duft'gen Kranz,
Der überm Haupte führte lichten Tanz,
Ruhte das erste Weib, Gedanken sinnend,
Die, Embryone, schon der Gottheit Siegel
Am Haupte trugen, schon im Keime minnend
Bewegten halberschloßne Seraphsflügel;
Sie lag, den Zweig an ihre Brust gedrückt,
Denn keine Blume wurde noch gepflückt,
Bis leise sich die Wimper niederließ
Und in die Träume schlich das Paradies;
O heilig war das Weib; wer sie gesehn,

Nicht denken hätt er können, ob sie schön,
Nur daß sie rein wie Tau und Gottes Spiegel.
Die Ros auch lächelt selig, doch wie lange?
Hüte dich vor der Schlange! —

Am grauen Horizonte murrend stand
Der ersten Donnerwolke düstrer Rand,
Am Rosenstrauche fiel die erste Träne,
Und drüben weint' der Nachtigall Gestöhne.
Wär dies das Bild von gestern, dieser Leib
Verhüllt in Blätterschutz? Ein arges Weib!
Das Auge kündend ein verbotnes Wissen!
Wie scheint so heiß und hart des Mooses Kissen,
Wie dunsterfüllt des Paradieses Prangen,
Und wie so seltsam brennen ihre Wangen!
Fest hielt den vollen Rosenzweig sie, fest,
Wie der Versinkende die Binse preßt,
Oder sein Lieb ein glüh Verlangen.
Ob sie entschlief? — Wohl endlich hat die Nacht
Ihr Ruhe, bleiernschweren Schlaf gebracht;
Der Regenguß, er hat sie nicht erweckt,
Des Donners Rollen sie nicht aufgeschreckt,
Ihr Haar nur flatterte im Windestosen,
Und ihr am Busen zitterten die Rosen;
Wie eine Leiche lag sie schmerzlich mild,
Zum erstenmal im Schlaf des Todes Bild;
Und als am Morgen sie die Wimper hob
Und zuckend von der Brust die Zweige schob,
Da war all ihrer Wangen lichter Schein
Gezogen in der Blumen Rund hinein,
In glüher Sehnsucht alle aufgegangen,
Zum Kusse öffnend all den üpp'gen Mund;
Und Eva kniete weinend, ihre Wangen
Entfärbt und ihre Brust von Dornen wund.

Die ächzende Kreatur

(August 1846)

An einem Tag, wo feucht der Wind,
Wo grau verhängt der Sonnenstrahl,
Saß Gottes hartgeprüftes Kind
Betrübt am kleinen Gartensaal.
Ihr war die Brust so matt und enge,
Ihr war das Haupt so dumpf und schwer,
Selbst um den Geist zog das Gedränge
Des Blutes Nebelflore her.

Gefährte Wind und Vogel nur
In selbstgewählter Einsamkeit,
Ein großer Seufzer die Natur,
Und schier zerflossen Raum und Zeit.
Ihr war, als fühle sie die Flut
Der Ewigkeit vorüberrauschen
Und müsse jeden Tropfen Blut
Und jeden Herzschlag doch belauschen.

Sie sann und saß und saß und sann,
Im Gras die heisre Grille sang,
Vom fernen Felde scholl heran
Ein schwach vernommner Sensenklang.
Die scheue Mauerwespe flog
Ihr ängstlich ums Gesicht, bis fest
Zur Seite das Gewand sie zog,
Und frei nun ward des Tierleins Nest.

Und am Gestein ein Käfer lief,
Angstvoll und rasch wie auf der Flucht,
Barg bald im Moos sein Häuptlein tief,
Bald wieder in der Ritze Bucht.

Ein Hänfling flatterte vorbei,
Nach Futter spähend, das Insekt
Hat zuckend bei des Vogels Schrei
In ihren Ärmel sich versteckt.

Da ward ihr klar, wie nicht allein
Der Gottesfluch im Menschenbild,
Wie er in schwerer, dumpfer Pein
Im bangen Wurm, im scheuen Wild,
Im durst'gen Halme auf der Flur,
Der mit vergilbten Blättern lechzt,
In aller, aller Kreatur
Gen Himmel um Erlösung ächzt.

Wie mit dem Fluche, den erwarb
Der Erde Fürst im Paradies,
Er sein gesegnet Reich verdarb
Und seine Diener büßen ließ;
Wie durch die reinen Adern trieb
Er Tod und Moder, Pein und Zorn,
Und wie die Schuld allein ihm blieb
Und des Gewissens scharfer Dorn.

Der schläft mit ihm und der erwacht
Mit ihm an jedem jungen Tag,
Ritzt seine Träume in der Nacht
Und blutet über Tage nach.
O schwere Pein, nie unterjocht
Von tollster Lust, von keckstem Stolze,
Wenn leise, leis es nagt und pocht
Und bohrt in ihm wie Mad' im Holze.

Wer ist so rein, daß nicht bewußt
Ein Bild ihm in der Seele Grund,
Drob er muß schlagen an die Brust
Und fühlen sich verzagt und wund?

So frevelnd wer, daß ihm nicht bleibt
Ein Wort, das er nicht kann vernehmen,
Das ihm das Blut zur Stirne treibt
Im heißen, bangen, tiefen Schämen?

Und dennoch gibt es eine Last,
Die keiner fühlt und jeder trägt,
So dunkel wie die Sünde fast
Und auch im gleichen Schoß gehegt;
Er trägt sie wie den Druck der Luft,
Vom kranken Leibe nur empfunden,
Bewußtlos, wie den Fels die Kluft,
Wie schwarze Lad' den Todeswunden.

Das ist die Schuld des Mordes an
Der Erde Lieblichkeit und Huld,
An des Getieres dumpfem Bann
Ist es die tiefe, schwere Schuld,
Und an dem Grimm, der es beseelt,
Und an der List, die es befleckt,
Und an dem Schmerze, der es quält,
Und an dem Moder, der es deckt.

EPOS

DAS HOSPIZ AUF DEM GROSSEN SANKT BERNHARD

(Rüschhaus 1828—1834)

Erster Gesang

Die Sonne hat den Lauf vollbracht,
Schon spannt sie aus ihr Wolkenzelt;
So manche Trän hat sie bewacht,
So manchem Lächeln sich gesellt;
Um Sel'ge hat ihr Strahl gekräuselt,
Wo süß versteckt die Laube säuselt,
Und hat die Totenbahre auch
Gesegnet mit dem frommen Hauch;
Nun einmal ihres Schleiers Saum
Noch gleitet um der Alpen Schaum,
Und in des Schneegestäubes Flaum,
Das an Sankt Bernhards Klippe hängt,
Der matte Hauch sich flimmernd fängt.

Dort, wo es, aus des Passes Schlunde,
Ums Pain de Sucre macht die Runde,
Berührt ein menschlich Angesicht
Fürwahr zum letztenmal das Licht.
Wie hat der Greis die dürre Hand
So fest um seinen Stab gespannt!
Und wie er so verkümmert steht,
So ganz verlassen um sich späht,
Da ists, als ob, erstaunt zumal,
Noch zögern will der letzte Strahl.

Schon zog der Aar dem Horste zu,
Und nur die Gems vom Tour des foux
Noch einmal pfeift und schwindet dann.
Am Riffe lehnt der alte Mann,
Wie auf dem Meere, jüngst ergrimmt,
Einsam noch eine Planke schwimmt.

O du bist immer schön, Natur!
Doch dem, der Herthas Bild gegrüßt,
Die Woge bald die Lippe schließt —
Bist Königin vernichtend nur!
Der Blitz, der Seesturm, der Vulkan,
Sie stehn als Zeugen obenan.
Und jener Greis am Felsenrand?
Dem Strahl, der widerprallt im Schnee,
Will schützend die besennte Hand
Sich vorbaun an der Braue Höh.
Zum Montblanc hat er lang gesehn
Und wendet abendwärts den Fuß,
Da ihm die Augen übergehn,
Daß er vor Kälte weinen muß.
Ihm ist wie taub, ihm ist wie blind,
Er spricht gepreßt, und tuts nicht gern:
„Mein Knabe! Henri! liebes Kind!
Schau mal hervor, sind wir noch fern?"

Dann aus des Mantels Falten dicht
Ein Bübchen windet sein Gesicht;
Die kleinen Züge schwillt der Hauch,
Die roten Händchen birgt es auch
Sogleich und zieht des Vließes Saum
Sorgfältig um der Stirne Raum,
Daß nur der Augen rötlich Licht
Durch des Gewandes Spalten bricht.

Nun mit den Wimpern zuckt er schnell:
„Großvater, schau! wie blitzt es hell!“

Der Alte seufzt: „Es blitzt, mein Sohn,
Am Himmel nicht um diese Zeit;
Es ist die Sonne wohl, die schon
Sich um die letzten Zacken reiht.“
Doch wiederum der Knabe spricht:
„Großvater! ’s ist die Alpe nicht,
Es springt und zittert in die Höh,
Wie wenn die Sonne tanzt im See
Und spielt in unserm Fensterglas.“
„Wo, Henri? Kind, wo siehst du das?“
Ein Ärmchen aus der Wolle steigt. —
Der Alte senkt das Haupt und schweigt.
Nein, nein, das ist kein Hospital!
In tausend Funken sprengt den Strahl,
Gleich nachtentbranntem Meeresdrange,
Nur Roche polie von jenem Hange.

Und zögernd schiebt des Greises Hand
Den kleinen kalten Arm zurück,
Zieht fester um ihn das Gewand.
Er wirft den kummervollen Blick
Noch einmal durch die dünne Luft,
Auf jeden Fels, in jede Kluft;
Dann folgt ein Seufzer, unbewußt,
So schwer wie je aus Mannes Brust,
Und langsam abwärts, mit Gefahr,
Beginnt er Pfade unwirtbar.
— Schmal ist der Raum — die Klippe jäh; —
Zuweilen bietet das Gestein,
Ein altergrauer Felsenspalt,
Für Augenblicke schwachen Halt.

Die Ferse drückt er in den Schnee
Und stößt des Stabes Stachel ein;
Denn eine Zeit gabs, wo im Gau
Von Saint-Pierre kein Schütz sich fand,
Der auf der Jagd, am Alphorn blau,
Dem Benoit gegenüberstand.
Kein Aug so scharf, kein Ohr so fein,
So sicher keine Kugel ging,
Von all den Kühnen er allein
So sorglos an der Klippe hing!
Zum letztenmal dem Meister alt
Sich dankbar seine Kunst erzeigt.
Gottlob! nun ist die Schlucht erreicht.
Er blickt empor; durchs graue Haupt,
Fast von der Kälte sinnberaubt,
Noch einmal durch die öde Brust
Zieht sich das Bild vergangner Lust,
An der sein ganzes Herz gehangen,
Und doppelt fühlt er sich gefangen.

In Quarzes Schichten eingezwängt,
Durch die der schmale Pfad sich drängt,
Streckt, überbaut von Felsenwucht,
Sich lang des Pain de Sucre Schlucht.
Kein Laut die tote Luft durchirrt,
Kein Lebenshauch ist zu entdecken;
Und wenn es unversehens schwirrt,
Das Schneehuhn kann den Wandrer schrecken.
Wo droben schwimmt das Felsendach,
An dem der Wintersturm sich brach
Jahrtausende — doch die Gedanken
Verlassen ihn — er sieht es wanken —
Er fördert keuchend seinen Schritt —
Und immerfort, in tollem Schwanken,

Ziehn rechts und links die Klippen mit;
Daß jener harrt — sogleich — sogleich —
Wie aus der Lüfte Schwindelreich
Die ungeheure Masse klirrt,
Und er sich schon zerschmettert glaubt,
So sehr ihm Furcht die Sinne raubt.

In diese wüste Bahn hat jetzt
Der müde Mann den Fuß gesetzt;
So schnell es gehn will, fort und fort.
Noch immer glühn die Firsten dort,
Und abwärts gleiten sieht den Strahl
Mit Lust er und mit Graun zumal.
Sobald der Abendsonne Schein
Nicht mehr die letzte Zacke badet,
Ins Hospital ein Glöckchen rein
Den Wandrer aus der Steppe ladet.
Und schon am Pointe de Drone das Licht
Kaum merklich noch den Schatten bricht.
„O Sonne," seufzt der müde Greis,
„Bald bist du hin! der Himmel weiß,
Vielleicht hör ich die Glocke nicht! —"
Blickt zweifelnd nach den Felsenwällen,
An denen mag der Klang zerschellen.
Das Kind, das Kind ist seine Not!
Schon fühlt er, wie, vom Froste laß,
Der steife Arm zu gleiten droht;
Und ohne Ende scheint der Paß!
Ein Turm ragt an dem andern her,
Es ist, als würdens immer mehr.
Dem Himmel Dank, die letzte Klippe!
Und als mit angestrengtem Fleiß
Sich immer näher treibt der Greis,
Was knistert überm Steingerippe?

Am Rande schiebt sichs, zittert, blinkt,
Langsam ein weißer Klumpen sinkt;
Dann schneller, dann mit jähem Fall,
Entlang die Klüfte tost der Schall.
Und zu des Alten Füßen rollen
Schneetrümmer und gesprengte Schollen.

Und dieser einen Augenblick
Steht regungslos, mit Schwindel ringt; —
So scharf vorüber zog der Tod!
Gefaßt er dann zusammenrafft,
Was ihm von Wollen bleibt und Kraft.
Und vorwärts nun, mit harter Not,
Er in den Trümmerhaufen dringt.
Doch neben, vor und um ihn stemmt
Die Masse sich, zum Wall gedämmt.
Mitunter eine Scholle auch
In schwachem Gleichgewichte steht,
Nur wartend auf den nächsten Hauch,
Und aufwärts ihre Kante dreht.
Wenn das Geschiebe sich belebt? —
Ein Sarkophag, der ihn begräbt!
Horch! wie er durch die Zacken irrt,
Zuweilen eine Scheibe klirrt;
Ein feines Schwirren — schwaches Rucken —
Vor seinen Augen Blitze zucken;
Doch immer wieder fügt sichs ein,
Und starr die Mauer steht wie Stein.
So muß er, fast in Todesbanden,
Wie durch ein Labyrinth sich schmiegen.
Es ist vorüber, ist bestanden,
Und hinter ihm die Trümmer liegen.

Indes des Tages matte Zeichen
Allmählich von den Kuppen bleichen,

Und nach und nach am Firmament
Des Mondes Lampe still entbrennt;
Verschwimmend, scheu, ihr zartes Licht
Malt noch der Dinge Formen nicht.
Doch allgemach aus Wolkenschleier
Ersteht die klare Scheibe freier.
Die Felsen scheinen sich zu regen,
Geflimmer zittert übern Schnee.
Und langsam steigend aus der Höh
Die Schatten auf den Grund sich legen.

Gebeugt, mit angestrengtem Schritt,
Aus seiner Schlucht der Wandrer tritt
In eine öde Fläche vor.
Er steht — er lauscht — er trägt das Ohr
Zur Erde bald und bald empor,
Und alle Sinne lauschen mit.
Er wendet sich: ob nichts vom Schalle
Aus einer andern Richtung falle? —
Nur hohl und zischend sich die Luft
In des Gesteines Spalten fängt
Und mit Geknister durch den Duft
Zu Nacht gefallner Flocken drängt.
Der Kälte, die den Stamm zerschellt,
Kein Schirm sich hier entgegenstellt.
Ach Gott, wohin? ringsum kein Steg,
Sich überall die Ebne gleicht.
Doch vorwärts, vorwärts, immer reg,
Eh dich im Schlummer Tod beschleicht,
Nur immer in die Nacht hinein!
Da, durch die Steppe fällt ein Schein,
Wie wenn sich Kerzenschimmer brechen
In angehauchten Spiegels Flächen.

Und über dieses Meteor
Ragt eine Masse dunkel vor.
Gegrüßt, o Stern im Mißgeschicke!
Es ist die Drance, es ist die Brücke.

Kaum die bekannten Pfade schaut
Der Greis, ihm ist wie aufgetaut;
Halb kehrt der Jugend Mut zurück,
Er wähnt sich einen Augenblick
Für dies und Schlimmres noch genug.
Die Brücke naht sich wie im Flug.
Schon hat er rüstig sie beschritten,
Schon steht er in der Ebne Mitten,
Schon keucht er um des Stromes Bogen;
Und vor ihm her die glas'gen Wogen
Durchrollt des Mondes Silbertuch.
Vergebens! diese Kraft ist Schein;
Mit jedem Hauche sinkt sie ein,
Mit jedem Schritte weicht das Blut,
Ach, keine Wunder wirkt der Mut!
Schon matter wird des Greises Tritt.
Das Licht im Strome fliegt nicht mehr,
Es wandert zögernd vor ihm her.
Aus den gelähmten Fingern glitt
Der Stab, und eine weite Strecke
In Sätzen prallend von der Decke,
Dann lagert er an Stromes Rand.
Hin schleppt der müde Mann den Schritt;
Er bückt sich mühsam, welche Qual!
Ergreift ihn, der zum drittenmal
Ihm immer gleitet aus der Hand.
Und schwindelnd bei dem sauren Beugen
Fühlt er das Blut zum Haupte steigen,

Sein Aug, von kalten Tränen schwer,
Sieht kaum das Allernächste mehr.
Noch tappt er, wo aus dunklem Schaft
Die glatte Eisenspitze blinkt.
Da weicht des Armes letzte Kraft,
Und auf den Schnee das Knäbchen sinkt;
Es rafft sich auf, ergreift den Stab,
Gehorsam, leichtem Dienst gewöhnt.
„Mein Kind! mein Kind!" der Alte stöhnt
Und nimmt die kleine Last ihm ab,
„Was willst du noch zuletzt dich plagen?"
Späht mit der Augen trübem Stern
Beklommen durch den nächt'gen Schein; —
— „Du kannst nicht gehn, ich dich nicht tragen,
Und ach! das Hospital ist fern.
So müssen wir das Letzte wagen
Und kehren bei den Toten ein."
Er lenkt die Schritte von dem Strand,
Sein Knäbchen hält er an der Hand.

Das Mondlicht, das mit kaltem Kusse
Liebkoset dem versteinten Flusse,
Gleich links auf ein Gewölbe klein
Streut alle seine Schimmer rein,
Die, wie sie Wolkenflor umwebt,
Bald auf dem Dache wie belebt
Sich kräuseln, in den Fenstern drehn
Und bald wie eine Lampe stehn,
Die halb der Grüfte Dunkel bricht.
So leisten sie die fromme Pflicht
Dem, so der Fremde ward zum Raube,
Und bei dem unbeweinten Staube
Entzünden sie das Trauerlicht.
Ja, diese Mauern, wohl erbaut

Mit Christensinn, sie bergen doch,
Wovor des Menschen Seele graut,
Wem Blut rollt in den Adern noch.
Sie alle, die zum Todesschlaf
Sankt Bernhards leiser Odem traf,
Wenn sie nicht Freundes Wort genannt,
Nicht Eidgenossen Blick erkannt,
An diesen Ort sind sie gebannt.
Der Bettler, dem kein Heimatland,
Der Jude, so auf Geld bedacht
Gefahrenvollen Weg betrat,
Der arme wandernde Soldat,
Der Flüchtling vor Gesetzes Macht:
Sie alle liegen hier, wie Tod
Aus dieser Wildnis sie entbot;
Im Pelze der, im Mantel weit,
Und jener im Studentenkleid.
Das tiefe Auge, trüb und offen,
Auf liebe Züge scheint zu hoffen
So Zeit auf Zeiten; keine Träne
Rann auf die bleiche Wange noch;
Und ließen treue Kinder doch
Und sind geliebter Eltern Söhne.

Die Schwelle kennt der Greis genau,
Hier führt ein Steg nach Wallis' Gau,
Sein alter Pfad, wenn von der Jagd
Er heimwärts manchen Gang gemacht,
Ans Fenster pflegt' er dann zu treten,
Nachdenklich in die Gruft zu sehn
Und sinnend auch im Weitergehn
Ein Vaterunser wohl zu beten.
Doch vor dem Tode auf der Flucht
Erfaßt ihn ungeheures Grauen,

Als tret er in das eigne Grab
Und soll die eigne Leiche schauen.
Kaum wehrt er den Gedanken ab:
„Hinweg! hinweg! soweit der Fuß
Dich trägt“ — und unwillkürlich muß
Er wenden. Doch da weint das Kind:
„Großvater! weiter sollen wir?
Wir sind ja hier an einer Tür.
Ich kann nicht mehr.“ Verschwunden sind
Die Zweifel; mühsam öffnet jetzt
Der Greis das Tor, mit Rost versetzt,
Tritt in die Wölbung, kauert sich
Dann auf den Boden kümmerlich
Und nimmt an seine Brust den Kleinen.
So eine Weile sitzen sie,
Der Knabe auf des Mannes Knie;
In stummen Schauern an ihn biegend,
Der Alte, sich nach innen schmiegend,
Das Haupt am feuchten Mauerstein,
Und übermüdet, überwacht,
Hat minder der Umgebung acht;
Minuten noch, so schläft er ein. —
Schon summt es um ihn wie ein Schwarm,
Der Mantel gleitet mit dem Arm;
Und als das Haupt zur Seite sinkt, —
„Großvater! ist das Glas? es blinkt!“
Der Alte fährt empor, er blickt
Verschüchtert seitwärts, unverrückt
Zu Boden dann: „Sei still, sei still,
Mein Kind, es sei auch, was es will.“
Und seufzend fügt er noch hinzu:
„Es ist so spät! gib dich zur Ruh.“
Doch wie ein Strahl es ihn durchfliegt,
Daß Schlaf den Willen fast besiegt.

Schon greift der Krampf die Glieder an:
Zu reiben gleich beginnt der Mann.
Und als das Blut nun schneller rinnt,
Er immer heller sich besinnt,
Auch der Gedanke Kraft gewinnt.
Was war es, das, vom Schlaf erwacht,
So in Verwirrung ihn gebracht?
Es war ein Blitz, es war ein Licht!
Und dennoch war es beides nicht.

Indessen hat das Knäbchen leis
Die beiden Ärmchen ausgestreckt
Und aus des Mantels Hut mit Fleiß
Den kleinen Kopf hervorgestreckt.
Das Schlummern will ihm nicht gelingen;
Die Langeweile zu bezwingen
Am Mantel nestelts immerfort,
Schaut unverrückt nach einem Ort,
Bald gähnend, bald mit halbem Wort.
„Ja!“ flüsterts, vor Ermattung rot,
Die Händchen in des Mantels Tasche,
„Dort steht das Glas und dort die Flasche,
Und auf dem Tische liegt das Brot.“
Dann zieht es sacht den Mantel los;
Es gleitet von des Alten Schoß,
Es taucht ins Dunkel. Auf sich rüttelnd
Aus wüster Träumereien Graus,
„Henri! mein Kind!“ ruft jener aus,
Das graue Haupt verdrossen schüttelnd,
„Wo bist du nur? komm wieder, Sohn!“
Dort glänzen seine Löckchen schon!
Was reicht und streicht es an der Wand?
Ans Auge hebt der Greis die Hand:
Fürwahr! nach einem Brote sucht

Der kleine Arm hinaufzulangen;
Und nebenan sich Schimmer reihn,
Bald rot, bald grün, wie sie gefangen
Im Glase dort, und dort im Wein.
O unverhoffter Segen! Schon
Vom Boden taumeln sieh den Alten.
„Laß, du vermagst es nicht zu halten,
Laß ab!“ Es zittert jeder Ton,
Der aus bewegter Brust sich windet
Und kaum im Odem Nahrung findet.
Die Glieder, so in Frost und Qual
Ihn treulich trugen durch die Steppen,
Kaum vorwärts weiß er sie zu schleppen
Bis hin, wo harrt das karge Mahl.
Er faßt das Brot und kanns nicht teilen
Und stöbert, sucht mit wirrem Eilen
In allen Taschen, allen Falten,
Selbst in der Stiefel engen Spalten.
„Hab ich mein Messer denn verloren?“
Die Rinde bricht, sie ist noch warm.
„Nun iß, nun trink, mein Würmchen arm!
O kam ich eher um zwei Stunden!
Um eine einz'ge Stunde nur!“
Die Mönche hätt er noch gefunden;
Dies ist des Hospitales Spur.

Denn was die kühnste Flamme bricht,
So wild sie durch die Adern tobt:
Es löscht die fromme Liebe nicht,
Die Leib und Leben hat verlobt.
Wenn Windsbraut an den Klippen rüttelt,
Wenn sich das Schneegestöber schüttelt,
Wenn durch die öde Winternacht
Nur wie ein fernes Mordgeschütz

Die zitternde Lawine kracht,
Wenn um die Gipfel spielt der Blitz:
Das sind die Boten, die er kennt.
Vom Betstuhl, wo die Lampe brennt,
Der Mönch sich hebt, den Weg beginnt
Zum Tobel, wo der Sturzbach rinnt,
Zum Passe, wo der Schnee am höchsten,
Zum Steg, wo die Gefahr am nächsten,
Hinauf, hinab Sankt Bernhards Rund;
Voran ihm spürt sein kluger Hund.
Dann, kehrend zu des Klosters Pforte,
Die Nahrung, so er bei sich trägt,
Mit milder Sorgfalt wird gelegt
An sichre, sturmgeschützte Orte.
Und oft im letzten Augenblick
Trat die gebrochne Kraft zurück
Durch sie in die versiegten Adern.
Wer mag mit solchen Mönchen hadern!
Welch seelerstorbner Atheist
So frevler Torheit sich vermißt,
Daß er auf sie die Pfeile richte?
Schau! wie gleich neuentflammtem Lichte
Das Kind des Glases volle Last
Mit beiden roten Händchen faßt.
Nun setzt es an und trinkt und trinkt,
Durch alle Adern strömt das Heil,
Und läßt nicht ab, und stöhnt vor Eil,
Fast wird der Atem ihm versetzt.
Des Alten Auge freudig blinkt:
„Mein Junge, sprich, wie ist dir jetzt?"
Doch kaum und unverständlich nur
Des Kindes Antwort ihn erreicht,
Das, auf sein Stückchen Brot gebeugt,
Natur, nach deinem weisen Walten,

Das schwache Leben zu erhalten,
Gefahr zu fliehn, die es nicht sieht,
Aus allen Kräften ist bemüht.

Indes hat draußen durch die Nacht
Ein Murmeln, Rauschen sich verbreitet,
Wie wenn erzürnte Woge schreitet;
Des Sturmes Stimme ist erwacht.
Noch fern und hohl im Klippenschacht,
Von Fels zu Felsen hört mans klagen.
Der Alte sinnt: soll er es wagen,
Sich und sein Liebstes fortzutragen?
Bald ist das Hospital erreicht! —
Ein Stoß um das Gewölbe streicht,
Und heulend singt er überm Dache
Das Totenlied dem Grabgemache.
Am Boden leises Knistern irrt,
Die Tür in ihren Angeln klirrt.
Umsonst! umsonst! es ist zu spät,
Der Wirbel durch die Steppe geht.
Und nun? Des Greises Blicke fragen,
Ob nirgends hier ein Plätzchen sei
Noch unbesetzt, vom Zuge frei.
Durch des Gewölbes Mitte stehn
Drei lange Bahren, sind sie leer?
Das Dunkel wirbelt drüber her.
Doch rechts und links und gegenüber,
Wohin der scheue Blick sich richtet,
Wenn flieht ein Mondenstrahl vorüber,
Der die zerrißnen Wolken lichtet,
Der bleichen Schläfer Reihn er streift,
Die rings in Nischen aufgeschichtet:
Ein Antlitz halb dir zugewandt,
Hier braunes Haar, und dort gebleicht,

Aus jenem Winkel wie versteckt
Sich eines Fußes Spitze streckt,
Und dort sich wächsern eine Hand
Wie abgetrennt vom Körper zeigt.
Wer ist der Mann so unverzagt,
Den solch ein Anblick nicht erschüttert?
Wenn über ihm, wie schmerzdurchzittert,
Die mitternächt'ge Stimme klagt,
Gleich Geistern durch der Nacht Revier!
Ein heimlich Flüstern zischt und kocht,
Und an die schlecht verschloßne Tür
Der Wind mit leisem Finger pocht.
Dem alten Manne wirds zu viel,
Die Phantasie beginnt ihr Spiel;
Auf seinem Haupt in jedes Haar
Scheint Leben und Gefühl zu kommen.
Mehr ist der Atem ihm benommen
Als je vorzeiten in Gefahr.
Den Steinbock hat er oft gehetzt,
Dem Lämmergeier sich gesellt
Und fröhlich pfeifend in die Welt
Dann übern Klippenspalt gesetzt.
Ein andres, dem Geschick sich stellen
In frischer Luft, auf freien Wellen,
Ein andres ists, am Grabe stehn
Und ruhig dem verzerrten Ich
Ins eingesunkne Auge sehn.
Sieh! wie schon wieder schauerlich
Der Strahl durch das Gewölbe streicht
Und dem betäubten Manne sich
Am Winkel dort ein Bänkchen zeigt,
In das Gemäuer eingefugt.

Das ist ja eben, was er sucht!
Und muß nun seufzend sich bereiten,
Die ganze Wölbung zu durchschreiten.
Wie er die Schritte zögernd lenkt,
Die Augen bleiben scharf gesenkt,
Beinah geschlossen, als er quer
Um eine Bahre wendet her,
Zu eilig; — mit dem Fuße schwer
Trifft er an des Gerüstes Stützen,
Durch das Gewölbe dröhnt der Schall.
Die Bahre schwankt, er will sich schützen,
Er gleitet; modriges Gewand,
Verwirrtes Haar streift seine Hand.
Der Alte taumelt und erbleicht;
Wie jener Winkel noch erreicht,
Das weiß er nicht, hält immer fest
An seine Brust das Kind gepreßt
Und sucht vergebens zu bezwingen
Der Phantasie verstörtes Ringen.
Die Wölbung dreht, die Mauern singen,
Ihm ist, als hätte seine Hand
Des Toten Züge all ergründet;
Er sieht das gelbe Augenband,
Das sinkend die Verwesung kündet,
Und drüber her, zu treu! zu treu! —
So tragend eigner Schwäche Joch,
Doch bleibt ihm das Bewußtsein noch
Und eben noch die Willenskraft,
Zu kämpfen gegen schnöde Haft.
Er sinnt und grübelt allerlei,
Wie wohl zum Hospital der Weg?
Wie zu beschreiten jener Steg?
Wie fern die Morgenstunde sei?
Sucht heitre Bilder aufzuwecken,

Als in der Scheibe Herzen stecken
Ein jeder Benoits Kugel sah. —

Indessen lehnt der Knabe da,
Des späten Wachens ungewöhnt,
Und schaukelt sich und seufzt und gähnt,
Ahmt leis des Sturmes Stimme nach,
Verfolgend mit den schweren Blicken
Die Strahlen, so durch das Gemach
Zuweilen lichte Streifen schicken;
Ergötzlich, im beschränkten Meinen,
Ihm an der Wand die Bilder scheinen;
Der klare Blitz, wenn sich das Licht
In den metallnen Knöpfen bricht,
Die Reih entlang, so Funk an Funken
Aufsprühn und sich ins Dunkel tunken. —
Die Szene wechselt, langsam streicht
Ein Wolkenvorhang sich zurück,
Und in die ganze Wölbung steigt
Der Mond mit seinem Geisterblick.
Was noch verborgen war in Nacht,
Wird an ein mattes Licht gebracht;
Aus allen Winkeln sieht mans rücken,
Was niedrig lag, scheint aufzustehn,
Und was erhaben, sich zu bücken.
Vorüber nun — in starrer Rast,
Wie Grabmal sich an Grabmal fast
In königlichen Grüften zeigt,
Am Boden schlummert das Gebein,
Und drüber her der Mann von Stein.
Um manchen Busen spielt der Schein,
Mich dünkt, ich seh ihn sinken, heben,
Und lange Atemzüge schweben.
Der arme Kleine wie betört

An seines Vaters Busen fährt.
„Großvater, schau! die Bilder leben,
Sie atmen all und wollen gehn!"
Den Greis durchzuckt ein leises Beben:
„Sei still, es wird dir nichts geschehn."
Wohl denkt er an den nächt'gen Schein
(Es fällt ihm manches Blendwerk ein)
Und zögert dennoch aufzusehn.

Und wieder hebt der Knabe an:
„Dort auf dem Tische sitzt ein Mann;
Er sitzt nicht, nein, — er liegt schon wieder —
Und stand doch erst soeben auf."
Dann hebt die Ärmchen er hinauf
Und zieht des Greises Stirne nieder,
Ihm flüsternd mit verstecktem Ton:
„Es ist der Pfarr, ich kenn ihn schon!
Er hat den Mantel umgeschlagen
Und seinen großen weißen Kragen."
Nun wieder fröstelnd schaut das Kind
Mit offnem Munde, vorgebückt,
Dann an des Vaters Arm gedrückt:
„Wie weiß ihm seine Finger sind!"
Der Alte sucht mit allem Fleiß
Sich der Gedanken zu entschlagen,
Die fast wie Irrwahn ihn bedräun.
„Henri! du solltest ruhig sein,
Allein du weißt mich nur zu plagen.
Schlaf ein, schlaf ein, mein kleiner Sohn!"
Der Knabe bei dem harten Ton
Verschüchtert sich zur Seite schiebt,
Die müden Äuglein reibt betrübt.
Sein Köpfchen ruht so los und schlecht,
Auch ist der Sitz ihm gar nicht recht,

Zu dick der Mantel hängt und schwer,
So lange rutscht er hin und her,
Bis, von dem harten Schoße gleitend,
Er auf den Grund die Sohlen setzt;
Und wie ein Häschen mattgehetzt
Ins dürre Laub sein Häuptlein reckt:
So aus die zarten Arme streckt
Das Kind, um Vaters Leib sie breitend,
Und bricht vor unverstandnem Graus
In ganz geheime Tränen aus.

Doch jener, in sich selbst gekehrt,
Des Kleinen Stimme nicht beachtet,
Mit angestrengter Sorge trachtet
Die innern Feinde abzuwehren,
So pochend durch die Adern gären.
Er birgt die Augen, sinnt und sinnt:
Zu Saint-Remy, im Stübchen klein,
Was seine Tochter wohl beginnt?
Die Wände hell, die Schemel rein
Sucht er den Sinnen vorzuführen.
Vergebens! wunderlich berühren
Auch hier sich Wirklichkeit und Schein:
Die tote Schwester fällt ihm ein.
Gleich Träumen die Gedanken irren,
Im Ohre hallt ein feines Schwirren,
Ein Klingeln, seltsam zu belauschen;
Es ist des eignen Blutes Rauschen,
Das, murrend ob der Adern Band,
Zum Haupt die Klagen hat gesandt.
So geht es nicht, so darfs nicht bleiben!
Der Greis in seiner Seelenqual
Beginnt die Glieder allzumal

Mit angestrengtem Fleiß zu reiben.
Des Mantels Rauschen an der Wand, —
Das Rispeln seiner eignen Hand, —
Des Haares Knistern, wenn er schwer
Streicht mit den Fingern drüber her:
Ein Laut des Lebens scheint dem schwachen
Bedrängten Busen Luft zu machen.
Und dann — ein Schrei! woher und wie?
Des Alten Blut zu Eis gerinnt.
Er tappt umher: „Henri! Henri!
Wo bist du nur? wo bist du, Kind?“
Da wieder das Gestöhn beginnt,
Und „Vater! Vater!“ und aufs neu
„Mein Vater!“ wimmerts im Geschrei.
Der Alte, nach dem Laut gerichtet,
Hat jenen Winkel bald erreicht,
Wo, schwach vom nächt'gen Strahl umlichtet,
Sich dunkel eine Nische zeigt,
Drin sichtbar halb ein Leichnam ruht,
Auf breiter Stirn den Schweizerhut.
Und um des Toten Hand geklemmt
Der Knabe wimmert und sich stemmt,
Den lieben Vater aufzuwecken.
„Was machst du, Henri? Kind, komm her!
Er ists ja nicht, er kehrt nicht mehr,
Du arme Waise!“ und im Schrecken
Hat er des Knaben Arm geschüttelt,
Bis, von dem Totenhaupt gerüttelt,
Der Hut sich in die Kante stellt
Und dicht an seine Ferse fällt.
Mit einem Ruck des Kindes Hand
Befreiend, stürzt in tollem Graus
Der Alte in die Nacht hinaus.
Die Türe hat er eingerannt,

Und klirrend sprengt sich hinter ihm
Die Feder ein mit Ungestüm.

Nur fern erst an der Drance Rand
Gewinnen die Gedanken Stand.
Der Arm des Sturmes, halb gesenkt,
Nicht mehr so wild die Flagge schwenkt;
Doch auch das Mondlicht, halb erbleicht,
Ihm dämmernd nur die Richtung zeigt.
Getrost, getrost! kurz ist der Weg,
Bekannt, betreten jeder Steg!
Nur immer vorwärts, immer reg,
Eh dich im Schlummer Tod beschleicht!
Ein Weilchen gehts mit hartem Mut,
Wie Not ihn und Verzweiflung leiht.
Die Schatten dehnen sich so breit,
Die Luft verrauscht — entschlummert — ruht;
Ein grauliches Gewölke steigt
Allmählich an den Mond hinauf,
Der einmal noch die Scheibe zeigt.
Dann dicht und dichter zieht es auf,
Ein Nebelsee in hoher Luft;
So wallt und wogt und rollt der Duft,
Bis, durch den Horizont verbreitet,
Sich formlos eine Decke spreitet.
Nun fällt ein Flöckchen, unbemerkt,
Nun wieder, auf des Greises Hand,
Trifft hier und dort des Hutes Rand.
Nun das Gestöber sich verstärkt,
Bis wimmelnd, in verwirrten Kriegen,
Die Flocken durcheinanderfliegen.
Dann, einer Staublawine gleich,
Entlastet sich der Lüfte Reich.
So ganz entschlafen ist die Luft,

Daß sich vernehmlich reibt der Duft,
Und durch die eingewiegten Flächen
Der Glocke Stimme hörbar wird,
Die mild und lockend scheint zu sprechen:
„Kommt alle her, die ihr verirrt!“
Der Alte stutzt und bei dem Klingen
Gewaltsam sich zusammenrafft.
„O! könntest du mir junge Kraft
In meine alten Adern singen!“
Doch enger stets in Frostes Haft,
Wie kleine spitze Dornen wühlen,
Muß ers in allen Muskeln fühlen.
Gleich einer Trümmer, überschneit,
Er schleppt sich durch die Einsamkeit;
Sein Mantel, seine grauen Locken,
Sie starren unter Eis und Flocken.
Oft von dem schlechtgebahnten Pfad
Der Fuß, getäuscht durch falsches Licht,
Auf eine lockre Masse trat
Und stampfend ihre Decke bricht.
„O namenlose Todesqual!
So nah, so nah dem Hospital!
Nur noch ein Steg, nur noch ein Paß,
O spannt euch an, ihr Sehnen laß!
Mein armes Kind! allein um dich,
Nicht um mein Leben kämpfe ich.“
So tappt er fort. Die Bahn sich neigt:
Der Alte hat den Steg erreicht,
Den durch des Wirbels stäubend Rennen
Er eben, eben mag erkennen.

Die Drance in ihrem engen Bette
Sich windet um das Felsenriff,
Und drüber her, ein luftig Schiff,

Der Fichte Stamm vereint die Kette.
Am Tag, bei hellem Sonnenschein,
Wer schaute ohne Schwindel drein!
Zudem der Steg, jüngst überschwemmt
Von aufgelösten Schneees Wogen,
Mit Eises Rinde ist umzogen,
Die sich zu glatten Hügeln dämmt.
Hier steht der Greis in seinen Nöten,
Der nichts mehr kann und nichts mehr weiß
Und sachte noch versucht zu beten;
Schiebt dann voran die Sohle leis.
Schau! wie auf dem beglasten Bogen
Um einen Tritt er vorwärts schreitet;
Er steht nicht fest, er schwankt, er gleitet,
Er ist verloren — nein — er steht.
Mit blindem Glück zurückgezogen,
Sein Fuß auf festem Grund sich dreht.
Zuerst der Alte ganz betäubt
Am Rand der Kluft gefesselt bleibt:
Dann, wie aus plötzlichem Entschlusse,
Den Mantel schiebt er von der Brust
Und herzt mit langem, langem Kusse,
Dem letzten irdischen Genusse,
Das Kind in Scheidens bittrer Lust.
Und nun: „Wohlan! es sei gewagt!
Uns hier der Morgen nimmer tagt."

Doch horch! ein Klang die Luft durchweht.
Der Alte steht und lauscht und steht —
Ein Zittern durch die Züge geht.
Aufs neu der Ton herübertreibt,
Doch schwach nur unterm Winde bleibt.
„Henri! Henri! leih mir dein Ohr!
Mein guter Junge, lausch hervor!"

Das Kind nur zögernd und betrübt
Sein fröstelnd Häuptlein aufwärts schiebt.
Ein Tränchen flirrt um Wang und Mund:
„Großvater! 's ist ja nur ein Hund!“ —
„Ists auch gewiß ein Hund, der bellt?
Mein Gott! du sahst die bittre Qual!
Dann seis in deine Hand gestellt,
Dann wag ichs nicht zum zweitenmal.“
Er steht und horcht: und horcht und steht,
Aufs neu der Wind den Klang verweht.
Nun wieder heller — ha! sie nahn;
Schon räumt der greise Mann die Bahn.
Ganz nah — sie drehn um jene Bucht; —
Ein Weilchen still — dann, wie zum Spott,
Ganz aus der Ferne — heil'ger Gott!
Sie ziehn vorüber an der Schlucht!
Des Alten morscher Körper nicht
Erträgt die Last des Schreckens mehr.
Es flirrt, es wirbelt um ihn her,
Noch hält er sich — noch sinkt er nicht —
Doch höher schon die Schauer steigen,
Allmählich sich die Kniee neigen,
Noch einmal seufzt er auf in Weh
Und fällt dann taumelnd in den Schnee.

Die Luft, so auf und nieder geht,
Jetzt frischen Klang herüberweht,
Nicht klaffend, wie zu Jagd und Lust,
Nein, gleich dem Ruf aus Menschenbrust,
Mit kurzen wiederholten Stößen,
Wie Wächter die Signale lösen;
Verhallend oft in Windes Rauschen,
Der Ton auf Antwort scheint zu lauschen.
Nun wiederum in weiten Reifen

Sie spürend durch die Gegend schweifen
Bald fern, bald näher; wie im Traum
Der Greis vernimmt die Laute kaum.
Nur einmal zuckend seine Hand
Dem Knaben klemmt sich ins Gewand.
Kein Schmerz mehr durch die Nerven wühlt,
Kein Glied er mehr als eignes fühlt.
Nur wie von tausend Ketten spielt
Im Haupt ein wunderliches Klirren;
Die Töne wechseln — sich verwirren —
Nun wirds zum Klingeln — nun zum Schwirren —
Nun wie ein linder Hauch vergehts —
Und leiser — leiser — leiser stets,
Er schläft — —

Zweiter Gesang

Wo auf Sankt Bernhards Mitte recht
Die Zinnen streckt der Felsenbau,
In seiner Trümmer Irrgeflecht
Ein Tal sich lagert, eng und rauh.
Da harrt es nun in ew'gem Lauschen,
Nicht Vogelsang, nicht Blätterrauschen,
Nein, wie die Stürme Seufzer tauschen.
Inmitten schwärzlich ruht der See,
Der des verlornen Strahles Weh
Gefesselt hält in seinen Flächen,
So dort gleich dem Gefangnen liegt,
Sich angstvoll an die Decke schmiegt,
Den glas'gen Kerker zu durchbrechen.
Und nah dem unwirtbaren Strand
Das Hospital steigt in die Höh

So schlicht wie eine Klippenwand,
Der Wandrer unterscheidets nicht.
Nur wenn ein Klang die Stille bricht,
Vom Hochaltar das ew'ge Licht,
Wenns durch die Nacht den blassen Schein
Wirft in das Schneegefild hinein,
Lenkt er zur Schwelle seinen Schritt,
Der wahrlich sonst vorüberglitt.
Denn in der Dämmrung ungestalt
Erscheint es wie ein Felsengrat,
Rings eingekerbt von weitem Spalt.

Doch jetzt ein Flockennebel kraus
Löscht duftig alle Formen aus.
Die Schneenacht dieser ew'gen Wüste,
Als ob sie nimmer enden müßte,
So dicht die Mauern hält umrungen,
In jede Zelle ist gedrungen.
Auf allen Wimpern liegt der Mohn,
Und nur des Schlafes tiefer Ton,
Wie er bejahrter Brust entsteigt,
Gespenstisch durch die Gänge schleicht.
E i n Augenpaar noch offen steht.
Nachlässig, in verklommten Händen,
Der Mönch des Glockenstranges Enden,
Sich auf und nieder windend, dreht.
Ermüdung kämpft in seinen Zügen,
Die Nacht ist streng, der Dienst ist schwer.
Wie die Gedanken abwärts fliegen,
Er wirft den düstern Blick umher,
Zumeist sein Auge ist gericht't
Doch immer auf den Estrichgrund,
Wo ew'ger Lampe schlummernd Licht
Geträumet hat ein mattes Rund.

In dieser toten Einsamkeit
Der Bruder sich des Schimmers freut.
Er weiß es selbst nicht, wie ihm ist,
So öd, so öd zu dieser Frist.
Das Dunkel, das im Bethaus waltet —
Der leeren Bänke Reihn — ein Bild,
Das scheinbar aus der Nische quillt —
Und von der Decke hochgestaltet
Manch grauer Heil'ger zürnend schaut —
Zudem — das Eis an Wänden hängt,
Vom Glockenstuhl ein Luftzug drängt,
Wie endlos Bommeln überm Haupt
Schier die Geduld dem Bruder raubt.
Ob denn die Stunde nimmer endet?
Doch still! die Klosteruhr sich wendet:
Eins — zwei — und drei — das Echo dröhnt,
Und auch der Mönch die Glieder dehnt.
Er läßt den Strang, im Spähn verloren,
Ihm summts noch immer vor den Ohren.
Nun knarren Türen, schlurfen Tritte,
Ein Lichtstrahl durch die Ritze gleitet;
Dann, haltend vor des Auges Mitte
Sein Lämpchen in gebräunter Hand,
Hervor Denis der Alte schreitet.
Längst vom Gesetz dem Dienst entbunden,
Hat er sich nimmer drein gefunden,
Ein eifervoller Gottesknecht
Behauptend seiner Pflichten Recht.
Grau ist sein Haar wie sein Gewand,
Und da er bleibt am Pförtchen stehn,
Den Finger mahnend aufgehoben:
Du meinst den Alpengeist zu sehn.
„O Eleuthère! soll man dich loben?

Mein junger rüstiger Gesell,
Ermattest du im Dienst so schnell?"
Der Bruder lässig faßt den Strang
Und läßt sogleich ihn wieder fallen:
„Dem Vater wird die Zeit wohl lang;
Ihr seid der Rüstigste von allen!"
Dann steht er, streicht mit flacher Hand
Die Falten von der Stirne Rand:
„Nehmts, Vater, heut nicht so genau,
Die Nacht war gar zu wüst und rauh,
Mir friert das Hirn am Schädel an." —
„Schlaf wohl!" versetzt der alte Mann.
Sein Lämpchen zündet Eleuthère,
Zupft an dem Dochte mit Bedacht
Und nickt und murmelt drüber her:
„Hab ich mich je dem Dienst entzogen,
Wenn Schnee die Pässe gleichgemacht
Und jede alte Spur getrogen?
Allein, was in der Jahre Lauf
Uns reibt am allermeisten auf —
Dies Läuten, Läuten durch die Nacht,
Wo nicht das Schneehuhn kommt hervor,
Wo nicht der Uhu selber wacht,
Wo auf dem Bernhard klimmt kein Tor;
Und wir —!" Er hebt die Lamp empor.
An dem Gemäuer, überall
Steigt glitzernd auf der Eiskristall,
Daß klar, wie in poliertem Stahl,
Steht geisterhaft der kleine Strahl.
„'s ist eben eine hies'ge Nacht,"
Versetzt Denis, „doch kannst du sagen,
Dich habe Trug hieher gebracht
Zu Ruhe und bequemen Tagen?
Und, Eleuthère, wie magst du wissen,

Daß niemand in der Steppe wacht?
Ich selbst hab in Dezembernacht
Vorzeiten diesen Weg gemacht.
Ich macht ihn, hab ihn machen müssen,
Und ratlos am Montmort gebettet,
Hat unser Glöckchen mich gerettet.
So treibt die Not" — der Alte schweigt,
Doch nieder auf den Strang sich beugt,
Und angeschlagen mit Gewalt
Das Glöckchen durch die Steppe schallt.
Dann — „Still! riefs meinen Namen nicht?" —
„Nein, Vater." — „Hast du nichts vernommen?
Ein Schnauben, Scharren?" Jener spricht:
„Ists möglich! unsre Hunde kommen." —
„Still! Bruder, still!" — Man horcht aufs neu;
Ein leises Winseln schleicht herbei
Vom Klostertor, ein Stoßen, Kratzen,
Ein Rütteln wie mit schweren Tatzen.
„Schnell, Eleuthère! schnell aufgemacht!
Schau, was der Barry uns gebracht!"
Denis, gebannt am Glockenstrang,
Doch immer schaut den Weg entlang.
Nun nahen Tritte, ja gewiß —
Die Gänge tappts hinauf — allein
Ein Hund scheints und ein Mensch zu sein.
Das Pförtchen öffnet sich. „Denis!"
Ruft Eleuthère, „o seht doch hier
Das gute, kluge, treue Tier!"

Und nach ihm, schwer ermüdet, wankt
Der große Hund in die Kapelle;
Er dreht die Augen rings, er schwankt,
Ihm hängt das Eis vom zott'gen Felle,
Auf seinem Rücken liegt ein Kind,

Ein armes Knäbchen, schier erfroren:
Voll Reifen seine Löckchen sind;
Die Hände hat es eingeklemmt
In seines Trägers rauhe Ohren,
Mit schwachen Beinchen sich gestemmt
Um Barrys Leib: in Angst verloren,
Wagts nicht zu schrein, nur allgemach
Ein Tränchen rinnt dem andern nach.
„O Barry, brav!" Der Bruder hebt
Das Kind empor, das schaudert, bebt,
Sich immer noch nicht fassen kann,
Die kalten Händchen nun und dann
An sein geblendet Auge hebt
Und von dem wunderlichen Mann,
Der, fort es tragend, kost und schilt,
Sich angstvoll loszuwinden strebt.
Hart nebenher, das Ebenbild
Des Mönches schier, der Dogge trabt,
Mit gleicher Einsicht fast begabt,
Der auch den Knaben will ergötzen,
Glutäugig, mit gehobnem Haupt,
Gar liebreich in die Höhe schnaubt
Und tummelt sich in wüsten Sätzen;
Peitscht mit dem Schweif, steigt gähnend auf,
Streckt seine breite Tatze auf
Bis an das Kind, das vor Entsetzen
Beginnt zu schrein, der Hund zu bellen.
Die Fenster klirren, alle Zellen
Beleben sich, und vorgeduckt
Aus jeder Tür ein Mönchlein guckt.

Und wie das Knäbchen sie erschaun,
Das Kindchen unter ihrem Dache,
Da ists, als ob die Sonne, traun!

Auf jedem Angesicht erwache.
Und alle eilen, wie betört,
Ihm irgend Gutes zuzufügen;
Auf die Geschichte keiner hört.
Das ist das heilige Vergnügen,
Das ist die unverstandne Macht,
So über Kindes Leben wacht!
Der Infirmier mit leiser Hand
Die Glieder rührt, ob sie auch schwellen,
Die Schuh ihm von den Füßchen zieht,
Und heimlich an der Zellenwand
Ein alterschwacher Mönch sich müht,
Den kleinen Korb herabzustellen,
Darin nach seiner tör'gen Art
Er gute Bissen aufgespart.
Dem Pater Koch nicht schnell genug
Das Reisig will die Flamme zollen;
Dort einer bringt ein warmes Tuch;
Doch horch! die Gitterpforten rollen;
„Der Prior!“ läufts von Mund zu Mund.
Mit freud'gem Funkeln lauscht der Hund,
Die Mönche mit den Brüdern schelten
Und lassen sie den Lärm entgelten;
Zur Zelle ein Noviz sich schleicht.
Der Prior naht, gesetzt, doch leicht.
Die Schritte schon vor manchen Jahren
Der schlanken Gemse tödlich waren,
Als auf dem Montblanc diese Hand
Vergebens nie den Schuß entsandt.
Und der Gewohnheit zähes Band
Verrät sich noch bei grauen Haaren:
Ja, dieser blauen Augen Blitz
Scheint noch zu spähn des Geiers Sitz;
Den Stab er in der Mitte faßt,

Wie einst der Doppelbüchse Last.
Fürwahr, als einst, gedankenschwer,
Beratend in der Brüder Kreis
Er zum Brevier griff ungefähr,
Sah man das heil'ge Buch ihn schütteln,
Wie's Pulverhorn die Jäger rütteln.
So leis und fest die Schritte greifen,
Nun, redend, an des Gurtes Strang
Die Sehne scheint er noch zu streifen.
„Was, Brüder, zaudert ihr so lang?
Der Barry hat das Kind gebracht,
Allein — wer nahm das Kind in acht?
Wo ist der Mann, wo ist die Frau,
So auf den Bernhard es getragen?
Seid, Väter, ihr umsonst so grau?
Muß euch des Hundes Witz verklagen?
Seht, wie das arme Tier sich müht,
Euch eure Pflichten anzusagen,
Wie's den Eugène am Kleide zieht!
Ja, Barry, solche Lässigkeit
Erfährst zum erstenmal du heut!"

Hier wirft er einen Blick umher,
Der trifft nur wen'ge, aber schwer;
Zwei Brüder nur, von Schüchternheit
An ihren Plätzen festgehalten.
Schon in den Zellen sind die Alten,
Schon zur gefahrumgebnen Fahrt
An dieses Schneemeers falschen Küsten
In Eile sich die Jungen rüsten.
Bereit nun alles. Aus dem Tor
Sechs Brüder treten hastig vor,
Im Schneelicht wie ein Geisterchor.
Die grauen Mäntel, Kappen rauh,

An ihrem Fuß der Filzschuh grau,
Gewirkte Gürtel um die Lenden,
Der Eisenstachel in den Händen.
Und ihrer zwei an Stangen auch,
Die arme Leiche einzuschlagen,
Ein festgerolltes Leilach tragen.
Voran in der Laterne Schein,
Die Funken sendend übern See,
Tritt festen Schritts der Marronier;
Den Alpstock trägt er in die Höh,
So kühn wie den Kommandostab
Der Feldherr über Schlachtfelds Grab.
Er kennt die Stege, jeden Stein:
Ein Felsgeäder, sichtbar kaum,
Des Schneehuhns überjährig Nest,
Geborgen in der Spalte Raum,
Das Strombett, sich nur wenig dehnend,
Ein Block, sich an den andern lehnend,
Stellt ihm sogleich die Richtung fest.
Denn täglich in des Hunds Geleite
Grüßt er die toddurchhauchte Weite —
Ja, jeden Tag und ganz allein!
Drum man zu diesem Amte schafft
Den Besten stets an Mut und Kraft.
Doch seht, wer mischt sich in den Zug?
Gebeugt, mit angestrengtem Schritte
Denis ist in der Brüder Mitte.
Du Alter, hast du nicht genug
Durch dreißig saure Jahr getragen?
Nein, heute muß er es schon wagen.
Ihm Eleuthère, des Trägen, Wort
Bohrt wie ein Dorn im Herzen fort.
Da hilft kein Mahnen, kein Versagen:
Sie sollen sehn, die Leute jung,

Der Alte tut auch noch genung.
Schau, wie voran in weiten Sprüngen
Den starken Leib die Hunde schwingen;
Dickmaulig, scheckig, lang von Haar,
Fest in den Gliedern ganz und gar,
Nicht Wachtelhund, nicht Dogge ganz,
Halb Spaniens, halb Englands Rasse,
Ists eine eigne edle Klasse.
Die Augen drehn in klugem Glanz,
Bei jedem Sprunge Schellchen klingen
An ihrer Nacken Lederringen.
Barry voran, obgleich in Scheiben
Und Schollen sich die Zotten reiben,
Der Barry mag zu Haus nicht bleiben.

Bald geht es abwärts; näher schon
Die ungeheuren Massen drohn.
Den Totenschädel reckt Montmort
Und scheint den Wanderern zu nicken.
Der Weg, beengt von Felsenstücken,
Die längs der Mutterklippe Rand
Entrafft des Wintersturmes Hand,
Muß oft an das Gestein sich drücken;
Dann schlingt er mühsam sich heran,
Springt über eingeschneite Zacken;
Die Brüder wandeln Mann für Mann
Und ziehn die Kappen in den Nacken.
Zuerst manch abgebrochnes Wort
Fliegt durch die Reihe hier und dort,
Vom letzten Zuge, jener Frau,
Die halb erstarrt man heimgetragen;
Was in den jüngsten zwanzig Jahren
Das Hospital an Leid erfahren,
Gezählt an Kranken und an Bahren:

Der Marronier weiß ganz genau
Dir jeden Umstand herzusagen.
Doch steiler sinkt der Pfad; vom Schaft
Gestützt, eindrängend mit Gewalt
Den Stachel in des Eises Spalt,
Die Brüder nur mit ganzer Kraft
Der strammen Sohle Gleiten hemmen,
Und immer, immer näher sich
Die glimmerblanken Riffe klemmen:
Steil, zackenreich, ein Riesenschloß,
Wo aus gespaltner Scharten Hort
Sich niederdrängt des Winters Zeichen,
Als wollten Riesenjungfraun dort
Im Nebeltau die Schleier bleichen;
Und oben drauf an Zinnenwand
Die wunderlichsten Steingestalten,
Um einen Zoll breit nur vom Rand
Im Gleichgewichte scharf gehalten,
Noch aufrecht, zu getreuer Wacht,
Doch weiter — und in Schlummers Macht
Die Häupter immer schwerer neigen,
So schwindelnd aneinanderbeugen,
Daß kaum in seinem höchsten Stand
Läßt einen Strahl der Sonnenbrand
Auf Augenblicke niedersteigen.
Oft einer an des andern Hand,
Die frommen Brüder, keuchend nur,
Ein jeder in des Vormanns Spur,
Verstummt auf ihre Tritte achten:
Als noch des Himmels karger Schein
Verlischt, und nur die Leuchte klein
Flammt heller auf bei tiefrem Nachten.
Sieh an des Glimmers reinen Scheiben
Den Strahl sich mit Geflatter reiben,

Ein Silbernetz auf Felsen webend
Und an der Brüder Kutten bebend,
Die reiferglänzend ganz und gar
Nachziehn wie des Kometen Haar.

Wie lang die Schlucht, die Nacht wie kalt!
Des Nordes schneidende Gewalt
Strömt langsam durch die schmale Gasse,
Sich öffnend nur nach Mitternacht.
Die Brüder mit der Sohle Rand
Und wechselnd dieser, jener Hand
Den Schaft der Eisenstange schlagen,
Daß nicht der Frost die Glieder fasse.
Nur kaum vermögen sie's zu tragen;
Und einen hört man heimlich klagen,
Der noch in keiner solchen Nacht
Den Klosterzug hat mitgemacht.
Frei wird die Bahn, doch milder nicht;
Der Wind sich an den Klippen bricht
Und wirft ihm Flocken ins Gesicht.
„Hätt ers gewußt, hätt ers gedacht!
Es ist zu arg! und" — Horch! sie lauschen.
Nicht fern seitab Gewässer rauschen,
Doch kollernd, dumpf, wie überdacht
Von einer Röhre hohlen Gängen.
Die Hunde schnaubend näher drängen,
Und Barry plötzlich wie gehetzt
Zur Seite in den Flugschnee setzt;
Steht still dann, winselt, schaut sich um,
Dann fort er watet, mühvoll stöhnend,
Versinkend oft, nun auf sich dehnend,
In kurzen Sprüngen weiter jetzt:
Und immer mit gestoßnem Laut
Er rückwärts nach den Brüdern schaut.

Voran der Marronier, geschürzt,
Sein Mantel unterm Arm sich kürzt;
Die Brüder nach mit weiten Schritten,
Versenkt bis an des Leibes Mitten;
Und rechts und links die Hunde klimmen,
Im aufgerührten Schneemeer schwimmen.
So vorwärts; „Halt!“ der Führer ruft:
„Hier stehn wir an der Drance Kluft!
Nicht weiter!“ Aber Barry leicht
Mit einem Satz den Stamm erreicht,
Der zweier Felsen Rücken bindet;
Tief drunter, sich die Drance windet,
Wo aus gesprengten Eises Spalt
Das Wasser brodelt mit Gewalt.
Nur einmal sich der Barry schüttelt,
Die Flocken aus dem Pelze rüttelt,
Im Hui schwindet: längs der Kluft
Hört man ihn rauschen übern Duft.

Der Marronier die Leuchte jetzt
Dicht an den Rand der Tiefe setzt.
Auf steigt die alte Fichte weiß,
Ein ungeheurer Zapfen Eis,
Wo überall gleich Bergkristallen
Die blanken Stengel abwärts fallen,
Wie sich der Tropfstein bildet leis
In feuchter Grottenwölbung Hallen.
Und drunten das Gewässer schäumt,
Sich sprühend an der Scholle bäumt,
Wirft Perlen auf, in Bogen springt
Und tiefe, heisre Weisen singt,
Wo pfeilgeschwinder Wellen Zug
Des Strudels Macht verrät genug,

Bis, nicht zu fern, des Winters Macht
Aufs neu in Fesseln es gebracht.

Die Brüder stehn und sehn sich an. —
Der Marronier, der feste Mann,
Streicht mit den Fingern bald die Sohlen,
Bald prüfend auf den Steg sie reibt
Und in die Tiefe blickt verstohlen.
Kopfschüttelnd spricht er: „Brüder, bleibt!
Hier ist nur sichrer Tod zu holen;
Der Wildbach hat den Steg beschwemmt,
Seht, wie das blanke Eis sich dämmt:
So sei die Leiche Gott befohlen!
Was für den Lebenden uns Pflicht,
Das bleibt es für den Toten nicht.
He, Barry! Barry!" Aber dicht
Von drüben Wind und Stromes Rauschen
Ein wohlbekannter Ruf durchbricht,
Erst kurz gestoßen — alles still —
Dann folgt ein ungeduldig Heulen,
Man hört ihn hin und wider eilen;
Nun scheint er an der Kluft zu lauschen,
Wo überm Rande, weiß umhegt,
Ein matter dunkler Fleck sich regt. —
Und plötzlich in des Steges Mitte
Erscheint die zottige Gestalt:
Ein Sprung — sich vor den Brüdern schmiegt
Das fromme Tier; es winselt, keucht,
Am Marronier sich angstvoll streicht,
Zupft an den Kleidern mit Gewalt.
„Ich fürcht — ich hoffe — ja, ich glaube —"
Haucht ein Noviz, der Angst zum Raube,
„Was drüben liegt, tot ist es nicht."
Und „Barry! alter Barry!" spricht

Der Führer, streichelt sanft das Tier,
Vielleicht zum erstenmal verlegen
In seines Amtes schwerem Segen.
Da stöhnend durch den Schnee sich bricht
Denis, die morschen Kniee schüttern,
Vor Zorn mehr als Erschöpfung zittern.
„Zurück!“ ruft er, „ich will voran!“
Trifft mit dem Arm und grimmen Blicken,
Was schnell nicht aus dem Pfad kann rücken,
Und vorwärts bricht der rauhe Mann.
Betäubt, fast willenlos die Brüder
Gestalten einer Kette Glieder;
Nun vorwärts, mit verschränkten Händen;
Der Himmel mag ein Unglück wenden!
Er hats gewandt: tief atmend setzt
Jenseits den Fuß der letzte jetzt.

Nur einen Blick, der war nicht süß,
Schenkt den Genossen noch Denis,
Brummt etwas noch von „trägen Hunden“;
Dann hat er schon den Ort gefunden,
Wo, an die Felsenwand geschmiegt,
Benoit, der alte Senne, liegt
Und neben ihm der Barry gut,
Der Wanderstab, der breite Hut,
Sein Mantel, oben festgehalten
Durch der erstorbnen Finger Band,
Scheint, unten offen, aus den Falten
Gezerrt von ungeschickter Hand,
Wo in dem Schnee steckt tief genug
Die Flasche, so der Barry trug.
Zu Nacht gefallne Flocken haben
Den Körper mehr als halb begraben:
Wenn nicht ein Knie sich aufwärts streckt',

Man hätt ihn nicht so bald entdeckt.
Herbei, Elias' fromme Raben!
Stemmt euch, hebt, hebt, das Leilach breitet!
Die steifen Glieder, drein geschlagen,
Ein Bruderpaar sich stumm bereitet
Auf seinen Schultern heimzutragen.

Derselbe Paß, erhöhte Not!
Bräch jetzt hervor des Mondes Licht!
Auf allen Zügen steht der Tod,
Doch keine Lippe widerspricht.
Zuerst der Marronier gebeugt
Dicht an den Steg die Leuchte streicht,
Daß jeder sieht zu jeder Seite
Der überglasten Wölbung Breite.
Schwieg' jetzt des Strudels Rauschen auch,
Man hörte keines Atems Hauch,
Und mancher schlöss' die Augen gar,
Doch reißt sie offen die Gefahr.
„Nur langsam — flach den Fuß gesetzt —
Des Vormanns Stange jeder fasse! —
Und seid auf einen Ruck bereitet,
Wenn einer schwankt, wenn einer gleitet;
Nur immer langsam — Schritt vor Schritt!" —
Ha! auf den Grund der erste tritt
Und zieht mit seiner festen Hand
Die ganze Kette an den Strand.
Und jeder, wie er fühlt das Land,
Den Atem stößt mit voller Kraft
Aus der befreiten Kehle Haft.
Dem Himmel Dank! das war ein Wagen!
Hat niemand es zu künden Lust?
Doch war sich keiner in der Brust

Nur eines sichern Schritts bewußt,
Und keinem blieb, so kühn er sei,
Das Auge klar, Bewußtsein frei,
Als sie, wo drunten Wogen spülten,
Der Sohle leises Gleiten fühlten
Und in der Hand verklommen, zitternd
Die Stange hin und her sich schütternd.
Ja, Gottes Huld hat sie getragen,
Des Herrn, so sprach: „Ich bin dein Reich“,
Und: „Meinen Engel send ich euch“.

Erst späterhin und fern vom Stege
Löst mählich sich der Zungen Band,
Und wenn auch auf demselben Wege,
Den früher man so übel fand,
Scheint doch nach dem, was man befuhr,
Ein Kinderspiel die Heimfahrt nur.
Entschlossen wird der Fuß gesetzt,
Was schlüpfrig sonst, scheint sicher jetzt;
Auch klimmt sichs leichter wohl hinan
Als abwärts auf beeister Bahn.
Nah ist der Tag, der Frost gewaltsam;
Allein die Luft, da man gekehrt,
Den Wandernden so unaufhaltsam
Nicht ferner in die Augen fährt.
Und wer sie hört, nicht sollte sagen,
Daß diese einen Leichnam tragen;
So überstandne Fährlichkeit
Die Herzen stimmt zur Heiterkeit.
Man lockt die Hunde, lobt und streichelt,
Geplauder wechselt durch die Reihe,
Zumeist bei der Gefahr es bleibt;
Und wie's der Phantasie nun schmeichelt,

Wenn dieser spricht mit Heldenweihe,
Die Schrecken jener übertreibt;
Der Marronier auch redet drein,
Die Träger selber stimmen ein;
Sogar das Lachen überrascht
Den jüngsten, als ein Bruder gleitet,
Nach der entfallnen Kappe hascht
Und stolpernd auf dem Alpstock reitet.
Doch wen dort, als von ungefähr
Der Lampe Schimmer sich verbreiten,
Sieht hinterm Zuge man von weiten?
Denis! Wird ihm der Weg so schwer?
Man ruft und harrt, er schreitet an.
„Reicht mir die Hand!“ ein Bruder spricht,
„Stützt euch auf mich!“ Der alte Mann
Erwidert: „Müde bin ich nicht.“
Dann setzt er an mit festem Schritt
Und rüstig in die Reihe tritt.
Was wohl den Mann betroffen hat?
Nicht kraftlos scheint er, in der Tat!
Und doch ihm in so kurzer Frist
Die Stimme klein geworden ist.
Wie das Gespräch sich wieder rege,
Er wandelt stumm und träumend fort;
Und fällt auch wohl ein schlimmes Wort,
Daß allzuviel in dieser Nacht
Um eine Leiche sei gewagt —
Nur tiefer sich der Alte bückt,
Nur in den Schnee die Ferse drückt,
Und der, so geht zunächst im Wege,
Meint, täusch ihn nicht des Frostes Knistern,
Er höre schwere Seufzer flüstern.
Was wohl das gute Mönchlein quält?
Dem alten treuen Männchen fehlt?

Indessen nun zum zweitenmal
Hat man die Klippenschlucht betreten;
Hier sind die Sinne all vonnöten.
Hu, wie der Wirbel streicht durchs Tal!
Die Luft gleich Äther scharf und fein!
Sogar die Worte frieren ein.
Und wieder hört man durch die Stille
Der Mäntel Reiben an den Kappen,
Des Tritts Geknarr, des Alpstocks Klappen;
Ein jeder schmiegt sich in die Hülle
Und treibt den Fuß, so sehr er kann,
Voran, und immer nur voran.
Das Lampenlicht, was hier zuvor
Um Vliese duftbestreut geflogen,
Trifft sie mit Eise jetzt umzogen,
Und ganz von Glas erscheint der Chor.
Voran, voran! zieht sacht den Hauch,
Und streicht die Kappe dicht ans Aug!
Voran! — Schaut nicht die Klippe hier
Fast wie ein formlos wüstes Tier?
Hier ein verstümmelt Riesenhaupt,
Das rechte Aug ist ihm geraubt.
Voran, voran! — Was flattert dort?
Ein Lämmergeier, aufgeweckt
Aus seinem Lager, flieht erschreckt,
Gefangen in des Passes Enge.
Seht, wie er angstvoll krallt die Fänge!
Zurück! zurück! er naht dem Licht.
Und nun er überm Leilach schwebt,
Mit ausgespanntem Fittich bebt.
Die Lampe bergt! Da steigt er auf,
Ums Riesenhaupt noch einmal kreisend
Und pfeifend, daß die Gasse schallt;
Und nun verschwimmt er in die Nacht.

Noch einmal, sein Gekreisch verhallt.
Gott Lob! jetzt hebt die Leuchte auf!
Leicht wird des Weges Rest vollbracht —
Ein Schimmer, nach dem Ausgang weisend,
Des Tages erster Bote scheint.
Ganz recht! hier öffnet sich das Tal!
Die Brüder schaun empor zumal:
Montmort steht schwarz, die Jungfrau grau:
Doch südlich im versenkten Blau
Die mächt'ge Rosenkuppel schwebt,
Bewegungslos am Äther hängt,
Und unter ihr Gewölke webt.
Es ist die Stirn, so stets empfängt
Den ersten Strahl, der niedersank,
Es ist der Alpenfürst Montblanc.

Allein des Dunkels Überrest
Verdoppelt auf die Fläche preßt;
Formlose Massen noch, die Höhn
Im Horizont verschwimmend stehn.
Nur links am breiten Felsenturm
Erscheint, ein mächt'ger Feuerwurm,
Die ew'ge Lampe, deren Strahl
So milde winkt ins Hospital.
Noch tausend Schritt — die Wandrer keuchen,
Noch hundert Schritt — sie stehn am Tor.
Und eben bricht, ein glühend Zeichen,
Verschämt der Jungfrau Stirn hervor.
Was zaudert Bruder Pförtner noch?
Vielleicht vom Schlummer aufgestört?
Du alter Benoit, hat dich doch
Dein Wunsch ins Hospital gebracht!
Ach, anders gar, wie du gedacht!
Da klinkt das Schloß, und eben hört,

Als grade sie ins Tor ihn tragen,
Man sechs die Klosterglocke schlagen.

Der Infirmier indes zu Nacht
Durch Schmeicheln und geduld'ges Fragen
Vom Knäbchen hat herausgebracht:
Wie Mutter schon vor vielen Tagen
Geschlafen, Vater auch nachher,
Der wenig Stunden krank gewesen,
Und beide gar nicht wachten mehr.
Wie anders dann Großvaters Wesen,
Wie sein Gesicht geworden schmal;
Und wie er gestern erst vom Tal
Bei argem Frost und harter Müh
Getragen ihn auf üblen Wegen
Und viel verzählt von Saint-Remy,
Wo Tante Rose ganz genau
Ihn wie die Mutter werde pflegen,
Etienne la Borte, des Sennen Frau.
O wohl, mein armer Henri, dir,
Daß du entschlummert unter Klagen,
Da sie vorbei an deiner Tür
Jetzt deinen guten Ätti tragen!
Sähst du so blau das Antlitz treu,
Zu stillen nicht wär dein Geschrei.
Im Krankenzimmer schon die Glieder
Man hüllt in Schnee, man bürstet, reibt,
Sucht den entflohnen Atem wieder
Ihm einzuhauchen; alle Brüder
Verstummt und lauschend stehn dabei.
Kein Regen — und der Kerze Licht
Kein Zucken zeigt im Angesicht; —
Am vorgehaltnen Flaume nicht
Ein schwaches Fäserchen sich beugt,
Und mählich schon das Morgenrot

Bis an den Rand des Tales steigt.
„Ihr Brüder!“ nun der Prior spricht,
„Es scheint, der arme Greis sei tot.
Doch tut noch ferner eure Pflicht;
Ihr seid zur eignen Seele Frommen
Bis jetzt ihr treulich nachgekommen:
Allein zumeist, das ist gewiß,
Am allermeisten tat Denis.
Wo ist er? nun, er ruht wohl aus!
Und sicher wars ein harter Strauß
Für seine Jahre.“ . . . Ach, Denis
An keinen Schlummer denkt gewiß
Vor dem Altare, wo im Bild
Die Gottesmutter rauchgeschwärzt
Ihr eingeräuchert Kindlein herzt,
Verzeichnet, bunt, doch gut genug,
Da es dem Manne sonder Trug
Mit Andacht so die Seele füllt;
Denn ganz besonders hat er sich
Geweiht der Jungfrau minniglich.
Was mag ihm so zu Herzen gehn?
Die Falte um den Mund, dies Stöhnen —
So hat man sonst ihn nicht gesehn.
Wie, schmolz der Mauerduft? Sinds Tränen,
Die niederfallen auf den Stein?
Dies feste Auge scheint mir nicht
Gewöhnt zu solcher Tropfen Pflicht.
Der Alte ist ja ganz allein!
Stets weiß die Jungfrau, was er denkt:
Wär zehnfach herber auch sein Grämen,
Vor ihr braucht er sich nicht zu schämen.

Indes das Dämmergrau zergeht;
Nur einzeln in die Mauerlücken

Sich kleine schwarze Schatten drücken.
Schon in der Fenster Mittelscheiben
Die rote Sonnenkugel schwebt;
Viel goldbestreute Wölkchen treiben,
Die ganze Luft ist glanzdurchbebt.
Im Morgenlichte doppelt mild
Dem Beter scheint das Mutterbild;
Selbst Märtyrer aus Gitterschrein
Nicht all so kläglich schauen drein.
Und nun das Diadem, das klare,
Am Haupt der Tagesfürstin ragt:
Da aus dem Winkel am Altare
Den letzten Schatten sie verjagt.
Sich von den Knieen hebt Denis,
Ein andrer Mann; die Finger leis
Streicht er durch seine Löckchen weiß,
Er ordnet sorglich sein Gewand,
Dem eingedrückt des Estrichs Sand,
Und zu den Brüdern, die noch immer
Versammelt sind im Krankenzimmer,
Begibt entschlossen sich der Greis.
Doch als er nun die Türe lichtet,
Auf ihn sich jedes Auge richtet;
Da — deut ich recht der Finger Zucken,
Am Gurt das unbewußte Rucken,
So sinkt ein wenig ihm der Mut,
Auch in die Wange tritt das Blut.
„Wie, alter Vater! schlaft Ihr nicht?"
Ruft ihm der Prior schon entgegen,
„Nein, Maß muß sein in allen Wegen,
Auch ihre Schranken hat die Pflicht.
Ihr scheints Euch heute vorzunehmen,
Uns alle gründlich zu beschämen,
Und Ihr seid matt, man siehts Euch an.

Zu Bett, zu Bett!“ Der alte Mann
Steht lautlos und in seiner Not
Aufs neu beginnt das Kleid zu reiben,
Als sollte nicht ein Stäubchen bleiben:
Bis an die Stirne steigt das Rot.
Dann holt er tief und tiefer aus,
Und zitternd bricht die Stimm heraus:
„Nein, lobt mich nicht, ich bins nicht wert!
Ich will den schlimmsten Vorwurf dulden
Und daß ihr mir den Rücken kehrt!
Allein vergebt mir meine Schulden,
Der alte Feind hat mich betört,
Der alte eingefreßne Zorn,
Im Herzen mir ein steter Dorn,
Seit ich in meinen jungen Tagen
Den Sennen blutig einst geschlagen.“
Hier stockt er, seufzt so tief betrübt,
Daß jede Brust ihm Antwort gibt.
„Als ich nach einem Ausweg sah
Am Drance-Rand die Brüder suchen,
Da fühlt ich seine Kralle nah
Und innerlich begann zu fluchen.
Und als nun sprach der Marronier:
‚Hier ist nur sichrer Tod zu holen‘,
Und: ‚Sei die Leiche Gott befohlen!‘
Es kribbelt' mir durch alle Glieder:
Den Alpstock hob ich in die Höh,
Dem Himmel Dank, ich senkt ihn wieder,
Und als nun endlich, als am Strand
Barry, das unerschrockne Tier,
Ich treu auf seinem Posten fand:
Da hab ich, hab in Zornes Brand
Den Bruder einen Hund genannt.“
Er atmet auf: „Es ist heraus!

Ihr Brüder, ach, vergebt dem alten
Verstockten Mann, was ich verbrach;
Kein böses Beispiel bleibe nach.
Vergib mir, Bruder!" Ganz gebeugt
Zum Marronier er langsam schleicht
Und küßt voll Demut ihm die Hand.
Dann, eh noch einer spricht ein Wort
Vor Rührung, Staunen, tiefer Scham,
Schon stapft er durch das Zimmer fort,
Nicht ganz so trübe, als er kam,
Um sich in seine Zelle klein
Drei Tage, frierend und allein,
Bei Brot und Wasser einzuschließen.
Noch immer stehn die Brüder stumm,
Und jeder heimlich schilt sich dumm,
Daß sie den Alten ziehen ließen.
Die Stirn soldatisch in die Höh,
Am steifsten steht der Marronier.

Zuerst das lange Schweigen bricht
Der Prior: „Was wir alle denken,
Ihr Brüder, brauch ich nicht zu sagen.
Denis will uns in diesen Tagen
Nicht nur von wandelloser Pflicht,
Von Reue auch ein Vorbild schenken.
So demutsvoll ein Christ nur handelt:
Deshalb" — er stockt und wendet sich,
Denn eine Regung wunderlich
In Zittern ihm die Rede wandelt.

Der Prior sich zur Seite kehrt
Und, dem Erstarrten zugewandt,
Die steifen Glieder abwärts fährt.
Den Flaum noch einmal mit der Hand

Bringt langsam an des Mundes Rand,
Erst quer, dann senkrecht aus der Höh.
Nun hebt er sich, vom Bücken rot:
„Eugène und Louis! nehmt ihn fort!
Jetzt gleich! Und, Bruder Clavendier,
Zum Sennen Etienne la Borte
Schickt nach Remy! Der Mann ist tot.“

Dritter Gesang

(Aus dem Nachlaß)

Savoyen! Land beschneiter Höhn,
Wer hat dein kräftig Bild gesehn,
Wer trat in deiner Wälder Nacht,
Sah auf zu deiner Wipfel Pracht,
Wer stand an deinem Wasserfall,
Wer lauschte deiner Ströme Hall:
Und nannte dich nicht schön?
Du Land des Volks, dem Reiche weihen
Ruhmvoll den Namen des Getreuen,
Bist herrlich, wenn der Frühlingssturm
Die Berggewässer schäumend führt,
Und deiner Fichte schlanker Turm
Sich mit der jungen Nadel ziert;
Bist reizend, wenn die Sonnenglut
Erzittert um den Mandelbaum;
Doch in des Herbstes goldner Flut
Du ruhst gleich dunklen Auges Traum.
Dann treibt der Wind kein rasselnd Laub
Durch brauner Heiden Wirbelstaub;
Wie halbbezwungne Seufzer wallen,
Nur leis die zarten Nadeln fallen,
Als wagten sie zu lispeln kaum. —

Der Tag bricht an; noch einsam steigt
Das Sonnenrund am Firmament.
Am Strahl, der auf und nieder streicht,
Gemach der Erdbeerbaum entbrennt.
Noch will das Genzian nicht wagen,
Die dunklen Wimpern aufzuschlagen;
Noch schläft die Luft im Nebeldicht —
Welch greller Schrei die Stille bricht?
Der Auerhahn begrüßt das Licht!
Er schaukelt — wiegt sich — macht sich breit,
Er putzt sein stattlich Federkleid,
Und langsam streckt ihr stumpf Gesicht
Marmotte aus hohlen Baumes Nacht:
Das Leben, Leben ist erwacht!
Die Geier pfeifen, Birkhahn ruft,
Schneehühner flattern aus der Kluft,
Die Fichten selbst, daß keiner säume,
Erzählen flüsternd sich die Träume,
Und durch Remy geht überall
Ein dumpf Gemurr von Stall zu Stall. —

Schau! drunten an des Weilers Ende,
Wie öffnet sich das Glas behende!
Und in dem Rahmen, vorgebeugt,
Ein bräunlich frisches Weib sich zeigt;
So jung noch, unter zwanzig Jahren —
Bezeugt doch in den schwarzen Haaren
Das Mützchen und bescheidne Band
Den ehrenhaften Frauenstand.
Halb schläfrig scheint sie aufgewacht;
Sie blinzelt— hebt die Hand hinauf —
Zur Uhr am Turm — zum Nußbaum auf,
Wo schon der klare Sonnenstrahl
Schattiert die Blätter allzumal;

Dann halb gewendet, tritt zur Schau
Des Nackens kräftig voller Bau.
Sie wiegt das Haupt — sie nickt — sie grüßt,
Und wieder sich das Fenster schließt.

In Saint-Remy der Tag beginnt.
Die aufgestoßnen Laden winken;
Bald hier, bald drüben Riegel klinken,
Im Bette weint das kranke Kind.
Ein Mütterchen, gebückt genug,
Zum Borne schleppt den Wasserkrug.
Noch wenig Schritt', dann bleibt sie stehn —
Horch, Glockenklang von Saint-Oyen!
Nur mit dem Winde, ganz von weiten,
Nun in der Schlucht beginnts zu läuten,
Nun drunten an des Berges Fuß;
Nun stimmt mit seinem Glöckchen klein
Pantaleons Kapellchen ein.
Welch Tongewirr, welch Schwirren, Singen!
Die Klüfte, Felsennadeln klingen,
Sankt Bernhard mit gewicht'gem Ton
Gibt Antwort aus der Wolke schon;
Und drüben an der Raine Sitze
Die Nestchen sind erwacht vom Schall;
An Fenstern fahren schwache Blitze,
Und hier und dort und überall
Aus der zerstreuten Hütten Türen
Hervor die kleinen Gruppen gleiten.
Und wie die Pfade schlängelnd führen,
Verschlungen vom Gestrüppe schnell,
Beschattet halb, dann wieder hell,
Ein Farbenspiel von allen Seiten:
Blau, Grün und brennend Rot genung,
Wem nur das Auge scharf und jung,

Der sieht schon an der Frauen Mieder
Das Goldkreuz, die Granaten flimmern,
Geflitter wehn vom breiten Hut
Und aus des Senners Jacke schimmern
Den feuerfarbnen Brustlatz gut!

Ei! wie zum Brunnentrog gekehrt
Das Mütterchen zusammenfährt:
Ihr überm Haupt beginnt im Turm
Des Glockenrufs gewalt'ger Sturm.
Eins — zwei — drei Schläge, dann im Takt,
Wie der Orkan die Felsen packt:
Herbei, herbei, zur Jahrmarktsfrüh,
Nach Saint-Remy, nach Saint-Remy!

Welch Treiben! welch Gewimmel! auf
Im Weiler alle Türen fahren,
Draus hastig die Bewohner gleiten
Hervor mit Rosenkranz und Buch,
Die Mädchen streichen an den Haaren
Und zupfen noch am Busentuch,
Und in das Dorf von allen Seiten
Geschwister, Freunde und Bekannten,
Aus Tievero, Guignard die Verwandten,
Sich stellen ein zur Jahrmarktsfeier,
Der steife Greis, der flinke Freier,
Matthieu, Savoyens bester Schütze,
Charlot, der Ringer, Pierre, im Lauf
Der Gemse gleich, des Berges Blitze,
Der Säumer mit gewirkter Mütze —
Zum Kirchhof drängts in buntem Hauf.
Macht Platz dem Pfarrer! Alles rückt —
Und langsam tritt der würd'ge Mann
In das Gewühl, den Nacken drückt
Schier ein Jahrhundert, was entrann

Im stündlich mehr zerspülten Gleis;
Nicht sparsam ist sein Haar, doch weiß,
Weiß wie der mächt'ge Alpengreis,
Der ihn mit seinem Anblick klar
Gestärkt durch sechsundneunzig Jahr;
Doch ungebeugten Geistes Gut
Verrät der Rede milde Glut,
Wenn Seufzer, die gen Himmel steigen,
Verehrten Wortes Kraft bezeugen.
Nur wenig ist der Blick getrübt,
Und sein Gedächtnis Rechnung gibt
Von langverschollenem Beginnen.
Er schreitet fort — was mag er sinnen,
Wie Grab an Grab vorüberrinnen?
„Dich sah ich einst so froh und wach —
So trutzig dich am Jahrmarktstag —
Dein Leid hab ich mit dir getragen —
Gestillt im Tode dein Verzagen!
Auf eure Gruft der Enkel tritt,
Und ich — noch einmal tret ich mit!"
Nun Glockenklang verhallt — Gedränge
Verrinnt, zum letzten Male fallen
Der Kirche Türen, in den Hallen
Ersteht die Feier der Gesänge;
Erst schwach — verstärkt —ein voller Chor;
Die ungeschmückte Melodie
In strenger Einfalt steigt empor.
Sie hebt sich — schwillt — sie ist verstummt.
Nur leise, wie die Biene summt,
Ganz leise scheint die Luft zu beten.
Am eingesunknen Leichenstein
Lehnt feiernd sich der Sonnenschein,
Und mit entblößten Häuptern treten
Die Alpen aus dem Duft hervor;

So fromm sie stehn, so ehrfurchtsehr —
Fürwahr, es wird dem Menschen schwer,
Daß er bewußtlos glauben soll,
Wem so gewalt'ge Stimme eigen;
Wenn flüsternd bald, bald donnernd steigen
Die Laute zu der Alpe Sohn,
Er kennt ihr Antlitz, ihren Ton.
Was je durchzittert seine Brust,
Der Berg hat Antwort ihm gegeben,
Und manche Blicke, schuldbewußt,
Vor Alpenbrauen Zürnen beben.
Wie mild, wie väterlich, wie traut
Sankt Bernhard auf sein Dörfchen schaut!
Kein Schatten seinen grauen Schimmel
Streut auf den frischen Sonntagshimmel,
Nur an der Jungfrau Stirne rein,
Gleich aufgelöster Tränen Schein,
Ein flockicht Wölkchen webt und flimmt —
Es schmilzt, es gleitet, es verschwimmt,
Und wieder stützt die hohe Frau
Mit ihrer Stirn des Himmels Bau.

Sieh dort! ein weißer Strich am Rain,
Ists ein entfallnes Tuch? — doch nein,
Es regt sich — ists ein irres Lamm?
Ein Vogel? Von des Hügels Kamm
Steigts abwärts — immer näher — ha!
Du, gutes Mönchlein, kommst gewiß
Zum Gottesdienst, ein Hindernis
Hielt dich so lang! — Der Pater tritt
Gewaltig zu — doch zeigt sein Schritt,
Sein Antlitz minder Eil als Trauer.
Wie reibt er mit dem Tüchlein weiß
Sich von der Stirn den herben Schweiß!

Naht nun der Kirche — nein, er geht
Vorüber — um die Kirchhofsmauer,
Wo dicht am Born die Hütte steht;
Pocht an die Tür, ans Fensterlein —
Umsonst — ans zweite, dritte Haus —
Da endlich streckt ein Mädchen klein
Sein sonnenbraun Gesichtchen aus.
Es deutet nach des Dorfes Rand,
Der Pater lächelt, legt die Hand
Ihr segnend auf das dunkle Köpfchen,
Bereits geziert mit Band und Zöpfchen,
Und zieht fürbaß — bis schwach belaubt
Der Nußbaum weht, das Bärenhaupt
Geehrten Schützens Wohnung kündet.
„Noch nicht?" — Er zieht den Fuß zurück,
Nun pocht er, tritt nun unters Dach,
Verwundert sieht das Kind ihm nach.

Und horch! im selben Augenblick
Ertönts vom Turm in dumpfen Schlägen.
Der Priester gibt den heil'gen Segen,
Und dann das aufgerißne Tor
Die ganze Menge läßt hervor.
Wie's strömt, wie's wogt! mit Gruß und Nicken
Die Mütter zu den Kleinen eilen,
Und hastig durchs Gedränge drücken
Sich flinke Krämer, sonder Weilen
Ihr luftig Zelthaus aufzuschlagen;
Zum Anger, wo die Stangen ragen,
Schiebt sich ein Trupp, man will doch sehn,
Welch Ziel dem Schützen? — ob gegeben
Die Laufbahn frei? — der Ringplatz eben?
Des Matthieu Büchse wird besehn,
Charlot reckt seine sehn'gen Glieder,

Pierre Luce blickt lächelnd und verschmitzt
Auf seine schlanken Knie — und wieder
Wie's drüben an der Kirche blitzt
Von Kreuz und Halsband, Strauß und Mieder!
Die Männer hell, die Weiber fein
In kosendem Geplapper schrein,
Viel blaue, grüne Röckchen wehn
Mit ihren bandbesetzten Falten,
Gleich bunten Rädern sieht mans drehn,
Und, Schleifen an den Hüten, stehn,
Hand in die Hüfte, Strauß im Latz,
Die Burschen keck und stämmig; alten
Gesetzten Leuten wird es schwer,
Zu keuchen durch den Strom umher.
Allüberall Getändel, Funken
Aus schwarzen Augen jahrmarktstrunken;
Das gellt! das winkt! „Bon jour, Manon!" —
„A moi! Gervais!" — „Ici, Caton!"
Und wie beweglich gehn die Glieder!
Wie wehn die Bänder! — wahrlich! wieder,
Nach kaum verklungner Hymne Ton,
Pfeift's dort ein Schelmenliedchen schon:
„Gianetta, vieut tu bieaux habits?" —
O südlich Blut! o Saint-Remy!
Du wunderbare Christenheit,
So fromm, und doch so schnell zerstreut!

„Hör, Rose, Rose — hier!" allein
Geschäftig schlüpft die junge Frau
Durch das Gewühl, sie lächelt schlau
Und zeigt der Zähne weiße Reihn:
„Nachher, René! Manon, nachher —
Ich muß zu Haus, es ist mir leid!"
Soeben kam ihr der Bescheid,

Ein Bruder aus Sankt Bernhards Zellen
Begehre Botschaft zu bestellen.
Da geht sie hin — so fest und drall,
Fürwahr, nicht schlechten Mannes Weib.
Die Falten drehn in üpp'gem Fall,
Ein seidnes Mieder schmückt den Leib.
Silbern die Nadel blinkt im Haar,
Das Ohrgehäng verguldet gar.
Im Gehen sinnt sie: „Was der Pater
Mir will — Botschaft vielleicht vom Vater?
Nicht zum Termin ists an der Zeit,
Jedoch — das Jahr war nicht zu loben —
Knapp wirds den guten Brüdern droben.
Gottlob, die Spende liegt bereit,
Zuerst die Butter, dann das Kleid,
Das Geld dann; kam er später her,
Gabs wohl ein paar Paolo mehr —"
Nachdenklich an den Fingern zählend
Tritt sie ins Haus, sie rechnet fort:
„Noch dies und dieses . . ." emsig wählend,
Und dann: „Gelobt sei Jesus Christ!"
„In Ewigkeiten, Frau La Borte!" —
„Bleibt still am Feuer, Herr, es ist
Ein saurer Weg, den Ihr gemacht!"
„Ja, Frau La Borte, ein saurer Weg!"
„Man sagt, verschüttet sei der Steg
Bei Vacherie, in letzter Nacht
Hat die Tormenta arg gewütet!"
„Der Herr hat Vacherie behütet.
Nur in des Pain de Sucre Paß
Hat sich ein Eisblock abgelöst,
Doch sonder Schaden." — „Vater, was
Kann ich Euch bieten? Ihr seid blaß; —
Doch wartet" — und durch eine Tür

Schlüpft rasch sie in der Stallung Reihn,
Wo, schüttelnd schlanker Hörner Zier,
Die Rinder schnaubend wiederkäun.
— „Etienne, da drüben vom Hospiz
Hat sich der Bruder eingefunden.
Geh schnell! — die Wolle ist gebunden,
Das Kleid liegt unten tief im Schrein.
Und schnell! Wir haben viele Gäste,
Das halbe Land stellt sich zum Feste,
Pierre Luce ist hier, auch Manons Sohn;
Matthieu besah die Preise schon,
Und alles ist ihm nachgerannt,
Man meint, der Heiland komm ins Land!" —
„Hm," spricht der Senn und schüttelt sich,
„Der Matthieu denkt, er kanns allein,
Doch gibts noch andre sicherlich,
André — François — Renard — und dann —"
Verschlagen lächelnd steigt er fort,
Sich lässig an den Ständern haltend,
Von Trog zu Trog, ein hübscher Mann,
In scharfen Zügen Witz entfaltend,
Um Lipp und Wang ein wenig Hohn, —
Savoyens echtgeborner Sohn.
Er wirft das Haupt und murmelt fort,
Klatscht kosend den gewalt'gen Stier —
Was gibts? Ein Schrei! so schmerzerfüllt,
Wie's aus gebrochnem Herzen quillt!
Ein mattes Ächzen! Hin zur Tür —
Er stößt sie auf — da liegt sein Weib,
Das Haupt auf einen Stuhl gebeugt —
Angstvoll ihr Busen sinkt und steigt —
Ficht mit der Luft wie sinnverloren.
— „Was ist dir, Rose? — Rose, sprich!"
Umsonst — sie wimmert, windet sich —

Dann um des Gatten Kniee fest
Sie krampficht ihre Hände preßt;
„Etienne!“ ruft sie, in Schmerz verloren,
„Etienne, mein Vater ist erfroren!“
Und mit dem ersten Worte schnell
Entstürzt der bittre, bittre Quell,
Und wie der Wind die Espe rüttelt,
Den ganzen Leib ein Schauder schüttelt.
Ihr Gatte nimmt sie in den Arm:
„Wein, liebe Rose, weine nur!“
Sie stößt ihn fort in ihrem Harm,
Von frührer Milde keine Spur.
Vergebens mahnt der Mönch, kein Heil —
Die Rede strömt in wirrer Eil!
Folgt ihr der Sinn? man weiß es kaum,
Das Antlitz starrt, ein blutlos Schemen,
Die Worte schwimmen wie im Traum —
Nur eines, eins kann man entnehmen:
Es ist ein Schmerz, der Felsen sprengt,
Was aufwärts diese Laute drängt.
Doch wer Savoyens wilde Kraft
Gesehn im Sturm der Leidenschaft,
Darf hoffen, daß die Sehne nicht
Den überspannten Bogen bricht.
Doch leiser wird und immer leiser
Der Atem, abgestumpft und heiser
Die Stimme schwindet — sie wird schwach,
Ums Auge läßt die Spannung nach,
In ihres Gatten Armen lind
Sie liegt wie ein ermattet Kind;
Der trägt sie fort. — „Herr Pater, ich —“
„Geh, lieber Sohn, ich bitte dich.“
Und wie nach dem verstörten Paar
Die Tür sich schließt, der Mönch steht auf —

Und durch die Küche nett und klar
Er wandelt sinnend ab und auf.
„Welch herber Kampf! in dieser Zeit
Wie schwach das Bild der Ewigkeit!
Die Frau ist fromm, und doch, wie schwer
Erträgt sie, was der Himmel sendet!
Doch sie ist jung, ihr Blut noch warm;
Bin ich denn mehr? Daß Gott erbarm!
Ach, lange Jahre rauschen her,
Eh sich das Herz zur Ruhe wendet.
Mein Vater starb — ich war noch klein,
Kaum ahndets mich — doch muß es sein,
Nicht herbres Weh die Seele leidet,
Als wenn sich Blut vom Blute scheidet;
Deshalb —“ aus seines Ärmels Schrein
Zieht er ein Rosenkränzlein klein
Und betet für das arme Weib,
Wie für des Abgeschiednen Ruh,
Nimmt einen Bissen auch dazu;
Denn ganz ermattet ist sein Leib.
Der Frost war schlimm, noch mehr die Hitze,
Bald wieder gehts nach Bernhards Spitze;
Er hat in Eil und unbedacht
Sich nüchtern auf den Weg gemacht. —
Und seinen schmerzgewöhnten Sinn
Nahm nicht so ganz die Szene hin,
Daß er nicht denkt in seinem Mut,
Das Brot sei frisch, die Butter gut.
Dann meldet er des Hauses Wirt,
Der wieder naht und forscht nach Kunden,
Wie sich der alte Mann verirrt,
Und wie der Hund das Kind gefunden.
„Ja,“ spricht der Senn und blickt zurück,
„Bei allem Unglück doch ein Glück!

Wer wollte noch zu murren wagen,
Wo sichtbar so des Höchsten Hand?"
Doch kündet alles in dem Mann
Die schwerbezwungne Regung an;
Verstohlen stützt er an die Wand
Den Körper, bleich ist sein Gesicht:
„Herr Pater! alles sei getragen:
Jetzt holen wir den Vater, nicht?" —
„Auch ich muß heim in meine Zelle."
Und bald mit Nachbarn, die in Hast
Verlassen Tisch und Jahrmarktsgast,
Ist wieder Etienne zur Stelle.
Nachdenklich schaut der Mönch den Trupp,
Geschmückt mit Bändern, Strauß und Flittern,
Wie die gebräunten Züge zittern,
Wie, rollend ihrer Augen Kohlen,
Sie Leichentuch und Bahre holen,
Wie dann durch eine Hintertür,
Dem Klang der Freude zu entgehn,
Sie duckend ihre Bürde drehn,
Und nun von Lachen, Spiel und Schmaus
Die Reise geht ins Totenhaus.
O stummer Rede Allgewalt! —
Man schreitet an; „Halt," ruft es, „halt,
Ich komme schon!" und Rose tritt
Mit ihrem Strohhut in die Tür.
„Nein, liebes Weib, verweile hier!"
Ihr Gatte spricht mit trüber Hast,
Verwundert blickt der Mönch empor:
Ein andres Wesen wie zuvor!
Wohl tiefen, herben Kummers Last
Verrät die Stirn, doch fest der Schritt,
Das Antlitz wunderbar gefaßt —
Der gute Mann begreift es nicht;

Savoyens Tochter will allein
Von ihrem Volk verstanden sein.
Von allen auch, das sieht man klar,
Nicht einer ernstlich widersteht;
Etienne nimmt ihres Mantels wahr,
Und nun der Zug bergaufwärts geht.

Vom Dorfe drunten Jubelschrein
Der Armen schrillt durch Mark und Bein:
Ha „Nouschron Prince de Savoye!“
Doch bald verschwindet Saint-Remy. —
Um den bejahrten Fichtenwald,
Der schützend übers Tal sich streckt,
Die Nebel füllen jeden Spalt,
Wie Nadeln in den Schleier steckt
Ein schönes Weib. O Waldesruh,
Bist du nicht schön? — o Wildnis du,
Wenn nickend schaust im Sonnenduft
Der Drance muntern Sprüngen zu?
Nichts, was so wunde Herzen kühlt,
Als Bergesluft, die einsam spielt.
Wie dort im kleinen Wasserfall
Sich Zweig und Gräser plätschernd bücken!
Der fromme Morgen scheint das All
Sehnsüchtig an die Brust zu drücken.
So mild die Landschaft und so kühn!
Aus Felsenritzen Ranken blühn;
So wild das Wasser stürmt und rauscht,
Und drüber Soldanella lauscht.
Aus dem Gestrüppe Fingerhut
Bedächtig streckt die roten Glocken;
Der Steinbrech hält sich fest und gut,
Das Geißblatt windet sich erschrocken;
Und dort zur Rechten, überm Rain,

Zeitlosen mit erneuter Kraft
Verhauchten Lilas Schimmer streun,
Und drüben hebt den Purpurschaft
Die Orchis, wie ein schlanker Knabe
Zur Herde schaut von seinem Stabe. — —

Steil wird der Pfad, die Wandrer glühn,
Quarzhelle Blöcke reihn sich dichter,
Mit jedem Schritt das Leben weicht,
Im Walde lichter wirds und lichter,
Bis nur, verkrüppelt und gebeugt,
Am braunen Grund die Fichte kreucht.

Ha, Vacherie! — Hier weilt der Zug.
Auf einen Schemel Rose sinkt.
Des Bechers Labe kreist, sie trinkt
Zwei Tropfen nur, es ist genug,
Verschluckter Tränen Bitterkeit
Hat sie getränkt die ganze Zeit.
Und hier — der Rinder muntres Brüllen —
Zwei Knechte, die den Eimer füllen,
Mit Schrei und Lachen; — dort am Tor
Ein Mädchenpaar, was emsig fest
Das saure Lab in Formen preßt —
Es ist zuviel! Liegt drüben doch
Der Käse für den Vater noch — —
Ach, hätt sie, hätt sie ihn gesandt,
Als jüngst der Krämer zog durchs Land!
Aufs neu fühlt sie die Wunde bluten. —
Und — weiter! — weiter! Nach Minuten
Vor ihren Blicken schwimmt der Steg,
Sinds Tropfen, die im Auge schimmern?
Ists Sonnenglanz? des Taues Flimmern?
Wie seltsam blendet sie das Licht!

Nicht weinen will sie vor den Leuten,
Drum meint sie auch, sie weine nicht.
Einsam und traurig wird der Weg,
Nur halbverdorrte Stämme deuten
Mit Spitzen, karg und frostgepreßt,
Des matten Lebens Überrest.
Nur senkrecht starrt die Schieferwand,
Zerrissen, schwarz, wie ein Tyrann
Aus zeitgeschwärzter Feste Bann
Schaut grollend ins versengte Land.
Und drüber nichts als Hänge, wüst,
Baumlose Steppe — heidicht Moor —
Kein Vogel, der das Blau begrüßt —
Kein Kraut aus Klippenspalt hervor —
Ein Schweigen, dem erliegt das Ohr.
Verdorrt Gestrüpp, zerspaltner Gipfel,
Mit dünnem Flaum bestreut die Wipfel!
Des ew'gen Winters Region:
Man naht sich ihr, man fühlt sie schon.
Stumm keucht der Zug und mühsam dort,
Nur mahnend, freundlich, hier und dann
Etienne zu Rose spricht ein Wort.
Sie nickt betäubt und wandelt fort.
Ein Ton, ein Lebenszeichen — seht,
Um jene Klippe krächzend dreht
Der Rabe sich! — viel besser doch
Als solcher Ruf, die Stille noch!

Ein Felsenriß — doch nein, die Bahn
Erweitert sich, schon ist erreicht
Des Donnergottes kleiner Plan.
Hier rastet man und atmet leicht,
Und an den Pfahl, der buntbekleidet
Sardinien und Wallis scheidet,

Lehnt sich die Frau — tief unten zeigt
Sich Ferrets Tal, und riesig beugt
Montblanc den grauen Nacken vor. —
Ringsum nur totes Chaos starrt,
Nur Trümmer, bröckelnd, scharf zerschmettert,
Wie eine Welt, die ausgewettert
Den neuen Schöpfungstag erharrt.
Ja, ward, wie zeugt des Römers Mund,
Die Wildnis dem Karthager kund,
Fürwahr! manch punisches Gebein
Bedeckt so wüster Leichenstein.
Vom Herde fern, welch trostlos Grab!
Wo Tau noch Regen kommt herab.
Schlaft wohl! — Sie ziehn fürbaß, doch schlingt
Zuvor den Mantel um sein Weib
La Borte, denn sehr verletzend dringt
Der Äther an den jungen Leib.
Schlaft wohl! — Zum letztenmal für heut
Sehn sie den Grund; die Steppe beut
Nur fürder Schnee, wohin man blickt,
Von schwarzer Trümmer Wust gedrückt;
Und ruckweis durch des Felsen Glieder
Der Wind — so schläft in Tales Hut,
Doch nimmer auf der Höhe ruht —
Pfeift seine unwirtbaren Lieder,
Auch eine Wolke träumt mitunter
Am kalten Horizont hinunter.
Und leichter wird das Blut bewegt,
Da etwas außer ihm sich regt.
Nur nicht gesäumt! was jeder kann,
Den Fuß beeilt, voran — voran! —
Schon ragt das letzte Felsenmal,
Schon langsam öffnet sich das Tal
Und drüben liegt — das Hospital.

Wie freudlos! an des Seees Strand,
Dem linde Wellen nicht allein,
Nein, dem erzürnten Gottes Hand
Versagt des Gletschers toten Schein,
Der ein versteinerter Kokyt,
Ein Trauertuch auf Leichengrund;
Und doch, wie milder Frieden blüht
An seinem Strand! wie wird er kund
Dem Mann, der keinen Spiegel kennt,
Als sein verdüstert Element.
Man klinkt ans Tor! „Bleib, Rose, da!"
Spricht sanft La Borte, ihm fällt es ein,
Ob auch vielleicht dem Eingang nah
Ins Auge fällt der Totenschrein;
„Bleib, Kind!" Sie lehnt sich an die Wand
Und starrt nur immer über Land.
Man meint, wo unter Felsenhängen
Sich schwärzlich kleine Flächen drängen,
Und wo, des Sommers einzig Grün,
Die Brüder Alpenkräuter ziehn,
Verweil' ihr Blick — jetzt sind sie leer;
Doch bräch aus Schnee und Eis umher
Ein Rosenhag, sie säh es nicht,
Hebt unbewußt das matte Licht,
Wie wohl das Auge, schmerzgetrübt,
Sich willenlose Richtung gibt. —

Ach, alles, alles ist dahin!
Ihr Mann ist gut, sie denkt nicht sein,
Des armen Lieben nur allein.
Kein Kind hat sie, kann nicht ermessen,
Wie Mutterleid die Herzen bricht;
Doch einen Vater kann man nicht,
Sein graues Haar, sein treu Gesicht,

In Ewigkeit ihn nicht vergessen.
Gedenkt sie an sein graues Haar,
Wie er sie rief: „Rosette, mein Licht! —
Rosette, mein Kind!" — es ist zuviel!
Zu viel! und aller Fassung bar
Sinkt sie ins Knie, reibt an die Mauer
Ihr Antlitz in vermeßner Trauer.
Sie fährt zurück — wer rührt sie an?
Da: „Rose, Rose!" spricht ihr Mann;
Sein Odem fliegt, sein Auge blinkt,
„O Rose! — Frau! ich will — ich kann —
Ich will dir sagen — 's ist kein Leid —
Gewiß nicht — ruhig — große Freud —
Der Vater l e b t !" — Sie taumelt, sinkt — —
„Sprich, Rose, sprich!" — da hebt sie sich
Wie träumend — glühend Rot bedeckt
Ihr ganz Gesicht — die Arme streckt
Sie aus, und wild am Senn vorbei
Fliegt sie mit ungemeßnem Schrei;
„Ihr nach! ihr nach!" Was frommt die Eil?
Sie ist ein Blitz, ein Sturm, ein Pfeil,
Dort läuft sie — an den Zellen rüttelnd —
Mit ihrer Hand die Riegel schüttelnd —
Auf geht die Tür, und gleich dem Geier,
Der sein geraubtes Junges fand,
Stürzt zum Kamin sie, wo vom Feuer
Benoit ihr freundlich reicht die Hand —,
Nicht an sein Herz, nein, an sein Knie.
Sie küßt den lieben, lieben Fuß. — —
Von Zeit zu Zeit ein dumpfer Schrei, —
Nein, solcher Liebe Raserei
Sah man in andern Zonen nie,
Bis endlich sich im Tränenguß
Die Spannung bricht. — „Rosette, mein Kind!"

Und ach! bei diesem, diesem Ton
Sie wieder m i l d e r weinen muß.
„Steh auf, mein Kind! — mein lieber Sohn, —
Setzt euch! sahst du den Henri schon,
Rosette? komm her, Henri! mein Junge!“
Der Kleine, so im Winkel still
Sich vor den Fremden bergen will
Und mit Kristallen spielt und Bildern,
Läßt zögernd nur den werten Tand;
Sein bestes Bildchen in der Hand,
Kommt er hervor. „Großvater, ist
Das wirklich meine Tante Rose?“ —
„Ja, ja, sie ists“, und mit Gekose
Zieht sie ihn heftig auf den Schoß.
„Nein, Tante Rose, laß mich los!“ —
„Weshalb, mein Jung? ich hab dich lieb!“ —
„Lieb wie die Mutter?“ — „Lieber noch!“ —
„Du dumme Frau! wie sprichst du doch!“ —
„Mich nennst du dumm? du Schelm! du Dieb!
Ja, sprich nur so und hab mich lieb!
Du Schelm!“ Und sie begräbt mit Küssen
Ihm Auge, Wange, Mund und Kinn
Bis auf die kleinen Händchen hin.
Er sträubt sich, stöhnet, wills nicht wissen,
Und doch, wie gleicht die fremde Frau
Der lieben Mutter fast genau!
Wär Rose nicht aus wüstem Traum
So überselig aufgewacht,
Es hätt ihr schwer das Herz gemacht,
Jetzt findet nicht der Kummer Raum.
Susette soll in Frieden ruhn,
Sie hat ihr Kind, sie hat es nun
Auf immer. Mit geteilten Sorgen
Hält sie des Kleinen Haupt gepreßt

An ihren Busen und verborgen
Zugleich des Vaters Jacke fest. —
So unvermerkt der Morgen zieht,
Wie auch die schönste Stunde flieht.
Und mählich zum gewohnten Gang
Zurücke kehrt des Blutes Drang.

Man frägt, man horcht; schon ward erzählt,
Wie Eleuthère halbstündlich treu
Ins Leichenhaus gewandelt sei,
Den heimlich Überzeugung stählt,
Daß nimmermehr sich Barry trüge, —
Es sei nur Ohnmacht, Todes Schein,
Was auf dem alten Sennen liege.
Doch — unverändert stets die Züge,
Das Auge starr — fast läßt er nach —
Doch einmal wird die Hoffnung wach.
Wars nicht, als säh ein Fleckchen klein
Er an der linken Braue?! — Ja!
Gewiß! Auch an der Wange heben
Sich schwarze Schatten hier und da —
Der Bruder rennt ins Hospital:
„Geschwind, geschwind! herbei zumal
Mit Bürst und Tuch, ich spüre Leben!"
Die Mönche drängen in den Saal.
Schon unter ihren Händen beben
Die straffen Fibern, Fleck an Flecken
Allmählich jedes Glied bedecken.
Das Glas sich trübt — die Feder weht —
Es zuckt die Lippe — langsam dreht
Das Auge sich und rollt im Kreis.
Gesegnet sei der fromme Fleiß!
Die Hand gesegnet, so gelegt
Den Stein, der diese Mauern trägt!

Sie mögen stehn durch Zeit der Zeiten,
Mit Kraft ein heil'ges Wort zu deuten,
Im Zweifler zündend fromm Verlangen
Und schamrot färbend Christenwangen.

Noch vieles heute ward gesprochen
Von stillen Sorgen, stillem Harm,
Der weicher macht so reich wie arm.
Wer hat die Blume nicht gebrochen,
Die selbst aus hartem Grunde sprießt
Und um das Blut die Ranken schließt?
Wer kennt nicht das beredte Schweigen,
Wenn Wangen sich an Wangen neigen?
Wer lauschte nicht verehrten Tönen
Und mag mit Einfalt sich versöhnen,
Wenn trocknend seines Kindes Tränen
Der rauhe Alpenjäger spricht:
„Du gutes braunes Angesicht!
Wie oft hab ich an dich gedacht
In Saint-Pierre, bei Tag und Nacht!" —
Nicht immer Kraft beim Glanze ist,
Oft mehr Geringes sich vermißt:
Aus Felsenschoß die Quelle geht,
Und ewig flach der Weiher steht.
Genug, dem armen Sennen lag
Viel Glück und Leid an diesem Tag.
Und endlich — „Aber Vater," spricht
Rosette, „Ihr verhehlt mirs nicht.
Mein Schwager krank seit Wochen war,
Er lebt nicht mehr, ich seh es klar.
Gesteht es!" — „Freilich! liebes Kind,
Die frommen Toten selig sind.
Er war ein Christ, ein guter Mann."
Der Alte schweigt betrübt, und dann:
„Als mich Susette mit sich nahm,

Da riet man mir, wohin ich kam,
Ich solle mir ein Gärtchen baun;
Das sei ein gutes Mittel, traun,
Die tausend Grillen zu verjagen,
So alte Schwiegerväter plagen.
Allein — ich segn' ihn in der Gruft,
Den François! — Die fremde Luft
Ward mir nicht eng, doch immer blieb
Dem Pfleger seine Schöpfung lieb.
Ja, schöne Rosen standen drin,
Gestreifte Nelken und Jasmin,
Levkoienstöck an allen Wegen.
Die Rosen pflanzt ich deinetwegen,
Sie führen deinen Namen, Kind;
Susette half sie oft mir pflegen. —
Vergänglich ist ein Rosenstamm,
Doch wandelbar wir all zusamm.
Der erste Stock, den sie gepflegt,
Ich hab ihn auf i h r Grab gelegt.
Da ruht sie, wie ich sie gesehn
Im Sarg, von meinen Nelken schön
Den Strauß an ihrer Brust und an
Der Hand den Ring von ihrem Mann,
Den Trauring, den in allen Tagen
So ehrenvoll sie hat getragen.
Vom Haupt schnitt ich ihr eine Locke.
Mir wars, als ob die Sterbeglocke
Ins Hirn mir schlug, als ob der Wagen,
Der fortnahm meine beste Lust,
Die Räder trieb durch diese Brust.
Fürwahr — doch Rose! weine nicht,
Es ist vorbei — auch François
War tiefbetrübt, und öfters sah
Ich ihn vor ihrem Schranke walten,

Die Lätzchen, Mieder stumm entfalten.
Dann blickt' er scharf in alle Ecken,
Als hoff er, dort sie zu entdecken,
So gings. — Allein wir lebten still,
Ertrugens, wie der Himmel will.
François bestieg der Alpen Höh:
Ich sah zum Kind; mir tats nicht weh,
Daß ich in meinen alten Tagen
Die Küchenschürze sollte tragen.
Ja! meiner ungeschickten Hand
Ist oft die Suppe angebrannt!
Wohl! wärs wie sonst!" — Hier bebt ein Strahl
Durch sein verwittertes Gesicht:
„Ja! wärs wie sonst: im ganzen Tal
Von Saint-Remy ein Schütze nicht
Mir vorging, galts die First erklettern,
Wo, unter Sturm und Stöberwettern,
Die Gemse durch den Nebel strich
Und mancher Steinbock sicherlich
Des Abends überm Hange stand, —
Am nächsten Morgen war er fort;
Getäuscht der Jäger maß die Wand;
Wo blieb er? in der Hütte dort
Zu Saint-Remy muß sein Geweih
Noch ragen von der Decke frei.
Ich und Trouvez, mein Hund, wir zwei,
Wir machten keinen Gang vergebens;
Allein was rühm ich mich des Lebens,
So längst dahin! — die Zeit, die Zeit
Chamounix' Gletscher rücken kann,
Das Ureis löst sie am Mont noir,
Sie schont auch nicht den besten Mann.
Wer könnte bleiben, was er war!
Hier streicht er seinen Scheitel bar.

Trouvez war tot, kennt ihr Louis?
Im dritten Haus zu Saint-Remy?
Das war ein Bursch in jungen Jahren,
Bei Jagd und Spielen mein Genoß,
Im Ringen, Lauf, mit dem Geschoß
Der erste sonst; — ein hilflos Schemen
Schwankt er umher, wie ich erfahren;
Das kann dem Tod die Spitze nehmen!
Wer möchte noch vereinzelt stehn,
Wenn die Gesellen schlafen gehn?
Gewiß, gewiß" — in tiefem Sinnen
Der Greis verstummt, vorüber rinnen
Die Bilder längst begrabner Zeit;
Doch schmerzlich zeigt die Wirklichkeit
Ein Blick auf seine Hände dürr,
Er richtet sich — streicht das Gewirr
Unwillig vom betörten Haupt: —
„Ja, Kinder, besser, als ihr glaubt,
Fand ich mich in mein seltsam Amt,
Mir von der Mutter angestammt,
Und sah nun, wie ein alter Mann
Zum alten Weibe werden kann! —
Ja, wärs nur immer so geblieben!
Nicht froh wir lebten, finster nicht;
Allein die Staublawine bricht
Gewaltsam fort, hat nur ein Hauch
Die ersten Flocken angetrieben:
So mit dem Schicksal geht es auch,
Ein Unfall selten kommt allein,
Stets holt ihn der Gefährte ein.
So gings auch hier. — François war früh
In seinem Tagwerk ausgegangen,
Ich kochte, dacht an Saint-Remy,
Und sah die Nebelwolken hangen,

Zu Mittag blieb er öfters aus,
Der Abend kam — mir wurde bange. —
Noch nie verweilte er so lange;
Mich hielt das Kind im öden Haus.
In Saint-Pierre die Glocke schlug
Sechs — sieben — acht — nun wars genug!
Ich dämpft das Feuer, sperrt den Schrein,
Schloß Henri in die Kammer ein,
Und vorwärts nun, in Gottes Hut!
Begleitet mich kein treuer Hund,
Sind wenig mir die Stege kund:
Mein Ohr ist scharf, mein Auge gut. —
Ach! suchen durfte ich nicht lange.
Sein Hund, der heulend glitt herbei,
Vom Gletschereis der Valsoray,
Gab gleich die Richtung meinem Gange.

Mit einem Gemsbock, den er heut
Erlegt, doch mit Gefahr und Müh,
Kehrt François heimwärts, wund am Knie, —
Begeht die Unvorsichtigkeit,
Sich an der Gouille de Vassu Bette
Erschöpft zu lagern, grade da,
Wo der Mont noir die Eisblockkette
Ihm übers Haupt hält, schwindelnd nah,
Und weiß doch, daß in jedem Jahr
Herunterklirrt so manches Paar.
Doch wen das Schicksal will verderben,
Den blendet es: ein Brocken fällt,
Im Augenblick, da, vorgebückt,
François die wunde Stelle drückt —
Auf seinen Rücken, und zerschellt;
— Gewißlich nur der kleinsten einer —
Doch war es gleich, ob größer, kleiner,

Ihm bracht es Tod. Nicht gleich zu sterben
War sein Geschick; schmerzzitternd rafft
Er auf sich mit der letzten Kraft
Und hofft, es mög ihm noch gelingen,
Bis Saint-Pierre sich fortzubringen;
Doch an der Drance Wasserfall
Entschwinden ihm die Kräfte all.
Dort fand ich ihn — ich dachte tot.
Das Wild noch hatt er mitgeschleppt
Und hielt es immer fest im Arm.
Ich lag am Grund, in meiner Not,
Griff in die Brust, sie war noch warm;
Dann lud ich auf die Schultern ihn,
Schwer ward er mir bis in sein Haus,
Lief dann beinah verrückt hinaus
Nach Saint-Pierre, das Leben schien
Entflohen, endlich kams zurück,
Doch nur auf einen Augenblick
Der Sinn —, bis deutlich er erzählt,
Wie ihn das Mißgeschick betroffen.
Und dann — was hilfts, daß man sich quält
Mit solchen Bildern! — alles Hoffen
War hin; so sieben Wochen lag
Er ganz verstandlos, Nacht und Tag."

Der Alte schweigt, und Rose spricht,
Der's heimlich auf der Seele brennt:
„Doch, Vater, eins erwähnt Ihr nicht,
Nahm er das heil'ge Sakrament?
Das wär ein großer Trost uns allen." —
„Mein Kind, er wußte nichts von sich.
Gott ist gerecht, das tröstet mich,
Laß keine Zweifel quälen dich;
Sein Herz voll Einfalt war und treu.

Wo menschlich hat mein Sohn gefehlt,
— Wer ist von kleinen Mängeln frei? —
Er ließ den Eisblock auf ihn fallen,
Ein Tor, wer sich mit Zweifeln quält —
Ich glaub an meines Schöpfers Treu.
Ja, manche Stunde schlich vorbei,
Manch harte Stunde. — Einstens früh,
— Es war ein milder Tag wie heut, —
Ich hatte fast die ganze Nacht
Bei meinem armen Sohn verwacht,
Der still, wie seit dem Unfall nie,
Zu schlummern schien, die Nachbarn waren
An ihre Arbeit heimgekehrt,
Ich war allein, und unverwehrt
Ließ weit ich die Gedanken fahren,
Da regt es sich, ‚Mich dürstet' spricht
Der Kranke; wie ein blendend Licht
Durchzuckt es mich. — Schier faßte Mut
Ich alter Tor und sah doch schon
Den Tod und hörte Sterbeton;
‚Mich dürstet' — freudezitternd, schnell
Lauf ich zum nahen Klippenquell,
— Nein, nicht zu nah; daß er so weit,
Bracht öfters Unbequemlichkeit,
Schöpfe dann hastig, aus dem Glas
Entschlüpft mir immerfort das Naß,
Jetzt faß ichs, kehre keuchend wieder,
— Was duckt dort unterm Baume nieder?
Ein weißer Klumpen, — mir wirds Nacht!
Es war mein Sohn, — o Himmelsmacht!
Gekrümmt am alten Fichtenstamm,
Tot! — — Kinder, laßt uns all zusamm
Für des Verstorbnen Seele beten;
Weit besser ists und mehr vonnöten,

Als, liebe Rose, deine Tränen . . .
Nein, gutes Kind, ich schelte nicht;
Allein so ungestüm zu frönen
Jedwedem Schmerz, verbeut die Pflicht.
Der Wurm die stärkste Eiche bricht;
Komm her!“ Er nimmt sie in den Arm,
Streicht liebreich ihre Wangen warm,
Wägt in der Hand ihr Zöpfepaar,
Fährt dann hinab die Stirne klar —
„Du braunes frommes Angesicht,
Ihr lieben Augen, süßes Licht!
Dein kann ich nimmer mich entwöhnen,
Wie oft hab ich an dich gedacht
In Saint-Pierre bei Tag und Nacht!
Dort war mir alles nun verhaßt,
Was sollt ich noch im öden Haus?
Geschwind war der Entschluß gefaßt;
Nach wenig Tagen zog ich aus.
Robert, dem Nachbar, wie das Grab
Getreu, ich alle Schlüssel gab,
Das Vieh, Gerät, was in der Hütte
Noch sonst, vertraut ich seiner Sitte;
Nahm Henri, dem ich erst zuvor
Sein gutes Kleidchen angelegt,
Und trat dann in der Scheune Tor.
Noch einmal, einmal mußt ich stehn,
Wo ich zuletzt mein Kind gesehn;
Und noch es mir das Herz bewegt,
Daß Nebelgrau an jenem Tag
Verbarg die Stelle, wo sie lag.
Nun fort! — Das Wagnis schien mir leicht,
Zwar vorgerückt die Jahrszeit war,
Allein ein alter Schütze weicht
So leicht nicht jeglicher Gefahr.

Den Berg bestieg ich oft allein;
Das sind nun freilich zwanzig Jahr,
Doch Jahre sind wie Nebelschein,
Turmhoch, endlos, eh mans erreicht,
Ists da, ein Dunst — ein Nichts vielleicht! —
Doch leider sind die Kräfte wert
Vom gift'gen Dunste dann verzehrt.
Ich glaubte mich, was ich nicht war,
Mein frühres Selbst, und offenbar
Mir allzuspät die Täuschung ward —
Den guten Vätern dank ichs noch,
Daß ich soll in den Totenschrein
Gelegt von Euren Händen sein.
Denn sterben — bitter ist es doch,
Und einsam sterben — doppelt hart."

Hier endet den Bericht der Greis.
Nachdenklich Schweigen herrscht im Kreis;
Sich Rose auf den Knaben bückt;
Des Vaters Rechte sachte drückt
Etienne, und weil an diesem Tag
Ein jeder kämpft, wie ers vermag,
Des Herzens Schrei zu unterdrücken,
So muß es endlich allen glücken!
Nicht siegesbar die Liebe ringt,
So fremdes Leid im eignen zwingt. —

Und Barry, das getreue Tier,
Wie's gähnend aufsteigt vom Kamin,
Das hilfsbereite, muß auch hier
Aus Grübeln alle Sinne ziehn.
Von Rosens Schoße Henri schlüpfend,
An seinen zott'gen Freund sich macht,
So furchtbar ihm in letzter Nacht,

Doch jetzt seit Stunden sein Geselle;
Er dreht ihn, sucht die rechte Stelle,
Dann rasch auf seinen Rücken hüpfend,
Er stapft im Saale hin und her:
„Ei, Tante Rose," schmeichelt er,
„Darf ich an Sonn- und Feiertagen
Zuweilen deine Kappe tragen?" —
„Gewiß, mein Bub!" — „So gib den Hut
Mir gleich!" — „Nun wohl! doch wahr' ihn gut,
Laß nicht die schönen Bänder streifen."
Der Knabe schielt auf Strauß und Schleifen,
Und rasch sein Köpfchen fährt hinein
Bis übers Ohr. „Er ist zu klein!"
Die Tante ruft mit mildem Spott.
Als nun der kleine Don Quichotte,
Ein Nachen fein, mit Segeln breit,
Fährt übern Estrich: „Sei gescheit!
Trab her, ich rück dirs in die Höh!" ...
Zum Mahle lädt der Clavendier. —

Und bei des nächsten Morgens Früh
Zwei Mönche stehn in Duftes Weben,
Sie schaun herab nach Vacherie,
Von einer Felsenplatte eben,
So zierlich, daß des Meißels Spur
Du suchst im Spiele der Natur;
Ihr Auge folgt der kleinen Gruppe,
Die niedersteigt von jener Kuppe:
Dem Greise an des Zuges Spitze,
Der rüstig seinen Alpstock regt;
Dem Sennen, der das Körbchen trägt;
Dem Weib mit der ital'schen Mütze:
Dem Knäbchen noch, das für und für
Kost sein geliebtes Murmeltier,

Mitunter in sein Pfeifchen stößt,
Das Pater Koch vom Ast gelöst,
Kunstreich der Infirmier gebaut.
Herüber schrillt der dünne Laut,
Wie fliehend zirpt ein Vögelein.
Dort schwimmen sie im Sonnenschein,
Undeutlich schon, — wie Punkte dann
Sich drehn auf einer Linie krumm. —
Die guten Brüder wenden um
Und treten ihren Rückweg an. —
So ziehn auf immer sie geschieden,
Zum Glücke die, und die zum Frieden,
Was schöner sei, was minder hehr? — —
Dies zu entscheiden würde schwer.
In Wahrheit! Beide sind nur eins!
Glück ohne Frieden gibt es keins,
Und Frieden trägt ein mildes Glück.
Dies sagt dir jeder Augenblick,
Wirst du aus reinem Herzen fragen.
Sind nimmer sich die Formen gleich,
Was diesem karg, dünkt jenem reich:
Nicht über Lüge darfst du klagen.
Ach Glück ist Frieden — Frieden Glück!
Der Tau die Schimmer wirft zurück,
Und tausend Farben zeigt der Schein:
Doch einen Strahl sie hüllen ein.

ERZÄHLUNGEN

DIE JUDENBUCHE

Ein Sittengemälde aus dem gebirgichten Westfalen

(Rüschhaus 1837—1841)

Wo ist die Hand so zart, daß ohne Irren
Sie sondern mag beschränkten Hirnes Wirren,
So fest, daß ohne Zittern sie den Stein
Mag schleudern auf ein arm verkümmert Sein?
Wer wagt es, eitlen Blutes Drang zu messen,
Zu wägen jedes Wort, das unvergessen
In junge Brust die zähen Wurzeln trieb,
Des Vorurteils geheimen Seelendieb?
Du Glücklicher, geboren und gehegt
Im lichten Raum, von frommer Hand gepflegt,
Leg hin die Waagschal, nimmer dir erlaubt!
Laß ruhn den Stein — er trifft dein eignes Haupt!

Friedrich Mergel, geboren 1738, war der einzige Sohn eines sogenannten Halbmeiers oder Grundeigentümers geringerer Klasse im Dorfe B., das, so schlecht gebaut und rauchig es sein mag, doch das Auge jedes Reisenden fesselt durch die überaus malerische Schönheit seiner Lage in der grünen Waldschlucht eines bedeutenden und geschichtlich merkwürdigen Gebirges. Das Ländchen, dem es angehörte, war damals einer jener abgeschlossenen Erdwinkel ohne Fabriken und Handel, ohne Heerstraßen, wo noch ein fremdes Gesicht Aufsehen erregte und eine Reise von dreißig Meilen selbst den Vornehmeren zum Ulysses seiner Gegend machte — kurz, ein Fleck, wie es deren sonst so viele in Deutschland gab, mit all den Mängeln und Tugenden, all der Originalität und Beschränktheit, wie sie nur in solchen Zuständen gedeihen. Unter höchst einfachen und häufig unzulänglichen Gesetzen waren die Begriffe der Einwohner von Recht und Unrecht einigermaßen in Verwirrung geraten, oder vielmehr, es hatte sich neben dem gesetzlichen ein zweites Recht gebildet, ein

Recht der öffentlichen Meinung, der Gewohnheit und der durch Vernachlässigung entstandenen Verjährung. Die Gutsbesitzer, denen die niedere Gerichtsbarkeit zustand, straften und belohnten nach ihrer in den meisten Fällen redlichen Einsicht; der Untergebene tat, was ihm ausführbar und mit einem etwas weiten Gewissen verträglich schien, und nur dem Verlierenden fiel es zuweilen ein, in alten staubichten Urkunden nachzuschlagen.

Es ist schwer, jene Zeit unparteiisch ins Auge zu fassen; sie ist seit ihrem Verschwinden entweder hochmütig getadelt oder albern gelobt worden, da den, der sie erlebte, zuviel teure Erinnerungen blenden und der Spätergeborene sie nicht begreift. Soviel darf man indessen behaupten, daß die Form schwächer, der Kern fester, Vergehen häufiger, Gewissenlosigkeit seltener waren. Denn wer nach seiner Überzeugung handelt, und sei sie noch so mangelhaft, kann nie ganz zugrunde gehen, wogegen nichts seelentötender wirkt, als gegen das innere Rechtsgefühl das äußere Recht in Anspruch nehmen.

Ein Menschenschlag, unruhiger und unternehmender als alle seine Nachbarn, ließ in dem kleinen Staate, von dem wir reden, manches weit greller hervortreten als anderswo unter gleichen Umständen. Holz- und Jagdfrevel waren an der Tagesordnung, und bei den häufig vorfallenden Schlägereien hatte sich jeder selbst seines zerschlagenen Kopfes zu trösten. Da jedoch große und ergiebige Waldungen den Hauptreichtum des Landes ausmachten, ward allerdings scharf über die Forsten gewacht, aber weniger auf gesetzlichem Wege als in stets erneuten Versuchen, Gewalt und List mit gleichen Waffen zu überbieten.

Das Dorf B. galt für die hochmütigste, schlauste und kühnste Gemeinde des ganzen Fürstentums. Seine Lage inmitten tiefer und stolzer Waldeinsamkeit mochte schon früh den angeborenen Starrsinn der Gemüter nähren; die Nähe eines Flusses, der in die See mündete und bedeckte Fahrzeuge trug, groß genug, um Schiffbauholz bequem und sicher außer Land zu führen, trug sehr dazu bei, die natürliche Kühnheit der Holzfrevler zu ermutigen, und der Umstand, daß alles umher von Förstern wimmelte, konnte hier nur aufregend wirken, da bei den häufig vorkommenden Scharmützeln der Vorteil meist auf seiten der Bauern blieb. Dreißig, vierzig Wagen zogen zugleich aus in den schönen Mondnächten mit ungefähr doppelt soviel Mannschaft jedes Alters, vom halbwüchsigen Knaben bis zum siebzigjährigen Ortsvorsteher, der als erfahrener Leitbock den Zug mit gleich stolzem Bewußtsein anführte, als er seinen Sitz in der Gerichtsstube einnahm. Die Zurückgebliebenen horchten sorglos dem allmählichen Verhallen des Knarrens und Stoßens der Räder in den Hohlwegen und schliefen sacht weiter. Ein gelegentlicher Schuß, ein schwacher Schrei ließen wohl einmal eine junge Frau oder Braut auffahren; kein anderer achtete darauf. Beim ersten Morgengrau kehrte der Zug ebenso schweigend heim, die Gesichter glühend wie Erz, hier und dort einer mit verbundenem Kopf, was weiter nicht in Betracht kam, und nach ein paar Stunden war die Umgegend voll von dem Mißgeschick eines oder mehrerer Forstbeamten, die aus dem Walde getragen wurden, zerschlagen, mit Schnupftabak geblendet und für einige Zeit unfähig, ihrem Berufe nachzukommen.

In diesen Umgebungen ward Friedrich Mergel geboren, in einem Hause, das durch die stolze Zugabe eines Rauchfangs und minder kleiner Glasscheiben die Ansprüche seines Erbauers sowie durch seine gegenwärtige Verkommenheit die kümmerlichen Umstände des jetzigen Besitzers bezeugte. Das frühere Geländer um Hof und Garten war einem vernachlässigten Zaune gewichen, das Dach schadhaft, fremdes Vieh weidete auf den Triften, fremdes Korn wuchs auf dem Acker zunächst am Hofe, und der Garten enthielt, außer ein paar holzichten Rosenstöcken aus besserer Zeit, mehr Unkraut als Kraut. Freilich hatten Unglücksfälle manches hiervon herbeigeführt; doch war auch viel Unordnung und böse Wirtschaft im Spiel. Friedrichs Vater, der alte Hermann Mergel, war in seinem Junggesellenstande ein sogenannter ordentlicher Säufer, das heißt einer, der nur an Sonn- und Festtagen in der Rinne lag und die Woche hindurch so manierlich war wie ein anderer. So war denn auch seine Bewerbung um ein recht hübsches und wohlhabendes Mädchen ihm nicht erschwert. Auf der Hochzeit gings lustig zu. Mergel war gar nicht so arg betrunken, und die Eltern der Braut gingen abends vergnügt heim; aber am nächsten Sonntage sah man die junge Frau schreiend und blutrünstig durchs Dorf zu den Ihrigen rennen, alle ihre guten Kleider und neues Hausgerät im Stich lassend. Das war freilich ein großer Skandal und Ärger für Mergel, der allerdings Trostes bedurfte. So war denn auch am Nachmittage keine Scheibe an seinem Hause mehr ganz, und man sah ihn noch bis spät in die Nacht vor der Türschwelle liegen, einen abgebrochenen Flaschenhals von Zeit zu Zeit zum Munde führend und sich Gesicht und Hände jämmerlich zerschneidend. Die junge Frau blieb bei ihren Eltern, wo sie bald verkümmerte und starb. Ob nun den Mergel Reue quälte oder Scham, genug, er schien der Trostmittel immer bedürftiger und fing bald an, den gänzlich verkommenen Subjekten zugezählt zu werden.

Die Wirtschaft verfiel; fremde Mägde brachten Schimpf und Schaden; so verging Jahr auf Jahr. Mergel war und blieb ein verlegener und zuletzt ziemlich armseliger Witwer, bis er mit einemmale wieder als Bräutigam auftrat. War die Sache an und für sich unerwartet, so trug die Persönlichkeit der Braut noch dazu bei, die Verwunderung zu erhöhen. Margreth Semmler war eine brave, anständige Person, so in den Vierzigen, in ihrer Jugend eine Dorfschönheit und noch jetzt als sehr klug und wirtlich geachtet, dabei nicht unvermögend; und so mußte es jedem unbegreiflich sein, was sie zu diesem Schritte getrieben. Wir glauben den Grund eben in dieser ihrer selbstbewußten Vollkommenheit zu finden. Am Abend vor der Hochzeit soll sie gesagt haben: „Eine Frau, die von ihrem Manne übel behandelt wird, ist dumm oder taugt nicht: wenns mir schlecht geht, so sagt, es liege an mir.“ Der Erfolg zeigte leider, daß sie ihre Kräfte überschätzt hatte. Anfangs imponierte sie ihrem Manne; er kam nicht nach Haus oder kroch in die Scheune, wenn er sich übernommen hatte; aber das Joch war zu drückend, um lange getragen zu werden, und bald sah man ihn oft genug quer über die Gasse ins Haus taumeln, hörte drinnen sein wüstes Lärmen und sah Margreth eilends Tür und Fenster schließen. An einem solchen Tage — keinem Sonntage mehr — sah man sie abends aus dem Hause stürzen, ohne Haube und Halstuch, das Haar wild um den Kopf hängend, sich im Garten neben ein Krautbeet niederwerfen und die Erde mit den Händen aufwühlen, dann ängstlich um sich schauen, rasch ein Bündel Kräuter brechen und damit langsam wieder dem Hause zugehen, aber nicht hinein, sondern in die Scheune. Es hieß, an diesem Tage habe Mergel zuerst Hand an sie gelegt, obwohl das Bekenntnis nie über ihre Lippen kam.

Das zweite Jahr dieser unglücklichen Ehe ward mit einem Sohne — man kann nicht sagen — erfreut; denn Margreth soll sehr geweint haben, als man ihr das Kind reichte. Dennoch, obwohl unter einem Herzen voll Gram getragen, war Friedrich ein gesundes hübsches Kind, das in der frischen Luft kräftig gedieh. Der Vater hatte ihn sehr lieb, kam nie nach Hause, ohne ihm ein Stückchen Wecken oder dergleichen mitzubringen, und man meinte sogar, er sei seit der Geburt des Knaben ordentlicher geworden; wenigstens ward der Lärmen im Hause geringer.

Friedrich stand in seinem neunten Jahre. Es war um das Fest der heiligen drei Könige, eine harte, stürmische Winternacht. Hermann war zu einer Hochzeit gegangen und hatte sich schon beizeiten auf den Weg gemacht, da das Brauthaus dreiviertel Meilen entfernt lag. Obgleich er versprochen hatte, abends wiederzukommen, rechnete Frau Mergel doch um so weniger darauf, da sich nach Sonnenuntergang dichtes Schneegestöber eingestellt hatte. Gegen zehn Uhr schürte sie die Asche am Herde zusammen und machte sich zum Schlafengehen bereit. Friedrich stand neben ihr, schon halb entkleidet, und horchte auf das Geheul des Windes und das Klappen der Bodenfenster.

„Mutter, kommt der Vater heute nicht?" fragte er. — „Nein, Kind, morgen." — „Aber warum nicht, Mutter? Er hats doch versprochen." — „Ach Gott, wenn der alles hielte, was er verspricht! Mach, mach voran, daß du fertig wirst!"

Sie hatten sich kaum niedergelegt, so erhob sich eine Windsbraut, als ob sie das Haus mitnehmen wollte. Die Bettstatt bebte, und im Schornstein rasselte es wie ein Kobold. — „Mutter — es pocht draußen!" — „Still, Fritzchen, das ist das lockere Brett im Giebel, das der Wind jagt." — „Nein, Mutter, an der Tür!" — „Sie schließt nicht; die Klinke ist zerbrochen. Gott, schlaf doch! Bring mich nicht um das armselige bißchen Nachtruhe." — „Aber wenn nun der Vater kommt?" — Die Mutter drehte sich heftig im Bett um. — „Den hält der Teufel fest genug!" — „Wo ist der Teufel, Mutter?" — „Wart, du Unrast! Er steht vor der Tür und will dich holen, wenn du nicht ruhig bist!"

Friedrich ward still; er horchte noch ein Weilchen und schlief dann ein. Nach einigen Stunden erwachte er. Der Wind hatte sich gewendet und zischte jetzt wie eine Schlange durch die Fensterritze an seinem Ohr. Seine Schulter war erstarrt; er kroch tief unters Deckbett und lag aus Furcht ganz still. Nach einer Weile bemerkte er, daß die Mutter auch nicht schlief. Er hörte sie weinen und mitunter: „Gegrüßt seist du, Maria!" und „bitte für uns arme Sünder!" Die Kügelchen des Rosenkranzes glitten an seinem Gesicht hin. —

Ein unwillkürlicher Seufzer entfuhr ihm. — „Friedrich, bist du wach?" — „Ja, Mutter." — „Kind, bete ein wenig — du kannst ja schon das halbe Vaterunser — daß Gott uns bewahre vor Wasser- und Feuersnot."

Friedrich dachte an den Teufel, wie der wohl aussehen möge. Das mannigfache Geräusch und Getöse im Hause kam ihm wunderlich vor. Er meinte, es müsse etwas Lebendiges drinnen sein und draußen auch. „Hör, Mutter, gewiß, da sind Leute, die pochen." — „Ach nein, Kind; aber es ist kein altes Brett im Hause, das nicht klappert." — „Hör! hörst du nicht? Es ruft! Hör doch!"

Die Mutter richtete sich auf; das Toben des Sturms ließ einen Augenblick nach. Man hörte deutlich an den Fensterläden pochen und mehrere Stimmen: „Margreth! Frau Margreth, heda, aufgemacht!" — Margreth stieß einen heftigen Laut aus: „Da bringen sie mir das Schwein wieder!"

Der Rosenkranz flog klappernd auf den Brettstuhl, die Kleider wurden herbeigerissen. Sie fuhr zum Herde, und bald darauf hörte Friedrich sie mit trotzigen Schritten über die Tenne gehen. Margreth kam gar nicht wieder; aber in der Küche war viel Gemurmel und fremde Stimmen. Zweimal kam ein fremder Mann in die Kammer und schien ängstlich etwas zu suchen. Mit einemmale ward eine Lampe hereingebracht; zwei Männer führten die Mutter. Sie war weiß wie Kreide und hatte die Augen geschlossen. Friedrich meinte, sie sei tot; er erhob ein fürchterliches Geschrei, worauf ihm jemand eine Ohrfeige gab, was ihn zur Ruhe brachte, und nun begriff er nach und nach aus den Reden der Umstehenden, daß der Vater von Ohm Franz Semmler und dem Hülsmeyer tot im Holze gefunden sei und jetzt in der Küche liege.

Sobald Margreth wieder zur Besinnung kam, suchte sie die fremden Leute loszuwerden. Der Bruder blieb bei ihr, und Friedrich, dem bei strenger Strafe im Bett zu bleiben geboten war, hörte die ganze Nacht hindurch das Feuer in der Küche knistern und ein Geräusch wie von Hin- und Herrutschen und Bürsten. Gesprochen ward wenig und leise, aber zuweilen drangen Seufzer herüber, die dem Knaben, so jung er war, durch Mark und Bein gingen. Einmal verstand er, daß der Oheim sagte: „Margreth, zieh dir das nicht zu Gemüt; wir wollen jeder drei Messen lesen lassen, und um Ostern gehen wir zusammen eine Bittfahrt zur Mutter Gottes von Werl."

Als nach zwei Tagen die Leiche fortgetragen wurde, saß Margreth am Herde, das Gesicht mit der Schürze verhüllend. Nach einigen Minuten, als alles still geworden war, sagte sie in sich hinein: „Zehn Jahre, zehn Kreuze! Wir haben sie doch zusammen getragen, und jetzt bin ich allein!" Dann lauter: „Fritzchen, komm her!" — Friedrich kam scheu heran; die Mutter war ihm ganz unheimlich geworden mit den schwarzen Bändern und den verstörten Zügen. „Fritzchen," sagte sie, „willst du jetzt auch fromm sein, daß ich Freude an dir habe, oder willst du unartig sein und lügen, oder saufen und stehlen?" — „Mutter, Hülsmeyer stiehlt." — „Hülsmeyer? Gott bewahre! Soll ich dir auf den Rücken kommen? Wer sagt dir so schlechtes Zeug?" — „Er hat neulich den Aaron geprügelt und ihm sechs Groschen genommen." — „Hat er dem Aaron Geld genommen, so hat ihn der verfluchte Jude gewiß zuvor darum betrogen. Hülsmeyer ist ein ordentlicher angesessener Mann, und die Juden sind alle Schelme." — „Aber, Mutter, Brandis sagt auch, daß er Holz und Rehe stiehlt." — „Kind, Brandis ist ein Förster." — „Mutter, lügen die Förster?"

Margreth schwieg eine Weile, dann sagte sie: „Höre, Fritz, das Holz läßt unser Herrgott frei wachsen, und das Wild wechselt aus eines Herren Lande in das andere; die können niemand angehören. Doch das verstehst du noch nicht; jetzt geh in den Schuppen und hole mir Reisig."

Friedrich hatte seinen Vater auf dem Stroh gesehen, wo er, wie man sagt, blau und fürchterlich ausgesehen haben soll. Aber davon erzählte er nie und schien ungern daran zu denken. Überhaupt hatte die Erinnerung an seinen Vater eine mit Grausen gemischte Zärtlichkeit in ihm zurückgelassen, wie denn nichts so fesselt wie die Liebe und Sorgfalt eines Wesens, das gegen alles übrige verhärtet scheint, und bei Friedrich wuchs dieses Gefühl mit den Jahren durch das Gefühl mancher Zurücksetzung von seiten anderer. Es war ihm äußerst empfindlich, wenn, solange er Kind war, jemand des Verstorbenen nicht allzu löblich gedachte; ein Kummer, den ihm das Zartgefühl der Nachbarn nicht ersparte. Es ist gewöhnlich in jenen Gegenden, den Verunglückten die Ruhe im Grabe abzusprechen. Der alte Mergel war das Gespenst des Brederholzes geworden; einen Betrunkenen führte er als Irrlicht bei einem Haar in den Zellerkolk; die Hirtenknaben, wenn sie nachts bei ihren Feuern kauerten und die Eulen in den Gründen schrieen, hörten zuweilen in abgebrochenen Tönen ganz deutlich dazwischen sein „Hör mal an, feins Liseken“, und ein unprivilegierter Holzhauer, der unter der breiten Eiche eingeschlafen und dem es darüber Nacht geworden war, hatte beim Erwachen sein geschwollenes blaues Gesicht durch die Zweige lauschen sehen. Friedrich mußte von andern Knaben vieles darüber hören; dann heulte er, schlug um sich, stach auch einmal mit seinem Messerchen und wurde bei dieser Gelegenheit jämmerlich geprügelt. Seitdem trieb er seiner Mutter Kühe allein an das andere Ende des Tales, wo man ihn oft stundenlang in derselben Stellung im Grase liegen und den Thymian aus dem Boden rupfen sah.

Er war zwölf Jahre alt, als seine Mutter einen Besuch von ihrem jüngeren Bruder erhielt, der in Brede wohnte und seit der törichten Heirat seiner Schwester ihre Schwelle nicht betreten hatte. Simon Semmler war ein kleiner, unruhiger, magerer Mann mit vor dem Kopf liegenden Fischaugen und überhaupt einem Gesicht wie ein Hecht, ein unheimlicher Geselle, bei dem dicktuende Verschlossenheit oft mit ebenso gesuchter Treuherzigkeit wechselte, der gern einen aufgeklärten Kopf vorgestellt hätte und statt dessen für einen fatalen, Händel suchenden Kerl galt, dem jeder um so lieber aus dem Wege ging, je mehr er in das Alter trat, wo ohnehin beschränkte Menschen leicht an Ansprüchen gewinnen, was sie an Brauchbarkeit verlieren. Dennoch freute sich die arme Margreth, die sonst keinen der Ihrigen mehr am Leben hatte.

„Simon, bist du da?" sagte sie und zitterte, daß sie sich am Stuhle halten mußte. „Willst du sehen, wie es mir geht und meinem schmutzigen Jungen?" — Simon betrachtete sie ernst und reichte ihr die Hand: „Du bist alt geworden, Margreth!" — Margreth seufzte: „Es ist mir derweil oft bitterlich gegangen mit allerlei Schicksalen." — „Ja, Mädchen, zu spät gefreit hat immer gereut! Jetzt bist du alt, und das Kind ist klein. Jedes Ding hat seine Zeit. Aber wenn ein altes Haus brennt, dann hilft kein Löschen." — Über Margreths vergrämtes Gesicht flog eine Flamme, so rot wie Blut.

„Aber ich höre, dein Junge ist schlau und gewichst", fuhr Simon fort. — „Ei nun, so ziemlich, und dabei fromm." — „Hum, 's hat mal einer eine Kuh gestohlen, der hieß auch Fromm. Aber er ist still und nachdenklich, nicht wahr? Er läuft nicht mit den anderen Buben?" — „Er ist ein eigenes Kind," sagte Margreth wie für sich, „es ist nicht gut." — Simon lachte hell auf: „Dein Junge ist scheu, weil ihn die anderen ein paarmal gut durchgedroschen haben. Das wird ihnen der Bursche schon wieder bezahlen. Hülsmeyer war neulich bei mir, der sagte: ‚Es ist ein Junge wie 'n Reh.'"

Welcher Mutter geht das Herz nicht auf, wenn sie ihr Kind loben hört? Der armen Margreth ward selten so wohl, jedermann nannte ihren Jungen tückisch und verschlossen. Die Tränen traten ihr in die Augen. „Ja, gottlob, er hat gerade

Glieder." — „Wie sieht er aus?" fuhr Simon fort. — „Er hat viel von dir, Simon, viel."

Simon lachte: „Ei, das muß ein rarer Kerl sein, ich werde alle Tage schöner. An der Schule soll er sich wohl nicht verbrennen. Du läßt ihn die Kühe hüten? Ebenso gut. Es ist doch nicht halb wahr, was der Magister sagt. Aber wo hütet er? Im Telgengrund? im Roderholze? im Teutoburger Wald? auch des Nachts und früh?" — „Die ganzen Nächte durch; aber wie meinst du das?"

Simon schien dies zu überhören; er reckte den Hals zur Türe hinaus: „Ei, da kommt der Gesell! Vaterssohn! Er schlenkert gerade so mit den Armen wie dein seliger Mann. Und schau mal an! Wahrhaftig, der Junge hat meine blonden Haare!"

In der Mutter Züge kam ein heimliches, stolzes Lächeln; ihres Friedrichs blonde Locken und Simons rötliche Bürsten! Ohne zu antworten, brach sie einen Zweig von der nächsten Hecke und ging ihrem Sohne entgegen, scheinbar, eine träge Kuh anzutreiben, im Grunde aber, ihm einige rasche, halbdrohende Worte zuzuraunen; denn sie kannte seine störrische Natur, und Simons Weise war ihr heute einschüchternder vorgekommen als je. Doch ging alles über Erwarten gut; Friedrich zeigte sich weder verstockt noch frech, vielmehr etwas blöde und sehr bemüht, dem Ohm zu gefallen. So kam es denn dahin, daß nach einer halbstündigen Unterredung Simon eine Art Adoption des Knaben in Vorschlag brachte, vermöge deren er denselben zwar nicht gänzlich seiner Mutter entziehen, aber doch über den größten Teil seiner Zeit verfügen wollte, wofür ihm dann am Ende des alten Junggesellen Erbe zufallen solle, das ihm freilich ohnedies nicht entgehen konnte. Margreth ließ sich geduldig auseinandersetzen, wie groß der Vorteil, wie gering die Entbehrung ihrerseits bei dem Handel sei. Sie wußte am besten, was eine kränkliche Witwe an der Hülfe eines zwölfjährigen Knaben entbehrt, den sie bereits gewöhnt hat, die Stelle einer Tochter zu ersetzen. Doch sie schwieg und gab sich in alles. Nur bat sie den Bruder, streng, doch nicht hart gegen den Knaben zu sein.

„Er ist gut," sagte sie, „aber ich bin eine einsame Frau; mein Kind ist nicht wie einer, über den Vaterhand regiert hat." Simon nickte schlau mit dem Kopf: „Laß mich nur gewähren, wir wollen uns schon vertragen, und weißt du was? Gib mir den Jungen gleich mit, ich habe zwei Säcke aus der Mühle zu holen; der kleinste ist ihm grad recht, und so lernt er mir zur Hand gehen. Komm, Fritzchen, zieh deine Holzschuh an!" — Und bald sah Margreth den beiden nach, wie sie fortschritten, Simon voran, mit seinem Gesicht die Luft durchschneidend, während ihm die Schöße des roten Rocks wie Feuerflammen nachzogen. So hatte er ziemlich das Ansehen eines feurigen Mannes, der unter dem gestohlenen Sacke büßt; Friedrich ihm nach, fein und schlank für sein Alter, mit zarten, fast edlen Zügen und langen, blonden Locken, die besser gepflegt waren, als sein übriges Äußere erwarten ließ; übrigens zerlumpt, sonneverbrannt und mit dem Ausdruck der Vernachlässigung und einer gewissen rohen Melancholie in den Zügen. Dennoch war eine große Familienähnlichkeit beider nicht zu verkennen, und wie Friedrich so langsam seinem Führer nachtrat, die Blicke fest auf denselben geheftet, der ihn gerade durch das Seltsame seiner Erscheinung anzog, erinnerte er unwillkürlich an jemand, der in einem Zauberspiegel das Bild seiner Zukunft mit verstörter Aufmerksamkeit betrachtet.

Jetzt nahten die beiden sich der Stelle des Teutoburger Waldes, wo das Brederholz den Abhang des Gebirges niedersteigt und einen sehr dunkeln Grund ausfüllt. Bis jetzt war wenig gesprochen worden. Simon schien nachdenkend, der Knabe zerstreut, und beide keuchten unter ihren Säcken. Plötzlich fragte Simon: „Trinkst du gern Branntwein?" — Der Knabe antwortete nicht. „Ich frage, trinkst du gern Branntwein? Gibt dir die Mutter zuweilen welchen?" — „Die Mutter hat selbst keinen", sagte Friedrich. — „So, so, desto besser! — Kennst du das Holz da vor uns?" — „Das ist das Brederholz." — „Weißt du auch, was darin vorgefallen ist?" — Friedrich schwieg. Indessen kamen sie der düstern Schlucht immer näher. „Betet die Mutter noch so viel?" hob Simon wieder an. — „Ja, jeden Abend zwei Rosenkränze." — „So? Und du betest mit?" — Der Knabe lachte halb verlegen mit einem durchtriebenen Seitenblick. — „Die Mutter betet in der Dämmerung vor dem Essen den einen Rosenkranz, dann bin ich meist noch nicht wieder da mit den Kühen, und den andern im Bette, dann schlaf ich gewöhnlich ein." — „So, so, Geselle!" — Diese letzten Worte wurden unter dem Schirme einer weiten Buche gesprochen, die den Eingang der Schlucht überwölbte. Es war jetzt ganz finster; das erste Mondviertel stand am Himmel, aber seine schwachen Schimmer dienten nur dazu, den Gegenständen, die sie zuweilen durch eine Lücke der Zweige berührten, ein fremdartiges Ansehen zu geben. Friedrich hielt sich dicht hinter seinem Ohm; sein Odem ging schnell, und wer seine Züge hätte unterscheiden können, würde den Ausdruck einer ungeheuren, doch mehr phantastischen als furchtsamen Spannung darin wahrgenommen haben. So schritten beide rüstig voran, Simon mit dem festen Schritt des abgehärteten Wanderers, Friedrich schwankend und wie im Traum. Es kam ihm vor, als ob alles sich bewegte und die Bäume in den einzelnen Mondstrahlen bald zusammen, bald voneinander schwankten. Baumwurzeln und schlüpfrige Stellen, wo sich das Regenwasser gesammelt, machten seinen Schritt unsicher; er war einige Male nahe daran, zu fallen. Jetzt schien sich in einiger Entfernung das Dunkel zu brechen, und bald traten beide in eine ziemlich große Lichtung. Der Mond schien klar hinein und zeigte, daß hier noch vor kurzem die Axt unbarmherzig gewütet hatte. Überall ragten Baumstümpfe hervor, manche mehrere

Fuß über der Erde, wie sie gerade in der Eile am bequemsten zu durchschneiden gewesen waren; die verpönte Arbeit mußte unversehens unterbrochen worden sein, denn eine Buche lag quer über dem Pfad, in vollem Laube, ihre Zweige hoch über sich streckend und im Nachtwinde mit den noch frischen Blättern zitternd. Simon blieb einen Augenblick stehen und betrachtete den gefällten Stamm mit Aufmerksamkeit. In der Mitte der Lichtung stand eine alte Eiche, mehr breit als hoch; ein blasser Strahl, der durch die Zweige auf ihren Stamm fiel, zeigte, daß er hohl sei, was ihn wahrscheinlich vor der allgemeinen Zerstörung geschützt hatte. Hier ergriff Simon plötzlich des Knaben Arm.

„Friedrich, kennst du den Baum? Das ist die breite Eiche." — Friedrich fuhr zusammen und klammerte sich mit kalten Händen an seinen Ohm. „Sieh," fuhr Simon fort, „hier haben Ohm Franz und der Hülsmeyer deinen Vater gefunden, als er in der Betrunkenheit ohne Buße und Ölung zum Teufel gefahren war." — „Ohm, Ohm!" keuchte Friedrich. — „Was fällt dir ein? Du wirst dich doch nicht fürchten? Satan von einem Jungen, du kneipst mir den Arm! Laß los, los!" — Er suchte den Knaben abzuschütteln. — „Dein Vater war übrigens eine gute Seele; Gott wirds nicht so genau mit ihm nehmen. Ich hatt ihn so lieb wie meinen eigenen Bruder." — Friedrich ließ den Arm seines Ohms los; beide legten schweigend den übrigen Teil des Waldes zurück, und das Dorf Brede lag vor ihnen mit seinen Lehmhütten und den einzelnen bessern Wohnungen von Ziegelsteinen, zu denen auch Simons Haus gehörte.

Am nächsten Abend saß Margreth schon seit einer Stunde mit ihrem Rocken vor der Tür und wartete auf ihren Knaben. Es war die erste Nacht, die sie zugebracht hatte, ohne den Atem ihres Kindes neben sich zu hören, und Friedrich kam noch immer nicht. Sie war ärgerlich und ängstlich und wußte, daß sie beides ohne Grund war. Die Uhr im Turm schlug sieben, das Vieh kehrte heim; er war noch immer nicht da, und sie mußte aufstehen, um nach den Kühen zu schauen. Als sie wieder in die dunkle Küche trat, stand Friedrich am Herde; er hatte sich vornüber gebeugt und wärmte die Hände an den Kohlen. Der Schein spielte auf seinen Zügen und gab ihnen ein widriges Ansehen von Magerkeit und ängstlichem Zucken. Margreth blieb in der Tennentür stehen, so seltsam verändert kam ihr das Kind vor.

„Friedrich, wie gehts dem Ohm?" Der Knabe murmelte einige unverständliche Worte und drängte sich dicht an die Feuermauer. — „Friedrich, hast du das Reden verlernt? Junge, tu das Maul auf! Du weißt ja doch, daß ich auf dem rechten Ohr nicht gut höre." — Das Kind erhob seine Stimme und geriet dermaßen ins Stammeln, daß Margreth es um nichts mehr begriff. — „Was sagst du? Einen Gruß von Meister Semmler? Wieder fort? Wohin? Die Kühe sind schon zu Hause. Verfluchter Junge, ich kann dich nicht verstehen. Wart, ich muß einmal sehen, ob du keine Zunge im Munde hast!" — Sie trat heftig einige Schritte vor. Das Kind sah zu ihr auf mit dem Jammerblick eines armen, halbwüchsigen Hundes, der Schildwacht stehen lernt, und begann in der Angst mit den Füßen zu stampfen und den Rücken an der Feuermauer zu reiben.

Margreth stand still; ihre Blicke wurden ängstlich. Der Knabe erschien ihr wie zusammengeschrumpft, auch seine Kleider waren nicht dieselben, nein, das war ihr Kind nicht! und dennoch —. „Friedrich, Friedrich!" rief sie.

In der Schlafkammer klappte eine Schranktür, und der Gerufene trat hervor, in der einen Hand eine sogenannte Holschenvioline, das heißt einen alten Holzschuh, mit drei bis vier zerschabten Geigensaiten überspannt, in der anderen einen Bogen, ganz des Instrumentes würdig. So ging er gerade auf sein verkümmertes Spiegelbild zu, seinerseits mit einer Haltung bewußter Würde und Selbständigkeit, die in diesem Augenblicke den Unterschied zwischen beiden sonst merkwürdig ähnlichen Knaben stark hervortreten ließ.

„Da, Johannes!“ sagte er und reichte ihm mit einer Gönnermiene das Kunstwerk, „da ist die Violine, die ich dir versprochen habe. Mein Spielen ist vorbei, ich muß jetzt Geld verdienen.“ — Johannes warf noch einmal einen scheuen Blick auf Margreth, streckte dann langsam seine Hand aus, bis er das Dargebotene fest ergriffen hatte, und brachte es wie verstohlen unter die Flügel seines armseligen Jäckchens.

Margreth stand ganz still und ließ die Kinder gewähren. Ihre Gedanken hatten eine andere, sehr ernste Richtung genommen, und sie blickte mit unruhigem Auge von einem auf den andern. Der fremde Knabe hatte sich wieder über die Kohlen gebeugt mit einem Ausdruck augenblicklichen Wohlbehagens, der an Albernheit grenzte, während in Friedrichs Zügen der Wechsel eines offenbar mehr selbstischen als gutmütigen Mitgefühls spielte und sein Auge in fast glasartiger Klarheit zum erstenmale bestimmt den Ausdruck jenes ungebändigten Ehrgeizes und Hanges zum Großtun zeigte, der nachher als so starkes Motiv seiner meisten Handlungen hervortrat. Der Ruf seiner Mutter störte ihn aus Gedanken, die ihm ebenso neu als angenehm waren. Sie saß wieder am Spinnrade.

„Friedrich,“ sagte sie zögernd, „sag einmal —“ und schwieg dann. Friedrich sah auf und wandte sich, da er nichts weiter vernahm, wieder zu seinem Schützling. — „Nein, höre —“ und dann leiser: „Was ist das für ein Junge? Wie heißt er?“ — Friedrich antwortete ebenso leise: „Das ist des Ohms Simon Schweinehirt, der eine Botschaft an den Hülsmeyer hat. Der Ohm hat mir ein paar Schuhe und eine Weste von Drillich gegeben, die hat mir der Junge unterwegs getragen; dafür hab ich ihm meine Violine versprochen; er ist ja doch ein armes Kind; Johannes heißt er.“ — „Nun?“ sagte Margreth. — „Was willst du, Mutter?“ — „Wie heißt er weiter?" — „Ja — weiter nicht — oder warte — doch: Niemand, Johannes Niemand heißt er. — Er hat keinen Vater", fügte er leiser hinzu.

Margreth stand auf und ging in die Kammer. Nach einer Weile kam sie heraus mit einem harten, finstern Ausdruck in den Mienen. „So, Friedrich," sagte sie, „laß den Jungen gehen, daß er seine Bestellung machen kann. — Junge, was liegst du da in der Asche? Hast du zu Hause nichts zu tun?" — Der Knabe raffte sich mit der Miene eines Verfolgten so eilfertig auf, daß ihm alle Glieder im Wege standen und die Holschenvioline bei einem Haar ins Feuer gefallen wäre. — „Warte, Johannes," sagte Friedrich stolz, „ich will dir mein halbes Butterbrot geben, es ist mir doch zu groß, die Mutter schneidet allemal übers ganze Brot." — „Laß doch," sagte Margreth, „er geht ja nach Hause." — „Ja, aber er bekommt nichts mehr; Ohm Simon ißt um 7 Uhr." Margreth wandte sich zu dem Knaben: „Hebt man dir nichts auf? Sprich: wer sorgt für dich?" — „Niemand", stotterte das Kind. — „Niemand?" wiederholte sie; „da nimm, nimm!" fügte sie heftig hinzu; „du heißt Niemand, und niemand sorgt für dich! Das sei Gott geklagt! Und nun mach dich fort! Friedrich, geh nicht mit ihm, hörst du, geht nicht zusammen durchs Dorf." — „Ich will ja nur Holz holen aus dem Schuppen", antwortete Friedrich. — Als beide Knaben fort waren, warf sich Margreth auf einen Stuhl und schlug die Hände mit dem Ausdruck des tiefsten Jammers zusammen. Ihr Gesicht war bleich wie ein Tuch. „Ein falscher Eid, ein falscher Eid!" stöhnte sie. „Simon, Simon, wie willst du vor Gott bestehen!"

So saß sie eine Weile, starr mit geklemmten Lippen, wie in völliger Geistesabwesenheit. Friedrich stand vor ihr und hatte sie schon zweimal angeredet. „Was ists? Was willst du?" rief sie auffahrend. — „Ich bringe Euch Geld", sagte er, mehr erstaunt als erschreckt. — „Geld? Wo?" Sie regte sich, und die kleine Münze fiel klingend auf den Boden. Friedrich hob sie auf. — „Geld vom Ohm Simon, weil ich ihm habe arbeiten helfen. Ich kann mir nun selber was verdienen." — „Geld vom Simon? Wirfs fort, fort! — Nein, gibs den Armen. Doch nein, behalts," flüsterte sie kaum hörbar, „wir sind selber arm; wer weiß, ob wir bei dem Betteln vorbeikommen!" — „Ich soll Montag wieder zum Ohm und ihm bei der Einsaat helfen." — „Du wieder zu ihm? Nein, nein, nimmermehr!" — Sie umfaßte ihr Kind mit Heftigkeit. — „Doch", fügte sie hinzu, und ein Tränenstrom stürzte ihr plötzlich über die eingefallenen Wangen, „geh, er ist mein einziger Bruder, und die Verleumdung ist groß! Aber halt Gott vor Augen und vergiß das tägliche Gebet nicht!"

Margreth legte das Gesicht an die Mauer und weinte laut. Sie hatte manche harte Last getragen, ihres Mannes üble Behandlung, noch schwerer seinen Tod, und es war eine bittere Stunde, als die Witwe das letzte Stück Ackerland einem Gläubiger zur Nutznießung überlassen mußte und der Pflug vor ihrem Hause stillestand. Aber so war ihr nie zumute gewesen; dennoch, nachdem sie einen Abend durchweint, eine Nacht durchwacht hatte, war sie dahin gekommen, zu denken, ihr Bruder Simon könne so gottlos nicht sein, der Knabe gehöre gewiß nicht ihm, Ähnlichkeiten wollen nichts beweisen. Hatte sie doch selbst vor vierzig Jahren ein Schwesterchen verloren, das genau dem fremden Hechelkrämer glich. Was glaubt man nicht gern, wenn man so wenig hat und durch Unglauben dies wenige verlieren soll!

Von dieser Zeit an war Friedrich selten mehr zu Hause. Simon schien alle wärmeren Gefühle, deren er fähig war, dem Schwestersohn zugewendet zu haben; wenigstens vermißte er ihn sehr und ließ nicht nach mit Botschaften, wenn ein häusliches Geschäft ihn auf einige Zeit bei der Mutter hielt. Der Knabe war seitdem wie verwandelt, das träumerische Wesen gänzlich von ihm gewichen, er trat fest auf, fing an, sein Äußeres zu beachten und bald in den Ruf eines hübschen, gewandten Burschen zu kommen. Sein Ohm, der nicht wohl ohne Projekte leben konnte, unternahm mitunter ziemlich bedeutende öffentliche Arbeiten, zum Beispiel beim Wegbau, wobei Friedrich für einen seiner besten Arbeiter und überall als seine rechte Hand galt; denn obgleich dessen Körperkräfte noch nicht ihr volles Maß erreicht hatten, kam ihm doch nicht leicht jemand an Ausdauer gleich. Margreth hatte bisher ihren Sohn nur geliebt, jetzt fing sie an, stolz auf ihn zu werden und sogar eine Art Hochachtung vor ihm zu fühlen, da sie den jungen Menschen so ganz ohne ihr Zutun sich entwickeln sah, sogar ohne ihren Rat, den sie, wie die meisten Menschen, für unschätzbar hielt und deshalb die Fähigkeiten nicht hoch genug anzuschlagen wußte, die eines so kostbaren Förderungsmittels entbehren konnten.

In seinem achtzehnten Jahre hatte Friedrich sich bereits einen bedeutenden Ruf in der jungen Dorfwelt gesichert durch den Ausgang einer Wette, infolge deren er einen erlegten Eber über zwei Meilen weit auf seinem Rücken trug, ohne abzusetzen. Indessen war der Mitgenuß des Ruhms auch so ziemlich der einzige Vorteil, den Margreth aus diesen günstigen Umständen zog, da Friedrich immer mehr auf sein Äußeres verwandte und allmählich anfing, es schwer zu verdauen, wenn Geldmangel ihn zwang, irgend jemand im Dorf darin nachzustehen. Zudem waren alle seine Kräfte auf den auswärtigen Erwerb gerichtet; zu Hause schien ihm, ganz im Widerspiel mit seinem sonstigen Rufe, jede anhaltende Beschäftigung lästig, und er unterzog sich lieber einer harten, aber kurzen Anstrengung, die ihm bald erlaubte, seinem früheren Hirtenamte wieder nachzugehen, was bereits begann, seinem Alter unpassend zu werden, und ihm gelegentlichen Spott zuzog, vor dem er sich aber durch ein paar derbe Zurechtweisungen mit der Faust Ruhe verschaffte. So gewöhnte man sich daran, ihn bald geputzt und fröhlich als anerkannten Dorfelegant an der Spitze des jungen Volks zu sehen, bald wieder als zerlumpten Hirtenbuben einsam und träumerisch hinter den Kühen herschleichend oder in einer Waldlichtung liegend, scheinbar gedankenlos und das Moos von den Bäumen rupfend.

Um diese Zeit wurden die schlummernden Gesetze doch einigermaßen aufgerüttelt durch eine Bande von Holzfrevlern, die unter dem Namen der Blaukittel alle ihre Vorgänger so weit an List und Frechheit übertraf, daß es dem Langmütigsten zuviel werden mußte. Ganz gegen den gewöhnlichen Stand der Dinge, wo man die stärksten Böcke der Herde mit dem Finger bezeichnen konnte, war es hier trotz aller Wachsamkeit bisher nicht möglich gewesen, auch nur e i n Individuum namhaft zu machen. Ihre Benennung erhielten sie von der ganz gleichförmigen Tracht, durch die sie das Erkennen erschwerten, wenn etwa ein Förster noch einzelne Nachzügler im Dickicht verschwinden sah. Sie verheerten alles wie die Wanderraupe, ganze Waldstrecken wurden in einer Nacht gefällt und auf der Stelle fortgeschafft, so daß man am andern Morgen nichts fand als Späne und wüste Haufen von Topholz, und der Umstand, daß nie Wagenspuren einem Dorfe zuführten, sondern immer vom Flusse her und dorthin zurück, bewies, daß man unter dem Schutze und vielleicht mit dem Beistande der Schiffeigentümer handelte. In der Bande mußten sehr gewandte Spione sein, denn die Förster konnten wochenlang umsonst wachen; in der ersten Nacht, gleichviel, ob stürmisch oder mondhell, wo sie vor Übermüdung nachließen, brach die Zerstörung ein. Seltsam war es, daß das Landvolk umher ebenso unwissend und gespannt schien als die Förster selber. Von einigen Dörfern ward mit Bestimmtheit gesagt, daß sie nicht zu den Blaukitteln gehörten, aber keines konnte als dringend verdächtig bezeichnet werden, seit man das verdächtigste von allen, das Dorf B., freisprechen mußte. Ein Zufall hatte dies bewirkt, eine Hochzeit, auf der fast alle Bewohner dieses Dorfes notorisch die Nacht zugebracht hatten, während zu eben dieser Zeit die Blaukittel eine ihrer stärksten Expeditionen ausführten.

Der Schaden in den Forsten war indes allzugroß, deshalb wurden die Maßregeln dagegen auf eine bisher unerhörte Weise gesteigert; Tag und Nacht wurde patrouilliert, Ackerknechte, Hausbediente mit Gewehren versehen und den Forstbeamten zugesellt. Dennoch war der Erfolg nur gering, und die Wächter hatten oft kaum das eine Ende des Forstes verlassen, wenn die Blaukittel schon zum andern einzogen. Das währte länger als ein volles Jahr, Wächter und Blaukittel, Blaukittel und Wächter, wie Sonne und Mond immer abwechselnd im Besitz des Terrains und nie zusammentreffend.

Es war im Juli 1756 früh um drei; der Mond stand klar am Himmel, aber sein Glanz fing an zu ermatten, und im Osten zeigte sich bereits ein schmaler gelber Streif, der den Horizont besäumte und den Eingang einer engen Talschlucht wie mit einem Goldbande schloß. Friedrich lag im Grase, nach seiner gewohnten Weise, und schnitzelte an einem Weidenstabe, dessen knotigem Ende er die Gestalt eines ungeschlachten Tieres zu geben versuchte. Er sah übermüdet aus, gähnte, ließ mitunter seinen Kopf an einem verwitterten Stammknorren ruhen und Blicke, dämmeriger als der Horizont, über den mit Gestrüpp und Aufschlag fast verwachsenen Eingang des Grundes streifen. Ein paarmal belebten sich seine Augen und nahmen den ihnen eigentümlichen glasartigen Glanz an, aber gleich nachher schloß er sie wieder halb und gähnte und dehnte sich, wie es nur faulen Hirten erlaubt ist. Sein Hund lag in einiger Entfernung nah bei den Kühen, die, unbekümmert um die Forstgesetze, ebenso oft den jungen Baumspitzen als dem Grase zusprachen und in die frische Morgenluft schnaubten. Aus dem Walde drang von Zeit zu Zeit ein dumpfer, krachender Schall; der Ton hielt nur einige Sekunden an, begleitet von einem langen Echo an den Bergwänden, und wiederholte sich etwa alle fünf bis acht Minuten. Friedrich achtete nicht darauf; nur zuweilen, wenn das Getöse ungewöhnlich stark oder anhaltend war, hob er den Kopf und ließ seine Blicke langsam über die verschiedenen Pfade gleiten, die ihren Ausgang in dem Talgrunde fanden.

Es fing bereits stark zu dämmern an; die Vögel begannen leise zu zwitschern, und der Tau stieg fühlbar aus dem Grunde. Friedrich war an dem Stamm hinabgeglitten und starrte, die Arme über den Kopf verschlungen, in das leise einschleichende Morgenrot. Plötzlich fuhr er auf: über sein Gesicht fuhr ein Blitz, er horchte einige Sekunden mit vorgebeugtem Oberleib wie ein Jagdhund, dem die Luft Witterung zuträgt. Dann schob er schnell zwei Finger in den Mund und pfiff gellend und anhaltend. — „Fidel, du verfluchtes Tier!" — Ein Steinwurf traf die Seite des unbesorgten Hundes, der, vom Schlafe aufgeschreckt, zuerst um sich biß und dann heulend auf drei Beinen dort Trost suchte, von wo das Übel ausgegangen war. In demselben Augenblicke wurden die Zweige eines nahen Gebüsches fast ohne Geräusch zurückgeschoben, und ein Mann trat heraus, im grünen Jagdrock, den silbernen Wappenschild am Arm, die gespannte Büchse in der Hand. Er ließ schnell seine Blicke über die Schlucht fahren und sie dann mit besonderer Schärfe auf dem Knaben verweilen, trat dann vor, winkte nach dem Gebüsch, und allmählich wurden sieben bis acht Männer sichtbar, alle in ähnlicher Kleidung, Weidmesser im Gürtel und die gespannten Gewehre in der Hand.

„Friedrich, was war das?" fragte der zuerst Erschienene. — „Ich wollte, daß der Racker auf der Stelle krepierte. Seinetwegen können die Kühe mir die Ohren vom Kopf fressen." — „Die Canaille hat uns gesehen," sagte ein anderer. „Morgen sollst du auf die Reise mit einem Stein am Halse", fuhr Friedrich fort und stieß nach dem Hunde. — „Friedrich, stell dich nicht an wie ein Narr! Du kennst mich, und du verstehst mich auch!" — Ein Blick begleitete diese Worte, der schnell wirkte. — „Herr Brandis, denkt an meine Mutter!" — „Das tu ich. Hast du nichts im Walde gehört?" — „Im Walde?" — Der Knabe warf einen raschen Blick auf des Försters Gesicht. — „Eure Holzfäller, sonst nichts." — „Meine Holzfäller!"

Die ohnehin dunkle Gesichtsfarbe des Försters ging in tiefes Braunrot über. „Wie viele sind ihrer, und wo treiben sie ihr Wesen?" — „Wohin Ihr sie geschickt habt; ich weiß es nicht." — Brandis wandte sich zu seinen Gefährten: „Geht voran; ich komme gleich nach."

Als einer nach dem andern im Dickicht verschwunden war, trat Brandis dicht vor den Knaben: „Friedrich," sagte er mit dem Ton unterdrückter Wut, „meine Geduld ist zu Ende; ich möchte dich prügeln wie einen Hund, und mehr seid ihr auch nicht wert. Ihr Lumpenpack, dem kein Ziegel auf dem Dach gehört! Bis zum Betteln habt ihr es, gottlob, bald gebracht, und an meiner Tür soll deine Mutter, die alte Hexe, keine verschimmelte Brotrinde bekommen. Aber vorher sollt ihr mir noch beide ins Hundeloch."

Friedrich griff krampfhaft nach einem Aste. Er war totenbleich, und seine Augen schienen wie Kristallkugeln aus dem Kopfe schießen zu wollen. Doch nur einen Augenblick. Dann kehrte die größte, an Erschlaffung grenzende Ruhe zurück. „Herr," sagte er fest, mit fast sanfter Stimme, „Ihr habt gesagt, was Ihr nicht verantworten könnt, und ich vielleicht auch. Wir wollen es gegeneinander aufgehen lassen, und nun will ich Euch sagen, was Ihr verlangt. Wenn Ihr die Holzfäller nicht selbst bestellt habt, so müssen es die Blaukittel sein; denn aus dem Dorfe ist kein Wagen gekommen; ich habe den Weg ja vor mir, und vier Wagen sind es. Ich habe sie nicht gesehen, aber den Hohlweg hinauffahren hören."

Er stockte einen Augenblick. — „Könnt Ihr sagen, daß ich je einen Baum in Eurem Revier gefällt habe? Überhaupt, daß ich je anderwärts gehauen habe als auf Bestellung? Denkt nach, ob Ihr das sagen könnt."

Ein verlegenes Murmeln war die ganze Antwort des Försters, der nach Art der meisten rauhen Menschen leicht bereute. Er wandte sich unwirsch und schritt dem Gebüsche zu. — „Nein, Herr," rief Friedrich, „wenn Ihr zu den anderen Förstern wollt, die sind dort an der Buche hinaufgegangen." — „An der Buche?" sagte Brandis zweifelhaft, „nein, dort hinüber, nach dem Mastergrunde." — „Ich sage Euch, an der Buche; des langen Heinrich Flintenriemen blieb noch am krummen Ast dort hängen; ich habs ja gesehen!"

Der Förster schlug den bezeichneten Weg ein. Friedrich hatte die ganze Zeit hindurch seine Stellung nicht verlassen; halb liegend, den Arm um einen dürren Ast geschlungen, sah er dem Fortgehenden unverrückt nach, wie er durch den halbverwachsenen Steig glitt, mit den vorsichtigen, weiten Schritten seines Metiers, so geräuschlos, wie ein Fuchs die Hühnersteige erklimmt. Hier sank ein Zweig hinter ihm, dort einer; die Umrisse seiner Gestalt schwanden immer mehr. Da blitzte es noch einmal durchs Laub. Es war ein Stahlknopf seines Jagdrocks; nun war er fort. Friedrichs Gesicht hatte während dieses allmählichen Verschwindens den Ausdruck seiner Kälte verloren, und seine Züge schienen zuletzt unruhig bewegt. Gereute es ihn vielleicht, den Förster nicht um Verschweigung seiner Angaben gebeten zu haben? Er ging einige Schritte voran, blieb dann stehen. „Es ist zu spät", sagte er vor sich hin und griff nach seinem Hute. Ein leises Picken im Gebüsche, nicht zwanzig Schritte von ihm. Es war der Förster, der den Flintenstein schärfte. Friedrich horchte. — „Nein!" sagte er dann mit entschlossenem Tone, raffte seine Siebensachen zusammen und trieb das Vieh eilfertig die Schlucht entlang.

Um Mittag saß Frau Margreth am Herd und kochte Tee. Friedrich war krank heimgekommen, er klagte über heftige Kopfschmerzen und hatte auf ihre besorgte Nachfrage erzählt, wie er sich schwer geärgert über den Förster, kurz den ganzen eben beschriebenen Vorgang mit Ausnahme einiger Kleinigkeiten, die er besser fand für sich zu behalten. Margreth sah schweigend und trübe in das siedende Wasser. Sie war es wohl gewohnt, ihren Sohn mitunter klagen zu hören, aber heute kam er ihr so angegriffen vor wie sonst nie. Sollte wohl eine Krankheit im Anzuge sein? Sie seufzte tief und ließ einen eben ergriffenen Holzblock fallen.

„Mutter!" rief Friedrich aus der Kammer. — „Was willst du?" — „War das ein Schuß?" — „Ach nein, ich weiß nicht, was du meinst." — „Es pocht mir wohl nur so im Kopfe", versetzte er.

Die Nachbarin trat herein und erzählte mit leisem Flüstern irgendeine unbedeutende Klatscherei, die Margreth ohne Teilnahme anhörte. Dann ging sie. — „Mutter!" rief Friedrich. Margreth ging zu ihm hinein. „Was erzählte die Hülsmeyer?" — „Ach gar nichts, Lügen, Wind!" — Friedrich richtete sich auf. — „Von der Gretchen Siemers; du weißt ja wohl, die alte Geschichte; und ist doch nichts Wahres dran." — Friedrich legte sich wieder hin. „Ich will sehen, ob ich schlafen kann", sagte er.

Margreth saß am Herde; sie spann und dachte wenig Erfreuliches. Im Dorfe schlug es halb zwölf; die Tür klinkte, und der Gerichtsschreiber Kapp trat herein. — „Guten Tag, Frau Mergel," sagte er, „könnt Ihr mir einen Trunk Milch geben? Ich komme von M." — Als Frau Mergel das Verlangte brachte, fragte er: „Wo ist Friedrich?" Sie war gerade beschäftigt, einen Teller hervorzulangen, und überhörte die Frage. Er trank zögernd und in kurzen Absätzen. „Wißt Ihr wohl," sagte er dann, „daß die Blaukittel in dieser Nacht wieder im Masterholze eine ganze Strecke so kahl gefegt haben, wie meine Hand?" — „Ei, du frommer Gott!" versetzte sie gleichgültig. „Die Schandbuben", fuhr der Schreiber fort, „ruinieren alles; wenn sie noch Rücksicht nähmen auf das junge Holz, aber Eichenstämmchen wie mein Arm dick, wo nicht einmal eine Ruderstange drin steckt! Es ist, als ob ihnen anderer Leute Schaden ebenso lieb wäre wie ihr Profit!" — „Es ist schade!" sagte Margreth.

Der Amtsschreiber hatte getrunken und ging noch immer nicht. Er schien etwas auf dem Herzen zu haben. „Habt Ihr nichts von Brandis gehört?" fragte er plötzlich. — „Nichts; er kommt niemals hier ins Haus." — „So wißt Ihr nicht, was ihm begegnet ist?" — „Was denn?" fragte Margreth gespannt. — „Er ist tot!" — „Tot!" rief sie, „was tot? Um Gottes willen! Er ging ja noch heute morgen ganz gesund hier vorüber mit der Flinte auf dem Rücken!" — „Er ist tot," wiederholte der Schreiber, sie scharf fixierend, „von den Blaukitteln erschlagen. Vor einer Viertelstunde wurde die Leiche ins Dorf gebracht."

Margreth schlug die Hände zusammen. — „Gott im Himmel, geh nicht mit ihm ins Gericht! Er wußte nicht, was er tat!" — „Mit ihm?" rief der Amtsschreiber, „mit dem verfluchten Mörder, meint Ihr?" Aus der Kammer drang ein schweres Stöhnen. Margreth eilte hin, und der Schreiber folgte ihr. Friedrich saß aufrecht im Bette, das Gesicht in die Hände gedrückt und ächzte wie ein Sterbender. — „Friedrich, wie ist dir?" sagte die Mutter. — „Wie ist dir?" wiederholte der Amtsschreiber. — „O mein Leib, mein Kopf!" jammerte er. — „Was fehlt ihm?" — „Ach, Gott weiß es", versetzte sie; „er ist schon um vier mit den Kühen heimgekommen, weil ihm so übel war." — „Friedrich, Friedrich, antworte doch! Soll ich zum Doktor?" — „Nein, nein," ächzte er, „es ist nur Kolik, es wird schon besser."

Er legte sich zurück; sein Gesicht zuckte krampfhaft vor Schmerz; dann kehrte die Farbe wieder. „Geht," sagte er matt, „ich muß schlafen, dann gehts vorüber." — „Frau Mergel," sagte der Amtsschreiber ernst, „ist es gewiß, daß Friedrich um vier zu Hause kam und nicht wieder fortging?" — Sie sah ihn starr an. „Fragt jedes Kind auf der Straße. Und fortgehen? — wollte Gott, er könnt es!" — „Hat er Euch nichts von Brandis erzählt?" — „In Gottes Namen, ja, daß er ihn im Walde geschimpft und unsere Armut vorgeworfen hat, der Lump! — Doch Gott verzeih mir, er ist tot! — Geht!" fuhr sie heftig fort; „seid Ihr gekommen, um ehrliche Leute zu beschimpfen? Geht!" — Sie wandte sich wieder zu ihrem Sohne; der Schreiber ging. — „Friedrich, wie ist dir?" sagte die Mutter. „Hast du wohl gehört? Schrecklich, schrecklich! Ohne Beichte und Absolution!" — „Mutter, Mutter, um Gottes willen, laß mich schlafen; ich kann nicht mehr!"

In diesem Augenblick trat Johannes Niemand in die Kammer; dünn und lang wie eine Hopfenstange, aber zerlumpt und scheu, wie wir ihn vor fünf Jahren gesehen. Sein Gesicht war noch bleicher als gewöhnlich. „Friedrich," stotterte er, „du sollst sogleich zum Ohm kommen, er hat Arbeit für dich; aber sogleich." — Friedrich drehte sich gegen die Wand. — „Ich komme nicht," sagte er barsch, „ich bin krank." — „Du mußt aber kommen," keuchte Johannes, „er hat gesagt, ich müßte dich mitbringen." Friedrich lachte höhnisch auf: „Das will ich doch sehen!" — „Laß ihn in Ruhe, er kann nicht," seufzte Margreth, „du siehst ja, wie es steht." — Sie ging auf einige Minuten hinaus; als sie zurückkam, war Friedrich bereits angekleidet. — „Was fällt dir ein?" rief sie, „du kannst, du sollst nicht gehen!" — „Was sein muß, schickt sich wohl", versetzte er und war schon zur Türe hinaus mit Johannes. — „Ach Gott," seufzte die Mutter, „wenn die Kinder klein sind, treten sie uns in den Schoß, und wenn sie groß sind, ins Herz!"

Die gerichtliche Untersuchung hatte ihren Anfang genommen, die Tat lag klar am Tage; über den Täter aber waren die Anzeichen so schwach, daß, obschon alle Umstände die Blaukittel dringend verdächtigten, man doch nicht mehr als Mutmaßungen wagen konnte. Eine Spur schien Licht geben zu wollen: doch rechnete man aus Gründen wenig darauf. Die Abwesenheit des Gutsherrn hatte den Gerichtsschreiber genötigt, auf eigene Hand die Sache einzuleiten. Er saß am Tische; die Stube war gedrängt voll von Bauern, teils neugierigen, teils solchen, von denen man in Ermangelung eigentlicher Zeugen einigen Aufschluß zu erhalten hoffte. Hirten, die in derselben Nacht gehütet, Knechte, die den Acker in der Nähe bestellt, alle standen stramm und fest, die Hände in den Taschen, gleichsam als stillschweigende Erklärung, daß sie nicht einzuschreiten gesonnen seien. Acht Forstbeamte wurden vernommen. Ihre Aussagen waren völlig gleichlautend: Brandis habe sie am zehnten abends zur Runde bestellt, da ihm von einem Vorhaben der Blaukittel müsse Kunde zugekommen sein; doch habe er sich nur unbestimmt darüber geäußert. Um zwei Uhr in der Nacht seien sie ausgezogen und auf manche Spuren der Zerstörung gestoßen, die den Oberförster sehr übel gestimmt; sonst sei alles still gewesen. Gegen vier Uhr habe Brandis gesagt: „Wir sind angeführt, laßt uns heimgehen." Als sie nun um den Bremerberg gewendet und zugleich der Wind umgeschlagen, habe man deutlich im Masterholz fällen gehört und aus der schnellen Folge der Schläge geschlossen, daß die Blaukittel am Werk seien. Man habe nun eine Weile beratschlagt, ob es tunlich sei, mit so geringer Macht die kühne Bande anzugreifen, und sich dann ohne bestimmten Entschluß dem Schalle langsam genähert. Nun folgte der Auftritt mit Friedrich. Ferner: nachdem Brandis sie ohne Weisung fortgeschickt, seien sie eine Weile vorangeschritten und dann, als sie bemerkt, daß das Getöse im noch ziemlich weit entfernten Walde gänzlich aufgehört, stille gestanden, um den Oberförster zu erwarten. Die Zögerung habe sie verdrossen, und nach etwa zehn Minuten seien sie weitergegangen und so bis an den Ort der Verwüstung. Alles sei vorüber gewesen, kein Laut mehr im Walde, von zwanzig gefällten Stämmen noch acht vorhanden, die übrigen bereits fortgeschafft. Es sei ihnen unbegreiflich, wie man dieses ins Werk gestellt, da keine Wagenspuren zu finden gewesen. Auch habe die Dürre der Jahreszeit und der mit Fichtennadeln bestreute Boden keine Fußstapfen unterscheiden lassen, obgleich der Grund ringsumher wie festgestampft war. Da man nun überlegt, daß es zu nichts nützen könne, den Oberförster zu erwarten, sei man rasch der andern Seite des Waldes zugeschritten, in der Hoffnung, vielleicht noch einen Blick von den Frevlern zu erhaschen. Hier habe sich einem von ihnen beim Ausgange des Waldes die Flaschenschnur in Brombeerranken verstrickt, und als er umgeschaut, habe er etwas im Gestrüpp blitzen sehen; es war die Gurtschnalle des Oberförsters, den man nun hinter den Ranken liegend fand, grad ausgestreckt, die rechte Hand um den Flintenlauf geklemmt, die andere geballt und die Stirn von einer Axt gespalten.

Dies waren die Aussagen der Förster; nun kamen die Bauern an die Reihe, aus denen jedoch nichts zu bringen war. Manche behaupteten, um vier Uhr noch zu Hause oder anderswo beschäftigt gewesen zu sein, und keiner wollte etwas bemerkt haben. Was war zu machen? Sie waren sämtlich angesessene, unverdächtige Leute. Man mußte sich mit ihren negativen Zeugnissen begnügen.

Friedrich ward hereingerufen. Er trat ein mit einem Wesen, das sich durchaus nicht von seinem gewöhnlichen unterschied, weder gespannt noch keck. Das Verhör währte ziemlich lange, und die Fragen waren mitunter ziemlich schlau gestellt; er beantwortete sie jedoch alle offen und bestimmt und erzählte den Vorgang zwischen ihm und dem Oberförster ziemlich der Wahrheit gemäß, bis auf das Ende, das er geratener fand, für sich zu behalten. Sein Alibi zur Zeit des Mordes war leicht erwiesen. Der Förster lag am Ausgange des Masterholzes; über dreiviertel Stunden Weges von der Schlucht, in der er Friedrich um vier Uhr angeredet und aus der dieser seine Herde schon zehn Minuten später ins Dorf getrieben. Jedermann hatte dies gesehen; alle anwesenden Bauern beeiferten sich, es zu bezeugen; mit diesem hatte er geredet, jenem zugenickt.

Der Gerichtsschreiber saß unmutig und verlegen da. Plötzlich fuhr er mit der Hand hinter sich und brachte etwas Blinkendes vor Friedrichs Auge. „Wem gehört dies?" — Friedrich sprang drei Schritt zurück. „Herr Jesus! Ich dachte, Ihr wolltet mir den Schädel einschlagen." Seine Augen waren rasch über das tödliche Werkzeug gefahren und schienen momentan auf einem ausgebrochenen Splitter am Stiele zu haften. „Ich weiß es nicht", sagte er fest. — Es war die Axt, die man in dem Schädel des Oberförsters eingeklammert gefunden hatte. — „Sieh sie genau an", fuhr der Gerichtsschreiber fort. Friedrich faßte sie mit der Hand, besah sie oben, unten, wandte sie um. „Es ist eine Axt wie andere", sagte er dann und legte sie gleichgültig auf den Tisch. Ein Blutfleck ward sichtbar; er schien zu schaudern, aber er wiederholte noch einmal sehr bestimmt: „Ich kenne sie nicht." Der Gerichtsschreiber seufzte vor Unmut. Er selbst wußte um nichts mehr und hatte nur einen Versuch zu möglicher Entdeckung durch Überraschung machen wollen. Es blieb nichts übrig, als das Verhör zu schließen.

Denjenigen, die vielleicht auf den Ausgang dieser Begebenheit gespannt sind, muß ich sagen, daß diese Geschichte nie aufgeklärt wurde, obwohl noch viel dafür geschah und diesem Verhöre mehrere folgten. Den Blaukitteln schien durch das Aufsehen, das der Vorgang gemacht, und die darauf folgenden geschärften Maßregeln der Mut genommen; sie waren von nun an wie verschwunden, und obgleich späterhin noch mancher Holzfrevler erwischt wurde, fand man doch nie Anlaß, ihn der berüchtigten Bande zuzuschreiben. Die Axt lag zwanzig Jahre nachher als unnützes corpus delicti im Gerichtsarchiv, wo sie wohl noch jetzt ruhen mag mit ihren Rostflecken. Es würde in einer erdichteten Geschichte unrecht sein, die Neugier des Lesers so zu täuschen. Aber dies alles hat sich wirklich zugetragen; ich kann nichts davon oder dazutun.

Am nächsten Sonntage stand Friedrich sehr früh auf, um zur Beichte zu gehen. Es war Mariä Himmelfahrt und die Pfarrgeistlichen schon vor Tagesanbruch im Beichtstuhle. Nachdem er sich im Finstern angekleidet, verließ er so geräuschlos wie möglich den engen Verschlag, der ihm in Simons Hause eingeräumt war. In der Küche mußte sein Gebetbuch auf dem Sims liegen, und er hoffte, es mit Hülfe des schwachen Mondlichts zu finden; es war nicht da. Er warf die Augen suchend umher und fuhr zusammen; in der Kammertür stand Simon, fast unbekleidet; seine dürre Gestalt, sein ungekämmtes, wirres Haar und die vom Mondschein verursachte Blässe des Gesichts gaben ihm ein schauerlich verändertes Ansehen. „Sollte er nachtwandeln?" dachte Friedrich und verhielt sich ganz still. — „Friedrich, wohin?" flüsterte der Alte. — „Ohm, seid Ihrs? Ich will beichten gehen." — „Das dacht ich mir; geh in Gottes Namen, aber beichte wie ein guter Christ." — „Das will ich", sagte Friedrich. — „Denk an die zehn Gebote: du sollst kein Zeugnis ablegen gegen deinen Nächsten." — „Kein falsches!" — „Nein, gar keines; du bist schlecht unterrichtet; wer einen andern in der Beichte anklagt, der empfängt das Sakrament unwürdig."

Beide schwiegen. — „Ohm, wie kommt Ihr darauf?" sagte Friedrich dann; „Eu'r Gewissen ist nicht rein; Ihr habt mich belogen." — „Ich? So?" — „Wo ist Eure Axt?" — „Meine Axt? Auf der Tenne." — „Habt Ihr einen neuen

Stiel hineingemacht? Wo ist der alte?" — „Den kannst du heute bei Tage im Holzschuppen finden. Geh," fuhr er verächtlich fort, „ich dachte, du seist ein Mann; aber du bist ein altes Weib, das gleich meint, das Haus brennt, wenn ihr Feuertopf raucht. Sieh," fuhr er fort, „wenn ich mehr von der Geschichte weiß als der Türpfosten da, so will ich ewig nicht selig werden. Längst war ich zu Haus", fügte er hinzu. — Friedrich stand beklemmt und zweifelnd. Er hätte viel darum gegeben, seines Ohms Gesicht sehen zu können. Aber während sie flüsterten, hatte der Himmel sich bewölkt.

„Ich habe schwere Schuld," seufzte Friedrich, „daß ich ihn den unrechten Weg geschickt — obgleich — doch, dies hab ich nicht gedacht; nein, gewiß nicht. Ohm, ich habe Euch ein schweres Gewissen zu danken." — „So geh, beicht!" flüsterte Simon mit bebender Stimme; „verunehre das Sakrament durch Angeberei und setze armen Leuten einen Spion auf den Hals, der schon Wege finden wird, ihnen das Stückchen Brot aus den Zähnen zu reißen, wenn er gleich nicht reden darf — geh!" — Friedrich stand unschlüssig; er hörte ein leises Geräusch; die Wolken verzogen sich, das Mondlicht fiel wieder auf die Kammertür: sie war geschlossen. Friedrich ging an diesem Morgen nicht zur Beichte.

Der Eindruck, den dieser Vorfall auf Friedrich gemacht, erlosch leider nur zu bald. Wer zweifelt daran, daß Simon alles tat, seinen Adoptivsohn dieselben Wege zu leiten, die er selber ging? Und in Friedrich lagen Eigenschaften, die dies nur zu sehr erleichterten: Leichtsinn, Erregbarkeit, und vor allem ein grenzenloser Hochmut, der nicht immer den Schein verschmähte und dann alles daran setzte, durch Wahrmachung des Usurpierten möglicher Beschämung zu entgehen. Seine Natur war nicht unedel, aber er gewöhnte sich, die innere Schande der äußern vorzuziehen. Man darf nur sagen, er gewöhnte sich zu prunken, während seine Mutter darbte.

Diese unglückliche Wendung seines Charakters war indessen das Werk mehrerer Jahre, in denen man bemerkte, daß Margreth immer stiller über ihren Sohn ward und allmählich in einen Zustand der Verkommenheit versank, den man früher bei ihr für unmöglich gehalten hätte. Sie wurde scheu, saumselig, sogar unordentlich, und manche meinten, ihr Kopf habe gelitten. Friedrich ward desto lauter; er versäumte keine Kirchweih oder Hochzeit, und da ein sehr empfindliches Ehrgefühl ihn die geheime Mißbilligung mancher nicht übersehen ließ, war er gleichsam immer unter Waffen, der öffentlichen Meinung nicht sowohl Trotz zu bieten, als sie den Weg zu leiten, der ihm gefiel. Er war äußerlich ordentlich, nüchtern, anscheinend treuherzig, aber listig, prahlerisch und oft roh, ein Mensch, an dem niemand Freude haben konnte, am wenigsten seine Mutter, und der dennoch durch seine gefürchtete Kühnheit und noch mehr gefürchtete Tücke ein gewisses Übergewicht im Dorfe erlangt hatte, das um so mehr anerkannt wurde, je mehr man sich bewußt war, ihn nicht zu kennen und nicht berechnen zu können, wessen er am Ende fähig sei. Nur ein Bursch im Dorfe, Wilm Hülsmeyer, wagte im Bewußtsein seiner Kraft und guter Verhältnisse ihm die Spitze zu bieten; und da er gewandter in Worten war als Friedrich und immer, wenn der Stachel saß, einen Scherz daraus zu machen wußte, so war dies der einzige, mit dem Friedrich ungern zusammentraf.

*

Vier Jahre waren verflossen; es war im Oktober; der milde Herbst von 1760, der alle Scheunen mit Korn und alle Keller mit Wein füllte, hatte seinen Reichtum auch über diesen Erdwinkel strömen lassen, und man sah mehr Betrunkene, hörte von mehr Schlägereien und dummen Streichen als je. Überall gabs Lustbarkeiten; der blaue Montag kam in Aufnahme, und wer ein paar Taler erübrigt hatte, wollte gleich eine Frau dazu, die ihm heute essen und morgen hungern helfen könne. Da gab es im Dorfe eine tüchtige solide Hochzeit, und die Gäste durften mehr erwarten als eine verstimmte Geige, ein Glas Branntwein und was sie an guter Laune selber mitbrachten. Seit früh war alles auf den Beinen; vor jeder Tür wurden Kleider gelüftet, und B. glich den ganzen Tag einer Trödelbude. Da viele Auswärtige erwartet wurden, wollte jeder gern die Ehre des Dorfes oben halten.

Es war sieben Uhr abends und alles in vollem Gange; Jubel und Gelächter an allen Enden, die niederen Stuben zum Ersticken angefüllt mit blauen, roten und gelben Gestalten, gleich Pfandställen, in denen eine zu große Herde eingepfercht ist. Auf der Tenne ward getanzt, das heißt: wer zwei Fuß Raum erobert hatte, drehte sich darauf immer rundum und suchte durch Jauchzen zu ersetzen, was an Bewegung fehlte. Das Orchester war glänzend, die erste Geige als anerkannte Künstlerin prädominierend, die zweite und eine große Baßviole mit drei Saiten von Dilettanten ad libitum gestrichen; Branntwein und Kaffee in Überfluß, alle Gäste von Schweiß triefend; kurz, es war ein köstliches Fest. — Friedrich stolzierte umher wie ein Hahn, im neuen himmelblauen Rock, und machte sein Recht als erster Elegant geltend. Als auch die Gutsherrschaft anlangte, saß er gerade hinter der Baßgeige und strich die tiefste Saite mit großer Kraft und vielem Anstand.

„Johannes!“ rief er gebieterisch, und heran trat sein Schützling von dem Tanzplatze, wo er auch seine ungelenken Beine zu schlenkern und eins zu jauchzen versucht hatte. Friedrich reichte ihm den Bogen, gab durch eine stolze Kopfbewegung seinen Willen zu erkennen und trat zu den Tanzenden. „Nun lustig, Musikanten: den Papen von Istrup!“ — Der beliebte Tanz ward gespielt, und Friedrich machte Sätze vor den Augen seiner Herrschaft, daß die Kühe an der Tenne die Hörner zurückzogen und Kettengeklirr und Gebrumm an ihren Ständern herlief. Fußhoch über die anderen tauchte sein blonder Kopf auf und nieder, wie ein Hecht, der sich im Wasser überschlägt; an allen Enden schrien Mädchen auf, denen er zum Zeichen der Huldigung mit einer raschen Kopfbewegung sein langes Flachshaar ins Gesicht schleuderte.

„Jetzt ist es gut!“ sagte er endlich und trat schweißtriefend an den Kredenztisch; „die gnädigen Herrschaften sollen leben und alle die hochadeligen Prinzen und Prinzessinnen, und wers nicht mittrinkt, den will ich an die Ohren schlagen, daß er die Engel singen hört!“ — Ein lautes Vivat beantwortete den galanten Toast. — Friedrich machte seinen Bückling. — „Nichts für ungut, gnädige Herrschaften; wir sind nur ungelehrte Bauersleute!“ — In diesem Augenblick erhob sich ein Getümmel am Ende der Tenne, Geschrei, Schelten, Gelächter, alles durcheinander. „Butterdieb, Butterdieb!“ riefen ein paar Kinder, und heran drängte sich, oder vielmehr ward geschoben Johannes Niemand, den Kopf zwischen die Schultern ziehend und mit aller Macht nach dem Ausgange strebend. — „Was ists? Was habt ihr mit unserem Johannes?“ rief Friedrich gebieterisch.

„Das sollt Ihr früh genug gewahr werden“, keuchte ein altes Weib mit der Küchenschürze und einem Wischhader in der Hand. — Schande! Johannes, der arme Teufel, dem zu Hause das Schlechteste gut genug sein mußte, hatte versucht, sich ein halbes Pfündchen Butter für die kommende Dürre zu sichern, und ohne daran zu denken, daß er es, sauber in sein Schnupftuch gewickelt, in der Tasche geborgen, war er ans Küchenfeuer getreten, und nun rann das Fett schmählich die Rockschöße entlang. — Allgemeiner Aufruhr; die Mädchen sprangen zurück, aus Furcht, sich zu beschmutzen, oder stießen den Delinquenten vorwärts. Andere machten Platz, sowohl aus Mitleid als Vorsicht. Aber Friedrich trat vor: „Lumpenhund!“ rief er; ein paar derbe Maulschellen trafen den geduldigen Schützling; dann stieß er ihn an die Tür und gab ihm einen tüchtigen Fußtritt mit auf den Weg.

Er kehrte niedergeschlagen zurück; seine Würde war verletzt, das allgemeine Gelächter schnitt ihm durch die Seele; ob er sich gleich durch einen tapfern Juchheschrei wieder in den Gang zu bringen suchte — es wollte nicht mehr recht gehen. Er war im Begriff, sich wieder hinter die Baßviole zu flüchten; doch zuvor noch ein Knalleffekt: er zog seine silberne Taschenuhr hervor, zu jener Zeit ein seltener und kostbarer Schmuck. „Es ist bald zehn“, sagte er. „Jetzt den Brautmenuet! Ich will Musik machen.“

„Eine prächtige Uhr!“ sagte der Schweinehirt und schob sein Gesicht in ehrfurchtsvoller Neugier vor. — „Was hat sie gekostet?“ rief Wilm Hülsmeyer, Friedrichs Nebenbuhler. — „Willst du sie bezahlen?“ fragte Friedrich. — „Hast du sie bezahlt?“ antwortete Wilm. Friedrich warf einen stolzen Blick auf ihn und griff in schweigender Majestät zum Fiedelbogen. — „Nun, nun,“ sagte Hülsmeyer, „dergleichen hat man schon erlebt. Du weißt wohl, der Franz Ebel hatte auch eine schöne Uhr, bis der Jude Aaron sie ihm wieder abnahm.“ — Friedrich antwortete nicht, sondern winkte stolz der ersten Violine, und sie begannen aus Leibeskräften zu streichen.

Die Gutsherrschaft war indessen in die Kammer getreten, wo der Braut von den Nachbarfrauen das Zeichen ihres neuen Standes, die weiße Stirnbinde, umgelegt wurde. Das junge Blut weinte sehr, teils weil es die Sitte so wollte, teils aus wahrer Beklemmung. Sie sollte einem verworrenen Haushalt vorstehen, unter den Augen eines mürrischen alten Mannes, den sie noch obendrein lieben sollte. Er stand neben ihr, durchaus nicht wie der Bräutigam des hohen Liedes, der „in die Kammer tritt wie die Morgensonne“. — „Du hast nun genug geweint“, sagte er verdrießlich; „bedenk, du bist es nicht, die mich glücklich macht, ich mache dich glücklich!" — Sie sah demütig zu ihm auf und schien zu fühlen, daß er recht habe. — Das Geschäft war beendigt; die junge Frau hatte ihrem Manne zugetrunken, junge Spaßvögel hatten durch den Dreifuß geschaut, ob die Binde gerade sitze; und man drängte sich wieder der Tenne zu, von wo unauslöschliches Gelächter und Lärm herüberschallte. Friedrich war nicht mehr dort. Eine große, unerträgliche Schmach hatte ihn getroffen, da der Jude Aaron, ein Schlächter und gelegentlicher Althändler aus dem nächsten Städtchen, plötzlich erschienen war und nach einem kurzen, unbefriedigenden Zwiegespräch ihn laut vor allen Leuten um den Betrag von zehn Talern für eine schon um Ostern gelieferte Uhr gemahnt hatte. Friedrich war wie vernichtet fortgegangen und der Jude ihm gefolgt, immer schreiend: „O weh mir! Warum hab ich nicht gehört auf vernünftige Leute! Haben sie mir nicht hundertmal gesagt, Ihr hättet all Eu'r Gut am Leibe und kein Brot im Schranke!" — Die Tenne tobte von Gelächter; manche hatten sich auf den Hof nachgedrängt. — „Packt den Juden! Wiegt ihn gegen ein Schwein!" riefen einige; andere waren ernst geworden. — „Der Friedrich sah so blaß aus wie ein Tuch", sagte eine alte Frau, und die Menge teilte sich, wie der Wagen des Gutsherrn in den Hof lenkte.

Herr von S. war auf dem Heimwege verstimmt, die jedesmalige Folge, wenn der Wunsch, seine Popularität aufrecht zu erhalten, ihn bewog, solchen Festen beizuwohnen. Er sah schweigend aus dem Wagen. „Was sind denn das für ein paar Figuren?" — Er deutete auf zwei dunkle Gestalten, die vor dem Wagen rannten wie Strauße. Nun schlüpften sie ins Schloß. — „Auch ein paar selige Schweine aus unserm eigenen Stall!" seufzte Herr von S. — Zu Hause angekommen, fand er die Hausflur vom ganzen Dienstpersonal eingenommen, das zwei Kleinknechte umstand, welche sich blaß und atemlos auf der Stiege niedergelassen hatten. Sie behaupteten, von des alten Mergels Geist verfolgt worden zu sein, als sie durchs Brederholz heimkehrten. Zuerst hatte es über ihnen an der Höhe gerauscht und geknistert; darauf hoch in der Luft ein Geklapper wie von aneinander geschlagenen Stöcken; plötzlich ein gellender Schrei und ganz deutlich die Worte: „O weh, meine arme Seele!" hoch von oben herab. Der eine wollte auch glühende Augen durch die Zweige funkeln gesehen haben, und beide waren gelaufen, was ihre Beine vermochten.

„Dummes Zeug!" sagte der Gutsherr verdrießlich und trat in die Kammer, sich umzukleiden. Am anderen Morgen wollte die Fontäne im Garten nicht springen, und es fand sich, daß jemand eine Röhre verrückt hatte, augenscheinlich um nach dem Kopfe eines vor vielen Jahren hier verscharrten Pferdegerippes zu suchen, der für ein bewährtes Mittel wider allen Hexen- und Geisterspuk gilt. „Hm," sagte der Gutsherr, „was die Schelme nicht stehlen, das verderben die Narren."

Drei Tage später tobte ein furchtbarer Sturm. Es war Mitternacht, aber alles im Schlosse außer dem Bett. Der Gutsherr stand am Fenster und sah besorgt ins Dunkle, nach seinen Feldern hinüber. An den Scheiben flogen Blätter und Zweige her; mitunter fuhr ein Ziegel hinab und schmetterte auf das Pflaster des Hofes. „Furchtbares Wetter!" sagte Herr von S. Seine Frau sah ängstlich aus. „Ist das Feuer auch gewiß gut verwahrt?" sagte sie; „Gretchen, sieh noch einmal nach, gieß es lieber ganz aus! — Kommt, wir wollen das Evangelium Johannis beten." Alles kniete nieder, und die Hausfrau begann: „Im Anfang war das Wort, und das Wort war bei Gott, und Gott war das Wort." — Ein furchtbarer Donnerschlag. Alle fuhren zusammen; dann furchtbares Geschrei und Getümmel die Treppe heran. — „Um Gottes willen! Brennt es?" rief Frau von S. und sank mit dem Gesichte auf den Stuhl. Die Türe ward aufgerissen, und herein stürzte die Frau des Juden Aaron, bleich wie der Tod, das Haar wild um den Kopf, von Regen triefend. Sie warf sich vor dem Gutsherrn auf die Knie. „Gerechtigkeit!" rief sie, „Gerechtigkeit! Mein Mann ist erschlagen!" und sank ohnmächtig zusammen.

Es war nur zu wahr, und die nachfolgende Untersuchung bewies, daß der Jude Aaron durch einen Schlag an die Schläfe mit einem stumpfen Instrumente, wahrscheinlich einem Stabe, sein Leben verloren hatte, durch einen einzigen Schlag. An der linken Schläfe war der blaue Fleck, sonst keine Verletzung zu finden. Die Aussagen der Jüdin und ihres Knechtes Samuel lauteten so: Aaron war vor drei Tagen am Nachmittage ausgegangen, um Vieh zu kaufen, und hatte dabei gesagt, er werde wohl über Nacht ausbleiben, da noch einige böse Schuldner in B. und S. zu mahnen seien. In diesem Falle werde er in B. beim Schlächter Salomon übernachten. Als er am folgenden Tage nicht heimkehrte, war seine Frau sehr besorgt geworden und hatte sich endlich heute um drei nachmittags in Begleitung ihres Knechtes und des großen Schlächterhundes auf den Weg gemacht. Beim Juden Salomon wußte man nichts von Aaron; er war gar nicht da gewesen. Nun waren sie zu allen Bauern gegangen, von denen sie wußten, daß Aaron einen Handel mit ihnen im Auge hatte. Nur zwei hatten ihn gesehen, und zwar an demselben Tage, an welchem er ausgegangen. Es war darüber sehr spät geworden. Die große Angst trieb das Weib nach Haus, wo sie ihren Mann wiederzufinden eine schwache Hoffnung nährte. So waren sie im Brederholz vom Gewitter überfallen worden und hatten unter einer großen, am Berghange stehenden Buche Schutz gesucht; der Hund hatte unterdessen auf eine auffallende Weise umhergestöbert und sich endlich, trotz allem Locken, im Walde verlaufen. Mit einemmale sieht die Frau beim Leuchten des Blitzes etwas Weißes neben sich im Moose. Es ist der Stab ihres Mannes, und fast im selben Augenblicke bricht der Hund durchs Gebüsch und trägt etwas im Maule: es ist der Schuh ihres Mannes. Nicht lange, so ist in einem mit dürrem Laube gefüllten Graben der Leichnam des Juden gefunden. — Dies war die Angabe des Knechtes, von der Frau nur im allgemeinen unterstützt; ihre übergroße Spannung hatte nachgelassen, und sie schien jetzt halb verwirrt oder vielmehr stumpfsinnig. — „Aug um Auge, Zahn um Zahn!" dies waren die einzigen Worte, die sie zuweilen hervorstieß.

In derselben Nacht noch wurden die Schützen aufgeboten, um Friedrich zu verhaften. Der Anklage bedurfte es nicht, da Herr von S. selbst Zeuge eines Auftritts gewesen war, der den dringendsten Verdacht auf ihn werfen mußte; zudem die Gespenstergeschichte von jenem Abende, das Aneinanderschlagen der Stäbe im Brederholz, der Schrei aus der Höhe. Da der Amtsschreiber gerade abwesend war, so betrieb Herr von S. selbst alles rascher, als sonst geschehen wäre. Dennoch begann die Dämmerung bereits anzubrechen, bevor die Schützen so geräuschlos wie möglich das Haus der armen Margreth umstellt hatten. Der Gutsherr selber pochte an; es währte kaum eine Minute, bis geöffnet ward und Margreth völlig gekleidet in der Türe erschien. Herr von S. fuhr zurück; er hätte sie fast nicht erkannt, so blaß und steinern sah sie aus. „Wo ist Friedrich?" fragte er mit unsicherer Stimme. — „Sucht ihn", antwortete sie und setzte sich auf einen Stuhl. Der Gutsherr zögerte noch einen Augenblick. „Herein, herein!" sagte er dann barsch; „worauf warten wir?" Man trat in Friedrichs Kammer. Er war nicht da, aber das Bett noch warm. Man stieg auf den Söller, in den Keller, stieß ins Stroh, schaute hinter jedes Faß, sogar in den Backofen; er war nicht da. Einige gingen in den Garten, sahen hinter den Zaun und in die Apfelbäume hinauf; er war nicht zu finden. — „Entwischt!“ sagte der Gutsherr mit sehr gemischten Gefühlen; der Anblick der alten Frau wirkte gewaltig auf ihn. „Gebt den Schlüssel zu jenem Koffer.“ — Margreth antwortete nicht. — „Gebt den Schlüssel!“ wiederholte der Gutsherr und merkte jetzt erst, daß der Schlüssel steckte. Der Inhalt des Koffers kam zum Vorschein: des Entflohenen gute Sonntagskleider und seiner Mutter ärmlicher Staat; dann zwei Leichenhemden mit schwarzen Bändern, das eine für einen Mann, das andere für eine Frau gemacht. Herr von S. war tief erschüttert. Ganz zu unterst auf dem Boden des Koffers lag die silberne Uhr und einige Schriften von sehr leserlicher Hand; eine derselben von einem Manne unterzeichnet, den man in starkem Verdacht der Verbindung mit den Holzfrevlern hatte. Herr von S. nahm sie mit zur Durchsicht, und man verließ das Haus, ohne daß Margreth ein anderes Lebenszeichen von sich gegeben hätte, als daß sie unaufhörlich die Lippen nagte und mit den Augen zwinkerte.

Im Schlosse angelangt, fand der Gutsherr den Amtsschreiber, der schon am vorigen Abend heimgekommen war und behauptete, die ganze Geschichte verschlafen zu haben, da der gnädige Herr nicht nach ihm geschickt. — „Sie kommen immer zu spät“, sagte Herr von S. verdrießlich. „War denn nicht irgendein altes Weib im Dorfe, das Ihrer Magd die Sache erzählte? Und warum weckte man Sie dann nicht?“ — „Gnädiger Herr,“ versetzte Kapp, „allerdings hat meine Anne Marie den Handel um eine Stunde früher erfahren als ich; aber sie wußte, daß Ihro Gnaden die Sache selbst leiteten, und dann,“ fügte er mit klagender Miene hinzu, „daß ich so todmüde war!“ — „Schöne Polizei!“ murmelte der Gutsherr, „jede alte Schachtel im Dorf weiß Bescheid, wenn es recht geheim zugehen soll.“ Dann fuhr er heftig fort: „Das müßte wahrhaftig ein dummer Teufel von Delinquenten sein, der sich packen ließe!“

Beide schwiegen eine Weile. „Mein Fuhrmann hatte sich in der Nacht verirrt," hob der Amtsschreiber wieder an; „über eine Stunde lang hielten wir im Walde; es war ein Mordwetter; ich dachte, der Wind werde den Wagen umreißen. Endlich, als der Regen nachließ, fuhren wir in Gottes Namen darauf los, immer in das Zellerfeld hinein, ohne eine Hand vor den Augen zu sehen. Da sagte der Kutscher: ‚Wenn wir nur nicht den Steinbrüchen zu nahe kommen!' Mir war selbst bange; ich ließ halten und schlug Feuer, um wenigstens etwas Unterhaltung an meiner Pfeife zu haben. Mit einemmale hörten wir ganz nah, perpendikulär unter uns die Glocke schlagen. Euer Gnaden mögen glauben, daß mir fatal zumute wurde. Ich sprang aus dem Wagen, denn seinen eigenen Beinen kann man trauen, aber denen der Pferde nicht. So stand ich, in Kot und Regen, ohne mich zu rühren, bis es gottlob sehr bald anfing zu dämmern. Und wo hielten wir? Dicht an der Heerser Tiefe und den Turm von Heerse gerade unter uns. Wären wir noch zwanzig Schritt weiter gefahren, wir wären alle Kinder des Todes gewesen." — „Das war in der Tat kein Spaß", versetzte der Gutsherr, halb versöhnt.

Er hatte unterdessen die mitgenommenen Papiere durchgesehen. Es waren Mahnbriefe um geliehene Gelder, die meisten von Wucherern. — „Ich hätte nicht gedacht," murmelte er, „daß die Mergels so tief drin steckten." — „Ja, und daß es so an den Tag kommen muß," versetzte Kapp, „das wird kein kleiner Ärger für Frau Margreth sein." — „Ach Gott, die denkt jetzt daran nicht!" Mit diesen Worten stand der Gutsherr auf und verließ das Zimmer, um mit Herrn Kapp die gerichtliche Leichenschau vorzunehmen. — Die Untersuchung war kurz, gewaltsamer Tod erwiesen, der vermutliche Täter entflohen, die Anzeichen gegen ihn zwar gravierend, doch ohne persönliches Geständnis nicht beweisend, seine Flucht allerdings sehr verdächtig. So mußte die gerichtliche Verhandlung ohne genügenden Erfolg geschlossen werden.

Die Juden der Umgegend hatten großen Anteil gezeigt. Das Haus der Witwe ward nie leer von Jammernden und Ratenden. Seit Menschengedenken waren nicht so viel Juden beisammen in L. gesehen worden. Durch den Mord ihres Glaubensgenossen aufs äußerste erbittert, hatten sie weder Mühe noch Geld gespart, dem Täter auf die Spur zu kommen. Man weiß sogar, daß einer derselben, gemeinhin der Wucherjoel genannt, einem seiner Kunden, der ihm mehrere Hunderte schuldete und den er für einen besonders listigen Kerl hielt, Erlaß der ganzen Summe angeboten hatte, falls er ihm zur Verhaftung des Mergel verhelfen wolle; denn der Glaube war allgemein unter den Juden, daß der Täter nur mit guter Beihülfe entwischt und wahrscheinlich noch in der Umgegend sei. Als dennoch alles nichts half und die gerichtliche Verhandlung für beendet erklärt worden war, erschien am nächsten Morgen eine Anzahl der angesehensten Israeliten im Schlosse, um dem gnädigen Herrn einen Handel anzutragen. Der Gegenstand war die Buche, unter der Aarons Stab gefunden und wo der Mord wahrscheinlich verübt worden war. — „Wollt ihr sie fällen? So mitten im vollen Laube?“ fragte der Gutsherr. — „Nein, Ihro Gnaden, sie muß stehenbleiben im Winter und Sommer, solange ein Span daran ist.“ — „Aber, wenn ich nun den Wald hauen lasse, so schadet es dem jungen Aufschlag.“ — „Wollen wir sie doch nicht um gewöhnlichen Preis.“ Sie boten zweihundert Taler. Der Handel ward geschlossen und allen Förstern streng eingeschärft, die Judenbuche auf keine Weise zu schädigen. — Darauf sah man an einem Abende wohl gegen sechzig Juden, ihren Rabbiner an der Spitze, in das Brederholz ziehen, alle schweigend und mit gesenkten Augen. — Sie blieben über eine Stunde im Walde und kehrten dann ebenso ernst und feierlich zurück, durch das Dorf B. bis in das Zellerfeld, wo sie sich zerstreuten und jeder seines Weges ging. — Am nächsten Morgen stand an der Buche mit dem Beil eingehauen:

אם תעבור במקום הזה יפגע בך כאשר אתה עשית לי

Und wo war Friedrich? Ohne Zweifel fort, weit genug, um die kurzen Arme einer so schwachen Polizei nicht mehr fürchten zu dürfen. Er war bald verschollen, vergessen. Ohm Simon redete selten von ihm, und dann schlecht; die Judenfrau tröstete sich am Ende und nahm einen anderen Mann. Nur die arme Margreth blieb ungetröstet.

Etwa ein halbes Jahr nachher las der Gutsherr einige eben erhaltene Briefe in Gegenwart des Amtsschreibers. — „Sonderbar, sonderbar!“ sagte er. „Denken Sie sich, Kapp, der Mergel ist vielleicht unschuldig an dem Morde. Soeben schreibt mir der Präsident des Gerichtes zu P.: ‚Le vrai n'est pas toujours vraisemblable‘; das erfahre ich oft in meinem Berufe und jetzt neuerdings. Wissen Sie wohl, daß Ihr lieber Getreuer, Friedrich Mergel, den Juden mag ebensowenig erschlagen haben als ich oder Sie? Leider fehlen die Beweise, aber die Wahrscheinlichkeit ist groß. Ein Mitglied der Schlemmingschen Bande (die wir jetzt, nebenbei gesagt, größtenteils unter Schloß und Riegel haben), Lumpenmoises genannt, hat im letzten Verhöre ausgesagt, daß ihn nichts so sehr gereue als der Mord eines Glaubensgenossen, Aaron, den er im Walde erschlagen und doch nur sechs Groschen bei ihm gefunden habe. Leider ward das Verhör durch die Mittagsstunde unterbrochen, und während wir tafelten, hat sich der Hund von einem Juden an seinem Strumpfband erhängt. Was sagen Sie dazu? Aaron ist zwar ein verbreiteter Name usw.“ — „Was sagen Sie dazu?“ wiederholte der Gutsherr: „und weshalb wäre der Esel von einem Burschen denn gelaufen?“ — Der Amtsschreiber dachte nach. — „Nun, vielleicht der Holzfrevel wegen, mit denen wir ja gerade in

Untersuchung waren. Heißt es nicht: der Böse läuft vor seinem eigenen Schatten? Mergels Gewissen war schmutzig genug auch ohne diesen Flecken."

Dabei beruhigte man sich. Friedrich war hin, verschwunden und — Johannes Niemand, der arme, unbeachtete Johannes, am gleichen Tage mit ihm. — —

*

Eine schöne lange Zeit war verflossen, achtundzwanzig Jahre, fast die Hälfte eines Menschenlebens; der Gutsherr war sehr alt und grau geworden, sein gutmütiger Gehülfe Kapp längst begraben. Menschen, Tiere und Pflanzen waren entstanden, gereift, vergangen, nur Schloß B. sah immer gleich grau und vornehm auf die Hütten herab, die wie alte hektische Leute immer fallen zu wollen schienen und immer standen. Es war am Vorabende des Weihnachtsfestes, den 24. Dezember 1788. Tiefer Schnee lag in den Hohlwegen, wohl an zwölf Fuß hoch, und eine durchdringende Frostluft machte die Fensterscheiben in der geheizten Stube gefrieren. Mitternacht war nahe, dennoch flimmerten überall matte Lichtchen aus den Schneehügeln, und in jedem Hause lagen die Einwohner auf den Knien, um den Eintritt des heiligen Christfestes mit Gebet zu erwarten, wie dies in katholischen Ländern Sitte ist oder wenigstens damals allgemein war. Da bewegte sich von der Breder Höhe herab eine Gestalt langsam gegen das Dorf; der Wanderer schien sehr matt oder krank; er stöhnte schwer und schleppte sich äußerst mühsam durch den Schnee.

An der Mitte des Hanges stand er still, lehnte sich auf seinen Krückenstab und starrte unverwandt auf die Lichtpunkte. Es war so still überall, so tot und kalt; man mußte an Irrlichter auf Kirchhöfen denken. Nun schlug es zwölf im Turm; der letzte Schlag verdröhnte langsam, und im nächsten Hause erhob sich ein leiser Gesang, der, von Hause zu Hause schwellend, sich über das ganze Dorf zog:

Ein Kindelein so löbelich
Ist uns geboren heute,
Von einer Jungfrau säuberlich,
Des freun sich alle Leute;
Und wär das Kindelein nicht geborn,
So wären wir alle zusammen verlorn:
Das Heil ist unser aller.
O du mein liebster Jesu Christ,
Der du als Mensch geboren bist,
Erlös uns von der Hölle!

Der Mann am Hange war in die Knie gesunken und versuchte mit zitternder Stimme einzufallen: es ward nur ein lautes Schluchzen daraus, und schwere, heiße Tropfen fielen in den Schnee. Die zweite Strophe begann; er betete leise mit; dann die dritte und vierte. Das Lied war geendigt, und die Lichter in den Häusern begannen sich zu bewegen. Da richtete der Mann sich mühselig auf und schlich langsam hinab in das Dorf. An mehreren Häusern keuchte er vorüber, dann stand er vor einem still und pochte leise an.

„Was ist denn das?" sagte drinnen eine Frauenstimme; „die Türe klappert, und der Wind geht doch nicht." — Er pochte stärker: „Um Gottes willen, laßt einen halberfrorenen Menschen ein, der aus der türkischen Sklaverei kommt!" — Geflüster in der Küche. „Geht ins Wirtshaus," antwortete eine andere Stimme, „das fünfte Haus von hier!" — „Um Gottes Barmherzigkeit willen, laßt mich ein! Ich habe kein Geld." Nach einigem Zögern ward die Tür geöffnet, und ein Mann leuchtete mit der Lampe hinaus. — „Kommt nur herein," sagte er dann, „Ihr werdet uns den Hals nicht abschneiden."

In der Küche befanden sich außer dem Manne eine Frau in den mittleren Jahren, eine alte Mutter und fünf Kinder. Alle drängten sich um den Eintretenden her und musterten ihn mit scheuer Neugier. Eine armselige Figur! Mit schiefem Halse, gekrümmtem Rücken, die ganze Gestalt gebrochen und kraftlos; langes, schneeweißes Haar hing um sein Gesicht, das den verzogenen Ausdruck langen Leidens trug. Die Frau ging schweigend an den Herd und legte frisches Reisig zu. — „Ein Bett können wir Euch nicht geben", sagte sie; „aber ich will hier eine gute Streu machen; Ihr müßt Euch schon so behelfen." — „Gott's Lohn!" versetzte der Fremde; „ich bins wohl schlechter gewohnt." — Der Heimgekehrte ward als Johannes Niemand erkannt, und er selbst bestätigte, daß er derselbe sei, der einst mit Friedrich Mergel entflohen.

Das Dorf war am folgenden Tage voll von den Abenteuern des so lange Verschollenen. Jeder wollte den Mann aus der Türkei sehen, und man wunderte sich beinahe, daß er noch aussehe wie andere Menschen. Das junge Volk hatte zwar keine Erinnerungen von ihm, aber die Alten fanden seine Züge noch ganz wohl heraus, so erbärmlich entstellt er auch war.

„Johannes, Johannes, was seid Ihr grau geworden!" sagte eine alte Frau. „Und woher habt Ihr den schiefen Hals?" — „Vom Holz- und Wassertragen in der Sklaverei", versetzte er. — „Und was ist aus Mergel geworden? Ihr seid doch zusammen fortgelaufen?" — „Freilich wohl; aber ich weiß nicht, wo er ist, wir sind voneinander gekommen. Wenn Ihr an ihn denkt, betet für ihn," fügte er hinzu, „er wird es wohl nötig haben."

Man fragte ihn, warum Friedrich sich denn aus dem Staube gemacht, da er den Juden doch nicht erschlagen? — „Nicht?" sagte Johannes und horchte gespannt auf, als man ihm erzählte, was der Gutsherr geflissentlich verbreitet hatte, um den Fleck von Mergels Namen zu löschen. — „Also ganz umsonst," sagte er nachdenkend, „ganz umsonst so viel ausgestanden!" Er seufzte tief und fragte nun seinerseits nach manchem. Simon war lange tot, aber zuvor noch ganz verarmt durch Prozesse und böse Schuldner, die er nicht gerichtlich belangen durfte, weil es, wie man sagte, zwischen ihnen keine reine Sache war. Er hatte zuletzt Bettelbrot gegessen und war in einem fremden Schuppen auf dem Stroh gestorben. Margreth hatte länger gelebt, aber in völliger Geistesstumpfheit. Die Leute im Dorf waren es bald müde geworden, ihr beizustehen, da sie alles verkommen ließ, was man ihr gab, wie es denn die Art der Menschen ist, gerade die Hülfslosesten zu verlassen, solche, bei denen der Beistand nicht nachhaltig wirkt und die der Hülfe immer gleich bedürftig bleiben. Dennoch hatte sie nicht eigentlich Not gelitten; die Gutsherrschaft sorgte sehr für sie, schickte ihr täglich das Essen und ließ ihr auch ärztliche Behandlung zukommen, als ihr kümmerlicher Zustand in völlige Abzehrung übergegangen war. In ihrem Hause wohnte jetzt der Sohn des ehemaligen Schweinehirten, der an jenem unglücklichen Abende Friedrichs Uhr so sehr bewundert hatte. — „Alles hin, alles tot!" seufzte Johannes.

Am Abend, als es dunkel geworden war und der Mond schien, sah man ihn im Schnee auf dem Kirchhofe umherhumpeln; er betete bei keinem Grabe, ging auch an keines dicht hinan, aber auf einige schien er aus der Ferne starre Blicke zu heften. So fand ihn der Förster Brandis, der Sohn des Erschlagenen, den die Gutsherrschaft abgeschickt hatte, ihn ins Schloß zu holen.

Beim Eintritt in das Wohnzimmer sah er scheu umher, wie vom Licht geblendet, und dann auf den Baron, der sehr zusammengefallen in seinem Lehnstuhl saß, aber noch immer mit den hellen Augen und dem roten Käppchen auf dem Kopfe wie vor achtundzwanzig Jahren; neben ihm die gnädige Frau, auch alt, sehr alt geworden.

„Nun, Johannes," sagte der Gutsherr, „erzähl mir einmal recht ordentlich von deinen Abenteuern. Aber", er musterte ihn durch die Brille, „du bist ja erbärmlich mitgenommen in der Türkei!“ — Johannes begann: wie Mergel ihn nachts von der Herde abgerufen und gesagt, er müsse mit ihm fort. — „Aber warum lief der dumme Junge denn? Du weißt doch, daß er unschuldig war?“ — Johannes sah vor sich nieder: „Ich weiß nicht recht, mich dünkt, es war wegen Holzgeschichten. Simon hatte so allerlei Geschäfte; mir sagte man nichts davon, aber ich glaube nicht, daß alles war, wie es sein sollte.“ — „Was hat denn Friedrich dir gesagt?“ — „Nichts, als daß wir laufen müßten, sie wären hinter uns her. So liefen wir bis Heerse; da war es noch dunkel, und wir versteckten uns hinter das große Kreuz am Kirchhofe, bis es etwas heller würde, weil wir uns vor den Steinbrüchen am Zellerfelde fürchteten, und wie wir eine Weile gesessen hatten, hörten wir mit einem Male über uns schnauben und stampfen und sahen lange Feuerstrahlen in der Luft gerade über dem Heerser Kirchturm. Wir sprangen auf und liefen, was wir konnten, in Gottes Namen gerade aus, und wie es dämmerte, waren wir wirklich auf dem rechten Wege nach P.“

Johannes schien noch vor der Erinnerung zu schaudern, und der Gutsherr dachte an seinen seligen Kapp und dessen Abenteuer am Heerser Hange. — „Sonderbar!“ lachte er, „so nah wart ihr einander! Aber fahr fort.“ — Johannes erzählte nun, wie sie glücklich durch P. und über die Grenze gekommen. Von da an hatten sie sich als wandernde Handwerksbursche durchgebettelt bis Freiburg im Breisgau. „Ich hatte meinen Brotsack bei mir,“ sagte er, „und Friedrich ein Bündelchen; so glaubte man uns.“ — In Freiburg hatten sie sich von den Österreichern anwerben lassen; ihn hatte man nicht gewollt, aber Friedrich bestand darauf. So kam er unter den Train. „Den Winter über blieben wir in Freiburg,“ fuhr er fort, „und es ging uns ziemlich gut; mir auch, weil Friedrich mich oft erinnerte und mir half, wenn ich etwas verkehrt machte. Im Frühling mußten wir marschieren, nach Ungarn, und im Herbst ging der Krieg mit den Türken los.

Ich kann nicht viel davon nachsagen, denn ich wurde gleich in der ersten Affäre gefangen und bin seitdem sechsundzwanzig Jahre in der türkischen Sklaverei gewesen!" — „Gott im Himmel! Das ist doch schrecklich!" sagte Frau von S. — „Schlimm genug, die Türken halten uns Christen nicht besser als Hunde; das schlimmste war, daß meine Kräfte unter der harten Arbeit vergingen; ich ward auch älter und sollte noch immer tun wie vor Jahren."

Er schwieg eine Weile. „Ja," sagte er dann, „es ging über Menschenkräfte und Menschengeduld; ich hielt es auch nicht aus. — Von da kam ich auf ein holländisches Schiff." — „Wie kamst du denn dahin?" fragte der Gutsherr. — „Sie fischten mich auf, aus dem Bosporus", versetzte Johannes. Der Baron sah ihn befremdet an und hob den Finger warnend auf; aber Johannes erzählte weiter. Auf dem Schiffe war es ihm nicht viel besser gegangen. „Der Skorbut riß ein; wer nicht ganz elend war, mußte über Macht arbeiten, und das Schiffstau regierte ebenso streng wie die türkische Peitsche. Endlich," schloß er, „als wir nach Holland kamen, nach Amsterdam, ließ man mich frei, weil ich unbrauchbar war, und der Kaufmann, dem das Schiff gehörte, hatte auch Mitleiden mit mir und wollte mich zu seinem Pförtner machen. Aber" — er schüttelte den Kopf — „ich bettelte mich lieber durch bis hieher." — „Das war dumm genug", sagte der Gutsherr. Johannes seufzte tief: „O Herr, ich habe mein Leben zwischen Türken und Ketzern zubringen müssen; soll ich nicht wenigstens auf einem katholischen Kirchhofe liegen?" Der Gutsherr hatte seine Börse gezogen: „Da, Johannes, nun geh und komm bald wieder. Du mußt mir das alles noch ausführlicher erzählen; heute ging es etwas konfus durcheinander. — Du bist wohl noch sehr müde?" — „Sehr müde", versetzte Johannes; „und" — er deutete auf seine Stirn — „meine Gedanken sind zuweilen so kurios, ich kann nicht recht sagen, wie es so ist." — „Ich weiß schon," sagte der Baron, „von alter Zeit her. Jetzt geh! Hülsmeyers behalten dich wohl noch die Nacht über, morgen komm wieder."

Herr von S. hatte das innigste Mitleiden mit dem armen Schelm; bis zum folgenden Tage war überlegt worden, wo man ihn einmieten könne; essen sollte er täglich im Schlosse, und für Kleidung fand sich auch wohl Rat. — „Herr," sagte Johannes, „ich kann auch noch wohl etwas tun; ich kann hölzerne Löffel machen, und Ihr könnt mich auch als Boten schicken." — Herr von S. schüttelte mitleidig den Kopf: „Das würde doch nicht sonderlich ausfallen." — „O doch, Herr, wenn ich erst im Gange bin — es geht nicht schnell, aber hin komme ich doch, und es wird mir auch nicht sauer, wie man denken sollte." — „Nun," sagte der Baron zweifelnd, „willst du's versuchen? Hier ist ein Brief nach P. Es hat keine sonderliche Eile."

Am folgenden Tage bezog Johannes sein Kämmerchen bei einer Witwe im Dorfe. Er schnitzelte Löffel, aß auf dem Schlosse und machte Botengänge für den gnädigen Herrn. Im ganzen gings ihm leidlich; die Herrschaft war sehr gütig, und Herr von S. unterhielt sich oft lange mit ihm über die Türkei, den österreichischen Dienst und die See. — „Der Johannes könnte viel erzählen," sagte er zu seiner Frau, „wenn er nicht so grundeinfältig wäre." — „Mehr tiefsinnig als einfältig", versetzte sie; „ich fürchte immer, er schnappt noch über." — „Ei bewahre!" antwortete der Baron, „er war sein Leben lang ein Simpel; simple Leute werden nie verrückt."

Nach einiger Zeit blieb Johannes auf einem Botengange über Gebühr lange aus. Die gute Frau von S. war sehr besorgt um ihn und wollte schon Leute aussenden, als man ihn die Treppe heraufstelzen hörte. — „Du bist lange ausgeblieben, Johannes," sagte sie; „ich dachte schon, du hättest dich im Brederholz verirrt." — „Ich bin durch den Föhrengrund gegangen." — „Das ist ja ein weiter Umweg; warum gingst du nicht durchs Brederholz?" — Er sah trübe zu ihr auf: „Die Leute sagten mir, der Wald sei gefällt, und jetzt seien so viele Kreuz- und Querwege darin, da fürchtete ich, nicht wieder hinauszukommen. Ich werde alt und duselig", fügte er langsam hinzu. — „Sahst du wohl," sagte Frau von S. nachher zu ihrem Manne, „wie wunderlich und quer er aus den Augen sah? Ich sage dir, Ernst, das nimmt noch ein schlimmes Ende."

Indessen nahte der September heran. Die Felder waren leer, das Laub begann abzufallen, und mancher Hektische fühlte die Schere an seinem Lebensfaden. Auch Johannes schien unter dem Einflusse des nahen Äquinoktiums zu leiden; die ihn in diesen Tagen sahen, sagen, er habe auffallend verstört ausgesehen und unaufhörlich leise mit sich selber geredet, was er auch sonst mitunter tat, aber selten. Endlich kam er eines Abends nicht nach Hause. Man dachte, die Herrschaft habe ihn verschickt; am zweiten auch nicht; am dritten Tage ward seine Hausfrau ängstlich. Sie ging ins Schloß und fragte nach. — „Gott bewahre," sagte der Gutsherr, „ich weiß nichts von ihm; aber geschwind den Jäger gerufen und Försters Wilhelm! Wenn der armselige Krüppel", setzte er bewegt hinzu, „auch nur in einen trockenen Graben gefallen ist, so kann er nicht wieder heraus. Wer weiß, ob er nicht gar eines von seinen schiefen Beinen gebrochen hat! — Nehmt die Hunde mit", rief er den abziehenden Jägern nach, „und sucht vor allem in den Gräben; seht in die Steinbrüche!" rief er lauter.

Die Jäger kehrten nach einigen Stunden heim; sie hatten keine Spur gefunden. Herr von S. war in großer Unruhe: „Wenn ich mir denke, daß einer so liegen muß wie ein Stein und kann sich nicht helfen! Aber er kann noch leben; drei Tage hälts ein Mensch wohl ohne Nahrung aus." Er machte sich selbst auf den Weg; in allen Häusern wurde nachgefragt, überall in die Hörner geblasen, gerufen, die Hunde zum Suchen angehetzt — umsonst! — Ein Kind hatte ihn gesehen, wie er am Rande des Brederholzes saß und an einem Löffel schnitzelte. „Er schnitt ihn aber ganz entzwei“, sagte das kleine Mädchen. Das war vor zwei Tagen gewesen. Nachmittags fand sich wieder eine Spur: abermals ein Kind, das ihn an der anderen Seite des Waldes bemerkt hatte, wo er im Gebüsch gesessen, das Gesicht auf den Knien, als ob er schliefe. Das war noch am vorigen Tage. Es schien, er hatte sich immer um das Brederholz herumgetrieben.

„Wenn nur das verdammte Buschwerk nicht so dicht wäre! da kann keine Seele hindurch“, sagte der Gutsherr. Man trieb die Hunde in den jungen Schlag; man blies und hallote und kehrte endlich mißvergnügt heim, als man sich überzeugt, daß die Tiere den ganzen Wald abgesucht hatten. — „Laßt nicht nach! laßt nicht nach!“ bat Frau von S.; „besser ein paar Schritte umsonst, als daß etwas versäumt wird.“ Der Baron war fast ebenso beängstigt wie sie. Seine Unruhe trieb ihn sogar nach Johannes' Wohnung, obwohl er sicher war, ihn dort nicht zu finden. Er ließ sich die Kammer des Verschollenen aufschließen. Da stand sein Bett noch ungemacht, wie er es verlassen hatte, dort hing sein guter Rock, den ihm die gnädige Frau aus dem alten Jagdkleide des Herrn hatte machen lassen; auf dem Tische ein Napf, sechs neue hölzerne Löffel und eine Schachtel. Der Gutsherr öffnete sie; fünf Groschen lagen darin, sauber in Papier gewickelt, und vier silberne Westenknöpfe; der Gutsherr betrachtete sie aufmerksam. „Ein Andenken von Mergel“, murmelte er und trat hinaus, denn ihm ward ganz beengt in dem dumpfen, engen Kämmerchen. Die Nachsuchungen wurden fortgesetzt, bis man sich überzeugt hatte, Johannes sei nicht mehr in der Gegend, wenigstens nicht lebendig. So war er denn zum zweitenmal verschwunden; ob man ihn wiederfinden würde — vielleicht einmal nach Jahren seine

Knochen in einem trockenen Graben? Ihn lebend wiederzusehen, dazu war wenig Hoffnung, und jedenfalls nach achtundzwanzig Jahren gewiß nicht.

Vierzehn Tage später kehrte der junge Brandis morgens von einer Besichtigung seines Reviers durch das Brederholz heim. Es war ein für die Jahreszeit ungewöhnlich heißer Tag, die Luft zitterte, kein Vogel sang, nur die Raben krächzten langweilig aus den Ästen und hielten ihre offenen Schnäbel der Luft entgegen. Brandis war sehr ermüdet. Bald nahm er seine von der Sonne durchglühte Kappe ab, bald setzte er sie wieder auf. Es war alles gleich unerträglich, das Arbeiten durch den kniehohen Schlag sehr beschwerlich. Ringsumher kein Baum außer der Judenbuche. Dahin strebte er denn auch aus allen Kräften und ließ sich todmatt auf das beschattete Moos darunter nieder. Die Kühle zog so angenehm durch seine Glieder, daß er die Augen schloß. „Schändliche Pilze!" murmelte er halb im Schlaf. Es gibt nämlich in jener Gegend eine Art sehr saftiger Pilze, die nur ein paar Tage stehen, dann einfallen und einen unerträglichen Geruch verbreiten. Brandis glaubte solche unangenehmen Nachbarn zu spüren, er wandte sich ein paarmal hin und her, mochte aber doch nicht aufstehen; sein Hund sprang unterdessen umher, kratzte am Stamm der Buche und bellte hinauf. „Was hast du da, Bello? Eine Katze?" murmelte Brandis. Er öffnete die Wimper halb, und die Judenschrift fiel ihm ins Auge, sehr ausgewachsen, aber doch noch ganz kenntlich. Er schloß die Augen wieder; der Hund fuhr fort zu bellen und legte endlich seinem Herrn die kalte Schnauze ans Gesicht. — „Laß mich in Ruh! Was hast du denn?" Hiebei sah Brandis, wie er so auf dem Rücken lag, in die Höhe, sprang dann mit einem Satze auf und wie besessen ins Gestrüpp hinein. Totenbleich kam er auf dem Schlosse an: in der Judenbuche hänge ein Mensch; er habe die Beine gerade über seinem Gesichte hängen sehen. — „Und du hast ihn nicht abgeschnitten,

Esel?" rief der Baron. — „Herr," keuchte Brandis, „wenn Ew. Gnaden dagewesen wären, so wüßten Sie wohl, daß der Mensch nicht mehr lebt. Ich glaubte anfangs, es seien die Pilze!" Dennoch trieb der Gutsherr zur größten Eile und zog selbst mit hinaus.

Sie waren unter der Buche angelangt. „Ich sehe nichts", sagte Herr von S. — „Hierher müssen Sie treten, hierher, an diese Stelle!" — Wirklich, dem war so: der Gutsherr erkannte seine eigenen abgetragenen Schuhe. — „Gott, es ist Johannes! — Setzt die Leiter an! — So — nun herunter! Sacht, sacht! Laßt ihn nicht fallen! — Lieber Himmel, die Würmer sind schon daran! Macht dennoch die Schlinge auf und die Halsbinde." Eine breite Narbe ward sichtbar; der Gutsherr fuhr zurück. — „Mein Gott!" sagte er; er beugte sich wieder über die Leiche, betrachtete die Narbe mit großer Aufmerksamkeit und schwieg eine Weile in tiefer Erschütterung. Dann wandte er sich zu den Förstern: „Es ist nicht recht, daß der Unschuldige für den Schuldigen leide; sagt es nur allen Leuten: der da" — er deutete auf den Toten — „war Friedrich Mergel." — Die Leiche ward auf dem Schindanger verscharrt.

Dies hat sich nach allen Hauptumständen wirklich so begeben im September des Jahres 1789. — Die hebräische Schrift an dem Baume heißt:

„Wenn du dich diesem Orte nahest, so wird es dir ergehen, wie du mir getan hast."

BEI UNS ZU LANDE AUF DEM LANDE

Nach der Handschrift eines Edelmannes aus der Lausitz

(Rüschhaus — Meersburg 1841—1842)

Einleitung des Herausgebers

Ich bin ein Westfale, und zwar ein Stockwestfale, nämlich ein Münsterländer — Gott sei Dank! füge ich hinzu — und denke gut genug von jedem Fremden, wer er auch sei, um ihm zuzutrauen, daß er, gleich mir, den Boden, wo seine Lebenden wandeln und seine Toten ruhen, mit keinem andern auf Erden vertauschen würde, obwohl seit etwa zwei Jahrzehnten, das heißt seit der Dampf daran arbeitet, das Landeskind in einen Weltbürger umzublasen, die Furcht, beschränkt und eingerostet zu erscheinen, es fast zur Sitte gemacht hat, die Schwächen der Alma mater, welche man sonst Vaterland nannte und bald nur als den zufälligen Ort der Geburt bezeichnen wird, mit möglichst schonungsloser Hand aufzudecken und so einen glänzenden Beweis seiner Vielseitigkeit zu geben — es ist bekanntlich ja unendlich trostloser, für albern, als für schlimm zu gelten! — Möge die zivilisierte Welt also getröstet sein, denn ihre Fortschritte zu der alles nivellierenden Unbefangenheit der wandernden Schauspieler, Scherenschleifer und vagierenden Musikanten sind schnell und unwidersprechlich — dennoch bleiben Erbübel immer schwer auszurotten, und ich glaube bemerkt zu haben, daß, sobald man auf die Redeweisen dieser grandiosen Parteilosen fein kräftig eingeht und etwa hier und dort noch den rechten Drücker aufsetzt, sie gerade so vergnügt lächeln als ein Bauer, der Zahnweh hat. Gott bessers! sage ich und überlasse die beliebige Auslegung jedem. Was mich anbelangt, so bin ich, wie gesagt, ein Mensch nullius judicii, nämlich ein Münsterländer, sonst guter Leute Kind, habe studiert, in Bonn, in Heidelberg, auch auf einer Ferienreise vom Rigi geschaut und die Welt nicht nur weitläufig, sondern sogar überaus schön gefunden — ein in der Tat wunderbar köstlicher Moment, und für den armen Studenten, der um jeden zu diesem Zwecke heimgelegten Groschen irgendeine andere Freude hat totschlagen müssen, ein tief, fast heilig bewegender Moment — dennoch nichts gegen das erste Knistern des Heidekrauts unter den Rädern, nichts gegen das mutwillige Andringen der ersten Blütenstaubwolke, die die erste Nußhecke uns in den Wagen wirbelte, nach zwei langen auswärts verlebten Jahren. Da habe ich mich mal weit aus dem Schlage gelehnt und mich gelb einpudern lassen, wie ein Römer aus den Zeiten Augusts, und so wie berauscht die erstickenden Küsse meiner Heimat eingesogen — dann kamen meine klaren, stillen Weiher mit den gelben Wasserlilien, meine Schwärme von Libellen, die wie glänzende Zäpfchen sich überall anhängen, meine blauen, goldenen, getigerten Schmetterlinge, welche bei jedem Hufschlag einen flatternden Menuett veranstalteten. — Wie gern wäre ich ausgestiegen und ein Weilchen nebenhergetrabt; aber es kam mir vor, als müßte ich mich schämen vor den Leuten im Schnellwagen, und vor allen machte mir ein bleicher, winddürrer Herr not, der ganz aussah wie ein Genie, was auf Menschenkenntnis reist; denn ich bin ehrlicher Leute Kind und möchte nicht gern als empfindsame Heidschnucke in einem Journale figurieren — deshalb will ich denn auch hier abbrechen und nur noch sagen, daß ich seit zwölf Jahren wieder bei uns zu Lande bin und mein friedliches Brot habe, als Rentmeister meines guten gnädigen Herrn, der keine Schwalbe an seinem Dache belästigen mag, wieviel weniger seine Leute überladet, so daß ich meine Arbeit in der Tat ganz wohl zwingen kann und um vieles an gutem, ich meine gesundem Aussehen gewonnen habe, sonderlich in den letzten fünf Jahren, seit ich das obere Turmzimmer bewohne, was das gesundeste im Hause ist und mir noch allerlei kleine Ergötzlichkeiten, als aus dem Fenster zu angeln und die Reiher über dem Schloßweiher wegzuschießen, bietet. Die Zeitungen werden mir auch gebracht, wenn der Herr sie gelesen, und die Bücher aus der Leihbibliothek; so füllt sich mein Überschuß an Zeit ganz behaglich aus, und ich bleibe so nett im Rapport mit der politischen und belletristischen Außenwelt. Sehr wunderlich war mir zumute, als mir vor etwa zehn Jahren zum ersten Mal mein gutes Ländchen in van der Veldens Roman unverhofft begegnete; es war mir fast, als sei ich nun ein Lion geworden und könne fortan nicht mehr in meinem ordinären Rocke ausgehen. In den letzten Jahren habe ich mich indessen dagegen verhärtet, seit wir Westfalen in der Literatur wie Ameisen umherwimmeln. — Ich will nichts gegen diese Schriften sagen, da ich wohl weiß, wie es mir ergehen würde, wenn ich zum Beispiel einen Russen oder Kalmücken auftreten lassen sollte, aber soviel ist gewiß, daß ich in den Figuren, die dort unsere Straßen durchwandeln, höchstens meine Nebenmenschen erkannt habe; mir fiel dabei ein, wie ich in den Gymnasialjahren bei einer stillen honetten Familie wohnte, wo jeden Abend Walter Scotts Romane, einer nach dem andern, andächtig vorgenommen wurden — mein Wirt war Forstmann, sein Bruder Militär und seiner Frauen Bruder, der sich pünktlich um sieben mit der langen Pfeife und einem starken Salbenduft einstellte, Wundarzt. Gott! wie haben wir uns an dem Schottländer ergötzt, aber nur ich ganz rein, weil ich von allem, was er verhandelte, eben kaum oberflächliche Kenntnisse hatte, die andern hingegen fanden alles unübertrefflich, bis auf die greulichen Schnitzer in jedes eigenem Fach, und lagen sich oft in den Haaren, daß sie im Eifer das Licht ausdampften und mir vor Rauch und Angst der Atem ausging; denn mein Held lag derweil hart verwundet am Boden, und mir war, als müsse er sich verbluten, oder er hing über einem schaudernden Abgrund, und mir war, als sähe ich ein Steinchen nach dem andern unter seinen Füßen wegbröckeln; daraus habe ich mir denn den Schluß gezogen, nicht damals, sondern nachträglich, daß man, sowohl aus Billigkeit als um sich nicht unnötig zu verstimmen, zuweilen die Krähe für den Raben muß gelten lassen, und es nicht zu genau zu nehmen mit Leuten, die vielleicht aus Not, als gute Familienväter, sich mit Gegenständen befaßt haben, zu deren Durchdringung ihnen nun einmal die Gelegenheit nicht ist gegeben worden; dennoch war es mir, so oft ich las, als rufe alles Totgeschlagene um Hülfe und fordere sein Leben von mir — ich hatte seitdem keine Ruhe, weniger vor dem, was besteht, als vor dem, was für immer hin ist — alte, nebelhafte Erinnerungen aus meinen frühesten Jahren, die ich gar nicht mehr in meinem Gedächtnisse geborgen glaubte, tauchten auf, glitten mir tages über die Rechnungen und kamen nachts in einer lebendigen Verkörperung wieder. Ich war wieder ein Kind und kniete neugierig und andächtig auf dem grünen Stiftsanger, während die Prozession an mir vorüberzog, die Kirchenfahnen, die breite Sodalitätsfahne, ich sah genau die seit dreißig Jahren vergessenen Zieraten des Reliquienkastens, und Fräulein, die ich schon so lange als alt und verkümmert kannte, daß es mir war, als könnten sie nie jung und selbständig gewesen sein, traten in ihrer weißen Ordenstracht so stattlich und sittsam hinter dem hochwürdigen Gute her, wie es christlichen Herrschaften geziemt. Seltsam genug war in diesen Träumen auch alle Scheu und Beschränktheit eines Kindes wieder über mich gekommen; ich fürchtete mich etwas Weniges vor den Bärten der Kapuziner, nahm nur zögernd und doch begierig das Heiligenbild, was sie mir mit resoluten Reden aus ihrem Ärmel hervorsuchten, sah verstört hinter mich, wenn meine

Tritte in den Kreuzgängen widerhallten, und horchte mit offenem Munde auf die eintönigen Responsorien der Domherren, die aus dem geschlossenen Chore mir wie eine Wirkung ohne Ursache hervorzudröhnen schienen. Wachte ich dann auf, so war mir zumute wie einem Geplünderten, verarmt und tief betrübt, daß alles dieses und noch so viel anderes Landesgetreue, was so reich und wahrhaftig gelebt, fortan kein anderes Dasein haben sollte als in dem Gedächtnisse weniger Alternder, die auch nach und nach abfallen, wie das Laub vom Baum, bis der kalte Zugwind der Ereignisse auch kein Blatt mehr zu verwehen findet.

Träumen macht närrisch, pflegt man zu sagen; mich hat es närrisch genug gemacht. Soll ich es gestehen? Warum nicht? Irren ist keine Schande, und non omnia possumus omnes. An einem schönen Tage, als gerade ein blöder, mutwilliger Sonnenschein mir gute Courage machte, schnitt ich entschlossen ein Dutzend Federn, nahm mich gewissermaßen selber bei den Ohren und dachte: Schreib auf, was du weißt, wäre es auch nur für die Kinder des Herrn, Karl und Klärchen! Besser ein halbes Ei als eine leere Schale. Angefangen habe ich denn auch; aber wenn ich sagte, es sei gut geworden, so hätte ich mich selber zum Narren. Solange ich schrieb, kam es mir schon leidlich vor, und ich hatte mitunter Freude an einem netten Einfalle und, wie mich dünkte, ganz poetischen Gedanken. Aber wenn ich es mir nun vor anderer Augen oder gar gedruckt dachte, dann schoß es mit einem Male zum Herzen, als sei ich doch ganz und gar kein Genie, und, obwohl gleichsam mit der Feder hinterm Ohr geboren, doch wohl nur, um Register zu führen und Rechnungen auszuschreiben. In meinem Leben habe ich mich nicht so geschämt, als wenn ich dann, wie dies ein paarmal geschah, die Tischglocke überhörte und der Bediente mich überraschte, der gottlob kein Geschriebenes lesen kann. Aller

Augen sahen auf mich, ich schluckte meine Suppe nachträglich hinunter wie ein Reiher, und es war mir, als wenn alle mit den Fingern auf mich wiesen, die doch nichts von meiner Heimlichkeit wußten, sonderlich die beiden Kinder. Bei Gott! es muß ein angstvolles Metier sein, das Schriftstellern, und ich gönne es keinem Hunde. Darum bin ich auch so herzlich froh, daß ich dieses Manuskript gefunden, was alles und weit mehr enthält, als ich zu sagen gewußt hätte, dabei in einem netten Stile. wie er mir schwerlich würde gelungen sein. Das Heft lag im Archive unter dem Lagerbuch, und ich habe dieses wohl hundertmal daran hinein- und hinausgeschoben, ohne es je zu beachten; aber an jenem Tage (morgen werden es drei Wochen her sein) polterte es einem Bündel Papiere nach auf den Boden, und eine glückliche Neugier trieb mich an, hineinzusehen. Der Verfasser ist ein Edelmann aus der Lausitz, Lehnsvetter einer angesehenen, seit zwanzig Jahren erloschenen Familie, deren Güter meinem Herrn zugekommen sind, das Hauptgut als Allodium durch Erbschaft, da des Herrn Mutter eine Tochter jenes Hauses war, die geringeren Besitzungen durch Kauf vom Bruder dieses Lausitzers im Zeitpunkt der Aufhebung des Lehnsrechts durch Napoleon. Wie das Manuskript hierhergekommen, weiß ich nicht, und der Herr, dem ich es vorgelegt, wußte ebenfalls nichts darüber. Vielleicht hat es mein Vorgänger im Amte, der aufgeweckten und wißbegierigen Geistes gewesen sein soll, von einer seiner Inspektionsreisen mitgebracht. Es lagen noch zwei vergilbte Briefe darin, woraus erhellt, daß jener Edelmann unerwartet abreisen mußte, weil sein Bruder am Nervenfieber schwer erkrankt war, daß er, in der Heimat angekommen, über der Pflege desselben gleichfalls erkrankte und starb, während der andere aufkam. So mag er wohl sein Manuskript in der Angst und Eil vergessen haben. Er scheint ein munterer und wohlmeinender Mann gewesen zu sein, billig genug für einen Ausländer, mit der so seltenen Gabe, eine fremde Nationalität rein aufzufassen. Freilich nur halb fremd, denn das westfälische Blut dringt noch ins hundertste Glied, und ich würde bedauern, daß er so früh sterben mußte, wenn ich nicht bedächte, daß er jetzt doch schwerlich noch im Leben sein könnte; sechsundfünfzig Jahre sind eine lange Zeit, wenn man schon vorher in den Dreißigern war. Die angesehene und fromme Familie, bei der er einen Sommer zugebracht, hat auch früh, man möchte sagen unzeitig, erlöschen müssen: zuerst der alte Herr, der sich beim Botanisieren erkältete und, so glatt und wohlerhalten für seine Jahre er aussah, sich doch als sehr schwach erwies; denn er schwand hin an der leichten Erkältung wie ein Hauch — dann der junge Herr Everwin, den man bis zu seiner Majorennität auf Reisen schickte und der in Wien ein trauriges, vorzeitiges Ende fand im Duell, um einer eingebildeten Beleidigung willen, die das freundliche Gemüt des jungen Mannes nicht beabsichtigte — Fräulein Sophie starb ihnen bald nach, sie war nie recht gesund gewesen und diese beiden Stöße zu hart für sie — meines Herrn Mutter mußte die Geburt ihres Kindes mit dem Leben bezahlen — aber wer sie alle überlebte, war die Frau Großmutter, die nach dem Verluste der Ihrigen hierher zog und sich mit großer Elastizität an dem Gedeihen ihres Enkels wieder aufrichtete — ich habe sie noch gekannt als eine steinalte Frau, aber lebendig, heftig und aller ihrer Geisteskräfte mächtig bis zum letzten Atemzuge; man hätte fast denken sollen, sie werde nimmer sterben, und doch war es am Ende ein leichtes Magenübel, was sie hinnahm — ihr Andenken ist in Ehren und Segen und der gnädige Herr noch immer still und nachdenklich an ihrem Todestage.

Als ich ihm das Manuskript gab, war er sehr bewegt, und ich glaubte nicht, daß er dessen Veröffentlichung zugeben werde. Nachdem es aber vierzehn Tage lang auf seinem Nachttische gelegen und er in dieser Zeit kein Wort zu mir darüber geredet hatte, gab er es mir am verwichenen Sonnabend, den 29. Mai, zurück, mit dem Zusatze: von einem Westfalen geschrieben, würde es weniger bedeutend sein, aus dem Munde eines Fremden sei es ein klares und starkes Zeugnis, was sein Gewissen ihm nicht erlaube aus Familienrücksichten zu unterdrücken.

So mag es denn sein! Und ich gebe es dem Publikum zum Gefallen oder Mißfallen; es ist kein Roman, es ist unser Land, unser Volk, unser Glaube, und was diese trifft an Lob oder Tadel, was die Lebenden tragen müssen, das möge auch über diese toten Blätter kommen.

Erstes Kapitel

Der Edelmann aus der Lausitz und das Land seiner Vorfahren

Soeben hat die Schloßglocke halb zehn geschlagen — es ist eigentlich noch gar nicht Nacht — ein schmaler Luftstreifen steht im Westen, und zuweilen fährt noch ein Vogel im Gebüsche drüben aus seinem Halbschlafe auf und träumt halbe Kadenzen seines Gesanges nach — dennoch ists hier fast schon Nacht — soeben hat man mir eine schöne neue Talgkerze gebracht — Holz an den Kamin gelegt, um einen Ochsen zu braten, und nun soll ich ohne Gnade in die Daunen. — Unmöglich, ich emanzipiere mich, heimlich, aber desto sicherer, und niemand sieht es mir morgens an, daß ich allnächtlich den stillen Wohltäter des Hauses mache und auf Wasser und Feuer zwar nicht achte, aber doch achten würde, wenn dergleichen Dinge hierzulande nicht unschädlich wären, wie ich wohl schließen muß, wenn ich jeden Abend Knecht und Magd mit flackernden Lampen in Heuböden und Ställen umherkriechen sehe. Diese alten Mauern, die doch wenigstens ihre drei Jahrhunderte auf dem Rücken zu tragen scheinen! seltsames schlummerndes Land! so sachte Elemente! so leise seufzender Strichwind, so träumende Gewässer, so kleine friedliche Donnerwetterchen ohne Widerhall! und so stille, blonde Leutchen, die niemals fluchen, selten singen oder pfeifen, aber denen der Mund immer zu einem behaglichen Lächeln steht, wenn sie unter der Arbeit nach jeder fünften Minute die Wolken studieren und aus ihrem kurzen Stummelchen gen Himmel schmöken, mit dem sie sich im besten Einverständnisse fühlen. Vor einer Viertelstunde hörte ich die Zugbrücke aufknarren, ein Zeichen, daß alles ab und tot ist und das Haus fortan unter dem Schutze Gottes und des breiten Schloßteiches steht, der, nebenbei gesagt, an einigen Stellen nur knietiefe Furten hat; das macht aber nichts, es ist doch blankes Wasser, was darüber steht, und man könnte nicht durchwaten, ohne bedeutend naß zu werden: Schutz genug gegen Diebe und Gespenster! — Die Nacht wird sehr sternhell werden, ich sehe zahllose milchichte Punkte allmählich hervordämmern, — drei Hühnerhunde und zwei Dachse lagern auf dem Estrich unter meinem Fenster und schnappen nach den Mücken, die die dekretierte Nacht noch nicht wollen gelten lassen. Aus den Ställen dröhnt zuweilen das leise Murren einer schlaftrunkenen Kuh oder der Hufschlag eines Pferdes, das mit Fliegen kämpft — im Zimmer meines guten Vetters von Noahs Arche her brennt das einzige Nachtlicht; was soll ein ehrlicher Lausitzer machen, der um elf seine letzte Pikettpartie anzufangen gewohnt ist? Um mich liegen zwar die Schätze der Bibliothek: Hochbergs „Adeliges Landleben“, Kerssenbrocks „Geschichte der Wiedertäufer“, Werner Rolevinks „De moribus Westphalorum“ und meines Wirtes nicht genug zu preisendes Liber mirabilis — aber mir geht es wie den Israeliten, die sich bei dem blanken Manna nach den Fleischtöpfen Ägyptens sehnten; o Dresdener Staatszeitung, o Frankfurter Postreiter, die ihr mich so manches Mal in den Schlaf gewiegt habt, wann werden meine Augen euch wiedersehen? Können die Heringe und Schellfische des Münsterschen Intelligenzblattes meine politischen Stockfische ersetzen?

Aber warum schreibe ich nicht, oder vielmehr, warum habe ich nicht geschrieben diese zwei Monate lang? Bin ich nicht im Lande meiner Vorfahren? Das Land, das mein Ahn, Hans Everwin, so betrübten Herzens verließ und in sauberm Mönchslatein besang, wie eine Nachtigall in der Perücke? O Angulus ridens! o prata fontesque susurro etc. etc.

Ich weiß es, wie mich einst freuen wird, diese Blätter zu lesen, wenn dieses fremdartige Intermezzo meines Lebens weit hinter mir liegt; vielleicht mehr, als ich jetzt noch glaube, denn es ist mir zuweilen, als wolle das zwanzigfach verdünnte westfälische Blut sich noch geltend in mir machen. Gott bewahre! ich bin ein echter Lausitzer — vive la Lusace! und nun — das hat Mühe gekostet, bis ich an diesen Kamin gelangt bin —, schlechte, schlechte Wege habe ich durchackert und Gefahren ausgestanden zu Wasser und zu Lande. Dreimal hab ich den Wagen gebrochen und einmal dabei auf dem Kopfe gestanden, was weder angenehm noch malerisch war. Mit einem Spitzspann (so nennt man hier ein Dreigespann) von langhaarigen Bauernpferden habe ich mich durch den Sand gewühlt und mit einem Mal den vordern Renner in einer sogenannten Welle versinken sehen, einer tückischen wandernden Rasse von Quellen, die ich sonst nirgends angetroffen und die hier so mancher Fahrwege Annex ist, sich das ganze Jahr stillehält, um im Frühlinge irgendeine gute münsterische Seele zu packen, zur Strafe der Sünde, die sie nicht begangen hat. Ich bin aus dem Wagen gesprungen wie ein Pfeil; denn — bei Gott — mir war so konfus, daß ich an die Nordsee und Unterspülen dachte — von meinem Pferdchen war nur noch ein Stück Nase und die Ohren sichtbar, mit denen es erbärmlich zwinkerte. Zum Glück waren Bauern in der Nähe, die Heidrasen stachen und geschickt genug Hand anlegten: „He, Hans! up! up!“ Ja, Hans konnte nicht auf und spartelte sich immer tiefer hinein; endlich ward er doch herausgegabelt und zog niedergeschlagen und kläglich triefend weiter voran, wie der bei der Serenade übel begossene Philister. Ich fand vorläufig den Boden unter meinen Füßen sicherer und stapfte nebenher durch das feuchte Heidekraut, immer an unsern Ahn denkend und sein horazisches: O Angulus ridens . . . und was denn hier wohl lachen möge? der Sand? oder das kotige Pferd? oder mein Fuhrmann in seinem bespritzten Kittel, der das Ave Maria pfiff, daß die Heidschnucken davon melancholisch werden sollten? oder vollends ich, der wie ein Storch von einem Maulwurfshügel zum andern stelzte? — Doch — ich war es, der am Ende lachend in den Wagen stieg, dreimal selig, schon vor Jahrhunderten im kleinsten Keime diesem glückseligen Arabien entflohen zu sein, was sich mir in diesem Augenblicke von dem klassischen durch nichts zu unterscheiden schien als nur durch den Mangel an Straußen und Überfluß an Pfützen. O Gott! dachte ich, wie mag die Halle deiner Väter beschaffen sein, du guter Everwin!

Eine halbe Tagereise weiter, und die Gegend klärte sich allmählich auf; die Heiden wurden kleiner, blumicht und beinahe frisch und fingen an, sich mit ihren auffallend bunten Viehherden und unter Baumgruppen zerstreuten Wohnungen fast idyllisch auszunehmen; rechts und links Gehölz und, soweit ich es unterscheiden konnte, frischer kräftiger Baumschlag; aber überall traten dem Blick mannshohe Erdwälle entgegen, die, von Gebüsch und Stauden überschattet, jeden Fahrweg unerläßlich einengten — wozu? wahrscheinlich, um den Kot desto länger zu konservieren; ich befragte meinen Fuhrmann, einen gereisten Mann, der sogar einmal Düsseldorf gesehen hatte und mich mindestens immer um mein drittes Wort verstand. „O Herr," sagte er, „wenn wir keine Wallhecken hätten, was würden wir dann für schelmhaftige Wege haben!" Vivat Westphalia, dachte ich! — Wir ackerten voran — aus allen Häusern belferten uns Kläffer an, die ich allemal, die langhaarigen ‚Rüden', die glatten ohne Ausnahme ‚Teckel' locken hörte; vor den Eingängen einzelner größerer Höfe zerwüteten sich greuliche Zerberusse an ihrer Kette, und es schien mir unmöglich, unzerrissen hinein- oder herauszukommen. — Was man nicht alles bemerkt auf einer Tagfahrt zwischen Wallhecken, den Himmel über, die Pfütze unter sich! Der Wagen hielt einen Augenblick an, vier kleine Buben, sämtlich in Troddelmützen und drei Kamisöler übereinander, rot wie Äpfelchen, stolperten eilig herzu und langten mit der Hand nach dem Schlage; ich suchte nach ein paar Stübern und Matieren, die man mir auf der letzten Station zugewechselt, und rief, indem ich sie aus dem Schlage warf: „Habt acht, ihr Buben!" Da aber nahmen sie Reißaus, und wie verscheuchte Hasen krabbelten sie den Erdwall hinan. „Gotts Wunder, was mochte das für ein Krabat oder Slowak sein, der kein Deutsch konnte und sein Geld in den Dreck warf?" Ich sah sie noch lange aus ihrem Hafen meinem Wagen nachstarren wie, sans comparaison, einem abziehenden Kamele. Einem war beim Ansatz zur Flucht sein Holzschuh abhanden gekommen, und ich hörte ihn unter dem Rade ein unzeitiges Ende nehmen; mein Trost waren die herrenlosen Stüber und Matiere, mit denen sich das dicke Henrichjännchen oder Jannberndchen (so heißt hier nämlich immer der dritte Mann) bezahlt machen konnte, wenn dieses nicht außer seinem Gedankenkreise lag. Jetzt weiß ich, daß die armen Dinger mir nur eine Kußhand geben, und schon damals begriff ich, daß sie mindestens nicht betteln wollten. Überhaupt sah ich keine Straßenbettler am Wege, und das Land meiner Vorfahren fing an, mir mindestens ganz nährend und behaglich vorzukommen, obwohl meine Augen noch immer vergeblich nach dem „Fette der Erde“ ausschauten, bei dem die Leute so vollständig runde Köpfe und stämmige Schultern ansetzen konnten, bis ich durch die Lücken der Wallhecken über die schweren Schlagbäume weg in das Geheimnis der Kämpe und Wiesengründe drang, wo ich die eigentliche Elite der Ställe erblickte: schönes, schweres Vieh, ostfriesischer Rasse, was übersatt und schnaubend in dem wie von einem Goldregen überzitterten Graswalde lag. — O ihr pfiffigen Münsterländer! die ihr eure dicken Taler auf vier Beinen hinter Erdhaufen und Dornen versteckt, damit kein reisender Diplomat in der Seele seines gnädigsten Herrn etwa Appetit dazu bekomme. — Ich bin zu sehr Landwirt, als daß dieser Anblick mich unbewegt gelassen hätte; ich dachte an mein liebes Dobbritz und meine krauslockigen Lämmerchen und fühlte das Blut meines Ahns den Urenkeln seiner Ställe entgegenrollen — seltsam! ich kann dies niederschreiben, als dächte ich noch heute so, und doch ist mir so gar anders zumute.

Nun weiter — zum Ziele! Wenn die Lehmchausseen meiner so müde sind als ich ihrer, so werden sie sich freuen, daß wir auseinander kommen, und ich fühle mich noch innerlich zerschlagen von der Erinnerung und schmachte dem Ziele entgegen; doch zuvor noch ein Reiseabenteuer, kein kleines für meinen Fuhrmann — und was mir den ersten dämmernden Begriff von dem Charakter dieses Volkes gab. Wir hatten einen derben Schock überstanden — unsere Pferde verschnauften in der Heide und dampften aus Nüstern und Flanken — mein Bauer schlug Feuer an einer Art Lunte in messingener Scheide, die er seinen „perfekt guten Tüntelpott“ nannte; in der Ferne bewegte sich etwas Grellrotes zwischen den Kühen und kam näher — es war ein Mensch in Scharlachlivree, von sehr dunkler Gesichtsfarbe — ich sagte nichts und beobachtete meinen Bauer; der nahm langsam die Pfeife aus dem Munde, zog langsam einen Rosenkranz aus seiner Tasche, griff nach seinem Hute, zweimal, ohne ihn zu lüften, und sah noch nicht auf, als das Unding ihm fast parallel war — es stand — es redete ihn an in fremdartigem Dialekt: „Wo führt der Weg nach Lasbeck?“ Mein Bauer winkte mit der Hand einen breidünnen Fahrweg entlang; der Schwarze schüttelte den Kopf und sah auf seine Stiefeln, die schon Schlimmeres überstanden hatten. — „Kann ich denn nicht dort herunter?“ sagte er, auf einen Fußweg deutend, der dieselbe Richtung direkter nahm. — „Das möchte nicht gut sein“, sagte der Fuhrmann bedächtig. — „Warum nicht?“ mein Schwarzer, kurz angebunden, cholerischen Temperaments. — Nie werde ich den Ausdruck von, ich möchte sagen, ruhigem Schauder und tiefem Mitleid vergessen, mit dem mein Bauer erwiderte: „O Herr! das soll der Herr wohl nicht wagen, da steht ein Kruzifix!“ Der Mohr stieß ein paar Sacredieus und Coquins hervor, und fort trabte er mit seinem Briefbündel unterm Arm. Ist das nun lächerlich oder rührend? Es kommt darauf an, wie man es auffaßt — ich gestehe, daß ich meinem Weißkittel gern irgendeine Güte angetan hätte in diesem Augenblick, und seine religiöse Scheu ohne Furcht und Haß, seine tiefe, überschwengliche Gutmütigkeit, die selbst den Teufel nicht ins Labyrinth führen mochte, lag so rührend vor mir, daß ich seinem breiten Rücken, wie er so langsam, den Rosenkranz abzählend, neben den Pferden herschritt, die ersten Liebesblicke in diesem Lande zugewendet habe. Möge Gott dich behüten, du gutes patriarchalisches Ländchen, Land meiner Vorfahren, wie ich dich gerne nenne, wenn man mir mein Anteil Lausitzer Blut ungekränkt läßt, mit der Ironie ists ab und tot.

Ich fahre durch die lange, weite Eichenhalle, wo die Stämme, schlank wie aufgerichtete Anakonden, ihre noch schwachbelaubten Wipfel über mich breiten; ich sehe zwischen den Lücken der Bäume einen weiten Wasserspiegel, graue

Türme vortreten; bei Gott! es war mir doch seltsam zumute, als ich über die Zugbrücke rollte und über dem Tore den steinernen Kreuzritter mit seinem Hunde sah, dessen der alte Everwin so wohlredend gedenkt: „Eques vexillum crucis sublevans, cum molosso ad aquam hiante“ — alter Hans Heinrich! schwenkst du deine Fahne auch schützend über deinen verarteten Zweig, dem dein Glaube und dein Land fremd geworden sind? Im Schlosse war ich so halbwege erwartet, das heißt so im Bausch und Bogen, wo es auf eine Handvoll Wochen nicht ankommt; ein schlau aussehender, schwärzlicher Bursche in himmelblau und gelber Livree, streng nach dem Wappenbuch, öffnete den Schlag und erkannte mich sofort für den fremden Vetter, als ich vom „Schlosse“ redete und nach dem „Baron“ fragte. „Der Herr sind auf dem Vogelfang, aber die gnädige Frau sind zu Hause!“ Zugleich hörte ich drinnen: „Ihro Gnaden, he is do, he is do, de Herr ut de Lauswick!“ und sah beim Eintritt noch zwei dicke, passablement schiefe himmelblaue Beine.

Das war also der Eintritt in die Halle meiner Väter; ja, hört, wie es erging, ihr Wände! meine ich, und du, jammernder Scheit im Kamin! — denn auf die drei Spione und zwei Dachse kann ich nicht rechnen, da das Fenster geschlossen ist: die gnädige Frau empfing mich stattlich, aber verlegen, das Bäschen stumm verlegen, der junge Vetter neugierig verlegen, der eigentliche Herr, der fast mit mir zugleich eintrat und bei unserer ersten Bewillkommnung einen piependen und flatternden Vogel in der Hand hielt, war auch verlegen, aber auf eine überaus teilnehmende Weise. Verlegen waren alle, und so blieb mir nichts übrig, als es am Ende mit zu werden; man sah, wie in allen eine unterdrückte Herzlichkeit kämpfte, mit einem Etwas, das ich nicht ergründen konnte, bis ich mich verstohlen vom Kopfe bis zu den Füßen musterte. — War ich denn nicht ein galant homme? eine Blume des Adels, um die zwei Damen am Dresdener Hofe seufzten? Meine Augen hatten den rechten Weg eingeschlagen — der galonierte Rock — die Ringe an den Fingern, so tragen sich hierzulande die Windbeutel, und womit ich, unter uns gesagt, diesen Leuten an der Welt Ende zu imponieren glaubte und auf der letzten Station wenigstens eine gute Stunde verwendet hatte, das gab mir hier das Ansehen eines, der nächstens zum Bankerott umkippen will und Kredit auf seine Tressen sucht. Hier ist alles so feststehend, man weiß so genau, was jeder gilt, daß dergleichen Nachhülfe und Augenverblendung immer nur wie Notschüsse herauskommen, und ich bin jetzt überzeugt, daß mein guter Vetter unter seinen Grüßen und Verbeugungen alle seine Gefälle und Zehnten überzählte, und wieviel davon wohl zur Aushülfe eines verlorenen Sohnes im zwanzigsten Gliede möchte ritterlich, christlich und doch ohne Unverstand zu verwenden sein. Jetzt weiß ich dieses, und es demütigt mich nicht; hätte ich es damals gewußt, so würde es mich allerdings in einen kläglichen, innern Zustand von Scham und Zorn versetzt haben. Dennoch ging der erste Tag mühsam hin, obwohl der Vetter mich in alle seine Freuden und Schätze einweihte: seine nie gesehenen Blumenarten eigener Fabrik, seine Rüstkammer, seine landwirtschaftlichen Reichtümer, sogar den Augapfel seines Geistes, sein unschätzbares Liber mirabilis — ich dachte zu meiner Unterhaltung — jetzt weiß ich aber, daß es ein schlauer Streich vom alten Herrn war, der mir so heimlich auf den Zahn fühlte, wie es mit adeligen Künsten bei mir beschaffen sei — nämlich mit Latein, Ökonomie und Ritterschaftsverhältnissen. Mir gings wie dem Nachtwandler, und ich trat umso blinder, desto sicherer auf. Acht Tage kann ich auf mein Noviziat rechnen, wo täglich eine neue Schleuse des Wohlwollens sich zögernd öffnete, das eigentümliche milde Lächeln des Herrn täglich milder, die scharfen Augen seiner Frau täglich strahlender und offener wurden, und als mich am achten Tage der junge Herr

Everwin auf seine Stube geführt und Fräulein Sophie abends aus freien Stücken ein schönes, etwas altmodisches Lied zum Klavier gesungen hatte, da war ich absolviert und fortan ein Kind und Bruder des Hauses. Ich fühlte dieses, als ich am nächsten Morgen von Abreise sprach, um meinem Bleiben einen festen Boden zu geben, der auch sogleich unter mir aufstieg. „Mich dünkt," sagte der alte Herr (der „Herr" sagt man hier kurzweg, „Baron" ist ausländisch und windbeutelig) mit einem triumphierenden Lächeln, „mich dünkt, Sie bleiben hier in Nummer Sicher, bis Sie Ihr Recht in der Tasche haben. Der Hund des alten Hans Heinrich hat uns so manchen Prozeß weggebellt, der wird Ihnen auch keinen durchs Tor lassen." Ich dachte an meine Gedanken, als ich unter dem Steinbilde einfuhr, und der alte Herr mußte mir etwas dergleichen ansehen, denn er schüttelte meine Hand und sagte: „Lieber Herr Vetter!" So bin ich denn nun seit zwei Monaten hier, Boten gehen und kommen, und meine Geschäfte ziehen sich in die Länge; ich helfe dem Herrn botanisieren, Vögel fangen und sein Liber mirabilis auslegen, wobei ich schlecht genug bestehe und manche Eselsbrücke schlage, die der Vetter gütig unbemerkt läßt; besser komme ich fort in den gelegentlichen Gesprächen über ernste Gegenstände und klassische Wissenschaften, in denen der alte Herr vortrefflich beschlagen ist und ich eben auch kein Hund bin — was mich aber zumeist ergötzt, ist die lebendige, frische Teilnahme, die kräftige Phantasie, mit der alles meinen Erzählungen von Städten, Ländern und vor allem von den Wundern des grünen Gewölbes horcht. Diese stillen Leute sitzen unbewußt auf dem Pegasus, ich will sagen, sie leben in einer innern Poesie, die ihnen im Traume mehr von dem gibt, was ihre leiblichen Augen nie sehen werden, als wir andern übersättigten Menschen mit unsern Händen davon ergreifen können. Ich bin gern hier, es wäre Fadheit, es zu leugnen, und Undank zugleich; auch langweile ich mich keineswegs, man treibt hier allerlei Gutes, etwas altfränkisch und beengt, aber gründlich. Auch gibt es hier von den seltsamsten Originalen, und zwar rein naturwüchsigen, sich völlig unbewußten; wenn ich bedenke, was ich noch alles nachzuholen und zu erläutern habe, ehe ich wieder bis zu diesem Abende, diesem Kamin und diesen Mücken gelange, die mich unbarmherzig molestieren, so scheinen mir alle Gänseflügel auf dem Hofe in Gefahr — aber jetzt ists spät, — meine Kerze hat sich mehr schön als dauerhaft erwiesen; sie ist mehr verlaufen als verbrannt, und auf dem Tische schwimmts von Talge, den ich noch vor Schlafengehen mit eigenen Händen reinigen muß, um nicht morgen von meinem Freunde Dirk als der schmierige Herr aus der Lauswick bezeichnet zu werden. Das Licht im Zimmer des Vetters brennt dämmerig wie ein Traum — die Sterne sind desto klarer, welch schöne Nacht!

Zweites Kapitel

Der Herr und seine Familie

Honneur aux dames! Ich fange an mit der gnädigen Frau, einem fremden Gewächs auf diesem Boden, wo sie sich mit ihrer südlichen Färbung, dunkeln Haaren, dunkeln Augen ausnimmt wie eine Burgundertraube, die in einen Pfirsichkorb geraten ist; sie stammt aus einer der wenigen rheinländischen Familien, die man hier für ebenbürtig gelten läßt, und der Vetter, der vor zwanzig Jahren nach Düsseldorf landtagen ging und von einer plötzlichen Lust, die Welt zu sehen, befallen wurde, lernte sie in Köln vor dem Schreine der Heiligen Drei Könige kennen und fühlte dort zuerst den vorläufig noch äußerst embryonischen Wunsch, sie zur Königin seines Hauses zu machen. Das ist sie denn auch im vollen Sinne des Wortes: eine kluge, rasche, tüchtige Hausregentin, die dem Kühnsten wohl zu imponieren versteht und, was ihr zur Ehre gereicht, eine so warme, bis zur Begeisterung anerkennende Freundin des Mannes, der eigentlich keinen Willen hat als den ihrigen, daß alle Frauen, die Hosen tragen, sich wohl daran spiegeln möchten. — Es ist höchst angenehm, dieses Verhältnis zu beobachten; ohne Frage steht diese Frau geistig höher als ihr Mann, aber selten ist das Gemüt so vom Verstande hochgeachtet worden; sie verbirgt ihre Obergewalt nicht, wie schlaue Frauen wohl tun, sondern sie ehrt den Herrn wirklich aus Herzensgrunde, weiß jede klarere Seite seines Verstandes, jede festere seines Charakters mit dem Scharfsinn der Liebe aufzufassen und hält die Zügel nur, weil der Herr eben zu gut sei, um mit der schlimmen Welt auszukommen.

Nie habe ich bemerkt, daß ein Mangel an Welterfahrung seinerseits sie verlegen gemacht hätte, dagegen strahlen ihre schwarzen Augen wie Sterne, wenn er seine guten Kenntnisse entwickelt, Latein spricht wie Deutsch, und sich in alten Tröstern bewandert zeigt wie ein Cicerone. — Die gnädige Frau hat Blut wie ihre Reben, sie ist heftig, ich habe sie sogar schon sehr heftig gesehen, wenn sie bösen Willen voraussetzt, aber sie faßt sich schnell und trägt nie nach. Sehr stattlich und vornehm sieht sie aus, muß sehr schön gewesen sein und wäre dies vielleicht noch, wenn ihre bewegten Gefühle sie etwas mehr Embonpoint ansetzen ließen, denn das innere Feuer verzehrt alles sonst Überfließende; so sieht sie aus wie ein edles arabisches Pferd; ihr neues Vaterland hat sie liebgewonnen und macht gern dessen Vorzüge geltend, nur mit der Art Überschätzung, die oft gescheiten Leuten von starker Phantasie eigen ist, die von dem ihrer eigenen Natur Fremden zumeist am lebhaftesten ergriffen reden: so schont sie mit einer Art Pietät, was das Ärugo der Verjährung trägt, so hat sie alle alten, mitunter verwunderlichen Gewohnheiten und Rechte des Hauses bestehen lassen und wacht nur über Ordnung und ein billiges Gleichgewicht; ich werde noch auf die respektablen Müßiggänger kommen, über die man hier bei jedem Schritte fällt und die ich bei mir zu Hause würde mit dem Ochsenziemer bedienen lassen; hier möchte ich sie selbst nicht gekränkt sehen. Bettler in dem Sinne wie anderwärts gibt es hier keine, aber arme Leute, alte oder schwache Personen, denen wöchentlich und öfter eine Kost so gut wie den Dienstboten gereicht wird; ich sehe sie täglich zu dreien oder mehreren auf der Stufe der steinernen Flurtreppe gelagert, ärmlich, aber ehrbar, und keinen vorübergehen, ohne sie zu grüßen. Die gnädige Frau tut mehr, sie geht herunter und macht die schönste Konversation mit ihnen über Welthändel, Witterung, die ehrbare Verwandtschaft und wovon man sich sonst nachbarlich unterhält; darum gilt sie denn auch für eine brave, „gemeine" Frau, was soviel heißt als populär, und sie ist immer mit gutem Rat zur Hand, wo sie denn auch, wie billig, der Ausführung nachhilft. Sehr habe ich ihre Geduld bewundern müssen mit einem Verrückten, dem Sohne des Müllerhauses, dessen Licht ich eben durch die Mauerluke herüberscheinen sehe. Der arme Mensch ist irre geworden über eine Heiratsgeschichte, obwohl nicht eben aus Liebe.

Er war einziger Sohn, sie einzige Tochter und beider Eltern am Leben. So zog sich die Aussicht ins Blaue, da jedes die Seinigen mitbringen mußte und für vier alte Leute in keinem der Häuser Raum war. Dennoch hatten die Eltern sie unterderhand verlobt mit dem ruhigen Zusatz, daß, wenn zwei von ihnen gestorben seien, was bei ihrem Alter wohl nicht lange ausbleiben werde, die Heirat vor sich gehen könne. So lebten alle friedlich ohne Ungeduld voran, bis der Braut Vater, ein Tischler, einen Schlaganfall bekam und dadurch schwach im Kopf wurde und anfing, sich lebhaft nach einem Gehülfen zu sehnen. Zum Unglück war sein

Geselle ein durchtriebener, schlimmer Bursch aus dem Sauerlande, der sich dies alles zu Nutzen machte, bei jeder kleinen Bestellung, die ihm entfiel, so viel von Verfall der Kundschaft und dem übermäßigen Wohlbefinden des Müllerpaares zu reden wußte, denen er wenigstens Methusalems Alter prophezeite. Dabei ließ er zugleich schlau die Verpflichtung gegen Kind und Gutsherrn auf das geängstigte Gemüt des alten Mannes wirken, bis er diesen ganz konfus über Recht und Unrecht gemacht hatte. Die Folge war eine zweite, und dieses Mal rechtskräftige Verlobung mit Stempelpapier und Siegel, zwischen dem betrübten, eingeschüchterten Mädchen und dem Sauerländer. Zwei Tage später, und der alte Mann lag tot am wiederholten Schlaganfall im Bett, und fast zugleich mit ihm starb der Vater des Bräutigams an einer leichten Erkältung, was wahrlich kein zähes Leben bewies. Die erste Trauerzeit hielt jedes sich still zu Hause, dann aber trieb die Müllerin ihren Sohn an, mit der Braut jetzt das Nähere zu bereden. Als er hinkam, stand sie im Garten. Er sah sie schon von weitem die Schürze vors Gesicht schlagen und ins Haus gehen. Darauf kam die Witwe heraus und erzählte ihm mit vielem Klagen und Stottern die ganze Bescherung, worauf er ganz still wurde und nach Hause ging. Seitdem konnte er aber den Schimpf nicht verwinden. Zugleich drängte die Mutter, deren Kräfte nach des Mannes Tode schnell abnahmen, Franz sachte wieder zum Heiraten. Zwei neue Pläne, die übereilt angelegt waren, schlugen fehl. Franz hatte einen tiefen heimlichen Hochmut auf seine ehrenwerte Familie, die seit vielen Generationen des Herrn Mühle mit Lob versehen hatte, und noch mehr, weil er als älterer Spielkamerad und halber Aufseher der Herrschaft aufgewachsen war und noch jetzt zu den Auserwählten gehörte, die auf Hochzeiten mit den Fräuleins einen Tanz machten. Die Scham quälte ihn; das Drängen seiner Mutter und die Furcht, eine schlimme Wahl zu treffen oder gar mit einem neuen Korbe aufzuziehen, ließen ihm Tag und Nacht keine Ruhe; seine Augen bekamen nach und nach etwas Stieres im Blick, und mit einem Male fing er über dem Behauen der Mühlsteine an, allerlei irres Zeug zu reden: Alle Splitter, die sie abpickten, seien lauter Heiratensteine, die sie gut aufbewahren müßten und von denen er auch wirklich ein Versteck anlegte. Jetzt ist er ganz irre, obwohl voll Höflichkeit und, wenn man ihn auf ganz fremde Gegenstände lenkt, von recht verständigem Urteile; aber dazu kommt es selten, seine fixen Ideen halten ihn wie mit eisernen Klammern und fahren in jedes beruhigende Gespräch wie Sporenstiche hinein. Jetzt ist seine größte Not eine Prinzessin von England, die man ihm zufreien will, was ihn als guten Katholiken ängstigt; er hält sich ihr ganz ebenbürtig, doch hat er ein halbes Bewußtsein von ihrer hohen Stellung und daß sie ihn, wenn er sich sperrt, könnte wohl einstecken oder auf die Tortur bringen lassen, und er bereitet sich durch Lesen in der Bibel auf sein einstiges Martyrtum vor, dem er doch womöglich noch entschlüpfen möchte; darüber hält er denn täglich mit der gnädigen Frau lange Beratungen, die mit himmlischer Geduld ihm schlaue Ausflüchte erfinden hilft und wirklich, wie ich glaube, allein bis dahin ihn vor völliger Raserei gerettet hat. Mich durchrieselt jedesmal ein Schauder, wenn ich dieses Angstbild sehe; hier erregt es nur tiefe ruhige Teilnahme.

Aber ich bin von meinem Thema abgekommen, also der junge Herr — Everwin heißt er, in getreuer Reihenfolge wie die Heinriche von Reuß — steckt noch ein wenig in der Schale. Neunzehn Jahre ist er alt und lang aufgeschossen wie eine Erle, blond, mit hellblauen Augen, durch die man glaubt bis ins Gehirn sehen zu können. Ich höre ihn oft im Nebenzimmer gefährlich stöhnen und räuspern über den Klassikern und alten Geschichtswerken, an denen er eine Mühe hat, daß ihm mittags zuweilen die Haare davon zu Berge stehen. Ich profitiere auch zur vollen Genüge von seinem Geigenspiel, zuweilen, wenn ich gerade gut gelaunt und recht im dolce far niente bin, nicht ohne Vergnügen; er streicht seinen Viotti so sanft und reinlich ab, und an manchen Stellen mit so kindlich mildem Ausdruck, daß ich oft denke: er ist doch der Papa en herbe, der nur noch nicht zum Durchbruch kommen kann — dieses geringe, leider täglich an Wert verlierende Vergnügen wird mir aber reichlich versalzen durch die Übungsstunden, wo absichtlich zu Schwieriges vorgenommen wird; von all dem Wasser, was mir diese Doppelpassagen, bei denen immer ein falscher Ton nebenher läuft, schon um die Zähne getrieben haben, könnten wenigstens zwei Mühlen gehen; zuweilen gibt Karo, des Vetters sehr geliebter Spion, noch die dritte Stimme dazu, und dann ist der Moment da, wo ein spleeniger Engländer sich ohne Gnade erhängen würde. Mein Zimmer ist indessen der Ehrenplatz im Hause, und Hoffart will Not leiden; zudem kann mir nicht entgehen, daß Everwin, wo es ohrengefährlich wird, den Bogen so leise ansetzt wie ein menschlicher Wundarzt die Sonde und sogar zuweilen mir zuliebe seinem Karo einen Fußtritt gibt, der ihm gewiß selber wie ein Pfahl durchs Herz geht; er ist überhaupt ein bescheidener jüngferlicher Nachbar, der morgens auf den Zehen umherschleicht und sich abends gleichsam ins Bett stiehlt, daß ich kaum die Decken rispeln höre! Sein Freund und Gefährte in allem ist der Neffe des Rentmeisters, Wilhelm F r i e s e, ein wunderlich begabter junger Mann, an dem Everwin sich festgesogen hat wie die Auster an der Koralle. Ich sehe sie beide oft morgens um sechs Uhr zum Dohnenstrich ziehen, in knappen Jagdröcken und Lederkäppchen fröhlich und mädchenhaft, wie ein paar Klosternovizen in den Freistunden.

Vor Frauen hat er noch eine wahre Josephs-Scheu und würde einen unchristlichen Haß auf die Unglückliche werfen, mit der man ihn neckte. Zwei münsterische Schillinge gäbe ich drum, ihn dereinst auf Freiersfüßen zu sehen. Ohne Zweifel muß auch da sein Wilhelm voran, und der wird sich ebenfalls alle zehn Nägel abkauen vor Angst, obgleich er gegen ihn gerechnet immer für einen Schalk gelten kann. Neulich frühe saß ich am Ausgange der neuen Anlagen, die diesen Landsitz umgeben wie Nester mit jungen Vögeln eine graue Warte — Everwin kam über Feld, Wilhelm hinterdrein. Ich hörte, daß sie sprachen, aber Everwin sah nicht zurück. „Ich sage es dir nochmals," rief Wilhelm, „wenn du dir keinen besseren Rock anschaffst, so bekommst du dein Lebtag keine Frau." — „Ach, bah!" brummte Everwin und rannte wie ein Kurier und war bereits dicht neben mir, ohne mich zu sehen. „Lauf doch nicht so! Herr! laß uns das Ding überlegen; du kommst ja doch nicht vorbei. Was scheint dir, Blau mit Tressen? Das steht gut zu blonden Haaren." — „Wilhelm!" drohte Everwin zurück und trat bis über die Knöchel in eine Lache. — „Guten Morgen, Vetter!" sagte ich. — „Sind Sie da? Ich habe ins Wasser getreten!" — „Das sehe ich!" und fort trabten beide wie begossene Pudel, Wilhelm am betroffensten, daß ich seine gottlosen Reden gehört.

Fräulein Sophie gleicht ihrem Bruder aufs Haar, ist aber mit ihren achtzehn Jahren bedeutend ausgebildeter und könnte interessant sein, wenn sie den Entschluß dazu faßte. — Ob ich sie hübsch nenne? Sie ist es zwanzigmal im Tage und ebensooft wieder fast das Gegenteil; ihre schlanke, immer etwas gebückte Gestalt gleicht einer überschossenen Pflanze, die im Winde schwankt; ihre nicht regelmäßigen, aber scharf geschnittenen Züge haben allerdings etwas höchst Adliges und können sich, wenn sie meinen Erzählungen von blauen Wundern lauscht, bis zum Ausdruck einer Seherin steigern, aber das geht vorüber, und dann bleibt nur etwas Gutmütiges und fast peinlich Sittsames zurück; einen eigenen Reiz und gelegentlichen Nichtreiz gibt ihr die Art ihres

Teints, der, für gewöhnlich bleich bis zur Entfärbung der Lippen, ganz vergessen macht, daß man ein junges Mädchen vor sich hat — aber bei der kleinsten Erregung, geistiger sowie körperlicher, fliegt eine leichte Röte über ihr ganzes Gesicht, die unglaublich schnell kommt, geht und wiederkehrt, wie das Aufzucken eines Nordlichtes über den Winterhimmel; dies ist vorzüglich der Fall, wenn sie singt, was jeden Nachmittag während des Verdauungspfeifchens zur Ergötzung des Papas geschieht. Ich bin kein natürlicher Verehrer der Musik, sondern ein künstlicher — mein Geschmack ist, ich gestehe es, ein im Opernhause mühsam eingelernter, dennoch meine ich, das Fräulein singt schön — über ihre Stimme bin ich sicher, daß sie voll, biegsam und von nicht geringem Umfange ist, da läßt sich ein Maßstab anlegen, — aber dieses seltsame Modulieren, diese kleinen, nach der Schule verbotenen Vorschläge, dieser tief traurige Ton, der, eher heiser als klar, eher matt als kräftig, schwerlich Gnade auswärts fände, können vielleicht nur einem gebornen Laien wie mir den Eindruck von gewaltsam Bewegendem machen; die Stimme ist schwach, aber schwach wie ein fernes Gewitter, dessen verhaltene Kraft man fühlt — tief, zitternd wie eine sterbende Löwin: es liegt etwas Außernatürliches in diesem Ton, sonderlich im Verhältnis zu dem zarten Körper. Ich bin kein Arzt, aber wäre ich der Vetter, ich ließe das Fräulein nicht singen; unter jeder Pause stößt ein leiser Husten sie an, und ihre Farbe wechselt, bis sie sich in roten, kleinen Fleckchen festsetzt, die bis in die Halskrause laufen — mir wird todangst dabei, und ich suche dem Gesange oft vorzubeugen, indem ich vorgebe, ein Lied von Fräulein Anna hören zu wollen, in die man mich deshalb etwas verliebt glaubt.

Fräulein Anna darf sich auch gar wohl sehen lassen; sie ist ein schönes braunes Rheinkind mit brennenden Augen, blitzenden Zähnen, Elfenfüßchen, zitternd von verhaltenem Mutwillen wie eine Granate, über der die Lunte brennt. Sie möchte gern immer reden und schweigt doch zumeist, weil sie den rechten Ton auf der hiesigen Skala nicht finden kann. Wenn wir abends unsere stillen ehrbaren Gespräche führen, sitzt sie gewöhnlich am Fenster und seufzt ungeduldig Wolken und Winde an, die nach den Rebhügeln ziehn, wo ihre jungen Gefährten sichs wohl und lustig sein lassen, während sie hier bei der Tante die Klosterjungfer spielen muß. Wozu? Sie begreift es nicht und klagt den Himmel und das Geschick an. Ich denke, man hat einen Dämpfer für diese üppige Wasserorgel nötig gefunden. — Den Onkel ehrt sie, weiß ihn aber nicht zu schätzen; — der Tante wendet sie eine zornige Liebe zu, da sie das verwandte Element fühlt und vor Ungeduld überschäumt, es so beengt zu sehen. Dabei hat sie einen Anflug von Empfindsamkeit, liebt den Wald, schält alle Bäume an, um ihre Klagen darauf auszuhauchen. Mir ist eine dergleichen formlose Ergießung neulich zu Händen gekommen, wo in sechzehn Zeilen dreimal „Sehnsucht", zweimal „unverstanden" und viermal „der Friede" vorkam. — Sophie ist ihr fast fatal, und Everwin, den sie „unsre Mamsell" oder Langewin (lang, schmal) oder Gradewein nennt, ist der ewige unfreiwillige Tröster ihrer Langeweile. Sie gibt ihm Salz mit auf die Jagd, sorgt, daß seine Leintücher eingeschlagen werden, so daß er nachts wie in einem kurzen Sacke steckt, oder läßt seine Dohnen ausnehmen und Maulwürfe oder schwarze Hadern hinein hängen, was ihm allemal wirklich nachgeht und empfindlicher ist als die schlaflose Nacht. Da ihm zur Revanche Geschick und Kühnheit fehlen, ists ein einseitiger Spaß, der in Everwins Herzen allmählich einen Sauerteig verkniffener Schadenfreude ansetzt. Ich sehe allemal etwas wie einen falschen Sonnenstrahl über sein Gesicht zucken, wenn sie mit ihrer halbbewußten Koketterie bei einem Kameraden abfährt oder Karo nach einem Wasserbade sich zunächst bei ihr abschüttelt, und ich habe ihn im Verdacht, ihn vorzugsweise auf ihrer Seite apportieren zu lassen. Dem Wilhelm scheint sie gewogener, nennt ihn einen gebildeten jungen Mann, und es kommt mir vor, als ob sie seinetwegen zuweilen ein Schleifchen mehr ansteckte, was er aber leider nicht zu bemerken scheint. Ich glaube überhaupt, daß zwei Drittel ihrer Seufzer dem Verkanntsein gelten. Ists zum Beispiel nicht hart, daß sie, die Französisch spricht wie Deutsch und den Gellert zitieren kann, hier noch Rechenstunde nehmen muß bei einem invaliden Unteroffizier, der am Ausgange des Parks wohnt? Wäre seine fuchsige Perücke nicht und sein schönes Französisch, indem er sich nach ihrem „ton père" erkundigt, sie führe aus ihrer Sammethaut; nun aber hat sie an ihm wenigstens einen Souffre-douleur, ein schlechtes Äpfelchen gegen den Durst, und macht ihn Zeug sagen und tun, daß der Onkel den Kopf schüttelt und doch lachen muß.

Fräulein Anna ist pikant, aber es ist unerquicklich, hier jemand zu sehen, der die Landesweise nicht aufzufassen versteht; der Spott ärgert einen, und doch wird man sich dadurch des Entbehrten bewußt und fühlt die Einförmigkeit wie einen schläfernden Hauch an sich streifen. —

Ich bemerke eben, daß ich den Fehler habe, mich in Stimmungen hinein- und hinauszuschreiben; so hat mich der Paragraph Anna fast rebellisch gemacht gegen das Haus meines guten V e t t e r s , den ich mir als einen Bissen pour la bonne bouche in diesem Abschnitt zuletzt aufgehoben habe. Gott segne ihn alle Stunden seines Lebens — ein Unglück kann ihn nur zur Läuterung treffen, verdient hat er es nie und nimmer — ich halte es für unmöglich, diesen Mann nicht liebzuhaben — seine Schwächen selbst sind liebenswürdig. Schon sein Äußeres. Denkt euch einen großen stattlichen Mann, gegen dessen breite Schultern und Brust fast weibliche Hände und der kleinste Fuß seltsam abstechen, ferner eine sehr hohe, freie Stirn, überaus lichte Augen, eine starke Adlernase und darunter Mund und Kinn eines Kindes, die weißeste Haut, die je ein Männergesicht entstellte, und der ganze Kopf voll Kinderlöckchen, aber grauen, und das Ganze von einem Strome von Milde und gutem Glauben überwallt, daß es schon einen Viertelschelm reizen müßte, ihn zu betrügen, und doch einem doppelten es fast unmöglich macht; gar adlig sieht der Herr dabei aus, gnädig und lehnsherrlich, trotz seines grauen Landrocks, von dem er sich selten trennt, und er hat Mut für drei: ich habe ihn bei einem Spaziergange, wo man auf verbotene Wege geraten war, fast fünf Minuten lang einen wütenden Stier mit seinem Bambusrohr parieren sehen, bis alle sich hinter Wall und Graben gesichert hatten, und da sah, wie Wilhelm, der Neffe des Rentmeisters sagt, der mit seinem Spazierstöckchen zur Hülfe herbeirannte, der Herr aus wie ein Leonidas bei Thermopylae. Er ist ein leidenschaftlicher Zeitungsleser und Geschichtsfreund und liebt das gedruckte Blutvergießen. Eugen und Marlborough sind Namen, die seine Augen wie Laternen leuchten lassen; dennoch bin ich zweifelhaft, ob im vorkommenden Falle der Herr den Feind tapferlich erschlagen oder sich lieber gefangengeben würde, um keinen Mord auf seine Seele zu laden. Von Räubern und Mordbrennern träumt er gerne, und wenn die Hofhunde nachts ungewöhnlich anschlagen und gegen irgendeinen dunkeln Winkel vor- und rückwärts fahren, hat man ihn wohl schon unbegleitet im Schlafrock mit blankem Degen in das verdächtige Verlies dringen sehen mit wahrhaft acharnierter Wut, den Schelm zu packen und einzuspunden, den er dann freilich am andern Morgen hätte laufen lassen. Den Verstand des Herrn habe ich anfangs zu gering angeschlagen, er hat sein reichliches Anteil an der still nährenden Poesie dieses Landes, der den Mangel an eigentlichem Geiste fast ersetzt, dabei ein klares Judizium und jenes haarfeine Ahnen des Verdächtigen, was aus eigener Reinheit entspringt: sein erstes Urteil ist immer überraschend richtig, sein zweites schon bedeutend vom Mantel der christlichen Liebe verdunkelt, und wer ihn heute als erklärter Filou anschauert, ist morgen vielleicht ein gewandter Mann, den man etwas weniger schlau wünschen möchte. Der Herr liest viel, täglich mehrere Stunden, und immer Belehrendes, Sprachliches, Geschichtliches, zur Abwechslung Reisebeschreibungen, wo seine naive Phantasie immer den Autor überflügelt und er heimlich auf jedem Blatte ein neues Eldorado oder die Entdeckung des Paradiesgartens erwartet; überhaupt kommt mir diese Familie vor wie die Scholastiker des Mittelalters mit ihrem rastlosen, gründlichen Fleiße und bodenlosen Dämmerungen. — Alles bildet an sich und lernt zu bis in die grauen Haare hinein, und alles glaubt an Hexen, Gespenster und den Ewigen Juden.

Ich habe schon gesagt, wie stark die Musik hier getrieben wird — die Anregung geht zumeist von der gnädigen Frau aus, die gern aus den Leuten alles holen möchte, was irgend darin steckt, das Talent aber vom Herrn, und es ist nichts lieblicher, als ihn abends in der Dämmerung auf dem Klaviere phantasieren zu hören: ein wahres adliges Idyll; denn eine gewisse Grandezza fährt immer in diese unschuldige reizende Musik hinein und Stöße ritterlicher Courage im Marschtempo. Es wird mir nie zu lang zuzuhören, und allerlei Bilder steigen in mir auf aus Thomsons „Jahreszeiten", aus den Kreuzzügen. Sonst hat der Herr noch viele Liebhabereien, alle von der kindlichsten Originalität; zuerst eine lebende Ornithologie (denn der Herr greift alles wissenschaftlich an). Neben seiner Studierstube ist ein Zimmer mit fußhohem Sand und grünen Tannenbäumchen, die von Zeit zu Zeit erneuert werden. Die immer offenen Fenster sind mit Draht verwahrt, und darin piept und schwirrt das ganze Sängervolk des Landes, von jeder Art ein Exemplar, von der Nachtigall bis zur Meise; es ist dem Herrn eine Sache von Wichtigkeit, die Reihe vollständig zu erhalten; der Tod eines Hänflings ist ihm wie der Verlust eines Blattes aus einem naturhistorischen Werke. Er treibt ein wahres Spionieren nach jedem seltenen Durchzügler: früh um fünf sehe ich ihn schon über die Brücken schreiten nach seinen Weidenklippen und Leimstangen, und wieder in der brennenden Mittagshitze, sieben- bis achtmal in einem Tage; möchte ich ihm zuweilen die Mühe abnehmen und verspreche, die Klippe wohlgeschlossen zu lassen oder den Vogel mitsamt der Leimstange in mein Schnupftuch gewickelt fein sauber herzutragen, so gibt er mir wohl nach, um mir keine Schmach anzutun, aber er trabt nebenher, und es ist, als ob er meinte, meine profane Gegenwart allein könne schon den erwischten Vogel echappieren machen. Dann ist der Herr ein gründlicher Botanikus und hat schon manche schöne Tulpe und Schwertlilie in seinem Garten; das ist ihm aber nicht genug, seine reiche, innere Poesie verlangt nach dem Wunderbaren, Unerhörten — er möchte gern eine Art unschuldigen Hexenmeisters spielen und ist auf die seltsamsten Einfälle geraten, die sich mitunter glücklich genug bewähren und für die Wissenschaft nicht ohne Wert sein möchten: so trägt er mit einem feinen Sammetbürstchen den Blumenstaub sauber von der blauen Lilie zur gelben, von der braunen zur rötlichen, und die hieraus entspringenden Spielarten sind sein höchster Stolz, die er mit einem wahren Prometheus-Ansehen zeigt; die wilden Blumen, seine geliebten Landsleute, deren Verkanntsein er bejammert, pflegt er nach allen Verschiedenheiten in netten Beetchen wie Reihen kleiner Grenadiere. Manchen Schweißtropfen hat der gute Herr vergossen, wenn er mit seinem kleinen Spaten halbe Tage lang nach einer seltenen Orchis suchte, und manches in seiner Domäne ist ihm dabei sichtbar geworden, was er sonst nie weder gesucht noch gefunden hätte; darum lieben die Bauern auch nichts weniger als des Herrn botanische Exkursionen, bei denen er immer heimlich auf Unerhörtes hofft, zum Beispiel ein scharlachrotes Vergißmeinnicht oder blaues Maßliebchen, obwohl er als ein verständiger Mann dies nicht eigentlich glaubt, aber, man kann nicht wissen — die Natur ist wunderbar! Nichts zeigt die reiche, kindlich frische Phantasie des Herrn deutlicher als sein schon oft genanntes Liber mirabilis, eine mühsam zusammengetragene Sammlung alter, prophetischer Träume und Gesichte, von denen dieses Land wie mit einem Flor überzogen ist: fast der zehnte Mann ist hier ein Prophet — ein Vorkieker (Vorschauer), wie man es nennt — und wie ich fürchte, einer oder der andere dem Herrn zulieb! — Seltsam ists, daß diese Menschen alle eine körperliche Ähnlichkeit haben: ein lichtblaues, geisterhaftes Auge, was fast ängstlich zu ertragen ist; ich meine, so müsse Swedenborg ausgesehen haben; sonst sind sie einfach, häufig beschränkt, des Betruges unfähig, in keiner Weise von andern Bauern unterschieden. Ich habe mit manchem von ihnen geredet, und sie gaben mir verständigen Bescheid über Wirtschaft und Witterung; aber sobald meine Fragen übers Alltägliche hinausgingen, waren sie ihnen unverständlich, und doch verraten manche dieser sogenannten Prophezeiungen und Gesichte eine großartige Einbildungskraft, streifen an die Allegorie und gehen überall weit über das Gewöhnliche, so daß ich gezwungen bin, eine momentane geistige Steigerung anzunehmen — wie Mesmer sie jetzt in seiner neuen Theorie aufstellt. Der Vetter nun hat alle diese in der Tat merkwürdigen Träumereien gesammelt und teils aus scholastischem Triebe, teils um sie für alle Zeiten verständlich zu erhalten, in sehr fließendes Latein übersetzt und sauber in einer buchförmigen Kapsel verwahrt, und Liber mirabilis steht breit auf dem Rücken mit goldenen Lettern; dies ist sein Schatz und Orakel, bei dem er anfragt, wenn es in den Welthändeln konfus aussieht, und was nicht damit übereinstimmt, wird vorläufig mit Kopfschütteln abgefertigt.

Guter Vetter, du hast mir deinen Schatz anvertraut, obwohl ich weiß, daß du lieber ein Mal auf deinem Gesicht als einen Flecken auf den Blättern erträgst; da liegt er, rot, golden und stattlich, wie ein englischer Stabsoffizier, und ich sitze hier wie ein schlechter Spion und nehme eine geheime Karte von deiner Person — gute Nacht! würde ich sagen, aber du hast immer gute Nächte, denn du bist gesund und reinen Herzens. — Ich muß morgen früh auf — wir haben sieben Meisenkasten abzusuchen.

Drittes Kapitel

In Hof und Garten

Der Morgen war so schön! Nachtigallen rechts und links antworteten sich so schmetternd aus dem blühenden Gesträuch und Hagen, daß ich um fünf Uhr im engsten Sinne des Wortes davon geweckt worden bin und es mir unmöglich war, wieder einzuschlafen; so habe ich denn bis zum Frühstück mich in den Anlagen umhergetrieben und die erste Blüte an des Herrn neuster Iris mit einem profanen Auge eher erblickt als der gute Prometheus selbst. Es war in diesen Tagen viel Rede und Erwartung wegen dieser Blume aus des Herrn Fabrik, die mir nur etwas tiefer blau scheint als die gewöhnliche Schwertlilie, ich denke aber, er wird sie atropurpurea oder mirabilissima taufen; jedenfalls sah die Blume in ihrem Tauperlenschleier reizend genug aus, und überall hatten die Anlagen in ihrem jungen, von der Sonne vergoldeten Grün, ihrem Tau und Blütenstaat eine solche beauté du diable, daß ich glaubte, nie etwas Lieblicheres gesehen zu haben. Der feuchte Boden ist dem Blumenwuchs und den Singvögeln so zuträglich, daß man in der schönen Jahreszeit von Düften, Farbe und Gesang berauscht vergißt, daß alles fehlt, was man sonst von schöner Gegend zu fordern pflegt — Gebirg, Strom, Felsen. Ich muß der Seltsamkeit wegen anmerken, daß mir ganz poetisch zumute ward und ich mich beinah auf den nassen Rasen gesetzt hätte und mich wirklich auf eine Bank hingoß und ein paar Gedichte von Wilhelm hervorzog, die Fräulein Anna mir gestern abend mit verschmitztem Lächeln und ein wenig errötend zugesteckt hatte. Irre ich nicht, so ruhen ihre dunkeln Augen zuweilen mit einer Teilnahme auf dem jungen Dichter, wie Langeweile und etwas Empfindsamkeit sie leicht auf dem Lande erzeugen. Das schüchterne Huhn scheint indessen davon kein Körnchen zu ahnen, und ich bin ungewiß, ob eine etwaige Entdeckung dem Fräulein zum Schaden oder Vorteil gereichen würde, da seine tiefblauen jungfräulichen Augen ganz anderes zu suchen scheinen als so rheinisches Blut. — Also ein Dichter ist der Wilhelm!

Ich hätte es mir denken können nach seinen verklärten Blicken, wenn wir am Weiher stehen und die Schwäne durch den glitzernden Sonnenspiegel segeln, wo er dann wirklich schön aussieht, die übrige Zeit aber unbehilflich und verschüchtert, wie es einem jungen Schreiber zukommt, den die Güte des Herrn höchst überflüssig seinem Onkel zugesellt hat, nur um das arme Blut in freie Kost und Wohnung zu bringen.

Die Verse sind auf schlechtes Konzeptpapier geschrieben, häufig durchstrichen und gewiß nicht für das Auge des Fräuleins bestimmt. Das eine schien sie mir mit einiger Ziererei vorenthalten zu wollen. Dieses wird zuerst gelesen.

[Hier folgt „Das Mädchen am Bach"]

Ei, ei, Wilhelmus! was sind das für gefährliche Gedanken! Paßt sich dergleichen für einen armen Studenten, der erst in zehn Jahren vielleicht lieben darf? Und nun zum zweiten!

[„Der Knabe im Rohr"]

Der junge Mensch hat wirklich Talent! In einer günstigeren Umgebung — doch nein, bleib in deiner Heide, laß deine

Phantasie ihre Fasern tief in deine Weiher senken und wie eine geheimnisvolle Wasserlilie darüber schaukeln. Sei ein Ganzes — ob nur ein Traum, ein halbverstandenes Märchen — es ist immer mehr wert als die nüchterne Frucht vom Baum der Erkenntnis ...

Beim Heimgange fand ich seinen Onkel, den Rentmeister Friese, in Hemdärmeln am Brunnen vor dem Nebengebäude, eifrig bemüht, seine Stubenfenster mit Hilfe eines Strohwisches und endloser Wassergüsse zu säubern; seine Glatze glänzte wie frischer Speck, und ich hörte ihn schon auf dreißig Schritt stöhnen wie ein dämpfiges Pferd. Er sah mich nicht, und so konnte ich den wunderlichen Mann mit Muße in seinem Negligé betrachten, das an allen Stellen, die der Rock sonst in Verborgenheit bringt, mit den vielfarbigsten Lappen verziert war und ihm das Ansehen einer wandernden Musterkarte gab. Es ist mir selten ein harpagonähnlicheres Gesicht vorgekommen, spitz wie ein Schermesser, mit Lippen wie Zwirnfaden, die fast immer geschlossen sind, als fürchteten sie, etwas Brauchbares entwischen zu lassen, und nur, wenn er gereizt wird, Witzfunken sprühen, wie ein Kater, den man gegen den Strich streichelt; dennoch ist Friese ein redlicher Mann, dem jeder Groschen aus seines Herrn Tasche wie ein Blutstropfen vom Herzen fällt, aber ein Spekulant sondergleichen, der mit allem, was als unbrauchbar verdammt ist: Lumpen, Knochen, verlöschten Kohlen, rostigen Nägeln, den weißen Blättern an verworfenen Briefen, Handel treibt und sich im Verlauf von dreißig Jahren ein hübsches rundes Sümmchen aus dem Kehricht gewühlt haben soll. Seine Kammer ist niemandem zugänglich als seinen Handelsfreunden und dem Neffen Wilhelm; er fegt sie selber, macht sein Bett selber, die reine Wäsche muß ihm ans Türschloß gehängt werden. Nitimur in vetitum, ich wagte einen Sturm, nahte mich höflich und bat um ein paar geschnittene Federn; er wurde doch blutrot und zog sich wie ein Krebs der Türe zu, um seine Hinterseite zu verbergen; ich ihm nach und ließ ihm nur so weit den Vortritt, daß ihm gelingen konnte, in seinen grauen Flaus zu fahren; dann stand ich vor ihm, er sah mich an mit einem Blick des Entsetzens, wie weiland der Hohepriester ihn auf den Tempelschänder, der in das Allerheiligste drang, mag geschleudert haben, deckte hastig eine baumwollene Schlafmütze über ein Etwas in der babylonischen Verwirrung seines Tisches, suchte nach einem Federbunde, dann, in verdrießlicher Eile, nach einem Federmesser — es war nicht da — er mußte sich entschließen, in einen Alkoven zu treten, ich warf schnell meine Augen umher — das ganze weite Zimmer war wie mit Maulwurfshügeln bedeckt, durch die ein Labyrinth von Pfaden führte, saubere Knöchelchen für die Drechsler, Lumpen für die Papiermühle, altes Eisen, auf dem Tische leere Nadelbriefe, schon zur Hälfte wieder gefüllt mit Stecknadeln, denen man es ansah, daß sie gerade gebogen und neu angeschliffen waren; ich hörte ihn einen Schrank öffnen und hob leise den Zipfel der blauen Mütze; beschriebene Hefte in den verschiedensten Formaten, offenbar ‚Memoiren': „Heute hat der lutherische Herr wieder eine ganze Flasche Franzwein getrunken, das Faß à 48 Taler ist fast leer" — ich stand steif wie eine Schildwacht; denn Herr Friese trat herein, und ich machte mich dann bald davon, so triumphierend wie ein begossener Hund; — guter Vetter, wird dir deine Freundlichkeit so schändlich kontrolliert!

Ich habe den Friese nie leiden können; obendrein ist er ein alter Narr, der sich von der Zofe Katharina, einem schlauen lustigen Mädchen und der gnädigen Frauen Liebling, aufs albernste hänseln läßt. Diese junge Rheinländerin stiftet überhaupt einen greulichen Brand im Schlosse an; drei westfälische Herzen seufzen ihretwegen wie Öfen. Zuerst des Herrn geliebter Johann, von ihr nur Jan Fiedel genannt, der mit ihm eigens zum Kammerdiener erzogen worden ist, recht artig die Geige mit dem Herrn Everwin streicht und in seinen graumelierten mit Talg hintenüber gestrichenen Haarresten, die in einem ausgemergelten Zöpfchen enden, genau einem geschundenen Hasen gleichsieht. — Dann ein paderbornscher Schlingel, derselbe, der mich zuerst am Wagen begrüßte, ein schlauer, nichtsnutziger Bursch, der sich durch tausend Foppereien an seinen Gesellen für die Langeweile, die sie ihm machen, schadlos hält — den Herrn beschwätzt er zu allem, wie er will, und ist ihm erst vor kurzem etwas fatal geworden, seit er der Köchin, einer armen gichtischen Person, drei bunte Seidenfäden als sympathetisches Mittel gab, mit dem Zusatz — es wirke nur, wenn sie täglich einen Korb voll Holz vor des Herrn Zimmer trage (bis dahin sein Amt!). Der Spaß kam aus, und der Herr war sehr ungehalten über diese Grausamkeit seines Johanns; doch meine ich, daß er ihn seitdem auch sonst mit mißtrauischen Blicken betrachtet; denn, wie der Herr sagt, „dergleichen Dinge sind nicht ganz zu lachen, man trifft im Paderbornschen seltsame Beispiele an".

[Unvollendet]

BILDER AUS WESTFALEN

(Westfälische Schilderungen aus einer westfälischen Feder)

(Meersburg 1842)

Erstes Kapitel

Die Physiognomie des Landes Paderborn, Münster, der Grafschaft Mark und des Herzogtums Westfalen

Wenn wir von Westfalen reden, so begreifen wir darunter einen großen, sehr verschiedenen Landstrich, verschieden nicht nur den weit auseinanderliegenden Stammwurzeln seiner Bevölkerung nach, sondern auch in allem, was die Physiognomie des Landes bildet oder wesentlich darauf zurückwirkt, in Klima, Naturform, Erwerbsquellen und, als Folge dessen, in Kultur, Sitten, Charakter und selbst Körperbildung seiner Bewohner: daher möchten wohl wenige Teile unsers Deutschlands einer so vielseitigen Beleuchtung bedürfen.

Zwar gibt es ein Element, das dem Ganzen, mit Ausnahme einiger kleinen Grenzprovinzen, für den oberflächlichen Beobachter einen Anhauch von Gleichförmigkeit verleiht, ich meine das des gleichen (katholischen) Religionskultus und des gleichen früheren Lebens unter den Krummstäben, was in seiner festen Form und gänzlicher Beschränkung auf die nächsten Zustände immer dem Volkscharakter und selbst der Natur einen Charakter von bald beschaulicher, bald in sich selbst arbeitender Abgeschlossenheit gibt, den wohl erst eine lange Reihe von Jahren und die Folge mehrerer, unter fremden Einflüssen herangebildeter Generationen völlig verwischen dürften. Das schärfere Auge wird indessen sehr bald von Abstufungen angezogen, die in ihren Endpunkten sich fast zum Kontraste steigern, und bei der noch großenteils erhaltenen Volkstümlichkeit dem Lande ein Interesse zuwenden, was ein vielleicht besserer, aber zerflossener Zustand nicht erregen könnte. — Gebirg und Fläche scheinen auch hier, wie überall, die schärferen Grenzlinien bezeichnen zu wollen; doch haben, was das Volk betrifft, Umstände die gewöhnliche Folgenreihe gestört, und statt aus dem flachen, heidigen Münsterlande durch die hügelige Grafschaft Mark und das Bistum Paderborn, bis in die dem Hochgebirge nahestehenden Bergkegel des Sauerlandes (Herzogtum Westfalen) sich der Natur nachzumetamorphosieren, bildet hier vielmehr der Sauerländer den Übergang vom friedlichen Heidebewohner zum wilden, fast südlich durchglühten Insassen des Teutoburger Waldes. — Doch lassen wir dieses beiläufig beiseite und fassen die Landschaft ins Auge, unabhängig von ihren Bewohnern, insofern die Einwirkung derselben (durch Kultur usw.) auf deren äußere Form dies erlaubt.

Wir haben bei Wesel die Ufer des Niederrheins verlassen und nähern uns durch das, auf der Karte mit Unrecht Westfalen zugezählte, noch echt rheinische Herzogtum Kleve den Grenzen jenes Landes. Das allmähliche Verlöschen des Grüns und der Betriebsamkeit, das Zunehmen der glänzenden Sanddünen und einer gewissen lauen, träumerischen Atmosphäre, sowie die aus den seltenen Hütten immer blonder und weicher hervorschauenden Kindergesichter sagen uns, daß wir sie überschritten haben, — wir sind in den Grenzstrichen des Bistums Münster. Eine trostlose Gegend! unabsehbare Sandflächen, nur am Horizonte hier und dort von kleinen Waldungen und einzelnen Baumgruppen unterbrochen. Die von Seewinden geschwängerte Luft scheint nur im Schlafe aufzuzucken. Bei jedem Hauche geht ein zartes, dem Rauschen der Fichten ähnliches Geriesel über die Fläche und säet den Sandkies in glühenden Streifen bis an die nächste Düne, wo der Hirt in halb somnambüler Beschaulichkeit seine Socken strickt und sich so wenig um uns kümmert als sein gleichfalls somnambüler Hund und seine Heidschnucken. Schwärme badender Krähen liegen quer über den Pfad und flattern erst auf, wenn wir sie fast greifen könnten, um einige Schritte seitwärts wieder niederzufallen und uns im Vorübergehen mit einem weissagenden Auge, „oculo torvo sinistroque" zu betrachten. Aus den einzelnen Wacholderbüschen dringt das klagende, möwenartige Geschrill der jungen Kiebitze, die wie Tauchervögel im Schilf in ihrem stachlichten Asyle umschlüpfen und bald hier, bald drüben ihre Federbüschel hervorstrecken. Dann noch etwa jede Meile eine Hütte, vor deren Tür ein paar Kinder sich im Sande wälzen und Käfer fangen, und allenfalls ein wandernder Naturforscher, der neben seinem überfüllten Tornister kniet und lächelnd die zierlich versteinerten Muscheln und Seeigel betrachtet, die wie Modelle einer frühern Schöpfung hier überall verstreut liegen — und wir haben alles genannt, was eine lange Tagereise hindurch eine Gegend belebt, die keine andere Poesie aufzuweisen hat als die einer fast jungfräulichen Einsamkeit und einer weichen, traumhaften Beleuchtung, in der sich die Flügel der Phantasie unwillkürlich entfalten. Allmählich bereiten sich indessen freundlichere Bilder vor, — zerstreute Grasflächen in den Niederungen, häufigere und frischere Baumgruppen begrüßen uns als Vorposten nahender Fruchtbarkeit, und bald befinden wir uns in dem Herzen des Münsterlandes, in einer Gegend, die so anmutig ist, wie der gänzliche Mangel an Gebirgen, Felsen und belebten Strömen dieses nur immer gestattet, und die wie eine große Oase in dem sie von allen Seiten, nach Holland, Oldenburg, Kleve zu, umstäubenden Sandmeer liegt. In hohem Grade friedlich, hat sie doch nichts von dem Charakter der Einöde; vielmehr mögen wenige Landschaften so voll Grün, Nachtigallenschlag und Blumenflor angetroffen werden, und der aus minder feuchten Gegenden Einwandernde wird fast betäubt vom Geschmetter der zahllosen Singvögel, die ihre Nahrung in dem weichen Kleiboden finden. Die wüsten Steppen haben sich in mäßige, mit einer Heideblumendecke farbig überhauchte Weidestrecken zusammengezogen, aus denen jeder Schritt Schwärme blauer, gelber und milchweißer Schmetterlinge aufstäuben läßt. Fast jeder dieser Weidegründe enthält einen Wasserspiegel, von Schwertlilien umkränzt, an denen Tausende kleiner Libellen wie bunte Stäbchen hängen, während die der größeren Art bis auf die Mitte des Weihers schnurren, wo sie in die Blätter der gelben Nymphäen wie goldene Schmucknadeln in emaillierte Schalen niederfallen und dort auf die Wasserinsekten lauern, von denen sie sich nähren. Das Ganze umgrenzen kleine, aber zahlreiche Waldungen. Alles Laubholz, und namentlich ein Eichenbestand von tadelloser Schönheit, der die holländische Marine mit Masten versieht — in jedem Baume ein Nest, auf jedem Aste ein lustiger Vogel und überall eine Frische des Grüns und ein Blätterduft, wie dieses anderwärts nur nach einem Frühlingsregen der Fall ist. Unter den Zweigen lauschen die Wohnungen hervor, die, langgestreckt, mit tief niederragendem Dache, im Schatten Mittagsruhe zu halten und mit halbgeschlossenem Auge nach den Rindern zu schauen scheinen, welche, hellfarbig und gescheckt, wie eine Damwildherde sich gegen das Grün des Waldbodens oder den blassen Horizont abzeichnen und in wechselnden Gruppen durcheinanderschieben, da diese Heiden immer Allmenden sind und jede wenigstens sechzig Stück Hornvieh und darüber enthält. Was nicht Wald und Heide ist, ist Kamp, das heißt Privateigentum, zu Acker und Wiesengrund benützt und, um die Beschwerde des Hütens zu vermeiden, je nach dem Umfange des Besitzes oder der Bestimmung, mit einem hohen, von Laubholz überflatterten Erdwalle umhegt. Dieses begreift die fruchtbarsten Grundstrecken der Gemeinde, und man trifft gewöhnlich lange Reihen solcher Kämpe nach- und nebeneinander, durch Stege und Pförtchen verbunden, die man mit jener angenehmen Neugier betritt, mit der man die Zimmer eines dachlosen Hauses durchwandelt. Wirklich geben auch vorzüglich die Wiesen einen äußerst heitern Anblick durch die Fülle und Mannigfaltigkeit der Blumen und Kräuter, in denen die Elite der Viehzucht, schwerer ostfriesischer Rasse, übersättigt wiederkaut und den Vorübergehenden so träge und hochmütig anschnaubt, wie es nur der Wohlhäbigkeit auf vier Beinen erlaubt ist. Gräben und Teiche durchschneiden auch hier, wie überall, das Terrain und würden, wie alles stehende Gewässer, widrig sein, wenn nicht eine weiße, von Vergißmeinnicht umwucherte Blütendecke und der aromatische Duft des Minzkrautes dem überwiegend entgegenwirkten; auch die Ufer der träg schleichenden Flüsse sind mit dieser Zierde versehen und mildern so das Unbehagen, das ein schläfriger Fluß immer erzeugt. Kurz, diese Gegend bietet eine lebhafte Einsamkeit, ein fröhliches Alleinsein mit der Natur, wie wir es anderwärts noch nicht angetroffen. Dörfer trifft man alle Stunden Weges höchstens eines, und die zerstreuten Pachthöfe liegen so versteckt hinter Wallhecken und Bäumen, daß nur ein ferner Hahnenschrei oder ein aus seiner Laubperücke winkender Heiligenschein sie dir andeutet und du dich allein glaubst mit Gras und Vögeln, wie am vierten Tage der Schöpfung, bis ein langsames „Hott“ oder „Haar“ hinter der nächsten Hecke dich aus dem Traume weckt oder ein grell anschlagender Hofhund dich auf den Dachstreifen aufmerksam macht, der sich gerade neben dir wie ein liegender Balken durch das Gestrüpp des Erdwalls zeichnet. So war die Physiognomie des Landes bis heute, und so wird es nach vierzig Jahren nimmer sein. Bevölkerung und Luxus wachsen sichtlich, mit ihnen Bedürfnisse und Industrie. Die kleineren malerischen Heiden werden geteilt, die Kultur des langsam wachsenden Laubwaldes wird vernachlässigt, um sich im Nadelholze einen schnelleren Ertrag zu sichern, und bald werden auch hier Fichtenwälder und endlose Getreideseen den Charakter der Landschaft teilweise umgestaltet haben, wie auch ihre Bewohner von den uralten Sitten und Gebräuchen mehr und mehr ablassen; fassen wir deshalb das Vorhandene noch zuletzt in seiner Eigentümlichkeit auf, ehe die schlüpferige Decke, die allmählich Europa überfließt, auch diesen stillen Erdwinkel überleimt hat.

Wir haben diesen Raum des Münsterlandes eine Oase genannt, so sind es auch wieder Steppen, Sand- und Fichtenöden, die uns durch Paderborn, die ehemalige Residenz und Grenzstadt, in das Bistum gleichen Namens führen, wo die Ebene allmählich zu Hügeln anschwillt, von denen jedoch die höchsten — der jenseitigen Grenze zu — die Höhe eines mäßigen Berges nicht übersteigen. Hier ist die Physiognomie des Landes bei weitem nicht so anziehend wie die seiner Bewohner, sondern ein ziemlich reizloser Übergang von der Fläche zum Gebirge, ohne die Milde der ersten oder die Großartigkeit des letzteren, — unabsehbare Getreidefelder, sich über Tal und Höhe ziehend, welche die Fruchtbarkeit des Bodens bezeugen, aber das Auge ermüden, — Quellen und kleine Flüsse, die recht munter laufen, aber gänzlich ohne Geräusch und die phantastischen Sprünge der Bergwässer, — steinichter Grund, der, wo man nur den Spaten einstößt, treffliches Baumaterial liefert, aber nirgends eine Klippenwand vorstreckt, außer der künstlichen des Steinbruchs, — niedere Berge von gewöhnlicher Form, unter denen nur die bewaldeten auf einige Anmut Anspruch machen können, bilden zusammen ein wenig hervorstechendes Ganze. Selbst der klassische Teutoburger Wald, das einzige, zwar nicht durch Höhe, aber durch seine Ausdehnung und mitunter malerischen Formen imposante Waldgebirge, ist in neueren Zeiten so durchlichtet und nach der Schnur beforstet worden, daß wir nur mit Hülfe der roten (eisenhaltigen) Erde, die fortwährend unter unsern Tritten knistert, sowie der unzähligen fliegenden Leuchtwürmchen, die hier in Sommernächten an jedem Zweig ihr Laternchen hängen, und einer regen Phantasie von „Stein, Gras und Grein" träumen können. Doch fehlt es dem Lande nicht an einzelnen Punkten, wo das Zusammentreffen vieler kleiner Schönheiten wirklich reizende Partien hervorbringt, an hübschen grünen Talschluchten zum Beispiel, von Quellen durchrieselt, wo es sich recht anmutig und sogar ein wenig schwindelnd durch die schlanken Stämme bergauf schauen läßt; liegt nun etwa noch ein Schlößchen droben und gegenüber ein Steinbruch, der fürs Auge so ziemlich die Klippen ersetzt, so wird der wandernde Maler gewiß sein Album hervorlangen, und der benachbarte Flachländer kehrt von seiner Ferienreise mit Stoff zu langen Erzählungen und Nachentzückungen heim; ein Dorf am Fuße des Berges kann übrigens das Bild nur verderben, da das Bistum Paderborn hiervon ausgemacht die elendesten und rauchigsten Exemplare Westfalens aufzuweisen hat, ein Umstand, zu dem Übervölkerung und Leichtsinn der Einwohner zu gleichen Teilen beitragen.

Haben wir die paderbornsche Grenze — gleichviel ob zur Rechten oder zur Linken — überschritten, so beginnt der hochromantische Teil Westfalens, rechts das geistliche Fürstentum Corvey, links die Grafschaft Mark; ersteres die mit Recht berühmten Weserlandschaften, das andere die gleich schönen Ruhr- und Lenne-Ufer umschließend. Diese beiden Provinzen zeigen, obwohl der Lage nach getrennt, eine große Verwandtschaft der Natur, nur daß die eine durch segelnde Fahrzeuge, die andere durch das Pochen der Hämmer und Gewerke belebt wird; beide sind gleich lachend und fruchtbar, mit gleich wellenförmigen, üppig belaubten Bergrücken geschmückt, in die sich nach und nach kühnere

Formen und Klippenwände drängen, bis die Weserlandschaft, wie eine Schönheit, die ihren Scheitelpunkt erreicht hat, allmählich wieder einsinkt und gleichsam abwelkt, während von der Ruhr aus immer kühnere Gebirgsformen in das Herz des Sauerlandes dringen und sich durch die höchste romantische Wildheit bis zur Öde steigern. Daß die vielbesprochene Porta Westfalica nur einen geringen Beitrag zu jener Bilderreihe steuert und nur den letzten zweifelhaften beau jour der bereits verblichenen Weserschönheit ausmacht, ist schon öfters gesagt worden; desto reizender ist der Strombord in seinem Knospen, Erblühen und Reifen, das Corveyer Ländchen und die anschließenden Striche entlang bis zur kurhessischen Grenze: so sanfte Berghänge und verschwimmende Gründe, wo Wasser und Land sich zu haschen und einander mit ihrer Frische anzuhauchen scheinen; so angenehme Kornfluren im Wechsel mit Wiese und Wald; so kokette Windungen des Stroms, daß wir in einem Garten zu wandeln glauben. Immer mannigfaltiger wird die Landschaft, immer reicher schattiert von Laub- und Nadelholz, scharfen und wellenschlagenden Linien. Hinter dem alten Schlosse Wehern und der Türkenruine hebt der Wildberg aus luftigen Hügeln, die ihn wie vom Spiel ermüdete Kinder umlagern, seinen stachlichten Sargrücken und scheint nur den Katthagenberg gegenüber, der ihn wie das Knochengebäude eines vorweltlichen Ungeheuers aus roten Augenhöhlen anstarrt, seiner Beachtung wert zu halten. Von hier an beginnen die Ufer steil zu werden, mit jeder Viertelstunde steiler, hohler und felsiger, und bald sehen wir von einer stundenlangen, mit Mauern und Geländern eingehegten Klippe die Schiffe unter uns gleiten, klein wie Kinderspielzeug, und hören den Ruf der Schiffer, dünn wie Möwengeschrei, während hoch über uns von der Felsterrasse junge Laubzweige niederwinken, wie die Hände schöner Frauen von Burgzinnen. — Bei dem neuantiken Schlosse

Herstelle hat die Landschaft ihren Höhepunkt erreicht und geht, nach einer reichen Aussicht die Weser entlang und einem schwindelnden Niederblicke auf das hessische Grenzstädtchen Karlshafen, der Verflachung und überall dem Verfall entgegen.

Diesen ähnliche Bilder bietet die Grafschaft Mark, von gleicher teils sanfter, teils kräftiger auftretenden Romantik, und durch die gleichen Mittel. Doch ist die Landschaft hier belebter, reicher an Quellengeräusch und Echo, die Flüsse kleiner und rascher, und statt Segel bei uns vorbeigleiten zu lassen, schreiten wir selbst an schäumenden Wehren und Mühlrädern vorüber und hören schon weither das Pochen der Gewerke; denn wir sind in einem Fabriklande. — Auch ist die Gegend anfangs, von der Nähe des Münsterlandes angehaucht, noch milder, die Täler träumerischer, und tritt dagegen, wo sie sich dem eigentlichen Sauerlande nähert, schon kühner auf als die der Weser. Das „Felsenmeer" unweit Menden zum Beispiel — ein Tal, wo Riesen mit wüsten Felswürfeln gespielt zu haben scheinen — und die Bergschlucht unter der Schloßruine und der bekannten Tropfsteinhöhle Klusenstein dürfen unbezweifelt einen ehrenvollen Platz im Gebiete des Wildromantischen ansprechen; sonderlich das letzte und ebendiese starr gegeneinander rückenden Felswände, an denen sich der kaum fußbreite Ziegenpfad windet — oben das alte Gemäuer, in der Mitte der schwarze Höllenschlund, unten im Kessel das Getöse und Geschäum der Mühle, zu der man nur vermittelst Planken und Stege gelangt, und wo es immer dämmert — sollen dem weiland vielgelesenen Spies den Rahmen zu einem seiner schlimmsten Schauerromane (ich glaube „Die Teufelsmühle im Höllental") geliefert haben. — Doch sind dieses Ausnahmen, die Landschaften durchgängig sanft und würden, ohne die industrielle Regsamkeit ihrer Bewohner, entschieden träumerisch sein. Sobald wir die Fläche überschritten, verliert sich indessen das Milde mehr und mehr, und bald begegnet es uns nur noch in einzelnen, gleichsam verirrten Partien, die uns jetzt durch ihre Seltenheit so überraschend anregen, wie früher die kühneren Formen, von denen wir fortan durch tagelange Wanderungen fast übersättigt werden. Der Sauerländer rühmt sich eines glorreichen Ursprungs seiner Benennung — „dieses ist mir ein saures Land geworden", soll Karl der Große gesagt haben — und wirklich, wenn wir uns durch die mit Felsblöcken halb verrammelten Schluchten des Binnenlandes winden, unter Wänden her, deren Unersteiglichkeit wir mit schwindelndem Auge messen, und aus denen sich kolossale Balkone strecken, breit und fest genug, eine wilde Berghorde zu tragen, so zweifeln wir nicht an der Wahrheit dieses Worts, mag es nun gesagt sein oder nicht. Das Gebirge ist wasserreich und in den Talschlünden das Getöse der niederrauschenden und brodelnden Quellen fast betäubend, wogegen der Vogelgesang in den überhandnehmenden Fichtenwaldungen mehr und mehr erstirbt, bis wir zuletzt nur Geier und Habichte die Felszacken umkreisen sehen und ihre grellen Diebspfeifen sich hoch in der Luft antworten hören. Überall starren uns die schwarzen Eingänge der Stollen, Spalten und Stalaktitenhöhlen entgegen, deren Senkungen noch zum Teil nicht ergründet sind, und an die sich Sagen von Wegelagerern, Berggeistern und verhungerten Verirrten knüpfen. Das Ganze steht den wildesten Gegenden des Schwarzwaldes nicht nach; sonderlich, wenn es zu dunkeln beginnt, gehört viel kaltes Blut dazu, um sich eines mindestens poetischen Schauers zu erwehren, wenn das Volk der Eulen und Schuhue in den Spalten lebendig wird und das Echo ihr Gewimmer von Wand zu Wand laufen läßt, und wenn die hohen Öfen wie glühende Rachen aus den Schluchten gähnen, wirre Funkensäulen über sich aufblasen und Baum und Gestein umher mit rotem Brandscheine überzittern. In diesem Stile nimmt die Landschaft immer an Wildheit zu, zuletzt Klippen bietend — auf denen man schon verirrte Ziegen hat tagelang umherschwanken sehen — bis die Zackenform der Berge allmählich kahlen Kegeln weicht, an denen noch wohl im hohen Mai Schneeflecke lagern, der Baumwuchs fast gänzlich eingeht und endlich bei „Winterberg" die Gegend nur noch das Bild trostloser Öde beut, — kahle Zuckerhutformen, an denen hier und dort ein Fleckchen magerer Hafersaat mehr gilbt als grünt.

Zweites Kapitel

Handelsgeist im Sauerlande — Wilde Poesie in Paderborn — Die Barackenbewohner — Ihre Ehen — Die Branntweinpest — Sittenverderbnis — Alte Gebräuche — Aberglauben — Besprechungen — Rauflust — Eine Gerichtsszene

Wir haben im vorhergehenden den Charakter der Eingebornen bereits flüchtig angedeutet und gesagt, daß, dem gewöhnlichen Einflusse der Natur auf ihre Zöglinge entgegen, am verhältnismäßig in einem zahmen Lande aufgenährten Paderbörner der Stempel des Bergbewohners, sowohl moralisch als körperlich, weit entschiedener hervortritt, als an dem durch seine Umgebungen weit mehr dazu berechtigten Sauerländer. Der Grund liegt nahe: in den Handelsverhältnissen des letzteren, die seine Heimat den Fremden öffnen und ihn selbst der Fremde zutreiben, wo unter kaufmännischer Kultur die Sitten, durch auswärtige Heiraten das Blut seines Stammes sich täglich mehr verdünnen, und wir müssen uns eher über die Kraft einer Ader wundern, die, von so vielen Quellen verwässert, doch noch durchgängig einen scharfen, festen Strich zeichnet, wie der Rhein durch den Bodensee. Der Sauerländer ist ungemein groß und wohlgebaut, vielleicht der größte Menschenschlag in Deutschland, aber von wenig geschmeidigen Formen; kolossale Körperkraft ist bei ihm gewöhnlicher als Behendigkeit anzutreffen. Seine Züge, obwohl etwas breit und verflacht, sind sehr angenehm, und bei vorherrschend lichtbraunem oder blondem Haare haben doch seine langbewimperten blauen Augen alle den Glanz und den dunklen Blick der schwarzen. Seine Physiognomie ist kühn und offen, sein Anstand ungezwungen, so daß man geneigt ist, ihn für ein argloseres Naturkind zu halten als irgend einen seiner Mitwestfalen; dennoch ist nicht leicht ein Sauerländer ohne einen starken Zusatz von Schlauheit, Verschlossenheit und praktischer Verstandesschärfe, und selbst der sonst Beschränkteste unter ihnen wird gegen den gescheitesten Münsterländer fast immer praktisch im Vorteil stehen. Er ist sehr entschlossen, stößt sich dann nicht an Kleinigkeiten und scheint eher zum Handel und guten Fortkommen geboren als dadurch und dazu herangebildet. Seine Neigungen sind heftig, aber wechselnd, und so wenig er sie jemands Wunsch zuliebe aufgibt, so leicht entschließt er sich aus eigener Einsicht oder Grille hierzu. Er ist ein rastloser und zumeist glücklicher Spekulant, vom reichen Fabrikherrn, der mit vieren fährt, bis zum abgerissenen Herumstreifer, der „Kirschen für Lumpen" ausbietet; und hier findet sich der einzige Adel Westfalens, der sich durch Eisenhämmer, Papiermühlen und Salzwerke dem Kaufmannsstande anschließt. Obwohl der Konfession nach katholisch, ist das Fabrikvolk doch an vielen Orten bis zur Gleichgültigkeit lau und lacht nur zu oft über die Scharen frommer Wallfahrter, die vor seinen Gnadenbildern bestäubt und keuchend ihre Litaneien absingen, und an denen ihm der Klang des Geldes, das sie einführen, bei weitem die verdienstvollste Musik scheint. Übrigens besitzt der Sauerländer manche anziehende Seite; er ist mutig, besonnen, von scharfem, aber kühlem Verstande; obwohl im allgemeinen berechnend, doch aus Ehrgefühl bedeutender Aufopferung fähig; und selbst der Geringste besitzt einen Anflug ritterlicher Galanterie und einen naiven Humor, der seine Unterhaltung äußerst angenehm für denjenigen macht, dessen Ohren nicht allzu zart sind. Daß in einem Lande, wo drei Viertel der Bevölkerung, Mann, Weib und Kind, ihren Tag unter fremdem Dache (in den Fabrikstuben) zubringen oder auf Handelsfüßen das Land durchziehen, die häuslichen Verhältnisse sehr locker, gewissermaßen unbedeutend sind, begreift sich wohl; so wie aus dem Gesagten hervorgeht, daß nicht hier der Hort der Träume und Märchen, der charakteristischen Sitten und Gebräuche zu suchen ist; denn obwohl die Sage manche Kluft und unheimliche Höhle mit Berggeistern und den Gespenstern Ermordeter oder in den Irrgängen Verschmachteter bevölkert hat, so lacht doch jedes Kind darüber, und nur der minder beherzte oder phantasiereichere Reisende fährt zusammen, wenn ihm in dem schwarzen Schlunde etwa eine Eule entgegenwimmert oder ein kalter Tropfen von den Steinzapfen in seinen Nacken rieselt. Kurz, der Sohn der Industrie besitzt vom Bergbewohner nur die eiserne Gesundheit, Körperkraft und Entschlossenheit, aber ohne den romantischen Anflug und die Phantasie, welche sich an großartigen Umgebungen zu entwickeln pflegen, — er liebt sein Land, ohne dessen Charakter herauszufühlen; er liebt seine Berge, weil sie Eisen und freien Atemzug, seine Felsen, weil sie vortreffliches Material und Fernsichten, seine rauschenden Wasserfälle, weil sie den Fabrikrädern rascheren Umschwung geben, und das Ganze endlich, weil es eben seine Heimat und in dessen Luft ihm am wohlsten ist. Seine Festlichkeiten sind nach den Umständen des Gastgebers den städtischen möglichst nachgebildet; seine Trachten desgleichen. Alles wie anderwärts, staubende Chausseen mit Frachtwagen und Einspännern bedeckt — Wirtshäuser mit Kellnern und gedruckten Speisezetteln; einzelne Dörfer im tiefsten Gebirge sind noch strohdachig und verfallen genug; die meisten jedoch, nett wie alle Fabrikorte, erhalten allein durch die schwarze Schieferbekleidung und die mit Steinplatten beschwerten Dächer, die man hier der Rauhigkeit des Klimas entgegensetzen muß, einen schwachen Anstrich von Ländlichkeit, und nur die Kohlenbrenner in den Waldungen, die bleichen Hammerschmiede vor ihren Höllenfeuern und die an den Stollen mit Lederschurz und blitzendem Bleierz auf ihrem Kärrchen aus- und einfahrenden Bergknappen geben der Landschaft hier und dort eine passende Staffage.

Anders ist es im Hochstifte Paderborn, wo der Mensch eine Art wilder Poesie in die sonst ziemlich nüchterne Umgebung bringt und uns in die Abruzzen versetzen würde, wenn wir Phantasie genug hätten, jene Gewitterwolke für ein mächtiges Gebirge, jenen Steinbruch für eine Klippe zu halten. Nicht groß von Gestalt, hager und sehnig, mit scharfen, schlauen, tiefgebräunten und vor der Zeit von Mühsal und Leidenschaft durchfurchten Zügen, fehlt dem Paderborner nur das brandschwarze Haar zu einem entschieden südlichen Aussehen. Die Männer sind oft hübsch und immer malerisch, die Frauen haben das Schicksal der Südländerinnen, eine frühe, üppige Blüte und ein frühes, zigeunerhaftes Alter. Nirgends gibt es so rauchige Dörfer, so dachlückige Hüttchen als hier, wo ein ungestümes Temperament einen starken Teil der Bevölkerung übereilten Heiraten zuführt, ohne ein anderes Kapital als vier Arme und ein Dutzend zusammengebettelter und zusammengesuchter Balken, aus denen dann eine Art von Koben zusammengesetzt wird, eben groß genug für die Herdstelle, das Ehebett und allenfalls einen Verschlag, der den stolzen Namen Stube führt, in der Tat aber nur ein ungewöhnlich breiter und hoher Kasten mit einem oder zwei Fensterlöchern ist. Besitzt das junge Paar Fleiß und Ausdauer, so mögen nach und nach einige Verschläge angezimmert werden; hat es ungewöhnlichen Fleiß und Glück zugleich, so dürfte endlich eine bescheidene Menschenwohnung entstehen, häufig aber lassen Armut und Nachlässigkeit es nicht hierzu kommen, und wir selbst sahen einen bejahrten Mann, dessen Gelaß zu kurz war, um ausgestreckt darin zu schlafen, seine Beine ein gutes Ende weit in die Straße recken. Selbst der Roheste ist schlau und zu allen Dingen geschickt, weiß jedoch selten nachhaltigen Vorteil daraus zu ziehen, da er sein Talent gar oft in kleinen Pfiffigkeiten, deren Ertrag er sofort vergeudet, erschöpft und sich dem Einflusse von Winkeladvokaten hingibt, die ihm über jeden Zaunpfahl einen Prozeß einfädeln, der ihn völlig aussaugt, fast immer zur Auspfändung und häufig von Hof und Haus bringt. Große Not treibt ihn zu großen Anstrengungen, aber nur bis das dringendste Bedürfnis gestillt ist, — jeder erübrigte Groschen, den der Münsterländer sorglich zurücklegen, der Sauerländer in irgendein Geschäft stecken würde, wird hier am liebsten von dem Kind der Armut sofort dem Wirte und Kleinhändler zugetragen, und die Schenken sind meist gefüllt mit Glückseligen, die sich einen oder ein paar blaue Montage machen, um nachher wieder auf die alte Weise fort zu hungern und zu taglöhnern. So verleben leider viele, obwohl in einem fruchtbaren Lande und mit allen Naturgaben ausgerüstet, die sonst in der Welt voranbringen, ihre Jugend in Armut und gehen einem elenden Alter am Bettelstabe entgegen. In seiner Verwahrlosung dem Aberglauben zugeneigt, glaubt der Unglückliche sehr fromm zu sein, während er seinem Gewissen die ungebührlichsten Ausdehnungen zumutet. Wirklich stehen auch manche Pflichten seinen mit der Muttermilch eingesogenen Ansichten vom eigenen Rechte zu sehr entgegen, als daß er sie je begreifen sollte — jene gegen den Gutsherrn zum Beispiel, den er nach seinem Naturrecht gern als einen Erbfeind oder Usurpator des eigentlich *ihm* zuständigen Bodens betrachtet, dem ein echtes Landeskind nur aus List, um der guten Sache willen, schmeichle und übrigens Abbruch tun müsse, wo es immer könne. — Noch empörender scheinen ihm die Forst- und Jagdgesetze, da ja „unser Herrgott das Holz von selbst wachsen läßt, und das Wild aus einem Lande in das andere wechselt". Mit diesem Spruche im Munde glaubt der Frevelnde sich völlig berechtigt, jeden Förster, der ihn in flagranti überrascht, mit Schnupftabak zu blenden und, wie er kann, mit ihm fertig zu werden. Die Gutsbesitzer sind deshalb zu einem erschöpfenden Aufwande an Forstbeamten gezwungen, die den ganzen Tag und manche Nacht durchpatrouillieren und doch die massivsten Forstfrevel, zum Beispiel das Niederschlagen ganzer Waldstrecken in einer Nacht, nicht immer verhindern können. Hier scheitern alle Anstrengungen der sehr ehrenwerten Geistlichkeit, und selbst die Versagung der Absolution im Beichtstuhle verliert ihre Kraft, wie bei dem Korsen, wenn es eine Vendetta gilt. Noch vor dreißig Jahren war es etwas sehr Gewöhnliches, beim Mondscheine langen Wagenreihen zu begegnen, neben denen dreißig bis vierzig Männer hertrabten, das Beil auf der Schulter, den Ausdruck lauernder Entschlossenheit in den gebräunten Zügen, und der nächste Morgen brachte dann gewiß — je nachdem sie mit den Förstern zusammengetroffen oder ihnen glücklich ausgewichen waren — die Geschichte eines blutigen Kampfes oder eines grandiosen Waldfrevels. Die Überwachung der preußischen Regierung hat allerdings dieser Öffentlichkeit ein Ziel gesetzt, jedoch ohne bedeutende Resultate in der Sache selbst, da die Frevler jetzt durch List ersetzen, was sie an Macht einbüßen, und es ist leider eine Tatsache, daß die Holzbedürftigen, sogar Beamte, von Leuten, denen doch, wie sie ganz wohl wissen, kein rechtlicher Splitter eigen ist, ihren Bedarf so ruhig nehmen, wie allerorts Strandbewohner ihren Kaffee und Zucker von den Schmugglern zu nehmen pflegen. Daß auch dieser letztere Erwerbszweig hier dem Charakter des Besitzlosen zu sehr zusagt, als daß er ihn vernachlässigen sollte, selbst wenn die mehrstündige Entfernung der Grenze ihn mühsam, gefahrvoll und wenig einträglich zugleich macht, läßt sich wohl voraussetzen, und fast bis im Herzen des Landes sehen wir bei abendlichen Spaziergängen kleine Truppen von fünfen oder sechsen hastig und ohne Gruß an uns vorüber der Wesergegend zustapfen und können sie in der Morgendämmerung mit kleinen Bündeln, schweißtriefend und nicht selten mit verbundenem Kopfe oder Arme, wieder in ihre Baracken schlüpfen sehen. Zuweilen folgen die Zollbeamten ihnen stundenweit; die Dörfer des Binnenlandes werden durch nächtliche Schüsse und wüstes Geschrei aufgeschreckt, — am nächsten Morgen zeigen Gänge durchs Kornfeld, in welcher Richtung die Schmuggler geflohen; zerstampfte Flächen, wo sie sich mit den Zöllnern gepackt haben, und ein halbes Dutzend Taglöhner läßt sich bei seinem Dienstherrn krank melden. — Die Ehen, meist aus Leidenschaft und mit gänzlicher Rücksichtslosigkeit auf äußere Vorteile geschlossen, würden anderwärts für höchst unglücklich gelten, da kaum eine Barackenbewohnerin ihr Leben beschließt, ohne Bekanntschaft mit dem sogenannten „braunen Heinrich" oder „ungebrannter Asche" gemacht zu haben. Sie aber finden es „ländlich, sittlich" und leben der Überzeugung, daß eine gute Ehe wie ein gutes Gewebe zuerst des Einschlags bedarf, um nachher ein tüchtiges Hausleinen zu liefern. Wollten wir eine Zusammenstellung der unteren Volksklassen nach den drei Hauptrassen Westfalens machen, so würden wir sagen: der Sauerländer freit wie ein Kaufmann, nämlich nach Geld oder Geschicklichkeit, und führt auch seine Ehe so, kühl und auf gemeinschaftlichen Erwerb gerichtet. Der Münsterländer freit wie ein Herrnhuter, gutem Rufe und dem Willen seiner Eltern gemäß, und liebt und trägt seine Ehe, wie ein aus Gottes Hand gefallenes Los, in friedlicher Pflichterfüllung. Der Paderbörner Wildling aber, hat Erziehung und Zucht nichts an ihm getan, wirbt wie ein derbes Naturkind mit allem Ungestüm seines heftigen Blutes. Mit seinen und den Eltern seiner Frau muß es daher auch oft zu heftigen Auftritten kommen. Er geht unter die Soldaten, oder er läuft Gefahr, zu verkommen, wenn seine Neigung unerwidert bleibt. Die Ehe wird in diesen dürftigen Hütten den Frauen zum wahren Fegfeuer, bis sie sich zurechtgefunden; Fluch- und Schimpfreden haben, wie bei den Matrosen, einen großen Teil ihrer Bedeutung verloren und lassen eine rohe Art aufopfernder Liebe wohl neben sich bestehen. Über das Verderbnis der dienenden Klassen wird sehr geklagt: jedes noch so flüchtige Verhältnis zwischen den zwei Geschlechtern müsse streng überwacht werden von denen, die ihr Haus rein von Skandal und ihre weiblichen Dienstboten in dienstfähigem Zustande zu erhalten wünschen; selbst die Unteraufseher, Leute von gesetzten Jahren und sonst streng genug, schienen taub und blind, sobald nicht ein Verlöbnis, sondern nur der Glaube an eine ernstliche Absicht vorhanden sei — „die beiden freien sich" — und damit seien alle Schranken gefallen, obwohl aus zwanzig solcher Freiereien kaum eine Ehe hervorgehe und die Folgen davon den Gemeinden zur Last fielen. — Auch die Branntweinpest fordert hier nicht wenige Opfer, und bei diesem heftigen Blut wirkt das Übermaß um so wilder und gefährlicher. Diese Verwahrlosung ist um so mehr zu beklagen, da es auch dem letzten nicht leicht an Talenten und geistigen Mitteln gebricht und seine schlaue Gewandtheit, sein Mut, seine tiefen unbändigen Leidenschaften und vor allem seine reine Nationalität, verbunden mit dem markierten Äußern, ihn zu einem allerdings würdigen Gegenstande der Aufmerksamkeit machen. — Alter Gebräuche bei Festlichkeiten gibt es wenige und in seltner Anwendung, da der Paderbörner jedem Zwange zu abgeneigt ist, als daß er sich eine Lust durch etwas, das nach Zeremoniell schmeckt, verderben sollte. Bei den Hochzeiten zum Beispiel fällt wenig Besonderes vor, das allerwärts bekannte Schlüssel- und Brotüberreichen findet auch hier statt, das heißt, wo es, außer einer alten Truhe, etwas gibt, was des Schlüssels bedürfte; nachher geht jeder seinem Jubel bei Tanz und Flasche nach, bis sich alles zum „Papen von Istrup“ stellt, einem beliebten Nationaltanz, einem Durcheinanderwirbeln und Verschlingen, was erst nach dem Lichtanzünden beginnt und dem „Reisenden für Völker- und Länderkunde“ den Zeitpunkt angibt, wo es für ihn geratener sein möchte, sich zu entfernen, da fortan die Aufregung der Gäste bis zu einer Höhe steigt, deren Kulminationspunkt nicht vorauszuberechnen ist. Ist die Braut eine echte „Flüggebraut“, eine Braut in Kranz und fliegenden Haaren, so tritt sie gewiß stolz wie eine Fürstin auf, und dieses glorreiche Familienereignis wird noch der Ruhm ihrer Nachkommen, die sich dessen wohl zu rühmen wissen, wie stattlich sie mit Spiegeln und Flittergold in den Haaren einhergestrahlt sei. — Lieber als eine Hochzeit ist dem Paderbörner noch die Fastnacht, an derem ersten Tage (Sonntag Estomihi) der Bursche dahersteigt, in der Hand, auf goldenem Apfel, einen befiederten Hahn aus Brotteig, den er seiner Liebsten verehrt oder auch der Edelfrau, nämlich wenn es ihm an Geld für die kommenden nassen Tage fehlt. Am Montag ist der Jubel im tollsten Gange; selbst Bettler, die nichts anderes haben, hängen ihr geflicktes Bettuch über den Kopf und binden einen durchlöcherten Papierbogen vors Gesicht, und diese machen, wie sie mit ihren, aus der weißen Umrandung blitzenden Augen und langen Nasenschnäbeln die Mauern entlang taumeln, einen noch grausigeren Eindruck wie die eigentlichen Maskenzüge, die in scheußlichen Verkleidungen mit Geheul und Hurra auf Ackergäulen durch die Felder galoppieren, alle hundert Schritte einen Sandreiter zurücklassend, der ihnen wüst nachjohlt oder als ein hinkendes Ungetüm ins Dorf zurückächzt. — Sehr beliebt ist auch das

Schützenfest, zum Teil der Ironie wegen, da an diesem Tage der „Wildschütz" vor dem Auge der sein Gewerb ignorierenden Herrschaft mit seinem sichern Blicke und seiner festen Hand paradieren darf und oft der schlimmste Schelm, dem die Förster schon wochenlang nachstellten, dem gnädigen Fräulein Strauß und Ehrenschärpe als seiner Königin überreicht und mit ihr die Zeremonie des ersten Tanzes durchmacht. Ihm folgt am nächsten Tage das Frauenschießen, eine galante Sitte, die man hier am wenigsten suchen sollte, und die sich anmutig genug ausnimmt. Morgens in aller Frühe ziehen alle Ehefrauen der Gemeinde, unter ihnen manche blutjunge und hübsche, vor dem Edelhofe auf, in ihren goldenen Häubchen und Stirnbinden, bebändert und bestraußt, jede mit dem Gewehr ihres Mannes über der Schulter. Voran die Frau des Schützenkönigs, mit den Abzeichen ihrer Würde, den Säbel an der Seite, wie weiland Maria Theresia auf den Kremnitzer Dukaten; ihr zunächst die Fähnderichin mit der weißen Schützenfahne; auf dem Hofe wird haltgemacht, die Königin zieht den Säbel, kommandiert — rechts — links — kurz alle militärischen Evolutionen; dann wird die Fahne geschwenkt, und das blanke Regiment zieht mit einem hellen Hurra dem Schießplatze zu, wo jede — manche mit der zierlichsten Koketterie — ihr Gewehr ein paarmal abfeuert, um unter klingendem Spiele nach der Schenke zu marschieren, wo es heute keinen König gibt, sondern nur eine Königin und ihren Hof, die alles anordnen, und von denen sich die Männer heute alles gefallen lassen. — Einen gleich starken Gegensatz zu den derben Sitten des Landes gibt der Beginn des Erntefestes. Dieses wird nur auf Edelhöfen und großen Pachtungen im altherkömmlichen Stile gefeiert. Der voranschreitenden Musik folgt der Erntewagen mit dem letzten Fuder, auf dessen Garben die Großmagd thront, über sich auf einer Stange den funkelnden Erntekranz; dann folgen sämtliche Dienstleute, paarweise mit gefalteten Händen, die Männer barhaupt, so ziehen sie langsam über das Feld dem Edelhofe zu, das Tedeum nach der schönen alten Melodie des katholischen Ritus absingend, ohne Begleitung, aber bei jedem dritten Verse von den Blasinstrumenten abgelöst, was sich überaus feierlich macht und gerade bei diesen Menschen und unter freiem Himmel etwas wahrhaft Ergreifendes hat. Im Hofe angelangt, steigt die Großmagd ab und trägt ihren Kranz mit einem artigen Spruche zu jedem Mitgliede der Familie, vom Hausherrn an bis zum kleinsten Jünkerchen auf dem Schaukelpferde, dann wird er über das Scheuertor an die Stelle des vorigjährigen gehängt, und die Lustbarkeit beginnt. Obwohl sich keiner ausgezeichneten Singorgane erfreuend, sind die Paderbörner doch überaus gesangliebend; überall — in den Spinnstuben — auf dem Felde — hört man sie quinkelieren und pfeifen, — sie haben ihre eigenen Spinn-, ihre Acker-, Flachsbrech- und Rauflieder, — das letzte ist ein schlimmes Spottlied, was sie nach dem Takte des Raufens jedem Vorübergehenden aus dem Stegreif zusingen. Sonderlich junge Herren, die sich, den Verhältnissen nach, zu Freiern ihrer Fräulein qualifizieren, können darauf rechnen, nicht ungeneckt vorbeizukommen und sich von zwanzig bis dreißig Stimmen nachkrähen zu hören: „He! he! he! er ist ihr zu dick, er hat kein Geschick", — oder: „Er ist ihr zu arm, daß Gott erbarm! Den Kuinkel, den Kuank, der Vogel der sang, das Jahr ist lang, oh! oh! oh! laßt ihn gehn!" Überhaupt rühmen sie sich gern, wo es ihnen Anlaß zum Streit verspricht, ihrer Herrschaft, als ob sie aus Gold wäre; stehen auch in ernsteren Fällen aus demselben Grunde bisweilen zu ihr gleich dem Besten, und es ist hier, wie bei der Pariser Polizei, nichts Ungewöhnliches, die schlimmsten „Wildschützen" nach einigen Jahren als Forstgehilfen wiederzufinden, denen es alsdann ein Herzensgaudium ist, sich mit ihren alten Kameraden zu raufen und den bekannten Listen neue entgegenzusetzen; und noch vor kurzem packten ein Dutzend solcher Praktiker ihren Herzensfreund, den Dorfschulmeister, der sie früher in der Taktik des „Holzsuchens" unterrichtet hatte, wie er eben daran war, die dritte oder vierte Auflage der Rekruten einzuüben, etwa achtzig barfüßige Schlingel nämlich, die, wie junge Wölfe zuerst mit dem Blutaussaugen anfangen, mit ihren krummen Messern kunstfertig in dem jungen Schlag wüteten, während der Pädagog, von einer breiten Buche herab, das Kommando führte.

Wir haben bereits den Volksaberglauben erwähnt; dieser äußert sich, neben der Gespensterfurcht und dem Hexenglauben, vorzugsweise in sympathetischen Mitteln und dem sogenannten Besprechen, einem Akt, der manches zu denken gibt und dessen wirklich seltsame Erfolge sich durch bloßes Hinwegleugnen keineswegs beseitigen lassen. Wir selbst müssen gestehen, Zeugen unerwarteter Resultate gewesen zu sein. Auf die Felder, die der Besprecher mit seinem weißen Stäbchen umschritten und worauf er die Scholle eines verpfändeten Ackers geworfen hat, wagt sich in der Tat kein Sperling, kein Wurm, fällt kein Meltau, und es ist überraschend, diese Strecken mit schweren, niederhangenden Ähren zwischen weiten Flächen leeren Strohes zu sehen. Ferner, ein prächtiger Schimmel, arabischer Rasse und überaus feurig, war, zu einem übermäßigen Sprunge gespornt, gestürzt und hatte sich die Zunge dicht an der Wurzel durchgebissen. Da das Schlagen des wütenden Tieres es in den ersten Tagen unmöglich machte, der Wunde beizukommen, war der Brand hinzugetreten, und ein sehr geschickter Arzt erklärte das schöne Pferd für rettungslos verloren. Jetzt ward zur „Waffensalbe" geschritten, keinem Arzneimittel, wie man wahrscheinlich glauben wird, sondern einem geheimnisvollen, mir unbekannt gebliebenen Gebrauch, zu dessen Behuf dem mehrere Stunden entfernten Besprecher nur ein von dem Blut des Tieres beflecktes Tuch gesandt wurde. Man kann sich denken, welches Vertrauen ich in dieses Mittel setzte! Am nächsten Tage wurde das Tier jedoch so ruhig, daß ich dieses als ein Zeichen seiner nahenden Auflösung ansah; — am folgenden richtete es sich auf, zerbiß und verschluckte, obwohl etwas mühsam, einige Brotscheiben ohne Rinde, — am dritten Morgen sahen wir zu unserem Erstaunen, daß es sich über das in der Raufe befindliche Futter hergemacht und einen Teil desselben bereits verzehrt hatte, während nur ein behutsames Auswählen der weicheren Halme und ein leises Zucken um Lippen und Nüstern die Empfindlichkeit der, wie wir uns durch den Augenschein überzeugen mußten, völlig geschlossenen Wundstelle andeuteten; und seitdem habe ich den schönen Araber manches Mal, frisch und feurig wie zuvor, mit seinem Reiter durchs Feld stolzieren sehen. Dergleichen und ähnliches fällt täglich vor, und hiebei ist die Annäherung des Besprechers oder seines Mittels an den zu besprechenden Gegenstand immer so gering (in manchen Fällen, wie dem eben genannten, fällt sie gänzlich fort), daß eine Erklärung durch natürlich wirkende Essenzen hier keine Statt haben kann, so wie die vielbesprochene Macht der Phantasie bei Tieren, Kräutern und selbst Gestein wegfallen muß und dem Erklärer wohl nur die Kraft des menschlichen Glaubens, die magnetische Gewalt eines festen Willens über die Natur als letztes Auskunftsmittel bleiben dürfte. Folgenden Vorfall haben wir aus dem Munde eines glaubwürdigen Augenzeugen: In dem Garten eines Edelhofes hatte die grüne Kohlraupe dermaßen überhandgenommen, daß der Besitzer, obwohl Protestant, in seinem Überdrusse endlich zum Besprecher schickte. Dieser fand sich alsbald ein, umschritt die Gemüsefelder, leise vor sich hin murmelnd, wobei er mit seinem Stäbchen hier und dort einen Kohlkopf berührte. Nun stand unmittelbar am Garten ein Stallgebäude, an dessen schadhaftem Dache einige Arbeiter flickten, die sich den Spaß machten, den Zauberer durch Spottreden, hinabgeworfene Kalkstückchen usw. zu stören. Nachdem dieser sie wiederholt gebeten hatte, ihn nicht zu irren, sagte er endlich: „Wenn ihr nicht Ruhe haltet, so treibe ich euch die Raupen auf das Dach", und als die Neckereien dennoch nicht aufhörten, ging er an die nächste Hecke, schnitt eine Menge fingerlanger Stäbchen, stellte sie horizontal an die Stallmauer und entfernte sich. Alsbald verließen sämtliche Raupen ihre Pflanzen, krochen in breiten grünen Kolonnen über die Sandwege an den Stäbchen die Mauer aufwärts, und nach einer halben Stunde hatten die Arbeiter das Feld geräumt und standen im Hofe, mit Ungeziefer besät und nach dem Dache deutend, das wie mit einer grünen wimmelnden Decke überzogen war. Wir geben das eben Erzählte übrigens keineswegs als etwas Besonderes, da die oben berührte Erklärung durch auf den Geruch wirkende Essenzen hier am ersten stattfinden dürfte, sondern nur als ein kleines Genrebild aus dem Tun und Treiben eines phantasiereichen und eben besprochenen Volkes.

Ehe wir von diesem zu andern übergehen, erlauben wir uns noch zum Schlusse die Mitteilung einer vor etwa vierzig Jahren vorgefallenen Szene, die allerdings unter der jetzigen Regierung nicht mehr stattfinden könnte, jedoch den Charakter des Volkes zu anschaulich darstellt, als daß wir sie am ungeeigneten Orte glauben sollten. Zu jener Zeit stand den Gutsbesitzern die niedere Gerichtsbarkeit zu und wurde mitunter streng gehandhabt, wobei sich, wie es zu gehen pflegt, der Untergebene mit der Härte des Herrn, der Herr mit der Böswilligkeit des Untergebenen entschuldigte und in dieser Wechselwirkung das Übel sich fortwährend steigerte. Nun sollte der Vorsteher (Meier) eines Dorfes allzu grober Betrügereien und Diebstähle halber seines Amts entsetzt werden. Er hatte sich manchen verpflichtet, manchen bedrückt, und die Gemeinde war in zwei bittere Parteien gespalten. — Schon seit mehreren Tagen war eine tückische Stille im Dorfe bemerkt worden, und als am Gerichtstage der Gutsherr, aus Veranlassung des Unwohlseins, seinen Geschäftsführer bevollmächtigte, in Verein mit dem eigentlichen Justitiar die Sache abzumachen, war den beiden Herren diese Abänderung keineswegs angenehm, da ihnen wohl bewußt war, daß der Bauer seine Herrschaft zwar haßt, jeden Städter aber und namentlich „das Schreibervolk" aus tiefster Seele verachtet. Ihre Besorgnis ward nicht gemindert, als einige Stunden vor der Sitzung ein Schwarm barfüßiger Weiber in den Schloßhof zog, wahre Poissarden, mit fliegenden Haaren und Kindern auf dem Arm, sich vor dem Hauptgebäude zusammendrängte und wie ein Nest junger Teufel zu krähen anfing: „Wir revoltieren! wir protestieren! wir wollen den Meier behalten! unsere Kerle sind auf dem Felde und mähen und haben uns geschickt, wir revoltieren!" Der Gutsherr trat ans Fenster und rief hinaus: „Weiber! macht euch fort, der Amtmann (Justitiar) ist noch nicht da", worauf der Schwarm sich allmählich unter Geschrei und Fluchen verlor. Als nach einigen Stunden die Sitzung begonnen hatte und die bereits abgehaltenen Verhöre verlesen wurden, erhob sich unter den Fenstern des Gerichtslokals ein dumpfes, vielstimmiges Gemurmel, was immer zunahm, — dann drängten sich ein paar starkknochige Männer in die Stube, — wieder andere, in kurzem war sie zum Ersticken überfüllt. Der Justitiar, an solche Auftritte gewöhnt, befahl ihnen mit ernster Stimme, hinauszugehen; — sie gehorchten wirklich, stellten sich aber, wie er ganz wohl sah, an der Türe auf; zugleich bemerkte er, daß einige, mit grimmigem Blicke auf die Gegenpartei, ihre Kittel lüfteten und kurze schwere Knüttel sichtbar werden ließen, was von der andern Seite mit einer ähnlichen Pantomime erwidert wurde. Dennoch las er das Urteil mit ziemlicher Fassung ab und schritt dann, seinen Gefährten am Kleide zupfend, hastig der Türe zu. Dort aber drängten sich die Außenstehenden hinein und ließen ihre Knüttel spielen, und — daß wir es kurz machen — die heilige Justiz mußte froh sein, die Nähe eines Fensters zu einem etwas unregelmäßigen Rückzuge benutzen zu können. Dem Gutsherrn war indessen durch den sich allmählich nach außen ziehenden Tumult die Lage der Dinge bereits klar geworden, und er hatte die Schützengilde aufbieten lassen, lauter Angehörige der Beteiligten, die sich freuten, bei dieser schönen Gelegenheit auch einmal drauf loswaschen zu können. Sie waren eben aufmarschiert, als die Sturmglocke erschallte. Einige Schützen rannten nun spornstreichs in den Turm, wo sie ein altes Weib fanden, das aus Leibeskräften den Strang zog, sofort aber gepackt und auf Umwegen ins Hundeloch spediert wurde. Indessen stand der Gutsherr am Fenster und überwachte mit seinem Tubus die Wege, welche zu den berüchtigtsten Dörfern führten, und nicht lange, so sah er es von allen Bergen herunterwimmeln wie die Beduinenschwärme, er konnte deutlich die Knüttel in ihren Händen unterscheiden und an ihren Gebärden sehen, wie sie sich einander riefen und zuwinkten. Schnell besonnen warf er einen Blick auf die Windfahne des Schloßturms, und nachdem er sich überzeugt hatte, daß die Luft den Lärm nicht bis zu der Stelle führe, wo die Kommenden etwa in einer Viertelstunde angelangt sein konnten, wurden eilends einige zuverlässige Leute abgefertigt, die in Hemdärmeln mit Sense und Rechen, wie Arbeiter, die aufs Feld ziehen, den verschiedenen Trupps entgegenschlendern und ihnen erzählen mußten, das Geläute im Dorfe habe einem brennenden Schlote gegolten, der aber bereits gelöscht sei. Die List gelang, alle trollten sich fluchend heim, während drinnen die Schützengilde auch ihr Bestes mit Faust und Kolben tat und so der ganze Skandal mit einigen ernstlich Verwundeten und einem Dutzend ins Loch Gesteckten endigte, zwei Drittel der Gemeinde aber eine Woche lang wie mit Pestbeulen behaftet aussahen und eine besondere Schwerfälligkeit in ihren Bewegungen zeigten.

Ähnliche Auftritte waren früher so gewöhnlich wie das tägliche Brot; noch heute, trotz des langjährigen Zwanges, ist der gemeine Mann innerlich nicht um ein Haar breit von seinen Gelüsten und Ansichten abgewichen, er kann wohl niedergehalten werden, die Glut wird aber unter der Asche immer fortglimmen. Erhöhter Wohlstand würde einiges mildern, wären nicht Leichtsinn und die Leidenschaft, welche zuerst eine dürftige Bevölkerung zuwege bringen, deren geringes Eigentum Schenkwirten und Winkeladvokaten zur Beute wird. Dennoch kann man sich des Bedauerns mit einem Volke nicht enthalten, das, mit Kraft, Scharfsinn und Ausdauer begabt und im Besitze eines gesegneten Bodens, in so vielen seiner Glieder den traurigsten Verhältnissen anheimgefallen ist.

Drittes Kapitel

Die Grenze — Münsterländisches Stilleben — Patriarchalisches Wesen — Brautwerbung und Hochzeitsgebräuche — Frömmigkeit und harmloser Aberglaube — Die Vorgesichte — Duldender Mut und Herzensgüte

Selten mögen wenige Meilen einen so raschen Übergang hervorbringen als jene, welche die Grenzstriche Paderborns und seines frommen Nachbarlandes, des Bistums Münster, bilden. Noch vor einer Stunde, hinter dem nächsten Hügel, haben kleine schwarzbraune Schlingel, die, im halben Naturzustande, ihre paar mageren Ziegen weniger hüteten als bei ihnen diebswegen Wache standen, auf deine Frage nach dem Wege dich zuerst durch verstelltes Mißverstehen und Witzeleien gehöhnt und dir dann unfehlbar einen Pfad angegeben, wo du wie eine Unke im Sumpfe oder wie Abrahams Widder in den Dornen gesteckt hast — das heißt, wenn du nicht mit Geld klimpertest; denn in diesem Falle haben nicht einer, sondern sämtliche Buben ihre Ziegen, um sie desto sicherer wiederzufinden, ins Kornfeld getrieben und mindestens ein Dutzend Zäune zerbrochen und Pfähle ausgerissen, um dir den nächsten Weg zu bahnen, und du hast dich, übel und böse, zu einer vierfachen Abfindung entschließen müssen, — und jetzt stehst du wie ein Amerikaner, der soeben den Wigwams der Irokesen entschlüpft ist und die ersten Einfriedigungen einer Herrnhuterkolonie betritt, vor ein paar runden Flachsköpfen, in mindestens vier Kamisölern, Zipfelmützen, Wollstrümpfen und den landesüblichen Holzschuhen, die ihre Kuh ängstlich am Stricke halten und vor Schrecken aufschreien, wenn sie nach einer Ähre schnappt. Ihre Züge, deren Milchhaut die Sonne kaum hat etwas anhaben können, tragen so offen den Ausdruck der gutmütigsten Einfalt, daß du dich zu einer nochmaligen Nachfrage entschließest. „Herr!" sagt der Knabe und reicht dir eine Kußhand, „das Ort weiß ich nicht." — Du wendest dich an seinen Nachbarn, der gar nicht antwortet, sondern dich nur anblinzt, als dächte er, du wollest ihn schlagen. — „Herr!" nimmt der erstere wieder das Wort, „der weiß es auch nicht"; verdrießlich trabst du fort, aber die Knaben haben zusammen geflüstert, und der große Redner kommt dir nachgeklappert: „Meint der Herr vielleicht —?" (hier nennt er den Namen des Orts im Volksdialekt); auf deine Bejahung stampft er herzhaft vor dir her, immer nach seinen Kameraden umschauend, die ihm mit ihren Augen den Rücken decken bis zum nächsten Kreuzweg; dann hastig mit der Hand eine Richtung bezeichnend, springt er fort, so schnell es sich in Holzschuhen galoppieren läßt, und du steckst deinen Dreier wieder ein oder wirfst ihn in den Sand, wo die kleinen Heidläufer, die dich aus der Ferne beobachten, ihn schon nicht werden umkommen lassen. In diesem Zuge hast du den Charakter des Landvolks in nuce. Gutmütigkeit, Furchtsamkeit, tiefes Rechtsgefühl und eine stille Ordnung und Wirtlichkeit, die, trotz seiner geringen Anlage zu Spekulationen und glücklichen Gedanken, ihm doch einen Wohlstand zuwege gebracht hat, der selbst den seines gewerbetreibenden Nachbars, des Sauerländers, weit übertrifft. Der Münsterländer heiratet selten, ohne ein sicheres Auskommen in der Hand zu haben, und verläßt sich, wenn ihm dieses nicht beschieden ist, lieber auf die Milde seiner Verwandten oder seines Brotherrn, der einen alten Diener nicht verstoßen wird; und wirklich gibt es keine einigermaßen bemittelte Wirtschaft ohne ein paar solcher Segenbringer, die ihre müden Knochen auf dem besten Platze am Herde auswärmen. — Die illegitime Bevölkerung ist gar nicht in Anschlag zu bringen, obwohl jetzt eher als wie vor dreißig Jahren, wo wir in einer Pfarre von fünftausend Seelen ein einziges uneheliches Kind antrafen, einen Burschen von 25 Jahren, den zur Zeit der Demarkationslinie ein fremder Feldwebel einem armen Dienstmädchen als trauriges Andenken hinterlassen hatte. — Bettler gibt es unter dem Landvolke nicht, weder dem Namen noch der Tat nach, sondern nur in jeder Gemeinde einige „arme Männer, arme Frauen", denen in bemittelten Häusern nach der Reihe die Kost gereicht wird, wo dann die nachlässigste Mutter ihr Kind strafen würde, wenn es an dem „armen Manne" vorüberging, ohne ihn zu grüßen. — So ist Raum, Nahrung und Frieden für alle da, und die Regierung möchte gern zu einer stärkeren Bevölkerung anregen, die aber gewiß traurige Folgen haben würde bei einem Volke, was wohl ein Eigentum verständig zu bewirtschaften weiß, dem es aber zum Erwerbe mit leerer Hand gänzlich an Geschick und Energie fehlt, und das Sprichwort: „Not lehrt beten" (respektive arbeiten) würde sich schwerlich hinlänglich hier bewähren, wo schon die laue, feuchte Luft den Menschen träumerisch macht und seine Schüchternheit zum Teil körperlich ist, so daß man ihn nur anzusehen braucht, um das langsame Rollen seines Blutes gleichsam mitzufühlen.

Der Münsterländer ist groß, fleischig, selten von starker Muskelkraft, seine Züge sind weich, oft äußerst lieblich und immer durch einen Ausdruck von Güte gewinnend, aber nicht leicht interessant, da sie immer etwas Weibliches haben und selbst ein a l t e r Mann oft frauenhafter aussieht als eine Paderbörnerin in den mittleren Jahren; die helle Haarfarbe ist durchaus vorherrschend; man trifft alte Flachsköpfe, die vor Blondheit nicht haben ergrauen können. Dieses und alles Dazugehörige — die Hautfarbe, blendendweiß und rosig und den Sonnenstrahlen bis ins überreife Alter widerstehend, die lichtblauen Augen ohne kräftigen Ausdruck, das feine Gesicht mit fast lächerlich kleinem Munde, hierzu ein oft sehr anmutiges und immer wohlwollendes Lächeln und schnelles Erröten — stellen die Schönheit beider Geschlechter auf sehr ungleiche Waage; es gibt nämlich fast keinen Mann, den man als solchen wirklich schön nennen könnte, während unter zwanzig Mädchen wenigstens fünfzehn als hübsch auffallen, und zwar in dem etwas faden, aber doch lieblichen Geschmacke der englischen Kupferstiche. — Die weibliche Landestracht ist mehr wohlhäbig als wohlstehend; recht viele Tuchröcke mit dicken Falten, recht schwere Goldhauben und Silberkreuze an schwarzem Samtbande, und bei den Ehefrauen Stirnbinden von möglichst breiter Spitze bezeichnen hier den Grad des Wohlstandes, da selten jemand in den Laden geht ohne die nötigen blanken Taler in der Hand, und noch seltner durch Putzsucht das richtige Verhältnis zwischen der Kleidung und dem ungeschnittenen Leinen und andern häuslichen Schätzen gestört wird. — Der Hausstand in den zumeist vereinzelt liegenden Bauernhöfen ist groß und in jedem Betracht reichlich, aber durchaus bäurisch. — Das lange Gebäude von Ziegelsteinen, mit tief niederragendem Dache und von der Tenne durchschnitten, an der zu beiden Seiten eine lange Reihe Hornvieh ostfriesischer Rasse mit seinen Ketten klirrt, — die große Küche hell und sauber, mit gewaltigem Kamine, unter dem sich das ganze Hauspersonale bergen kann — das viele zur Schau gestellte blanke Geschirr und die absichtlich an den Wänden der Fremdenstube aufgetürmten Flachsvorräte erinnern ebenfalls an Holland, dem sich überhaupt diese Provinz, was Wohlstand und Lebensweise betrifft, bedeutend nähert, obwohl Abgeschlossenheit und gänzlich auf den innern Verkehr beschränktes Wirken ihre Bevölkerung von all den sittlichen Einflüssen, denen handelnde Nationen nicht entgehen können, so frei gehalten haben wie kaum einen andern Landstrich. Ob starke Reibungen mit der Außenwelt dem Münsterländer den Mut und die Betriebsamkeit des Batavers, — ein patriarchalisches Leben diesem die Sitteneinfalt und Milde des Münsterländers geben könnten, müssen wir dahingestellt sein lassen, bezweifeln es aber; jetzt mindestens sind sie sich in den Zügen, die man als die nationalsten beider anzuführen pflegt, fast feindlich entgegengesetzt und verachten sich auch gegenseitig, wie es Nachbarn zukommt. Wir haben schon früher von dem überaus friedlichen Eindrucke eines Münsterischen Gehöftes gesprochen. In den Sommermonaten, wo das Vieh im Felde ist, vernimmst du keinen Laut außer dem Bellen des sich an seiner Kette abzappelnden Hofhundes und, wenn du dicht an der offenen Haustüre herschreitest, dem leisen Zirpen der in den Mauernesseln aus- und einschlüpfenden Küchlein und dem gemessenen Pendelschwung der Uhr, mit dessen Gewichten ein paar junge Kätzchen spielen; — die im Garten jätenden Frauen sitzen so still gekauert, daß du sie nicht ahnst, wenn ein zufälliger Blick über den Hagen sie dir nicht verrät, und die schönen schwermütigen Volksballaden, an denen diese Gegend überreich ist, hörst du etwa nur auf einer nächtlichen Wanderung durch das Schnurren der Spinnräder, wenn die blöden Mädchen sich vor jedem Ohre gesichert glauben. Auch auf dem Felde kannst du im Gefühl der tiefsten Einsamkeit gelassen fortträumen, bis ein zufälliges Räuspern oder das Schnauben eines Pferdes dir verrät, daß der Schatten, in den du soeben trittst, von einem halbbeladenen Erntewagen geworfen wird und du mitten durch zwanzig Arbeiter geschritten bist, die sich weiter nicht wundern, daß der „nachdenkende Herr" ihr Hutabnehmen nicht beachtet hat, da er nach ihrer Meinung „andächtig" ist, das heißt den Rosenkranz aus dem Gedächtnisse hersagt. — Diese Ruhe und Einförmigkeit, die aus dem Innern hervorgehen, verbreiten sich auch über alle Lebensverhältnisse. Die Toten werden mäßig betrauert, aber nie vergessen, und alten Leuten treten noch Tränen in die Augen, wenn sie von ihren verstorbenen Eltern reden. An den Eheschlüssen hat frühere Neigung nur selten teil; Verwandte und achtbare Freunde empfehlen ihre Lieblinge einander, und das Fürwort des Geachtetsten gibt in der Regel den Ausschlag — so kommt es, daß manches Ehepaar sich vor der Kopulation kaum einmal gesehen hat, und unter der französischen Regierung kam nicht selten der lächerliche Fall vor, daß Sponsen, die meilenweit hergetrabt waren, um für ihre Bräute die nötigen Scheine bei der Behörde zu lösen, weder Vor- noch Zunamen derjenigen anzugeben wußten, die sie in der nächsten Woche zu heiraten gedachten, und sich höchlich wunderten, daß die Bezeichnung als Magd oder Nichte irgendeines angesehenen Gemeindegliedes nicht hinreichend gefunden wurde. Daß unter diesen Umständen die möglichst große Anzahl der Anträge noch ehrenvoller und für den Ruf entscheidender ist als anderwärts, begreift sich, und wir selbst wohnten der Trauung eines wahren Kleinodes von Brautpaar bei, wo der Bräutigam unter achtundzwanzigen, die Braut unter zweiunddreißigen gewählt hatte. Trotz der vorläufigen Verhandlungen ist jedoch selbst der Glänzendste hier seines Erfolgs nicht sicher, da die Ehrbarkeit ein bestimmtes Eingehen auf die Anträge des Brautwerbers verbietet, und jetzt beginnt die Aufgabe des Freiers. Er tritt an einem Nachmittage in das Haus der Gesuchten, und zwar jedesmal unter dem Vorwande, seine Pfeife anzuzünden — die Hausfrau setzt ihm einen Stuhl und scharrt schweigend die Glut auf, dann knüpft sie ein gleichgültiges Gespräch an vom Wetter, den Kornfrüchten usw. und nimmt unterdessen eine Pfanne vom Gesimse, die sie sorgfältig scheuert und über die Kohlen hängt. Jetzt ist der entscheidende Augenblick gekommen. — Sieht der Freier die Vorbereitungen zu einem Pfannkuchen, so zieht er seine dicke silberne Uhr hervor und behauptet, sich nicht länger aufhalten zu können; werden aber Speckschnitzel und Eier in die Pfanne gelegt, so rückt er kühnlich mit seinem Antrage heraus, die jungen Leute wechseln die „Treue", nämlich ein Paar alter Schaumünzen, und der Handel ist geschlossen.

Einige Tage vor der Hochzeit macht der Gastbitter mit ellenlangem Spruche seine Runde, oft meilenweit, da hier, wie bei den Schotten, das verwandte Blut bis in das entfernteste Glied und bis zum Ärmsten hinab geachtet wird. Nächst diesem dürfen vor allem die sogenannten Nachbarn nicht übergangen werden, drei oder vier Familien nämlich, die vielleicht eine halbe Meile entfernt wohnen, aber in uralten Gemeinderegistern, aus den Zeiten einer noch viel sparsameren Bevölkerung, als „Nachbarn" verzeichnet stehen und, gleich Prinzen von Geblüte vor den näheren Seitenverbindungen, so auch ihre Rechte und Verpflichtungen vor den vielleicht erst seit ein paar hundert Jahren Näherwohnenden wahren. Am Tage vor der Hochzeit findet der „Gabenabend" statt — eine freundliche Sitte, um den jungen Anfängern über die schwerste Zeit wegzuhelfen. Abends, wenn es bereits stark dämmert, tritt eine Magd nach der andern ins Haus, setzt mit den Worten: „Gruß von unserer Frau" einen mit weißem Tuche verdeckten Korb auf den Tisch und entfernt sich sofort; dieser enthält die Gabe: Eier, Butter, Geflügel, Schinken — je nach den Kräften eines jeden — und die Geschenke fallen oft, wenn das Brautpaar unbemittelt ist, so reichlich aus, daß dieses um den nächsten Wintervorrat nicht sorgen darf. Eine liebenswürdige, das Volk bezeichnende Höflichkeit des Herzens verbietet die Überbringung der Gabe durch ein Familienmitglied; wer keine Magd hat, schickt ein fremdes Kind. Am Hochzeitsmorgen, etwa um acht, besteigt die Braut den mit einer weißen, goldflinkernden Fahne geschmückten Wagen, der ihre Ausstattung enthält; — sie sitzt allein zwischen ihren Schätzen, im besten Staate, aber ohne besonderes Abzeichen, und weint aufs jämmerlichste; auch die auf dem folgenden Wagen gruppierten Brautjungfern und Nachbarinnen beobachten eine ernste, verschämte Haltung, während die auf dicken Ackergäulen nebenher trollenden Bursche durch Hutschwenken und hier und dort ein schwerfälliges Juchhei ihre Lustigkeit auszudrücken suchen und zuweilen eine alte blindgeladene Flinte knallen lassen. Erst vor der Pfarrkirche findet sich der Bräutigam mit seinem Gefolge ein, besteigt aber nach der Trauung nicht den Wagen der Braut, sondern trabt als einziger Fußgänger nebenher bis zur Türe seines Hauses, wo die junge Frau von der Schwiegermutter empfangen und mit einem „Gott segne deinen Aus- und Eingang“ feierlich über die Schwelle geleitet wird. Lebt die Mutter nicht mehr, so vertritt der Pfarrer ihre Stelle oder, wenn er zufällig gegenwärtig ist, der Gutsherr, was für eine sehr glückliche Vorbedeutung gehalten wird, die den Neuvermählten und ihren Nachkommen den ungestörten Genuß des Hofes sichert, nach dem Spruche: „Wen die Herrschaft einleitet, den leitet sie nicht wieder heraus“. Während dieser Zeremonie schlüpft der Bräutigam in seine Kammer und erscheint alsbald in Kamisol, Zipfelmütze und Küchenschürze. In diesem Aufzuge muß er an seinem Ehrentage den Gästen aufwarten, nimmt auch keinen Teil am Hochzeitsmahle, sondern steht, mit dem Teller unterm Arme, hinter der Braut, die ihrerseits keinen Finger rührt und sich wie eine Prinzessin bedienen läßt. Nach Tische beginnen auf der Tenne die althergebrachten Tänze: „Der halbe Mond“, „Der Schustertanz“, „Hinten im Garten“, manche mit den anmutigsten Verschlingungen. Das Orchester besteht aus einer oder zwei Geigen und einer invaliden Baßgeige, die der Schweinehirt oder Pferdeknecht aus dem Stegreif streicht. Ist das Publikum sehr musikliebend, so kommen noch wohl ein paar Topfdeckel hinzu und eine Kornschwinge, die abwechselnd von den Gästen mit einem Spane aus Leibeskräften wider den Strich gekratzt wird. Nimmt man hierzu das Gebrüll und Kettengeklirr des Viehes, das erschrocken an seinen Ständen stampft, so wird man zugeben, daß die unerschütterliche Gravität der Tänzer mindestens nicht dem Mangel an aufregendem Geräusche zuzuschreiben ist. Hier und dort läßt wohl ein Bursche ein Juchhei los, was aber so einsam klingt wie ein Eulenschrei in einer Sturmnacht. Bier wird mäßig getrunken, Branntwein noch mäßiger, aber siedender Kaffee „zur Abkühlung“ in ganzen Strömen, und mindestens sieben blanke Zinnkessel sind in steter Bewegung. Zwischen den Tänzen verschwindet die Braut von Zeit zu Zeit und kehrt allemal in einem andern Anzuge zurück, so viel ihr derer zu Gebote stehen, vom Traustaate an bis zum gewöhnlichen Sonntagsputze, in dem sie sich noch stattlich genug ausnimmt, in der damastenen Kappe mit breiter Goldtresse, dem schweren Seidenhalstuche und einem so imposanten Körperumfange, als ihn mindestens vier Tuchröcke übereinander hervorbringen können. Sobald die Hängeuhr in der Küche Mitternacht geschlagen hat, sieht man die Frauen sich von ihren Bänken erheben und miteinander flüstern; gleichzeitig drängt sich das junge Volk zusammen, nimmt die Braut in seine Mitte und beginnt einen äußerst künstlichen Schneckentanz, dessen Zweck ist, in raschem Durcheinanderwimmeln immer eine vierfache Mauer um die Braut zu erhalten, denn jetzt gilts den Kampf zwischen Ehe und Jungfrauschaft. — Sowie die Frauen anrücken, wird der Tanz lebhafter, die Verschlingungen bunter, die Frauen suchen von allen Seiten in den Kreis zu dringen, die Junggesellen durch vorgeschobene Paare sie wegzudrängen; die Parteien erhitzen sich, immer rascher wirbelt die Musik, immer enger zieht sich die Spirallinie, Arme und Kniee werden zu Hülfe genommen, die Bursche glühen wie Öfen, die ehrwürdigen Matronen triefen von Schweiß, und man hat Beispiele, daß die Sonne über dem unentschiedenen Kampfe aufgegangen ist; endlich hat eine Veteranin, die schon einige und zwanzig Bräute in den Ehestand gezerrt hat, ihre Beute gepackt; plötzlich verstummt die Musik, der Kreis stäubt auseinander, und alles strömt den Siegerinnen und der weinenden Braut nach, die jetzt zum letztenmal umgekleidet und mit Anlegung der fraulichen Stirnbinde symbolisch von ihrem Mädchentume geschieden wird — ein Ehrendienst, welcher den (sogenannten) Nachbarinnen zusteht, dem sich aber jede anwesende Ehefrau, die Gattin des Gutsherrn nicht ausgenommen, durch irgendeine kleine Dienstleistung, Darreichung einer Nadel oder eines Bandes, anschließt. Dann erscheint die Braut noch einmal in reinlicher Hauskleidung und Hemdärmeln, gleichsam eine bezwungene und fortan zum Dienen willige Brunhildis, greift aber dennoch nach ihres Mannes bereitliegendem Hute und setzt ihn auf; die Frauen tun desgleichen und zwar jede den Hut ihres eigenen Mannes, den er ihr selbst ehrerbietig reicht, und ein stattlicher Frauenmenuett beschließt die Feier und gibt zugleich die Vorbedeutung eines ehrenhaften, fleißigen, friedlichen Ehestandes, in dem die Frau aber nie vergißt, daß sie am Hochzeitstage ihres Mannes Hut getragen. Noch bleibt den Gästen, bevor sie sich zerstreuen, eine seltsame Aufgabe: der Bräutigam ist nämlich während des Menuetts unsichtbar geworden, — er hat sich versteckt, offenbar aus Furcht vor der behuteten Braut, und das ganze Haus wird umgekehrt, ihn zu suchen; man schaut in und unter die Betten, raschelt im Stroh und Heu umher, durchstöbert sogar den Garten, bis endlich jemand in einem Winkel voll alten Gerümpels den Quast seiner Zipfelmütze oder ein Endchen der Küchenschürze entdeckt, wo er dann sofort gefaßt und mit gleicher Gewalt und viel weniger Anstand als seine schöne Hälfte der Brautkammer zugeschleppt wird.

Bei Begräbnissen fällt wenig Ungewöhnliches vor, außer daß der Tod eines Hausvaters seinen Bienen angesagt werden muß, wenn nicht binnen Jahresfrist alle Stöcke abzehren und versiechen sollen, weshalb, sobald der Verscheidende den letzten Odemzug getan, sofort der Gefaßteste unter den Anwesenden an den Stand geht, an jeden Korb pocht und vernehmlich spricht: „Einen Gruß von der Frau, der Herr ist tot", worauf die Bienen sich christlich in ihr Leid finden und ihren Geschäften nach wie vor obliegen. Die Leichenwacht, die in Stille und Gebet abgehalten wird, ist eine Pflicht jener entfernten Nachbarn, so wie das Leichenmahl ihr Recht, und sie sorgen mit dafür, daß der Tote ein feines Hemd erhält, recht viele schwarze Schleifen und einen recht flimmernden Kranz und Strauß von Spiegeln, Rauschgold und künstlichen Blumen, da er unfehlbar am Jüngsten Tage in demselben Aufzuge erscheinen wird, wo sie dann Lob und Tadel mit den Hinterlassenen zu teilen haben. Der Münsterländer ist überhaupt sehr abergläubisch, sein Aberglaube aber so harmlos wie er selber. Von Zauberkünsten weiß er nichts, von Hexen und bösen Geistern wenig, obwohl er sich sehr vor dem Teufel fürchtet, jedoch meint, daß dieser wenig Veranlassung finde, im Münsterlande umzugehen. Die häufigen Gespenster in Moor, Heide und Wald sind arme Seelen aus dem Fegfeuer, deren täglich in vielen tausend Rosenkränzen gedacht wird, und ohne Zweifel mit Nutzen, da man zu bemerken glaubt, daß die „Sonntagsspinnerin" ihre blutigen Arme immer seltener aus dem Gebüsche streckt, der „diebische Torfgräber" nicht halb so kläglich mehr im Moore ächzt und vollends der „kopflose Geiger" seinen Sitz auf dem Waldstege gänzlich verlassen zu haben scheint. Von den ebenfalls häufigen Hausgeistern in Schlössern und großen Bauernhöfen denkt man etwas unklar, aber auch nicht schlimm, und glaubt, daß mit ihrem völligen Verschwinden die Familie des Besitzers aussterben oder verarmen werde. Diese besitzen weder die häuslichen Geschicklichkeiten noch die Tücke anderer Kobolde, sondern sind einsamer, träumerischer Natur, schreiten, wenn es dämmert, wie in tiefen Gedanken langsam und schweigend an irgendeiner verspäteten Milchmagd oder einem Kinde vorüber und sind ohne Zweifel echte Münsterländer, da man kein Beispiel hat, daß sie jemanden beschädigt oder absichtlich erschreckt hätten. Man unterscheidet sie in „Timphüte" und „Langhüte". Die ersteren kleine runzlige Männchen, in altmodischer Tracht, mit eisgrauem Barte und dreieckigem Hütchen; die andern übernatürlich lang und hager, mit langem Schlapphut, aber beide gleich wohlwollend, nur daß der Timphut bestimmten Segen bringt, der Langhut dagegen nur Unglück zu verhüten sucht. Zuweilen halten sie nur in den Umgebungen, den Alleen des Schlosses, dem Wald- und Wiesengrunde des Hofes ihre philosophischen Spaziergänge; gewöhnlich haben sie jedoch außerdem einen Speicher oder eine wüste Bodenkammer inne, wo man sie zuweilen nachts auf und abgehen oder einen knarrenden Haspel langsam umdrehen hört. Bei Feuersbrünsten hat man den Hausgeist schon ernsthaft aus den Flammen schreiten und einen Feldweg einschlagen sehen, um nie wiederzukehren, und es waren dann hundert gegen eins zu wetten, daß die Familie bei dem

Neubau in einige Verlegenheit und Schulden geraten werde.

Größere Aufmerksamkeit als dieses verdient das sogenannte „Vorgesicht", ein bis zum Schauen oder mindestens deutlichem Hören gesteigertes Ahnungsvermögen, ganz dem Second sight der Hochschotten ähnlich und hier so gewöhnlich, daß, obwohl die Gabe als eine höchst unglückliche eher geheimgehalten wird, man doch überall auf notorisch damit Behaftete trifft und im Grunde fast kein Eingeborener sich gänzlich davon freisprechen dürfte. Der Vorschauer (Vorkieker) im höheren Grade ist auch äußerlich kenntlich an seinem hellblonden Haare, dem geisterhaften Blitze der wasserblauen Augen und einer blassen oder überzarten Gesichtsfarbe; übrigens ist er meistens gesund und im gewöhnlichen Leben häufig beschränkt und ohne eine Spur von Überspannung. — Seine Gabe überkommt ihn zu jeder Tageszeit, am häufigsten jedoch in Mondnächten, wo er plötzlich erwacht und von fieberischer Unruhe ins Freie oder ans Fenster getrieben wird; dieser Drang ist so stark, daß ihm kaum jemand widersteht, obwohl jeder weiß, daß das Übel durch Nachgeben bis zum Unerträglichen, zum völligen Entbehren der Nachtruhe gesteigert wird; wogegen fortgesetzter Widerstand es allmählich abnehmen und endlich gänzlich verschwinden läßt. Der Vorschauer sieht Leichenzüge — lange Heereskolonnen und Kämpfe — er sieht deutlich den Pulverrauch und die Bewegungen der Fechtenden, beschreibt genau ihre fremden Uniformen und Waffen, hört sogar Worte in fremder Sprache, die er verstümmelt wiedergibt, und die vielleicht erst lange nach seinem Tode auf demselben Flecke wirklich gesprochen werden. Auch unbedeutende Begebenheiten muß der Vorschauer unter gleicher Beängstigung sehen, zum Beispiel einen Erntewagen, der nach vielleicht zwanzig Jahren auf diesem Hofe umfallen wird; er beschreibt genau die Gestalt und Kleidung der jetzt noch ungebornen Dienstboten, die ihn aufzurichten suchen, die Abzeichen des Fohlens oder Kalbes, das erschreckt zur Seite springt und in eine jetzt noch nicht vorhandene Lehmgrube fällt usw. Napoleon grollte noch in der Kriegsschule zu Brienne mit seinem beengten Geschicke, als das Volk schon von „silbernen Reitern“ sprach, mit „silbernen Kugeln auf den Köpfen, von denen ein langer, schwarzer Pferdeschweif“ flattere, sowie von wunderlich aufgeputztem Gesindel, das auf „Pferden wie Katzen“ (ein üblicher Ausdruck für kleine knollige Rosse) über Hecken und Zäune fliege, in der Hand eine lange Stange mit eisernem Stachel daran. Ein längst verstorbener Gutsbesitzer hat viele dieser Gesichte verzeichnet, und es ist höchst anziehend, sie mit manchem späteren entsprechenden Begebnisse zu vergleichen. Der Minderbegabte und nicht bis zum Schauen Gesteigerte „hört“ — er hört den dumpfen Hammerschlag auf dem Sargdeckel und das Rollen des Leichenwagens, hört den Waffenlärm, das Wirbeln der Trommeln, das Trappeln der Rosse und den gleichförmigen Tritt der marschierenden Kolonnen. — Er hört das Geschrei der Verunglückten und an Tür oder Fensterladen das Anpochen desjenigen, der ihn oder seinen Nachfolger zur Hülfe auffordern wird. Der Nichtbegabte steht neben dem Vorschauer und ahnt nichts, während die Pferde im Stalle ängstlich schnauben und schlagen und der Hund, jämmerlich heulend, mit eingeklemmtem Schweife seinem Herrn zwischen die Beine kriecht. Die Gabe soll sich jedoch übertragen, wenn ein Nebenstehender dem Vorkieker über die linke Schulter sieht, wo er zwar für dieses Mal nichts bemerkt, fortan aber für den andern die nächtliche Schau halten muß. Wir sagen dies fast ungern, da dieser Zusatz einem unleugbaren und höchst merkwürdigen Phänomen den Stempel des Lächerlichen aufdrückt. — Wir haben den Münsterländer früher furchtsam genannt; dennoch erträgt er den eben berührten Verkehr mit der übersinnlichen Welt mit vieler Ruhe, wie überall seine Furchtsamkeit sich nicht auf passive Zustände erstreckt. Gänzlich abgeneigt, sich ungesetzlichen Handlungen anzuschließen, kommt ihm doch an Mut, ja Hartnäckigkeit des Duldens für das, was ihm recht scheint, keiner gleich, und ein geistreicher Mann verglich dieses Volk einmal mit den Hindus, die, als man ihnen ihre religiösen und bürgerlichen Rechte schmälern wollte, sich zu vielen Tausenden versammelten und, auf den Grund gehockt, mit verhüllten Häuptern standhaft den Hungertod erwarteten. Dieser Vergleich hat sich mitunter als sehr treffend erwiesen.

Unter der französischen Regierung, wo Eltern und, nachdem diese ausgeplündert waren, auch Geschwister mit ihren Habseligkeiten für diejenigen einstehen mußten, die sich der Militärpflicht entzogen hatten, haben sich zuweilen alle Zweige eines Stammes, ohne Rücksicht auf ihre unmündigen Kinder, zuerst bis zum letzten Heller exequieren und dann bis aufs Hemde auspfänden lassen, ohne daß es einem eingefallen wäre, dem Versteckten nur mit einem Worte den Wunsch zu äußern, daß er aus seinem Bretterverschlage oder Heuschober hervorkriechen möge, und so verhaßt, ja entsetzlich jedem damals der Kriegsdienst war, dem manche sogar durch freiwillige Verstümmelung, zum Beispiel Abhacken eines Fingers, zu entgehen suchten, so häufig trat doch der Fall ein, daß ein Bruder sich für den andern stellte, wenn er dachte, dieser werde den Strapazen erliegen, er aber möge noch mit dem Leben davonkommen. Kurz, der Münsterländer besitzt den Mut der Liebe und einer unter dem Schein des Phlegmas versteckten schwärmerischen Religiosität, sowie er überhaupt durch Eigenschaften des Herzens ersetzt, was ihm an Geistesschärfe abgeht, und der Fremde verläßt mit Teilnahme ein Volk, was ihn zwar vielleicht mitunter langweilte, dessen häusliche Tugenden ihm aber immer Achtung einflößen und zuweilen ihn tief gerührt haben. Müssen wir noch hinzufügen, daß alles bisher Gesagte nur das Landvolk angeht? — Ich glaube, „nein"; Städter sind sich ja überall gleich, Kleinstädter wie Großstädter. — Oder, daß alle diese Zustände am Verlöschen sind und nach vierzig Jahren vielleicht wenig mehr davon anzutreffen sein möchte? — Auch leider „nein", es geht ja überall so!

ANHANG

NACHWORT

Für die Generation der Droste, die aus der Romantik hervorgegangen war und die das romantische Welterleben mit einer verantwortungsbewußten Haltung in der Zeit verbinden wollte, war die Vereinbarkeit von Anspruch und Hingabe, von Selbstbewußtsein und Sinn für das Ganze die eigentliche Aufgabe, die ihr von der Zeit gestellt war. Aber kraftvoller und überzeugender als Tieck und Immermann, als Eichendorff und Brentano, als Mörike, Grillparzer, Stifter und Heine hat die Droste dieses brennende Zeitproblem lösen können. Jene Dichter suchten den Ausgleich der offenen oder geheimen Spannung ihrer Zeit, die Versöhnung des Widerstreites zwischen dem Recht des Herzens und dem Recht der sich umbildenden Gesellschaft, die Möglichkeit der Koexistenz von Natur und Geist, indem sie in der selig-beseligenden Scheinwelt der Kunst die Lösung des Widerspruchs erlebten, indem sie in eine arkadisch-zeitlose Utopie ein hohes Menschentum hineinstellten, indem sie die Wirklichkeit in Traum und Ironie auflösten. Was die Droste von diesen Dichtern unterscheidet, ist der lebensmächtige Wille, die Spannung von Anspruch und Hingabe darzuleben, der Aufgabe des Wachtraums gewachsen zu sein, in jedem Moment ein Wesen aus Natur und Geist. Annette hat diese ihre Erfahrung in die Maxime zusammengefaßt: „Sei ein Ganzes — ob nur ein Traum, ein halbverstandenes Märchen — es ist immer mehr wert als die nüchterne Frucht vom Baum der Erkenntnis.“ So vieles daran im Umkreis ihrer Zeit ursprünglich und urtümlich erscheinen mag, ebenso vieles läßt sich bereits heute nach den Quellen, die ihr zuströmten, bestimmen: Sie war noch kräftig genug, religiös zu sein, und bereicherte ihre Sprache und ihr Gemüt aus der Bibel und den religiösen Schriftstellern. Klopstock-Stolbergisches Dichtersehertum und Goethisch-romantische Verinnerung waren die beherrschenden literarischen Eindrücke ihrer Jugendzeit. Die spätromantische Rückwendung zum Volk, als eine Quelle der Erneuerung für die bildende Phantasie wie für die Sprache, wurde ihr im Umgang mit den Grimms vertraut. Darin fand sie die Möglichkeit, sich mit ihren unblasierten westfälischen Sinnen zu geben, wie sie war. So ließ sie sich nicht vom Zwang der literarischen Schulen beengen oder verführen. Nacheinander hat dieser Zwang der Schule als Ossianisch-Bardisches, Griechisch-Antikisierendes, Mittelalterlich-Romantisierendes, Volkstümlich-Zersingendes viele deutsche Dichter heimgesucht. Was die Droste davor bewahrte, war die Bildungs- und Erlebniswelt ihres engeren westfälischen Vaterlandes, dem Möser und Fürstenberg, Stein und Vincke die Lebensform gegeben hatten und dem sie zusammen mit Immermann und Freiligrath eine erste literarische Ausdrucksform schuf. Das erste literarische Auftreten der Droste in der Öffentlichkeit (1838) fällt nicht zufällig mit dem Erscheinen des „Münchhausen“ von Immermann, mit der ersten Gedichtausgabe von Freiligrath und mit dem literarischen Beginn von Levin Schücking zusammen. Als die bedeutendste deutsche Dichterin steht sie also einerseits durchaus in der Gesamtentwicklung ihrer Zeit, nehmend und gebend, mehr als man das bisher gesehen hat, auch die Grenzen ihrer Restaurationszeit mitvollziehend — andererseits überragt sie diese ihre Zeit, indem sie rücksichtslos ihr ganzes starkes Menschsein zu Ende lebt, selbst gegen Stand und Umwelt und auch auf die Gefahr hin sich ins Sonderlingshafte zu verlieren.

*

Wie eine poetische Blume kommt Annette aus einem alten Geschlecht hervor, das bis dahin keine Berührung mit der

Dichtung und Literatur hatte. Malerei und Musik wurden zwar in der Hülshoffer Familie mit einem Eifer gepflegt, der gelegentlich über das bloß Dilettantische hinausging. Der Vater der Dichterin war überdies als Historiker, Ornithologe und besonders als Botaniker von einem natürlichen Forscherdrang erfüllt. Aber erst mit der Mutter, der geborenen Therese von Haxthausen, Schwester des Werner und August von Haxthausen, kam auch die literarische Neigung in die Familie. Wir wissen, daß die Mutter an den Winterabenden im häuslichen Kreise klassische Literatur vorlesen ließ: Shakespeare, Cervantes, Voltaire, Swift, Walter Scott. Bei der Mutter aber blieb, genau wie bei ihren Brüdern, das Interesse an der Literatur durchaus im Rahmen einer standesgemäßen Muße. Als solche wurden auch die literarischen Beschäftigungen der jungen Annette angesehen. Die frühe Enthüllung des leidenschaftlichen Herzens der jungen Dichterin erschreckte die Mutter wie die erzieherischen Berater. Fritz Stolberg tadelte das leidenschaftliche Theaterspiel des Mädchens mit den „gereizten Nerven". Auch die Jugenddichtungen der Droste verraten bei allem Konventionellen der äußern Form schon die Leidenschaftlichkeit eines Dichterherzens, ein Glück, das sie traumhaft erahnte, als das ihrige, als ihr Recht zu besitzen und zu beanspruchen. Aus dieser Leidenschaftlichkeit ihres Herzens kam es in ihrem 23. Lebensjahr zu einer Art gesellschaftlichen Zusammenstoßes. Sie verstrickte sich im Haxthauser Freundeskreis in eine unglückliche Doppelneigung, d. h. sie liebte den einen, Heinrich Straube, einen jungen Schriftsteller, ohne es sich selbst einzugestehen, und ließ sich durch das Dazwischentreten des andern, August von Arnswaldt, der anscheinend das Verhältnis stören wollte, beirren. Den vereinten Anstrengungen der Freunde gelang es, das kühne und ihnen allen überlegene Mädchen zu demütigen. Schon damals unterwarf sie sich der Konvention, wobei sich zeigte, daß sie der Meisterung des Lebens vom Gesellschaftlich-

Zwischenmenschlichen her nicht gewachsen war. Aber sie unterwarf sich zuletzt nur, weil es ihr unmöglich war, gegen den Willen ihrer Lieben auf dem Recht ihres Herzens zu bestehen. Ein ähnliches Problem hatte sie schon sechs Jahre vorher in ihrem dramatischen Jugendfragment „Berta“ behandeln wollen. Jetzt (1820) fand der Widerspruch zwischen Anspruch und Hingabe, in den sie sich gestellt sah, seinen Niederschlag im ersten Teil des „Geistlichen Jahres“.

Ohne auf die vielschichtige Problematik dieser ihrer Jugendkatastrophe einzugehen, dürfen wir sagen, daß es sich soziologisch um das Heraustreten aus alten überlieferten Bindungen handelte. Damit stand sie durchaus in der Auflösung der aristokratischen Lebensordnung, die mehr oder weniger alle Mitglieder ihrer Familie auf ihre Weise beunruhigte. Vielleicht ist es nicht einmal so wichtig, daß Heinrich Straube ein Bürgerlicher war, als vielmehr daß er eine exzentrische Natur war, die auch von den Freunden nicht ganz ernst genommen wurde. So zeigte die Droste überhaupt in ihren Freundschaften eine ausgesprochene Neigung für die exzentrischen Naturen: Adele Schopenhauer, die in Annette einen „weiblichen Byron“ sah, Sibylle Mertens-Schaaffhausen, reich, verwöhnt und kunstverständig, Elise Rüdiger, die in literarischen Tees und Freundschaften das Elixier des Lebens suchte, Philippa Pearsall, die begabte junge Engländerin „am Horizont von meinem Leben“, der münsterische Philosophieprofessor Schlüter, der, erblindet, einer von denen war, „wo scheu ins Herz der Genius geflohn“, schließlich Levin Schücking, der später sagte, daß sein Verhältnis zur Droste etwas von dem Rousseaus zur Frau von Warens gehabt habe. Alle diese Freundschaften, so unterschiedlich sie schon unter sich waren, bildeten zu ihrer biederen Familie, der frommen, aber konventionell strengen Mutter im Rüschhaus, dem landwirtschaftenden und landtagenden Bruder in Hülshoff, der treuen Schwester auf der Meersburg mit dem Kreis der „Nibelungenreuter“ um Laßberg, einen gewissen Gegensatz, das Sehnsuchtsbild eines rein literarisch-geistigen Daseins. Sie sah sich selbst als „Blaustrumpf von Stande“, als Schriftstellerinnen-Existenz. In einer kühnen Stunde hatte sie sogar mit Levin Schücking davon phantasiert, sich mit ihm und Freiligrath zu gemeinsamer Arbeit am Rhein niederzulassen. Aber dann hat die Droste niemals diese kühnen Träume, die Wachträume ihres Dichtertums verwirklicht: sie bleibt das adlige Fräulein, das im einsamen Rüschhaus, bei den Verwandten im Paderbornschen und am Rhein, bei der Schwester in Eppishausen und auf der alten Meersburg ihr vom Stande und von der Sitte vorgeschriebenes stilles Leben führt, an den kleinen und großen Sorgen der verwandten Familien teilnimmt und sich den Rest persönlicher Freiheit in der Leidenschaft des Sammelns von schönen und absonderlichen Gegenständen (Gemmen und Münzen, Kupferstichen und Gemälden, Muscheln und Versteinerungen) bewahrt, in der Dichterfreundschaft mit Levin Schücking, die sie vor der Mutter und dem Bruder verbergen muß, im vertrauten Umgang mit den Gleichgesinnten außerhalb ihres Standes und besonders in der Dichtung selbst, die ihr einsamstes Selbstgespräch ist, worin sie zur reinsten und versöhnten Erfüllung ihres Lebens emporwächst.

*

Eine Übersicht über die *Dichtungen in zeitlicher Folge* zeigt, daß die Kulminationspunkte des literarischen Schaffens der Droste immer an den Brennpunkten ihrer Existenz liegen. Man ist versucht, von schöpferischen Schüben zu sprechen. Eine rein literarische Absicht, Literatur um der Literatur willen, hält diese Dichterin nicht genügend an, einen größeren Plan in einem Anlauf zu Ende zu führen. Sechs Jahre saß sie am „Hospiz“, mindestens vier Jahre an der „Judenbuche“. Erst ein bestimmter außerliterarischer Zweck treibt sie zu raschem Arbeiten an: beim „Geistlichen Jahr“

hebt sie selbst den „nützlichen Gedanken“ hervor; der Unterstützung, die sie Schückings literarischen Anfängen zuwendete, verdanken wir die Rüschhauser Balladen und die „Bilder aus Westfalen“; noch Perlen ihrer späten Lyrik sind aus der Absicht entstanden, die Freundin Elise Rüdiger zu unterstützen. Auf eine unverwechselbare Weise sucht sie eine Rückverbindung der Dichtung mit dem Leben. Sonst begnügt sie sich damit, sich selbst etwas vorzudichten. Der Anspruch, sich einen eigenen Platz in der literarischen Welt zu erobern, ist erst durch das Zureden der Freunde in ihr geweckt oder dem Nichtverstehenwollen ihrer Umwelt abgetrotzt worden. Aber über der Arbeit fallen dann alle persönlichen Rücksichten, und was als Auftrag begonnen wurde, endet als reinste Darstellung ihres dichterischen Selbst.

Aus dem Widerspruch von Anspruch und Hingabe erfolgt so nach unselbständigen Jugendversuchen die erste dichterische Phase der Droste um 1820: damals entwirft sie den Plan zum „Geistlichen Jahr“, zu einem Roman „Ledwina“ und versucht die ersten lyrischen Selbstaussagen. So stehen am Anfang der Dichterlaufbahn der Droste die *geistlichen Dichtungen.* Sie hatte für ihre fromme Stiefgroßmutter Anna Maria von Haxthausen, die dem Gallitzinkreise und dem Grafen Stolberg nahe stand, eine Reihe geistlicher Lieder geschrieben, die recht konventionell geraten waren. Daran schloß sich der Plan an, ein „Geistliches Jahr in Liedern auf alle Sonn- und Festtage“ des Kirchenjahres zu schreiben, um damit ihren Beitrag zur Bökendorfer Geselligkeit zu stiften. Die wohl von Andachtsbildern inspirierten Lieder auf die ersten Festtage des Jahres verraten noch deutlich diese Absicht. Dann aber überkam sie, vermutlich in Zusammenhang mit ihrer Jugendkatastrophe, die persönliche Erfahrung ihrer religiösen Existenz. Dadurch aber wurden die nun entstehenden geistlichen Gedichte für den vorgesehenen Zweck unbrauchbar. Die junge Dichterin spürte das selbst und wollte sich mit ihrem Widmungsbrief bei der Mutter Rat holen. Als die erwartete fördernde Zustimmung ausblieb, brach sie die Arbeit am „Ostermontag“, noch nicht halb vollendet, ab. Neunzehn Jahre später hat dann die Droste, auf Zureden ihrer neuen Freunde Junkmann und Schlüter, aber auch schon in der Vorahnung ihres Interesses für den jungen Levin Schücking, wie die Briefe andeuten, das „Geistliche Jahr“ in Abbenburg, wo sie im Sommer 1839 wieder weilte, und anschließend im Rüschhaus zum Abschluß gebracht. Der Ausgleich von Anspruch und Hingabe, der ihr 1820 noch nicht geglückt war, gelang ihr nun als eine Rückverbindung der leidenschaftlichen Hingabe an das Leben mit dem Anspruch der Ewigkeit, die mahnend vor ihrem krankheitsumdämmerten Auge aufstieg. Die letzten Gedichte dieses Zyklus gehören zum Tiefsten, was das 19. Jahrhundert an religiöser Lyrik und religiöser Kunst überhaupt hervorgebracht hat. Übertroffen werden sie nur noch von ihren späten geistlichen Gedichten („Gethsemane“, „Die ächzende Kreatur“), mit denen 1845/46 ihr eigentliches dichterisches Schaffen endet. Die geistlichen Dichtungen begleiten also entscheidende Strecken ihres Dichterweges. Sie bilden eine Art geistlicher Rückversicherung, wie es am 17. November 1839 so bezeichnend heißt: „. . . aber mit dem letzten Federstriche am ‚Geistlichen Jahre‘ wird das irdische Jahr wohl alle seine wilden Quellen wieder über mich strömen lassen.“

Die Geistliche Dichtung stellt also einen durchgehenden Zug im Dichten der Droste dar, aber nicht den Grundzug, oder wenn einen Grundzug, dann nicht den einzigen. Die rückhaltlose Selbstdarstellung, die die geistlichen Lieder der Droste seit 1820 kennzeichnet, war schon in einigen *Jugenddichtungen* vorgebildet. Sie entstanden unter der literarischen Betreuung durch Matthias Sprickmann, der in der Umgebung Bürgers und des Göttinger Hains eine leidenschaftliche Dichterjugend verlebt hatte. Der Schluß des Gedichtes „Unruhe“

faßt schon sehr drostesch das leidenschaftliche Hinausdrängen zusammen, einprägsamer als ähnliche Stellen im Dramenfragment „Berta“ oder in der romantischen Ritter-Klausner-Erzählung „Walter“. Aber erst in dem Prosa-Fragment „Ledwina“, wie alle Entwürfe um 1820, Ende ihrer Jugendversuche und Anfang ihres persönlichen Dichtertums, findet sie für dies Bedrängende ihres Herzens das eindringliche Wort vom „Tod in der eigenen Geistesflamme“. Genau wie im ersten Teil des „Geistlichen Jahres“ ist allerdings auch darin die Macht des Anspruchs mit der Gewalt des leidenschaftlich aufbrechenden Herzens noch nicht vereinbar: so faszinierend die Charakterisierung der kranken Ledwina, insbesondere in dem Friedhofstraum, gelungen ist, so wenig ist die erste tastende realistische Abschilderung des Landadels ihrer Umgebung damit in Einklang. Das gleiche gilt von den lyrischen Aussagen der Zeit wie etwa im Gedicht „Am fünften Sonntag in der Fasten“ und in den Gedichten „Blumentod“ und „Not“. Die eigene gemäße Form für die Aussagen, die sie schon bedrängen, ist noch nicht gefunden.

Der zweite schöpferische Schub bei der Droste ist um das Jahr 1834 anzusetzen, als sie sich seit etwa sechs Jahren in geduldiger Kleinarbeit die Form der damals in Mode stehenden lyrischen Verserzählung eroberte. Die *epischen Dichtungen* „Das Hospiz auf dem großen Sankt Bernhard“ und „Des Arztes Vermächtnis“ wurden damals fertig. Die stillumbuschte Einsamkeit von Rüschhaus, wo Annette seit dem Tode des Vaters mit ihrer Mutter lebte, kam diesen Epen ebenso zugute wie die anregenden Freundschaften mit der Mertens-Schaaffhausen, der Adele Schopenhauer und der Wilhelmine Thielmann, mit denen sie bei ihren mehrfachen Besuchen in Köln, Bonn und Koblenz zusammen war. Aber die gemütvoll-beschauliche Form entsprach auch dem Charakter der Restaurationsdichtung, als die man das „Hospiz“ ansehen muß. Neben der lyrischen Schilderung der Hochgebirgswelt steht die rührende Erzählung vom Wirken der Sankt-Bernhards-Brüder. Was dieses Gedicht von Byron oder Walter Scott oder, innerhalb der deutschen Literatur, von Lenau und von ihrem Jugendwerk „Walter" unterscheidet, ist das deutlichere Hervortreten ihres eigentümlichen Realismus. Sie hatte nach Berichten und Schilderungen eine genaue Kenntnis der Örtlichkeiten und des Mönchslebens erworben. Auch das verbindende Thema, das die beiden ersten Gesänge zusammenhält und im ursprünglichen Titel „Barry, der Hund vom St. Bernhard" deutlicher in Erscheinung trat, birgt in sich ein typisch realistisches Problem: die Sicherheit, wo nicht Überlegenheit des animalischen Instinktes (vergl. das spätere Gedicht „Instinkt") über menschliches Können und Wollen. Damit wird es auch zusammenhängen, daß sich die Dichterin nicht entschließen konnte, den dritten Gesang, trotz einzelner großartiger Stellen wie die Schilderung der Bergwanderung und des instinkthaften Ausbruchs der Tochter des Geretteten, weder 1838 noch 1844 mit den andern Epen zu veröffentlichen: das Romanhaft-Menschliche überwuchert zuletzt das Instinkthaft-Problematische. So ist und bleibt der dritte Gesang ein unvollendetes Stück. Im unmittelbaren Anschluß daran, wie die leitmotivisch aufgenommenen Verse „So mild die Landschaft und so kühn" zeigen, entstand „Des Arztes Vermächtnis". Nur scheinbar führt diese Verserzählung in die romantische Welt der menschlich-gesellschaftlichen Verwicklungen, wie sie dem „Walter" zugrunde lagen, zurück; denn die Schicksale in der Räuberhöhle, denen eine Frau aus der Wiener Gesellschaft zum Opfer fällt, würden vermutlich auch nicht durch das Wiederauffinden der verlorenen „Theodora"-Fassung aufgehellt werden können. Es ist wohl weniger ein absichtliches Verdunkeln und verstecktes halbes Andeuten persönlicher Begebnisse, als vielmehr ein Sich-Hingeben an das rätselhafte Naturphänomen des Wachtraumes, der Verquickung des Wahren mit dem Falschen, des Ineinander von

Traum und Wirklichkeit. Daß in dem Gedicht einmal der dritte Schöpfungstag, an dem das vegetabilische Leben geweckt wurde, und nicht der übliche siebente Schöpfungstag genannt wird, ist auch in diesem Zusammenhang bedeutsam. Diese Dichtung hat einen eigenen noch gar nicht recht erkannten Rang innerhalb der Verserzählungen des 19. Jahrhunderts. Der Übergänglichkeit von „Wirklichkeit und Schein" („Hospiz") und von „Traum und Wirklichkeit" („Vermächtnis") gilt ihr eigentliches Absehen bei der Wahl dieser Stoffe. Das wird im „Vermächtnis", eindringlicher als im „Hospiz", auch als Kompositionsprinzip (novellistisch-straffe Rahmenerzählung, gekoppelt mit einem Rückblick) erkennbar.

Etwas anderes deutet sich erst in den Gedichten an, die während ihres Besuches bei der Schwester in Eppishausen im Thurgau entstanden sind. Die Idylle „Des alten Pfarrers Woche" ist ebenso Ausdruck für die Treue, die sie ihrer heimatlichen Welt in der Fremde wahrt, als für die Liebe, die sie dem verkannten und unscheinbaren Leben der Pflicht zu schenken vermag. In den Gedichten aus der Zeit herrscht deutlich ein episch-erzählendes Moment vor. Möglicherweise verdanken sie der Anregung mehrerer Freunde, an eine Buchausgabe zu denken, ihre Entstehung. Zu dieser Buchausgabe kam es aber erst 1838, als noch das dritte Epos hinzugekommen war, „Die Schlacht im Loener Bruch".

Diese letzte der großen Verserzählungen bedeutet den Beginn einer neuen schöpferischen Phase, die nun ziemlich in einem Zug von 1837 bis 1841 reicht. Sie steht im Zeichen der *Westfalen-Dichtung*. Erst das Erlebnis der Fremde ließ ihr bei der Rückkehr bewußt werden, was ihr die Heimat bedeutete. So ist „Die Schlacht im Loener Bruch" recht eigentlich ein westfälisches Epos. Der Gegenstand ihres phantastischen Sinnens ist nicht mehr die Hochgebirgswelt wie im „Hospiz" oder die einsame Natur des Böhmerwaldes wie im

„Vermächtnis", sondern Bruch und Wald, Heide und Moor des heimatlichen Münsterlandes. Die lyrischen Partien (die phantastischen Wolkenbilder, die Kinder am Weiher, der nächtliche Gang übers Moor) weisen schon auf die späteren „Heidebilder" hin. Der Realismus der Droste gewinnt durch die Beschränkung auf das Selbstgesehene und Selbsterfahrene endgültig seine sinnliche Gegenständlichkeit. An der Geschichte, auf deren Studium sie, wie die Anmerkungen zeigen, große Mühe verwendete, fesselt sie weniger das Rein-Vorgangshafte als vielmehr das Bleibend-Menschliche. Der junge Albrecht Tilly, als Gegengewicht zum gestrengen Vater konzipiert, und die frei erfundene Gestalt der Gertrud, selbst der tolle Christian, nach dem sie das Epos gern nannte, sind sehr drostesch. Aus Instinkt und Mut folgen sie dem Grundsatz „Matrikel ist des Herzens frischer Schlag" und geben damit dem Schicklichen und Richtigen neue Formen und neuen Ausdruck. Das ist gar nicht so weit von der Glaubenshaltung im zweiten Teil des „Geistlichen Jahres", das sie im darauffolgenden Jahre zum Abschluß brachte, entfernt. Nicht nur der neue Wirklichkeitssinn spielt darin eine Rolle, sondern das Religiöse selbst erhält nun, stärker als früher, jene Bedeutung als eigentliches Lebenselement, das überhaupt erst die Seele vom Tode und aus der Verkrampfung der Zeit erlöst.

Gleichzeitig mit dem „Geistlichen Jahr" schrieb die Dichterin an der „*Judenbuche*", auf der bis heute vor allem andern ihr Ruhm gründet. Diese Prosa-Erzählung ist ein Markstein in der Entwicklung des deutschen Realismus. Das Problem des Schuldigwerdens, deutlicher als im „Vermächtnis", wird darin von den Anfängen, ja von den Voraussetzungen eines irdischen Lebens an bis zum Gericht hin unerbittlich verfolgt. Die ihr aus der Jugendzeit vertraute Geschichte von einem Judenmörder aus dem Paderbornschen, der den irdischen Gerichten entkam, dafür aber in türkische Sklaverei geriet und sich nach seiner späten Heimkehr an einem Baum erhängte, hat die Droste so beunruhigt, daß sie zu diesem Schicksal jene Umwelt erschaffen hat, die seine Unerbittlichkeit zugleich düsterer, aber auch menschlich-verständlicher erscheinen läßt. Ohne daß es anders als durch die höchst unvollkommene Instanz des gutsherrlichen Gerichtes und in der Gerechtigkeit fordernden Racheformel der jüdischen Minderheit ausgesprochen wird, stellt sich das in Unordnung geratene unverrückbare ewige Recht im Leben und im Gang der Welt selbst wieder her. Die Dichterin scheint sich des Urteils zu enthalten. Auch ihre Kritik an den paderbornschen Zuständen scheint eher Material zur Entschuldigung des Judenmörders als zu seiner Belastung zusammenzutragen. Das Urteil liegt in der Darstellung selber.

Die Droste nannte die „Judenbuche" einschränkend ein „Sittengemälde". Sie plante, ihr einen endgültigen Platz in einem großen westfälischen Sittenroman „Bei uns zu Lande auf dem Lande", den sie im Anschluß an diese Erzählung in Angriff nahm und von dem drei Kapitel vollendet sind, zu geben. Der Roman ist über den autobiographischen Teil, der die Lebenswelt der heimischen Wasserburg schildert und worin sie selbst unter dem Namen eines Fräulein Sophie auftritt, nicht hinausgekommen. Die Erzählhaltung ist darin entspannter, gelassener und humorvoller als in der „Judenbuche", und man muß beide Stücke zusammennehmen, um eine richtige Vorstellung von der Erzählkunst der Droste zu erhalten. Daß nach dem meisterhaften Ansatz der Roman, der eine menschlich ebenso bedeutende Gestaltung wie ein kulturhistorisch denkwürdiges Dokument geworden wäre, nicht zur Vollendung kam, hängt damit zusammen, daß sie sich auf der Meersburg, wo sie noch an dem Manuskript arbeitete, endlich als Lyrikerin entdeckte. Aber es hängt auch damit zusammen, daß sie bei einem so persönlichen Stoffe nicht rückhaltlos offen sein konnte und daß sie dem restaurativen Nachsinnen über die Vergangenheit, und wenn es selbst die „gute alte

Zeit“ war, bald das herbere, aber gegenwartsnähere Pathos ihrer „Zeitbilder“ entgegensetzte. „Bei uns zu Lande“ war der letzte literarische Plan, bei dem sie den romantisierenden Neigungen der Haxthausenschen Verwandtschaft nachgegeben hatte. Nur die „Bilder aus Westfalen“ sind aus den bereitliegenden Materialien dieses Romans noch zusammengestellt worden. Als sie 1845 in den „Historisch-Politischen Blättern für das katholische Deutschland“ erschienen, fanden sie im nächsten Band der Zeitschrift eine „Erwiderung und Berichtigung aus dem Fürstentum Paderborn“, worin den Schilderungen einseitige Parteinahme für die Gutsherren und Patrimonialgerichte, Übertreibungen und Irrtümer vorgeworfen wurden. Daraus geht hervor, daß es sich in den „Bildern“ weniger um volkskundliche Studien, als um dichterische Abbilder eigener Erlebniswelten handelt. Sie wollen als Hintergrund und Nährboden ihrer Dichtungen verstanden werden.

Zu dieser vielseitigen literarischen Tätigkeit in der Zeit der Westfalen-Dichtung gehört die lebhafte Teilnahme der Droste am literarischen Leben Münsters. Ihre Freunde Schlüter und Junkmann, dann der Schriftstellerzirkel um Elise Rüdiger und schließlich Levin Schücking, den sie sich aus diesem Kreis als literarischen Freund und geschäftigen Vermittler gewann (ihren „Schulte“ nannte sie ihn wohl launig), waren ihr in dieser Zeit Ansporn und Antrieb. Diese dilettantische Literaturwelt ist im Lustspiel „Perdu! oder Dichter, Verleger und Blaustrümpfe“ (1840/41) ziemlich getreu, aber ironisch und kritisch dargestellt. Es ist unklar, ob es überhaupt für eine Veröffentlichung bestimmt war; jedenfalls hatte die Droste nicht den Mut dazu, nachdem dieses Stück von ihrem münsterschen Kreise „förmlich gesteiniget und für ein vollständiges Pasquill auf sie alle erklärt worden“ war. Erfolgreicher war ihre literarische Zusammenarbeit mit Levin Schücking, als sie zum „Malerischen und Romantischen Westphalen“, dessen Herausgabe Freiligrath abgegeben hatte, einige Prosabeiträge und westfälische Balladen, sechs unserer Rüschhauser Balladen, beisteuerte. In diesen Balladen wurde die Christian-Welt um westfälische Sagen und Stoffe erweitert. Die balladeske Stimmung des Schaurig-Geheimnisvollen, zu der sich ihr mehr und mehr seit der Arbeit an der „Judenbuche“ das Phantastische verdichtete, verbindet sich darin mit dem epischen Gestalten von Menschen- und Zeitschicksalen, wie sie sich ihr vor dem Hintergrund einer gerecht geordneten oder zu ordnenden Welt darstellten.

Der *Durchbruch zur Lyrik* und damit zu ihrer eigentlichsten Aussageform gelang der Droste aber erst in der unmittelbar folgenden Phase, die sie vom Herbst 1841 bis zum Sommer 1842 in Meersburg und dann bis zum Herbst 1843 wieder im Rüschhaus verbrachte. Es war nicht allein die neue Umgebung am Bodensee, der sie den endgültigen lyrischen Durchbruch verdankte, sondern mehr noch das tägliche Zusammensein mit dem Freunde Levin Schücking, dem die Schwester gleichzeitig auf der Meersburg eine Anstellung als Bibliothekar bei ihrem Manne, dem Freiherrn von Laßberg, verschafft hatte. Vielleicht ist keine Gedichtsammlung der Welt dem Schicksal so abgetrotzt und abgelistet wie diese *Meersburger Lieder*. Die Zusammenarbeit mit dem Freunde im Jahre 1840/41 war ihnen gegenüber nur ein Vorspiel. Der Anstoß von außen, die Erfüllung eines Anspruches, den man an sie geltend machte, die Lust auch, sich für ein Liebes mit ihrem Können einzusetzen, ist typisch für die literarischen Anfänge und Neuanfänge der Droste. Schücking hatte sie dazu vermocht, einen starken Band Gedichte in Angriff zu nehmen. Epen und Balladen waren schon vorhanden, es fehlte aber noch an lyrischen Gedichten. Die Eppishauser und Jugend-Gedichte ließen ihr Können eher ahnen als schon vernehmen. Die geistlichen Gedichte hatten durch den bestimmten Zweck einer freien Entfaltung ihres lyrischen Talentes eher Schranken auferlegt. Aber ihnen war schon zugute gekommen, was ihr nun ermöglichte, in einem Zuge eine Fülle von Gedichten zu schaffen, manchmal zwei an einem Tag: die Kunst des Reimens in den Epen und die Gewinnung eines eigenen Tones in der Auseinandersetzung mit den Gedichten Freiligraths. In der Nacheiferung und im Wettstreit mit diesem andern westfälischen Dichter, der damals beträchtliches Aufsehen erregte — auch Brentano war von ihm beeindruckt —, fühlt sie sich als Sängerin berufen, um ihn bald weit zu übertreffen. Nach einem Briefe Schükkings an Freiligrath vom 9. Februar 1842 waren damals, also in noch nicht fünf Monaten, schon 53 Gedichte fertig. Selbst wenn man berücksichtigt, daß dabei möglicherweise die Unterabteilungen von Gedichten wie „Der Weiher" und „Ein Sommertagstraum" einzeln gezählt worden sind, ist das eine beträchtliche Zahl. Auf einem Zettel aus dem Jahre 1843 hat die Droste die Gedichte für die neue Ausgabe erstmalig zusammengestellt. Mit den früheren, die sie noch gelten ließ, sind es rund hundert geworden; das war die Zahl, die ihr Schücking aufgegeben hatte. Davon waren bis zum November 1842 (Arbeit am ‚Spiritus familiaris') etwa 65 Gedichte entstanden. Schon daraus ergibt sich, daß die lyrische Produktion im belebenden Anhauch von Schückings Nähe — er verließ am 2. April 1842 schon wieder die Meersburg — am stärksten war. Die Gedichte dieser Zeit sind auf Blättern und Bogen in hastiger Folge aneinandergereiht. Als geschlossene Gruppe erscheint lediglich der größte Teil der „Heidebilder" (in unserer Anordnung die 9 Gedichte vom „Weiher" bis zur „Vogelhütte"). Als eine andere Gruppe, die eine gewisse Geschlossenheit hat, sind die 13 Gedichte auf jenem Blatt anzusehen, das die drei ersten „Zeitbilder" und verschiedene Gedichte auf Freunde und auf die neue Meersburger Umwelt enthält. Sie sind vor den „Heidebildern" anzusetzen und mögen noch vor dem Ende des Jahres 1841 entstanden sein. Der Unterschied zwischen beiden Gruppen, die frühere kecker und unternehmender, die spätere schon verhaltener und mehr nach innen gewandt, dürfte für die sprunghafte dichterische Entwicklung in jenen Monaten bezeichnend sein. Als Gesamtcharakter möchte ich für diese ersten Meersburger Lieder eine gewisse kühne Weltaufgeschlossenheit („Am Turme") ansehen, die Neigung zu volksliedartigen Einschüben (das Hirtenlied im „Hirtenfeuer", das Schäferlied in der „Mergelgrube", das Jägerlied in der „Jagd"), ein unbekümmertes Drauflos-Dichten, das erst dann und wann von der aus der Spätzeit vertrauten schwermütigen Meditation unterbrochen wird, eine sehr herbe keusche Liebespoesie („Die Taxuswand", „Brennende Liebe", die ersten Schücking-Gedichte), die man lange Zeit gar nicht als solche erkannt hat: kurz, alles das, was in diesen Gedichten noch zeitnah, verzaubert und selbstbewußt ist, die Atmosphäre ihres Umganges mit Schücking und jene sie beschwingende Kraft der Hingabe, die sich in dem Worte spiegelt: „Mich dünkt, könnte ich Dich alle Tage nur zwei Minuten sehn — o Gott, nur einen Augenblick! —, dann würde ich jetzt singen, daß die Lachse aus dem Bodensee sprängen und die Möwen sich mir auf die Schulter setzten!" Aber daraus erklingt gegen Ende immer deutlicher ein inneres Sprechen.

Beim Weggang Schückings von der Meersburg geriet die überreiche lyrische Produktion ins Stocken. Neben den tieferen Gründen gibt es dafür auch einen äußerlichen: auf seinen Wunsch schrieb die Droste die „Bilder aus Westfalen" nieder. Die Gedichte, die vermutlich gleichzeitig entstanden, scheinen etwas vom Geist dieser westfälischen Schilderungen zu atmen. Sie unterscheiden sich deutlich von den früheren, sowohl dem Thema als dem Tone nach, und die Dichterin selbst schrieb am 11. September 1842 an Schücking, daß „noch manches recht Gelungene hinzugekommen" sei. Das gilt insbesondere von den *Rüschhauser Gedichten*, die sich einigermaßen genau ermitteln lassen. Sie sprechen von der poetischen Bedeutung des Rüschhauses, oder sie nehmen einen hadernden Ton der Auseinandersetzung mit dem Zeitgeist an. Sie stehen dem zweiten Teil des „Geistlichen Jahres“ näher als den Meersburger Liedern. Sie gipfeln in der umfangreichen Ballade „Der Spiritus familiaris des Roßtäuschers“, die formal wie inhaltlich also keineswegs zu den Epen gehört, wie das die Ausgaben bisher andeuteten. Die Droste hatte sie auch selbst zu den Balladen stellen wollen. In diesem ihrem sprachmächtigsten Werk wendet sie sich nach der Westfalen-Dichtung, durch keine Sittenschilderung mehr gehemmt, von neuem dem sie bedrängenden Problem des Bösen in der Welt zu. Düsterer als die „Judenbuche“ beginnt die Ballade vom Roßtäuscher, aber lichter und reifer schließt sie mit dem Eingreifen der Gnade, die aber, anders als in ihrer biedermeierlich-nazarenischen Umwelt, die Daseinswirklichkeit nicht aufhebt oder spiritualisiert. Was die Gnade in dies schuldenvolle Täuscherleben niederzieht, ist die Liebe, die schließlich auch die Kraft aufbringt, die höllische Phiole, in der der Hausgeist (Spiritus familiaris) wohnt, das Unterpfand des Paktes mit dem Bösen und die Gewährung irdischen Wohlergehens, wieder zu zerstören. In diesem Vorgang ist der Verzicht auf alle Magie ausgesprochen. Magisch sind hier alle Mittel, deren sich der Mensch bedient, um Geld, Macht und Ansehen zu erringen. Die Dichterin, die gerade in dem Zusammenbruch der Schücking-Liebe die Brüchigkeit aller irdischen Versicherungen erfahren hat, wirft alles dies von sich — auch die berückende Euphorie und lyrische Wohlredenheit, die sie sich gerade erworben hatte. Und es bleibt jene verkürzte, sinnverknüpfende Sprache, durch die das Gedicht wie etwas Uraltes, mit dem Stempel der Echtheit, vor uns steht. Der Zusammenhang mit der Sagenwelt ist nicht nur im Motiv vorhanden, sondern lebt in jedem Einzelzug der realistischen Mächtigkeit des Erlebens. Man kann verfolgen, wie der Weg über die Meersburger Balladen, von der „Vergeltung“ bis zu den „Schwestern“, zu diesem Gipfel- und Höhepunkt deutschen Balladenschaffens überhaupt geführt hat.

Mit dem Frühjahr 1843 endete die erste Periode des lyrischen Schaffens. Die mühsame und zeitraubende Abschrift der Gedichte für die Drucklegung — weil die Abschreiber versagten, mußte sie sie bald selbst besorgen — nahm den Rest des Jahres vollauf in Anspruch.

Die *Gedichte der Spätzeit* erschienen bisher nach der Ausgabe von Schücking als „Letzte Gaben“. Der Titel ist insofern irreführend, als ein Großteil dieser Sammlung noch vor dem Erscheinen der Cottaschen Ausgabe im September 1844 entstanden ist. Sie gehören dem zweiten Meersburger Aufenthalt an. Von diesen Gedichten haben noch zwei („Das öde Haus“, „Ein braver Mann“) Aufnahme in die Ausgabe von 1844 gefunden. Aber die Gedichte „Einer wie viele“, „Silvesterabend“, „Gemüt“, „Mondesaufgang“, „Spätes Erwachen“ schließen sich mit verschiedenem zeitlichem Abstand an diese an. Im Mai kam Schücking noch einmal zur Meersburg, um seine junge Frau Louise von Gall vorzustellen. Es entstanden noch wieder eine Reihe von Gedichten an ihn. Die Gedichte dieses zweiten Meersburger Aufenthaltes sind das Reifste, was die Droste an Lyrik geschrieben hat. Sie sind mehr als je dem latenten Krankheitszustand abgerungen, gewissermaßen Inseln und Ruhepunkte, von denen dieser Frau ein schwermütig-klarsichtiger Rückblick auf ihr Dichterleben geschenkt war — oder sie sind geradezu die Niederschrift jener Situation der geängsteten Seele, der aus der Natur, wie im „Mondesaufgang“, neue Lebenshoffnung und Gewißheit zukommt. Die Dichterin ist nun die Seherin ihres Geschlechts, die schonungslos als Golem entlarvt, was leere Maske und ohne Seele ist; sie ist die Hüterin ihrer Zeit, die die zarte Pflanze des Lebens und die zartere der Seele hegt, wo sie verkümmern will; sie ist die ergriffene Sängerin, aus deren tiefsinnigen Gleichnissen noch das eigene Schicksal nachbebt:

„Ach! muß ich denn die Rose sein,
Die zernagte, um andre zu heilen!"

In dieser Meersburger Zeit gewann sie sich auch äußerlich eine gewisse Unabhängigkeit, indem sie sich auf das Honorar ihrer Gedichtausgabe hin im Herbst 1843 das Fürstenhäuschen ersteigerte. Seine einsame Zurückgezogenheit und seine allesumfassende Nähe zur Schönheit der Welt schwingt als wortgewordene Gebärde in solchen Gedichten nach wie „Lebt wohl", das sie dem scheidenden Schücking-Paare mitgab, „Locke nicht, du Strahl aus der Höh", mit dem sie das Dichter-Gedicht vervollständigte, und „An Frau Guido Görres", mit dem sie die Ausgabe der Gedichte begleitete. Die Droste stand jetzt nicht unter dem Zwang, eine bestimmte Zahl Gedichte für eine Veröffentlichung fertigzumachen, sondern sie wartete mehr als sonst „die rechte Stunde" ab. So bestand auch nicht die Absicht, mit diesen Gedichten einen neuen Band zu füllen, sondern sie wollte bei einer neuen Auflage „geringere ausmerzen und durch bessere aus den späteren ersetzen". Das sorgsame Arbeiten und Zusammenstellen, der Sinn für das Klassische, Endgültige ist überhaupt für ihr Schaffen bezeichnend.

Auch die *Rückkehr ins Rüschhaus* bedeutet nun keine Unterbrechung mehr. In dem Gedicht „Im Grase" steigt aus der Situation des Ruhens im Grase, umhaucht vom Arome der Kräuter und erfüllt von der tieftrunkenen Flut eines fast orphischen Glücks, die Erinnerung auf; das Grunderlebnis lyrischen Dichtens, die Sehnsucht, Gesehenes, Erfahrenes, Erlebtes in Gegenwärtiges, Bleibendes, Überdauerndes zu steigern, erfüllt die traumhaften Klänge dieser Verse. Und in der „Durchwachten Nacht" gewinnt ihr schwankender Zustand zwischen nervösem Wachen und ermattetem Verdämmern einen anrührenden, ja ergreifenden Klang. In dem Zyklus „Volksglauben in den Pyrenäen" besteht der unnachahmliche Zauber des Dichterischen gerade darin, daß der

Volksglaube als eine lebendige Wirklichkeit darin gegenwärtig ist. Wie immer bei der Droste — das ist ihre Grenze und ihre Größe — bleibt der Erkenntnisprozeß völlig im Vorgangshaften, im Geschehen und Bilden eingeschlossen. Damals unternahm sie auch den letzten Versuch, eine Prosa-Erzählung in Angriff zu nehmen, die Kriminalgeschichte „Joseph". Es sollte nur eine kurze Erzählung werden, um einer Veröffentlichung der Rüdiger aufzuhelfen, aber dann verspann sie sich so in ihr altes Thema von Magie und Gnade, daß sie mit ihrer kränkelnden Gesundheit dem sich immer weiter fortspinnenden Stoffe nicht mehr gewachsen war. Aus dem Vorhandenen ist noch nicht einmal die vorgesehene Josephs-Handlung zu ersehen. Aber die alte Mevrouw van Ginkel, in die sich die Droste zeitkrank verkriecht, ist eine so unvergeßliche Gestalt, so drostesch und so menschlich, daß schon darum das Fragment eine Veröffentlichung wert ist. Die abgeschlossene Geschichte des Kassierers Steenwick, der sich aus Spielleidenschaft an der Kasse seines Herrn vergreift und ihn damit ruiniert, und sein selbstmörderisches Ende hat ganz die Größe und Sicherheit der besten Partien aus der „Judenbuche". Die gütige Frau van Ginkel spricht dort auch das Wort über solche Schicksale, das deutlicher als früher das eigentliche Problem der Drosteschen schicksalsgezeichneten Menschen löst: „Ein Spieler ist wie ein Betrunkener, ein Besessener, aus dem der Böse handelt wie eine zweite fremde Seele."

Erst die *Abbenburger Gedichte* machen dann, trotz des neu versuchten Anrufs im „Carpe diem", ein Erlahmen der Schaffenskraft sichtbar. Das dürfte weniger mit den ungünstigen Umständen zusammenhängen, unter denen die Droste damals nach ihrem Wort arbeiten mußte, als vielmehr damit, daß nun Schücking, der sie um diese Gedichte gebeten hatte, kein Ansporn mehr für ihr Schaffen bedeutete. Aber die späten geistlichen Gedichte der Zeit, wenn auch schon dem unausweichlichen Ernst des eigenen Endes gegenüber, sind noch bei voller Lebens- und Dichterkraft geschrieben. Erst als sie im Sommer 1846 immer schwächer und hinfälliger wurde, erlahmte endgültig ihre Schaffenslust. Die Verärgerung über Schückings Roman „Die Ritterbürtigen", den sie als Indiskretion auffaßte, und ihre vergeblichen Bemühungen, die Charakteristik, die er trotzdem von ihr in Kinkels Jahrbuch „Vom Rhein" veröffentlichen wollte, zu verhindern, taten ein übriges. Mehr als je lernte sie die „Schriftstellereitelkeit und die Sucht, Effekt in der Welt zu machen", verachten. Die Verse, die sie in den letzten anderthalb kranken Lebensjahren, nun wieder in Meersburg, für ihre Familie niederschrieb, darunter auch das bekannte Gedicht „Letzte Worte", haben allen literarischen Ehrgeiz abgetan. Ihr Dichterleben endete damit, daß sie ganz den Anspruch, der an sie ergangen war, ihr Leiden als ihr geschöpfliches Teil zu tragen, erfüllte.

(Aus dem Nachwort von Clemens Heselhaus in der Ausgabe Sämtlicher Werke, 1. Auflage 1952)

ZEITTAFEL ZU LEBEN UND WERK

1797: Anna Elisabeth (Annette) wird am 10. Januar auf Hülshoff bei Münster als zweites Kind des Freiherrn Clemens August Droste zu Hülshoff (1760—1826) und seiner zweiten Frau Therese Luise, geb. von Haxthausen (1772—1853) geboren. (Der Geburtstag wurde seit 1806 am 12. Januar gefeiert; das Kirchenbuch von Roxel bezeichnet den 14. Januar als Geburtstag). Die erste Ehe des Vaters mit Rosina von Böselager blieb kinderlos, aus der zweiten Ehe stammen auch Annettes Geschwister Anna Maria (Jenny, 1795—1859), Werner Konstantin (Erbherr auf Hülshoff, 1798—1867), Ferdinand (Fente, 1800—1829). Annette, zu früh geboren, verdankte ihrer Amme Maria Katharine Plettendorf (1765—1845), die sie später bis zu deren Tode im Rüschhaus pflegte, die Erhaltung ihres Lebens. Der Privatunterricht durch Bernhard Wenzelo und Weydemeyer war umfassend und sorgfältig. Die Mutter, dem Kreis der Fürstin Gallitzin in Münster nahestehend und mit Friedrich Leopold von Stolberg befreundet, führte sie in die Literatur ein, der Vater in die Musik.

1804—1808: Annette unternimmt erste lyrische Versuche.

1808/1809: Übersetzungen der ‚Eklogen' des Vergil; Gedichte im Stil der Empfindsamkeit.

1812—1819: Literarische Betreuung durch Professor Anton Matthias Sprickmann (1749—1833), dem Göttinger Hainbund nahestehend.

1813: Im Frühjahr Beginn der Arbeit am Drama ‚Berta oder Die Alpen'. Bekanntschaft mit Katharina Busch, der späteren Mutter Levin Schückings, damals als jüngste Dichterin Westfalens geltend (vgl. zu S. 174). Sommer-Aufenthalt in Bökendorf bei ihrem Großvater August von Haxthausen; Bekanntschaft mit Wilhelm Grimm. Teilnahme an der Sammlung von Volksliedern und Märchen.

1814: Übungen in sog. Gedankenlyrik: ‚Das befreite Teutschland' u. a.

1815: Erste schwere Erkrankung, von der sie sich jahrelang nicht erholte. (Spätere medizinische Forschung nimmt eine Schilddrüsen-Erkrankung an.)

1817: Bekanntschaft mit Wilhelmine von Thielmann, geb. von Charpentier (1772—1842), Schwester von Novalis' zweiter Braut, Frau des Generals Th., damals in Münster, später in Koblenz.

1818: Arbeit am Versepos ‚Walter'. Sommeraufenthalt in Bökendorf und Reise nach Kassel zu Jakob, Wilhelm, Ludwig Emil (der Zeichnungen von der jungen Droste machte) und Lotte Grimm, Amalie Hassenpflug (vgl. zu S. 123). Im Oktober Abschluß des ‚Walter'.

1818/19: Beginn der Freundschaft mit Wilhelmine Thielmann.

1819/20: Aufenthalt in Bad Driburg, Abbenburg und Bökendorf: Jugendkatastrophe zwischen den beiden Freunden Heinrich Straube (1794—1847) und August von Arnswaldt. Beginn der Arbeit an den Gedichten des ‚Geistlichen Jahres'. Reinschrift des ersten Teils ab 9. 10. 1820.

1821: Intensives Musikstudium. Beginn der Arbeit an der ‚Ledwina'.

1822—1824: Reisen ins Sauerland und nach Paderborn.

1825: Oktober: Reise nach Köln zu Werner von Haxthausen und Johanna Mockel, nach Bonn zu Clemens Droste zu Hülshoff, Moritz von Haxthausen, August Wilhelm Schlegel, den Professoren Ennemoser, d'Alton, Braun, Hermes. Beginn der Freundschaft mit Sibylla Mertens-Schaaffhausen (1797—1857).

1826: Rückreise nach Hülshoff am 22./23. 4. Tod des Vaters am 25. 7. Übersiedlung ins Rüschhaus, den Witwensitz der Mutter.

1828: Sommerreise nach Bonn zu Clemens und nach Plittersdorf zur Mertens. In Godesberg Treffen mit Wilhelmine Thielmann. Beginn der Arbeit am ‚Hospiz auf dem Großen St. Bernhard'. Im Herbst Rückkehr nach Rüschhaus.

1829: Erneute Erkrankung: erste Patientin des Homöopathen von Bönninghausen. Tod des Bruders Ferdinand am 15. 6.

1830/31: Im Herbst/Winter längerer Aufenthalt in Bonn (Clemens; vgl. zu S. 156): Bekanntschaft mit Johanna (1766—1838) und Adele (1797—1849) Schopenhauer.

1831: Im Februar Krankenpflege in Plittersdorf bei der Mertens. Im Frühjahr Rückkehr nach Rüschhaus, erstes Zusammentreffen mit Levin Schücking (1814—1883; vgl. zu S. 143).

1833: Im Frühjahr Reinschrift des ‚Hospiz' abgeschlossen.

1834: Beginn der Freundschaft mit Christoph Bernhard Schlüter (1801—1884), dem erblindeten Philosophie-Professor an der Universität Münster, für die Droste wichtig als literarischer Vermittler (neben Schücking) und als geistiger Anreger. Bekanntschaft mit Wilhelm Junkmann (1811—1886; vgl. zu S. 124). — Im Sommer Aufenthalt in Holland (Schloß Aerssen bei Venlo). ‚Des Arztes Vermächtnis' abgeschlossen. Die Schwester Jenny heiratet am 18. 10. Joseph von Laßberg (1770—1855) und übersiedelt nach Eppishausen im Thurgau (1838 nach Meersburg am Bodensee).

1835: Im Juli Reise nach Eppishausen über Bonn (Verhandlungen über eine Veröffentlichung der beiden Epen ‚Hospiz' und ‚Des Arztes Vermächtnis'). Im September Ankunft in der Schweiz: Entstehung der Gedichte ‚Der Graf von Thal', ‚Die rechte Stunde', der ‚Weihelieder', des ‚Säntis-Zyklus', ‚Schloß Berg', ‚Des alten Pfarrers Woche', ‚Abschied von der Schweiz'.

1836: März—September: Rückkehr nach Rüschhaus mit Aufenthalt in Bonn. Die bei DuMont-Schauberg geplante Ausgabe kommt nicht zustande. Bearbeitung des ‚Lochamer Liederbuches'.

1837: Im Februar Ankunft in Rüschhaus. ‚Klänge aus dem Orient', ‚Sprachübungen'. Im August Beginn der Arbeit am ‚Loener Bruch', erste Erwähnung des Stoffs der ‚Judenbuche'.

Im November erster Gesang des ‚Loener Bruch'. Im Dezember Bekanntschaft mit Elise Rüdiger (1812—1899; vgl. zu S. 197).

1838: Bis zum 6. 2. Fertigstellung des ‚Loener Bruch'. Im Sommer Aufenthalt in Paderborn. ‚Gedichte der Annette von D.... H....' bei Aschendorff in Münster erschienen. Im Winter Bildung der ‚Hecken-Schriftstellergesellschaft' in Münster (Elise Rüdiger, Henriette von Hohenhausen, Luise von Bornstedt, Wilhelm Junkmann, Schücking und die Droste). Lektüre von Freiligraths Gedichten.

1839: Im Sommer Aufenthalt in Abbenburg. Arbeit am zweiten Teil des ‚Geistlichen Jahres' (‚1. Sonntag nach Ostern' bis ‚11. Sonntag nach Pfingsten'). Am 17. 11. Wiederaufnahme des ‚Geistlichen Jahres'.

1840: Im Januar Abschluß des ‚Geistlichen Jahres'. Im Frühjahr Balladen (‚Der Geierpfiff', ‚Der Mutter Wiederkehr'). Im Herbst Abschluß der Literaturkomödie ‚Perdu!', Mitarbeit an Schückings und Freiligraths ‚Malerischem und Romantischem Westfalen', einige Balladen.

1841: Mitarbeit an Schückings Romanen ‚Der Familienschild' und ‚Das Stiftsfräulein'. Im Sommer Abschluß der ‚Judenbuche'. Drei Kapitel von ‚Bei uns zu Lande auf dem Lande' ausgeführt. Veröffentlichung der Rüschhauser Balladen in verschiedenen Publikationsorganen. Im September Reise mit Schücking nach Meersburg. Schücking als Laßburgs Bibliothekar auf der Meersburg, Begegnung mit Schwab und Uhland. Beginn der Lyrikproduktion des ersten Meersburger Aufenthalts (etwa 60 Gedichte).

1842: Am 2. 4. verläßt Schücking die Meersburg. Im Cottaschen ‚Morgenblatt' erscheinen die ‚Judenbuche' (22. 4.—10. 5.) und mehrere Gedichte. Am 13. Juni Abschluß der Arbeit an den ‚Bildern aus Westfalen'. Am 14. 8. Rückkehr nach Rüschhaus über Bonn. Am 27. 12. Abschluß der Arbeit am ‚Spiritus familiaris'. Rüschhauser Lyrik.

1843: Im Februar Arbeit an den ‚Totengedichten'. Sibylla

Mertens im Rüschhaus (März/April). Sommeraufenthalt der Droste in Abbenburg. Schückings Verlobung und Heirat mit Luise von Gall. Im September zweite Reise nach Meersburg (Lyrikproduktion des zweiten Meersburger Aufenthalts, etwa 20 Gedichte). Am 12. 11. Erwerb des ‚Fürstenhäusles' in Meersburg.

1844: Im Mai Besuch der Schückings auf der Meersburg. Im August im ‚Morgenblatt': ‚Spätes Erwachen', ‚Das Ich der Mittelpunkt der Welt', ‚Die tote Lerche', ‚Lebt wohl'. Im Herbst erscheint die erste Gesamtausgabe ‚Gedichte von Annette Freiin von Droste-Hülshoff' bei Cotta. — Am 28. 9. Rückkehr nach Rüschhaus. Beginn der Arbeit am ‚Joseph' (?). In der ‚Kölnischen Zeitung': ‚Grüße' (14. 11.), ‚Im Grase' (24. 11.), ‚Die Golems' (15. 12.).

1845: Im April erscheint in der ‚Kölnischen Zeitung': ‚Volksglauben in den Pyrenäen' (16.—18., 20.—22. 4.). Publikation der ‚Bilder aus Westfalen', der ‚Abbenburger Gedichte'; sechs Gedichte für die ‚Kölnische Zeitung' (u. a. ‚Das verlorene Paradies'). — Im Sommer/Herbst in Abbenburg.

1846: Im Frühjahr Bruch mit Schücking. Schwere Erkrankung. ‚Das Bild', ‚Das erste Gedicht', ‚Durchwachte Nacht' (Producte der Roten Erde, Münster). Im September dritte Reise nach Meersburg.

1847: Testament der Droste (21. 7.).

1848: Am 24. 5. stirbt Annette in der Mittagszeit auf der Meersburg; am 26. Mai wird sie auf dem Meersburger Friedhof begraben.

1851: ‚Das Geistliche Jahr' von Schlüter und Junkmann herausgegeben (Cotta).

1860: ‚Letzte Gaben' von Schücking herausgegeben (Hannover).

1878/79: ‚Gesammelte Schriften' von Schücking herausgegeben (Cotta).

ANMERKUNGEN

Man hat schon bei Lebzeiten der Droste gegenüber ihren Dichtungen den Einwand erheben wollen, sie seien stellenweise dunkel und sie kämen dem Leser zu wenig entgegen. Auf den wohlmeinenden Rat der Freunde hin hat sie wohl versucht, durch Erläuterungen solche Stellen verständlich zu machen, aber sie hat niemals eine nach ihrer Meinung starke Stelle um des leichteren Verständnisses willen abgeschwächt. Ein schönes Beispiel dafür ist die Wendung aus dem ‚Fundator', wo es von den Schwänen heißt, daß sie ihr „tiefes Schnarchen tauschen", eine Wendung, die sie gegen die Bedenken Schückings stehen läßt: „Schwäne haben keine andre Stimme als ein leises Schnarchen, mit dem sie sich einander anrufen, was man im Sommer — zu Hülshoff nämlich — die ganze Nacht durch hört, da sie fast gar nicht schlafen, sondern am Ufer herumziehn, wo sie sich im Dunkel einander verlieren und dann auf diese Weise durch Wechselrufe orientieren — es lautet hübsch und graulich —, und wäre hier „tauschen" nicht die passende Bezeichnung für Wechselrufe?" (Br. II, S. 280). Indem sie dann als Variante nur noch „dumpfes Schnarren" gelten lassen will, wird besonders deutlich, daß die Wortwahl für sie die Bedeutung einer sinnlichen Vergegenwärtigung hat. Ein anderes Beispiel steht in ‚Dichters Naturgefühl': „hundert kleine Wassertruhen, / Die wie verkühlter Spülicht stehn". Der Sprachwissenschaftler wird das Wort „Wassertruhe" als eine hochdeutsche Übersetzung aus dem Niederdeutschen „watertrone" (d. i. die Wagenspur voll Wasser) ansehen. In der Dichtersprache der Droste ist das aber — in lautlicher Anlehnung an das niederdeutsche Wort — eine eigene anschauliche Bezeichnung für die Pfützen, die voll Wasser stehen. Beide Beispiele zeigen sehr deutlich, daß sich die dichterische Anschauung der Droste auf die ihr vertraute Welt und Umwelt bezieht, also realistisch im strengen Sinne ist. Das Dunkel wird licht, sobald man sich dieser Realität, wie sie im Wort Anschauung und Laut geworden ist, überläßt.

Andere Dunkelheiten hängen mit dem Gebrauch von altertümlichen, niederdeutschen und fremdsprachlichen Wörtern zusammen, wie sie in den Worterklärungen zusammengestellt sind. Sie geben dem drosteschen Stil die ganz eigentümliche Patina, den Zauber des Ursprünglichen und Besonderen. Ihre Fremdwörter haben aber nichts Gesuchtes, sondern sie sind der gehobenen Umgangssprache ihrer gesellschaftlichen Welt entnommen. Sowohl die niederdeutschen Worte wie die lateinischen, französischen und sonstigen fremdsprachlichen Wendungen sind in gewissem Sinne Fachausdrücke, Bestandteile einer Fachsprache, der bäuerlichen wie der aristokratisch-juristischen. So spricht der fingierte Erzähler von ‚Bei uns zu Lande auf dem Lande' als Fachmann, der Lausitzer Edelmann als Sachverständiger in ritterlichen Dichtungen. In die ‚Judenbuche' ist ähnlich eine genaue Kenntnis der Forst- und Waldwirtschaft und der alten Patrimonialgerichte hineingearbeitet. Daraus spricht wieder die realistische sachvertraute Haltung der Dichterin und dann noch eine ursprüngliche unverbrauchte Neugier an den Lebensweisen in der Welt. So gibt beispielsweise das ‚Hospiz' außer der Schilderung des menschlichen Schicksals noch einen Einblick in das aufopferungsvolle Leben der St. Bernhardsmönche.

Einen dritten Bereich, der der Erläuterung bedarf, bilden jene Stellen, wo die persönlichen Interessen und Liebhabereien der Dichterin in die Darstellung mit eingehen. Das ist besonders in der Lyrik der Fall. Da sie, von zahlreichen Krankheiten heimgesucht, alle möglichen medizinischen Heilkuren ihrer Zeit kennen gelernt hatte und sich schließlich der Homöopathie zuwandte, ist eine Reihe von Gleichnissen und Bildern daraus übernommen. Hinzu kommen besondere Liebhabereien, die sie pflegte, das Sammeln von Gesteinen, Münzen, Autographen, Kupferstichen usw., ein Bereich, in dem sie sich, wie auch die Briefe zeigen, immer mit großer und leidenschaftlicher Sachkenntnis bewegte.

Wo aber das Dunkellassen zum eigentlichen dichterischen Stil der Droste gehört, ist jede Erläuterung überflüssig oder gar ein läppischer Versuch, den eigenen poetischen Zauber durch prosaische Umschreibungen zu erklären, „die nur wirken wie schlechte Dekorationen oder, wo sie glaubwürdig bleiben wollen, als nüchterne Beobachtungen, wo sie selbst den Schleier so verdünnen, daß jeder das Licht im Kürbiskopfe dahinter sieht". Ein für allemal gilt für dieses poetische Clair-obscur das Wort, womit die Droste an der zitierten Stelle fortfährt: „Der Deutsche legt dagegen (wenigstens die Neueren) gewöhnlich etwas von ihm nur halb Bezweifeltes zum Grunde, etwas, das ihn beim Erzählen mit einem

Schauer überrieselt hat, und diesen Schauer — dieses Schwanken — zwischen geistigem Einfluß? unerklärter Naturkraft? unabsichtlicher Täuschung? — läßt er auch über seine Leser herrieseln." (Br. II, S. 222).

Im folgenden sollen einige nicht sofort verständliche Stellen durch Notizen erläutert werden, wobei die Anmerkungen, die die Dichterin selbst der Ausgabe von 1844 beigefügt hat, mit berücksichtigt werden. Aus Raumgründen wird es sich dabei nur um Hinweise handeln können. Für diejenigen, die sich eingehender mit Zeit und Dichtung der Droste beschäftigen wollen, werden einige Literaturhinweise gegeben.

LYRISCHE GEDICHTE

Aus dem Dramenfragment ‚Berta' (S. 9)

Verschiedentlich hat sich Annette von Droste-Hülshoff auch als Dramatikerin versucht. Ihr Interesse am Dramatischen ist von Anfang an zwischen dem eigentlichen Bühnenstück und dem Operntext geteilt. Überliefert sind u. a. das fragmentarische Trauerspiel ‚Berta' aus der Jugendzeit, das Lustspiel ‚Perdu! oder Dichter, Verleger und Blaustrümpfe' (1840/41), in dem die Droste auf eine eigentliche Handlung verzichtet und in lockerer Szenenfolge ein mittägliches Stelldichein verschiedener Dichter bei ihrem Verleger beschreibt — sowie zwei sogenannte dramatische Scherze (‚Scherzi'), in denen Personen aus der näheren Umgebung der Droste verschlüsselt figurieren.

Entstehungszeit: nach W II, S. 820: 1813/14. — ED: GW IV (1886), S. 381—488. — Das Trauerspiel, das die Sechzehnjährige auf drei Aspekte geplant hatte, ist nur bis zur Hälfte ausgeführt, und der Leser erfährt bis dahin in Andeutungen von einer politischen Verschwörung, die das Gerüst der Handlung bilden sollte. Das Interesse an den Seelenzuständen läßt das Drama der Leidenschaften (das ehrgeizige Streben eines Reichsgrafen nach der Krone und die Leidenschaft seiner Tochter Berta für einen reisenden Musikus) nicht recht zum Zuge kommen. Die gedachte Fortsetzung hat die Droste am Schluß des Manuskripts notiert. Die hier abgedruckten Passagen sollen lediglich einen Eindruck von Sprache und Stil des Frühwerks vermitteln.

Unruhe (S. 11)

Überliefert in der Reinschrift eines Briefes an A. M. Sprickmann von Ende Februar 1816 (vgl. Br. I, S. 16—18). — ED: Hermann Hüffer, Annette von Droste-Hülshoff. In: Deutsche Rundschau 7 (Berlin, Februar/März 1881), Heft 5 und 6, S. 208—228, 421—446. Gedichttext S. 217.

11 *Phoibos:* Beiname Apolls, des Sänger- und Dichtergottes; in der Literatur des 18. Jh.s häufig für: Sonne. — *Reis'ge Schiffe:* zur Abfahrt bereite Schiffe.

Zum ‚Walter' (S. 13)

ED: GS II (1878), S. 191—257. — Das Widmungsgedicht ist überliefert am Anfang einer Abschrift des Epos für die vier Schwestern der Mutter. Das Versepos selbst entstand 1818. Es enthält eine Rittergeschichte im Stile der Spätromantik eines Friedrich de la Motte Fouqué (1777—1843), der einer der Lieblingsautoren auf Hülshoff (insbes. der Mutter) war; vgl. zu S. 17 (‚Babilon'). Im ‚Walter' wird die im Biedermeier wiederauflebende Tradition des Kleinepos (z. B. eines Wieland) sichtbar. Zur Versepik insgesamt s. zu S. 545 ff.

14 *Alkyone:* griech. Eisvogel; nach der griech. Sage eine Gestalt, die in einen das Meer überfliegenden Eisvogel verwandelt wurde; hellster Stern im Sternbild der Plejaden.

Lied (S. 17)

Entstehungszeit: nach W II, S. 838: nach 1820. — ED: Erster Abdruck des erhaltenen Textes in W II, S. 621—644. ED des Liedes in GW IV (1886), S. 378. — Bei dem abgedruckten Lied handelt es sich um einen Auszug aus der Arie des Eli aus dem 3. Auftritt des 1. Aufzugs des Libretto zur Oper ‚Babilon'. Die Droste hatte damit einen Text Friedrich de la Motte Fouqués bearbeitet (‚Babilon. Idyllen von L. M. Fouqué'. In: Frauentaschenbuch für das Jahr 1820 von de la Motte Fouqué, S. 1—38). Eli, dem die Christen versprechen, ihm — in den Trümmern der Stadt — beim Bau einer eigenen Hütte zu helfen, liebt Hanna, die Tochter der Thirza und des Joseph, ist sich jedoch der Gegenliebe nicht sicher. Im abgedruckten Monolog erinnert er sich seiner Jugend. Darauf folgt der Auftritt Hannas und Thirzas, die Eli mahnt, vom Sterndeuten abzulassen. Eli und Hanna gestehen sich ihre Liebe und erhalten den väterlichen Segen. Die Zusätze der Droste überformen die Ritterromantik Fouqués auf biedermeierliche Weise.

Von der Droste sind verschiedene Libretto-Fragmente überliefert:

‚Der Galeerensklave' ist vermutlich ebenfalls in den zwanziger Jahren entstanden (vgl. Brief an Wilhelm Junkmann vom 4. August 1837). Quelle ist das Drama ‚L'honnête criminel, ou l'amour filial' (1767) von Fenouillot de Falbaire (dt. Übers. 1773: ‚Die Belohnung der kindlichen Liebe. Ein rührendes Lustspiel in fünf Aufzügen'; 1777 u. d. T. 'Der Galeeren-Sklav ...'). Wieder liegt der Droste die Darstellung der Charakterstärke mehr als die der Intrigenhandlung (ein Sohn befreit seinen unschuldigen Vater von der Galeere, indem er seinen Platz als Galeerensträfling einnimmt). Deneben sind Bruchstücke zu einer ‚Wiedertäufer'-Oper und zu ‚Der blaue Cherub' erhalten.

Schloß Berg (S. 18)

Erhalten ist eine nicht mit der Vorlage zu ED identische Reinschrift, in der sich auch die Widmung befindet. — ED: Monat-Rosen. Blätter aus Franken zur Unterhaltung und Belehrung. Hg. von Ottmar F. H. Schönhuth. Mergentheim Juni 1847, S. 92—96; u. d. T. ‚Der Schweizermorgen'.

Die rechte Stunde (S. 22)

Mitgeteilt im Brief vom 9.—19. November 1835 an Christoph Bernhard Schlüter. — ED: Gedichte 1844.

Am Weiher (S. 23)

ED: Gedichte 1838.

Des alten Pfarrers Woche (S. 25)

ED: Cölestina. Eine Festgabe für Frauen und Jungfrauen. Hg. von J. B. von Pfeilschifter. 3. Jg. Aschaffenburg 1839, S. 205— 221. — Nach W I, S. 784 könnte als Vorbild für den Idealtypus des biedermeierlichen Geistlichen der Roxeler Pfarrer Karl Benedikt Jürgens (gest. 8. Juni 1834) gedient haben.

27 *Ilion:* Troja. — *Memnons Säule:* Memnonskolosse, zwei Sitzfiguren Amenophis' III. in Theben, die die Griechen Memnon, dem Sohn der Eos, zugeordnet hatten. Sie sollen bei Sonnenaufgang singende (vermutlich durch Wind verursachte) Töne hervorgebracht haben. — *Wolf:* Christian August Wolff (1679—1740), Hauptvertreter der aufklärerischen Popularphilosophie, Leibnizianer. — *Laudon:* Gideon Ernst Freiherr von Laudon (1717—1790), österr. Feldmarschall.

28 *Linie:* kleines Längenmaß (ca. 2 mm). — *Kunden:* hier: Plural von Kunde, Erzählung.

29 *Kappen goldentbrannt:* Frauenkappen, mit Gold bestickt.

36 *span'sche Rohr:* Spazierstock.

38 *Rotunde:* hier: das Himmelsgewölbe.

Die Elemente (S. 40)

ED: Frauenspiegel. Vierteljahrschrift für Frauen. Hg. von Louise Marezoll. Bd. 2. Leipzig 1841. S. 300—304. — Als mögliche Anregungen gelten die allegorischen Putti der vier Elemente als Jäger, Krieger, Fischer und Gärtner im Garten des Rüschhauses (Heselhaus, Droste, S. 99) oder ein ähnliches Gedicht von Harsdörffer im ‚Poetischen Trichter' (Häntzschel, Droste, S. 99—108).

40 *Chimborasso:* Vulkan in Ecuador (6310 m hoch), seinerzeit durch die Besteigung durch Alexander von Humboldt populär.

Der Säntis (S. 45)

ED: Gedichte 1838.

Abschied von der Schweiz (S. 48)

ED: Otmar Scheiwiller, Annette von Droste-Hülshoff in ihren Beziehungen zur Schweiz. 2. Teil. Beigabe zum Jahresbericht der Stiftsschule Maria-Einsiedeln im Studienjahre 1922/23. Einsiedeln 1923, S. 77f.; letzte Strophe Hüffer, Droste (1887), S. 149. — Der Titel stammt von Karl Schulte Kemminghausen (Ungedrucktes, S. 31f.).

48 *adamantnen:* diamantenen.

Der kranke Aar (S. 50)

ED: Gedichte 1844. — Allegorisches Dialoggedicht, in der Fabeltradition, (vgl. W I, S. 776) zur Rechtfertigung der eigenen dichterischen Existenz. Der ursprüngliche Titel ‚Der weiße Aar' ist vielleicht eine Anspielung auf das Wappentier Polens. Im Herbst 1838 hatte die Droste den ‚Polnischen Parnaß' gelesen (s. Br. I, S. 311). Das Gedicht wurde dann wohl 1843 zur Drucklegung umgearbeitet, wobei die politische Allegorik eine allgemein-menschliche oder persönliche wurde. Polenlieder waren in der Zeit der Freiheitskämpfe sehr beliebt (bei Platen, Lenau, Uhland u. a.).

Der Teetisch (S. 51)

ED: Gedichte 1844. — Vgl. die Schilderung der Münsterer Teezirkel in den Briefen vom 27. Januar 1839 an Sophie von Haxthausen und vom 29. Januar 1839 an die Schwester Jenny.

51 *Isoldens:* die Geliebte Tristans in der Tristansage. — *Gudrunens:* Heldin eines mittelhochdeutschen Epos aus dem 13. Jh. — *Mückensieber:* nach Matth. 23, 24: Kleinigkeitskrämer. — *Patschuls Düften:*

Patschuli: indischer Duftstoff, als Parfum verwendet. — *dem Weisen ähnlich:* Salomo; vgl. Prediger Sal. 1 und 2.

52 *Hier Christinos, dort Carlisten:* Anhänger der liberalen span. Regentin Maria Christina (1806—1878) bzw. der klerikalen Partei des Thronfolgers Don Carlos (Karl V., 1788—1855), die sich zwischen 1832 und 1874 in Bürgerkriegen bekämpften. 1839 flüchtete Don Carlos nach Frankreich (vgl. auch Immermann, ‚Münchhausen' VIII,6).

Stammbuchblätter (S. 54)

1: Entstehungszeit: nach W I, S. 769: nicht genau zu ermitteln. — In diesem Sonett stellt die Droste Myrte und Zypresse als Sinnbilder der Liebe und der Dichtung einander gegenüber.

54 *Lauren:* Laura war die Frau, die Petrarca (1304—1374) in seinen lyrischen Gedichten (‚Canzoniere') und den allegorischen ‚Trionfi' besang und von der er in seiner Autobiographie berichtet (vgl. W I, S. 769). In der weiteren Sonett-Tradition wurde sie dann zur idealtypischen Schönheit verklärt.

2: Geschrieben ins Stammbuch der Henriette von Hohenhausen (1781—1843), Mitglied des Münsterer literarischen Zirkels. — ED: beide Texte in Gedichte 1844.

Das Eselein (S. 55)

Entstehungszeit: nach W I, S. 785: Winter 1841/42. — ED: Gedichte 1844. — Spöttische Allegorie auf Pegasus, das geflügelte Dichterroß, aus dem durch »Verbesserungen« der graue Esel der Alltagspoesie, der zeitgenössischen Tendenzliteratur wird.

57 *Rosinante:* das Pferd Don Quijotes.

Die Schulen (S. 59)

ED: Gedichte 1844.

59 *Matrikel:* eigtl.: Verzeichnis, hier: Voraussetzung, in das Verzeichnis eingeschrieben zu werden. — *Obol:* kleine Münze, Scherflein, Beitrag; hier: Totenmünze.

An die Weltverbesserer (S. 60)

ED: Morgenblatt für gebildete Leser (Stuttgart, Tübingen) Nr. 73, 26. März 1842; Titel dort: ‚Warnung an die Weltverbesserer'.

60 *Obol:* vgl. zu S. 59. — *mit blauen Malen:* erste Symptome der Beulenpest. — *Auch hat ein Dämon einst . . .:* Nach mythischer Vorstellung ist der Pfeil im Sternbild des Schützen an den Himmel gebannt worden; wenn er herabfällt, ist das Ende der Welt gekommen.

Die Gaben (S. 61)

ED: Gedichte 1844.

62 *pecus inane:* lat., seelenloses Vieh. — *Nebukadnezar:* babylon. König (605—562 v. Chr.).

Vor vierzig Jahren (S. 62)

ED: Morgenblatt Nr. 223, 16. September 1844. — Die Zitate zu Anfang des Gedichts ironisieren die romantische Trivialliteratur (vgl. W I, S. 754).

63 *Ekloge:* idyllisches Hirtengedicht. — *Basiliskenblick:* Basilisk, Fabeltier mit versteinerndem, todbringendem Blick.

64 *Morganas Gärten:* Trugbilder der Fata (Fee) Morgana, Luftspiegelungen.

Alte und neue Kinderzucht (S. 65)

ED: Gedichte 1844.

66 *Erebus:* Finsternis der Unterwelt.

67 *Bagnotor:* Kerkertür.

Heidebilder (S. 68)

Die in den Gedichten 1844 so genannte Gruppe der ‚Heidebilder', ein Zyklus von zwölf Gedichten, ist etwa von Oktober 1841 bis Juli 1842, also während des ersten Meersburger Aufenthaltes, entstanden. Als zeitlich letztes Gedicht entstand vermutlich ‚Die Lerche', das hier im Rahmen der chronologischen Anordnung aller Gedichte S. 166 ff. abgedruckt wird. Das Gedicht ‚Die Schmiede' (S. 84 ff.), ursprünglich auch für diesen Zyklus vorgesehen, wurde von der Droste später in die Gruppe ‚Scherz und Ernst' gestellt.

Der Knabe im Moor (S. 68)

ED: Morgenblatt Nr. 40, 16. Februar 1842. — Anregung vielleicht durch das Gedicht ‚Der Heidemesser' im Unterhaltungsblatt des ‚Westfälischen Merkur' vom 18. 12. 1837 (vgl. W I, S. 760). Ganz anders (rationalistische Auflösung des Motivs) bereits das oft verglichene Gedicht von Hebbel: ‚Der Heideknabe'.

Literatur: Hermann Kunisch, Annette von Droste-Hülshoff, Der Knabe im Moor. In: Wege zum Gedicht. Bd. 2. München— Zürich 1963, S. 309—345. — Ernst Stein, Aberglaube in der Literatur — Wissenschaftliches Weltbild. Gedanken zu einer Ballade. In: Der Deutschunterricht 12. Berlin (DDR) 1959, S. 328—332. — Konrad Weber, ‚Der Knabe im Moor' von Annette von Droste-Hülshoff. In: Der katholische Erzieher 14. 1961, S. 575—580.

Das Hirtenfeuer (S. 69)

ED: Gedichte 1844.

70 *Funkenflinster:* zitternder Glanz (wie) von Funken (vgl. W I, S. 759). — *Windel:* Windung. — *Girandolen:* Feuergarben beim Feuerwerk.

72 *Brahm:* Ginster.

Der Heidemann (S. 72)

ED: Gedichte 1844.

72 *Der Heidemann:* „Hier nicht das bekannte Gespenst, sondern die Nebelschicht, die sich zur Herbst- und Frühlingszeit abends über den Heidegrund legt." (Droste). — *Schmele:* oder Schmiele, ein Binsengras.

73 *Wie Proteus ...:* Proteus, in der griech. Mythologie der Meeresgott, der sich in verschiedene Gestalten verwandeln konnte; Herrscher über die Tiere des Meeres.

74 *Der Nord, der Nord ...:* Das Nordlicht galt im Volksglauben als Vorzeichen für schwere Zeiten.

Der Weiher (S. 74)

ED: Gedichte 1844. — Vgl. Lenaus ‚Schilflieder' von 1832, in denen ebenfalls eine Korrespondenz zwischen Naturvorgängen und Empfindungen hergestellt wird.

74 *Blaugoldne Stäbchen und Karmin:* Libellenarten.

76 *Den Fäden gleich:* Wasserfäden, eine bestimmte Wasserpflanzenart. — *Schmerle:* Karpfenart.

Die Steppe (S. 77)

ED: Gedichte 1844.

78 *Toppes Kunkel:* Vergleich der Mastspitze eines Schiffes mit dem Spinnrocken.

Die Krähen (S. 78)

ED: Morgenblatt Nr. 234 und 235, 28. und 30. September 1844. Nach Haverbuschs Bibliographie, S. 315 in Gedichte 1844. — Die Krähe schildert die Schlacht bei Stadtlohn. Am 6. August 1623 wurde Christian d. J. von Braunschweig-Wolfenbüttel (1599—1626) dort vom Führer der kathol. Liga, General Tilly, geschlagen. Johann Tserclaes, Graf von Tilly (1559—1632), stand seit 1610 als Feldherr in bayrischen Diensten. Auch im Epos ‚Die Schlacht im Loener Bruch' ist dieses Ereignis thematisiert.

78 *Kanker:* ‚Weberknecht', langbeinige Spinne.

79 *Suade:* Rede. — *Sankt Görgen ...:* Darstellung des heiligen

Georg als Wetterfahne. — *Halberstadt:* Christian von Braunschweig wurde auch der ‚tolle Halberstädter' genannt; er war zum Bischof von Halberstadt ernannt worden.

80 *Kuppel:* Koppel, Riemen. — *Zweihundertfünfzehn Jahr:* Danach würde die Geschichte im Jahr 1838 erzählt; dies ist aber poetische Fiktion (so W I, S. 759). — *Schnat:* Grenze, Flurmarke. — *Gleise:* Wagenspuren. — *Wachtel:* Handgranate im 30jährigen Krieg.

81 *der Bayer:* vgl. zu S. 78. — *Seladon:* (franz. Celadon) Name des Helden in Honoré d'Urfés (1567—1625) Schäferroman ‚L'Astrée' (1607ff.); als Bezeichnung für den sentimentalen und schmachtenden Liebhaber gebräuchlich.

82 *Tobias' Hündlein:* die Darstellung des Tobias und seines Hundes auf einem Kirchenfenster; vgl. Tob. 6,1. — *Paternoster:* hier: Rosenkranz. — *Schaube:* faltiger Überwurf.

83 *Quadrum:* Lichthof (viereckig) im Kloster, vom Kreuzgang umgeben.

Die Schmiede (S. 84)

ED: Gedichte 1844.

84 *Scävola:* C. Mucius Scaevola (lat., der Linkshändige) ließ, um seine Furchtlosigkeit zu beweisen, in etruskischer Gefangenschaft seine rechte Hand im Feuer verbrennen; vgl. Livius 2,12.

85 *Pyropen:* Granat (Mineral).

86 *Pluto ... Proserpina:* Pluto, der Herrscher der Unterwelt, raubt der Ceres die Tochter Proserpina.

Das Haus in der Heide (S. 86)

ED: Morgenblatt Nr. 222, 14. September 1844. — Nach W I, S. 760 hat vermutlich ein Kotten (Taglöhner-Haus) in der Nähe von Rüschhaus das Urbild abgegeben.

86 *Sonnenwende:* hier: Sonnenblume.

Der Hünenstein (S. 88)

ED: Gedichte 1844.

88 *Bruch:* Sumpfgelände. — *Schröter:* Hirschkäfer. — *Porphyrbrode:* purpurfarbene Gesteinsbrocken.

89 *Ginsterlode:* Ginsterschößling. — *Barren:* Schlagbaum. — *Drude:* Zauberin, Hexe.

Die Jagd (S. 90)

ED: Gedichte 1844.

91 *Mettennetz:* Spinnennetz. — *die lebend'gen Glocken:* Jagdhunde, die Glocken tragen. — *Phalänen:* Nachtfalter.

92 *Socken:* Läufe des Fuchses. — *Lunte:* Schwanz. — *Schmelen:* auch Schmielen, Binsengras. — *Bracken:* Jagdhundart. — *den gelben Rauch:* staubige Sporenmasse.

93 *Mönch:* Spund im Abfluß eines Teiches. — *Sterke:* Kuh, die noch nicht gekalbt hat. — *halben Mond:* Jagdhorn mit halbmondförmig gebogenem Klangkörper, das bei der Brackenjagd verwendet wird (s. W I, S. 756). — *Der Schelm ist tot ...:* Diese und die übernächste Strophe sind vermutlich einer Volksliedweise nachgebildet, deren Text dem Horn-Signal des ‚Fuchs-tot-Blasens' unterlegt wurde.

Die Mergelgrube (S. 94)

ED: Gedichte 1844. — Über ihre mineralogischen Exkursionen schreibt die Droste an Wilhelm Junkmann am 26. August 1839 aus Abbenburg (Br. I, S. 375).

94 *Mergelgrube:* Mergel, kalkhaltiges Sedimentgestein, als Dünger verwendet. — *Gant:* Versteigerung. — *Pardelfell:* Leopardenfell. — *sturt:* niederdt. für: stiert. — *Gneis:* kristallines Gestein aus Feldspat, Quarz und Glimmer. — *Spatkugeln:* Spat, Karbonatmineral. — *Ockerdruse:* gelblicher Brauneisenstein, enthalten in den Kalkknollen des Mergel. — *Leviathan:* Name für den mythischen Meeresdrachen als Verkörperung des bedrohlichen Chaos und der bösen Mächte der Endzeit. In der Bildkunst erscheint er auch als Krokodil (vgl. Hiob 40 und 41) mit Schuppenpanzer.

96 *Medusen:* Hohltiere, evtl. Quallen. — *Petrefakt:* Versteinerung. — *Grand:* Kies. — *Skarabäus:* heiliger Käfer im antiken Ägypten; seine in Stein geschnittene Nachbildung häufig als Amulett oder Siegel verwendet; vielfach bei Mumien gefunden. — *Byssusknäuel:* Gewebe aus Leinenfäden, mit dem im alten Ägypten die Häupter vornehmer Verstorbener umwickelt wurden. — *Karneol:* Mineral.

97 *Garngesträhle:* gesträhltes (= gekämmtes) Garn. — *Gleich wie der Mond ...:* Die Diskussion um die Autorschaft dieses Liedes ist bis heute nicht beendet; vgl. Arens, Annette von Droste und das Volkslied. In: Heimatblätter der Roten Erde. 1. Jg. H. 11/12, Aug./Sept. 1920, S. 325: „Daß es [...] ein echtes, altes Volkslied ist, unterliegt keinem Zweifel mehr, aber sein Wortlaut ist bisher nicht nachgewiesen." Noch R. Weber plädiert für die Droste als Urheberin (In: Heimatblätter der

Glocke Nr. 120, 28. Februar 1962, S. 477f.) (nach W I, S. 758). — *Weihel:* Nonnenschleier. — *Bertuchs Naturgeschichte:* Friedrich Justin Bertuch (1747—1822), Weimarer Kabinettssekretär und Legationsrat, Übersetzer (‚Don Quijote') und Kenner der span. Literatur; gemeint ist hier sein ‚Bilderbuch für Kinder...' in 10 Bänden (Weimar 1790—1825) (nach W I, S. 758).

Die Vogelhütte (S. 98)

ED: Gedichte 1844.

99 *Die verkörperten Hyperbeln:* nach der hyperbolischen (= übertriebenen) Redensart: es regnet Bindfäden. — *Faß der Danaiden:* Die Danaiden waren die 50 Töchter des Danaos, die ihre Männer in der Hochzeitsnacht getötet hatten und zur Strafe dafür in der Unterwelt ein Faß, dessen Boden durchlöchert war, mit Wasser füllen mußten.

100 *Phöboslocken:* vgl. zu S. 11. — *Stöberrauch:* stäubender Regen.

101 *seladonen:* grün wie das Gewand Seladons, vgl. zu S. 81. — *Halkyonen:* Eisvögel, vgl. zu S. 14. — *Den frommen Bruder Tuck in Ivanhoe:* eine Figur aus Walter Scotts (1771—1832) gleichnamigem Ritterroman.

Am Bodensee (S. 103)

ED: Gedichte 1844.

Die Schenke am See (S. 105)

ED: Morgenblatt Nr. 48, 25. Februar 1843.

105 *Das kleine Haus:* Das ‚Glaserhäuschen' (so der Gedichttitel im Konzept) war ein Ausflugslokal in der Nähe von Meersburg. — *der geschäftige Pygmäe:* der kleingewachsene Wirt des Lokals, Figel, der tatsächlich einen Zopf trug; vgl. Brief an die Mutter vom 29. Oktober 1841 (Br. I, S. 560f.).

106 *duftbesäumten Höh:* nebel-, dunstbesäumte Höhe. — *wo Träume lagern ...:* Anspielung auf die Sammlung des Schwagers J. Laßberg auf der Meersburg (z. B. Handschrift C des Nibelungenliedes) (nach W I, S. 762f.). — *dunkler Taten Reste:* Anspielung auf Schückings Erzählung ‚Eine dunkle Tat', an der die Droste mitgearbeitet hat.

Im Moose (S. 107)

ED: Morgenblatt Nr. 54, 4. März 1843.

Am Turme (S. 109)

ED: Morgenblatt Nr. 203, 25. August 1842.

109 *Mänade:* Bacchantin, in Trance versetzte Frau im Gefolge des Dionysos-Bacchus. — *Fant:* unreifer, leichtfertiger Bursche.

Das alte Schloß (S. 110)

ED: Gedichte 1844.

Die junge Mutter (S. 112)

ED: Gedichte 1844. — Das Kind der Emma von Gaugreben, der Frau des westfäl. Freiherrn von Gaugreben, starb kurz nach der Geburt auf Schloß Berg im Thurgau. Mit Rücksicht auf ihre Gesundheit verheimlichte man der Mutter den Tod des Kindes. Die Droste schildert das Schicksal ihrer Bekannten im Brief an die Mutter vom 26. Oktober 1841 (Br. I, S. 555f.).

112 *Mariatag:* vermutlich Mariä Geburt, 8. September.

Ein Sommertagstraum (S. 113)

Entstehungszeit: nach W I, S. 773: Sommer 1843. — ED: Gedichte 1844. — Vier Gegenstände aus den Sammlungen — das Sammeln ist ein im Biedermeier weit verbreitetes Phänomen — der Droste beleben sich während eines Gewitters: ein Autograph, ein Denar, eine Erzstufe, eine Muschel: die poetische Darstellung ihrer Sammlungen.

114 *zu meinem Wiegenfest:* poetische Fiktion; die Droste ist im Januar geboren. — *Resedaduft:* Reseda odorata, Pflanze mit grünlichen, wohlriechenden Blüten.

115 *Das dürre Züngelchen:* der Papierknick.

116 *Paneele:* Holztäfelung.

117 *Ichor:* s. zu S. 218. — *Scheidewassers Lauge:* Salpetersäure. — *„Theodor …“:* Theodor von Neuhoff (1694—1756) stammte aus einem westfäl. Adelsgeschlecht, er ließ sich 1736 zum König von Korsika ausrufen. Er regierte allerdings nur kurz und starb verarmt in London. Vgl. auch Ferdinand Freiligrath/Levin Schücking, Das malerische und romantische Westfalen. Barmen 1842, S. 207. Die Geschichte des Abenteurers könnte die Droste dem ‚Taschenbuch für vaterländische Geschichte‘ (1. Jg. Münster 1833, S. 45—77) entnommen haben, das auch als Quelle für ‚Die Schlacht im Loener Bruch‘ gedient hatte (nach W I, S. 774). Die Droste besaß in ihrer Sammlung einen Brief Neuhoffs (datiert auf den 12. März 1736; abgedruckt bei Kreiten III, S. 462).

118 *glattgeschlagner Lumpen:* Papier. — *Lukull:* Lucius Licinius Lucullus (117—57 v. Chr.), röm. Feldherr, sein Name wurde sprichwörtlich für Luxus. — *Byssusbeutel:* vgl. zu S. 96.

119 *Die Erzstufe:* Nach dem Volksglauben wird das ‚schlagende Wetter' durch einen Kobold, den ‚Bergmönch', verursacht.

121 *Najade:* Wassernymphe. — *Triton:* Meeresgott, häufig auf einer Muschel blasend dargestellt (‚Tritonshorn').

Locke und Lied (S. 123)

ED: Gedichte 1844. — Amalie Hassenpflug (1800—1871), der Schwester des hessischen Ministers Hassenpflug und Freundin Annettes seit der Bökendorfer Zeit, sind die Gedichte ‚Locke und Lied', ‚Der Traum', ‚Das Bild' und ‚Spätes Erwachen' gewidmet. Amalie H. liegt, gemäß ihrem Wunsch, auf dem Meersburger Friedhof neben der Droste begraben.

Gruß an Wilhelm Junkmann (S. 124)

ED: Morgenblatt Nr. 94, 20. April 1842 u. d. T. ‚Gruß an ***'. — Wilhelm Junkmann (1811—1886), Historiker, Politiker, Schriftsteller, Schwager Chr. B. Schlüters; Hg. (zus. mit Schlüter) der Droste-Gedichte von 1838; Mitglied der ‚Hecken-Schriftstellergesellschaft'; publizierte zwei eigene Gedichtbände. Vgl. zu S. 249.

125 *Da ist der Herr ...:* vgl. 1. Könige 19,11—13.

Junge Liebe (S. 126)

ED: Morgenblatt Nr. 213, 6. September 1842.

Instinkt (S. 127)

ED: Gedichte 1844. — Das Grübeln über die „unerklärte Naturkraft", über den Instinkt als „tiefsten Gefühles Herd" ist eines der wichtigsten Themen Drostescher Dichtung. Auch in dem Gedicht ‚Die ächzende Kreatur' geht sie ähnlichen Gedanken nach.

127 *Dionaea:* ‚Venusfliegenfalle', Gattung der (fleischfresenden) Sonnentaugewächse. — *Sensitive:* Mimosa pudica, klappt die Fieder ihrer Blätter bei der kleinsten Berührung nach oben (ebenfalls fleischfressend).

128 *jene Fürstin:* Fürstin von Schwarzenberg, die auf einem Ball zur Hochzeit Napoleons I. mit Marie-Luise (von Habsburg-Lothringen) am 1. Juli 1810 versucht haben soll, bei einem Brand im Ballsaal ihr Kind zu retten, und dabei selber umkam (nach W I, S. 755). Die Droste plante ein eigenes Gedicht über dieses Thema.

Der Brief aus der Heimat (S. 129)

Entstehungszeit: nach W I, S. 768: Herbst 1830. — ED: Gedichte 1844.

Das vierzehnjährige Herz (S. 130)

ED: Gedichte 1844.

Das Liebhabertheater (S. 131)

ED: Gedichte 1844. — Das Gedicht bezieht sich auf Theateraufführungen in Meersburg im Winter 1841/42 (vgl. Briefe an Elise Rüdiger vom 14. Dezember 1841 und an die Mutter vom 28. Januar 1842; Br. I, S. 574; II, S. 6).

Meine Sträuße (S. 133)

Entstehungszeit: nach W I, S. 775: Herbst 1842. — ED: Gedichte 1844.

134 *Fei:* Blumenfee.

Der Traum (S. 135)

ED: Gedichte 1844. — Vgl. zu S. 123.

Poesie (S. 137)

ED: Morgenblatt Nr. 244, 10. Oktober 1844.Nach Haverbuschs Bibliographie, S. 320 in Gedichte 1844.

Neujahrsnacht (S. 138)

ED: Gedichte 1844.

138 *Rotunde:* hier: Kirche.

139 *Angel:* Türangel.

140 *Decke:* Schneedecke. — *Docke:* Puppe. — *Stiege:* hier: schmale Straße.

141 *Funken im Papier:* geht auf ein beliebtes Kinderspiel der Zeit zurück: ein Papierknäuel wird angezündet, und man sieht dem Verlöschen der Funken zu, deren letzte man als ‚Kirchgänger' bezeichnet (nach W I, S. 777).

Abschied von der Jugend (S. 141)

ED: Gedichte 1844.

An Levin Schücking (S. 143)

ED: Gedichte 1844. — Levin S. (1814—1883), Sohn der Katharina Schücking. Sein Name ist mit den literarischen Werken der Dichterin und mit ihrer intensivsten Schaffenszeit eng verbunden. Von 1837—1846 stand er in freundschaftlicher Beziehung zu ihr. — Titel im Konzept: ‚An L.', in der Reinschrift ‚An Elise', in der Ausgabe der Gedichte 1844: ‚An ***', vermutlich eine Mystifikation im Hinblick auf Levin S.s Frau Louise von Gall. Zu den Gedichten an Schücking vgl. C. Heselhaus, Die

Schücking-Gedichte der Droste. Das Bekenntnis einer Dichterliebe. Münster 1948, S. 5—23 (Schriften der Droste-Gesellschaft VIII).

An Levin Schücking (S. 144)

ED: Gedichte 1844. — Vgl. zu S. 143.

144 *Pollux und Kastor:* in der griech. Mythologie Halbbrüder; sie galten als Sinnbild der Treue, da der unsterbliche Pollux dem sterblichen Castor nach dessen Tod in die Unterwelt gefolgt war. Daraufhin erlaubte Zeus beiden, abwechselnd je einen Tag im Olymp und einen im Hades zu verbringen. — *wechselnd Glühn und Bleichen:* In emblematischen Darstellungen finden sich Castor und Pollux häufig als heller und schwarzer Stern (vgl. Henkel/Schöne, Emblemata, Stuttgart 1976, Sp. 1675). Vgl. C. Heselhaus, „Pollux und Castor, wechselnd Glühn und Bleichen". Das Werden eines Droste-Verses. In: JDG 2. 1948/50, S. 331—333. — *Dioskur:* „Zeussohn"; die Droste vergleicht sich und Schücking mit den Dioskuren (Castor und Pollux). — *die holde Mythe:* populäre Deutung des sog. Elmsfeuers, einer luftelektrischen Erscheinung.

Die Taxuswand (S. 145)

ED: Morgenblatt Nr. 192, 12. August 1842. — Dichterische Erinnerung an ihre Liebe zu Heinrich Straube (vgl. Brief an Anna von Haxthausen Ende 1820, Br. I, S. 55—61). Zu Heinrich Straube vgl. K. Schulte Kemminghausen, Heinrich Straube. Ein Freund der Droste. Münster 1958. Das Gedicht vergegenwärtigt eine Szene des zweiten Bökendorfer Aufenthalts im Sommer 1838.

145 *Den bleichen Krönungszug:* Schulte Kemminghausen: „Der ‚bleiche Krönungszug' ist wohl das jugendliche Traumbild ihrer eigenen Hochzeit, da ‚Hände, die nun kalt' ihr die Brautkrone reichten."

Guten Willens Ungeschick (S. 146)

ED: Gedichte 1844.

Was bleibt (S. 148)

ED: Gedichte 1844.

148 *Tschako:* Kopfbedeckung ungar. Ursprungs.

149 *Leichenhuhn:* Steinkauz, die ‚Toteneule'. — *Der Frau, die meine Kindheit pflegte:* ihre Amme Maria Katharine Plettendorf, geb. Wortködter (1765—1845).

Das Spiegelbild (S. 149)

ED: Gedichte 1844. — Anregung bot Freiligraths Gedicht ‚Die Rose'.

150 *Wie Moses nahe . . .:* vgl. Ex. 3,5.

Vanitas Vanitatum! (S. 150)

Entstehungszeit: nach W I, S. 769: Jahreswende 1842/43. — ED: Gedichte 1844. — Schücking bezieht das Gedicht auf den General Hans Georg von Hammerstein (1771—1841), der in königlich-westfäl. Diensten gestanden, unter König Jérôme von Westfalen in Spanien gekämpft hatte und bei den Haxthausens der jungen Droste den Hof gemacht haben soll.

150 *Vanitas Vanitatum:* lat., Eitelkeit der Eitelkeiten. — *Requiescat in pace:* lat., Er ruhe in Frieden.

151 *des Nimbus Glast:* Glanz des Ruhms. — *mit Kolosses Schreiten:* vgl. Shakespeare, Julius Caesar I,2: „Ja, er beschreitet, Freund, die enge Welt wie ein Kolossus." (Cassius).

Der Todesengel (S. 152)

ED: Gedichte 1844.

Die Unbesungenen (S. 153)

Entstehungszeit: nach W I, S. 776: Mai (?) 1843. — ED: Gedichte 1844. — Das epigrammatische Gedicht gehört thematisch in die Reihe der Totengedichte wie ‚Nachruf an Henriette von Hohenhausen', ‚Clemens von Droste', ‚Sit illi terra levis!', ‚Meine Toten'.

Meine Toten (S. 154)

ED: Morgenblatt Nr. 223, 16. September 1844. Nach Haverbuschs Bibliographie, S. 317 in Gedichte 1844.

Clemens von Droste (S. 156)

Entstehungszeit: nach W I, S. 771: Mai 1843. — Clemens von Droste-Hülshoff (1793—1832), zweiter Sohn des Komponisten Maximilian Friedrich von Droste-Hülshoff (1746—1840), Vetter der Dichterin, seit 1825 Professor für Kirchenrecht in Bonn; seit 1823 verheiratet mit Pauline, geb. von und zur Mühlen. Die Droste war oft Gast in seinem Haus. „[...] wurde im Jahre 1832, während eines Aufenthaltes zu Wiesbaden, seinen Freunden durch einen plötzlichen Tod entrissen [...]" (Droste).

Mein Beruf (S. 157)

ED: Morgenblatt Nr. 222, 14. September 1844. — Gehört zu den verschiedenen ‚Dichtergedichten' der Droste, vgl. ‚Am zweiten Sonntage nach Pfingsten', ‚Poesie'. (s. dazu E. Rothermund in: JDG 4. 1962, S. 78).

157 *Parnasse:* Parnaß, Berg des Apoll und der Musen; übertragen: Reich der Dichtung.

158 *Datura:* Datura stramonium, Stechapfel, giftiges Nachtschattengewächs. — *Panier:* Banner, Wahlspruch.

Brennende Liebe (S. 160)

ED: Gedichte 1844. — „Crataegus pyracantha, auch sonst der brennende Busch genannt" (Droste); eines der Meersburger Liebeslieder; ursprünglicher Titel ‚Die Vertraute'.

160 *Oculus Christi:* lat., Christusauge; bezeichnete im 19. Jh. verschiedene Pflanzen.

Ungastlich oder nicht? (S. 162)

ED: Gedichte 1844. — Die umfangreiche Westfalendichtung der Droste hat gelegentlich verteidigenden Charakter (gegen die zahlreichen Angriffe und den Spott, den die europäische Literatur gegenüber Westfalen zeigt; so bei Voltaire und Heine; vgl. W I, S. 751).

Der zu früh geborene Dichter (S. 164)

ED: Gedichte 1844. — Der autobiographische Charakter des Gedichts wird besonders daraus deutlich, daß das Konzept zunächst in der Ichform gehalten war. Es spielt also wie andere Gedichte auf das eigene Dichterschicksal an (vgl. ‚Mein Beruf', ‚Katharine Schücking', ‚Der Dichter', ‚Spätes Erwachen' u. a.).

165 *Moses ...:* Vgl. 5. Mos. 32, 48—52.

166 *Levantes Äther:* Levante: Mittelmeer östlich von Italien.

Die Lerche (S. 166)

ED: Gedichte 1844.

168 *die reiche Katze:* nach: Geldkatze, Geldbeutel, hier: Bild für den Aufbewahrungsort des Blütenstaubs bei Bienen.

Die Bank (S. 170)

Entstehungszeit: nach W I, S. 771: Winter 1841/42. — ED: Gedichte 1844.

170 *Im Parke:* von Rüschhaus. — *Du frommer Greis:* der Hauskaplan von Hülshoff, Wilmsen; vgl. zu S. 172.

171 *Mein lieber schlanker blonder Junge:* der Bruder Ferdinand (gest. 1829). — *Bankos Königsreihe:* In Shakespeares ‚Macbeth' (IV,1) sagen die Hexen Banquo voraus, daß er Könige zeugen werde. Sie lassen daraufhin eine Reihe von acht Königen erscheinen, denen der ermordete Banquo folgt.

Sit illi terra levis! (S. 172)

ED: Gedichte 1844. — Das Gedicht ist dem Hauskaplan in Hülshoff,

Kaspar Wilmsen (1769—1841), gewidmet, dessen Tod (am 5. Februar 1841) Annette im Brief an Schlüter vom 23. März 1841 erwähnt (Br. I, S. 506). Das Gedicht ist vermutlich aus der einen entsprechenden Strophe von ‚Die Bank' (S. 170ff.) hervorgegangen; beide Gedichte sind auf demselben Blatt niedergeschrieben.

172 *Sit illi terra levis!:* lat., Ihm sei die Erde leicht! (nach Tibull, Elegien II, 5, 52).

173 *Noch seh ich dich ...:* Schilderung des Weges von Hülshoff nach Rüschhaus. — *der Witwe Heller:* Vgl. Mark. 12, 41—44; Luk. 21, 1—4. — *Ach sie haben ...:* Vgl. M. Claudius ‚Bei dem Grabe meines Vates': „ach, sie haben/ Einen guten Mann begraben,/ Und mir war er mehr." (‚Wandsbecker Bote', Teil I, 2. Hamburg 1774).

Katharine Schücking (S. 174)

ED: Gedichte 1844. — Katharine Schücking (1791—1831) war die Mutter Levins und eine Kusine A. M. Sprickmanns. Durch dessen Vermittlung lernte die Droste 1813 die damals unter ihrem Mädchennamen Kathinka Busch bekannte Autorin kennen. Die zweite Begegnung fand im Jahr 1829 statt.

An die Schriftstellerinnen in Deutschland und Frankreich (S. 176)

ED: Gedichte 1844. — Titel im Konzept: ‚An die Blaustrümpfe'. Zum Vergleich der französischen und deutschen Autorinnen s. auch den Brief an Elise Rüdiger vom 4. September 1843 (Br. II, S. 221f.).

176 *Syrinxflöten:* Hirten-, Panflöten. — *die veraltete Selinde:* Selinde oder Celinde, beliebter Mädchenname der Schäferpoesie. — *Smollis:* Schmollis, studentischer Zuruf beim Brüderschaftstrinken.

177 *Anathem:* Fluch, Kirchenbann. — *Naphthablüten:* bildlich für stark duftendes Bergöl.

Die Stadt und der Dom (S. 178)

ED: Gedichte 1844. — Das Gedicht nimmt Bezug auf den Hamburger Brand vom 5. bis 10. Mai 1842 und auf die Grundsteinlegung für die Vollendung des Kölner Doms (4. September 1842). An der Propagierung des Dombaus hatte sich die Droste gerade mit einem Gedicht in Schükkings Dom-Schrift (vgl. zu S. 329) beteiligt; sie mahnte jedoch zu christlicher Demut und Frömmigkeit gegenüber dem nationalen Aspekt des Dombaus; vgl. auch ‚Meister Gerhard von Köln', S. 329. Das Motto steht auf einer eigenhändigen Abschrift des Gedichts, es ist wohl Henrik Steffens ‚Karikaturen des Heiligsten', Leipzig 1819 entlehnt.

180 *Kreuzesmassonei:* Kreuzritterschaft.

181 *Felonie:* Verrat.

182 *Palmyrens Steppenbrand:* Palmyra, Stadt in der syrischen Wüste, 273 vom röm. Kaiser Aurelian zerstört.

Der Prediger (S. 182)

ED: Gedichte 1844. — Die Figur des Predigers ist wohl durch den Tod des ‚beliebten' Kaplans Anton Ignaz Vohrmann (1810—1843) von St. Ägidii in Münster geprägt, dessen Rhetorik die Droste beeindruckt hat (vgl. Briefe an Schücking vom 15. Februar 1843, an Pauline von Droste-Hülshoff vom 23. Januar 1843 und an die Schwester Jenny vom 17. Februar 1843; Br. II, S. 130, 131, 148).

182 *Memnons Säule:* vgl. zu S. 27.

183 *Dies irae, dies illa:* Sequenz in Messen für Verstorbene: lat., Tag des Zorns, jener Tag. — *Tumba:* Katafalk, Grabmal. — *schwarzer Flämmchen:* vermutlich Anspielung auf den Brauch, bei Totenfeiern die Kerzen mit scharzem Flor zu umwickeln (nach W I, S. 753). — *„Geliebte", sprach er ...:* vgl. Offb. 14,13. — *Horebs Zederhallen:* Horeb (= Sinai), Berg der Offenbarung.

184 *„weh über euch ...":* vgl. Offb. 3,15.

Die Verbannten (S. 185)

ED: Gedichte 1844. — Die drei allegorischen Gestalten lassen sich deuten als „drei Formen der Caritas": „Kindesliebe", „Gattentreue" und — die „dämmernde Gestalt" — als „Caritas der Kirche, [...] die Gottesliebe, die in der Zeit der Verbannung nur als mystisches Nachleiden der Passion Christi möglich ist" (C. Heselhaus, Die Zeitbilder der Droste. In: JDG 4. 1962, S. 101 f.).

186 *Der Storch ...:* emblematisches Bild für Kindesliebe.

187 *Die Tauben um den Tauber ...:* emblematisches Bild für Gattentreue.

Dichters Naturgefühl (S. 189)

Entstehungszeit: nach W I, S. 778: Winter 1841/42. — ED: Gedichte 1844.

189 *Spülicht:* Spülwasser. — *Haberrohr:* Hirtenflöte.

190 *Schluft:* Schlucht. — *Abrams Widder:* vgl. Gen. 22,1—14.

191 *schwed'schen Hörner:* vgl. Schiller, ‚Wallensteins Tod' III, 23,45. — *Körner:* Theodor K. (1791—1813), Mitglied des Lützowschen Freikorps (‚Lützows wilde Jagd'), Dichter der Befreiungskriege (‚Leier

und Schwert', Berlin 1814). — *blinden Hessen:* Schimpfwort (nach W I, S. 778). — *des Löwenritters Wunden:* Anspielung auf den Roman ‚Die Löwenritter' (Leipzig 1794—96) von Christian Heinrich Spieß (1755—1799), vielleicht auch auf Scotts Roman ‚The Talisman'. — *Posa:* der Marquis Posa in Schillers ‚Don Carlos'. — *Aladdins Zaubergabe:* die Wunderlampe des Aladin in den ‚Erzählungen aus Tausendundeiner Nacht'.

192 *Schillers Knabe:* Anspielung auf Schillers Gedicht ‚Der Jüngling am Bache'.

Nach fünfzehn Jahren (S. 192)

ED: Gedichte 1844. — Im Frühjahr 1831 (2. 2.—20. 3. und einige Tage im April) lebte die Droste auf dem Auershof in Plittersdorf bei Bonn, um die erkrankte Freundin Sibylla Mertens-Schaaffhausen (1797—1857) zu pflegen. Ihr ist das Gedicht gewidmet. Der mit der Zeitangabe „nach fünfzehn Jahren" poetisierte Abschied fiel tatsächlich in den August 1842. Mit der reichen Gutsbesitzerin am Rhein verband die Droste die gleiche Neigung zum Sammeln.

Nachruf an Henriette von Hohenhausen (S. 194)

ED: Kölnische Zeitung Nr. 141, 21. Mai 1843. — „H. v. H., in Herford geboren, starb im April des Jahres 1843 zu Münster. Sie ist die Verfasserin verschiedener Erzählungen, Gedichte und Jugendschriften, die sich alle durch sittlich religiöse Richtung und große Gemütlichkeit auszeichnen." (Droste) Sie war die Tante der Elise Rüdiger (s. zu S. 197), auf deren Bitte hin auch dieser poetische Nachruf für die Kölnische Zeitung entstanden ist.

195 *Sirene:* dämonische Totenseelen in der griech. Mythologie; übertragen: Verführerinnen. Odysseus läßt sich am Mast seines Schiffes festbinden, er hört so den betörenden Sirenengesang, ohne seinem tödlichen Ruf folgen zu müssen. — *Pfunde:* vgl. Luk. 19,11—28; häufiger Topos bei der Droste: Poesie ist ihr ein von Gott gegebenes Pfund, mit dem es sorgsam umzugehen gilt. Vgl. ‚Am zehnten Sonntage nach Pfingsten'.

196 *Sinnlaub:* Lorbeer.

An Elise Rüdiger (S. 197)

ED: Gedichte 1844. — Elise Rüdiger (1812—1899), Tochter der Elise von Hohenhausen, Frau des Oberregierungsrats Karl Ferdinand Rüdiger (1800—1862), war seit 1837 mit der Droste befreundet und wurde nach der Schückingzeit ihre engste Vertraute. Ihr Haus in Münster auf der Rothenburg war Treffpunkt der ‚Hecken-Schriftstellergesellschaft'. Beide, Annette (eig. Anne Elisabeth) und Elise, feierten ihren Namenstag am 19. November, am St. Elisabethentag. Die Droste hat ihr das Gedicht an Schücking ‚O frage nicht' in der Ausgabe von 1844 zugeschrieben (eine Mystifikation mit Rücksicht auf Levins Frau).

197 *eine königliche Frau:* Elisabeth von Thüringen (1207—1231). — *eine Patriarchin:* Elisabeth, die Mutter Johannes' des Täufers.

Das öde Haus (S. 198)

ED: Gedichte 1844.

198 *Tobel:* enge Waldschlucht. — *Lode:* lang aufgewachsener Baum- oder Strauchschoß.

199 *Wergs:* Hanf-, Flachsabfall. — *Diana:* Göttin der Jagd, hier: Name des Hundes.

Ein braver Mann (S. 200)

ED: Gedichte 1844. — Nach Aussage der Droste handelt es sich um Karl Heinrich von Imhoff, der mit Laßberg befreundet war. Das Gedicht ist vermutlich Laßberg zuliebe entstanden und erzählt von einer Begebenheit, die dessen Mitarbeiter, Johann Adam Pupikofer folgendermaßen beschreibt (vgl. Thurgauische Beiträge zur Vaterländischen Geschichte 41. 1901, S. 62f.): „Bei der Auflösung des Deutschen Reiches (1806) weigerte er [Imhoff] sich, dem Könige von Württemberg zu huldigen; er sei, meinte er, reichsfrei und kein Untertan. Da ließ der König auf ihn fahnden, und Imhoff fand für gut, sich aus dem Staube zu machen. Er suchte überall Hilfe bei seinen Standesgenossen; da er sie aber nicht fand, verzichtete er endlich auf sein Familienerbe und gab sich, um sein Brot zu verdienen, der Miniaturmalerei hin [...]". Im Gedicht der Droste ist vermutlich eher Napoleon I. gemeint, dem Imhoff den Huldigungseid verweigert.

Gemüt (S. 203)

ED: Charitinnen. Hg. von M. Solitar (Solitaire, d.i. Woldemar Nürnberger). Landsberg an der Warthe 1847, S. 214—216. — Gemüt hat bei der Droste zeitüblich die Bedeutung von empfindsamer Begeisterung, im Gegensatz etwa zur Leidenschaft.

Silvesterabend (S. 205)

ED: Vom Rhein. Leben, Kunst und Dichtung. Hg. von Gottfried Kinkel. 1. Jg., Essen 1847, S. 337f.

Meine Steckenpferde (S. 207)

ED: LG 1860, S. 41 f. — Ursprünglicher Titel ‚Meine Steckenpferde oder Uhren'; das Gedicht ist wohl als Einleitung zu einem Zyklus über das ‚Steckenpferd' der Droste, das Sammeln von Uhren, gedacht. Unter dem Gedicht findet sich in der Handschrift der Titel zu einem weiteren Gedicht ‚Die Taschenuhr'; auf einem Blatt aus dieser Zeit sind zehn verschiedene Arten von Uhren aufgezählt.

207 *Tscherneböck:* Tschernobogi: ein Wendengott.

208 *Tonnenbacher:* nicht genau zu ermitteln, möglicherweise Name für eine bestimmte Art von Pokalen oder Name eines bekannten Goldschmiedemeisters. — *elektrischen Aale:* Zitteraal (Electrophorus electricus). — *Rosinante:* das Pferd Don Quijotes. — *Longe:* Laufleine für Pferde.

Einer wie viele und viele wie einer (S. 208)

Überliefert im Brief an Schücking vom 17. April 1844 (Reinschrift). — ED: LG 1860, S. 27—31.

208 *Schicksals Becher:* Giftbecher.

209 *Götz im Turm:* Anspielung auf den gefangenen Götz von Berlichingen. — *Morus vor dem Blutgericht:* Thomas More (1478—1535), engl. Staatsmann und Humanist, trat für die päpstliche Oberhoheit über die anglikanische Kirche ein, wurde verurteilt und hingerichtet. — *Correggio:* Antonio C. (um 1494—1534), italien. Maler. — *Cervantes:* Miguel C. Saavedra (1547—1616), Verfasser des ‚Don Quijote' (1605/15). — *Sancho Pansa:* Diener des Don Quijote, die zweite komische Figur des Romans.

210 *Hetäre:* gebildete Dirne im antiken Griechenland.

211 *Strahlengott:* die Sonne. — *Memnonssäule:* vgl. zu S. 27.

Der Nachtwandler (S. 211)

ED: LG 1860, S. 72—74.

211 *Hage:* Waldstück.

212 *Beginnen:* „mehr tätigkeit ausdrückend als *beginnen*" (Grimm, Dt. Wörterbuch I, Sp. 1297). — *Leilach:* Leinentuch. — *Fröner:* Arbeiter in Frondienst, Tagelöhner.

Der sterbende General (S. 214)

ED: Vom Rhein. Leben, Kunst und Dichtung. Hg. von Gottfried Kinkel. 1. Jg., Essen 1847, S. 335—337.

Mondesaufgang (S. 216)

ED: Rheinisches Taschenbuch auf das Jahr 1846. Frankfurt 1846, S. 231—232.

Halt fest! (S. 218)

ED: LG 1860, S. 2—4. — Das Gedicht entstand vermutlich zu der Zeit, als Schücking und seine Frau ihren Besuch auf der Meersburg (6.—30. Mai 1844) für kurze Zeit unterbrachen (20.—26. Mai) (nach W II, S. 687).

218 *Mal auf einer Stirne:* Kainszeichen. — *Peccavi:* lat., ich habe gesündigt; Formel des Sündenbekenntnisses. — *Ichor:* in der griech. Mythologie der Lebenssaft, der statt des Blutes in den Adern der Götter fließt; später synonym mit Blut als Lebenselixier.

219 *Charybdis:* Scylla und Ch., Meerenge von Messina, durch die sich Odysseus nur mit Mühe retten konnte. — *Golem:* vgl. zu S. 233.

An Philippa (S. 219)

ED: LG 1860, S. 105f. — Der Vater der Adressatin, Robert Lucas Pearsall of Willsbridge, hat 1825 England aus Gesundheitsgründen verlassen und 1842 das Schloß Wartensee bei Rorschach am Bodensee gekauft. Die Droste lernte Philippa Swinnerton Pearsall kennen, als diese mit ihrem Vater vom 18.—25. Februar 1843 die Meersburg besuchte.

Die tote Lerche (S. 220)

ED: Morgenblatt Nr. 207, 28. August 1844.

Doppeltgänger (S. 221)

ED: LG 1860, S. 18f. — Der Titel bezieht sich auf die Traumerscheinung des Kindes, die der Droste die eigene Jugend in Erinnerung ruft.

222 *Daguerre:* Louis Jacques M. D. (1787–1851) erfand 1837 die nach ihm benannte Daguerrotypie, ein frühes fotografisches Verfahren.

An Levin Schücking (S. 223)

ED: Vers 9—16: Schücking 1862, S. 147f.; vollständig: GS I, 1878, S. 181—183. — Vgl. zu S. 218 und S. 143.

Der Dichter — Dichters Glück (S. 225)

ED: 1. LG 1860, S. 43f.; 2. SK Werke IV, S. 353. — Die beiden Teile, bis dahin getrennt rezipiert, sind in der Ausgabe von Clemens Heselhaus, 1952, erstmals zusammengefügt worden. Dies entspricht der Intention der Droste.

226 *der Distel mystische Rose:* Anspielung auf ein Naturheilmittel:

Die Distelblüten, in denen ein „Würmlein“ lebt, galten als Heilmittel bei Entzündungen. Der Dichterberuf wird unter dem Bilde der Verwandlung der Distel (des Unnützen) zum Heilmittel (zur Rose) gesehen.

Das Ich als Mittelpunkt der Welt (S. 226)

ED: Morgenblatt Nr. 192, 10. August 1844.

Spätes Erwachen (S. 228)

ED: Morgenblatt Nr. 197, 16. August 1844. — Titel im Konzept: ‚Spätes Erwachen / an Amalie H.‘ Zur Person A. H.s vgl. zu S. 123.

Lebt wohl (S. 230)

ED: Morgenblatt Nr. 207, 28. August 1844.

Die Golems (S. 233)

ED: Kölnische Zeitung Nr. 350, 15. Dezember 1844. — Das Golem-Motiv begegnet in der romantischen Literatur häufig. Die Vorstellung der Droste geht auf die hebräische Sage zurück, die von Weisen erzählt, welche Lehmklößen zauberisches Leben einhauchen konnten. Für die Droste wird der Golem zum Bilde des Menschen, der ohne Seele und Kraft ist. Es ist ihre Kritik an der Restaurationszeit.

Das Bild (S. 233)

Entstehungszeit: nach W I, S. 831: März 1845. — ED: Produkte der Roten Erde. Gesammelt von Mathilde Franziska von Tabouillot. Münster 1846, S. 515—518.

235 *Rust:* Rast, Ruhe.

Abschiedsgruß (S. 236)

ED: Otmar Scheiwiller, Annette von Droste-Hülshoff in ihren Beziehungen zur Schweiz. 2. Teil. Beigabe zum Jahresbericht der Stiftsschule Maria-Einsiedeln im Studienjahre 1922/23. Einsiedeln 1923, S. 100. — Das Gedicht ist an Philippa Pearsall gerichtet (vgl. zu S. 219). Es lag dem Brief der Droste vom 25. August 1844 bei.

An Frau Guido Görres (S. 237)

Entstehungszeit: nach W II, S. 708: vermutlich (August?) 1847. — ED: LG 1860, S. 106f. — Das Gedicht ist vermutlich an Bertha Arndts (1809 bis 1859) gerichtet. Sie war die erste Frau Ludwig Arndts und gehörte zum Bonner Bekanntenkreis Clemens von Droste-Hülshoffs (s. zu S. 156), wo sie die Droste wohl im Winter 1830/31 kennen lernte. Es handelt sich um ein Begleitgedicht zur Übersendung der ‚Gedichte 1844‘. Zum Titel des Gedichts s. Kortländer 1977, S. 604f.: „Der Erstdruck in LG 1860 hat keinen Titel bzw. das vom Herausgeber

Schücking eingesetzte ‚An ***'. Auch die einzige heute verfügbare Handschrift ist ohne Überschrift. Seit der Ausgabe von Eduard Arens (1905) läuft das Gedicht unter ‚An Frau Prof. Arndts', ohne daß Arens allerdings eine Begründung für die Titelwahl gibt. Schwering macht im 6. Teil seiner Werkausgabe (1912) zu diesem Titel eine Anmerkung (S. 132), die den Sachverhalt verkehrt und Folgen haben sollte. Er schreibt, das Gedicht sei ‚1844 entstanden und an die Witwe von Guido Görres gerichtet, die in zweiter Ehe mit Professor Arndts in München verheiratet war'. Zwar stimmt es, daß nach dem Tode von Bertha Arndts (1859) und Guido Görres (1852) der verwitwete Ludwig Arndts die verwitwete Marie Görres heiratete. Doch fand, wie bereits die Todesdaten zeigen, diese Hochzeit erst lange nach dem Tode der Droste, nämlich 1860 statt. Wenn die Droste das Gedicht also tatsächlich an eine ‚Frau Prof. Arndts' gerichtet hat,dann selbstverständlich an die mit dem Vornamen Bertha." Erst wenn die Frage nach dem Adressaten des Gedichts definitiv geklärt ist — und das wird erst dann der Fall sein können, wenn die Informationen bekannt sind, auf denen Arens' Titelwahl basiert —, wird genau entschieden werden können, ob es sich um ein Gedicht an Görres' Frau Marie (die zweite Frau Ludwig Arndts) oder an dessen erste Frau Bertha handelt.

An meinen verehrten Freund, den Freiherrn v. Madroux, bei Übersendung der Gedichte (S. 238)

Entstehungszeit: nach W II, S. 771: Januar/Februar 1848. — ED: LG 1860, S. 119. — Ludwig (Louis) von Madroux (1788–1865), den Freund des Schwagers Joseph von Laßberg, lernte die Droste kennen, als er im Oktober 1847 drei Wochen auf der Meersburg war.

Grüße (S. 239)

ED: Kölnische Zeitung Nr. 319, 14. November 1844.

240 *Du Vaterhaus:* Hülshoff. — *Dach:* Gemeint ist Rüschhaus. — *Die treuste Seele:* vermutlich die Amme der Droste, vgl. zu S. 149.

Im Grase (S. 242)

ED: Kölnische Zeitung Nr. 239, 24. November 1844.

Durchwachte Nacht (S. 243)

ED: Produkte der Roten Erde, S. 522—525. — Vgl. das Gedicht ‚Doppeltgänger' (S. 221), dem einige Passagen entnommen sind.

244 *Syringen:* Syringa vulgaris, Flieder.

245 *Daguerre:* s. zu S. 222.

Das erste Gedicht (S. 246)

ED: Produkte der Roten Erde, S. 519—521. — Die Verse einer zweiten Fassung: „mein Lied vom Hähnchen was mich /So innerlich gefreut/ Mich so beschämt und das ich /Der Ewigkeit geweiht" beziehen sich auf die kindliche Strophe der Siebenjährigen: „Komm, liebes Hähnchen, komm heran/ Und friß aus meinen Händen;/ Nun komm, du lieber kleiner Mann,/ Daß sie's dir nicht entwenden."

An Elise Rüdiger (S. 249)

ED: LG 1860, S. 116f. — Zu Elise Rüdiger vgl. zu S. 197, Begründerin der von der Droste so genannten „Hecken-Schriftstellergesellschaft" (vgl. Brief an die Mutter vom 9. Februar 1838).

Volksglauben in den Pyrenäen (S. 250)

ED: Kölnische Zeitung Nr. 106, 16. April (Silvesterfei); Nr. 107, 17. April (Münzkraut); Nr. 108, 18. April (Der Loup Garou = Werwolf); Nr. 110, 20. April (Maisegen); Nr. 111, 21. April (Höhlenfei); Nr. 112, 22. April 1845 (Johannistau). — Wichtigste Quelle: ‚Aberglaube in den Pyrenäen', in: Pfennig-Magazin der Gesellschaft zur Verbreitung gemeinnütziger Kenntnisse. Bd. 8. Leipzig 1840, S. 380f. — Der Gedichtzyklus gehört literatur- und geistesgeschichtlich in den größeren Komplex der Pyrenäen-Dichtung jener Zeit; vgl. Heines ›Atta Troll‹.

250 *Eppich:* Efeu.

252 *Bearnerin:* Bewohnerin von Béarn, an der südwestlichen Grenze. — *Leilach:* Laken, Leinentuch.

254 *Sankt Battista:* Johannes der Täufer.

258 *Tobel:* Waldschlucht. — *Rellmaus:* Siebenschläfer.

260 *Martin von Tours:* Der hl. Martin, Bischof in Tours.

262 *Fei:* Fee. — *Liard:* alte franz. Silber-, später Kupfermünze.

Das Wort (S. 265)

ED: LG 1860, S. 1f. — Zur dichterischen Neubesinnung der Droste in dieser Zeit vgl. Brief an Melchior von Diepenbrock (Br. II, S. 398—401): „Sie werden selbst fühlen, was mir diese Gewißheit [wert ist] in einer Zeit, wo die Aufgabe selbst des harmlosesten Schriftstellers so sehr an Verantwortlichkeit zugenommen hat und vollends ein Frauenzimmer, die sich weder großer Kenntnisse noch reicher Erfahrung rühmen darf, leicht unklar wird und dadurch dem Mißverstehen Raum gibt, so daß sie jedes Wort zehnmal wägen sollte, ehe sie es niederschreibt."

265 *beschwingten:* hier: gefiederten.

266 *Hag:* Waldstück, Hecke.

Carpe diem! (S. 267)

ED: LG 1860, S. 5—7.

267 *Carpe diem:* lat., Nütze den Tag (Horaz, Oden I, 11). Der Schlußvers „Und unsre Morgen unsre Heute" nimmt das Horazische „quam minimum credula postero" (traue dem Morgen so wenig wie möglich) wieder auf. — *Ja, der Gefangne ...:* vgl. Brief an Schlüter vom 5. Dezember 1834.

Unter der Linde (S. 268)

ED: LG 1860, S. 36—40. Vgl. zu S. 538.

269 *Eppich:* Efeu.

270 *Janusangesicht:* röm. Gott mit Doppelgesicht.

271 *O pescator dell'onde:* GW III (1885), S. 352: „Das bekannte italienische Gondellied, das damals in Deutschland viel gesungene: ‚Ein Schiff streicht durch die Wellen'." — *Zimier:* Halsschmuck.

272 *Lysias:* griech. Redner (um 445—380 v. Chr.). Heselhaus, Droste, S. 320: „Im Gedicht ‚Unter der Linde' spricht vieles dafür, daß mit dem Freund in der sechsten und elften bis vierzehnten Strophe, dem grauen Lysias, der Onkel Fritz Haxthausen gemeint ist, zu dessen Pflege die Droste damals in Abbenburg war."

Gastrecht (S. 272)

Entstehungszeit: nach W I, S. 815: Juli/August 1844. — ED: Rheinisches Jahrbuch. Hg. von Levin Schücking. 1. Jg. Köln 1846, S. 244—247. — Mit diesem Gedicht greift die Droste auf den Themenkreis der ‚Klänge aus dem Orient' zurück (vgl. S. 788).

274 *allbekanntes Buch:* vermutlich die ‚Erzählungen aus Tausendundeiner Nacht'. Im Konzept stand noch „altbekanntes".

Auch ein Beruf (S. 276)

ED: Rheinisches Jahrbuch, S. 248—250. — Das Gedicht heißt im Konzept ‚Der Abschied', es ist vermutlich an Amalie Hassenpflug gerichtet (vgl. SK Werke I, S. 498).

Letzte Worte (S. 280)

Entstehungszeit: vermutlich 1846. — ED: Eine katholische Dichterin. In: Alte und Neue Welt (Einsiedeln) 6 (1872), S. 164—167; Gedichttext S. 167.

BALLADEN

In der Ausgabe der Gedichte von 1844 sind achtzehn Gedichte zu einer Gruppe ‚Balladen' zusammengestellt. Mit den Balladen — balladeske Züge tragen auch viele andere Gedichte der Droste – traf sie einen Zeitgeschmack. In den dreißiger Jahren entstanden: ‚Bajazet', ‚Der Barmekiden Untergang', ‚Der Graf von Thal'; bis August 1841 schrieb die Droste weitere elf, die sog. Rüschhauser Balladen; während des ersten Meersburger Aufenthalts im Winter 1841/42 entstanden: ‚Die Vergeltung', ‚Die Vendetta', ‚Der Fundator', ‚Die Schwestern'.

Literatur: Jost Hermand, Die literarische Formenwelt des Biedermeiers. Gießen 1958. Zu den Balladen: S. 67—71. — Walter Hinck, Die deutsche Ballade von Bürger bis Brecht. Göttingen 1968. (= Kleine Vandenhoeck-Reihe Nr. 273 S). Zu den Balladen der Droste: S. 70—86. — Wolfgang Kayser, Geschichte der deutschen Ballade. Berlin 1936, S. 246—267. — Lotte Köhler, Der Dualismus in Wesen und Werk der Annette von Droste-Hülshoff unter besonderer Berücksichtigung der Balladen. Diss. Masch. Münster 1948. — Benno von Wiese, Die Balladen der Annette von Droste. In: Benno von Wiese, Der Mensch in der Dichtung. Düsseldorf 1958, S. 221—245. Vorher in: JDG 1, 1947, S. 26 bis 50.

Der Geierpfiff (S. 283)

ED: Deutscher Musenalmanach. Hg. von Theodor Echtermeyer und Arnold Ruge. Berlin 1841, S. 72—80. — Die Ballade wurde von Gutzkow im ‚Telegraph für Deutschland' von 1841 (Nr. 13, S. 51) lobend rezensiert und bis zum Tode der Droste mehrfach in Anthologien aufgenommen.

283 *Dohnenschlag:* Dohnen sind Vogelschlingen.

285 *Centifolie:* rosa centifolia; rotblühende, stark duftende Rosenart.

286 *Samum:* heißer, trockener Wind in Arabien und Persien.

Das Fräulein von Rodenschild (S. 288)

ED: MW, S. 58–60. — Über die Beliebtheit derartiger Spukgeschichten vgl. Brief an die Mutter vom 26./28. Januar 1842 (Br. II, S. 4f.).

Der Mutter Wiederkehr (S. 292)

ED: Gedichte 1844. — Es soll eine tatsächliche Begebenheit zugrunde liegen, die in ihren Einzelheiten nicht ausgeführt ist.

294 *Klosett:* kleines verschließbares Zimmer.

Der Graue (S. 299)

ED: Frauenspiegel. Vierteljahrschrift für Frauen. Hg. von Louise Marezoll. Bd. 1. Leipzig 1841, S. 210—215 oder: MW, 4./5. Lfg., S. 114—118. — Der Ursprung der Ballade wird im Belgischen vermutet, möglicherweise entstanden aufgrund von Eindrücken einer Belgienreise, die die Droste 1834 unternahm.

299 *Doppelhaken:* Geschütz.

302 *Ivanhoe:* Ritterroman von Walter Scott (1771—1832). — *Bruder Tuck:* Figur aus ›Ivanhoe‹.

304 *Qui vive:* franz., Wer da? — *ou je tire:* oder ich schieße.

305 *je te tiens:* jetzt hab ich dich.

Der Schloßelf (S. 306)

ED: Frauenspiegel. Bd. 2. Leipzig 1841, S. 292—295.

306 *Bannerherr:* Besitzer eines Lehens, der berechtigt ist, ein eigenes Banner zu führen. Die Droste meint hier das Relief an der Außenmauer des Turms zu Hülshoff, das Hans Heinrich von Droste zu Hülshoff zeigt (vgl. ›Bei uns zu Lande...‹, S. 698). — *kurbettieren:* Bogensprünge des Pferdes vollführen lassen (Ausdruck der Hohen Schule).

308 *Heck:* Gattertor, Schlagbaum der Weiden und Wiesen.

309 *Polacken:* polnisches Reitpferd.

Vorgeschichte (Second Sight) (S. 309)

ED: MW, S. 125—128. — Zum Phänomen des ‚second sight' vgl. ›Bilder aus Westfalen‹, S. 758f.

310 *Ahasver:* Name des Ewigen Juden, Sagengestalt eines Schusters in Jerusalem, der Jesus auf dem Leidensweg Hilfe verweigerte und daher zu ewiger Wanderschaft verdammt wurde. Häufiges literarisches Motiv von den Volksbüchern bis zur Romantik.

312 *Pleureuse:* Trauerbinde.

313 *Sarg...:* Den Sarg des im Traum vorgeschauten Begräbnisses schmücken nur Rosen, die den Tod des Vaters (als sein Wappen) bedeuten, während Rosen und Pfeile (Wappen des Vaters und der Mutter) den Tod des Knaben angezeigt haben würden. Zugrunde liegt vermutlich ein Erlebnis des Freiherrn Caspar Nikolaus Mauritz von Kerkering zur Borg (1713–1746).

Kurt von Spiegel (S. 313)

ED: MW, S. 180–182. – Die von Spiegel, Herren auf der Wewelsburg, waren die Erbmarschälle des Fürstbischofs von Paderborn.

314 *Zimier:* Helmzier, Turmverzierung.

315 *Inful:* ursprüngl. eine Stirnbinde, seit dem 11. Jh. Priesterornat, Mitra.

Die Stiftung Cappenbergs (S. 316)

ED: Gedichte 1844. — Die beiden Brüder Gottfried und Otto wandelten Anfang des 12. Jh.s ihre Burg Cappenberg (bei Lüdinghausen in Westfalen) unter dem Einfluß des hl. Norbert in ein Kloster um.

317 *Hora:* vorgeschriebene Gebetsstunde. — *Paternosterkugeln:* Rosenkranzperlen. — *ein umgekehrter Carolus:* Gemeint ist die Tötung von 4500 sächs. Geiseln durch Karl d. Gr. (768—814) in Verden an der Aller (782).

Das Fegefeuer des westfälischen Adels (S. 319)

ED: MW, S. 185—188.

320 *in froner Nacht:* fron: dem Herrn gehörig; gemeint ist hier der Abend des Gründonnerstages.

322 *Massonei:* hier: Ritterschaft.

Der Tod des Erzbischofs Engelbert von Köln (S. 323)

ED: MW, S. 226—230. — Engelbert I. (1185—1125), seit 1216 Erzbischof von Köln, 1618 heiliggesprochen; am 7. November 1225 von seinem Neffen Friedrich von Isenburg bei Gevelsberg an der Ruhr ermordet. Die Ballade greift als Motiv der Tat den Umstand heraus, daß Engelbert dem Schwager Friedrichs von Isenburg den Besitz der Grafschaft Berg vorenthielt: „dem zu dem Kreuz (von Köln) die Rose (von Berg) paßte".

324 *laßt uns nicht/Heim wie gepeitschte Hunde ...:* Engelbert hatte seinen Neffen Friedrich nach Soest gerufen, um ihn vor dem Synodaltag zu maßregeln. – *Den freien Stegreif Euch verrannt:* am Raubrittertum gehindert.

325 *Und alte Vetteln anzuflehen:* Friedrich hatte die Nonnenklöster in Essen unterdrückt; Engelbert verlangt von ihm Buße. — *Reis'ger:* im Mittelalter: schwerbewaffneter Reiter.

328 *Und scheucht mit ihrem Tuch die Raben:* Anspielung auf eine Sage, nach der die Mutter Friedrichs während ihrer Schwangerschaft geträumt haben soll, die Raben wollten ihr den Leib aufhacken (nach W I, S. 788).

Meister Gerhard von Köln (S. 329)

ED: Levin Schücking, Der Dom zu Köln und seine Vollendung. Köln 1842, S. 41—45. – Die Sage vom Dombaumeister ist im Zusammenhang der Dombaubewegung mehrfach literarisch aufgegriffen worden (vgl. auch zu S. 178).

329 *Schürg':* ein Kölner Packträger.

330 *Anakonden:* südamerikanische Riesenschlangen.

Die Vergeltung (S. 333)

Entstehungszeit: nach W I, S. 793: 1840. — ED: Gedichte 1844.

333 *Spiere:* hier: Mastbaum.

334 *Narwal:* Walart mit einem zwei bis drei Meter langen Stoßzahn.

Die Vendetta (S. 336)

Entstehungszeit: nach W I, S. 791: 1840. — ED: Gedichte 1844. — Anregung möglicherweise durch Prosper Mérimées Novelle ‚Colomba' (dt. Übersetzung in: August Lewald, Europa. Chronik der gebildeten Welt. Bd. 3. 1840).

337 *ein korsisch' Kartell:* Die Verstümmelung des Pferdes ist die korsische Art der Herausforderung zum Duell (vgl. W I, S. 791).

339 *Christoforo:* Bezieht sich auf die Anrufung des hl. Christophorus bei Gefahr.

340 *Netz im Haar:* s. zu S. 341.

341 *Retilla:* Haarnetz, typische korsische Kopfbedeckung.

Der Fundator (S. 342)

ED: Gedichte 1844. — Bezieht sich auf den Freiherrn Herrmann Werner von Wolff-Metternich zur Gracht, Fürstbischof von Paderborn (1683—1704), Stammherr auf Schloß Wehrden an der Weser, wo die Droste öfter zu Besuch war.

Die Schwestern (S. 346)

ED: Gedichte 1844.

347 *Tobel:* Waldschlucht. — *im Brahme:* im Ginster. — *Farren:* Farnkraut.

349 *Flühen:* schweiz., steile Felswand; hier: eine Frau aus den Bergen.

352 *schmälen:* der kurze, bellende Laut eines Rehs.

Der Spiritus familiaris des Roßtäuschers (S. 354)

ED: Gedichte 1844. — Zur Thematik der Alraunen, Mandragoren und

Galgenmännchen vgl. F. de la Motte Fouqués ‚Geschichte vom Galgenmännchen', Chamissos ‚Peter Schlemihl' sowie Arnim, Zschokke und R. L. Stevensons ‚The Bottle Imp'. Die literarische Gattung des Gedichts ist nicht eindeutig zu bestimmen (Ballade-Versepos).

354 *Spiritus familiaris:* Hausgeist, vertrauter Geist, Zauberwesen des Volksglaubens, auch bei Heine, Mörike u. a. erwähnt. — *Roßtäuscher, Roßkamm:* Titel im Konzept: ‚Das Galgenmännchen des Roßkamms' = Pferdehändlers.

359 *Paternoster:* hier: Rosenkranz. — *Kuppel:* Gespann. — *Pistolen:* Münzen.

361 *Lederkatze:* Geldbörse.

362 *den Wurm im Hirne zucken:* Beschreibung des parasitischen Befalls.

369 *Alräunchen:* Wurzelstock der Mandragora officinalis, menschenähnliche Form, als Talisman eingesetzt.

370 *Franzenhang:* Fransenhang.

374 *der grollende Prophete:* Jesaja, der die Eroberung Babylons voraussagte (vgl. Jes. 47f.) — *Salvator:* S. Rosa (1615—1673), italien. Maler und Radierer. — *Mauerspinde:* Mauernische.

377 *Scheiterhaufen:* Anspielung auf die Inquisition.

GEISTLICHE GEDICHTE

Das Geistliche Jahr (S. 383)

Entstehungszeit: Der erste Teil (Gedichte auf das Kirchenjahr von Neujahr bis Ostermontag) entstand bis zum Herbst 1820. Die Konzepte des zweiten Teils stammen aus dem Jahr 1839. Die Unterbrechung beruht möglicherweise auf der Straube-Affäre (s. S. 787; vgl. Brief an Anna von Haxthausen, Br. I, S. 61). Ende Januar 1840 lag der zweite Teil des Zyklus in Konzepten vor, in dessen Verlauf eine Steigerung von traditioneller Erbauungslyrik zu Gedichten mit persönlichem Bekenntnischarakter festzustellen ist. Dies führte möglicherweise aus Rücksicht auf die Familie zur posthumen Erstveröffentlichung des gesamten Zyklus. — Das ‚Geistliche Jahr' bezeichnet das Kirchenjahr. Die Droste folgt jedoch dem Ablauf des bürgerlichen Jahrs; die Evangelientexte beziehen sich auf die in Münster und Paderborn gebräuchliche Mainzer Agende.

Für den ersten Teil gilt der Jahreskalender 1820, für den zweiten der von 1839.

ED: Gedichte 1838 (‚Am Feste der hl. drei Könige', ‚Am Feste vom süßen Namen Jesu', ‚Fastnacht', ‚Am vierten Sonntag in der Fasten', ‚Am Palmsonntag', ‚Am Montag in der Karwoche', ‚Am Karfreitag', ‚Am Karsamstag'). — Vollständig: Das geistliche Jahr. Nebst einem Anhang religiöser Gedichte von Annette von Droste-Hülshoff. Stuttgart und Tübingen (Cotta) 1851; Herausgeber C. B. Schlüter und W. Junkmann.

Literatur: Arens, Droste. — Wilhelm Gössmann, Das Geistliche Jahr Annette v. Droste-Hülshoffs. In: Hochland 55, 1962/63, S. 448—457. — Häntzschel, Droste; hier besonders: Kap. III: Allegorische Formen im ‚Geistlichen Jahr', S. 27—75. — Clemens Heselhaus, Das Geistliche Jahr der Droste. In: JDG 2, 1948/50, S. 88—115. — Dominique Iehl, Le monde religieux et poétique d'Annette von Droste-Hülshoff. Paris 1965. — Klemens Möllenbrock, Die religiöse Lyrik der Droste und die Theologie der Zeit. Versuch einer theologischen Gesamtinterpretation und einer theologiegeschichtlichen Einordnung des Geistlichen Jahres. Berlin 1935. — Josefine Nettesheim, Die geistige Welt Christoph Bernhard Schlüters und seines Kreises im ‚Geistlichen Jahr' Annettes von Droste-Hülshoff. In: Literaturwissenschaftliches Jahrbuch. N. F. Bd. 1, 1960, S. 149—184. — Winfried Woesler, Religiöses und dichterisches Selbstverständnis im ‚Geistlichen Jahr' der Annette von Droste-Hülshoff. In: Westfalen 49, 1971, S. 165—181.

An meine liebe Mutter (S. 383)

Widmungsbrief oder Vorrede haben eine feste Tradition innerhalb religiöser Dichtung.

383 *Großmutter:* Maria Anna von Haxthausen (1755—1829), die (Stief-)Großmutter mütterlicherseits.

Am Neujahrstag (S. 385)

386 *Und meine liebsten Sorgen ...:* Schwering, Werke VI, S. 134: „meine sorgenden Gedanken beschäftigen sich mit fernliegenden Gegenständen, nur nicht mit mir selbst." — *Taumelwein-Becher:* vgl. Zach. 12,2.

Am Feste der hl. drei Könige (S. 387)

Ev.: Matth. 2,1—12.

389 *der Wüste Blumen:* Schlangen.

Am Feste vom süßen Namen Jesus (S. 392)

Ev.: Luk. 2,21. — Fest am Sonntag zwischen dem 1. und 6. Januar bzw. am 2. Januar. Von der Droste wohl versehentlich auf den zweiten Sonntag nach den hl. drei Königen verlegt.

Am vierten Sonntag nach hl. drei Könige (S. 395)

396 *Duft:* Nebel, Dunst, Reif.

Am Feste Mariä Lichtmeß (S. 397)

Ev.: Luk. 2,21—40; vgl. Brief an Ludowine von Haxthausen vom Januar 1820 (Br. I, S. 45).

Am fünften Sonntage nach hl. drei Könige (S. 400)

400 *im Freien:* ungeschützt vor Dornen.

Fastnacht (S. 402)

402 *Fastnacht:* Sonntag vor Aschermittwoch. — *fünf blut'ge Sonnen:* die fünf Wunden Christi.

403 *Augen bähe:* mit feuchten Tüchern und dem Dampf von Kräuterabsuden behandeln.

Am Aschermittwochen (S. 404)

405 *Erd und Blut/Und Meeresschaum:* irdische Güter wie Gold, Edelsteine, Purpur und Perlen.

Am ersten Sonntag in der Fasten (S. 406)

407 *Du verlöschest nicht den Docht:* s. Jes. 42,3 (Matth. 12,20) und vgl. ‚17. So. n. Pfingsten', S. 490.

Am dritten Sonntag in der Fasten (S. 412)

In der Angabe des Ev. weicht die Droste hier vom Münsterer Perikopenbuch ab, das für diesen Tag Luk. 11 verzeichnet.

413 *Empusen:* weibliche Sagengestalten, die Menschenfleisch essen und das Blut aus den Körpern saugen.

Am vierten Sonntag in der Fasten (Josephsfest) (S. 414)

414 *Abendsonne:* Metapher für Joseph. — *Blütenreich:* Metapher für Joseph als ‚jungfräulichen' Bräutigam Marias.

Am Feste Mariä Verkündigung (S. 419)

Ev.: Luk. 1,26—38.

420 *sein:* des Lenzes.

421 *Doch wie das Volk . . .:* vgl. Ex. 32. — *Horeb:* Berg Sinai. — *Feuersäule:* vgl. Ex. 13,21–22 u. Num. 9,15—23; s. auch ‚Am Weihnachtstage', S. 527.

Am Palmsonntage (S. 422)
Ev.: Matth. 21,1—9.

Am Montage in der Karwoche (S. 424)
Ev. stimmt weder mit dem münsterischen noch dem röm. Perikopenbuch überein. Für das Zwiegespräch verweist Arens, Droste S. 230 auf das Volkslied vom Mägdlein und der Haselstaude.

Am Dienstag in der Karwoche (S. 426)
Ev. stimmt weder mit dem münsterischen noch dem röm. Perikopenbuch überein.

Am Mittwochen in der Karwoche (S. 429)
Ev. stimmt werder mit dem münsterischen noch dem röm. Perikopenbuch überein.

429 *Wie ein Leib...:* Der Kreislauf der Materie ist gemeint.

430 *Aber meine Seele steht:* steht starr.

Am Karfreitage (S. 433)

433 *Als die Sonne...:* Vgl. Luk. 23,45 und die von ihm erwähnte Sonnenfinsternis beim Tode Christi.

Am Ostermontage (S. 440)

441 *In den heißen roten See:* metaphorisch für Blut und Herz.

Am zweiten Sonntage nach Ostern (S. 444)

445 *brandig:* ‚Brand' bezeichnet abgestorbene Zellen und Gewebe.

Am dritten Sonntage nach Ostern (S. 446)

446 *Wüstenlicht:* vgl. Ex. 13,21; gemeint ist wohl die Feuersäule. — *Aaronstab:* Der Stab Aarons, der mit denen der elf anderen israelitischen Stammesfürsten vor der Bundeslade niedergelegt worden war, hatte am folgenden Morgen ausgeschlagen, grünte, blühte und trug reife Mandeln. Vgl. Num. 17,16—26; vgl. auch ‚17. So. n. Pfingsten' (S. 490) und ‚Am Weihnachtstage' (S. 527).

447 *Die Wolke steigt:* vgl. ‚Die Vergeltung', S. 333.

448 *Auf Bergeshöhn...:* vgl. 1. Kön. 19,11–12 (Prophet Elias). — *schon wächst mein Sarg:* der Baum, aus dem mein Sarg hergestellt wird.

Am vierten Sonntage nach Ostern (S. 448)

448 *Sodoms Säule:* Lots Weib. Vgl. Gen. 19,26; vgl. Brief an W. Junkmann vom 4. August 1837.

449 *übertünchtem Grabe:* vgl. Matth. 23,27. — *Brau:* Gemeint ist Lid, Wimper.

450 *Wenn Sodoms Säule sich belebt:* wenn Lots Weib aufersteht.

An Christi Himmelfahrtstage (S. 452)
Das Gedicht steht im Zusammenhang der Kölner Wirren 1837 um die Frage der konfessionellen Mischehen; vgl. Brief an Sophie von Haxthausen vom 25. April 1839 (Br. I, S. 346f.).

453 *Martha...:* vgl. Luk. 10,38—42. — *Magdalena...:* vgl. Luk. 7,36—50. Die Droste identifiziert die reuige Sünderin mit Maria Magdalena. — *Bethania:* vgl. Luk. 24,50. — *Und lange Unkraut:* vgl. Matth. 13,24—30 u. 36—43.

Am Sonntag vor Pfingsten (S. 454)
Auch dieses Gedicht bezieht sich wohl auf den Kölner Kirchenstreit (vgl. zu S. 452 und den Brief an W. Junkmann vom 26. August 1839; Br. I, S. 371).

454 *Zeitenseiger:* Uhr.

455 *Ronde:* Streifwache, Offizier, der Wachen und Posten bei Nacht überprüft.

Am Pfingstsonntage (S. 456)
Vgl. Apostelgesch. 2,1—4.

Am Pfingstmontage (S. 457)

457 *O, Glaube wie lebend'gen Blutes Kreisen:* In diesem Wunsch und diesem Gebet drückt sich das Zentralanliegen der Droste im ‚Geistlichen Jahr' aus. Es ist der Vorstoß von einem Glauben als Erbe, Konvention und Brauch zu einem zuinnerst erlebten und vollzogenen Glauben, ein Anliegen, das im Idealismus eines Hölderlin, Novalis u.a. die Institution der Kirche in Frage gestellt hat. Bei der Droste wird solches Ringen um die Regeneration des ursprünglichen Verhältnisses zu Gott auf dem Boden und im Rahmen der Kirche selbst ausgetragen.

458 *Taufe der Begierde:* theologischer Begriff, nach dem auch der Ungetaufte einen (außersakramentalen) Weg zum Heil finden kann.

Am ersten Sonntag nach Pfingsten (Dreifaltigkeit) (S. 459)

460 *Phosphorpflanze:* Kreiten, Werke I,2, S. 158: „Die Dichterin meint hier, das Leuchten des Meeres entstehe durch Pflanzen, welche durch die Reibung der vom Sturm oder von einem durchfahrenden Schiff erregten Wellen den Phosphorschein geben."

Am Fronleichnamstage (S.460)

461 *Nicht wie du solltest...:* Anspielung auf Luk. 14,15–24. – *Das Herz war willig...:* vgl. Matth. 26,41 u. Mark. 14,38.

Am zweiten Sonntag nach Pfingsten (S. 462)

463 *Norne:* Nornen sind nordische Schicksalsgöttinnen.

Am dritten Sonntag nach Pfingsten (S. 463)

464 *Pharus:* ein in der Antike berühmter Leuchtturm, der auf der gleichnamigen Insel vor Alexandrien stand. Der Leuchtturm als Signal und Zeichen ist ein Lieblingsbild der Droste.

Am vierten Sonntag nach Pfingsten (S. 465)

465 *Gomorrhas See:* Totes Meer.

466 *des Polypen Arm:* der sich von selbst erneuert.

Am achten Sonntag nach Pfingsten (S. 473)

Ev.: Mark. 8,1—9.

474 *Samum:* trockener, heißer Wind in Nordafrika und Persien. — *fromme:* hier: nützliche.

Am neunten Sonntag nach Pfingsten (S. 475)

Dieses Gedicht warnt sowohl vor reinem Rationalismus als auch vor reinem Okkultismus; vgl. Häntzschel, Droste, S. 46—48.

475 *aus dem Staube Stricke drehn:* sprichwörtl.: Einen Strick aus Sand drehen; nicht zu lösende Aufgabe für Dämonen. — *Die göttliche Akropolis/Der christlichen Minerva:* Minerva ist der lat. Name für Athene, die Göttin des Verstandes und der Wissenschaften. — *Als eines, der . . .:* weit verbreiteter Sagenstoff: Verwandlung von Brot in Stein als Bestrafung.

476 *O diesem folge nicht . . .:* bezieht sich auf die vorhergehende Strophe. Gottes Haus zum Schrein zu machen, ist für die Droste der Versuch, Gott in der begrenzten Enge finden zu wollen. — *Und wehe . . .:* bezieht sich auf die 3. und 4. Strophe.

Am elften Sonntag nach Pfingsten (S. 479)

479 *Veronika:* Legende, nach der Jesus auf dem Weg zur Kreuzigung sein Gesicht mit dem Tuch der Veronika getrocknet und darin den Abdruck seines Gesichts zurückgelassen hat.

Am zwölften Sonntag nach Pfingsten (S. 480)

481 *Kerkerschragen:* Kerkergitter; Schragen sind schräg stehende Holzstangen oder Pfähle.

Am fünfzehnten Sonntag nach Pfingsten (S. 486)

487 *Hast anders jemals du . . .:* Die Worte des Priesters als menschliche Äußerung sind unerheblich, wichtig ist allein die göttliche Tilgung der Schuld.

Am sechzehnten Sonntag nach Pfingsten (S. 487)

487 *wer nur vertraut...:* Anklang an G. Neumarks ‚Wer nur den lieben Gott läßt walten'.

488 *Glückselig lebt der Fröner...:* vgl. Matth. 11,28—30. — *Aaronsschlange:* Die aus dem Aaronstab entstandene Schlange verschluckte die Schlangen der Ägypter, vgl. Ex. 7,10–12.

Am siebzehnten Sonntag nach Pfingsten (S. 490)

490 *Manna:* vgl. Ex. 16,13—16 sowie Ps. 78,24. — *Du, der aus Felsen...:* vermutlich Anspielung auf Moses, der mit seinem Stab aus dem Felsen Wasser schlug; vgl. Ex. 17,6. — *Aarons dürrer Stab:* vgl. zu S. 446. Der grünende Aaronstab ist im ‚Geistlichen Jahr' ein beliebtes Gleichnis für das im Glauben erneuerte Leben der Seele. — *Zu dir darf sein Sterbehauch ...:* Vgl. Luk. 23,39—43. — *Du bist gekommen ...:* Jes. 42,3 u. Matth. 12,20.

Am achtzehnten Sonntag nach Pfingsten (S. 492)

492 *Sechs Tage...:* vgl. Ex. 20,8–11.

493 *kirre:* zahm, zutraulich. — *gehoben:* aufgehoben.

Am neunzehnten Sonntag nach Pfingsten (S. 494)

496 *Bildnis:* der Nächste als Ebenbild Gottes.

Am zwanzigsten Sonntag nach Pfingsten (S. 496)

497 *Schlinggewächs:* sowohl Bild für die Sünde (wie im vorliegenden Gedicht) als auch für den Zusammenhang der Seele mit dem Leben (vgl. ‚22. So. n. Pfingsten', S. 501). Darin liegt — wie im Problem der Schuld und des Instinktes — eine Inspirationsquelle für das immer erneute Fragen der Dichterin.

498 *Gomorrhas Meer:* Totes Meer.

Am einundzwanzigsten Sonntag nach Pfingsten (S. 498)

499 *meine arme Lampe lehrbereit:* die Poesie. — *heil'gen Schrein:* hl. Schrift. — *So Israel...:* Gott bestrafte die Israeliten, indem keiner der Männer, die von Ägypten ausgezogen waren, das Gelobte Land erreichte; vgl. Num. 14,20—35.

500 *wandten:* abwandten.

Am zweiundzwanzigsten Sonntag nach Pfingsten (S. 501)

502 *Menipp:* Erfindung. — *Euböa:* griech. Insel in der Ägäis.

503 *Irus:* Bettlergestalt aus der ‚Odyssee'.

Am dreiundzwanzigsten Sonntag nach Pfingsten (S. 503)

503 *Der Skorpion ...:* Bild für das quälende Gewissen.

Am Allerheiligentage (S. 506)

506 *Hecheln:* Hauhecheln, Ononis spinosa, einjähriges Kraut.

507 *Wie der Daun die Klinge spaltend:* Bild vermutlich von Walter Scotts Roman ‚Der Talisman‘ (Kap. 27) angeregt.

Am fünfundzwanzigsten Sonntag nach Pfingsten (S. 512)

514 *Meines Gottes Traum:* mein Traum von Gott. — *Sünde:* Die Sünde wird im Geistl. Jahr als Zerstörung des Lebens der Seele, als Krankheit zum Tode gesehen. Als Vergleich wählt die Dichterin das Schlinggewächs oder das Tote Meer (vgl. ‚20./21. So. n. Pfingsten‘, S. 496, 498), in dessen Umkreis alles Leben erstirbt. Wie Kierkegaard erkennt die Dichterin den Unglauben als die eigentliche Gefährdung des Lebens der Seele (vgl. Röm. 14,23).

Am sechsundzwanzigsten Sonntag nach Pfingsten (S. 515)

515 *Herz:* Das Herz ist der Sitz und Inbegriff des sittlich überformten Lebens („Gibts eine Stätte denn, die heiliger / Als Menschenherzen?“). Von diesem Wort her, das auch in der übrigen Dichtung eine bedeutende Rolle spielt, kann man das dichterische und geistesgeschichtliche Programm der Droste aufrollen. Damit gehört sie zu Immermann und Tieck, die von der „Bussole des Herzens“ sprachen. — *Der schleppt den Grabstein:* Arens, Droste, S. 147: „Grenzstein-Versetzer müssen oft nach Volksglauben umgehen auf ihrem Acker, bis sie erlöst sind; so trägt ein Mann den glühenden Grenzstein. Eine ähnliche Strafe hat hier A. v. Droste ersonnen für den Schwach-Gläubigen“.

516 *mein reiches kleines Land:* Der Glaube wird als Heimat der Seele und als Hort der Treue gesehen. — *öden Stätte:* die Landschaft um das Tote Meer.

517 *Des Leidens Moxa:* Moxa: medizinisch, Brennzylinder, der zur Reizung der Haut (etwa bei Rheumatismus) verwendet wurde. Das Leiden wird als Heilmittel für die Seele bezeichnet, damit das „verknorpelte Herz ... lebt in Schmerz“. Vgl. dazu den Schluß des Gedichtes ‚Der Dichter — Dichters Glück‘ (S. 225).

Am siebenundzwanzigsten Sonntag nach Pfingsten (S. 517)

517 *nur:* noch nicht einmal.

518 *Samenkörnlein:* Das — biblische — Bild ist seit Herder und Hölderlin in der deutschen Literatur verbreitet. Es drückt Vertrauen in das Leben aus. Das Gedicht wird so zu einem wichtigen Gegenstück zu ‚Die ächzende Kreatur‘ (S. 540).

519 *noch lauert stumm . . .:* die Stunde des Todes oder des Gerichts.

Am ersten Sonntag im Advent (S. 519)

Das Gedicht ist eine Auseinandersetzung mit dem zeitgenössischen politischen Katholizismus.

520 *Nothemd:* das der Sage nach von einer Jungfrau in der Christnacht gewebt werden muß und vor Verwundung schützt. Vgl. Uhlands Ballade ‚Das Nothemd'. Wahrscheinlich angeregt durch Scotts Roman ‚Der Talisman', Kap. 26.

Am dritten Sonntag im Advent (S. 524)

525 *Ich folge dir . . .:* vgl. Matth. 26,36—46 und das Gedicht ‚Gethsemane' (S. 536). — *Er hat genommen:* vgl. Paulus' Brief an die Philipper 2,8.

Am vierten Sonntag im Advent (S. 526)

526 *Im Skorpion . . .:* entspricht der Auffassung, daß der Skorpionsstich mit dem Öl, worin der Skorpion aufbewahrt wird, zu behandeln sei (nach dem homöopathischen Prinzip: Gleiches ist mit Gleichem zu behandeln).

Am Weihnachtstage (S. 527)

528 *Jehu . . . Jezabel:* Die Geschichte von Jehu, der die Königin-Hure Jezabel aus dem Fenster stürzen ließ (vgl. 2. Kön. 9), wird hier auf das Verhältnis Israel und Rom übertragen. — *Aaronstab:* vgl. zu S. 446.

Am zweiten Weihnachtstage (S. 530)

531 *gebraßt:* die Segel mit den Brassen (Seilen) winden, aufziehen. — *Pharuslampe:* s. zu S. 464.

Am Sonntag nach Weihnachten (S. 532)

532 *Grabwurm:* Anfälle von Krankheit werden als das laute Hämmern des Grabwurms bezeichnet. Das — biblische — Bild vom Wurm wurde von der zeitgenössischen Naturwissenschaft aufgegriffen.

Späte geistliche Gedichte

Zwei Legenden (S. 536)

ED: Geistliches Jahr 1851, S. 284—286 (‚Gethsemane'); LG 1860, S. 75—77 (‚Das verlorene Paradies'). — Einfluß auf die Gedichte nahm sicher die Bekanntschaft der Droste mit dem späteren Kardinal Melchior Diepenbrock; eine direkte Anregung für ‚Das verlorene Paradies' stellte wohl Calderons Versdrama ‚Das Leben ein Traum' dar.

537 *drei Gestalten:* Maria, Johannes, Magdalena.

Die ächzende Kreatur (S. 540)

ED: Hermann Hüffer, Annette von Droste-Hülshoff. In: Deutsche Rundschau 24 (Berlin, Januar u. Februar 1898). H. 4 u. 5, S. 56—85, 175—188; Gedichttext S. 178—180. — Das Gedicht ist das vermutlich letzte der Droste.

540 *Gartensaal:* repräsentativer Raum im Rüschhaus.

541 *Der Erde Fürst:* Adam.

EPOS

Das Hospiz auf dem Großen Sankt Bernhard (S. 545)

Nach 1815, mit Beginn der Restauration, wurde die literarische Gattung des Versepos in Deutschland wiederbelebt, z. B. durch Heine, Immermann, Lenau u. a. Auch bei der Droste hat das Versepos in der Bewertung der literarischen Gattungen Vorrang vor den Prosaerzählungen: So erwog sie noch 1837, die später erschienene ‚Judenbuche' als Versepos zu publizieren. Entstehungszeit: Erste Pläne stammen aus dem Winter 1825; vgl. auch den Brief an Wilhelmine von Thielmann vom 12. November 1828 (Br. I, S. 94f.); am 24. Februar 1833 bestätigt die Mutter in einem Brief an Sophie von Haxthausen, daß die Droste das ‚Hospiz' ins Reine geschrieben habe. — ED: Gedichte 1838 (1. und 2. Gesang). — Schücking, Droste, S. 225—228 (3. Gesang, V. 1—557); GW II, 1885, S. 170—205 (3. Gesang vollständig). — Quellen: Einflüsse durch Scotts ‚The Lay of the Last Minstrels'. 1805; ‚Marmion'. 1808; ‚The Lady of the Lake'. 1810 (Verserzählungen); Horace Bénédict de Saussure, ‚Voyage dans les Alpes' (Übers. Leipzig 1788); John Carne, ‚Reise durch die Schweiz' (Übers. Dresden u. Leipzig 1828). — Der ursprüngl. Titel lautete: ‚Barry, der Hund vom Großen St. Bernhard'. Gegenüber den Frühwerken der Droste zeigt das Versepos eine neue Detailfreude, eine wirklichkeitsgetreue Darstellung der lokalen Szenerie. Die für die Restaurationsepoche typische Thematik (Überwindung der fühllosen Kälte und Macht der Natur durch christliche Nächstenliebe und die Bereitschaft zum Opfer) findet sich abgewandelt auch in Stifters Erzählung ‚Bergkristall'.

Literatur: Maria Uher, Annette von Droste-Hülshoff: ‚Das Hospiz auf dem Großen St. Bernhard'. Wien 1942 und die betreffenden Abschnitte bei Häntzschel, Droste, S. 127—131, Heselhaus, Droste, S. 94—96 und Staiger, Droste, S. 23—35.

545 *Pain de Sucre:* „Ein Bergkegel (Alphorn) auf der Höhe des St. Bernhard, fast eine Stunde abwärts vom Wege, der über denselben führt, die Lage desselben ist so, daß ein Verirrter von ihm hoffen kann, das Hospiz zu sehn, was aber nicht das Fall ist, da es durch andere Alphörner verdeckt wird." (Droste)

546 *Tour des foux:* „Eine mächtige freistehende Felszacke auf dem Gipfel des St. Bernhard." (Droste) — *Herthas Bild:* Nach Tacitus (Germ. c. 40) verschlang der See die Sklaven, die das Bild der Göttin und ihren Wagen gereinigt hatten. In der Haxthausenschen Familie wurde die Kenntnis der taciteischen Germania gepflegt. (Schulte Kemminghausen)

547 *Roche polie:* „Eine von der Natur aufs glänzendste polierte Felsenwand. Man schreibt diese Erscheinung der gewaltsamen Reibung mit anderen Felsenmassen bei einer früheren Erdumwälzung zu." (Droste)

552 *Meteor:* hier: Lichterscheinung.

574 *Montmort:* Berg, der etwa eine Stunde südlich vom Hospiz liegt.

585 *Elias' fromme Raben:* vgl. 1. Kön. 17,6: Der Prophet Elias wird in der Wüste durch Raben auf wunderbare Weise ernährt.

590 *Ätti:* schweiz.: Vater, Großvater.

591 *Mauerduft:* der Reif auf der Mauer.

596 *Marmotte:* franz., Murmeltier.

598 *Säumer:* Maultiertreiber.

602 *A moi:* franz., zu mir. — *Ici:* Hierher. — *Gianetta, vieut . . .:* Gianetta, willst du schöne Kleider? Variierte Anfangszeile einer Nummer aus der Operette ‚Les deux petits Savoyards' (1789) von Dalayrac.

603 *Paolo:* Silbermünze des Vatikans. — *Tormenta:* Südwind, Schneesturm.

608 *Ha Nouschron Prince de Savoye:* Ha! unser Prinz von Savoyen! Satirisches Tanzlied, das sich auf die mißlungene Militärexpedition eines Savoyer Herzogs bezieht. — *Wie Nadeln in den Schleier . . .:* vgl. ‚Die Vogelhütte', S. 102.

611 *Ja, ward, wie zeugt . . .:* Anspielung auf Hannibals Alpenüberquerung im Jahr 218 v. Chr. Die Route über den St. Bernhard-Paß galt lange als die von ihm benutzte.

612 *Kokyt:* griech., Kokytos: Strom des Weinens und Klagens in der Unterwelt.

625 *Clavendier:* „der Bruder, dem die Besorgung der Hausgeschäfte obliegt" (Droste).

626 *Infirmier:* Krankenwärter.

ERZÄHLUNGEN

Die Judenbuche (S. 629)

Den historischen Hintergrund der ‚Judenbuche' bildet ein Ereignis im Gutsbezirk des Großvaters der Droste, Werner Adolfs von Haxthausen, im heutigen Landkreis Höxter an der Weser, nördlich von Brakel. Hermann Georg Winkelhagen, Knecht auf einem Gutshof, erschlug im Februar 1783 den Juden Soestmann-Behrens, genannt Pinnes, wegen eines zurückgeforderten Schuldbetrags. Der Mörder floh aus seiner Heimat, geriet in algerische Sklaverei und wurde erst 1805 zusammen mit 231 anderen Sklaven von Jérôme, dem Bruder Napoleons I., befreit. 1806 kehrte Winkelhagen in seine Heimat zurück und wurde im September desselben Jahres erhängt aufgefunden. — Literarische Quelle für die Erzählung ist die von August von Haxthausen veröffentlichte ‚Geschichte eines Algierer-Sklaven' (in der Göttinger Zeitschrift ‚Die Wünschelrute', Nr. 11—15, 5.—19. Februar 1818). — Entstehungszeit: Die Droste begann die Arbeit an der Erzählung vermutlich sehr früh. Während ihrer Besuche bei den Großeltern in Bökendorf hat sie die Geschichte kennengelernt und wohl nach 1818 den Bericht ihres Onkels gelesen. Den Stoff der ‚Judenbuche' als ‚Kriminalgeschichte Friedrich Mergel' erwähnt sie zum erstenmal im Brief an W. Junkmann vom 4. August 1837 (Br. I, S. 212). Zum Fortgang der Arbeit vgl. die Briefe an Ch. B. Schlüter vom 22. August 1839, an H. von Hohenhausen vom 14. Januar 1840 (Br. I, S. 367, 402f.) und von L. von Bornstedt vom 23. März 1840. Die Droste hatte vor, die ‚Judenbuche' im Rahmen eines umfangreicher angelegten Werks über Westfalen zu veröffentlichen. Dazu kam es jedoch nicht (vgl. zu ‚Bei uns zu Lande ...', S. 684ff.).

ED: Morgenblatt Nr. 96—111, 22. April—10. Mai 1842. — ‚Die Judenbuche' ist als literarische Gattung nicht eindeutig zu bestimmen, sie läßt sich weder dem traditionellen Novellenschema noch dem Typus der realistischen Erzählung zuordnen. *Literatur:* Heinz Rölleke, Annette von Droste-Hülshoff: Die Judenbuche, Bad Homburg 1970. (Commentatio, Bd. 1). — Clifford Albrecht Bernd, Clarity and Obscurity in Annette von Droste-Hülshoff's ‚Judenbuche'. In: Studies in German Literature of the Nineteenth and Twentieth Centuries, Fs. for Frederic E. Coenen, ed. by Siegfried Mews, Chapel Hill 1970. — Frederic E. Coenen, The ‚Idee' in Annette von Droste-Hülshoff's ‚Die Judenbuche'. In: The German Quarterly 12, 1939, 204—209. — Winfried Freund, Der Mörder des Juden Aaron. In: Wirkendes Wort 19, 1969, 244—253. — Heinrich Henel, Annette von Droste-Hülshoff: Erzählstil und Wirklichkeit. In: Fs. für Bernhard Blume. Aufsätze zur deutschen und europäischen Literatur. Hg. von Egon Schwarz, Hunter G. Hannum und Edgar Lohner, Göttingen 1967, S. 146—172. — William H. McClain, Annette von Droste-Hülshoff's ‚Judenbuche'. A Study in Realism. In: Modern Language Forum 36, 1951, 126—132. — James M. McGlathery, Fear of Perdition in Droste-Hülshoff's ‚Judenbuche'. In: Lebendige Form. Interpretationen zur Deutschen Literatur. Fs. für Heinrich Henel, hg. von Jeffrey L. Sammons und Ernst Schürer, München 1970, S. 229—244. — Heinz Rölleke, Erzähltes Mysterium. Studie zur ‚Judenbuche' der Annette von Droste-Hülshoff. In: Deutsche Vierteljahrsschrift 42, 1968, 399—426. — Walter Silz, Annette von Droste-Hülshoff, ‚Die Judenbuche' (1842). In: Realism and Reality, Chapel Hill 1954, 2. Aufl. 1962, S. 36—51 u. S. 158f. — Lionel H. C. Thomas, ‚Die Judenbuche' by Annette von Droste-Hülshoff. In: Modern Language Review LIV, 1, 1959, 56—65. — Benno von Wiese, Annette von Droste-Hülshoff. ‚Die Judenbuche'. In: B. v. Wiese, Die deutsche Novelle von Goethe bis Kafka. Interpretationen. Düsseldorf Bd. 1, 1956, S. 154—175. Zuerst: Annette von Droste-Hülshoffs ‚Judenbuche' als Novelle. Eine Interpretation. In: Fs. für Jost Trier, Meisenheim 1954, S. 297—317. — *Zur Novelle im Biedermeier:* Rolf Schröder: Novelle und Novellentheorie in der frühen Biedermeierzeit, Tübingen 1970. — Friedrich Sengle: Biedermeierzeit, Bd. II, Stuttgart 1972, S. 833—841.

629 *Laß ruhn den Stein:* vgl. Joh. 8,7 u. Matth. 7,1. — *Gebirges:* Teutoburger Wald und Anspielung auf die Varus-Schlacht 9 n. Chr.

630 *niederer Gerichtsbarkeit:* vgl. zu S. 720ff. (‚Bilder aus Westfalen'). — *Holz- und Jagdfrevel:* vgl. zu S. 720ff. (‚Bilder aus Westfalen').

632 *blutrünstig:* blutend, blutig.

633 *Fest der heiligen drei Könige:* Epiphanias ist der letzte Tag jener dreizehn Tage bzw. zwölf Nächte ab Weihnachten, die seit jeher als die Zeit für Geister und Zauber angesehen wurden. Vgl. dazu Häntzschel, Droste, S. 143.

634 *Mutter — es pocht ...:* Anspielung auf das Bild eines sogenannten Vorschauers, vgl. zu S. 720ff. (,Bilder aus Westfalen').

636 *Schelme:* Betrüger. — *Höre ... angehören:* vgl. zu S. 720ff. (,Bilder aus Westfalen'). — *Werl:* Stadt in der Nähe von Soest mit wundertätigem Marienbild.

637 *Es ist gewöhnlich in jenen Gegenden ...:* Hermann Mergel wird als Wiedergänger aufgefaßt, der ohne Buße und Absolution eines vorzeitigen Todes gestorben ist und oft in feuriger Gestalt erscheint.

640 *Zauberspiegel:* wissender Spiegel zur Zukunftsdeutung, hier auf Menschen übertragen; ein häufiges Motiv in der romantischen Literatur.

642 *verpönt:* als strafbar erklärt.

643 *verkümmertes Spiegelbild ...:* Auch das Doppelgängermotiv ist in der romantischen Literatur häufig.

645 *Ein falscher Eid ...:* Margreth vermutet, daß Johannes Niemand ein uneheliches Kind ihres Bruders Simon ist, der dies abgeschworen hat.

646 *Hechelkrämer:* Hausierer mit Kämmen.

660 *Feuertopf:* topfähnlicher Ofen zum Wärmen der Füße.

662 *Pfandstall:* Stall für gepfändetes Vieh. — *Papen von Istrup:* Bauerntanz, nach dem Dorf Istrup bei Brakel benannt.

663 *Wischhader:* Scheuertuch.

666 *Im Anfang war das Wort ...:* vgl. Joh. 1,14; als Beschwörungsformel zur Abwehr von Gewittern gebraucht.

668 *Aug um Auge ...:* vgl. Ex. 21,24.

670 *perpendikulär:* hier: senkrecht.

671 *Aufschlag:* junges Gehölz mit flugunfähigem schwerem Samen.

672 *mit dem Beil eingehauen ...:* vermutlich ein Boileau-Zitat aus ,L'art Poétique', Chant. III, V. 47f.: „Jamais au spectateur n'offrez rien d'incroiable./Le vrai peut quelquefois n'estre pas vraisamblable." (Bietet dem Zuschauer niemals etwas Unglaubwürdiges. Die Wahrheit kann manchmal nicht wahrscheinlich sein.). Möglicherweise gehört das Boileau-Zitat zum zeitgenössischen Sprichwortschatz. — *Schlemmingschen Bande:* bezeugt für die Zeit um 1780 in Hessen.

674 *Ein Kindelein ...:* Vorlage möglicherweise das Münsterische Gesangbuch von Peter Benedikt Sandfort (3. Aufl. Münster 1841). Entstanden ist das Lied im 16. Jh.

678 *Affäre:* Gefecht, Scharmützel.

680 *Hektische:* Schwindsüchtige. — *Äquinoktium:* Tag- und Nachtgleiche um den 23. September und 21. März.

682 *die Raben ...:* westfäl. Redensart.

683 *Eine breite Narbe ward sichtbar:* Dieses Zeichen, wodurch die Erkennung der wahren Person Mergels dem Gutsherrn möglich ist, taucht hier überraschend auf. Es ist im Gegensatz zu der Ballade ‚Die Vergeltung' vorher nicht angedeutet worden. — *im September des Jahres 1789:* im Erstdruck irrtümlich 1788, so in allen späteren Ausgaben. Da Mergel erst Weihnachten 1788 heimgekehrt ist, kann es sich nicht um den September 1788 handeln; vgl. aber auch W I, S. 820f.

Bei uns zu Lande auf dem Lande (S. 684)

Entstehungszeit: Anregungen zu einem Werk über Westfalen bekam die Droste im Jahr 1838; vgl. Brief an Chr. B. Schlüter vom 13. Dezember 1838 (Br. I, S. 313f.). Eine breitere Korrespondenz entfaltete sich über die formale Anlage des Werks, das entweder mit abgeschlossenen Erzählungen oder in Form von Reiseskizzen nach dem Modell Washington Irvings (1783—1859) präsentiert werden sollte. Die Droste entschied sich schließlich für die zweite Lösung, vgl. Brief an Schlüter vom 23. März 1841 (Br. I, S. 507f.), obwohl ihr diese Art zu schreiben von Anfang an „etwas verbraucht" vorkam (vgl. Brief an Schlüter vom 13. Dezember 1838; Br. I, S. 314). Die Reiseliteratur insgesamt erfuhr in der ersten Hälfte des 19. Jh.s eine hohe Blüte, ob als Faktographie oder als Reisepoesie. Tatsächlich aber war das Reisefeuilleton um die Jahrhundertmitte bereits überständig. Eine eindeutige gattungsgeschichtliche Zuordnung des Fragments (zu dem geplanten größeren Werk kam es nicht) zwischen Roman und Reisebeschreibung ist kaum möglich. – ED: Teile erschienen in: Schücking, Droste, S. 197—201. — Nahezu vollständig in: GW IV, 1886, S. 23—58. *Literatur:* Heselhaus, Droste, S. 23—27 und 142—144. — Walter Huge, Bei uns zu Lande auf dem Lande. Studien zur Arbeitsweise der Droste am Beispiel eines unbekannten Entwurfes. In: Droste-Forschung Nr. 2 (1972/73) S. 119—140. — Walter A. Reichart, Washington Irving's influence in German Literature.

In: The Modern Language Review 52 (1957) S. 537—553; besonders S. 543—547. — Schneider, Droste, S. 224—230 und 236—241. — Rosemarie Weber, Westfälisches Volkstum in Leben und Werk der Dichterin Annette von Droste-Hülshoff, Münster 1966.

684 *der Dampf...:* Die erste kontinentale Dampfbahn fuhr 1835 von Brüssel nach Mechelen; in Deutschland erstmals von Nürnberg nach Fürth (7. Dezember 1835). 1847 wurde die Strecke von Köln nach Minden eröffnet. — *Alma mater:* lat., ehrwürdige Mutter; Ehrenname für Hochschulen. — *vagierende Musikanten:* umherschweifende, dienstlose Musikanten.

685 *nullius iudicii:* lat., von keiner Entscheidungs-, Urteilskraft. — *Rigi:* Bergstock in der Schweiz zwischen Vierwaldstätter und Zugersee. — *Rentmeister:* Verwalter, Zahlmeister eines Gutes.

686 *van der Veldens Roman:* Karl Franz van der Velde (1779—1824), als der deutsche Walter Scott bezeichnet. 1822 erschien in Dresden sein Roman ‚Die Wiedertäufer', der in der Zeit der Münsterer Wiedertäuferbewegung spielt (1534/35). — *Lion:* franz., eigtl. Löwe; übertragen: ein sich auszeichnender, berühmter Mann. — *Kalmücken:* mongolischer Volksstamm. — *Walter Scotts Romane:* vgl. Brief an Schlüter vom 22. August 1839 (Br. I, S. 365) zur breiten Bekanntschaft der Droste mit Scotts Romanen.

687 *Sodalitätsfahne:* Fahne einer geistlichen Bruderschaft, eines Vereins in der Kirchengemeinde.

688 *Responsorien:* Wechselgesänge. — *blöder... Sonnenschein:* blöd = schwach, dünn etc.

689 *Allodium:* vererbbarer, freier, nicht als Lehen erhaltener Besitz. — *Aufhebung des Lehnsrechts durch Napoleon:* Das deutsche Reich war bis zu seinem Ende im Jahr 1806 formell ein Lehnsstaat.

690 *Majorennität:* Mündigkeit.

692 *schmöken:* niederdt., rauchen. — *Dachs:* Dachshund. — *dekretierte Nacht:* beschlossene Nacht. — *Pikettpartie:* Pikette (franz. piquet) Kartenspiel für zwei Personen. — *Hochberg:* Wolf Helmhard H.; seine ‚Georgica curiosa oder Unterricht von dem adelichen Land- und Feldleben', 3 Bde., erschienen 1687 in Nürnberg. — *Kerssenbrock:* Hermannus Kerssenbroick ‚Anabaptistici furoris Monasterium vertentis historica narratio' (1570—1573). — *Werner Rolevink:* ‚De laude veteris Saxoniae nunc Westphaliae dictae', Köln 1478, 1513[2] u. ö. Deutsche Übersetzung

von H. Rump (Köln 1865). — *Liber mirabilis:* eine Sammlung alter Weissagungen, Gesichte und Prophezeiungen, die der Vater der Dichterin tatsächlich angelegt hatte. Auszüge daraus im JDG 3, 1959, S. 109—128. — *aber mir geht es ...:* vgl. Ex. 16,3. — *Dresdner Staatszeitung ... Frankfurter Postreiter:* von der Droste erfunden.

693 *Münsterschen Intelligenzblattes:* erschien von ca. 1762—1849 bei Aschendorff in Münster, ein Anzeigenblatt. — *Das Land, das mein Ahn ...:* vielleicht Zitat aus einer Handschrift ihres Vorfahren Everwin von Droste (ca. 1540—1604). — *O angulus ...:* lat., O lachender Erdwinkel! O Wiesen und Bäche voller Gemurmel ...; erinnert an Horaz, Oden II,6, V. 13f. — *vive la Lusace:* franz., es lebe die Lausitz. — *Annex:* Zubehör, Anhang.

695 *Zerberusse:* Zerberus, in der griech. Mythologie der Hund, der den Eingang zur Unterwelt bewacht. — *Kamisöler:* Kamisol, gestärkte Hemdenbrust. — *Stüber:* kleine Münze. — *Matiere:* braunschweigische Münze mit geringem Wert. — *Krabat:* Kroate. — *sans comparaison:* franz., unvergleichlich.

696 *perfekt guten Tüntelpott:* von niederdt. tünden, zünden, anstecken.

697 *Sacredieu:* franz. Fluch. — *Coquin:* franz., Schurke, Schelm; Coquine: Dirne.

698 *Eques vexillum crucis sublevans ...:* lat., Ein Ritter, die Kreuzesfahne tragend, mit einem Hunde, der nach Wasser lechzt. Das Relief ist heute noch an einem Turm der Vorburg erhalten (früher war es über dem Eingangstor angebracht), aber es stellt keinen Kreuzritter dar, sondern einen Henrich Droste, der zur Wiedertäuferzeit den Hülshof als Wohnsitz ausbauen ließ. Die genauen Kenntnisse der Familiengeschichte rühren vom Vater der Dichterin her, der die Akten zusammenstellte, woraus der Bruder dann die von Holsenbürger verfaßte Familiengeschichte der ‚Herren von Deckenbrock (v. Droste-Hülshoff)' (Münster 1868/69) veröffentlichen ließ. — *Spion:* eine Art Hühnerhund.

699 *galoniert:* mit Tressen besetzt. — *Gefälle und Zehnten:* Abgaben der Bauern; Gefälle: fälliger Zins.

700 *Wunder des grünen Gewölbes:* Sammlung aus verschiedenen Epochen im grün gestrichenen Raum des Dresdner Residenzschlosses. — *Pegasus:* geflügeltes Dichterroß, Allegorie der Dichtung.

701 *molestieren:* belästigen. — *Honneur aux dames:* franz., Ehrerbietung den Damen.

702 *Tröster:* ironisch von alten Büchern. — *Cicerone:* Fremdenführer. — *Embonpoint:* Wohlbeleibtheit, Körperfülle.

703 *gemein:* hier: gewöhnlich, einfach.

704 *Methusalems Alter:* vgl. Gen. 5,21 ff.

706 *Viotti:* Giovanni Battista V. (1755—1824), italien. Geiger und Komponist. — *en herbe:* franz., noch grün. — *Sonde:* Senknadel zur Untersuchung von Wunden. — *Dohnenstrich:* Dohnen sind Vogelschlingen. — *Josephs-Scheu:* Vgl. Gen. 39,7—12.

709 *Wasserorgel:* in der Antike eine Orgel, deren Luftdruck durch Wasser geregelt wurde (nach W II, S. 813). — *Hadern:* Lumpen.

710 *Gellert:* Christian Fürchtegott G. (1715—1796), für die Droste Vertreter eines veralteten literarischen Stils. — *ton pêre:* franz., dein Vater. — *Souffre-douleur:* franz., Schmerzleider; etwas, das zu allem benutzt wird. — *Bissen pour la bonne bouche:* franz., als angenehmen Nachgeschmack.

711 *Leonidas ...:* L., König von Sparta, fand 480 v. Chr. bei den Thermopylen im Kampf gegen die Perser den Tod. — *Eugen:* Prinz Eugen von Savoyen-Carignan (1663—1736) führte das kaiserliche Heer im Türkenkrieg 1696/97. — *Marlborough:* John Churchill, Herzog von M. (1650—1722), engl. Feldherr und Staatsmann. — *acharniert:* erbittert, erhitzt, erpicht.

712 *Ewiger Jude:* vgl. zu S. 310. — *Thomsons „Jahreszeiten“:* James Th. (1700—1748), ‚The Seasons‘ (Die Jahreszeiten), endgültige Fassung 1746; Höhepunkt der pastoralen Literatur, mit großem Einfluß auf Deutschland.

713 *Weideklippen ...:* Gerät zum Vogelfang (Weidenklippe = gespaltener Weidenstock). — *echappieren:* davonlaufen, entkommen. — *Orchis:* Knabenkraut, Orchideengattung.

714 *Swedenborg:* Emanuel S. (1688—1772), schwed. Naturforscher, hatte visionäre Erlebnisse und hellseherische Fähigkeiten. — *Mesmer:* Franz Anton M. (1734—1815), Begründer der Lehre des tierischen Magnetismus. — *scholastisch:* hier: schulmäßig, spitzfindig.

715 *Iris:* gehört zu den Schwertliliengewächsen. — *beauté du diable:* franz., teuflische Schönheit.

716 *Das Mädchen am Bach:* Möglicherweise meint die Droste ihr eigenes Gedicht ‚Junge Liebe' (S. 126).

717 *harpagonähnlich:* Harpagon, Geizhals, Hauptfigur in Molières ‚L'avare'. — *Nitimur in vetitum:* lat., Wir streben nach Verbotenem; vgl. Ovid, Amores III, 4, V. 17.

718 *Alkoven:* kleines Schlafgemach ohne Fenster.

719 *sympathetisch:* gleichempfindend.

Bilder aus Westfalen (S. 720)

Die ‚Bilder aus Westfalen' entstanden wohl auf Bitten Schückings um Material für seinen Beitrag in Ludwig Bauers ‚Das malerische und romantische Deutschland im 19. Jahrhundert'. Das Prosastück steht im Kontext des größeren geplanten Werks über Westfalen. — ED: Anonym u. d. T.: ‚Westfälische Schilderungen aus einer westfälischen Feder' in: ‚Historisch-politische Blätter'. Hg. von Guido Görres und G. Phillips. Bd. 16. 1845, S. 463—472, 505—520, 587—600. — Der Titel ‚Bilder aus Westfalen' ist von Schücking eingesetzt. Bald nach dem Abdruck begann eine heftige Kritik, die zum Abdruck der ‚Berichtigungen eines Westfalen' im 17. Band (1846, S. 667—687) führte. Der Autor dieser ‚Berichtigungen' wendet sich vor allem gegen die Adelsfreundlichkeit und die Mindereinschätzung des Bauernstandes in den ‚Westfälischen Schilderungen'.

722 *oculo torvo sinistroque:* lat., mit durchbohrendem, Unheil kündendem Blick.

723 *Nymphäen:* Seerosen.

726 *Stein, Gras und Grein:* verkürzte Geheimformel der Feme (heimliche Gerichte), vollständig: Strick, Stein, Gras, Grein.

727 *beau jour:* franz., schönes Licht, Glanz.

728 *Spies:* Christian Heinrich Spieß (1755—1799), Verfasser von Geister-, Räuber- und Ritterromanen.

731 *der „Kirschen für Lumpen" ausbietet:* jemand, der mit Lumpen (dienen der Papierherstellung) handelt.

735 *Noch empörender ...:* Bei der Beurteilung des Holzfrevels, wie er in der ‚Judenbuche' und in den ‚Bildern aus Westfalen' dargestellt wird, ist die subjektive Sicht der Droste als Angehöriger des Adels und besonders als Verwandter der Familie Haxthausen zu berücksichtigen. Die historisch gewachsene Rechtsunsicherheit in bezug auf das seit 1553

bestehende Servitut des Les- und Fallholzsammelns in den um Bredenborn liegenden Wäldern wurde erst 1827 beendet. In einem Urteil des Oberlandesgerichtes Paderborn wurde den Bredenbornern das Recht bestätigt, in allen Waldungen der Familie Haxthausen Holz zu sammeln, im Bollkasten und im Masterholz zudem auch Holz zu fällen. Vgl. A. Keck: ‚Holzfrevel' in den um Bredenborn liegenden Waldungen im 18. Jahrhundert. In: Heimatbuch des Kreises Höxter, 1925, 90—95 (nach W II, S. 846f.). — *Daß auch dieser letzte Erwerbszweig ...:* vgl. die Beschreibung des Schleichhandels im Brief an Schlüter vom 22. August 1839.

736 *Herrnhuter:* pietistische Brüdergemeinde, 1722 von Nikolaus Ludwig Graf von Zinzendorf in Herrnhut in der Oberlausitz gegründet.

738 *Schlüssel- und Brotüberreichen:* Beim Empfang auf dem Hof des Bräutigams wird die Braut in ihre neuen Rechte als Hausfrau eingeführt. „Von besonderer Bedeutung ist der erste Bissen Brot, den die junge Frau hier genießt, der ‚Brautbiß'. Oft beißt sie nur hinein und bewahrt sich dann den ‚Briutknaust' in ihrem Koffer zeitlebens auf. So lange er nicht schimmelt, wird sie keine Not leiden." (P. Sartori, Westfälische Volkskunde, Leipzig 1929, S. 94) (nach W II, S. 847). — *Papen von Istrup:* vgl. zu S. 662.

740 *Pariser Polizei:* Ihr Chef war von 1809—1827 der ehemalige, gesuchte Verbrecher François-Eugène Vidocq. Seine ‚Mémoires' erscheinen in 4 Bdn. 1828/29.

741 *Waffensalbe:* Mittel zur sympathetischen Heilung, in der Annahme, daß die Wunde nach Bestreichen sich von selbst schließt.

742 *magnetische Gewalt:* Anspielung auf den Mesmerismus, vgl. zu S. 714. Der Magnetismus wurde als Therapie angewandt.

743 *die niedere Gerichtsbarkeit:* Endgültig aufgehoben wurde die sog. Patrimonialgerichtsbarkeit der Gutsherren erst 1848. Aus den ‚Berichtigungen eines Westfalen': „Dem Gutsherrn — gleichviel wer er war, und wie er war — stand damals hinsichtlich der Bewohner des gutsherrlichen Bezirkes die niedere Gerichtsbarkeit und die damit verbundene Polizei zu, und es konnte ihm dieselbe nicht in einem Falle genommen oder beschränkt werden. Er erließ nach Einsicht und Gutbefinden polizeiliche Verordnungen, und bestrafte Verletzungen derselben, weil allgemeine Strafgesetze nicht vorhanden waren, nach Ermessen, mitunter durch Hiebe und Gefängnis, brevi manu durch mündliche Dekrete

festgesetzt, ohne auf Einreden zu hören oder Appellation zu verstatten. Die Gerichtsbarkeit übte der Gutsherr durch einen Amtsmann, wenn sein Bezirk groß war, sonst durch einen Justitiar aus entfernter Gegend, der entweder Doktor oder Lizentiat des Rechts war, und als Advokat bei höhern Gerichten die Sachen des Gutsherrn betrieb, der Letztern nach Gefallen annahm und entließ." (Nach W II, S. 848).

744 *Poissarden:* Fischweiber.

748 *Demarkationslinie:* die zwischen Preußen und Frankreich 1795 vereinbarte Abgrenzung der Interessengebiete.

750 *Bataver:* Holländer.

751 *Sponse:* Bräutigam.

759 *Brienne:* Napoleon I. besuchte von 1779—1794 die Kriegsschule zu Brienne in der Champagne. — *längst verstorbenen Gutsbesitzer ...:* der Vater der Droste, Clemens August Droste zu Hülshoff (gest. 1826), und seine Sammlung westfäl. Vorgeschichten (liber mirabilis).

760 *exequieren:* durch Zwangsvollstreckung Schulden eintreiben.

LITERATURVERZEICHNIS

Werke und Briefe

Gedichte 1838 Gedichte von Annette Elisabeth v. D.... H.... Münster 1838.

Gedichte 1844 Gedichte von Annette Freiin von Droste-Hülshof. Stuttgart, Tübingen 1844.

MW Ferdinand Freiligrath und Levin Schücking, Das malerische und romantische Westphalen. Barmen, Leipzig 1841.

Geistliches Jahr 1851 Das geistliche Jahr. Nebst einem Anhang religiöser Gedichte von Annette von Droste-Hülshoff. [Hg. von Christoph Bernhard Schlüter.] Stuttgart, Tübingen 1851. 2., verb. Aufl. 1857 (Textfeststellung von Gustaf Eschmann). 3. Aufl. 1876.

LG 1860 Letzte Gaben. Nachgelassene Blätter von Annette Freiin von Droste-Hülshoff [Hg. von Levin Schücking.] Hannover 1860. 2., [unveränderte] Aufl. 1871.

Lieder 1877 Lieder mit Pianoforte-Begleitung componirt von Annette von Droste-Hülshoff. [Hg. von Christoph Bernhard Schlüter.] Münster o. J. [1877].

GS 1878/79 Gesammelte Schriften von Annette Freiin von Droste-Hülshoff. Hg. von Levin Schücking. Bd. 1—3. Stuttgart 1878—1879.

GW 1884/87 Der Freiin Annette Elisabeth von Droste-Hülshoff Gesammelte Werke, hg. von Elisabeth Freiin von Droste-Hülshoff. Nach dem handschriftlichen Nachlaß verglichen und ergänzt, mit Biographie, Einleitungen und Anmerkungen versehen von Wilhelm Kreiten. Bd. 1—4 Münster, Paderborn [Bd. I,2 und II: Münster] 1884—1887. 2., [veränderte] Aufl. [Bd. I,1, I,2 und II]. Paderborn 1900—1906.

Annette von Droste-Hülshoff, Sämtliche Werke in sechs Bänden. Hg. von Eduard Arens. Leipzig 1905. Neuausgabe 1926.

Schwering, Werke Annette von Droste-Hülshoff, Sämtliche Werke in sechs Teilen. Hg. und mit Einleitungen versehen von Julius Schwering. T. 1—6 in 2 Bdn. Berlin und Leipzig 1912.

SK Werke Annette von Droste-Hülshoff, Sämtliche Werke. In Verbindung mit Bertha Badt und Kurt Pinthus hg. von Karl Schulte Kemminghausen. Bd. 1—4 München 1925—1930.

Schulte Kemminghausen Ungedrucktes 1925 Ungedrucktes von Annette von Droste-Hülshoff. Hg. von Karl Schulte Kemminghausen. Münster 1925.

Nachlese 1934 Nachlese. Ungedruckte Verse und Briefe der Droste nebst einem Beitrag zur Drosteforschung. In Gemeinschaft mit Ed[uard] Arens und Erich Schulz hg. von K[arl] Schulte Kemminghausen. Bochum 1934.

W Annette von Droste-Hülshoff, Sämtliche Werke. 2 Bde. Hg. von Günther Weydt und Winfried Woesler. München 1973/78.

Annette von Droste-Hülshoff, Historisch-kritische Ausgabe. Werke, Briefwechsel. Hg. von Winfried Woesler. 3 Abt. mit 14 Bdn. Tübingen 1978ff. (erschienen 3/1, 4/1, 5/1, 6/1, 14/1).

Br. Die Briefe der Annette von Droste-Hülshoff. Gesamtausgabe. Hg. von Karl Schulte Kemminghausen. Bd. 1—2. Jena 1944. Reprografischer Nachdruck Darmstadt 1968.

Bibliographien und Periodika

Eduard Arens/Karl Schulte Kemminghausen, Droste-Bibliographie. Münster 1932.

Clemens Heselhaus, Droste-Bibliographie 1932—1948. In: JDG 2, 1948/50, 334—352.

Winfried Theiss, Droste-Bibliographie 1949—1969. In: JDG 5, 1972, 147—244.

Aloys Haverbusch, Droste-Bibliographie. Erster Teil. Tübingen 1983 (= Annette von Droste-Hülshoff. Historisch-kritische Ausgabe. Hg. von Winfried Woesler. Bd. 14,1).

JDG Jahrbuch der Droste-Gesellschaft. Hg. von Clemens Heselhaus. Bd. 1: 1947; Bd. 2: 1948/50 (1950); Bd. 3: 1959; Bd. 4: 1962; Bd. 5: 1972. — Münster 1947—1972.

Droste-Froschung Kleine Beiträge zur Droste-Forschung [Nr. 4: Beiträge zur Droste-Forschung]. Hg. von Winfried Woesler. Nr. 1: 1971 (Münster 1970); Nr. 2: 1972/73 (Dülmen 1973); Nr. 3: 1974/75 (Dülmen 1974); Nr. 4: 1976/77 (Dülmen 1977).

Monographien, Biographien, Studien

Arens, Droste Eduard Arens, Literarische und volkstümliche Anklänge im ‚Geistlichen Jahr' der Annette von Droste I—III. In: Germanisch-Romanische Monatsschrift 13, 1925, S. 69—73, 145—149, 229—232.

Peter Berglar, Annette von Droste-Hülshoff in Selbstzeugnissen und Bilddokumenten. Reinbek 1967. (= rowohlts mongraphien. Bd. 130).

Stephan Berning, Sinnbildsprache. Zur Bildstruktur des Geistlichen Jahrs der Annette von Droste-Hülshoff. Tübingen 1975.

Silvia Bonati Richner, Der Feuermensch. Studien über das Verhältnis von Mensch und Landschaft in den erzählenden Werken der Annette von Droste-Hülshoff. Bern 1972.

Artur Brall, Vergangenheit und Vergänglichkeit. Zur Zeiterfahrung und Zeitdeutung im Werk Annettes von Droste-Hülshoff. Marburg 1975.

Gustav Eschmann, Annette von Droste-Hülshoff. Ergänzungen und Berichtigungen zu den Ausgaben ihrer Werke. Münster 1909. (Forschungen und Funde. Hg. von Franz Jostes. Bd. 1, H. 4).

Wilhelm Gössmann, Das Schuldproblem im Werk von Annette von Droste-Hülshoffs. München 1956.

Häntzschel, Droste Günter Häntzschel, Tradition und Originalität. Allegorische Darstellung im Werk Annette von Droste-Hülshoffs. Stuttgart 1968.

Günter Häntzschel, Annette von Droste-Hülshoff. [Forschungsreferat] In: Jost Hermand/Manfred Windfuhr (Hg.), Zur Literatur der Restaurationsepoche 1815—1848. Forschungsreferate und Aufsätze. Stuttgart 1970. S. 151—201.

Clemens Heselhaus, Annette von Droste-Hülshoff. Die Entdeckung des Seins in der Dichtung des 19. Jahrhunderts. Halle 1943.

Heselhaus, Droste Clemens Heselhaus, Annette von Droste-Hülshoff. Werk und Leben. Düsseldorf 1971.

Hüffer, Droste Hermann Hüffer, Annette v. Droste-Hülshoff und ihre Werke. Vornehmlich nach dem litterarischen Nachlaß und ungedruckten Briefen der Dichterin. Gotha 1887. 3. Ausgabe, bearbeitet von Hermann Cardauns, 1911.

Walter Huge, Die Prosa der Droste im Urteil des 19. Jahrhunderts. In: Droste-Forschung Nr. 3 (1974/75) S. 50—71.

Kortländer 1977 Bernd Kortländer, Annette von Droste-Hülshoff und die deutsche Literatur. Kenntnis, Beurteilung, Beeinflussung. Münster 1979.

Bernd Kortländer und Winfried Woesler: Der Briefwechsel der Droste. Forschungsbericht 1944—1976. In: Droste-Forschung Nr. 4 (1976/77) S. 176—188.

W[ilhelm] Kreiten, Annette von Droste-Hülshoff's literarischer Entwicklungsgang. (Unter Benutzung des handschriftlichen Nachlasses.) In: Stimmen aus Maria Laach (Freiburg i. Br.) Bd. 24 (1883) S. 270—288, 401—415; Bd. 25 (1883) S. 54—74, 169—185, 423—438.

Kreiten I Wilhelm Kreiten, Anna Elisabeth Freiin von Droste-Hülshoff. Ein Charakterbild als Einleitung in ihre Werke. Münster 1887 (= 1. Bd., 1. Hälfte der Gesammelten Werke, hg. von Elisabeth Freiin von Droste-Hülshoff und Wilhelm Kreiten. Münster 1884—87). 2., nach den neuesten Quellen ergänzte Aufl. Paderborn 1900.

Axel Marquardt, Studien zur nachgelassenen Lyrik der Annette von Droste-Hülshoff. Münster: Magisterarbeit 1976 (masch.).

Joachim Müller, Natur und Wirklichkeit in der Dichtung der Annette von Droste-Hülshoff. Münster 1941.

Josefine Nettesheim, Die geistige Welt der Dichterin Annette Droste zu Hülshoff. Münster 1967.

Otmar Scheiwiller, Annette von Droste-Hülshoff in der Schweiz. Einsiedeln o. J. [1926].

Schneider, Droste Ronald Schneider, Realismus und Restauration. Untersuchungen zu Poetik und epischem Werk der Annette von Droste-Hülshoff. Kronberg/Ts. 1976.

Ronald Schneider, Annette von Droste-Hülshoff. Stuttgart 1977. (Sammlung Metzler. M 153).

Schücking, Droste Levin Schücking, Annette von Droste. Ein Lebensbild. In: Illustrirtes Familienbuch zur Unterhaltung & Belehrung häuslicher Kreise (Triest) Bd. 10 (1860) S. 192—201, 223—237.

Schücking 1862 Levin Schücking, Annette von Droste. Ein Lebensbild. Hannover 1862. 2., [unveränderte] Aufl. 1871.

Staiger, Droste Emil Staiger, Annette von Droste-Hülshoff. Horgen-Zürich, Leipzig 1933. Frauenfeld 1962[2] (= Wege zur Dichtung 14).

Günther Weydt, Naturschilderung bei Annette von Droste-Hülshoff und Adalbert Stifter. Beiträge zum ‚Biedermeierstil' in der Literatur des 19. Jahrhunderts. Berlin 1930. Nachdruck: Nendeln/Liechtenstein 1967.

Winfried Woesler (Hg.), Modellfall der Rezeptionsforschung. Droste-Rezeption im 19. Jahrhundert. Dokumentation, Analysen, Bibliographie. Erstellt in Zusammenarbeit mit Aloys Haverbusch und Lothar Jordan. Bd. 1—2. Frankfurt a. M. 1979.

Erik Wolf, Vom Wesen des Rechts in deutscher Dichtung. Frankfurt a. M. 1946 (Droste-Kap.)

DIE GEDICHTE DER AUSGABEN VON 1844 UND 1860

Gedichte von Annette Freiin von Droste-Hülshoff. Stuttgart und Tübingen: J. G. Cotta'scher Verlag 1844.
Zeitbilder: Ungastlich oder nicht? · Die Stadt und der Dom. Eine Karikatur des Heiligsten · Die Verbannten · Der Prediger · An die Schriftstellerinnen in Deutschland und Frankreich · Die Gaben · Vor vierzig Jahren · An die Weltverbesserer · Alte und neue Kinderzucht · Die Schulen · *Heidebilder:* Die Lerche · Die Jagd · Die Vogelhütte · Der Weiher (Er liegt so still im Morgenlicht; Das Schilf; Die Linde; Die Wasserfäden; Kinder am Ufer) · Der Hünenstein · Die Steppe · Die Mergelgrube · Die Krähen · Das Hirtenfeuer · Der Heidemann · Das Haus in der Heide · Der Knabe im Moor · *Fels, Wald und See:* Die Elemente (Luft. Der Morgen, der Jäger; Wasser. Der Mittag, der Fischer; Erde. Der Abend, der Gärtner; Feuer. Die Nacht, der Hammerschmied) · Die Schenke am See. An Levin S. — · Am Thurme · Das öde Haus · Im Moose · Am Bodensee · Das alte Schloß · Der Säntis (Frühling; Sommer; Herbst; Winter) · Am Weiher (Ein milder Wintertag; Ein harter Wintertag) · Fragment · *Gedichte vermischten Inhalts:* Mein Beruf · Meine Toten · Katharine Schücking · Nach dem Angelus Silesius · Gruß an Wilhelm Junkmann · Junge Liebe · Das vierzehnjährige Herz · Brennende Liebe · Der Brief aus der Heimat · Ein braver Mann · Stammbuchblätter (1. Mit Laura's Bilde. Im Namen eines Freundes; 2. An Henriette von Hohenhausen) · Nachruf an Henriette von Hohenhausen · Vanitas Vanitatum! R. i.p. · Instinkt · Die rechte Stunde · Der zu früh geborene Dichter · Not · Die Bank · Clemens von Droste · Guten Willens Ungeschick · Der Traum. An Amalie H. · Locke und Lied · An *** (Kein Wort, und wär' es scharf wie Stahles Klinge) · Poesie · An *** (O frage nicht was mich so tief bewegt) · An Elise. Am 19. November 1843 · Ein Sommertagstraum (Im tiefen West der Schwaden grollte; Das Autograph; Der Denar; Die Erzstufe; Die Muschel) · Die junge Mutter · Meine Sträuße · Das Liebhabertheater · Die Taxuswand · Nach

fünfzehn Jahren · Der kranke Aar · Sit illi terra levis! · Die Unbesungenen · Das Spiegelbild · Neujahrsnacht · Der Todesengel · Abschied von der Jugend · Was bleibt · *Scherz und Ernst:* Dichters Naturgefühl · Der Teetisch · Die Nadel im Baume · Die beschränkte Frau · Die Stubenburschen · Die Schmiede · Des alten Pfarrers Woche (Sonntag; Montag; Dienstag; Mittwoch; Donnerstag; Freitag; Samstag) · Der Strandwächter am deutschen Meere und sein Neffe vom Lande · Das Eselein · Die beste Politik · *Balladen:* Der Graf von Thal · Der Tod des Erzbischofs Engelbert von Köln · Das Fegefeuer des westphälischen Adels · Die Stiftung Cappenbergs · Der Fundator · Vorgeschichte (Second Sight) · Der Graue · Die Vendetta · Das Fräulein von Rodenschild · Der Geierpfiff · Die Schwestern · Meister Gerhard von Köln. Ein Notturno · Die Vergeltung · Der Mutter Wiederkehr · Der Barmekiden Untergang · Bajazet · Der Schloßelf · Kurt von Spiegel · *Der Spiritus familiaris des Roßtäuschers* · *Das Hospiz auf dem großen St. Bernhard (1. u. 2. Ges.)* · *Des Arztes Vermächtnis* · *Die Schlacht im Loener Bruch* · Anmerkungen zum ersten Gesange · Anmerkungen zum zweiten Gesange

Letzte Gaben. Nachgelassene Blätter von Annette Freiin von Droste-Hülshoff. Hg. von Levin Schücking. Hannover: Carl Rümpler 1860. *Gemüt und Leben:* Das Wort · Halt fest! · Carpe diem? · Durchwachte Nacht · Mondesaufgang · Der Mittelpunkt der Welt · Grüße · Im Grase · Die Golem · Spätes Erwachen · Stille Größe · Gemüt · Die tote Lerche · Unter der Linde · Meine Steckenpferde, die Uhren · Der Dichter (Ihr, die beim frohen Mahle lacht) · Der Abschied · Das Bild · Sylvesterabend · *Erzählende Gedichte:* Das erste Gedichte · Gastrecht · Mutassin · Der Nachtwandler · Das verlorne Paradies · Der sterbende General · Volksglauben in den Pyrenäen (1. Sylvesterfei; 2. Münzkraut; 3. Der Loup Garou; 4. Maisegen; 5. Höhlenfei; 6. Johannistau) · *Denkblätter:* An Philippa · An *** (Auf hohem Felsen lieg' ich hier) · Das einzige Kind · Schloß Berg im Thurgau · An meine Mutter (So gern hätt' ich ein schönes Lied gemacht) · An Elise. Zum Geburtstage am 7. März 1845 · An *** (Lebt wohl, es kann nicht anders sein) · An meinen verehrten Freund, den Freiherrn von Madroux, bei Übersendung der „Gedichte" · Die Mutter am Grabe · An Ludowine (Was ist mehr denn Schmuck und Kleid?) · An

Joseph von Laßberg. Zum Geburtstage am 10. April 1848 · *Klänge aus dem Orient:* O Nacht!; Der Kaufmann; Das Kind; Der Greis; Geplagt; Getreu; Süß; Freundlich; Verliebt (Schilt mich nicht, du strenger Meister); Verhenkert; Verteufelt; Verliebt (Mutter, löse die Spangen mir!); Bezaubernd; Verflucht; Herrlich; Unaussprechlich; Unbeschreiblich; Unerhört · *Die Judenbuche. Ein Sittengemälde aus dem gebirgigten Westphalen* · *Bilder aus Westphalen.*

ANFÄNGE UND ÜBERSCHRIFTEN DER GEDICHTE

ZU DIESER AUSGABE

Die Ausgabe bietet eine repräsentative, in sich geschlossene und umfangreiche Auswahl aus dem Werk der Annette von Droste-Hülshoff und damit etwa die Hälfte des Gesamtwerks.

Aufgenommen sind, neben einigen Proben aus dem Jugendwerk, die nur zeigen sollen, mit welchen Konventionen in der Lyrik, Dramatik und Epik sich die Droste auseinanderzusetzen hatte, *Gedichte und Balladen* der Jahre 1835—1847, einschließlich der versepischen Ballade vom ‚Spiritus familiaris des Roßtäuschers'. Nicht aufgenommen wurden aus diesen Jahren eine kleine Gruppe von Gelegenheitsgedichten sowie einige Gedichte, die die Droste in ihrer Ausgabe von 1844 unter der Rubrik ‚Scherz und Ernst' zusammengefaßt hatte.

An religiöser Lyrik enthält die vorliegende Ausgabe den kompletten Zyklus des ‚Geistlichen Jahres' und die späten geistlichen Gedichte der Jahre 1845/46. Nicht aufgenommen wurden Lieder, die von 1818—1837 mehr oder weniger im Umkreis des ‚Geistlichen Jahres' geschrieben wurden.

Als Beispiel der in der ersten Hälfte des 19. Jahrhunderts noch außerordentlich beliebten und weit verbreiteten Gattung *Versepik* erscheint die früheste epische Dichtung der Droste, das christlich-biedermeierliche ‚Hospiz auf dem Großen Sankt Bernhard' aus den Jahren 1828—1833, einschließlich des posthum publizierten 3. Gesangs.

An *Prosaerzählungen* enthält die Ausgabe ‚Die Judenbuche' sowie das Fragment einer geplanten größeren Westfalendichtung ‚Bei uns zu Lande auf dem Lande', zeittypisch in der Hinwendung zu regionalen Themen und in ihrer gattungsübergreifenden Form zwischen Reiseskizze und Reiseroman; dazu die ‚Bilder aus Westfalen', ‚westfälische Schilderungen aus einer westfälischen Feder', die seinerzeit eine heftige Debatte ausgelöst haben.

Die vorliegende Ausgabe entspricht in *Textgestalt und -anordnung* der Edition ‚Sämtlicher Werke‘ der Droste durch Clemens Heselhaus (im Carl Hanser Verlag 1952, ^{6}1970), die in der Geschichte der Droste-Editionen Maßstäbe gesetzt hat, indem sie zum erstenmal die Gedichte (Publikationen zu Lebzeiten der Droste und Nachlaßveröffentlichungen) chronologisch, d. h. in der Reihenfolge ihres Entstehens, anordnete.

Die vorliegende Ausgabe versteht sich als Interimsausgabe bis zum Erscheinen einer überarbeiteten Neuausgabe der ‚Sämtlichen Werke‘. Die Drosteforschung hat seit 1970 durch die Arbeiten Winfried Woeslers und seiner Schüler entscheidende neue Impulse bekommen, die ihren editorischen Ausdruck in der entstehenden Historisch-kritischen Ausgabe finden. Deren Ergebnisse werden bei einer Neuauflage der ‚Sämtlichen Werke‘ zu berücksichtigen sein. Für den vorliegenden Band konnte und mußte auf eine Revision der Texte und deren kritische Würdigung nach Maßgabe der Historisch-kritischen Ausgabe verzichtet werden. So bleiben neuere Datierungen einzelner Gedichte im Textteil der Ausgabe unberücksichtigt, auf sie wird im Anhang jeweils verwiesen.

Die Überschriften im Abschnitt ‚Meersburg Oktober 1841 bis April 1842‘ entsprechen der von der Droste selbst vorgenommenen thematischen Gliederung in der Ausgabe von 1844, jedoch erforderte das chronologische Prinzip teilweise eine andere Zuordnung einzelner Gedichte. Das Inhaltsverzeichnis der Ausgabe von 1844 wird auf S. 849f. abgedruckt, so daß der Leser die — im 19. Jahrhundert so beliebte — zyklische Anordnung rekonstruieren kann.

Die Textgestaltung fußt — wie bei der Edition der ‚Sämtlichen Werke‘ — auf der kritischen Ausgabe von Karl Schulte Kemminghausen, bei einigen Gedichten der ‚Letzten Gaben‘ wurde der Text gegenüber Schulte Kemminghausen revidiert. (Dabei wurde auf die ‚Ergänzungen und Berichtigungen‘ von Gustav Eschmann zurückgegriffen, die Franz Jostes in den ‚Forschungen und Funden' Bd. 1, H. 4. Münster 1909, herausgegeben hat.) Für das ‚Geistliche Jahr' wurde die aus einer neuen Entzifferung des Textes veranstaltete Ausgabe von Cornelius Schröder (Münster 1939, 1951) zugrunde gelegt, wobei die dort getroffenen Entscheidungen, aus dem teilweise noch unfertigen Zustande ein systematisches Ganzes zu machen, revidiert wurden. Bei der ‚Judenbuche' wurde der Wortlaut nach dem Erstdruck im Cottaschen Morgenblatt wiederhergestellt. Für den Text des Fragments ‚Bei uns zu Lande ...' ergab sich die Notwendigkeit, zwischen der Kritischen Ausgabe von Schulte Kemminghausen und einer früheren Ausgabe von Kreiten (Münster und Paderborn 1886), der noch das Original eingesehen hatte, zu vermitteln. Der Text der ‚Bilder aus Westfalen' mußte von offenbaren Druckfehlern des Erstdrucks gereinigt werden.

Orthographie und Interpunktion der Texte wurden behutsam dem heutigen Gebrauch angeglichen. Bei den Gedichten ‚Die Vogelhütte' und ‚Der Spiritus familiaris...' wurden nach dem Vorgehen von Kreiten die über den Satzspiegel hinausgehenden Langverse bei der Vershälfte gebrochen, so daß der Verscharakter deutlicher wird.

Die *Anmerkungen* im Anhang verzeichnen die Entstehungszeit der einzelnen Texte, soweit sie gegenüber der Zuordnung im Textteil durch neuere Forschungen inzwischen abweichend festgestellt worden ist, dazu jeweils die Angabe des Erstdrucks (ED), damit deutlich wird, welche Texte zu Lebzeiten und welche aus dem Nachlaß veröffentlicht worden sind. Nur gelegentlich wurden Hinweise auf die Überlieferungslage, auf Quellen und literarische Anregungen der Texte gegeben. Überwiegend stellen die Anmerkungen Sacherläuterungen dar, die zum unmittelbaren Textverständnis nötig und sinnvoll sind und deren Kenntnis heute nicht mehr selbstverständlich vorausgesetzt werden kann. Darüber hinaus gibt der Kommentar Hinweise auch auf nicht oder nur in wenigen Beispielen vertretene Texte oder Werkgruppen (Dramen, Libretti, Übersetzungen). Die Anmerkungen, die die Droste selbst der Ausgabe von 1844 beigefügt hat, wurden mitberücksichtigt, ebenso der Kommentar zur Ausgabe von Clemens Heselhaus, [6]1970, und weitere seiner einschlägigen Arbeiten. Mit großem Dank konnten die Erläuterungen von Axel Marquardt, Walter Hugo und Bernd Kortländer in der Edition von Günther Weydt und Winfried Woesler (W I, II) benutzt werden.

Die Auswahl der Texte und die Zusammenstellung des Kommentars übernahm Hans-Joachim Simm unter Mitarbeit von Nicola Volland.

Carl Hanser Verlag